ISBN 978-0-267-58958-6
PIBN 10998651

1 MONTH OF
FREE
READING

at
www.ForgottenBooks.com

By purchasing this book you are eligible for one month membership to ForgottenBooks.com, giving you unlimited access to our entire collection of over 1,000,000 titles via our web site and mobile apps.

To claim your free month visit:
www.forgottenbooks.com/free998651

THEODOR HERZLS TAGEBÜCHER

1895—1904

DREI BÄNDE

1922

JÜDISCHER VERLAG / BERLIN

THEODOR HERZLS TAGEBÜCHER

—

ERSTER BAND

1922

JÜDISCHER VERLAG / BERLIN

Druck von G. Kreysing in Leipzig.

Das diesem Band beigegebene Porträt Theodor Herzls ist
nach einer Aufnahme reproduziert, die ungefähr aus der
Zeit des Beginns der Tagebücher-Niederschrift stammt.

Vorwort

Theodor Herzl war der Begründer der neuen politisch-zionistischen Bewegung. Sein Tagebuch, das hiermit der Öffentlichkeit unterbreitet wird, soll zum vollkommeneren Verständnis seines Lebenswerkes und seiner Persönlichkeit beitragen.

Die achtzehn „Bücher" des Originalmanuskriptes sind hier in drei Bänden gesammelt. Der Text ist wortgetreu wiedergegeben, mit Ausnahme von wenigen und kurzen Stellen (stets klar durch Punktreihen kenntlich gemacht), die die Herausgeber zu entfernen sich bewogen fühlten. Zwei Rücksichten kamen hierbei in Betracht. Einiges schien ihnen als zu intimer Natur, gleich als ob der Verfasser sich der endlichen Publizierung nicht bewußt gewesen wäre; anderes, als geeignet, noch lebende Personen zu verletzen.

Daß aber dieses spätere Schicksal seiner Aufzeichnungen den Absichten Theodor Herzls sonst nicht fremd war, dafür zeugt manche Stelle dieser Tagebücher.

Erstes Buch

Der Judensache erstes Buch

Begonnen in Paris um Pfingsten 1895

Ich arbeite seit einiger Zeit an einem Werk, das von unendlicher Größe ist. Ich weiß heute nicht, ob ich es ausführen werde. Es sieht aus wie ein mächtiger Traum. Aber seit Tagen und Wochen füllt es mich aus bis in die Bewußtlosigkeit hinein, begleitet mich überall hin, schwebt über meinen gewöhnlichen Gesprächen, blickt mir über die Schulter in die komisch kleine Journalistenarbeit, stört mich und berauscht mich.

Was daraus wird, ist jetzt noch nicht zu ahnen. Nur sagt mir meine Erfahrung, daß es merkwürdig ist, schon als Traum, und daß ich es aufschreiben soll — wenn nicht als ein Denkmal für die Menschen, so doch für mein eigenes späteres Ergötzen oder Sinnen. Und vielleicht zwischen diesen beiden Möglichkeiten: für die Literatur. Wird aus dem Roman keine Tat, so kann doch aus der Tat ein Roman werden.

Titel: Das Gelobte Land!

Ich weiß wahrhaftig heute nicht mehr, ob nicht überhaupt der Roman das erste war, woran ich dachte. Allerdings nicht etwas „Belletristisches" als Selbstzweck, sondern nur als ein Dienendes.

Und daß ich es heute nach so kurzer Zeit nicht mehr deutlich weiß, beweist am besten, wie notwendig diese Aufschreibung ist. Wie sehr habe ich es bedauert, daß ich nicht am Tage meiner Ankunft in Paris ein Tagebuch begann für die Erlebnisse, Wahrnehmungen und Gesichte, die nicht in die Zeitung kommen können, zu schnell und eigentümlich vorübergehen. So ist mir viel entschwunden.

Aber was sind die Erlebnisse eines Reporters gegen
das, woran ich jetzt wirke. Welche Träume, Gedanken,
Briefe, Begegnungen, Taten — Enttäuschungen, wenn
es zu nichts kommt, und furchtbare Kämpfe, wenn es
dazu kommt, werde ich zu bestehen haben. Das muß festgehalten werden.

Stanley interessierte die Welt mit der kleinen Reise-
beschreibung: „*How I found Livingstone*". Und als er gar
quer durch den dunklen Weltteil zog, da war die Welt
sehr ergriffen, die ganze Kulturwelt. Und wie gering
sind diese Unternehmungen gegen meine. Heute muß ich
noch sagen: gegen meinen Traum.

Wann ich eigentlich anfing, mich mit der Judenfrage
zu beschäftigen? Wahrscheinlich, seit sie aufkam. Sicher, seit ich Dührings Buch gelesen. In einem meiner
alten Notizbücher, das jetzt in Wien irgendwo eingepackt
steckt, finden sich die ersten Bemerkungen über Dührings
Buch und die Frage. Ich hatte damals noch kein Blatt
für meine Literatur — das war, glaube ich, 1881 oder
1882; aber ich weiß, daß ich heute noch öfters einiges
von dem sage, was ich dort aufschrieb. Im weiteren Verlauf der Jahre hat die Frage an mir gebohrt und genagt,
mich gequält und sehr unglücklich gemacht. Tatsächlich
bin ich immer wieder zu ihr zurückgekehrt, wenn mich
die Erlebnisse, Leiden und Freuden meiner eigenen Person ins allgemeine aufsteigen ließen.

Natürlich ist mit jedem wandelnden Jahre eine Ände-
rung in meine Gedanken gekommen, bei aller Einsicht
des Bewußtseins. So sieht mir ja jetzt auch aus dem
Spiegel ein anderer Mann entgegen, als früher. Aber die
Person ist auch mit den verschiedenen Zügen dieselbe.
Ich erkenne an den Alterszeichen meine Reife.

Zuerst hat mich die Judenfrage bitterlich gekränkt.

4

Es gab vielleicht eine Zeit, wo ich ihr gern entwischt wäre, hinüber ins Christentum, irgendwohin. Jedenfalls waren das nur unbestimmte Wünsche einer jugendlichen Schwäche. Denn ich sage mir in der Ehrlichkeit dieser Aufschreibung — die völlig wertlos wäre, wenn ich mir etwas vorheuchelte — ich sage mir, daß ich nie ernstlich daran dachte, mich zu taufen, oder meinen Namen zu ändern. Letzteres ist sogar durch eine Anekdote beglaubigt. Als ich in meinen blutigen Anfängen mit einem Manuskript zur Wiener „Deutschen Wochenschrift" ging, riet mir Dr. Friedjung, einen weniger jüdischen Namen als Federnamen zu wählen. Ich lehnte das rundweg ab und sagte, daß ich den Namen meines Vaters weiter tragen wolle, und daß ich bereit sei, das Manuskript zurückzuziehen. Friedjung nahm es dann doch.

Ich war dann schlecht und recht ein Literat mit kleinem Ehrgeiz und geringen Eitelkeiten.

Die Judenfrage lauerte mir natürlich an allen Ecken und Enden auf. Ich seufzte und spöttelte darüber, fühlte mich unglücklich, war aber doch nicht recht davon ergriffen, obwohl ich schon, bevor ich hierher kam, einen Judenroman schreiben wollte. Ich wollte ihn auf meiner spanischen Reise verfassen, die ich im Sommer 1891 antrat. Es war mein damals nächster literarischer Plan. Die Hauptfigur sollte mein teurer Freund Heinrich Kana werden, der sich im Februar 1891 in Berlin erschossen hatte. Ich glaube, ich wollte mir in dem Roman sein Gespenst losschreiben. Der Roman hieß in meinem Entwurf „Samuel Kohn" und unter meinen losen Notizen müssen sich viele finden, die darauf Bezug haben. Namentlich wollte ich die leidende, verachtete und brave Gruppe der armen Juden in Gegensatz zu den reichen Juden bringen. Diese spüren nichts vom Antisemitismus,

5

den sie doch eigentlich und hauptsächlich verschulden. Das Milieu Kanas sollte dem Milieu seiner reichen Verwandten gegenübergestellt werden.

Die Neue Freie Presse rief mich als Korrespondenten nach Paris. Ich nahm an, weil ich gleich ahnte, wie viel ich in dieser Stellung von der Welt sehen und lernen würde; hatte aber doch in mir ein Bedauern über den verlassenen Plan des Romans.

In Paris geriet ich — wenigstens als Beobachter — in die Politik. Ich sah, womit die Welt regiert wird. Ich starrte auch das Phänomen der Menge an; lange Zeit, ohne es zu begreifen. Ich kam auch hier in ein freieres und höheres Verhältnis zum Antisemitismus, von dem ich wenigstens nicht unmittelbar zu leiden hatte. In Österreich oder Deutschland muß ich immer befürchten, daß mir hepp-hepp nachgerufen wird. Hier gehe ich doch „unerkannt" durch die Menge.

In diesem Unerkannt! liegt ein furchtbarer Vorwurf gegen die Antisemiten.

Das Hepp-hepp hörte ich mit meinen Ohren bisher nur zweimal. Das erstemal in Mainz auf der Durchreise 1888. Ich kam am Abend in ein billiges Konzertlokal, trank dort mein Bier, und als ich aufstand und durch den Lärm und Qualm zur Türe ging, rief mir ein Bursche „Hepp-hepp" nach. Um ihn herum entstand ein rohes Gewieher.

Das zweitemal wurde mir in Baden bei Wien „Saujud" nachgerufen, als ich im Wagen aus der Hinterbrühl von Speidel kam. Dieser Ruf traf mich stärker, weil er das merkwürdige Nachwort zu dem Gespräche war, das ich in der Hinterbrühl geführt hatte, und weil er auf „heimischem" Boden ertönte.

In Paris also gewann ich ein freieres Verhältnis zum

Antisemitismus, den ich historisch zu verstehen und zu entschuldigen anfing.

Vor allem erkannte ich die Leere und Nutzlosigkeit der Bestrebungen „zur Abwehr des Antisemitismus". Mit Deklamationen auf dem Papier oder in geschlossenen Zirkeln ist da nicht das mindeste getan. Es wirkt sogar komisch. Immerhin mögen — neben Strebern und Einfältigen — auch sehr wackere Leute in solchen „Hilfskomitees" sitzen. Sie gleichen den „Hilfskomitees" nach — und vor! — Überschwemmungen und richten auch ungefähr so viel aus. Die edle Bertha von Suttner ist im Irrtum — freilich in einem Irrtum, der sie hoch ehrt —, wenn sie glaubt, daß ein solches Komitee helfen kann. Ganz der Fall der Friedensvereine. Ein Mann, der ein furchtbares Sprengmittel erfindet, tut mehr für den Frieden als tausend milde Apostel.

Dies antwortete ich auch beiläufig dem Baron Leitenberger, als er mich vor drei Jahren fragte, was ich von dem „Freien Blatt" zur Abwehr usw. hielte. Nichts hielt ich davon. Allerdings ließe sich journalistisch wirken, meinte ich, und entwickelte ihm den Plan des von einem unverfälschten Christen zu leitenden Volksblattes zur Bekämpfung des Judenhasses. Dies schien dem Baron L. jedoch zu umständlich, oder zu kostspielig. Er wollte nur im kleinen kämpfen. Gegen den Antisemitismus!

Heute bin ich freilich der Ansicht, daß es ein machtloser, törichter Versuch wäre, was mir damals ausreichend vorkam.

Der Antisemitismus ist gewachsen, wächst weiter — und ich auch.

Ich erinnere mich jetzt noch an zwei verschiedene Auffassungen der Frage und ihrer Lösung, die ich im Verlauf dieser Jahre hatte. Vor ungefähr zwei Jahren wollte ich die Judenfrage mit Hilfe der katholischen Kirche wenigstens in Österreich lösen. Ich wollte mir Zutritt zum Papst verschaffen, nicht ohne mich vorher des Beistandes österreichischer Kirchenfürsten versichert zu haben, und ihm sagen: Helfen Sie uns gegen die Antisemiten, und ich leite eine große Bewegung des freien und anständigen Übertritts der Juden zum Christentum ein.

Frei und anständig dadurch, daß die Führer dieser Bewegung — ich vor allen — Juden bleiben und als Juden den Übertritt zur Mehrheitsreligion propagieren. Am hellichten Tage, an Sonntagen um zwölf Uhr, sollte in feierlichen Aufzügen unter Glockengeläute der Übertritt stattfinden in der Stefanskirche. Nicht verschämt, wie es Einzelne bisher getan, sondern mit stolzen Gebärden. Und dadurch, daß die Führer Juden blieben, das Volk nur bis zur Kirchenschwelle geleiteten und selbst draußen blieben, sollte ein Zug großer Aufrichtigkeit das Ganze erheben.

Wir Standhaften hätten die Grenzgeneration gebildet. Wir blieben noch beim Glauben unserer Väter. Aber unsere jungen Söhne sollten wir zu Christen machen, bevor sie ins Alter der eigenen Entschließung kämen, wo der Übertritt wie Feigheit oder Streberei aussieht. Ich hatte mir das alles wie gewöhnlich bis ins Geästel der Einzelheiten ausgedacht, sah mich auch schon im Verkehr mit dem Erzbischof von Wien, stand in Gedanken vor dem Papst — die sehr bedauerten, daß ich nur zur Grenzgeneration gehören wollte — und ließ dieses Schlagwort der Rassenvermischung durch die Welt fliegen.

Bei der ersten Gelegenheit des mündlichen Verkehrs wollte ich die Herausgeber der Neuen Freien Presse für den Plan gewinnen. Früher schon hatte ich ihnen von hier aus einen Rat gegeben, den sie zum Schaden der liberalen

Partei in Österreich nicht befolgten. Nämlich, ungefähr ein Jahr bevor die Wahlreformbewegung der Sozialisten akut wurde, empfahl ich, sie sollten im Weihnachtsartikel plötzlich das allgemeine Wahlrecht fordern. Dadurch könnten die Liberalen den verlorenen festen Boden im Volk, in der intelligenten Arbeiterschaft wiedergewinnen. — Die Wahlreformbewegung kam dann von außen an sie heran, und sie nahmen dazu keine glückliche Stellung.

Ich hatte allerdings bei den Leitartiklern keine rechte Autorität; sie hielten mich nur für einen Plauderer und Feuilletonisten.

So lehnte auch Benedikt, als ich hier mit ihm darüber sprach, meine Papstidee ab, wie früher Bacher die allgemeine Wahlrechtsidee zurückgewiesen hatte.

Aber etwas in Benedikts Antwort traf mich als richtig. Er sagte: Hundert Generationen hindurch hat Ihr Geschlecht sich im Judentum erhalten. Sie wollen jetzt sich selbst als die Grenze dieser Entwicklung setzen. Das können und dürfen Sie nicht. Übrigens wird Sie der Papst gar nicht empfangen.

Das hinderte freilich die Neue Freie Presse und die österreichischen Liberalen nicht, dann doch zum Papst um Intervention gegen die Antisemiten zu gehen. Das geschah im heurigen Winter, anderthalb Jahre nach meinem Gespräch mit Benedikt: freilich unter ungünstigen, ja prinzipienwidrigen Umständen; und zwar als Kardinal Schönborn nach Rom fuhr, um den Papst für ein Auftreten gegen jenen Teil der Antisemiten zu bitten, der dem Klerus und der Regierung anfing unangenehm zu werden. Die Liberalen erkannten da durch konkludente Handlungen an, was sie früher immer geleugnet hatten: das Recht des Papstes, sich in die inneren Angelegenheiten Österreichs einzumischen. Das Ergebnis dieser Selbstaufgabe war gleich Null.

Ich hatte etwas ganz anderes gemeint: einen diplomatischen Friedensschluß bei verschlossenen Türen.

Ohne meine Zeitung konnte ich natürlich nichts machen. Wo hätte ich die Autorität hergenommen? Welchen Gegenwert hätte ich versprechen können? Die Dienste des führenden liberalen Blattes hätten den klugen Papst vielleicht bewogen, etwas zu tun, eine Erklärung abzugeben, oder Winke zu machen. Ich hörte übrigens später einmal eine Äußerung Leos XIII. über die Zeitung: Schade, daß die Neue Freie Presse so gut gemacht ist.

Nach dieser verlassenen Auffassung reifte in mir auf jene dunkle Weise im Unbewußten eine weitere, nicht so politische, aber mehr betrachtende. Diese führte ich zum erstenmal deutlich im Gespräch mit Speidel aus, als ich ihn im vergangenen Sommer von Baden aus in der Hinterbrühl besuchte. Wir gingen über grüne Wiesen, philosophierend, und kamen auf die Judenfrage.

Ich sagte: „Ich begreife den Antisemitismus. Wir Juden haben uns, wenn auch nicht durch unsere Schuld, als Fremdkörper inmitten verschiedener Nationen erhalten. Wir haben im Ghetto eine Anzahl gesellschaftswidriger Eigenschaften angenommen. Unser Charakter ist durch den Druck verdorben, und das muß durch einen anderen Druck wieder hergestellt werden. Tatsächlich ist der Antisemitismus die Folge der Judenemanzipation. Bevölkerungen, denen das historische Verständnis mangelt — also alle —, sehen uns aber nicht als geschichtliches Produkt an, nicht als die Opfer früherer, grausamer und noch beschränkterer Zeiten. Die wissen nicht, daß wir so sind, weil man uns unter Qualen so gemacht hat, weil die Kirche das Wuchergewerbe für Christen

10

unehrlich machte und wir durch die Herrscher in Geldgeschäfte gedrängt wurden. Wir kleben am Geld, weil
man uns aufs Geld geworfen hat. Zudem mußten wir
immer bereit sein, zu fliehen oder unseren Besitz vor
Plünderungen zu verbergen. So ist unser Verhältnis zum
Geld entstanden. Auch dienten wir Kammerknechte des
Kaisers als eine Art indirekter Steuer. Wir zogen dem
Volke das Geld ab, das uns nachher geraubt oder konfisziert wurde. In all den Leiden wurden wir häßlich,
verwandelte sich unser Charakter, der in Vorzeiten stolz
und großartig gewesen war. Wir waren ja Männer, die
den Staat auf der Kriegsseite zu verteidigen wußten, und
müssen ein hochbegabtes Volk gewesen sein, wenn wir
zweitausend Jahre hindurch erschlagen wurden und
nicht umgebracht werden konnten.

Nun war es ein Irrtum der doktrinär Freisinnigen, zu
glauben, daß man die Menschen durch eine Verfügung
im Reichsgesetzblatt gleich macht. Als wir aus dem
Ghetto herauskamen, waren und blieben wir zunächst
noch die Ghettojuden. Man mußte uns Zeit lassen, uns
an die Freiheit zu gewöhnen. Diese Großmut oder Geduld hat aber die uns umgebende Bevölkerung nicht. Sie
sieht nur die üblen und auffälligen Eigenschaften der
Freigelassenen und ahnt nicht, daß diese Befreiten unschuldig Bestrafte waren. Hinzu kommen die sozialistischen Zeitideen gegen das bewegliche Kapital, dem sich
die Juden seit Jahrhunderten ausschließlich zuzuwenden
gezwungen waren.

Wenden sich die Juden aber vom Gelde weg zu Berufen, die ihnen früher vorenthalten waren, so bringen
sie einen fürchterlichen Druck in die Erwerbsverhältnisse der Mittelstände; einen Druck, unter dem freilich
sie selbst vor allen leiden.

Der Antisemitismus, der in der großen Menge etwas Starkes und Unbewußtes ist, wird aber den Juden nicht schaden. Ich halte ihn für eine dem Judencharakter nützliche Bewegung. Er ist die Erziehung einer Gruppe durch die Massen und wird vielleicht zu ihrer Aufsaugung führen. Erzogen wird man nur durch Härten. Es wird die Darwinsche Mimikry eintreten. Die Juden werden sich anpassen. Sie sind wie Seehunde, die der Weltzufall ins Wasser warf. Sie nehmen Gestalt und Eigenschaften von Fischen an, was sie doch nicht sind. Kommen sie nun wieder auf festes Land und dürfen da ein paar Generationen bleiben, so werden sie wieder aus ihren Flossen Füße machen.

Die Spuren des einen Druckes können nur durch den anderen Druck vertilgt werden."

Speidel sagte: „Das ist eine welthistorische Auffassung."

Ich fuhr dann in die wachsende Nacht hinaus, hinüber nach Baden. Als mein Fiaker durch den Tunnel hinter der Cholerakapelle raste, kamen eben zwei junge Leute, einer in Kadettenuniform des Wegs. Ich glaube, ich saß zusammengesunken und in Gedanken. Da hörte ich deutlich hinter dem Wagen herrufen: „Saujud!"

Es riß mich in einen Zorn auf. Ich drehte mich erbittert gegen die Burschen um, die aber schon weit zurück waren. Gleich darauf war auch die kurze Lust vergangen, mich mit Gassenjungen herumzubalgen. Es war auch nicht beleidigend für meine ihnen unbekannte Person, sondern nur für meine Judennase und meinen Judenbart, die sie in der halben Dunkelheit hinter den Wagenlaternen gesehen hatten.

Und welch ein wunderlicher Nachhall zu meiner „welthistorischen" Auffassung. Das Welthistorische nützt da nichts.

Einige Monate später saß ich dem Bildhauer Beer zu meiner Büste. Und wie es das Gespräch ergab, kamen wir darauf, daß es den Juden nichts nütze, Künstler und geldrein zu werden. Der Fluch haftet. Wir kommen nicht aus dem Ghetto heraus. Da erhitzte ich mich sehr im Reden, und beim Weggehen glühte es in mir nach. Mit der Raschheit jenes Traumes im Wasserschaff des arabischen Märchens entstand in mir der Plan zu diesem Stück. Ich glaube, ich war von der rue Descombes noch nicht bis zur place Péreire gekommen, da war in mir schon alles fertig.

Am anderen Tage setzte ich mich hin. Drei selige Wochen der Glut und Arbeit.

Ich hatte geglaubt, durch diese dramatische Eruption die Sache losgeschrieben zu haben. Im Gegenteil, ich kam immer tiefer hinein. Es verstärkte sich in mir der Gedanke, daß ich etwas für die Juden tun müsse.

Ich ging zum erstenmal in den Tempel der rue de la Victoire, fand den Gottesdienst wieder feierlich und rührend. Vieles erinnerte mich an meine Jugend, den Tempel in der Tabakgasse in Pest. Ich sah mir die hiesigen Juden an und fand die Familienähnlichkeit ihrer Gesichter. Kühne, verdrückte Nasen, scheue und listige Augen.

Faßte ich ihn damals, oder hatte ich ihn schon früher, den Plan, „Zustände der Juden" zu schreiben?

Jetzt erinnere ich mich, daß es schon früher war. Ich sprach schon im Herbst davon in Wien. Ich wollte die Orte aufsuchen, wohin der Weltzufall die Juden in Gruppen verstreut hat, namentlich Rußland, Galizien, Ungarn, Böhmen, später den Orient, die neuen Zionskolonien, endlich wieder Westeuropa. Aus all den wahrheitsgetreuen Schilderungen sollte das unverschuldete Unglück der Juden hervorkommen. Zeigen, daß es Menschen sind, die man beschimpft, ohne sie zu kennen. Hier habe ich ja Reporteraugen bekommen, die für solche Aufnahmen nötig sind.

Ich geriet vor Ostern mit Daudet in Verkehr. Einmal kamen wir auch auf die Juden. Er gestand, daß er Antisemit sei. Ich erklärte ihm meinen Standpunkt und wurde wieder einmal warm. (Woraus hervorginge, daß ich eigentlich ein Sprechdenker bin.) Als ich ihm sagte, daß ich für und über die Juden ein Buch schreiben wolle, fragte er: Einen Roman? — Nein, meinte ich: Lieber ein Buch für Männer! — Er aber sagte: Der Roman trägt weiter. Sehen Sie, *Onkel Toms Hütte.*

Ich rednerte dann noch weiter, ergriff auch ihn so, daß er endlich sagte: ,,Comme c'est beau, comme c'est beau!"

Das hat mich dann wieder an den ,,Zuständen der Juden" wankend gemacht, und ich dachte wieder an den Roman. Nur war Samuel Kohn — Heinrich Kana nicht mehr die Hauptfigur. Im ersten Plan handelte das Schlußkapitel von den Stimmungen, die Samuels Selbstmord vorhergingen. Er spazierte am Abend Unter den Linden, fühlte sich durch seinen nahen Tod allen überlegen. Er betrachtete spöttisch die Gardeoffiziere, von denen er sich pflücken konnte, welchen er wollte. In dem Augenblick, wo er seinen Selbstmord verwerten wollte, war er ein Gebieter. Er ging auch so stolz und herrisch daher, daß ihm alle unwillkürlich auswichen. Das stimmte ihn wieder versöhnlich, und er ging still nach Hause und erschoß sich.

In der jetzigen Form war Samuel noch der schwächere, aber sehr geliebte Freund des Helden, der durch Zufälle seines Lebens dahin kommt — das Gelobte Land zu entdecken, richtiger zu gründen.

Auf dem Schiff, das ihn nach den neuen Gestaden führen soll, mit dem Stab seiner Landsuchungsoffiziere, erhält er Samuels Abschiedsbrief, knapp vor der Abfahrt. Samuel schreibt: „Mein lieber, guter Junge, wenn du diesen Brief liest, bin ich tot."

Da fährt sich der Held mit der Faust, in der das Papier knittert, ans Herz. Aber im nächsten Augenblick ist nur Zorn in ihm.

Er gibt Befehl zur Abfahrt. Dann steht er am Schiffsbug, schaut steif hinaus ins Weite, wo das Gelobte Land liegt.

Und er nimmt den Brief, in dem doch so viel rührende Liebe und Treue ist, und ruft in den Wind: „Dummkopf, Lump, Elender! Ein verlorenes Leben, das uns gehörte!"

Wie ich von den Romanideen zu den praktischen kam, ist mir jetzt schon ein Rätsel, obwohl das in den letzten Wochen liegt. Das spielt im Unbewußten.

Vielleicht sind es übrigens gar keine praktischen Ideen, und ich mache mich zum Gespött der Leute, mit denen ich ernst rede. Und ich wandle nur im Roman?

Aber auch dann ist des Aufschreibens wert, was ich in dieser Zeit gesonnen habe und weiter sinne.

Ich schrieb plötzlich, eines Tages, einen Brief an den Baron Hirsch, der sich um die Juden so auffallend und millionärisch bekümmert hat. Nachdem dieser Brief fertig war, ließ ich ihn liegen und überschlief ihn vierzehn Tage und Nächte lang.

Als mir der Brief auch nach dieser Zeit nicht sinnlos erschien, schickte ich ihn ab. Dieser Brief lautete:

Sehr geehrter Herr!

Wann kann ich die Ehre haben, Sie zu besuchen? Ich möchte mich mit Ihnen über die Judenfrage unterhalten. Es handelt sich um kein Interview und ebensowenig um eine verkappte oder unverhüllte Geldsache. Es scheint, Sie werden so viel in Anspruch genommen, daß man sich nicht früh genug gegen unsaubere Vermutungen verwahren kann. Ich wünsche nur mit Ihnen ein judenpolitisches Gespräch zu führen, das vielleicht in eine Zeit hinauswirken wird, wo weder Sie noch ich da sein werden.

Darum möchte ich auch, daß Sie mir einen Tag für unsere Zusammenkunft bestimmen, wo Sie ein-zwei Stunden ungestört der Sache widmen können. Wegen meiner gewöhnlichen Beschäftigung wäre mir ein Sonntag der liebste Tag. Es muß nicht der nächste Sonntag sein. Wann Sie wollen.

Was ich vorhabe, wird Sie interessieren. So wenig ich Ihnen aber auch damit andeute, wünsche ich doch nicht, daß Sie diesen Brief Ihrer Umgebung — Sekretären u. a. — zeigen. Behandeln Sie ihn gefälligst vertraulich.

Vielleicht ist Ihnen mein Name schon bekannt. Jedenfalls kennen Sie die Zeitung, die ich hier vertrete.

Hochachtungsvoll ergeben
Dr. Herzl
Korrespondent der Neuen Freien Presse

* * *

So lautet der Brief im Brouillon, das ich noch habe. Vielleicht änderte ich einzelnes in der Reinschrift, weil ich noch nicht daran dachte, mir das alles zur Erinnerung aufzubewahren.

Meine Hauptangst war, daß dieser Brief als die Ein-

leitung eines journalistischen Geldherauslockungs-Kunst-
stückes angesehen werden könne. Ich wollte doch mit
dem Manne nicht wegen seines Geldes zusammenkommen, nur weil er eine für den Zweck sehr verwendbare
Kraft ist.

Mehrere Tage vergingen. Dann erhielt ich die Antwort
aus London: 82 Piccadilly, W.

Londres, le 20 mai 1895.

Monsieur le Dr. Théodore Herzl,

Paris.

Je viens de recevoir votre lettre ici où je vais passer
deux mois. Je regrette donc, avec la meilleure volonté du
monde, de ne pouvoir vous fixer le rendez-vous que vous
me demandez. Peut-être pourriez vous me dire par lettre
ce que vous vouliez m'expliquer de vive voix, en mettant
„Personnel" sur l'enveloppe que vous m'adresserez.

Je vous demande pardon de vous répondre par la main
de mon Secrétaire, et en français, mais les suites d'une
ancienne blessure de chasse à la main droite ne me per-
mettent plus de tenir la plume longtemps.

Recevez, Monsieur, l'expression de mes sentiments
distingués.

M. de Hirsch.

Auf diesen Brief antwortete ich:

37 rue Cambon, 24. V. 1895.

Hochgeehrter Herr!

Ich bedauere sehr lebhaft, daß wir nicht hier zusammenkommen konnten.

Zu schreiben, was ich Ihnen sagen wollte, ist nicht
leicht. Ich will von den äußeren Schicksalen, die ein

Brief haben kann, absehen. Meine Absichten, die einem bedeutenden Zweck dienen, könnten durch müßige Neugier defloriert oder durch den Unverstand zufälliger Mitwisser verdorben werden. Ferner kann mein Brief in einem Augenblick in Ihre Hände kommen, wo Sie, durch anderes zerstreut, ihn nicht mit der ganzen konzentrierten Aufmerksamkeit lesen würden. Wenn Sie mir aber durch Ihren Sekretär irgendeine höfliche Formel der *prise en considération* antworten ließen, wären Sie für mich dauernd erledigt. Und das wäre vielleicht im allgemeinen Interesse zu bedauern.

Dennoch werde ich Ihnen schreiben. Nur bin ich im Augenblick zu beschäftigt — wie der alte Witz sagt —, um mich kurz zu fassen. Tatsächlich möchte ich Sie nicht mit großmächtigen Auseinandersetzungen langweilen. Ich werde Ihnen, sobald ich Zeit finde, den Plan einer neuen Judenpolitik vorlegen.

Was Sie bisher unternommen haben, war ebenso großmütig als verfehlt, ebenso kostspielig wie zwecklos. Sie waren bisher nur ein Philanthrop, ein Peabody. Ich will Ihnen den Weg zeigen, wie Sie mehr werden können.

Glauben Sie aber nicht, daß ich ein Projektenmacher oder Narr von einer neuen Spielart bin, wenn auch die Weise, wie ich Ihnen schreibe, ein bißchen vom Gewöhnlichen abweicht. Ich gebe die Möglichkeit von vornherein zu, daß ich mich irre, und lasse mir Einwendungen gefallen.

Ich erwarte durchaus nicht, daß ich Sie gleich überzeugen werde, denn Sie müssen eine Anzahl Ihrer bisherigen Gedanken umdenken. Ich wünsche nur, obwohl ich Ihnen vermutlich nur ein unbekannter Mann bin, Ihre vollste Aufmerksamkeit. Im Gespräch hätte ich sie mir wahrscheinlich erzwungen, im brieflichen Verkehr ist das schwerer. Mein Schreiben liegt unter anderen auf Ihrem Tisch, und ich denke mir, daß Sie von Bettlern, Schmarotzern, Simulanten und Industriellen der Wohltätigkeit täglich genug Briefe bekommen. Darum wird mein Brief in einem zweiten Umschlag liegen, der die Aufschrift hat: Brief des Dr. Herzl. Diesen bitte ich Sie beiseite zu legen und erst zu öffnen, wenn Sie einen vollkommen ruhigen und freien Kopf haben. So wie ich's für unser unterbliebenes Gespräch gewünscht hatte.

Hochachtungsvoll ergeben
Dr. Herzl.

Auch in diesem Fall ist mein Brouillon nicht verläßlich. Mir scheint jetzt, daß ich beim Abschreiben einige Ausdrücke änderte. Kurz, das war der Inhalt, und wieder hatte ich nur die Besorgnis, daß Hirsch oder ein Dritter, der ihm über die Schulter sähe, mich für einen Geldsucher halten könnte.

In den nächsten Tagen bereitete ich mir die Denkschrift vor. Eine Unzahl Zettel bedeckten sich mit Notizen. Ich schrieb im Gehen, in der Kammer, im Gasthaus, im Theater.

Die Sache bekam unter der Hand eine Fülle von Details.

Inmitten dieser Vorbereitungen überraschte mich Hirsch durch einen zweiten Brief:

Londres, 26 mai.

Monsieur Herzl, 37 rue Cambon

Paris.

J'ai reçu votre lettre d'avant-hier. Vous pouvez, s'il n'est fait déjà, vous épargner un long exposé. Je me rendrai dans quelques jours à Paris pour 48 heures, et vous me trouverez dimanche prochain (2 juin) à votre disposition, à 10.30 du matin, 2 rue de l'Elysée.

Recevez, monsieur, l'expression de mes sentiments distingués.

M. de Hirsch.

Dieser Brief bereitete mir eine Genugtuung, weil ich sah, daß ich den Mann richtig beurteilt, am *locus minoris resistentiae* getroffen hatte. Offenbar hatte das Wort: daß er mehr als ein Peabody werden könne, auf ihn gewirkt.

Jetzt machte ich mir erst recht Notizen, und sie waren ein dickes Bündel am Samstag vor Pfingsten. Da ordnete ich sie nach dem Inhalt in drei Gruppen: Einleitung, Hebung der Judenrasse, Auswanderung.

Ich schrieb die Notizen geordnet ins Reine. Da waren es 22 eng beschriebene Seiten, obwohl ich nur Schlagworte gebraucht hatte: Behelfe für mein Gedächtnis während der Unterredung. Ich mußte und muß immer mit meiner anfänglichen Schüchternheit rechnen.

Hier im Verkehr mit berühmten oder bekannten Leuten war ich oft durch meine Verlegenheit lächerlich. Spüller, gewiß kein Kirchenlicht (obwohl er den *esprit nouveau* erfand) schüchterte mich einmal bis zur Borniertheit ein, als ich ihn während seiner Ministerschaft besuchte.

Am Pfingstsonntag Morgen kleidete ich mich mit diskreter Sorgfalt. Ich hatte absichtlich am Tag vorher ein Paar neue Handschuhe mürbe getragen, damit sie noch neu, aber nicht mehr ladenmäßig frisch aussähen. Reichen Leuten darf man nicht zu viel Ehre erweisen.

Ich fuhr in der rue de l'Elysée vor. Ein Palast. Der

Prunkhof, die edle Nebenstiege — und gar die Haupt-
stiege — impressionierten mich. Der Reichtum wirkt auf
mich nur in der Form der Schönheit. Und da war alles
echt in der Schönheit. Alte Bilder, Marmor, gedämpfte
Gobelins. Donnerwetter! an diese Konsequenzen denkt
unsereiner nicht, wenn er vom Reichtum abfällig spricht.
Alles hatte wirklich großen Stil, und so ließ ich mich
ein wenig betäubt von einem Kammerdiener dem anderen
übergeben.

Kaum war ich im Billardsaal, trat Hirsch aus seinem
Schreibzimmer heraus, gab mir eilig und zerstreut wie
einem Bekannten die Hand, bat mich, ein bißchen zu
warten und verschwand wieder.

Ich setzte mich hin und betrachtete die holden Tanagra-
figuren im Glasschrank. Der Baron muß jemanden für
guten Geschmack angestellt haben, dachte ich mir.

Nun hörte ich aus dem Nebenzimmer Stimmen und erkannte die. eines seiner Wohltätigkeits-Beamten, mit dem
ich einmal in Wien und zweimal hier flüchtig gesprochen
hatte.

Es war mir unangenehm, daß mich der beim Herauskommen sehen würde. Vielleicht hatte Hirsch das auch
absichtlich so eingerichtet. Darüber mußte ich wieder
lächeln, denn in seine Abhängigkeit zu geraten, war ich
nicht gesonnen. Entweder ich machte mir ihn gefügig,
oder ich ging unverrichteter Sache weg. Ich hatte sogar
schon die Antwort, wenn er mir im Verlauf des Gesprächs
anbieten sollte, eine Stellung bei der Jewish Association
anzunehmen: „In Ihren Dienst? Nein. — In den der
Juden? Ja!“

Jetzt kamen die zwei Beamten heraus. Dem einen, den
ich kannte, gab ich die Hand. Dann sagte ich dem Baron:
„Haben Sie eine Stunde für mich? Wenn es nicht min-

destens eine Stunde ist, fange ich lieber gar nicht an. So lange brauche ich, um nur anzudeuten, wie viel ich zu sagen habe."

Er lächelte: „Fangen Sie nur an."

Ich zog meine Notizen hervor: „Um die Sache übersichtlich zu machen, habe ich mir da einiges vorbereitet."

Kaum hatte ich fünf Minuten gesprochen, kam ein Telephonzeichen. Ich glaube, es war bestellt. Ich hatte ihm sogar vorher sagen wollen, daß er nicht nötig habe, sich fiktiv abberufen zu lassen; er solle nur geradheraus sagen, ob er frei sei. — Er sprach aber ins Telephon, daß er für niemanden zu Hause sei. Daran erkannte ich, daß ich ihn gefaßt hatte. Er gab sich damit eine Blöße.

Ich entwickelte also:

„Sie werden in dem, was ich Ihnen sagen will, einiges zu einfach, anderes zu phantastisch finden. Aber mit Einfachem und Phantastischem führt man die Menschen. Es ist erstaunlich — und bekannt —, mit wie wenig Verstand die Welt regiert wird.

Nun war ich keineswegs von vornherein darauf aus, mich mit der Judenfrage zu beschäftigen. Sie dachten ja ursprünglich auch nicht daran, Patron der Juden zu werden. Sie waren ein Bankier, machten große Geschäfte; endlich verwenden Sie Ihre Zeit und Ihr Geld auf die Judensache. — So war ich von Haus aus ein Schriftsteller, Journalist, dachte nicht an die Juden. Aber meine Erfahrungen, Beobachtungen, der wachsende Druck des Antisemitismus zwangen mich zur Sache.

Gut. Legitimiert bin ich also.

Auf die Geschichte der Juden, mit der ich anfangen wollte, gehe ich nicht ein. Sie ist bekannt. Nur eins muß ich hervorheben. Durch unsere zweitausendjährige Verstreuung sind wir ohne einheitliche Leitung unserer Politik gewesen. Das aber halte ich für unser Hauptunglück. Das hat uns mehr geschadet als alle Verfolgungen. Daran sind wir innerlich zugrunde gegangen, verlumpt. Denn es war niemand da, der uns — wäre es auch nur aus monarchischem Eigennutz — zu rechten Männern erzogen hätte. Im Gegenteil. Zu allen schlechten Gewerben wurden wir hingedrängt, im Ghetto festgehalten, wo wir aneinander verkamen; und als man uns herausließ, wollte man plötzlich, daß wir gleich die Gewohnheiten der Freiheit hätten.

Wenn wir nun eine einheitliche politische Leitung hätten, deren Notwendigkeit nicht weiter zu beweisen ist, und die durchaus keinen Geheimbund vertreten soll — wenn wir diese Leitung hätten, könnten wir an die Lösung der Judenfrage herangehen. Und zwar von oben und von unten und von allen Seiten.

Nach dem Zweck aber, den wir dann, wenn wir ein Zentrum, einen Kopf haben, verfolgen wollen, werden die Mittel sein.

Zwei Zwecke können es sein. Entweder bleiben oder auswandern.

Für beide sind gewisse Maßregeln der Volkserziehung die gleichen. Denn selbst, wenn wir auswandern, dauert es lange, bis wir im Gelobten Land ankommen. Moses brauchte vierzig Jahre. Wir werden vielleicht zwanzig oder dreißig brauchen. Jedenfalls steigen inzwischen neue Geschlechter herauf, die wir uns erziehen müssen.

Für die Erziehung will ich nun gleich von vornherein ganz andere Methoden einschlagen, als Sie sie haben.

Zunächst ist da das Prinzip der Wohltätigkeit, das ich für durchaus falsch halte. Sie züchten Schnorrer. Charakteristisch ist, daß bei keinem Volk so viel Wohltätigkeit und so viel Bettel vorkommt, wie bei den Juden.

Es drängt sich einem auf, daß zwischen beiden Erscheinungen ein Zusammenhang sein müsse. So daß durch die Wohltätigkeit der Volkscharakter verlumpt."

Er unterbrach mich: „Sie haben ganz recht."

Ich fuhr fort:

„Vor Jahren hörte ich, daß Ihre Versuche mit den Juden in Argentinien keine oder schlechte Resultate ergeben."

„Wollen Sie, daß ich Ihnen zwischendurch antworte, wenn ich eine Einwendung habe?"

„Nein, mir ist lieber, wenn Sie mich den ganzen Körper meiner Auseinandersetzung geben lassen. Ich weiß, daß einzelnes den Tatsachen nicht entsprechen wird, weil ich bisher keine Ziffern und Daten sammelte. Lassen Sie mich nur meine Prinzipien formulieren."

Hirsch notierte von da weiter auf einem Notizblock seine Einwendungen.

Ich sagte: „Ihre argentinischen Juden führen sich liederlich auf, hat man mir erzählt. Ein Detail frappierte mich, daß es ein — sonderbares Haus war, das Sie zuerst bauten."

Hirsch warf ein: „Nicht richtig. Das war nicht von meinen Kolonisten gebaut worden."

„Auch recht. Aber jedenfalls war die Sache nicht so anzufangen, wie Sie es taten. Sie schleppen diese Ackerjuden hinüber. Die müssen glauben, daß sie fernerhin ein Recht auf Ihre Unterstützung haben, und gerade die Arbeitslust wird dadurch nicht gefördert. Was ein solcher Exportjude Sie kostet, ist er nicht wert. Und wie viel Exemplare können Sie überhaupt hinübersetzen? Fünfzehn — zwanzigtausend! — — In einer Gasse der Leopoldstadt wohnen mehr. Nein, direkte Mittel sind zur

Bewegung von Menschenmassen überhaupt nicht verwendbar. Wirken können Sie nur mit indirekten.

Um die Juden aufs Land zu ziehen, müßten Sie ihnen ein Märchen der Goldgewinnung erzählen. Phantastisch könnte es so lauten: Wer ackert, sät und erntet, findet in der Garbe Gold. Ist ja auch beinahe wahr. Nur wissen die Juden, daß es ein kleines Klümpchen sein wird. So konnten Sie ihnen vernunftmäßiger sagen: Wer am besten wirtschaftet, bekommt eine Prämie, die sehr hoch sein kann.

Nur glaube ich nicht, daß man die Juden in ihren jetzigen Wohnorten aufs Land setzen kann. Die Bauern würden sie mit Dreschflegeln erschlagen. Ein Hauptnest des deutschen Antisemitismus ist Hessen, wo Juden Klein-Ackerbau treiben.

Mit zwanzigtausend Ihrer argentinischen Juden haben Sie noch nichts bewiesen, selbst wenn die Leute gut tun. Mißlingt es aber, so liefern Sie einen furchtbaren Beweis gegen die Juden.

Genug der Kritik. Was ist zu tun?

Zum Bleiben wie zum Wandern muß die Rasse zunächst an Ort und Stelle verbessert werden. Man muß sie kriegsstark, arbeitsfroh und tugendhaft machen. Nachher auswandern — wenn es nötig ist.

Für diese Verbesserung können Sie Ihre Mittel besser verwenden, als Sie es bisher getan haben.

Statt sich die Juden einzeln zu kaufen, setzen Sie in den Hauptländern des Antisemitismus Riesenprämien aus: für *actions d'éclat*, für Handlungen von großer moralischer Schönheit, für Mut, Selbstaufopferung, sittliches Verhalten, große Leistungen in Kunst und Wissenschaft, für den Arzt in Epidemiezeiten, den Krieger, den Erfinder eines Heilmittels, eines Wohlfahrtsmittels, gleichviel was — kurz, für alles Große.

Durch die Prämie wird Doppeltes erreicht: erstens die Verbesserung aller, zweitens die Bekanntmachung. Weil nämlich die Sache ungewöhnlich und glänzend ist, wird man allerwärts davon reden. So erfährt man, daß es auch, und wie viele, gute Juden gibt.

Das erste aber ist wichtiger: Die Verbesserung. Auf den einzelnen jährlich Prämiierten kommt es ja gar nicht an. Mir sind die anderen wichtiger, die sich alle höher recken, um den Preis zu bekommen. So wird das moralische Niveau gehoben — —"

Jetzt unterbrach er mich ungeduldig:

„Nein, nein, nein! Ich will das Niveau gar nicht heben. Alles Unglück kommt daher, daß die Juden zu hoch hinaus wollen. Wir haben zu viel Intelligenzen. Meine Absicht ist, die Juden von der Streberei abzuhalten. Sie sollen nicht so große Fortschritte machen. Aller Haß kommt daher. — Was nun meine Pläne in Argentinien betrifft, sind Sie auch schlecht unterrichtet. Es ist wahr, daß ich anfangs liederliche Burschen hinüberbekam, die ich am liebsten ins Wasser geworfen hätte. Aber jetzt habe ich schon viele ordentliche Leute drüben. Und meine Absicht ist, wenn die Kolonie gedeiht, ein schönes englisches Schiff zu mieten, hundert Zeitungskorrespondenten einzuladen — Sie lade ich schon heute ein — und mit ihnen hinüber zu fahren nach Argentinien. Es hängt freilich von den Ernten ab. Nach einigen guten Jahren könnte ich der Welt zeigen, daß die Juden also doch zu Ackerbauern taugen. Das wird dann vielleicht zur Folge haben, daß man sie auch in Rußland auf den Feldern arbeiten läßt."

Nun sagte ich: „Ich habe Sie nicht mehr unterbrochen, obwohl ich nicht fertig war. Es war mir interessant zu hören, was Sie eigentlich vorhaben. Aber ich sehe ein,

26

daß es unnütz wäre, Ihnen meine weiteren Gedanken zu sagen."

Nun meinte er in wohlwollendem Ton, wie wenn ich ihn um eine Anstellung in seinem Bankhause gebeten hätte: „Ich bemerke ja, daß Sie ein intelligenter Mensch sind."

Ich lächelte nur in mich hinein. Solche Dinge, wie meine Aktion, sind über der Eigenliebe. Ich werde noch verschiedenes sehen und hören.

Und Hirsch ergänzte sein Lob dahin: „Aber Sie haben so phantastische Einfälle."

Da stand ich auf: „Ja, habe ich Ihnen denn nicht vorher gesagt, das Ihnen das zu einfach oder zu phantastisch vorkommen wird? Sie wissen nicht, was das Phantastische ist, und daß man nur von einer Höhe aus die großen Züge der Menschen betrachten kann."

Er sagte: „Auswandern wäre das einzige. Es gibt Länder genug zu kaufen."

Ich schrie beinahe: „Ja, wer sagt Ihnen denn, daß ich nicht auswandern will. Da steht es, in diesen Notizen. Ich werde zum Deutschen Kaiser gehen; und der wird mich verstehen, denn er ist dazu erzogen, große Dinge zu beurteilen..."

Bei diesen Worten zwinkerte Hirsch einmal merklich mit den Augen. Imponierte ihm meine Grobheit, oder meine Absicht, mit dem Kaiser zu reden? Vielleicht beides. — Ich steckte nun meine Notizen in die Tasche und schloß:

„Dem Deutschen Kaiser werde ich sagen: Lassen Sie uns ziehen! Wir sind Fremde; man läßt uns nicht im Volke aufgehen, wir können es auch nicht. Lassen Sie uns ziehen! Ich will Ihnen die Mittel und Wege angeben, deren ich mich für den Auszug bedienen will, damit keine wirtschaftliche Störung, keine Leere hinter uns eintrete."

Hirsch sagte: „Woher nehmen Sie das Geld? Rothschild wird fünfhundert Francs unterschreiben."

„Das Geld?" sagte ich lachend und trotzig. „Ich werde eine jüdische Nationalanleihe von zehn Millionen Mark aufbringen."

„Phantasie!" lächelte der Baron. „Die reichen Juden geben nichts her. Die Reichen sind schlecht, interessieren sich für die Leiden der Armen nicht."

„Sie reden wie ein Sozialist, Baron Hirsch!"

„Ich bin auch einer. Ich bin gleich bereit, alles herzugeben, wenn es die anderen auch tun müssen."

Ich nahm seinen hübschen Einfall nicht ernster als er gemeint war und empfahl mich. Er sagte noch:

„Das war nicht unser letztes Gespräch. Sobald ich wieder von London herüberkomme, gebe ich Ihnen ein Lebenszeichen."

„Wann Sie wollen."

Ich ging wieder über die schöne Stiege, den edlen Hof. Ich war nicht enttäuscht, sondern angeregt. Im ganzen ein angenehmer, intelligenter, natürlicher Mensch — eitel, *par exemple!* — aber ich hätte mit ihm arbeiten können. Er sieht aus, als wäre er bei aller Eigenwilligkeit verläßlich.

Zu Hause riß es mich gleich an den Schreibtisch.

*

Wien, 16. April 1896.

Hier unterbrach ich damals die zusammenhängende Darstellung, denn es folgten mehrere Wochen einer beispiellosen Produktion, in denen ich die Einfälle nicht mehr ruhig ins Reine schreiben konnte. Ich schrieb gehend, stehend, liegend, auf der Gasse, bei Tisch, bei Nacht, wenn es mich aus dem Schlaf aufjagte.

Die Zettel tragen das Datum. Ich finde nicht mehr Zeit, sie abzuschreiben. Ich fing das zweite Buch an, um täglich das Bemerkenswerte einzutragen. So sind die Zettel liegen geblieben. Ich bitte jetzt meinen guten Papa, sie für mich in dieses Buch zu schreiben, in der Reihenfolge, wie sie entstanden. Ich weiß jetzt und wußte auch während dieser ganzen stürmischen Produktionszeit, daß vieles, was ich aufschrieb, kraus und phantastisch war. Ich übte aber keinerlei Selbstkritik, um den Schwung dieser Einbildungen nicht zu lähmen. Für die reinigende Kritik, dachte ich mir, wird auch später Zeit sein.

In den Aufschreibungen ist der Judenstaat bald als Wirklichkeit, bald als Romanstoff gedacht, weil ich mit mir damals noch nicht im reinen war, ob ich es denn wagen solle, das als ernsthaften Vorschlag zu publizieren.

So ist die Sprunghaftigkeit dieser Aufzeichnungen, bei denen mir das wichtigste war, keinen Einfall entschweben zu lassen, vernünftig zu erklären. Selbst im zweiten Buch wird ja auf die Romanform noch einige Male zurückgegriffen.

Für mich jedenfalls, vielleicht aber auch für andere, wird selbst das Phantastische dieser sprunghaften Einfälle späterhin Interesse haben. Heute übergebe ich sie mit solchen — immerhin nötigen — Vernunftvorbehalten meinem teuren Papa zur Eintragung. Denn heute hat der Plan einen möglicherweise geschichtlich denkwürdigen Schritt zur Verwirklichung getan. Pfarrer Hechler, der nach Karlsruhe gereist ist, um den Großherzog und durch diesen den Kaiser für die Idee zu gewinnen, telegraphiert, ich möge mich bereit halten, nach Karlsruhe zu kommen.

III. Brief an Baron Hirsch, Paris.

Pfingstmontag, 3. Juni 1895.

Hochgeehrter Herr!

Um dem *esprit de l'escalier* vorzubeugen, machte ich mir Notizen, bevor ich zu Ihnen ging.

Heimgekehrt sah ich, daß ich auf Seite 6 stehengeblieben bin, und ich hatte 22 Seiten. Durch Ihre Ungeduld haben Sie nur Ansätze kennen gelernt; wo und wie die Idee zu blühen anfängt, das haben Sie nicht mehr erfahren.

Schadet nichts. Erstens erwarte ich keine sofortige Bekehrung. Zweitens steht mein Plan durchaus nicht auf Ihren zwei Augen.

Wohl hätte ich Sie als eine vorhandene und bekannte Kraft der Kürze wegen gerne benützt. Aber Sie wären eben nur die Kraft gewesen, mit der ich begonnen hätte. Es gibt andere. Es gibt endlich und vor allem die Masse der Juden, zu der ich den Weg zu finden wissen werde.

Diese Feder ist eine Macht. Sie werden sich davon überzeugen, wenn ich bei Leben und Gesundheit bleibe — eine Einschränkung, die Sie ja selbst auch bei Ihrem Werk machen müssen.

Sie sind der große Geldjude, ich bin der Geistesjude. Daher kommen die Verschiedenheiten unserer Mittel und Wege. Bemerken Sie, daß Sie von meinen Versuchen noch nichts hören konnten, weil der erste eben bei Ihnen, an Ihnen stattfand. Ich komme.

Natürlich sind Sie mir mit leiser Ironie gegenübergestanden. So habe ich's erwartet. Ich sagte es Ihnen in der Einleitung. Neue Ideen werden so aufgenommen.

Dabei hatten Sie nicht einmal die Geduld, sie bis zu Ende anzuhören. Ich werde mich dennoch aussprechen. Ich hoffe, Sie werden das herrliche Wachstum meiner Ideen erleben. Sie werden sich des Pfingstsonntag-Vormittags erinnern, denn Sie sind, glaube ich, mit aller Ihrer Ironie ein unbefangener und großen Entwürfen zugänglicher Mann, auch versuchten Sie ja viel für die Juden zu tun — in Ihrer Art. Aber werden Sie mich verstehen, wenn ich Ihnen sage, daß Ihre Methode durch den ganzen Entwicklungsgang der Menschheit Lügen gestraft wird? Wie, Sie wollen eine große Gruppe von Menschen auf einem bestimmten Niveau erhalten, ja sogar herabdrücken? *Allons donc!* Wir wissen doch, welche Phasen unser menschliches Geschlecht durchlaufen hat, von den Urzuständen herauf bis zur Kultur. Es geht immer aufwärts, justament, trotz alledem und ewig immer höher, immer höher, immer höher! Es gibt Rückschläge, jawohl. Das ist keine Phrase. Unsere Großväter wären verblüfft, wenn sie wieder kämen; aber wer wird künstlich einen Rückschlag herbeiführen wollen — ganz abgesehen davon, daß es nicht geht. Wenn es ginge, glauben Sie, daß es die Monarchie, die Kirche nicht durchführte? Und was haben diese Mächte für Mittel über Leib und Seele der Menschen! Was sind Ihre Mittel dagegen? Nein, wenn es hoch kommt, halten Sie die Entwicklung ein Weilchen auf, und dann werden Sie vom großen Sturmwind hinweggefegt.

Wissen Sie, daß Sie eine furchtbar reaktionäre Politik haben — ärger als die absolutesten Autokratien? Zum Glück reichen Ihre Kräfte dazu nicht aus. Sie meinen es gut, *parbleu, je le sais bien.* Darum möchte ich ja Ihrem Willen die Richtung geben. Lassen Sie sich dadurch nicht gegen mich einnehmen, daß ich ein jüngerer Mann bin.

31

Mit meinen 35 Jahren ist man in Frankreich Minister, und Napoleon war Kaiser.

· Sie haben mir mit Ihrem höflichen Hohn das Wort abgeschnitten. Ich bin noch im Gespräche zu dekonzertieren. Ich habe noch nicht den Aplomb, der mir wachsen wird, weil er nötig ist, wenn man Widerstände brechen, Gleichgültige erschüttern, Leidende aufrichten, ein feiges und verlumptes Volk begeistern, und mit den Herren der Welt verkehren will.

Ich sprach von einem Heer, und Sie unterbrachen mich schon, als ich von der (moralischen) Trainierung zum Marsch zu reden anfing. Ich ließ mich unterbrechen. Und doch habe ich auch das Weitere schon entworfen. Den ganzen Plan. Ich weiß, was alles dazu gehört. Geld, Geld, Geld; Fortschaffungsmittel, Verpflegung großer Massen (worunter nicht Essen und Trinken wie in Moses' einfachen Zeiten zu verstehen), Erhaltung der Manneszucht, Organisierung der Abteilungen, Entlassungsverträge mit Staatshäuptern, Durchzugsverträge mit anderen, Garantieverträge mit allen und Anlage neuer, herrlicher Wohnorte; vorher die gewaltige Propaganda, die Popularisierung der Idee durch Zeitungen, Bücher, Traktätchen, Wandervorträge, Bilder, Lieder. Alles von einem Zentrum aus zielbewußt und weitblickend geleitet. Aber ich hätte Ihnen schließlich sagen müssen, welche Fahne und wie ich sie aufrollen will. Und da hätten Sie mich spöttisch gefragt: eine Fahne, was ist das? Eine Stange mit einem Fetzen Tuch? — Nein, mein Herr, eine Fahne ist mehr als das. Mit einer Fahne führt man die Menschen wohin man will, selbst ins Gelobte Land.

Für eine Fahne leben und sterben sie; es ist sogar das Einzige, wofür sie in Massen zu sterben bereit sind, wenn man sie dazu erzieht.

Glauben Sie mir, die Politik eines ganzen Volkes —
besonders, wenn es so in aller Welt zerstreut ist — macht
man nur mit Imponderabilien, die hoch in der Luft
schweben. Wissen Sie, woraus das Deutsche Reich entstanden ist? Aus Träumereien, Liedern, Phantasien und
schwarzrotgoldenen Bändern — und in kurzer Zeit. Bismarck hat nur den Baum geschüttelt, den die Phantasten
pflanzten.

Wie? Sie verstehen das Imponderabile nicht? Und
was ist die Religion? Denken Sie doch, was die Juden
seit zweitausend Jahren für diese Phantasie ausstehen.
Ja, nur das Phantastische ergreift die Menschen. Und
wer damit nichts anzufangen weiß, der mag ein vortreff-
licher, braver und nüchterner Mann sein, und selbst ein
Wohltäter in großem Stil: führen wird er die Menschen
nicht, und es wird keine Spur von ihm bleiben.

Dennoch müssen die Volksphantasien einen festen
Grund haben. Wer sagt Ihnen, daß ich nicht durchaus
praktische Ideen für das Detail habe? Detail, das freilich noch immer riesenhaft ist.

Der Auszug ins Gelobte Land stellt sich praktisch als
eine ungeheure, in der modernen Welt beispiellose
Transportunternehmung dar. Was, Transport? Ein
Komplex aller menschlichen Unternehmungen, die wie
Zahnräder ineinandergreifen werden. Und bei dieser
Unternehmung werden schon in den ersten Stadien
die nachstrebende Menge unserer jungen Leute Beschäftigung finden; alle die Ingenieure, Architekten, Techno-
logen, Chemiker, Ärzte, Advokaten, die in den letzten
dreißig Jahren aus dem Ghetto herausgekommen sind
und glaubten, daß sie ihr Brot und ihr bißchen Ehre
außerhalb des jüdischen Schachers finden würden; die
jetzt verzweifeln müssen und ein furchtbares Bildungs-

proletariat zu bilden beginnen. Denen aber meine ganze Liebe gehört, und die ich so vermehren will, wie Sie sie vermindern möchten. In denen ich die künftige, noch ruhende Kraft der Juden sehe. Meinesgleichen, mit einem Wort.

Und aus diesen Bildungsproletariern bilde ich die Generalstäbe und Kader des Landsuchungs-, Landfindungs- und Landeroberungsheeres.

Schon ihr Abzug wird in den Mittelständen der antisemitischen Länder ein wenig Luft machen und den Druck erleichtern.

Sehen Sie nicht, daß ich mit einem Schlag das Kapital und die Arbeit der Juden für den Zweck bekomme? Und ihre Begeisterung dazu, wenn sie erst verstehen, um was es sich handelt.

Das sind freilich nur große Umrisse. Aber woher wissen Sie, daß ich die Details dafür nicht schon entworfen habe? Ließen Sie mich ausreden?

Allerdings, die Stunde war vorgerückt, Sie wurden vielleicht erwartet, hatten zu tun, was weiß ich? Nur kann von derartigen Zufällchen die Bewegung einer solchen Frage nicht abhängen. Beruhigen Sie sich, sie hängt wirklich nicht davon ab.

Sie werden den Wunsch haben, unser Gespräch fortzuführen, und ich werde — ohne auf Sie zu warten — immer bereit sein, Ihnen die Fortsetzung zu liefern.

Arbeiten die Anregungen, die ich Ihnen gab, in Ihnen weiter und wollen Sie mit mir reden, so schreiben Sie mir: „venez me voir". Das genügt, und ich werde auf einen Tag nach London kommen. Und wenn ich Sie an dem Tag ebensowenig überzeuge wie gestern, so werde ich ebenso unverdrossen und heiter weggehen, wie ich gestern weggegangen bin. Wollen Sie mit mir eine Wette

34.

eingehen? Ich werde eine Nationalanleihe der Juden schaffen. Wollen Sie sich verpflichten, 5o Millionen Mark beizutragen, wenn ich die ersten hundert Millionen aufgebracht habe? Dafür mache ich Sie zum Oberhaupt.

Was sind zehn Milliarden Mark für die Juden? Sie sind doch reicher als die Franzosen von 1871, und wie viel Juden waren darunter! — Übrigens könnten wir zur Not schon mit einer Milliarde marschieren. Denn das wird arbeitendes Kapital sein, der Grundstock unserer späteren Bahnen, unserer Auswanderungsschiffe und unserer Kriegsflotte. Damit werden wir Häuser, Paläste, Arbeiterwohnungen, Schulen, Theater, Museen, Regierungsgebäude, Gefängnisse, Spitäler, Irrenhäuser — kurz, Städte bauen und das neue Land so fruchtbar machen, daß es dadurch das gelobte wird.

Diese Anleihe wird selbst zur Hauptform der Vermögensauswanderung werden. Das ist der staatsfinanzielle Kern der Sache. Es ist vielleicht nicht überflüssig, hier zu bemerken, daß ich das alles als Politiker ausführe. Ich bin kein Geschäftsmann und will nie einer werden.

Man findet jüdisches Geld in schweren Massen für eine chinesische Anleihe, für Neger-Bahnen in Afrika, für die abenteuerlichsten Unternehmungen — und für das tiefste, unmittelbarste, quälendste Bedürfnis der Juden selbst fände man keines?

Bis Mitte Juli bleibe ich in Paris. Dann verreise ich auf längere Zeit. Es gilt der Sache. Ich bitte Sie aber, über diesen Punkt wie über alle anderen von mir berührten volles Stillschweigen zu beobachten. Meine Handlungen mögen Ihnen derzeit noch nicht wichtig vorkommen; eben darum mache ich Sie darauf aufmerksam, daß mir an absoluter Geheimhaltung viel gelegen ist.

3*

Im übrigen versichere ich Sie aufrichtig, daß mir unsere Unterredung, selbst in der Unvollständigkeit, interessant war, und daß Sie mich nicht enttäuscht haben. Ich begrüße Sie,

hochachtungsvoll Ihr ergebener
Dr. Herzl.

Hier folgen Gedankensplitter, die sich sämtlich auf den Judenstaat beziehen und die in meiner Staatsschrift „Der Judenstaat" zur Verwertung kommen.

5. Juni 1895.

Arbeitszentrale.

Da wird über Skadenzen der Arbeit so Buch geführt, wie in Banken über Wechselskadenzen.

Ein Großackerbauer telegraphiert: Bitte morgen 1000 Arbeiter (gehen militärisch mit Zug ab). — Ein Schneider braucht Gehilfen. Ein Schusterbub sucht Lehre. Alles, das Größte wie das Kleinste, läuft da zusammen. Reservoir der Arbeit. Die Innungen, Dienstvermittlungen verstaatlichen, wie Bahn, Versicherung usw. — Sekretär Goldschmidt.

So wieder ein Anregungsamt für Kapitalien. Geld wird dort und dort gebraucht. Dort gibt's keine Zuckerfabrik. Dort gibt's Petroleum. Und in diesem Amt laufen die Anträge der Geldsucher wie der Unternehmungslustigen zusammen. Vielleicht Form einer amtlichen Publikation. Überall dem Wucher vorbeugen.

* * *

Prinzip: die erprobten Unternehmungen, wie Bank, Bahn, Versicherung, Schiffahrt usw. nimmt der Staat dort in Händen, wo kein Zweifel an Prosperität. (Dafür keine Steuern!)

Das Aleatorische bleibt dem Privatkapital, für hohe Gewinnprämie. Reüssierende Unternehmungen zahlen später Progressivsteuer im geraden Verhältnis zum wachsenden Erträgnis. Die Grenze individualisieren, wo Privatunternehmung nicht getötet wird.

* * *

Wenn alles drüben im Gange, beginnt Aufgabe des Gen.-Dir. erst recht. Die Auswanderung soll anständig sein. Für hinterlassene Betrügereien kommt Gesellschaft auf und hält sich dann drüben an Betrüger schadlos.

So werden wir schwerere Krisen und Verfolgungen in späteren Phasen der Auswanderung vermeiden. Und es wird der Beginn unseres Ansehens in der Welt sein.

Wir werden auch für Wohlwollen den Regierungen dadurch danken, daß wir uns dort, wo wir durchschlüpfen könnten, (durch ausländische Rechtssubjektivität eigentlich überall,) als Großsteuerträger etablieren und breite Surface bieten werden.

Was wir so und durch Entwertung der übernommenen Immobilien verlieren, gewinnen wir reichlich dadurch, daß wir drüben am billigen Land durch unsere gelenkte Bewertung enorm verdienen.

* * *

Bauprinzip vielleicht: Anfangs dekorativ, und leicht bauen (für 10—20 Jahre berechnet, mit Ausnahmen der Monumente), *cela attire l'œil*, Ausstellungsstil. Dadurch sind spätere Neubauten, also Arbeitsgelegenheit für immer gegeben. Dann, solid und elegant.

* * *

Society of Jews wird solid, bankmäßig gesund, reell vorgehen. Sie ist u. a. auch ein großer Tarifeur (Leinkauf nehmen) und wird mit Bahnen Personal- und Frachtrefaktien eingehen.

Das wird auch eine Form der Versöhnung mit unserem Abzug sein. Denn man wird späterhin bereuen, uns nachziehen wollen, wie Pharao. Wir werden aber keine Schmutzerei zurücklassen. Judenehre beginnt.

* * *

Wehe den Schwindlern, die sich an der Judensache bereichern wollen. Wir werden für sie härteste Ehrenstrafen einführen. Sie zu *incapaces* der Immobilienerwerbung machen.

* *

Denn *Society* darf kein Panama werden.

* * *

Wir werden alle Zionisten fusionieren.

* * *

Gesundheitsmaßregeln vor Abfahrt. Hüben noch heilen die Ansteckenden. Wir werden Abfahrtsspitäler (Quarantänen) haben, Bäder, Kleideranstalten vor Abfahrt.

* * *

Den historischen Bauer züchten, hieße ein modernes Heer mit Armbrust oder Pfeilbogen bewaffnen.

* * *

So sehr füllt mich das jetzt aus, daß ich alles auf die Sache beziehe, wie ein Liebender auf die Person.

Ich war heute bei Floquets Sekretär, wegen des Fremdenlegionärs Nemec, der unter falschen Vorspiegelungen

38

angeworben wurde. Während der Sekretär mir den amtlichen Bericht des Kriegsministers vorlas — offenbar
hierarchisch ungenau —, dachte ich immer nur an unsere eigene Truppe; wie ich Disziplin herstellen und doch
solche Unmenschlichkeiten verhindern könnte.

Abends in der Oper bei Tannhäuser.

Wir werden auch so herrliche Zuschauerräume haben,
die Herren im Frack, die Damen möglichst luxuriös. Ja,
den Judenluxus will ich benützen, wie alles.

Dabei wieder ans Phänomen der Menge gedacht.

Da sitzen sie stundenlang dichtgedrängt, regungslos,
körperlich gequält! und wofür? Für ein Imponderabile,
das Hirsch nicht versteht: für Töne! für Musik und
Bilder! —

Ich werde auch erhabene Einzugsmärsche für große
Feste pflegen.

6. Juni 1895.

Wir werden schwere Kämpfe zu bestehen haben: mit
dem bereuenden Pharao, Feinden, und besonders mit uns
selbst. Das goldene Kalb!

✳ ✳ ✳

Aber ernst und fern hinblickend werden wir es durchführen, wenn Volk nur immer fühlt und weiß, wie hoch
wir es meinen.

Armee gut in der Hand halten!

✳ ✳ ✳

Uniformiert alle Beamten, schmuck, stramm, aber nicht
lächerlich.

✳ ✳

39

Gigantische *assistance par le travail.*

* * *

An Überfuhr verdienen wir, was uns Mittellose kosten.
Auch nicht gratis. Sie zahlen drüben in Arbeitstagen,
durch die sie erzogen werden.

* * *

Prämien aller Art für Tugenden.

* * *

Tabakbau, Seidenfabriken.

* * · *

Wunderrabbi von Sadagora ausführen, zu einer Art
Bischof einer Provinz machen. Überhaupt ganzen Klerus
gewinnen.

Sie müssen das Algebraische in Ziffern umrechnen. Es
gibt Leute, die nicht verstehen, daß $(a + b)^2 = a^2 +
2 ab + b^2$ ist. Denen müssen Sie das ausrechnen in
bekannte Ziffern.

Ich weiß wohl, daß das Nächste in meiner Aufstellung
so richtig ist, wie das Fernste. Aber gerade im Nächsten
(das jeder sieht) darf kein Fehler sein, sonst hält man
das Ganze für Phantasie.

Reihenfolge:

1. Geldbeschaffung (Syndikat).
2. Beginn der Publizität (die nichts kostet, denn Antisem. wird froh sein, und liberale Widerstände breche
ich durch Konkurrenzandrohung).
3. Engagement der Landsucher.

4. Fortsetzung der Publizität im größten Maßstab. Europa soll darüber lachen, schimpfen, kurz reden.

5. Unterhandlungen mit Zion.

6. Landerwerbungspunktationen.

7. Ausgabe von Landprioritäten (1 Milliarde).

8. Kauf und Bau von Schiffen.

9. Fortwährend Engagement aller sich Meldenden, Rekrutierung, Zuteilung, Abrichtung.

10. Die große Subskription zu propagieren beginnen.

11. Abfahrt des Landnahmeschiffes mit Berichten an die gesamte Presse.

12. Wahl und Fixierung des Landes, der Hauptstädte.

13. Arbeiter aus Rußland usw. errichten inzwischen zuerst die Abfahrtsbaracken (an italienischer oder holländischer Küste, für sich, dann für spätere Heere).

14. *Péage*verträge mit Bahnen. Wir müssen am Transport viel verdienen.

15. Eintausch alter gegen neue Sachen beginnt.

16. Die schon sich drehenden Räder werden natürlich weiter in Bewegung erhalten, hinzukommen allmählich alle übrigen des Programms, bis die ganze Maschine geht!

17. Zum Deutschen Kaiser· (ihn um Privilege! bitten).

* * *

Dafür garantieren wir gute Ordnung und geben *surface* (vielleicht für Bewilligung der öffentlichen Subskription einer Losanleihe).

7. Juni 1895.

Hirsch — heute vor acht Tagen noch der Angelpunkt meines Planes, ist heute schon zur *quantité absolument négligeable* herabgesunken, gegen die ich sogar bereits großmütig bin — — — in Gedanken.

* * *

Daniel Deronda lesen. Teweles spricht davon. Ich kenn's noch nicht.

* * *

Dem Familienrat. — Ich beginne mit Ihnen, weil ich so für den Anfang, bis meine Kader stehen, kein *grand fracas* brauche, und auch Gut und Blut der Masse sicherer hinausführen kann. Während, wenn ich zuerst Massen aufrühre, gefährde ich die Reichen.

* * *

So kann ich behutsamer vorgehen.

* * *

Ich bin der Mann, der aus Abfällen Anilin macht.

Ich muß Vergleiche verschiedener Art gebrauchen, denn es ist etwas Beispielloses.

. . . .

Ich war bei Hirsch, ich gehe zu Rothschild, wie Moltke von Dänemark zu Preußen.

* * *

Die feigen, vermischten getauften Juden sollen bleiben. Selbst ihnen werden wir nützen — sie werden sich der Zusammengehörigkeit mit uns, deren sie sich schämen, rühmen. Wir treuen Juden aber werden wieder groß.

Dabei will ich auch, wenn ich R's bekomme, den armen Baron Hirsch nicht verstoßen.

Ich gebe ihm ein Vizepräsidium (in Anerkennung bisheriger Verdienste, und weil er den Plan kennt).

Übrigens fürchte ich die Divulgation meiner drei Briefe nicht — nur würde ich ihn dafür zerschmettern, den Fanatismus auf ihn hetzen und ihn in einer Schrift demolieren (das werde ich ihm seinerzeit ankündigen).

Lieber möchte ich aber ihn und alle großen Juden unter einen Hut bringen.

42

Erstens soll Verwaltungsrat der Society *les plus* „*upper*" umfassen (wegen Autorität). Dann placiere ich die Camoudos und Mendelssöhne als Präsides der Töchteranstalten.

Ich bringe den R's und großen Juden ihre historische Mission.

J'accueillerai toutes les bonnes volontés — wir m ü s - s e n einig sein — *et écraserai les mauvaises* (sage ich drohend dem Familienrat).

Brief Teweles (Mut genügt nicht). Beer muß ich schreiben, daß ich für sein Beerit Verwendung habe.

* * *

Meine Übersiedlungen von Wien nach Paris, und zurück, waren geschichtlich nötig, damit ich die Auswanderung erlerne.

Güdemann! Sie mache ich zum ersten Bischof der Hauptstadt. Nach Glion habe ich Sie gerufen, um Ihnen augenfällig zu machen, was wir schon in der Natur vermögen.

Wollen R's nicht, so bringe ich die Sache vor Gesamtheit der Juden. Das hat außer Länge noch Nachteil für mich, daß ich meine tiefsten Pläne divulgieren, der Diskussion (auch der Antisem.) übergeben muß.

Für R's hat es den Nachteil, daß Sache ruchbar wird, Stürme der Wut hervorruft (die Juden wollen abziehen!) und vielleicht zu schweren Unruhen auf Gassen, und in Gesetzgebungen zu Repressalien führt.

Ich herge oder gefährde ihr Vermögen. Und ich setze es durch, weil meine Feder bisher rein ist und unverkäuflich bleibt.

2. Blatt v. Bois.

Ich bringe die Lösung der Judenfrage durch Bergung des R'schen Vermögens — und umgekehrt.

Ich bin aber auf die R's nicht angewiesen — ich zöge

43

sie nur vor als Knoten, weil ich das ganze Geld in einem Nachmittag aufbringen kann, durch *simple passage d'écriture*.

Sie sollen Albert R veranlassen, Familienrat die Sache vorzulegen, und mich zu einem Vortrag vor den Familienrat (aber nicht in Paris, weil mich Umgebung impressionieren könnte) einzuladen.

7. VI. Im Palais Royalgarten.

Etwas wie Palais Royal oder Markusplatz bauen.

* * *

Keinen Juden wegschicken. Jeden verwenden nach seiner Fähigkeit oder Unfähigkeit, z. B. Pferdezucht lernen lassen.

Einleitung in Glion vor dem Geistlichen und dem Weltlichen.

Geschichte. Es kann nicht besser, muß schlechter werden — bis zum Massaker.

Regierungen können's nicht mehr verhindern, selbst wenn sie wollten. Auch steckt Sozialismus dahinter.

In den zwanzig Jahren, „bis man's merkt", muß ich mir die Knaben zu Kriegern erziehen. Aber nur Berufsheer. Zahl $^1/_{10}$ der männlichen Bevölkerung — weniger genügt nicht nach innen.

Übrigens erziehe ich alle zu freien starken Männern, die im Notfall als Freiwillige einstehen. Erziehung durch Patriotenlieder und Makkabäer, Religion, Heldenstücke im Theater, Ehre usw.

7. VI.

Mosis Auszug verhält sich dazu, wie ein Fastnachtssingspiel von Hans Sachs zu einer Wagnerschen Oper.

* * *

Ich bin auf alles gefaßt: das Jammern um Ägyptens

44

Fleischtöpfe, den Tanz ums goldene Kalb — auch auf den Undank der am meisten Verpflichteten. —

Von Goldmark, Brüll und anderen jüdischen Komponisten (auch Mandl) Volkshymnen (Marseillaise der Juden) komponieren lassen. Preisausschreibung unnötig und lächerlich. Die beste wird allgemein werden.

Wir werden wahrscheinlich die Verfassung Venedigs nachbilden und aus den schlechten Erfahrungen Venedigs vorbeugend profitieren.

. . . .

Für Glion. — Hierher habe ich Sie gebeten, um Ihnen vor Augen zu halten, wie unabhängig die Menschen schon von der Natur sind.

I. Hauptpunkt: Ich löse die Frage, indem ich R's Vermögen in Sicherheit bringe, oder umgekehrt.

II. Hauptpunkt: Wenn ich's nicht mit R's machen kann, mache ich's gegen sie.

Die Jugend (auch die Armen) bekommt englische Spiele: Kricket, Tennis usw., Lyzeen im Gebirge.

Die Tugendniveauhebung durch Prämien, mache ich für uns — nicht fürs Bleiben! (scil. Prämien, die uns nichts kosten und wertvoll sind: wie Ländereien, Orden usw.)

Grundsatz: Jeder meiner früheren Bekannten, der kommt, wird angestellt, nah oder fern.

Ich werde zuerst mit ihnen herzlich reden, sie prüfen; aber vom Moment an, wo sie angestellt sind, hört prinzipiell Gemütlichkeit auf — das sage ich ihnen voraus aus Disziplingründen.

. . . .

Nach hundert Jahren sollte man die allgemeine Wehrpflicht einführen; aber wer weiß, wie weit man dann schon in der Zivilisation hält.

Wir werden uns die Judenjargons, Jüdischdeutsch, abgewöhnen, die nur Sinn und Entschuldigung als verstohlene Sprache von Häftlingen hatten.

Siebenstundentag denke ich mir vorläufig als Weltreklame — vielleicht sogar durchführbar für immer. Wenn nicht, wird *jeu naturel* das schon wieder einrichten.

Allen, oben und unten: Keine Engherzigkeiit! in einer neuen Welt ist Platz für alle...

Dreizehn Jahre hat's mindestens gebraucht, bis ich diesen einfachen Gedanken hatte. Jetzt sehe ich erst, wie oft ich nahe daran vorübergekommen bin.

Die „Arbeitshilfe" war mir sehr wichtig.

Circenses baldigst:
Deutsches Theater, internationales Theater, Oper, Operette, Zirkus, Café-concert, Café Champs Elysées.

Zur Ausstellung von 1900 bereits herrliche Reklamesachen schicken.

Die Hohenpriester werden imposanten Ornat haben; unsere Kürassiere gelbe Hosen, weißen Waffenrock. Offiziere silbernen Küraß.

Sobald wir Land festgestellt und Präliminarvertrag mit jetzigem Souverän abgeschlossen haben, beginnen diplomatische Unterhandlungen mit allen Mächten für Garantie.

46

Dann Ausgabe der jüdischen Anleihe.

∗ ∗ ∗

Rousseau glaubte, daß es einen *contrat social* gebe. Das ist falsch. Es gibt im Staat nur eine *negotiorum gestio.*

So führe ich die Geschäfte der Juden, ohne ihren Auftrag, werde ihnen aber dafür verantwortlich.

∗ ∗ ∗

Dem Familienrat. Für Sie ist das *un simple passage d'écriture.*

Und doch werden Sie mit dieser Bergung Ihres Vermögens das größte Geschäft machen, das Sie je gemacht haben.

Darum wünsche ich auch, daß der großen Masse der Juden davon etwas zukomme. Sei es durch zweite Emission, bei welcher nur Unitäten der Subskription berücksichtigt werden — sei es durch Aktien für die ersten Landnehmer (letzteres schöner und sozialer). Die Form werden wir schon finden.

Das liegt auch in Ihrem Interesse, sonst werden Sie von den Juden später hart angefeindet.

8. Juni 1895.

Die Zentren ausgraben und hinübernehmen. Ganze Milieus, in denen die Juden sich w o h l fühlen, verpflanzen.

∗ ∗ ∗

Alle, die sich gegen mich irgendwann, irgendwas zuschulden kommen ließen und sich deshalb nicht an mich heranwagen, aufsuchen und anstellen. Weil ich der erste sein muß, der Beispiel einer überlegenen Großmut gibt.

Judenfrage soll als großer Versöhnungsausklang gelöst werden.

47

Wir scheiden als Freunde von unseren Feinden — das soll der Beginn der Judenehre sein.

Den Männern in Glion und später dem Familienrat:

Bemerken Sie, daß ich nicht phantasiere, mit lauter realen Faktoren — die Sie selbst prüfen können — rechne, und nur in der Kombination liegt die Phantasie.

* * *

Ich glaube fest, daß ich die Leute erobern werde. Nur kleine Leute rächen sich.

* * *

Für hinterlassene — natürlich nur ordentlich nachweisbare — Schmutzereien unserer Auswanderer kommt die Gesellschaft auf. Wir werden es schon drüben hereinbringen. Das ist die Manneszucht.

. . . .

Dossiers meiner Privatkorrespondenz führen. Dossiers anlegen für alle Personen, mit denen ich verkehre.

Die Juden unter einen Hut zu bringen, wird eine Sauarbeit sein, obwohl oder vielmehr weil sie alle einen Kopf haben.

Der erste Senator wird mein Vater.

In den Senat kommen alle berühmten Juden, die mit uns gehen.

Unter Schnitzeln finde ich heute zufällig einen Zettel, den ich in San Sebastian am Vorabend meiner Abreise nach Paris schrieb.

Da heißt es: „Ich werde Galloschen haben wie ein Geschäftsmann."

Ich sah damals, wie gewöhnlich, die ganze Entwicklung voraus — nur die Dauer und das Ende nicht.

Heute sage ich: Ich werde mit den Herren der Erde als ihresgleichen verkehren.

* *

Den Männern ·in Glion.

Ich entwickle vor Ihnen jetzt nur die moralisch politische und die finanzielle Seite, d. h. das Ziel, das ich
ebenso deutlich sehe wie den Ausgangspunkt.

Die Sache hat noch viele andere Seiten: technische, militärische, diplomatische, administrative, volkswirtschaftliche, künstlerische usw.

Sie müssen mir vorläufig glauben, daß ich dafür ebenso
Rat weiß und meine Pläne aufgestellt habe.

Eine Sektion für Erfindungen, deren Korrespondenten
in Paris, London, Berlin usw. sofort alles Neue melden,
das dann auf seine Verwendbarkeit hin geprüft wird.

Sektionschef muß oft erneuert werden, damit kein
Routinebeamter aus ihm werde.

* * *

Volksfeste von künstlerischem Charakter, *éparpillé*
übers ganze Land, und zwar nach einem Typus, damit
sich Massen nicht immer nach einem Punkt drängen.
Denn so fühlt sich Menge bei Festen nur unglücklich.

Allerdings wird es auch Nationalfeste mit enormen Se-
henswürdigkeiten, farbigen Aufzügen usw. geben. —

. . . .

Dieser Auszug verhält sich zu jenem, wie die jetzige
wissenschaftliche Goldminenerforschung des Witwatersrand zur abenteuerlichen der Kalifornier Bret Hartes.

Mich vor Selbstüberschätzung, Hochmut und Narreteien hüten, wenn's gelingt. Wenn's mißlingt, hilft mir
die Literatur, mir's von der Seele zu schreiben.

Es gibt Details, die ich Ihnen noch nicht sagen kann,
weil ich in diesem Augenblick nicht weiß, ob Sie meine

Freunde sein werden. Sie können nämlich nur meine Freunde oder Feinde sein. Dazwischen gibt's jetzt nichts mehr.

* *

I. Station Rothschilds
II.   „   Zwergmillionäre
III.   „   die Kleinen (d. h. Divulgation!)
Dann werden die 2. und 1. bereuen.

* * *

Alle Bettler, alle Hausierer nehme ich mit. Die zurückbleiben, d. h. die nicht arbeiten wollen, soll der Teufel holen.

Wenn ich die Armen abgezogen habe. Es wird eine Erleichterung, ein Aufatmen eintreten.

Auch die Judenpracht wird in Europa nicht mehr belästigen. Denn alle Wohlberatenen werden sich drüben ihre Paläste bauen.

Erst später wird die Erleichterung in ein Gefühl der Leere ausarten — aber dann sind wir schon drüben und haben unser Heer und unsere Diplomatie.

Diplomaten werden am schwersten zu rekrutieren sein, weil wir in der Gefangenschaft die Haltung verloren haben.

Den Männern v. Glion:

Die R's ahnen gar nicht, wie gefährdet ihr Vermögen schon ist. Sie leben in einem fälschenden Kreis von Höflingen, Dienern, Angestellten, Armen und aristokratischen Pumpbrüdern.

Eine Lösung ist's, weil ich alle befriedige.

Arme, Reiche, Arbeiter, Gebildete, Regierungen und antisemitische Völker.

Dem Familienrat:

Sie geben einem Armen Fr. 100. Ich gebe ihm Arbeit, selbst wenn ich keine habe, schlimmstens verliere ich daran 100 Francs. Aber ich habe eine nützliche Existenz geschaffen, und Sie einen Lumpen. *Avec ça,* daß ich den Markt zugleich mit der Arbeit schaffe!

Also gewinnen muß, was Unternehmer gewinnen — *je gagne tout ce que je veux.*

* * *

Ihr Vermögen wachsende Kalamität. Wir werden uns beim Eintausch alter Immobilien gegen neue betrügen lassen, aber privilegierte, gesetzliche Hypothek schaffen für hinterlassene Schmutzereien.

Tarifwesen mit Leinkauf studieren. Personen müssen uns zum Portosatz zu stehen kommen. Wir werden wie Cook und Schrökl eigene Züge haben. Auch Cooks System werde ich studieren, um seine Benefizien herauszurechnen.

* * *

Das jüdische Kapital darf nichts mehr unternehmen.

Die jüdische Arbeit darf nicht mehr konkurrieren.

Die Gleichberechtigung steht noch im Gesetz, ist aber tatsächlich schon aufgehoben.

Wir produzieren zu viel Intelligenz und haben dafür keinen Absatz mehr.

Dem Familienrat:

Meine Auffassung: Sozialismus ist eine rein technologische Frage. Zerteilung der Naturkräfte durch Elektrizität wird ihn aufheben. Inzwischen ist unser Musterreich entstanden.

Stadtbau: Erst Kanäle, Wasser, Gas usw., dann darüber Holzstöckel.

8. VI.

Aber nicht nur Paris, Florenz usw. kopieren, auch einen jüdischen Stil suchen, der die Erleichterung und Freiheit ausdrückt.

Freie heitere Hallen, säulengetragen.

Luftzonen zwischen Städten machen. Jede Stadt gleichsam großes Haus, das im Garten liegt.

In den Luftzonen darf es nur Ackerbau, Wald usw. geben. Dadurch verhindere ich hypertrophische Großstädte, und die Städte sehen früher bewohnt aus.

8. VI.

Abends bei S...s diniert. Ihre Schwägersleute aus Wien waren da. Wohlhabende, gebildete, gedrückte Menschen. Sie stöhnten leise über den Antisemitismus, auf den ich fortwährend das Gespräch brachte.

Der Mann erwartet eine neue Bartholomäusnacht. Die Frau meint, daß es nicht mehr schlechter werden könne. Sie stritten, ob es gut oder schlecht sei, daß Luegers Wahl zum Bürgermeister von Wien nicht bestätigt werde.

Sie haben mich mit ihrer Mattigkeit ganz verzagt gemacht. Sie ahnen es nicht, aber sie sind Ghettonaturen, stille, brave, furchtsame.

So sind die meisten. Werden sie den Ruf zur Freiheit und Menschwerdung verstehen?

Beim Weggehen war ich ganz verstimmt. Mein Plan kam mir wieder verrückt vor.

Aber in der *défaillance* sagte ich mir: Angefangen hab' ich's, jetzt führe ich's weiter.

Hauptsache ist, daß ich in Glion und später Willen zeige.

52

So etwas kann nur suggeriert werden. Wie ich zweifle, bin ich grotesk.

9. Juni 1895.

Salo und Güdemann sollen jeder eine Denkschrift mitbringen. Güdemann über Zahl, Verteilung zu seiner Kenntnis kommender Verfolgungen, Zeichen, ob Antisemitismus wachse (und in welchem Verhältnis) oder abnehme, offizieller und offiziöser Antisemitismus, Antisemitismus in Schule und Ämtern, soweit er's weiß usw. Kurz alles, was er über moralische und politische Lage weiß.

Salo über jüdische Erwerbsverhältnisse, Zinsfuß, Vermögensverteilung (Zahl der großen, Schätzung der kleinen Vermögen), Zustand des jüdischen Unternehmungsgeistes (ob wächst, und in welchem Verhältnis, oder schwindet), Stimmung in Geschäftskreisen.

Morgens: Heute bin ich wieder eisenfest. Die Mattigkeit der gestrigen Leute ist ein Grund mehr zur Aktion. Christen in diesen Verhältnissen wären froh und lebenslustig. Juden sind traurig.

Approvisionierung wahrscheinlich nicht in eigene Regie nehmen.

Um in England nicht „manager" zu heißen, was zu geschäftsmännisch klingt, werde ich vielleicht den Titel „Kanzler" führen oder einen anderen.

Die subalternen Titel blieben vorläufig wie der gewöhnlichen Aktiengesellschaften. Die Verwandlung in staatsmäßige wird später als Belohnung empfunden werden.

Bei Gehalten, Prinzip: Jedem eine merkliche Verbesserung von $1/_4$ bis $1/_2$ seines jetzigen Einkommens zu gewähren.

Aber Marge halten fürs Avancement, ebenso im Titel wie im Gehalt.

Anfangs wußten die Gründungsbeamten die Titel nicht gebührend zu schätzen (kamen ihnen sogar lächerlich vor); so sollen sie sich nur für Angestellte einer reichen Aktiengesellschaft halten.

Ein Zeitungsleser (S...) soll täglich vigilieren auf neue Wohlfahrtseinrichtungen, Spitäler usw. und mir Auszüge vorlegen.

Überhaupt haben alle Ressortchefs Auftrag, alles Wichtige, was der Weltgeist in ihren Fächern an Fortschritt schafft, mir zu signalisieren, mit besonderem Bericht über Wichtiges.

Ich selbst werde keine Zeitung lesen (nach Freycinets Prinzip — Worte, die er mir über Casimir Périer sagte).

. . . .

Ich habe fortab das Recht und die Pflicht, mich über jederlei persönlichen Angriff hinwegzusetzen.

Nur wenn ein *courant d'opinion* gegen das Unternehmen erzeugt werden will, muß es mir schleunig signalisiert werden, damit ich die Widerstände breche.

Angriffe der Antisemiten, solange sie uns nicht zurückhalten wollen (was auch kommen wird), ignoriere ich vollkommen.

Für meine persönliche Sicherheit wird eine gut geleitete Geheimpolizei zu sorgen haben.

. .

9. VI.

Es ist ein Feldzug. —

Prinzip der Karawane von Arcueil sofort adoptieren (*La XIX. Caravane d'Arcueil par Lhermite* [bei Dominikanern in Paris, Ecole Lacordaire, zu kriegen]).

Buch des Dominikanerpaters Lhermite soll der Führer (vielleicht B...) mit Nutzen lesen, mir darüber berich-

54

ten. Wir schicken gleich im ersten Jahr eine Karawane hinüber (Raoul geht mit), dann in regelmäßigen Abständen solche Züge.

Für Einrichtung der Börsen werden Maklerschaften anfangs auf ein Jahr versteigert.

Aber schon wer in diesem Jahr, wo er noch sein eigener Herr ist, die späterhin zu verpönenden Handlungen begeht, wird disqualifiziert (was ihm im vorhinein anzusagen ist).

Wer dagegen sich korrekt aufführt, erwirbt für nächstes Jahr Vorzugsrecht, ohne zu konkurrieren. Er kann Charge zu dem höchsten gebotenen Preise auf ein weiteres Jahr behalten. Das geht so fort bis zum fünften oder zehnten Jahre (was wir dann nach Umständen ermessen werden), wo die Versteigerung aufhört und die Makler eine geschlossene Korporation werden.

Durch die großartige Einrichtung dieses Börsenmonopols erreiche ich auch, daß das verblüffte Europa die Sache nachmacht. Dadurch werden die Juden von europäischen Börsen verdrängt, weil die bestehenden Regierungen diese Sinekuren doch nicht den Juden geben werden. Das bringt mir neue Auswanderer.

Die Aufmerksamkeit und Gerechtigkeit der reisenden Beschwerdekommissäre sichere ich dadurch, daß ich sie verantwortlich mache. Sie selbst unterliegen Amtsstrafen, wie Gehaltsabzüge, Versetzung usw., wenn sie gerechte Beschwerden vernachlässigt, schlecht oder parteiisch entschieden haben usw.

Es wird geheime Oberinspektoren geben, d. h. Legaten, die ohnehin die Gegenden bereisen und nebenbei ihre Wahrnehmungen zu verzeichnen haben.

Die örtlichen Selbsteinschätzungen können zu Betrügereien führen. Darum bleiben die Auswanderer solidarisch haftbar bis zur Realisierung des Hinterlassenen, und die Haftung ruht in einer privilegierten Hypothek auf ihren neuen Besitzungen.

Börsenmonopol des Staates scheint mir jetzt eine geniale Lösung zu sein.

Zur Maklerschaft braucht man keine Vorkenntnisse: es ist *unskilled labour!*

Die beeideten Makler habe ich ganz in der Hand, verwende sie für Staatszwecke, dirigiere sie nach den Bedürfnissen meiner Politik und kann Mißbräuche verhindern. Ich dulde keine Börsencomptoirs. Ich will einen gesunden Geldmarkt. Der Makler, der zum Spiel verlockt, wird abgesetzt. Mit der Absetzung ist nicht nur Verlust einer fetten Pfründe, sondern auch politischer Ehrverlust auf graduierte Zeit verbunden. —

Der Makler wird zur Vertrauensperson wie Notar. Ich fasse die Makler in Kammern mit Ehren-Schiedsgericht zusammen.

Kasuistik der Delikte ist zu verfassen, und damit ein Spezialkodex zu etablieren.

Der Makler hat sich seine Kunden anzusehen. Er kann, was ich nicht kann: den Spieler vom Anlagesucher unterscheiden.

Makler, die mit nachweisbarer *culpa* (selbst *levis*) den wirtschaftlichen Ruin jemandes verschuldet haben, werden abgesetzt. Ich kann aber die Strafen auch graduieren: z. B. zeitweilige Suspension (die nicht Verlust der politischen Rechte nach sich zieht und abgestuft werden kann, von acht Tagen bis zu zwei Jahren. Weil ja manchmal die Schuld des Maklers schwer nachweisbar.)

Die Entscheidung über Suspension und Absetzung nehme ich vielleicht dem Standeskollegium ab und gebe sie meiner staatlichen Börsenkommission.

56

Vielleicht mache ich diese Börsenkommission nur zur Appell-Instanz, weil ich den Umtrieben des Brotneids vorbeugen will.

9. VI.

Dieselbe Einrichtung, wie für die Geldbörse, auch für Getreide-, Vieh-, Warenbörse, wie für alles, was des Spiels fähig ist.

▼ ▼ ▼

Aus den Einkünften dieses Monopols habe ich großen Beitrag zu Staatsbedürfnissen.

✳ ✳ ✳

Maklerschaften werden zunächst provisorisch gegen *redevance* verliehen und allmählich zur Pensionierung verdienter Beamten verwendet. Können späterhin auch (wie in Paris die *agents*-Chargen) in Viertel und Achtel geteilt werden.

▼ ▼ ▼

Die Maklerschaften sind nicht vererblich und unveräußerlich. —

So kann ich unbesorgt die Hauptstadt zum vornehmsten Platz des Welt-Geldmarktes machen.

Gewisse Ämter (des Heeres, der Diplomatie, Justiz, Verwaltung usw.) werden nie mit Maklereinkünften belohnt, sondern direkt vom Staate aus pensioniert. Das ist für uns nur eine Umbuchung, trägt aber zur Hebung und Ehrung dieser Stände bei.

Dem Familienrat:

9. VI.

Wenn ich's mit Ihnen machen kann, habe ich alle Vorteile des anfänglichen Geheimnisses.

Sobald erste Kader stehen, Land fixiert ist usw., kann

ich zu Regierungen gehen und sagen: R's bringen dieses Opfer (eine Art indirekter Selbstbesteuerung), Ihnen die überzähligen Juden fortzuschaffen.

Wir dürfen nur von „überzähligen" sprechen, sonst läßt man uns nicht propagieren und fortziehen.

Es muß anfangs scheinen, daß wir den Regierungen einen Dienst erweisen wollen. Wir opfern für „Lösung der Judenfrage" eine Milliarde.

Dafür erhalten wir die Gefälligkeiten, die wir brauchen: Freilassung vom Militär u. dgl.

Vor allem Duldung unserer Propaganda und gelegentlich (auf unseren Wunsch) ein ungnädiges Wort, aber unter Aufrechthaltung der Ordnung.

Nach zehn Jahren ist die Bewegung unwiderstehlich, und die Juden werden uns bei Nacht und Nebel ohne Schuh' und Strümpfe zulaufen. Sie werden durch keine Gewalt mehr zurückzuhalten sein, wenigstens nicht in den freizügigen Ländern.

Sollte man dann versuchen, Freizügigkeit der Juden zu hindern, werden wir öffentliche Meinung der Welt zu bewegen wissen (Liberale, Sozialisten, Antisemiten), daß man die Juden nicht gefangen halten dürfe.

Übrigens wird unsere Diplomatie arbeiten (wir werden Geldzugeständnisse machen in Form von Anleihen und Surfacegaben).

Sind wir erst draußen, so vertrauen wir auf unser Heer, auf unsere erkauften Freundschaften und auf die Zerklüftung des durch Militarismus und Sozialismus geschwächten Europas.

Das ist die Judenemanzipation.

Dem Familienrat:

Sie sind gewohnt, Weltgeschäfte zu machen. Sie werden mich vielleicht verstehen. —

Die jüdische Nationalanleihe lege ich vielleicht schon in unserer Hauptstadt auf.

Ich verhandle zuerst mit Zaren (bei dem mich unser Protektor, Prinz von Wales, einführt) über Freilassung der russischen Juden.

Er soll mir sein Kaiserwort geben und es im Reichsanzeiger publizieren lassen. (Er wird glauben, daß ich nur ein paar Hunderttausend wegführen kann.)

Dann verhandle ich mit Deutschem Kaiser. Dann mit Österreich. Dann mit Frankreich wegen algerischer Juden. Dann nach Bedarf.

Ich muß, um gut bei den Höfen angesehen zu sein, die höchsten Orden bekommen. Zuerst englischen.

. . . .

9. VI.

Ich werde oft unvermutete Inspektionen da und dort vornehmen. (Hochwichtig, um *gaspillage* und Beamtenschlaf zu verhindern.)

Auch eine geheime Amtspolizei über Mißbräuche berichten lassen.

9. VI.

An der Spitze des Judenblattes:

Beschwerden gegen Mißbrauch und Willkür der Beamten sind unter Kuvert „Beschwerde an den General-Direktor" zu richten.

✳ ✦ ⟶

Ich werde reisende Untersuchungskommissionen (die auch unvermutet eintreffen) für diese Beschwerden einsetzen.

Beamtenstrafe: nur in schwersten Fällen Entlassung. In leichteren Versetzung in fernere Gegenden, mühsamere Dienste.

Durch andauernd gute Aufführung wird aber solcher Amtsmakel getilgt und schadet dem Avancement nicht mehr.

Natürlich hat jeder Beamte seine Konduiteliste in der Abteilung, und Dossier in der Zentrale London *(en attendant que cela soit dans notre capitale)*.

* * *

Geschenkannahme zieht unter allen Umständen Entlassung nach sich, doch darf der Entlassene sich im Lande niederlassen und sich als Freier fortbringen. Auch wird seine schuldlose Familie vor Entbehrungen geschützt.

Eine Form unserer Entlassungsentschädigung an die Staaten ist die doppelte Umschreibegebühr der Immobilien, die vom jetzigen Besitzer an die Society und von dieser weiter verkauft werden.

Wir werden das freilich nicht von vornherein zugestehen, sondern zunächst durch die Society nur Agenturgeschäfte machen lassen.

Erst wenn öffentliche Meinung sich über die Vermögensauswanderung zu beunruhigen anfängt, „finden wir nach reiflichem Nachdenken und um unseren guten Willen zu zeigen" das Auskunftsmittel dieser doppelten Umschreibung — wobei wir uns verpflichten, drüben den Steuerbetrügern gewisse Benefizien der anständigen Auswanderer zu entziehen, z. B. nur denen die ermäßigte Fahrt- und Transportrefaktie zu gewähren, die ein Amtszeugnis ihres bisherigen Wohnortes beibringen: „In guter Ordnung fortgezogen".

Wir werden selbstverständlich alle Forderungen der alten Wohnorte klagbar halten (und zwar selbst wenn wir schon unsere eigenen Gesetze haben). Diese Prozesse möglichst rasch, mit aller denklichen Bevorzugung und nach dem Ursprungsortsgesetz entscheiden.

Dagegen muß man uns die jüdischen Deserteure lassen (was ich natürlich in einer für uns nicht kränkenden Form fixieren werde). Denn, da wir unsere eigene Heimat haben, sind wir unseren bisherigen Wirtsvölkern (ich akzeptiere den Standpunkt der Antisemiten) nicht mehr zum Heeresdienst verpflichtet.

Den Führer der Jünglings-Karawanen (nach Muster der Dominikaner von Arcueil) verantwortlich machen für sittliche Zucht, Ernst und Studien der Burschen. Das sind keine Vergnügungsreisen, sondern Lern- und Arbeitsreisen, ambulante Schule mit täglichen Stunden und Vorträgen, ein Botanisieren in der Welt. Ich werde mir hierüber jedesmal speziell berichten lassen. Sehr wichtig. —

Wenn wir drüben sind, werden sich die Tänzer ums goldene Kalb empören, daß ich sie nicht zur Börse lasse.

Ich werde sie auf der Gasse auseinanderjagen lassen und im Parlamente sagen:

„Das war gut für die Gefangenschaft. Jetzt haben wir die Pflichten der Freiheit. Wir müssen ein Volk von Erfindern, Kriegern, Künstlern, Gelehrten, ehrlichen Kaufleuten, aufsteigenden Arbeitern usw. sein.“

Früher war Börsenspiel entschuldbar. Die Intelligenzen waren eingesperrt, wir mußten uns mit Geld abgeben. Jetzt sind wir frei. Jetzt kann jeder Jude alle Ämter im Staate, in unserem Staat erhalten. Jeder kann General, Minister, Gerichtspräsident, Akademiker, kurz alles werden.

Jetzt wollen nur die Faulenzer die Spielfreiheit, und die müssen wir überwinden, sonst gehen wir abermals zugrunde und werden jammervoll in die Welt zerstreut.

Fern sei es von mir, gegen die alten Börsianer etwas zu sagen. Mein teurer Vater mußte, nachdem er als Holzhändler zugrunde gegangen war, sein Brot als Agent an der Börse verdienen, um nicht zu verhungern und mich etwas Rechtes lernen zu lassen. Aber das war die vergangene Zeit. Ein Jude hatte damals keinen anderen Ausweg. Heute ist das nicht mehr nötig und wird darum nicht mehr geduldet.

Ich hätte mir doch bei der Leitung dieses Riesenunternehmens auch ein Vermögen machen können, wie ich um mich her Millionäre schuf. Ich bestimmte den Platz der Städte — was hätte ich dabei für Bauspekulationen machen können.

Nein! Ich habe nur meinen Gehalt, den ich zur Repräsentation brauche, das Haus, das ich mir von meinen Ersparnissen baute. Ich weiß, daß die Nation meine Nachkommen nie darben lassen wird.

9. VI.

Bei der Publikation des Buches werden die Regierungsrezepte weggelassen. Das Volk muß nach Prinzipien zum Guten gelenkt werden, die es selbst nicht kennt.

Die Regierungsmaximen sollen daher von den Besorgern der Buchausgabe — wenn ich selbst nicht mehr da bin — extrahiert und im geheimen Staatsarchiv aufbewahrt werden.

Nur der Doge und der Kanzler dürfen sie lesen. Wegzulassen auch diejenigen Bemerkungen, welche fremde Regierungen verstimmen könnten.

Der Gang der Verhandlungen soll aber bleiben. Damit unser Volk und die Welt sehe, wie ich die Juden heimgeführt habe.

9. VI.

Wenn einer um Anstellung bitten kommt:

Ob ich Sie nehme? Ich nehme alle, die etwas können und arbeiten wollen. Ihren Bruder, Ihre Freunde, Ver-

wandten und Bekannten, alle, alle, alle! verstanden? —
und jetzt gehen Sie.

9. VI.

Das Entstehen von Berufspolitikern muß auf jede mögliche Weise verhindert werden.

Diese Frage muß ich seinerzeit mit äußerster Sorgfalt
studieren.

⊤ ⊤ ⊤

Die Senatoren beziehen jedenfalls Gehalt, der gleichzeitig Ehrenpension unserer Geistesgrößen vorstellt.

- - -

9. VI.

Als Stipendien für meine tapferen Krieger, strebsame
Künstler, treuen und begabten Beamten, verwende ich die
Mitgiften reicher Mädchen.

Ich muß Heiratspolitik treiben.

* * *

Den großen Bankiers, die mich anbeten werden, sage
ich: Es wäre mir erwünscht, wenn sie ihre Töchter auf-
strebenden kräftigen Jünglingen geben.

Das brauche ich für den Staat.

Es ist die Selbstbefruchtung der Nation.

9. VI.

Gegen Palästina spricht Nähe Rußlands und Europas,
Mangel an Ausbreitung, sowie Klima, dessen wir schon
entwöhnt.

Dafür, die mächtige Legende.

* * *

Anfänglich werden wir von Antisemiten unterstützt
werden durch *recrudescence* der Verfolgung (denn ich

63

bin überzeugt, sie erwarten keinen Erfolg und werden ihre „Eroberung" ausnützen wollen).

Weiteres eventuelles Zugeständnis für Vermögensauswanderung.

Die betreffenden Staaten sollen die Judenimmobilien erwerben.

Preis wird — ohne Rücksicht auf das von uns Gezahlte — durch eine Regulierungskommission bestimmt, die auch wir beschicken dürfen.

Die Sprache wird uns kein Hindernis sein. Auch Schweiz Föderalstaat verschieden Nationaler.

Wir erkennen uns als Nation am Glauben.

Übrigens dürfte, *par la force des choses*, deutsche Sprache — Amtssprache werden. Judendeutsch! wie gelber Fleck für Orden!

Ich habe auch nichts gegen Französisch oder Englisch! Die *jeunesse dorée* lenke ich auf englische Sportübungen, wodurch ich mir sie für Armee erziehe.

Auf der Fahrt zum Grand Prix — draußen und bei der Rückfahrt sind mir die Grundzüge für Dogenkrönung und Duell eingefallen.

. . . .

Dogenkrönung:
Den Zug, der vom Dogenpalast ausgeht, eröffnen
...Kürassiere. Folgt Artillerie und Infanterie.

Die Beamten aller Ministerien, Abordnungen der Städte, die Geistlichkeit, zuletzt der Hohepriester der Hauptstadt. Die Fahne mit Ehrenwache von Generälen. Der Doge! Und hier erreicht der Zug seine symbolische Pracht.

Denn während alle in goldblitzenden Staatsgewändern, die Hohen Priester unter Baldachinen gehen, hat der Doge die Schandtracht eines mittelalterlichen Juden, den spitzen Judenhut und den gelben Fleck! (Der Zug geht vielleicht auch durch die Ghettogasse, die jedenfalls zur Erinnerung und zur Mahnung gebaut werden wird.) —

Hinter dem Dogen, der Kanzler, die abgesandten fremden Fürsten, die Minister, Generäle usw., das diplomatische Korps (wenn schon eines da ist), der Rat der Alten (Senat), das Parlament, freie Gesandtschaften der Berufe, Handelskammern, Advokaten, Ärzte usw. Artillerie und Infanterie beschließt den Zug.

9. VI.

Den Selbstmord strafe ich: beim Versuch mit dauernder Anhaltung im Irrenhause — beim Gelingen mit Verweigerung des ehrlichen Begräbnisses.

9. VI.

Ich brauche das Duell, um ordentliche Offiziere zu haben und den Ton der guten Gesellschaft französisch zu verfeinern.

Das Säbelduell ist gestattet und wird nicht bestraft, wie immer der Ausgang war, vorausgesetzt, daß die Sekundanten das Ihrige taten zur ehrenhaften Beilegung.

Jedes Säbelduell wird vom Duellgericht erst nachher untersucht.

Den *matamore*, den Wurzensucher, der sich schwächere Partien aushebt, kann das Duellgericht für fernerhin satisfaktionsunfähig erklären, wenn er nachweisbar der Beleidiger war; und wenn er schwere Beschädigung zugefügt hat, kann er vors gemeine Strafgericht gewiesen und nach gemeinem Strafrecht verurteilt werden.

* * *

Das Pistolenduell (oder das amerikanische, wenn ein solches wirklich existiert) muß vor Austragung vor das Duellgericht gebracht werden, und zwar durch die beiderseitigen Zeugen; sonst werden sie bestraft und verlieren das Recht, vor dem Duellgericht je wieder zu erscheinen.

Das Duellgericht entscheidet auf Ausfechten mit Säbeln oder, wenn ein Teil körperlich inferior ist, auf Unterlassen des Duells, oder endlich es fällt den geheimen Spruch.

Diesen geheimen Spruch vernehmen nur die beiden Duellanten — die Sekundanten müssen sich zurückziehen. Der geheime Spruch (für den ich eine geheime Instruktion verfassen werde) erkennt aufs Duell in einer nicht minder schweren, aber dem Staate nützlichen Form. Da nur Ehrenmänner im Zweikampf stehen können, wäre der Geschädigte jedenfalls der Staat, der noch lange jeden tüchtigen Mann brauchen wird.

Darum werden diese Duellanten auf lebensgefährliche Missionen ausgeschickt, die der Staat eben braucht. Einmal kann es Choleraimpfung sein, andermal die Bekämpfung eines Volksfeindes. So bleibt die Lebenswette des Duells erhalten, und wir ziehen daraus herrlichen Nutzen.

9. VI.

Städtebau:

Schwierigkeit: Marge für Ausbreitung und doch nicht unbewohnt aussehen. Zu lösen vielleicht durch Gartenstädte.

66

In allen Ortsgruppen Pläne und Bilder der *homes,* die wir von unseren jungen Architekten (Preise) entwerfen ließen.

Auswahl, Zahlungsmodi, Tarife.

* * *

Prämien auf Fruchtbarkeit und gute patriarchalische Erziehung der Kinder.

* * *

Unskilled labour haben wir gleich für Hunderttausende, nämlich: Straßen, Wege.

Ein Bois de Boulogne bei der Hauptstadt, resp. umgekehrt. —

Dem Familienrat und früher schon in Glion: Das R'sche Vermögen. Ich spreche davon. Was geht das Sie an? werden R's einwenden. Wir kümmern uns auch nicht um das Herzlsche Vermögen.

Gemach! Es geht mich an. Jeder Politiker muß es in seinem Wachsen als öffentliche Gefahr ansehen.

Ich aber kümmere mich darum, weil es eine Gefahr für die Juden und zwar die furchtbarste ist und weil ich der Gestor der Juden werde, mich aufwerfe.

Milder vor Familienrat:

Ich werde im Verlaufe der Auseinandersetzung von Ihrem Vermögen sprechen müssen. Wollen Sie mir dieses Recht zugestehen oder soll ich auch das erst begründen?

Kryptogame Pflanze des Judentums, hat beide Geschlechter: Kapital und Arbeit. (Man sieht nur das Kapital.)

9. VI.

Da ich Gartenstädte anlegen will, habe ich ein Dilemma: Entweder die Städte in ausgerodete Wälder hineinbauen (vielleicht kürzer, aber Fachleute werden mir sagen, was dagegen spricht) oder Bäume zwischen Häuser pflanzen — wodurch mir der Reklame-Eindruck, das Zauberhafte verloren geht, aber ich kann die Städte führen, wie ich will; freilich sehen sie dann aus, wie in die Baumschule geschickt.

* * *

Jedenfalls Gartenkünstler auf meine Landnahme-Expedition mitnehmen, Gartenbaumeister.

* * *

Zu Schiff und überall muß gearbeitet werden, meine Herren vom Generalstabe.

* *

9. VI.

S...s Schwager sehnt sich schon nach 14 Tagen nach dem Wiener Kaffeehaus. Folglich werde ich drüben hin auch Wiener Cafés treu verpflanzen. Mit solchen kleinen Mitteln erreiche ich die erstrebte Illusion der alten Heimat.

Hinhorchen nach solchen kleinen Bedürfnissen. Sie sind sehr wichtig.

Dem Familienrat:

Zwei Kategorien Juden: mit und ohne Lokomotion.

Die ohne Lokomotion heb' ich aus und setze sie über — sie werden es kaum merken. Die andern, die sich fortbewegen können — Sie und ich — die bleiben beweglich nach wie vor und werden geachtet.

* * *

Unsere Zusammengehörigkeit! Wollen Sie ein Beispiel dafür?

Eh bien: Ich komme heute, ein fremder Mann, sage Ihnen im Vertrauen meine geheimsten Absichten.

Es ist möglich, daß wir schließlich kämpfen — aber wie feindliche Brüder —, wobei man sich immerhin gegenseitig totschlagen kann.

9. VI.

Ich spreche von Ihrem Vermögen — nicht weil Ihr Name Synonym des Geldes geworden — denn ich habe dafür keinen Sinn, ich bin kein Geldmensch. 's fehlt mir das Aug!

* * *

Der Mann, der den vom Dampf gehobenen Deckel eines Teekessels zeigte und sagte: damit werde ich Menschen, Tiere und Lasten ziehen und der Welt ein anderes Aussehen geben — wurde als Verrückter ausgelacht.

Na, ich werde Ihnen nicht nur das Prinzip am Teekessel zeigen, sondern die ganze fertige Lokomotive.

* * *

Meine Vergleiche sind zu blendend, machen Sie stutzig. Jetzt denken Sie, wenn ich Sie blende, von denen ich — wenn auch nicht für mich — 1000 Millionen will, wie ich die blenden werde, die ich reich, frei und glücklich mache.

9. VI.

Für Glion: Die R's sollen sich sofort entscheiden, Ja — Nein. Ich habe keine Zeit zu verlieren. Ich habe dreizehn Jahre gebraucht.

Familienrat: Ich wähle Aristokratie, weil ich für die Zukunft elastische Regierungsform brauche. Monarchie würde zur Revolution führen.

Für Republik sind wir nicht tugendhaft genug, Montesquieu.

* * *

69

Familienrat.

Wenn nicht m i t Ihnen — g e g e n Sie! was meine ich damit? Ich werde nicht Ihr Vermögen als ein schlecht erworbenes bezeichnen. Da müßte ich lügen.

Ich bin kein Erpresser und kein Pamphletist (sondern ein Staatsmann und zwar ein jüdischer).

Ich werde nur sagen: es ist zu groß! Dadurch volksschädlich, weil Vermögen schneller wächst als Volkswohlstand. — Von einem unbefangenen Juden wird das Aufsehen erregen.

10. VI.

Dem Deutschen Kaiser:

Wenn Juden auswandern, muß das Rückgang der Amerikawanderer zur Folge haben. Sie gewinnen, resp. erhalten dadurch unverfälschte Nationale, beugen einem Umsturz vor, der vielleicht schwer zu begrenzen wäre, schwächen den Sozialismus, dem die bedrängten Juden zulaufen müssen, weil sie von anderen Parteien verstoßen sind, und gewinnen Zeit für Lösung der sozialen Frage.

Mein Anfangs-Sekretär (E. S...) wird die naturwissenschaftlichen Kundschafter rekrutieren. Geographen, Geologen, Chemiker, Techniker, Botaniker, Zoologen usw.

10. VI.

Auf politische Umtriebe, die den Untergang des Reiches herbeiführen können, steht Verbannung oder — wenn das Individuum in der Verbannung schaden könnte — Tod.

Aber schon die Verbannung aus der bezaubernden Heimat wird furchtbare Strafe sein.

Meine stetige Sorge muß sein, daß gesund gewirtschaftet wird. Keine Verzettelung, keine Gaspillage. Das ist keine *curée* für Habgierige und Faulenzer. Das soll kein Panama, sondern ein Suez werden.

Amnestie!

10. VI.

Alle in der Gefangenschaft begangenen — auch Eigentums-Delikte sind politisch verziehen, haben keine Ehrenfolgen (natürlich wird der gesunde Sinn der Bevölkerung keine notorischen Gauner zu Ehrenämtern bestellen, *et au besoin j'y veillerai*). Es soll für Juden ein neues Leben beginnen. Aber strenge Strafen für neue Delikte drüben! Abschiedsdelikte (hinterlassene Schmutzereien) werde ich nur *civiliter* fassen, durch jenes privilegierte Pfandrecht.

10. VI.

So lange als möglich keine Steuern, höchstens indirekte, die aber die Kongrua des kleinen Mannes nicht angreifen.

Auch keine Luxussteuern, denn ich brauche den Luxus für den Markt.

Gern werde ich französische Offiziere (Juden) nehmen, nur dürfen sie keine gallischen Chauvinisten sein.

* * *

Aus dem Heer der *unskilled labourers* wird man aufsteigen können durch Fleiß, Intelligenz, Tüchtigkeit, wie im Napoleonischen Heer.

Jeder kann Arbeitsmarschall werden. Ich werde es ihnen auch oft in populären Anreden sagen und sagen lassen.

Für besondere Leistungen, die ich sehe, erhöhe ich sofort den Arbeitsrang und die Bezüge. Dieses dramatische Element wirkt auf die Massen.

Sobald mir *actions d'éclat* — auf die zu vigilieren ich besonders Auftrag gebe — gemeldet werden, belohne ich sie schleunigst.

* * *

Dem Arbeitsheer möglichst militärähnliche Organisation geben.

* * *

Dienst im Arbeitsheer führt wie in der Armee zur Pensionierung.

* * *

Nur die Ehrenzeichen muß ich für Lebens-Einsetzung sparen.

Auch werde ich durch Adelsverleihung große persönliche Opfer geleistet bekommen.

Für Geld darf bei uns weder Adel noch Orden zu haben sein. Ich werde die bis zur Reichsgründung anderwärts erworbenen ohne Rücksicht auf ihre Erlangung nostrifizieren.

Später nur mehr die auch anderwärts auf wirklich adelswürdige Weise. Ein Jude wird sich nicht das portugiesische Marquisat kaufen und bei uns nostrifizieren können. Aber wenn er in Portugal für glänzende Taten (die ja auch auf uns zurückstrahlen) geadelt wird, erkenne ich ihn daheim an.

Immer wird das vom Adelsamt genau zu prüfen sein, individualisieren.

Dem Familienrat: *10. VI.*

Ich nehme die abgerissene Tradition unseres Volkes wieder auf. Ich führe es ins Gelobte Land. Glauben Sie nicht, daß es eine Phantasie ist. Ich bin kein Architekt von Luftschlössern. Ich baue aus Bestandteilen, die Sie sehen, greifen, prüfen können, ein wirkliches Haus. Hier ist der Plan.

Bemerken Sie, daß der nächste europäische Krieg unser Unternehmen nicht schädigen, sondern nur fördern kann, weil alle Juden ihr Hab und Gut drüben in Sicherheit bringen werden.

Die Feigen werden sich bei uns ihrer Wehrpflicht entziehen wollen, wenn's zum Krieg kommt. Aber so wie ich die Desertion zu uns herüber im Frieden begünstigen will, so werde ich sie im Krieg hindern und zwar wegen der Judenehre.

Wer so lang mit der Adhäsion gewartet hat, soll jetzt erst seine alte Pflicht tun, sich schlagen, und nach dem Krieg werden wir ihn mit allen Ehren aufnehmen, mit viel größeren als sein früheres Vaterland. Wir bekommen ja so gediente Krieger in unser Heer, die den Tod gesehen haben und das Prestige unseres Heeres erhöhen.

* * *

Übrigens werden wir beim Friedensschluß schon als Geldgeber dreinreden und Vorteile der Anerkennung auf diplomatischem Weg erzielen.

10. VI.

Grenzen der Preßfreiheit weise ziehen. Verleumder an den Pranger, und schwere Geldstrafen.

* * *

Herrenhaus für Adel, aber nicht erblich. Eine Würdigkeitssichtung muß vorhergehen.

Das muß ich noch vertiefen, wie ich den albernen Erben anderer Länder vorbeuge.

* * *

. . . .

Herrenhaus wird vielleicht aus drei Gruppen bestehen.
Eine vom Adel gewählte,
zweite, von Regierung (Dogen) ernannte,
dritte, indirekt wie in Frankreich gewählt.
Ich habe ein Gefühl wie einst im evangelischen Gymnasium in Pest in der achten Klasse: daß ich bald die Schule verlassen würde. Es kam ja dann durch den Tod meiner armen Schwester noch früher als ich gedacht!
So habe ich jetzt ein Vorgefühl, daß ich die Schule des Journalismus verlassen werde.

* * *

Amnestie verstehe ich nur als Ehrenamnestie für verbüßte Verbrechen. Flüchtige Verbrecher (Juden) werden wir ausliefern gegen Reziprozität.

* * *

Auslieferungsverträge mit Ausnahme der Friedensdeserteure.

* * *

Literarische Verträge! Anfangs werden wir zahlen, später bekommen, weil wir ein Volk von Denkern und Künstlern sein werden.

* * *

Dem Familienrat: Anleihe wird vielleicht gar nicht öffentlich aufgelegt zu werden brauchen: erspare Konzessionen an Regierungen für Bewilligung.

74

Das Bewegliche wird zu uns fliehen, wenn wir's nur im Vertrauen herumsagen. Wir werden einfach ein Rentenbuch aufmachen und schreiben Rente ein, unbegrenzt — und erwerben dafür Land, machen auswärtige Anleihen usw.

* * *

Es ist außer Transport, Industrie usw. auch Riesengeldgeschäft.

* * *

Und eigentlich bin ich darin noch immer der Dramatiker. Ich nehme arme, verlumpte Leute von der Straße, stecke sie in herrliche Gewänder und lasse sie vor der Welt ein wunderbares, von mir ersonnenes Schauspiel aufführen.

Ich operiere nicht mehr mit einzelnen Personen, sondern mit Massen: der Klerus, das Heer, die Verwaltung, die Akademie usw., für mich lauter Massenunitäten.

* * *

Dem Familienrat: Ich muß die Sache kurzweg beim Namen nennen. Glauben Sie deshalb nicht, daß ich ein schroffer Mensch bin. Aber ich weiß vorläufig nicht, ob ich mit Ihnen oder gegen Sie gehen werde. Darum würden mich Schnörkel der Höflichkeit kompromittieren und meine spätere Aktion wie eine Rache aussehen lassen.

* * *

11. Juni 1895.

Arbeitskompagnien werden wie Militär unter Klängen einer Fanfare zur Arbeit ausziehen und ebenso heimkehren.

* * *

Frauen- und Kinderarbeit in Fabriken gibt's nicht. Wir brauchen rüstige Geschlechter. Für bedürftige Frauen und Kinder sorgt der Staat.

Die „vergessenen Mädchen" werden für Kindergärten, Pflege von Arbeiterwaisen usw. verwendet.

Aus diesen von Freiern vergessenen Mädchen bilde ich das Korps der Gouvernanten für die Armen. Sie bekommen Staatswohnung, genießen Ehren (gleichwie jeder Gentleman zuvorkommend gegen Gouvernanten ist) und werden schließlich pensioniert. Aber sie können ebenso hierarchisch aufsteigen, wie Männer.

Sittliche Aufführung Bedingung. Der Leiter des Personalamtes wird dadurch eine wichtige Person. Ich muß dafür einen milden, gerechten, weltkundigen, älteren Mann nehmen und ihn beständig überwachen, denn seine Fehler können viel Schaden stiften, Unzufriedenheit und Erbitterung hervorrufen.

Ich will aber ein glückliches Volk haben.

. . . .

Das Schiff . . . .

Keiner wird das Gefühl der Loßreißung haben, denn das ganze Erdreich geht mit.

Eine Truppe von Schauspielern, Sängern und Musikanten wird die Überfahrt verkürzen, so wie auf jedem Schiff, wie für Belehrung, auch für Unterhaltung gesorgt sein wird.

Aber Hazardspiele werden nicht geduldet.

Meine Beamten dürfen überhaupt nicht spielen. Denn diese Ableitung der Intelligenz ist nicht mehr nötig. Wir brauchen und verwenden alle Geisteskräfte. Die Abenteuerlust, die sich im Spiel auslebt, soll vielmehr den Boden unserer neuen Erde düngen.

Ich selbst war als Jüngling ein Spieler — gleich Lessing und Laube und vielen anderen, die später doch ordentliche Männer geworden sind — aber ich war es nur, weil mein Tatendrang keinen Abfluß hatte.

Dies werde ich zuerst als milde Ermahnung den Spielern sagen. Wer aber nicht folgt, den verstoße ich aus meinem Dienst.

Spielen dürfen nur Kinder und Alte. Das Spiel der Kinder muß aber der körperlichen Ausbildung dienen; Lauf- und Ballspiele, für Jünglinge Kricket, für Mädchen Tennis.

Die ruhigen Spiele müssen dazu dienen, die spätere Entwicklung des Geistes vorzubereiten. Zeichnen, Malen, Lesen von sinnvollen Märchen, Bauspiele für Hebung der Kombinationslust u. dgl.

Die Alten dürfen Karten spielen, auch nicht Hazard, weil sie den Zuschauern Lust machen könnten, und weil sich das für Patriarchen nicht ziemt. Ich will aber die Familie patriarchalisch haben.

Allerdings werde ich vornehme Spielcercles dulden, aber Mitglieder nicht unter vierzig Jahren und hohe Spielkartensteuer für Staatseinkünfte.

11. VI.

Die Juden, welche bisher Konsulardienst verschiedener Mächte versehen, können in unseren diplomatischen Dienst übernommen werden. Natürlich werden sie individuell auf ihre Eignung geprüft.

Es kann Tüchtige unter ihnen geben, die sich den Ton und die Formen der Diplomatie angeeignet haben. Ein Recht darauf, übernommen zu werden, hat *a priori* keiner. Die Nützlichkeit für uns entscheidet.

Da wir ihnen aber vorläufig keinen Schutz angedeihen lassen können, werden wir ihnen keine schnarrenden Titel geben, sondern sie Agenten nennen, was sie mit ihren bisherigen Konsulaten verbinden können. So deckt sie ihr bisheriges Ansehen.

Wir dürfen unsere diplomatischen Titel, die später zu

hohem Ansehen kommen werden, nicht anfänglich lächerlich machen lassen.

* * *

Die Yachtbesitzer können unsere Berufsseeleute werden und sich aufs Kommando unserer späteren Kriegsflotte vorbereiten.

* ￬ *

Wenn wir nach Südamerika gehen, was wegen der Entfernung vom militarisierten und versumpften Europa viel
für sich hätte, müssen unsere ersten Staatsverträge mit
südamerikanischen Republiken sein.

Wir werden ihnen Anleihen gewähren für territoriale
Begünstigungen und Garantien. Eines der wichtigsten Zugeständnisse, das sie uns machen müssen, ist die Gestattung der Schutztruppen.

Anfangs brauchen wir ihre Erlaubnis. Allmählich werden wir erstarken, uns selbst alles gewähren, was wir
brauchen, und allen Trotz bieten können.

Vorläufig müssen wir vom Aufnahmestaat Schutz durch
dessen Truppen erhalten. Später werden wir uns mit ihm
unabhängig verbünden.

Wir müssen eine südamerikanische und eine europäische Politik haben.

Sind wir in Südamerika, wird die Bildung unseres
Staates Europa längere Zeit entgehen.

In Südamerika können wir anfänglich nach den Gesetzen, Auslieferungsverträgen usw. des Aufnahmestaates
leben (Europa gegenüber).

Unsere Schutztruppe wird immer zehn Perzent der
männlichen Auswanderer betragen. —

. . . . ̕

Die Überfahrt soll nach Ortsgruppen und gesellschaft-
licher Zusammengehörigkeit vor sich gehen.

Es wird Schiffe I., II. und III. Klasse geben. Jedes mit Belehrungen und Unterhaltungen seiner Art.

Dadurch wird das aufreizende Beispiel der Standesunterschiede (durch viele Tage in nächster Nähe angesehen) vermieden.

Auch bezahlt jeder selbst seine Überfahrt. Ich will den Luxus, aber nicht den unfruchtbaren Neid.

* * *

Ich will den Luxus als Förderer der Künste, als Ziel und Prämie. Es spornt zu großen Bemühungen an, wenn man die Genüsse der Erde sieht und wenn man weiß, daß sie durch redliche Arbeit erreichbar sind.

Wenn es mir nicht gelingt, die R's, und auch nicht die Zwergmillionäre zu bekommen, veröffentliche ich den ganzen Plan als Buch.

„Die Lösung der Judenfrage" bei Duncker und Humblot, denen ich aber nur die ersten fünf Auflagen zu den Bedingungen des „Palais Bourbon" gebe. Für spätere haben sie nur das Vorzugsrecht.

Im Buch „Die Lösung usw." erzähle ich alle Schritte, von Hirsch über Rothschild zu den Zwergmillionären.

Vorwort: Man kam auch mit dem elektrischen Licht zu Rothschild. Er verstand es nicht.

* * *

Die Gefahr des R'schen Vermögens wird natürlich nicht in der Art der Pamphletisten geschildert werden, sondern mit meinem eigenen beständigen Ernst.

Jeder polemische Zug unterbleibt. Mir ist es ja um die Sache zu tun. Und es wird schon für die Juden von ungeheurer Wohltätigkeit sein, daß ein Jude das sagt, der doch außer Zweifel ist, der nie ein Geschäft gemacht hat, am allerwenigsten mit seiner Feder.

S. C's Antwort war gestern fällig und ist heute noch
nicht da. Dadurch werden meine Gedanken auf das Buch
gelenkt. Ich mache mich damit vertraut, daß es nicht
Tat wird.

Im Palais Royal (stehend):

Wir sind schlechte Soldaten, weil wir ehrlos sind, weil
uns nichts hinter den Tod gelegt wird. Und dennoch fehlt
es nicht an Beispielen, daß wir gut zu sterben verstehen
(Rede Naquets). Aber wir können nicht Führer werden,
und die Staaten haben darin recht; sonst wären wir innerhalb zweier Generationen überall die Brigadegeneräle, besonders da der Krieg eine gelehrte Übung geworden ist.
Und die Völker können sich doch nicht selbst aufgeben,
indem sie die Angehörigen einer unverdauten und unver-
daulichen Gruppe zu Führern der Heere machen.

Der Wert meines Planes liegt offenbar darin, daß ich
nur Vorhandenes benütze, unverwertete oder unverwert-
bare Dinge durch ihre Verbindung fruchtbar mache, auf
alle Leiden Rücksicht nehme (sicherlich auch auf die
Christen durch Juden zugefügten Leiden), alle erworbenen Rechte schütze, mit allen menschlichen Regungen
rechne, Weltangebot und Weltnachfrage bilanziere, die
Fortschritte der Technik gebrauche und die Traditionen
heilig halte.

Vorhin hinein korrigieren: Die Bedächtigen erkennen
gleich die verläßlichen Pflastersteine.

Ja, wir sind eine Geißel geworden für die Völker, die uns einst quälten. Die Sünden ihrer Väter rächen sich an ihnen. Europa wird jetzt für die Ghetti bestraft. Freilich leiden wir unter den Leiden, die wir verursachen. Es ist eine Geißelung mit Skorpionen, nämlich mit lebenden Skorpionen, die unschuldig daran sind, daß sie nicht Löwen, Tiger, Schafe wurden. Die Skorpionen werden ja bei der Geißelung am schwersten gemartert.

Ich könnte einen Massenantrag der kleinen Juden, sie hinauszuführen, nur annehmen, wenn mich alle Regierungen, die es angeht, darum ersuchten, mir ihre wohlwollende Mitwirkung versprächen und mir die Garantien für ruhige Vollendung des ungeheuren Werkes gäben, so wie ich ihnen Bürgschaften leisten würde für den Abzug ohne wirtschaftliche Schädigung.

· · · · · · · · · · · · · · · · · ·

(Zu Teweles' Brief nachtragen:) Ich muß *Daniel Deronda* lesen. Vielleicht stehen den meinigen ähnliche Gedanken darin. Dieselben können es nicht sein, weil ein Zusammentreffen vieler und eigentümlicher Umstände nötig war, um meinen Plan hervorzurufen.

Wenn wir beim Ausbruch des nächsten Krieges noch nicht ausgewandert sind, müssen alle besseren Juden ins Feld ziehen, ob sie im stellungspflichtigen Alter „tauglich" waren oder nicht; ob sie noch dienstpflichtig sind oder nicht; ob sie gesund oder krank sind. Hinschleppen müssen sie sich zur Armee ihrer bisherigen Vaterländer, und wenn sie in feindlichen Lagern stehen, aufeinander schießen.

Die einen mögen das für Tilgung einer Ehrenschuld ansehen, die anderen als eine Anzahlung auf unsere künftige Ehre. Tun müssen es alle.

* * *

S... war heute bei mir. Ich bat ihn, mich während einiger Tage zu vertreten. Ob ich eine Zeitung mache? fragte er, als ich einige vage Andeutungen machte.

Eine Zeitung! *Il y a belle lurette que je n'y pense plus.* Wahr ist freilich, daß ich die praktischen Ideen zuerst für die Begründung der „Neuen Zeitung" suchte.

Wie Saul, der auszog!

*　-　-

S...s Schwager sagte neulich: Auswandern, ja, ich möchte schon. Aber wohin? Schweiz? hat zuerst Gesetze gegen Juden gemacht!

Wohin? Über diese Frage habe ich mich innerlich sehr gefreut.

*　*　I

Über die *assistance par le travail* habe ich vor zwei Jahren mit Chlumecky korrespondiert. Er verstand sie nicht.

*　*　*

Heute in einer Brasserie beim Châtelet diniert. Ich weiche allen Bekannten aus. Sie tun mir weh, ahnen nicht, wo ich herkomme; und da ist das tägliche Leben schrecklich verletzend.

*　-

Tard au danger, tard aux honneurs.

Wer während der ersten zwanzig Jahre unseres Bestandes sich uns nicht angeschlossen hat, (obwohl er in dieser Zeit dreißig Jahre alt oder älter geworden), kann kein Amt bekleiden, hat kein passives Wahlrecht.

Einbürgern kann er sich.

Ein technologisches Gewerbemuseum.

* * *

R's verstanden nicht die Jablochkowschen Kerzen, aber
Guttmanns Kohlenvorschläge. So werden sie vielleicht
in meiner Idee das Licht nicht begreifen, wohl aber die
Kohlenseite der Sache.

Dem Familienrat: Jetzt machen Sie jeden Augenblick
Geldgefälligkeiten, für minime Toleranzen oder gar für
Regierungen, die nichts für Sie tun.

Übernehmen Sie d a s in eigene Regie — und in zwanzig
Jahren sind wir von der ganzen Welt anerkannt!

11. VI.

Ungarn werden Husaren Judas, können prächtige Rei-
tergenerale werden.

11. VI.

Jeder Arbeiter, der sich beschwert hat, wird zu einer
anderen Kompagnie versetzt, damit Aufseher sich nicht
rächen können. Oder der Aufseher wird versetzt.

11. VI.

Daudet fragte mich, ob ich meinen Judenfeldzug in
einem Roman machen wolle. Er erinnerte mich an *Onkel
Toms Hütte*.

Ich sagte ihm gleich, daß ich eine männlichere Form
der Mitteilung wünsche. Ich dachte damals noch an die
Enquête „Zustände der Juden".

Heute und je mehr ich darüber nachdenke, scheint mir,
daß es wirklich unter meiner Würde wäre, meinen Plan
der Menge durch Liebschaften und kleine Scherze mund-
gerecht zu machen, wie es Bellamy in seinem Zukunftsroman tut.

6*

Es fiele mir ja leicht, da ich ein gelernter „Belletrist"
bin. Dennoch muß ich daran denken, das Buch nicht
ungenießbar werden zu lassen. Es soll ja weit ins Volk,
in die Völker dringen.

So möge es auch einen kleinen literarischen Reiz haben.
Der besteht in der losen Folge der Einfälle, wie sie wäh-
rend dieser sonnigen Tage des Weltentraums in heiterer
Fülle mit allen *accidents* — wie die Bildhauer sagen („die
Fingerspur im Ton") — durch meine Seele zogen.

Dadurch wird auch das Blättern nach Kapiteln in diesem Buch verhindert. Wer es kennen will, muß es lesen.

* * *

Die *assistance par le travail*, die mir so wichtig war,
schalte ich irgendwo ein: nämlich meinen Artikel in der
Neuen Freien Presse.

Das Buch wird „meinen Eltern, dem Herrn Jacob und
der Frau Jeanette Herzl gewidmet".

* * *

Das Schiff der Särge!
Wir nehmen auch unsere Toten mit.

* * *

Manches in diesen Aufzeichnungen wird lächerlich,
übertrieben, verrückt erscheinen. Aber, wenn ich wie bei
meinen literarischen Arbeiten Selbstkritik geübt hätte,
wären die Gedanken verkrüppelt worden. Das Unge-
heuerliche dient aber dem Zweck besser als das Verküm-
merte, weil die Restriktionen jeder leicht machen kann.

Künstler werden es verstehen, warum ich, bei im übrigen recht klarer Vernunft, die Übertreibungen und Träume
zwischen meinen praktischen, politischen und gesetzge-
berischen Einfällen wuchern ließ wie grünes Gras zwi-

84

schen Pflastersteinen. Ich durfte mich nicht aufs Nüchterne herunterschrauben. Dieser leichte Rausch war notwendig.

Ja, Künstler werden das ganz verstehen. Aber es gibt so wenig Künstler.

11. VI.

Vielleicht mache ich im Buch typographisch den Unterschied zwischen den zwei Traumwelten, die durcheinanderrauschen, bemerkbar, indem ich die Phantasien mit anderer Schrift drucken lasse. So werden die Liebhaber gleich sehen, wo und wie das Gras wächst — andere werden es hören — und die übrigen erkennen die soliden Pflastersteine.

Die parallelen Fältchen der Epidermis eines Künstlers in der Bronze.

Brief an Güdemann vom 11. VI. 1895.

Hochgeehrter Herr Doktor!

Dieser Brief wird Sie in jeder Beziehung überraschen: durch das, was er sagt, wie durch das, was er verschweigt.

Ich habe mich entschlossen, an die Spitze einer Aktion für die Juden zu treten und frage Sie, ob Sie mir behilflich sein wollen.

Sie hätten zunächst folgendes zu tun: einen genauen Bericht zu verfassen über alles, was Sie von der gegenwärtigen moralischen und politischen Lage der Juden wissen, nicht nur in Wien und Österreich-Ungarn, sondern auch in Deutschland, Rußland, Rumänien usw. Ich meine, keinen Bericht mit beglaubigten Zahlen, weil Ihnen das viel Zeit rauben würde und der Bericht in zwei, drei

Tagen fertig sein muß. Die festen Ziffern und authentischen Belege werden wir uns in einem späteren Zeitpunkte verschaffen. Vorläufig will ich nur die allgemeine und treue Darstellung von Ihnen bekommen. Je höher der Standpunkt ist, den Sie wählen, je weniger Sie in Einzelheiten eingehen, desto erwünschter ist es. Natürlich werden Sie die Beispiele für Ihre Behauptungen wählen, wie es Ihnen beliebt. Es wird also zu berücksichtigen sein: Bewegung der Juden in den genannten Ländern (Geburten, Heiraten, Tode nach Berufsarten), wahrnehmbarerer Zug der Ortsveränderung (Beispiel von Galizien nach Niederösterreich), ob und wieweit diese Ortsveränderungen vom Antisemitismus hervorgerufen oder gehemmt sind, eine charakteristische Übersicht der zu Ihrer Kenntnis gekommenen schwereren oder leichteren Judenverfolgungen (in Parlamenten, in Presse, in Versammlungen, auf der Straße) — Zeichen, ob der Antisemitismus wachse und in welchem Verhältnis oder abnehme — offizieller und offiziöser Antisemitismus, Judenfeindschaft in Schulen, Ämtern, geschlossenen und freien Berufsarten.

Das sieht aus, als ob ich eine sehr schwierige Denkschrift von Ihnen verlangte. Nein, nur das, was Ihnen im Augenblick von all diesen Dingen bekannt ist, wollen Sie fixieren.

Einem so wort- und federgewandten Manne wie Sie, der sicher viel und ernst über die Sache nachgedacht hat, kann es nicht schwer fallen, das in einigen Stunden niederzuschreiben oder zu diktieren. Wenn Sie aber diktieren, darf Ihr Schreiber nicht erfahren, für welchen Zweck es geschieht. —

Ich will schon an dieser Stelle auf das dringendste um völlige Geheimhaltung unseres Briefwechsels, wie aller folgenden Schritte, ersuchen. Die Sache ist unendlich ernst. Sie können das daraus ersehen, daß ich selbst meinen Eltern und nächsten Angehörigen kein Wort davon sage. Ich verlasse mich auf Ihre Verschwiegenheit.

Den vorhin geschilderten Bericht bitte ich Sie, mir nach Caux, oberhalb von Territet am Genfer See, mitzubringen. Dort werden wir, wenn Sie mir Ihre werte Hilfe leisten wollen — heute in acht Tagen, also Dienstag den 18. Juni, zusammentreffen. Warum dieser Ort gewählt wurde, werden Sie dort erfahren. Wenn Sie mit dem Berichte nicht ganz fertig geworden sind, werden Sie mir ihn dort mündlich ergänzen. Sie wollen aber nicht allein kommen, sondern mit einem tüchtigen und ernsten Mann, der Ihre Angaben nach anderen Richtungen vervollständigt. Ich brauche nämlich in Caux einen geistlichen und einen weltlichen Juden. Meine Wahl fiel zuerst auf den Ihnen, glaube ich, wohlbekannten Herrn Salo Cohn. Ich schrieb ihm vorigen Donnerstag, 6. Juni. Seine Antwort war gestern fällig. Sie ist bis heute nicht da. Ich kann nicht länger warten.

Ich wollte mich zuerst seiner Mitwirkung versichern, habe ihm jedoch nicht mitgeteilt, daß ich nachher auch an Sie herantreten wolle. Nachher, weil mir Ihre Mithilfe — ich hoffe, es war kein Irrtum — von vornherein gesichert erschien. Sie kennen mich wohl weniger persönlich als aus meinen Zeitungsarbeiten; und ich denke mir, daß Sie mich so ernst nehmen, wie ich wirklich bin.

Und es ist möglich, daß ich S. C.'s Antwort nach Abgang und vor Eintreffen dieses Briefes bekomme. In diesem Falle werde ich Sie telegraphisch bitten, sich mit ihm in Verbindung zu setzen.

Sie wieder wollen mir freundlichst, sobald Sie Ihren Entschluß gefaßt haben, wenn möglich noch am Tage der Ankunft meines Briefes, telegraphieren: „Einverstanden" — oder „bedaure unmöglich". Fügen Sie auch Ihre jetzige Adresse (wahrscheinlich Baden?) hinzu, damit ich Ihnen telegraphieren könne.

Wenn S. C. sich der ernsten und hohen Aufgabe, mit der ich ihn ehren wollte, nicht unterzieht, müssen wir einen anderen Mann suchen. Die Wahl überlasse ich Ihnen. Ich will nämlich keinen meiner Verwandten, sonst hätte ich vor allem meinen Vater gebeten. Der zweite Herr soll ein Geschäftsmann sein. Auch er hat einen Bericht nach Caux mitzubringen, und zwar über folgendes: ungefähre Darstellung der jüdischen Erwerbsverhältnisse in den erwähnten Ländern, Vermögensverteilung (Schätzung der Anzahl großer, mittlerer und kleiner Vermögen). Ich weiß, daß es nur eine ganz vage Schätzung sein kann, aber auch die genügt. In welchen Ländern besitzen die Juden viel unbewegliches Gut; Zustand des jüdischen Unternehmungsgeistes (ob er wächst und in welchem Verhältnis — oder abnimmt), Stimmung in Geschäftskreisen, Verhältnisse jüdischer Kleingewerbetreibender und Fabrikanten (Franz-Josefs-Quai usw.).

Auch dieser Bericht soll kein ängstlich ziffernmäßiger, sondern möglichst freier, lebendiger, ungezwungener und wahrer im Gesprächston sein. Diktieren ist dazu gut.

Darnach sehen Sie, was für einen Mann wir brauchen, einen ruhigen, überlegenen, unbefangenen Menschen, nicht zu jung; und jedenfalls muß er ein geachteter Mann von sicherem Auftreten sein, wegen der Aufgaben, die später seiner harren. Leider muß ich hinzufügen, daß ich einen wohlhabenden vorziehe, denn unsere besitzlosen Juden sind recht gedrückt und haltungslos. Für den Zweck, den Sie in Caux kennenlernen werden, muß aber auch der zweite Herr ein würdiges, unabhängiges Benehmen haben. Der von Ihnen Gewählte wird mich vermutlich dem Namen nach kennen und vielleicht Vertrauen in mich setzen. Denn ich weiß wohl, daß einiges Vertrauen erforderlich ist angesichts der Zumutung, eine immerhin große Reise zu machen, deren Zweck einem nicht deutlich genug gesagt wird.

Da es mir nun absolut unmöglich ist, mich schriftlich klarer auszudrücken, kann ich mich nur unter eine Mutwillensstrafe setzen. Wenn Sie beide, meine Herren, in Caux finden sollten, daß ich Sie unnötig bemüht habe, werde ich Ihnen dort tausend Francs aushändigen, die Sie freundlichst an Ihre Privatarmen verteilen mögen.

Und nun, Herr Doktor, bitte ich Sie, zu kommen. Es handelt sich um eine ganz große Sache für unsere armen, unglücklichen Brüder. Sie sind ein Seelsorger. In Caux erwartet Sie eine Pflicht. Mehr kann ich Ihnen nicht sagen.

Ich grüße Sie in herzlicher Verehrung

Ihr ergebener
Theodor Herzl
37, rue Cambon.

✳ ✳ ✳

11. VI.

Im Brief an Hirsch sage ich: „Mit meinen 35 Jahren ist man in Frankreich Minister, und Napoleon war Kaiser."

Ich finde jetzt, daß ich in der Eile die Meinung schlecht formuliert habe. So sieht es größenwahnsinnig aus. Ich meinte nur: folglich darf ich wohl auch über den Staat nachdenken, und dieses Alter kann schon die Reife eines Staatsmannes enthalten.

11. VI.

Der Gedanke, in Caux am Genfer See mit den zwei Juden zusammenzutreffen, ist in mancher Hinsicht schön:

Dort sind sie herausgenommen aus ihren gewöhnlichen engen, gedrückten Vorstellungen.

Sie sehen, wie die Materie überwunden wird. Und ich werde an Rousseau denken, der einen Gesellschaftsvertrag sah, wo ich die *negotiorum gestio* entdeckte.

11. VI.

Die kleinen Juden werden sich vielleicht zusammentun, in Ortsgruppen das Geld beschaffen, das R's nicht hergeben wollten. Aber werde ich es nehmen können, nachdem ich das ganze Programm der Welt erzählt habe?

Die großen Juden werden das Werk durch ihre Weigerung vereitelt haben, wodurch freilich sie zuerst leiden dürften.

Dennoch wird die Veröffentlichung mittelbar den Juden nützen. — Manche meiner Gedanken, wie über Duell, Selbstmord, Förderung der Erfinder, Börsenmonopol, reisende Beschwerdekommissionen, sind für alle Völker gut. So wird man den Juden vielleicht milder begegnen, weil aus ihren Leiden und ihrem Geist diese Anregungen hervorgetrieben wurden.

12. Juni 1895.

Ich muß einen Arbeitsplan nicht nur führen, sondern von ständiger Kommission führen lassen.

Die Arbeitsplan-Kommission, Obmann ein systematischer Kopf.

12. VI.

Beschränkte werden sich weigern, wenn ich sie auffordere, ihre Pensions-Institute usw. hinüberzunehmen. Da muß das Beispiel siegen. Pensionsinstitute, die in Betracht kommen, sind dreierlei:

1. wo nur Juden Mitglieder (Chewras u. dgl.); die sind am leichtesten zu verpflanzen, man gräbt sie mit allen Wurzeln aus.

2. wo Juden in Mehrzahl sind (Beispiel: Wiener ‚Concordia‘): da beschließt man in Generalversammlung Vermögensaufteilung oder findet die Minorität bar ab und verpflanzt das übrige wie vorstehend. Sehr wirkungsvoll wäre auch, der Minorität die Immobilien zu überlassen (was weniger kostet als es gleich sieht, weil doppelte Umschreibung erspart wird).

3. wo Juden nur vereinzelt sind (wie Beamtenverein), da muß auf Guthaben entweder verzichtet werden (wir entschädigen ja alle unsere Leute, die etwas verloren haben — Solidaritätsprinzip) — oder wenn es die Statuten zulassen, wird Pension zediert — oder die Bezüge nach dem Ausland erbeten.

12. VI.

Auf dem Landnahmeschiff können außer dem Generalstab der Gesellschaft auch Vertreter der Ortsgruppen mitfahren (vielleicht gratis), um drüben Plätze für ihre Anlagen zu ergreifen. Diese Vertreter müssen Vollmacht haben, die Ortsgruppen zu verpflichten; und sie (nicht die Gesellschaft) sind ihren Mandanten verantwortlich für Platzwahl usw.

12· VI.

Es wird bei Verteilung dieser neuen Welt gerecht vorgegangen!

Ich werde später den Zeitpunkt meiner Ortsgruppen-Rundreise feststellen.

Die Rundreise wird etwa zwei Monate, spätestens einen Monat, vor Abgang des Landnahmeschiffes stattfinden.

Ich werde freilich nur die größten Städte aufsuchen können.

Die Art dieser Zentralisierung noch zu überlegen. Ob ich meine Missionäre in Distrikte schicke — dazu würden sich beide S...s gut eignen — könnten auch bei Einteilung Europas in zwei oder vier Distrikte in zwei Monaten fertig sein. Oder ob ich für eine Schar wandernder Scholaren Vorträge halte und die Burschen dann hinausstreue über die Länder? Vielleicht ersteres zuerst, wo die Sache noch mit Vorsicht und Heimlichkeit gemacht werden muß — und letzteres später.

. . . .

12. VI.

Die Gefahr der „Geheimbündelei" überall behutsam umgeben. Darum muß unsere offizielle Propaganda von den besonnensten Leuten gemacht werden. Decken werden wir uns, indem wir den Regierungen unsere „geheime Instruktion" zur Gutheißung vorlegen. Wir wollen ja im Einvernehmen mit den Regierungen vorgehen — nur ungestört vom Parlaments- und Preßpöbel.

12. VI.

Es wird sich übrigens wie ein Lauffeuer verbreiten.

. . . .

Eine vortreffliche Idee wäre es, anständige und akkreditierte Antisemiten zu den Vermögens-Liquidatoren heranzuziehen.

Sie wären vor dem Volk unsere Bürgen, daß wir keine Verarmung der verlassenen Länder herbeiführen wollen.

Anfänglich dürften sie dafür nicht reichlich bezahlt werden, sonst verderben wir uns die Instrumente, machen sie als „Judenknechte" verächtlich.

Später werden ihre Bezüge wachsen, endlich werden wir in den verlassenen Ländern nur christliche Beamte haben.

Die Antisemiten werden unsere verläßlichsten Freunde, die antisemitischen Länder unsere Verbündeten.

Wir wollen als geachtete Leute fortziehen.

12. VI.

Kein Judenblatt!

Judenblätter! Ich will die Herausgeber der größten Judenblätter (Neue Freie Presse, Berliner Tageblatt, Frankfurter Zeitung usw.) bewegen, drüben Ausgaben zu machen, wie New York Herald in Paris.

Zur Verpflanzung der Gewohnheiten gehört auch das Leibblatt zum Frühstück.

Die Blätter behalten ihre Leser, genügen einem Bedürfnis — das bald enorm sein wird — der Zurückgebliebenen, kabeln einander die Nachrichten zu. Anfangs werden die Ausgaben drüben die kleineren sein. Dann werden die alten verschrumpfen und die neuen groß werden.

Die christlichen Redakteure bleiben hier, werden sich befreit, wohl fühlen, die jüdischen gehen hinüber, werden reich und angesehen, nehmen an der Politik tätigen Anteil — tatsächlich sind jetzt die Journalisten die einzigen Juden, die etwas von Politik verstehen.

Der beste Beweis bin ich.

Auch für moralische Preßvergehen Amnestie. Alle
sollen ein neues Leben beginnen. Aber drüben von vornherein anständig sein! Ehrengerichte wie die der Advokaten. Der Journalismus soll frei sein, aber seine mei-
nungspriesterliche Ehre haben und wahren. So werden
wir auch die anständigste Presse der Welt haben.

Das Versicherungsamt!
Wird ein großes Ressort werden, wahrscheinlich eigenes Ministerium erfordern. Wir beginnen mit einem Direktor der Versicherungen.
Das Kapital ist im Staat (anfänglich in der *Society*)
gegeben.
Wir verwenden alle jüdischen Versicherungs-Privat-
beamten (jener verurteilte Wiener P... bekommt eine gute
Stellung), sie werden natürlich Staatsbeamte, können hoch
steigen.
Versicherung ist eine erprobte, bekannte Unternehmung
in allen Zweigen, wie Bank, Bahnen, Telephon usw. Das
Privatkapital hat da kein Recht mehr, Vorteile zu ziehen,
weil keine Gefahr mehr vorhanden.

12. VI.

Maßgebend für Förderung oder Hinderung des Privat-
unternehmens ist die Gefahr. Wo keine Gefahr, darf
kein Unternehmergewinn stattfinden. Hingegen werden
wir weitherzig jede unbekannte Unternehmung dulden.

* * *

Brüder Hirsch veranlassen, drüben einen „Louvre" zu
bauen.

Meine russischen Juden, die das große Reservoir der *unskilled labourers* bilden, werden als Arbeitsheer organisiert.

Sie sollen Arbeitschargen bekommen, wie im Heer, vielleicht sogar mit Abzeichen. Sie sollen nach der Tüchtigkeit und Anciennetät aufsteigen. Jeder hat den Marschallstab im Tornister. Ich will keine Helotenmasse, die ewig im Elend bleibt. Für die Arbeiterpensionierung verwende ich nach und nach alle tabaktrafikähnlichen Einrichtungen, die eine Graduierung ja zulassen, nach Ortsverschiedenheit.

Frage, ob Tabakmonopol?

Wahrscheinlich ja. Es ist die erträglichste Form der indirekten Steuer, ist den meisten aus ihren bisherigen Ländern bekannt, zieht die großen Genießer stärker heran als die kleinen, gibt mir Gelegenheit, Tabakpflanzungen anzulegen (im Pachtverhältnis, mit Sanktion der Entlassung wegen Steuerfrevels), Tabakfabriken zu beschäftigen und ich bekomme Trafiken zur Vergebung als Pensionen für Arbeiter.

Alle großen jüdischen Fabriken, Unternehmungen usw. veranlassen, drüben Filialen zu errichten (analog den jenseitigen Ausgaben der Blätter). So können sie ihre Vorräte ebensowohl wie ihre Geschäftserfahrungen allmählich hinübersetzen.

Das ist die Verpflanzung der Geschäfte! und gibt gleich Arbeit, Verkehr usw., entspricht Bedürfnissen in bisheriger Weise.

Auch bei der Verpflanzung der Geschäfte geht allmählich das Verlassene in den Besitz von Christen über. Krisen werden verhindert.

Eine Menge neuer wohlhabender Menschen steigt in den verlassenen Ländern auf.

Man wird den Juden, deren Geschäftsgeist schließlich das alles so sinnreich eingerichtet hat, zum Abschied dankbar und freundlich die Hand schütteln. Auch da der Beginn der Judenehre!

*   .   .

Überhaupt möchte ich alle Pensionierungen, wenn möglich, in der Form solcher mühelosen Beschäftigungen durchführen.

Die Siechenhäuser sind Stätten der Grausamkeit gegen die Seelen. Der alte Mensch wird da schon vom Leben abgesondert, vor der Zeit begraben. Das Alter wird ihm zum Gefängnis — und das gilt als Lohn für ein braves Leben. Durch meine Trafik-Pensionierung erhalte ich auch dem alten Menschen die Freiheit, die Teilnahme am Leben, gebe ihm die tröstende Illusion der Nützlichkeit, beschäftige ihn sanft, lasse ihn nicht hinbrüten; und wenn er sich kleine Genüsse verschafft, braucht er nicht scheu um sich zu blicken.

Die Tabaktrafiken werden zugleich ausschließliche Verschleißstellen der Zeitungen. Das erhöht die Einnahmen der Pensionisten. Den Zeitungen ist es angenehm — und man kann sie an diesen Knotenpunkten konfiszieren, wenn sie die äußere oder innere Sicherheit des Staates gefährden.

Kein Stempel. Aber Kaution zur Sicherung gegen Mutwillen, Böswilligkeit, Gemeinheit, Zuchtlosigkeit und gewinnsüchtige Manöver.

Diese Kaution kann von vornherein den als sittlich bekannten Zeitungsunternehmern erlassen werden. Sie kann späterhin zurückgegeben werden, wenn eine Zeitung sich als rein bewährt hat. Sie kann über die Befreiten wieder verhängt oder erhöht werden, als Begleitstrafe zu einer Verurteilung wegen Mißbrauches der Preßgewalt.

Den Mißbrauch der Preßgewalt (ein neues Delikt) möchte ich aber einem Schöffengericht zur Beurteilung vorlegen. Nie und nimmer darf ein Blatt wegen oppositioneller Haltung verfolgt werden, solange es sich nicht verwerflicher Mittel bedient. Die Frage ist sehr ernst zu erwägen, wie der Presse eine gesunde Freiheit erhalten, und die Frechheit verhindert wird. Vielleicht delegierte Schöffengerichte?

12. VI.

Jedenfalls Branntweinmonopol.

Einige Vorteile, ähnlich wie beim Tabakmonopol, Fabrikation und Trafiken. Letztere dienen auch zur Bekämpfung der Trunksucht, wie Maklerschaften zur Bekämpfung der Spielsucht. Denn die Verleitung zum Trinken durch Kreditgewährung usw. kann man unter graduierte Geldstrafen, die bis zur Entziehung des Verschleißes gehen können, stellen.

12. VI.

Der Übergang von Society zum Staat ist ein kompliziertes Problem.

Das muß man beim Verfassen des Gesellschaftsvertrages und der Statuten bereits in endgültiger Weise feststellen. Denn die Society wird ungeheuren Gewinn haben, von denen sich der Aktionär nicht gerne trennt.

In dem Augenblick, wo der Staat ins Leben tritt, wird die Society verstaatlicht — wahrscheinlich so; daß der

Staat zu einem festgesetzten Preise sämtliche Aktien erwirbt, aber die Society in ihrer bisherigen Rechtssubjektivität beläßt, also als englisches Rechtssubjekt, weil wir nicht so bald die Machtmittel haben werden, Ansprüche unserer Staatsangehörigen oder des Staates selbst durchzusetzen.

12. VI.

Bei der Landnahme bringen wir dem Aufnahmestaate gleich Wohlfahrt zu. Den Privatbesitz der angewiesenen Ländereien müssen wir sachte expropriieren.

Die arme Bevölkerung trachten wir unbemerkt über die Grenze zu schaffen, indem wir ihr in den Durchzugsländern Arbeit verschaffen, aber in unserem eigenen Lande jederlei Arbeit verweigern.

Die besitzende Bevölkerung wird zu uns übergehen. Das Expropriationswerk muß ebenso wie die Fortschaffung der Armen mit Zartheit und Behutsamkeit erfolgen.

Die Immobilienbesitzer sollen glauben, uns zu prellen, uns über dem Wert zu verkaufen.

Aber zurückverkauft wird ihnen nichts.

* * *

12. VI.

Selbstverständlich werden wir Andersgläubige achtungsvoll dulden, ihr Eigentum, ihre Ehre und Freiheit mit den härtesten Zwangsmitteln schützen. Auch darin werden wir der ganzen alten Welt ein wunderbares Beispiel geben.

Anfangs wird man uns übrigens meiden. Wir stehen in schlechtem Geruch.

Bis der Umschwung in der Welt zu unsern Gunsten sich vollzogen haben wird, werden wir schon fest in unserem Lande sitzen, Zuzüge Fremder nicht mehr fürchten und unsere Gäste mit edlem Wohlwollen, mit stolzer Liebenswürdigkeit aufnehmen.

*

Die gutwillige Expropriation wird durch unsere geheimen Agenten gemacht. Die Gesellschaft würde zu teuer kaufen.

Wir verkaufen dann nur an Juden, und alle Liegenschaften bleiben nur im Commercium der Juden. Nur wird das freilich nicht in der Form von Ungültigkeitserklärung anderer Verkäufe geschehen können. Selbst wenn das nicht gegen das moderne Rechtsgefühl der Welt wäre — reichte unsere Macht nicht aus, es durchzusetzen.

Wir müssen daher jeden unserer Immobilienverkäufe durch Rückkaufsvorzug der Gesellschaft sichern. Und zwar haben wir, wenn sich der Eigentümer des Guts entäußern will, das Recht, zu unserem ursprünglichen Verkaufspreis zurückzukaufen. Wir fügen jedoch eine expertgerichtlich festgestellte Entschädigung für angebrachte Verbesserungen hinzu. Der Eigentümer ernennt einen Sachverständigen, wir einen der unseren; und wenn sie sich nicht einigen können, wählen sie zur Entscheidung einen freien Dritten.

Dieses Vorzugsrecht des Rückkaufes ist privilegiert und kann durch keine Hypothek gebrochen werden.

* * *

Übrigens wird die Society auch Hypothekarkredit gewähren, in einer Abteilung. Das ist eine Tochterbank, die natürlich wie alle anderen Töchterinstitute „drüben" verstaatlicht wird.

Die Privat-Bankbeamten hüben werden allmählich Staatsbeamte drüben, mit reicheren Bezügen, Ehren usw.

Für die gutwillige Expropriation muß man sich einheimischer Subagenten bedienen, die nicht wissen dürfen, daß ihr Auftraggeber selbst ein geheimer Agent ist und

7*

den zentralisierten Weisungen der „Güterkauf-Kommission" gehorcht.

Diese geheime Kaufaktion muß gleichzeitig, wie durch den Druck auf einen elektrischen Taster, durchgeführt werden. Unsere geheimen Agenten, die drüben als Erwerber für eigene Rechnung auftreten, erhalten das Signal: *Marchez!*

In der nächsten Woche müssen alle Verkäufe abgeschlossen sein. Sonst verteuern wir uns maßlos die Preise.

Selbstverständlich muß dem eine Aktion sorgfältiger Vorerhebungen in Grundbüchern (wo welche existieren), durch vorsichtige Umfrage, Erforschung der einzelnen Verhältnisse usw. vorangehen.

Gutsbesitzer, die durch ihr Alter, ihre Gewohnheiten usw. an ihrer Scholle haften, erhalten den Antrag, daß man sie gänzlich umpflanzen werde — wohin sie wollen, gleich unseren eigenen Leuten. Dieser Antrag wird erst gemacht, wenn alle anderen abgelehnt wurden.

Wird auch dieser nicht angenommen, schadet es weiter nichts. Dieses enge Verhältnis zur Scholle kommt nur bei kleinem Besitz vor. Der große ist für Geld zu haben.

Sollten an einzelnen Punkten viele solcher unbeweglicher Besitzer sein, werden wir sie einfach lassen und unseren Verkehr nach anderen Punkten hin, die uns gehören, entwickeln.

Die geheimen Landkäufer sind nicht freie Agenten, sondern unsere Beamten.

Es wird ihnen im vorhinein gesagt, daß jeder Versuch, direkt oder indirekt bei diesem Anlaß eine Landspekulation zu machen, die sofortige Entlassung *cum infamia* für immer nach sich ziehe.

Wohl aber werden sie wie alle unsere Beamten Vor-
zugsrechte der Platzwahl für ihre Häuser erhalten, die
wir ihnen billig und aus Gehaltsabzügen nach dem Amor-
tisationsprinzip bauen.

Separatnotiz: ～ *12. VI.*

Muß ich's als Buch machen, so wird alles zu vermeiden
sein, was wie Prospekt aussieht.

Ich muß den kleinen Juden und Regierungen nahelegen, mich darum zu bitten; aber wenn ich's nicht *d'un
air absolument détaché* mache, so werde ich lächerlich
und ein für den herrlichen Zweck untaugliches Instrument.

12. VI.

Wenn uns auf dem Landnahmeschiff das neue Land
in Sicht kommt, wird die Fahne der Society gehißt (die
später Staatsfahne wird).

Alle müssen sich entblößen. Grüßen wir unsere Fahne!

Mit einer schlechten billigen Fahne in der Hand, steigt
der erste ans Land. Sie wird dann im Nationalmuseum
aufbewahrt.

12. VI.

Für die Legende eine eigentümliche Kappe bauen lassen, wie Stanley. Bei der Landnahme den gelben Fleck
tragen, und alle Landnehmer bekommen das gelbe Bändchen.

12. VI.

Roman. Held:

Eine seiner Tischreden auf dem Schiff wird das Thema
der Judenehre haben.

Nachher werden die gelben Bändchen an alle Anwesen-
den verteilt. Daß es ein Orden wird, kann er vielleicht
in dem Augenblick noch nicht sagen.

Er verteilt es nur als Erinnerungszeichen. Eine Liste hat er vorher anfertigen lassen. Jeder bestätigt den Empfang des kleinen silbernen Zeichens am gelben Band.

Diese Liste wird aufbewahrt. Es sind die ersten Ritter der Judenehre.

Drüben wird das Zeichen von Anfang an getragen. Er schreibt es nicht vor — „sieht es nur gern". Unbefugte dürfen es nicht tragen.

12. VI.

Eine juristische Schwierigkeit, wie der noch nicht vorhandene Staat sich den Ankauf der Society-Aktien sichern soll. Übrigens, Übergang kann vielleicht nur unter moralische Garantien gestellt werden.

12. VI.

Diese südamerikanischen Republiken müssen für Geld zu haben sein. Wir können ihnen jährliche Zuschüsse geben. Aber nur für etwa zwanzig Jahre, d. h. bis wir zum Selbstschutz stark genug sind; sonst wird es ein Tribut, der mit unserer künftigen Würde nicht vereinbar wäre und dessen Einstellung zum Kriege führen könnte.

Dauer der Zuschüsse wäre zu bemessen nach der Zeit, die uns von unserem Kriegs-Direktor als genügend bezeichnet würde, um allen diesen vereinten Republiken gewachsen zu sein.

Aber man könnte anfangs — bevor sie noch wissen, daß wir hinübergehen — große Zugeständnisse erhalten, für die bloße Aussicht, ihnen etwas Geld um ein Perzent billiger zu borgen!

Über Geldbedürftigkeit, innere Parteiverhältnisse, Strömungen usw. dieser südamerikanischen Republiken wären früher diskrete, delikate Forschungen anzustellen.

Es ist im großen eine gutwillige Landentäußerung.

* * *

Aber zu diesen Dingen besonders brauche ich die Rothschilds.

Und wenn sie nicht wollen?

Ja, dann werden sie es eben büßen.

* * *

Da mein Plan jetzt auf den Rothschilds steht, beschäftigen sie mich natürlich sehr. Ich kenne nur einige vom Sehen. Nur von zweien weiß ich etwas. Albert in Wien scheint ein fleißiger Bankier und ganz offener Kopf zu sein. Dabei Hofsnob. Man kam zu ihm mit dem Plan eines Palais de Glace, wird mir erzählt. Er sagte: „dafür hat Wien kein Publikum", und begründete es auf gescheite Art.

Alphonse, den Pariser, sehe ich öfter auf der Gasse, sah ihn vor Gericht im Prozeß Burdeau-Drumont, wo er ein bescheidenes, zitterndes Aussehen hatte. Er duckt sich auf feine Manier. Ich sah ihn zuletzt beim Grand-Prix und hatte dabei ein eigentümliches Gefühl. Denn dieser dürftige, schlotterige Mann besitzt die Mittel, einen ungeheuren Strom von Glück über die Menschen zu bringen, wenn er meinem Plane folgt. Ich ging einige Zeit durch das Gedränge hinter ihm her und sah ihn an mit meinen Gedanken.

12. VI.

Bacher werde ich einen recht herzlichen Abschiedsbrief schreiben. Er war mein Freund, das habe ich gefühlt.

* * *

Julius Bauer, der Direktor des National-Theaters, fährt auf dem Schiff meiner Familie mit hinüber, um meine Eltern unterwegs zu amüsieren... (Ach Gott, für den Roman ist das ein hübsches Kapitel — aber wenn es Wirklichkeit wird, was lebt dann noch von den Passagieren, die ich mir jetzt erträume?)

* * *

12. VI.

Diese Aufschreibungen sind mir keine Arbeit, sondern nur Erleichterung. Ich schreibe mir die Gedanken los, die heraufsteigen wie Luftblasen in einer Retorte und schließlich das Gefäß sprengen würden, wenn sie keinen Abzug fänden.

. . . .

12. VI.

Diese Aufschreibungen verhindern mich, das Frühere in mein Buch zu bringen.

Mit der Reinschrift halte ich noch beim Gespräch mit Hirsch.

Aber das Wachstum der neuen Einfälle ist wichtiger. Wer weiß, wie bald es aufhört?

Dabei habe ich die Angst, die Heyse in jenem herrlichen kleinen Gedicht vom Künstler schildert.

„Ich bebe:
Daß ich hinfahren könnte über Nacht,
Hinfahren, ehe ich dies Werk vollbracht."

Ah, habe ich es erst im reinen und meine Zettel bei der hiesigen Akademie verschlossen niedergelegt, indem ich das Buch abschreiben lasse, dann ist das Gut in Sicherheit gebracht und ist ein unverlierbarer Schatz der Menschen.

Aller, nicht nur der Juden.

* * *

104

Nach diesen aufrichtigen Aufzeichnungen werden mich manche für größenwahnsinnig halten. Andere werden sagen oder glauben, daß ich für mich ein Geschäft oder Reklame machen wolle.

Aber meine Pairs, die Künstler und Philosophen, werden verstehen, wie echt das alles ist, und sie werden mich schützen.

12. VI.

Den Architekten:

Typische Pläne für Schuster-, Schneider-, Tischler- usw. Werkstätten, die in Massen gedruckt und überall verteilt werden.

Das ist eine Auswanderreklame!

Es wird eine Lust sein, zu arbeiten. Überall, wenn möglich, das eigene Häuschen erreichen.

* * *

Eine Architekten-Konferenz für Arbeiter-Wohnungen

* * * * * * * * * * * * *

Andere Massenpläne für das „eigene Haus" des Mittelstandes, Cottage-System. Auch als Reklame verteilen.

* * *

Tarife und Amortisationen für diese Häuser. Beim Bauen (von Häusern, wie von Bahnen, Straßen usw.) wollen wir Privatunternehmer sehr begünstigen durch gesunde Baukredite (was noch gut zu studieren ist).

Die Society wird nur am Bodenwert gewinnen. Der Bau soll billig sein, weil ja durch Bauten der allgemeine Bodenwert steigt.

Versatzamt:

Beim Versetzen muß Name und Wohnort angegeben werden. Warum, wird den Versetzern nicht bekannt. Die Namen derjenigen, welche Betten, Arbeitsmittel, Gegenstände des äußersten Notbedarfes versetzt haben, werden der Wohltätigkeits-Zentrale direkt bekannt gegeben.

Diese untersucht ebenso diskret, und tut was sie will.

Durch Führung alphabetischer Listen wird sie die Gewohnheitsversetzer und Betrüger bald erkennen.

12. VI.

Wir sind derzeit überall Landesstiefkinder. Ich bin heute schon unerschütterlich davon durchdrungen, daß es mir gelingen wird.

Wäre es in meinen Gedanken, daran etwas zu gewinnen, so würde ich mir heute mit Beruhigung Geld ausborgen.

12. VI.

Ich arbeite es aus?

Nein! es arbeitet mich.

Es wäre eine Zwangsvorstellung, wenn es nicht von Anfang bis zu Ende so vernünftig wäre.

Solche Zustände nannte man in einer früheren Ausdrucksweise: Inspiration.

12. VI.

Heute steigt mir der Gedanke auf, ob ich nicht viel mehr als die Judenfrage löse.

Nämlich *tout bonnement* die soziale Frage! Ich weiß es nicht, glaube es kaum, weil ich ja in allem an die Schaffung neuer Verhältnisse denke; und die Schwierigkeit der sozialen Frage ist ja aber, daß man überall in alten Mißständen, langen Versumpfungen, ererbtem und erworbenem Unrecht steckt. Indes ich jungfräulichen Boden voraussetze. Aber wenn es wäre, welches Geschenk Gottes an die Juden!

Wenn ich Gott sage, will ich die Freidenker nicht verletzen. Sie mögen meinetwegen den Weltgeist oder irgendein anderes Wort an die Stelle dieser lieben, alten, wundervollen Abbreviatur setzen, durch die ich mich mit den Einfältigen verständige. Wir meinen ja im Seminarstreit um Worte doch alle ein und dasselbe. Ja, wir meinen im Glauben wie im Zweifel alle ein und dasselbe: daß es unerklärlich ist!

12. VI.

Einen umsichtigen Mann als Quartiermeister hinüberschicken. Noch bevor das Landnahmeschiff kommt. Die Landnehmer, besonders die Vertreter der Ortsgruppen müssen bereits Komfort finden.

Der Quartiermeister wird später immer größere Aufgaben haben, an der Spitze eines Ressorts stehen, bis Arbeiter kommen.

12. VI.

Prostitution:

Direkte Lösungen gibt es wohl schwerlich. (Jedenfalls wird darüber eine Beratung von Politikern einzuberufen sein. Dichter werden zugezogen, weil sie sich ja mit der Liebe anhaltend beschäftigen.) Indirekte Lösungen sind:

Patriarchalische Familie, Beförderung junger Ehen, die übrigens *par la force des choses* eintritt, weil wir Massen junger Menschen beschäftigen, sie gut bezahlen, ihnen somit früh Gelegenheit geben, den eigenen Hausstand zu gründen. Auch werden sie in den Anfängen unserer Kultur ein Haus haben wollen, weil es noch keine großstädtischen Unterhaltungen, keine leichten Reizungen und keinen Weibermarkt gibt.

* * *

Auch werden wir Ehemännern Gehaltszulagen gehen. Heiratsausstattungen in Massen, also billig herstellen und zwar für verschiedene Klassen „als Prämien für Fleiß, Tüchtigkeit usw." Wir verfolgen dabei den Ehezweck.

* * *

Kinder-Gehaltszulagen.

* * *   *12. VI.*

Wir Juden sind ein eitles Volk. Wir stellen das größte Kontingent zu den Snobs der „guten" Gesellschaft. Ein adeliger Schmarotzer kann von den Bankiers haben, was er will, wenn er vor Leuten bei ihnen speist.

Aber ich glaube, wir sind nur eitel, weil uns die Ehre nicht zugänglich ist. Haben wir erst wieder unsere Ehre, so werden wir nicht eitel, sondern ehrgeizig sein. Der gute, gescheite Montesquieu mit seinen Ressorts.

* * *

Ich verfeinde mich wahrscheinlich mit den großen Juden. Na, es wird sich ja in den Angriffen oder im Schweigen des untertänigen Teils der Presse zeigen.

* * | *12. VI.*

Ziehen wir in eine Gegend, wo es für die Juden ungewöhnliche wilde Tiere gibt — große Schlangen usw. — so benütze ich die Eingeborenen, bevor ich sie in den

Durchzugsländern beschäftige, dazu, diese Tiere auszurotten. Hohe Prämien für Schlangenhäute usw. und für
die Brut.

12. VI.

Meinen *Unskilleds* aus Rußland wird mitgeteilt, daß
sie avancieren können und später (wenn sie nicht zu Ar-
beitsoffizieren taugen) doch wenigstens Trafiken und
dergleichen bekommen.

Sie werden und sollen daher den Rest des Siebenstun-
dentags für Fortbildung in Arbeiter- und Handwerker-
schulen benützen.

Da brauche ich wieder ein neues Bildungskorps. D i e
H a n d w e r k e r - L e h r e r. Es kann auch ein Arbeiter solcher Lehrer werden.

* * *

Der Siebenstundentag!

Natürlich wird nicht nur sieben Stunden im Tag gearbeitet, sondern vierzehn.

Zwei Ablösungen, oder vier? Das wird von der Nähe
der Wohnorte und Schulen abhängen. Denn wenn ich
die Arbeiter weite Wege doppelt machen lasse, tue ich
ihnen sehr weh.

* * *

12. VI.

Im Palais Royal, bei Militärmusik:

Meinen Untergebenen, die mir schmeicheln wollen:

Mich darf man nicht loben, weil man mich auch nicht
tadeln darf. Denn ich bin der Führer. Ich sage es aber
nicht nur wegen der Disziplin. Sondern auch, weil mein
Geist gesund und einfach bleiben muß, wenn ich es durchführen soll. — Ich werde schon an der Art Ihres Gehor-
sams, an der Wärme Ihrer Begeisterung erkennen, inwieweit ich auf Sie rechnen kann.

* * *

Welches Beispiel bin ich für die armen, strebsamen Juden, wie ich einer war.

Wäre ich auf Geld aus gewesen, hätte ich mich nie so vor die größte Geldmacht der Erde, die Rothschilds, hinstellen können, wie ich es tun werde.

—

Wenn auch Güdemann versagt, schicke ich den Baron Jacobs zum Palästina-Rothschild — ich glaube Edmond — und lasse mir eine Unterredung verschaffen.

* * *

Man wird mir vorwerfen, daß ich Staatssozialismus treibe, kein Vorwurf, wenn es wäre — vorausgesetzt, daß der Staat das Rechte will. Nämlich nicht den Vorteil einer Gruppe oder Kaste, sondern das mähliche Aufsteigen aller zu den fernen hohen Zielen der Menschheit.

Aber nur Beschränkte oder Böswillige können übersehen, daß ich das Individuum frei, groß, reich und glücklich machen will.

* * *

Ich streiche nur den Unternehmergewinn gefahrloser Unternehmungen.

* * *

Drumont verdanke ich viel von der jetzigen Freiheit meiner Auffassung, weil er ein Künstler ist.

* * *

Ich wollte nicht noch eine Utopie schreiben. Das alles ist wahr, vernünftig, möglich.

Warum sollte ich es nicht einfach sagen?

13. Juni 1895.

Ob die Mitgift reicher Mädchen nicht zu besteuern wäre?

Man könnte den Ertrag zur Versorgung „vergessener" armer Mädchen heranziehen, wie ja immer eine sittliche Korrelation zwischen der Freude der einen und dem Kummer der anderen durch Abgaben hergestellt werden muß. (Gut ist in Frankreich die Theaterbilletsteuer, die der *assistance publique* zufließt. Das werden wir auch haben.)

Die Juden befolgen dieses Prinzip eigentlich schon im kleinen und in der planlosen törichten Weise aller bisherigen „Wohltätigkeit". Bei großen Hochzeiten wird viel für die Armen gespendet.

Ich aber will das nicht nur in feste, gesunde Regeln bringen, sondern auch die Harten, die nicht der Armen gedenken, heranziehen. — Die Mitgiftjäger brauche ich wahrhaftig nicht zu schonen. (Dabei ist ein schnurriger Gedanke, daß auch die Steuer auf den Schwiegervater übergewälzt werden kann.)

Den Steuerbetrug vereitle oder bestrafe ich durch Ungültigkeit von Scheinverträgen, durch hohe Prämien für den Anzeiger, schwere Geldstrafen und dauernde Entziehung des passiven Wahlrechts, der Ordens- und Adelsfähigkeit.

* * *

14. Juni 1895.

Heute sehr starker Kopfschmerz. — Um mir das Blut vom Kopf abzulenken, will ich heute anfangen, bicyklen zu lernen. Sonst führe ich die Arbeit nicht aus.

* * *

14. VI.

Die sittliche Beseligung und das körperliche Glück der Arbeit.

Gestern dinierte ich mit einem reichen Wiener Junggesellen, der ein nutzloser Lebemann ist. Er stöhnte über die Antisemiten, über das Blutmärchen. Ich brachte ihn zum Reden. Ich bestätigte mich so in der Meinung, die ich von der Stimmung der reichen Leute habe. Einen Augenblick nahm ich diesen Menschen sogar ernst. Ich fragte ihn, ob er wohl bereit wäre, für die Judensache etwas zu tun. Er schien ein Geldopfer zu vermuten und sagte gedehnt: Nein! — Ich berichtigte diesen Irrtum rasch und sagte: Beispielsweise eine Reise nach Konstantinopel? — „Nein," sagte er, „ich bin zu solchen Sachen nicht brauchbar. Ich bin zu bequem!" Jawohl! es wird lange dauern, bis ich die Juden aus der Bequemlichkeit der Gefangenschaft aufwecke, aufrüttle.

14. VI.

Das Gelobte Land, wo wir krumme Nasen, schwarze oder rote Bärte und gebogene Beine haben dürfen, ohne darum schon verächtlich zu sein. Wo wir endlich als freie Männer auf unserer eigenen Scholle leben und in unserer eigenen Heimat ruhig sterben können. Wo auch wir zur Belohnung großer Taten die Ehre bekommen. Wo wir im Frieden mit aller Welt leben, die wir durch unsere Freiheit befreit, durch unseren Reichtum bereichert und durch unsere Größe vergrößert haben.

So, daß der Spottruf „Jude!" zu einem Ehrenworte wird, wie Deutscher, Engländer, Franzose, kurz wie die Massen aller Kulturvölker. So, daß wir durch unseren Staat unser Volk erziehen können für Aufgaben, die jetzt noch hinter unserem Gesichtskreise liegen. Denn Gott hätte unser Volk nicht so lange erhalten, wenn wir nicht noch eine Bestimmung in der Geschichte der Menschheit hätten.

Die Fahne fällt mir ein. Vielleicht eine weiße Fahne mit sieben goldenen Sternen. Und das weiße Feld bedeutet unser neues, reines Leben. Wie Sterne sind die Stunden der Arbeit. Im Zeichen der Arbeit ziehen wir ins Gelobte Land.

ı ı ı

14. VI.

Güdemann telegraphiert mir heute:

„Reise mir unmöglich. Salo am Nordkap. Brief folgt. Fahre Sonntag nachmittag Baden. Güdemann."

Ach ja, es wird schwer sein, die Juden dazu zu bekommen. Aber ich werde sie kriegen. Ich fühle eine wachsende Riesenkraft in mir für die herrliche Aufgabe. Es wächst der Mensch mit seinen höheren Zwecken!

↓ ↓ ↓

· · · · · · · · · · · · · · · · ·

14. VI.

Dem Familienrat:

Für mich wäre der Ruhm größer, wenn ich nur mit den Armen und Elenden ins Gelobte Land hinüberzöge und aus ihnen ein stolzes und geehrtes Volk machte. Aber ich will auf diesen Ruhm verzichten, wie ich ja auch bereit wäre, ganz in den Hintergrund zu treten. Nur muß der Baumeister, solange er lebt, den Bau selbst leiten, wie groß auch Sorge, Mühe und Verantwortung seien.

* * *

Unsere ganze Jugend, alle, die jetzt zwischen zwanzig und dreißig Jahre alt sind, werden von unklaren sozialistischen Richtungen ab- und mir zufallen. Sie werden als Wanderprediger in ihre Familien und ins Land hinausgehen, — ohne daß ich sie erst noch aufzufordern brauche.

Für sie ist ja das Land!

15. Juni 1895.

Die nichtjüdischen Expropriierten drüben erhalten nach Vollzug des Kaufs die Option: Betrag in Geld oder in Aktien (nach Nominalwert). Keine Überlistung, nur Selbstschutz.

Die Welt soll ja durch uns etwas kennenlernen, was man seit 2000 Jahren nicht für möglich hielt: die Judenehre.

Dem Familienrat:

Ihre älteren Herren werden uns mit ihrem Finanz-, Bank-, Bahn- und politischen Rat beistehen, diplomatische Dienste leisten usw.

Ihre Söhne, und ich möchte, daß Sie möglichst viele hätten, werden im Heer, in Diplomatie usw. nach ihren Fähigkeiten — allerdings auch nur nach ihren Fähigkeiten — führende Rollen spielen, Provinzen verwalten usw.!

Mit Ihren Töchtern werden Sie unsere besten Offiziere, feinsten Künstler, genialsten Beamten belohnen. Oder auch weiter nach Europa verheiraten, wie die Amerikaner, was ich für ganz nützlich halte. Es soll nur Ihr Geld recht weit zerstreut werden.

15. VI.

Heute ein einzelner und einsamer Mann. Morgen vielleicht der geistige Führer von Hunderttausenden. Jedenfalls der Finder und Verkünder einer mächtigen Idee.

* * *

Zu den Zwergmillionären schicke ich meine Vertreter...

Lasse die Millionäre, die noch Judentum in sich haben, beim Rabbiner zusammenkommen, ihnen die Rede vom Rabbiner vorlesen.

114

Die Rabbiner, die nicht mitwollen, werden beiseite geschoben. Der Zug ist unaufhaltsam.

* * *

Aber die Rabbiner werden Stützen meiner Organisation sein, und ich werde sie dafür ehren. Sie werden die Leute aneifern, auf den Schiffen belehren, sie drüben aufklären. Zum Lohn werden sie in eine schöne, stolze Hierarchie gegliedert, die freilich immer dem Staat unterworfen bleibt.

15. VI.

Im Schreiben, und besonders wenn mir die ernste festliche Stimmung auf den Schiffen und drüben die Ankunft, der feierliche Empfang einfiel, habe ich oft geweint über das Unglück meines Volkes.

Aber wenn ich das Volk führen werde, darf ich keine Tränen zeigen. Der Führer muß einen harten Blick haben.

15. VI.

Ich glaube nicht an die Börsenlust unserer Leute. Unsere Leute sind gute Familienväter. Und der besorgte Familienvater geht mit Bangen an die Börse.

Aber wohin soll er im bisherigen Leben sonst gehen?

*

16. Juni 1895.

Ich habe in diesen Tagen öfters befürchtet, irrsinnig zu werden. So jagten die Gedankenzüge erschütternd durch meine Seele.

Ein ganzes Leben wird nicht ausreichen, alles auszuführen.

Aber ich hinterlasse ein geistiges Vermächtnis. Wem? Allen Menschen.

Ich glaube, ich werde unter den größten Wohltätern
der Menschheit genannt werden.

Oder ist diese Meinung schon der Größenwahn?

16. VI.

Ich muß vor allem mich selbst beherrschen.

Wie Kant sich aufschrieb: An Johann darf nicht mehr
gedacht werden.

Mein Johann ist die Judenfrage. Ich muß sie rufen und
wegschicken können.

16. VI.

Niemand dachte daran, das Gelobte Land dort zu suchen, wo es ist — und doch liegt es so nahe.

Da ist es: in uns selbst!

Ich lüge niemandem etwas vor. Jeder kann sich überzeugen, daß ich die Wahrheit rede. Denn jeder nimmt
ein Stück vom Gelobten Lande in sich und mit sich hinüber. Der in seinem Kopf, der in seinen Händen und der
dritte in seinen Ersparnissen. Das Gelobte Land ist dort,
wohin wir es tragen!

Ich glaube, für mich hat das Leben aufgehört und die
Weltgeschichte begonnen.

16. VI.

Anfangs werden wir nur in aller Stille an uns und für
uns arbeiten.

Aber der Judenstaat wird merkwürdig werden. Das
Siebenstundenland ist nicht nur das Musterland für soziale Versuche, nicht nur die Schatzkammer der Kunstwerke — auch in aller Kultur ein Wunderland. Es wird

ein Ziel für die Kulturwelt, die uns besuchen kommen wird, so wie man nach Lourdes, Mekka, Sadagora geht. Verstehen Sie mich endlich? Aber am stärksten bin ich auf der dritten Stufe. Da habe ich die ganze Welt für mich, Juden, Christen, Volk, Bürgerliche, Adelige, Klerus aller Konfessionen, Könige und Kaiser!

Sadagora.
Auf niemanden wird ein Gewissenszwang ausgeübt, auf alle wirken die leisen Verführungen der Kultur.

ı ı *

Die *pieds crottés* vor der Börse, alle verlorenen und gescheiterten Existenzen nehme ich auf, gebe ihnen ein neues Leben! Sie werden unsere besten Mitarbeiter sein.

16. VI.

Ich bin drei Stunden im Bois herumgegangen, um mir die Qual neuer Gedankenzüge loszugehen. Es wurde immer ärger. Jetzt sitze ich bei Pousset, schreibe sie auf — und mir ist leichter. Ich trinke freilich auch Bier.
Der Judenstaat ist ein Weltbedürfnis.

Wenn Sie mich in einen Gegensatz zu Ihnen zwingen, werde ich auf der zweiten Stufe, an die ich nicht recht glaube — möglich ist's ja immerhin — alle mittleren und kleineren Millionäre um mich versammeln. Eine zweite formidable jüdische Geldmacht marschiert auf.

Denn ich werde in der ersten Zeit, wo ich für die voll eingezahlte Milliarde noch keine Verwendung habe, Bankgeschäfte machen müssen.

Ich habe auch gegen das Bankgeschäft keinen Widerwillen, wenn es der Zweck erfordert, so wenig wie gegen Spedition, Bau usw.

Aber wird Europa Sie und uns vertragen?

Da zittert schon die Erde.

16. VI.

Eine der Hauptschlachten werde ich dem Judenspott liefern müssen.

Dieser Judenspott stellt im Grunde den kraftlosen Versuch von Gefangenen dar, frei auszusehen. Darum rührt mich dieser Spott eigentlich.

16. VI.

Sobald wir konstituiert sind, alle diplomatischen und Landkäufe beendet sind, gebe ich die Rede (mit R's Abänderungswünschen) der Neuen Freien Presse, weil ich als ihr Korrespondent es fand. Nun wünsche ich, daß die Neue Freie Presse den anderen Blättern, auch den Antisemiten, Auszüge zur Verfügung stelle. Berliner Tageblatt auch.

16. VI.

Ein schöneres Sadagora!

Wir werden von den Kulturvölkern auch und besonders die Toleranz gelernt haben.

Sie hatten ja den guten Willen, uns zu emanzipieren. Es ging nicht mehr, an den alten Wohnorten.

Das Börsenmonopol wird wahrscheinlich die erste Sache sein, die uns Europa nachmacht. Und das drängt mir die zögernden, die feigen Juden zu. Sie werden ein bißchen spät nachkommen.

Auch da geht der Zug hinweg über die Widerwilligen.

15. VI.

Familienrat.

Sie sehen, wir überlisten niemanden. Wir tun auch niemandem Gewalt an — außer uns selbst, unseren Gewohnheiten, bösen Neigungen und Fehlern. Aber wer etwas Großes tun will, muß zuerst sich selbst überwinden.

15. VI.

Wem es beliebt, den Kaftan zu tragen, der soll es ruhig und ungeschoren weiter tun.

Wir werden nur den Grundsatz der modernen Hygiene durchführen, zum Wohle aller.

Einschalten: Familienrat:

Staat kann durch gütliche Expropriation Fabriken usw. erwerben, an welche die Finanzminister nie zu denken wagten.

Einschalten:

Aktien für Expropriierte. Rückkaufsrecht der Society.

16. VI.

S... war heute bei mir und spöttelte: ich sähe aus, als ob ich den lenkbaren Luftballon erfunden hätte.

— Hm, vielleicht! dachte ich mir und schwieg.

Zweiter Brief an Güdemann.

16. VI. 1895.

Hochgeehrter Herr Doktor!

Ihr Brief macht den Eindruck wieder gut, den ich von Ihrer Depesche hatte. Ich dachte mir ein bißchen zornig: Da soll einer den Juden helfen wollen! Was mich freilich nicht abhielt, in der Sache selbst rüstig weiter zu gehen, so wie ich, um alles unbekümmert, weiter gehen werde bis ans Ziel! Wer mir helfen will, ist hochwillkommen; er tut nichts für mich, alles für sich selbst. Wer störrig oder gleichgültig ist, über den gehe ich hinweg.

So hat mich Ihre Depesche selbst im ersten Augenblick nicht matt gemacht und nur geärgert. Gleich nachher sagte ich mir: ich muß ihm nicht deutlich genug zu verstehen gegeben haben, wie verzweifelt ernst es ist. Tatsächlich ist mein Vorhaben so ernst wie die Lage der Juden, von der sich die Juden, glaube ich, in ihrer dumpfen Ermattung gar nicht klar genug Rechenschaft geben.

Ferner sagte ich mir: der Mann kennt mich nicht, das heißt nur ganz flüchtig; wir haben ein paar gleichgültige oder scherzende Worte ausgetauscht, und in der Zeitung liest er von mir Aufsätze der leichtesten Form. Aber Ihr Brief hat mich versöhnt. Es ist darin der Ton, der mir zusagt, den ich für meinen Zweck brauche. Ich errate, Sie werden mir der richtige Helfer sein, einer der Helfer; denn ich werde viele Helfer brauchen.

Sie sind erstaunt, daß ich ein so warmes Interesse für „unsere Sache" habe. Sie ahnen jetzt noch gar nicht, welchen Hitzegrad dieses Interesse erreicht hat. Ich hatte es allerdings früher nicht. Mein Judentum war mir gleichgültig; sagen wir: es lag unter der Schwelle meines Bewußtseins. Aber wie der Antisemitismus die flauen,

feigen und streberischen Juden zum Christentum hin-
überdrückt, so hat er aus mir mein Judentum gewaltig
hervorgepreßt. Das hat mit Frömmelei nichts zu tun.
Ich bin bei aller Pietät für den Glauben unserer Väter
kein Frömmler und werde es nie sein.

Daß ich nichts Religionswidriges vorhabe — im Gegenteil —, geht daraus hervor, daß ich mit den Rabbinern, mit
allen Rabbinern gehen will.

Nach Caux habe ich Sie und den Geschäftsmann aus
zwei Gründen gerufen. Erstens weil ich Sie beide aus
Ihrer gewohnten Umgebung herausnehmen und in die
hohe Bergfreiheit versetzen wollte, wo das alltägliche Leben versinkt; wo Sie in einer Gletscherbahn vor Augen
haben, wie sehr der menschliche Erfindungsgeist schon
die Natur überwunden hat, und Sie so für meine ungewöhnliche Mitteilung in eine genügend ernste und doch
freie Stimmung geraten wären.

Der zweite Grund war, daß ich mich durch Wochen
mit Schreiben schwer angestrengt habe, noch weiter an-
strengen muß in unabsehbarer Zeit, und mich zwei, drei
Tage erholen wollte von der ungeheuren Arbeit, die ich
dabei doch nicht verlassen hätte, weil ich sie nicht mehr
verlassen darf.

Ich hätte Ihnen mündlich alles auseinandergesetzt und
dabei den Eindruck beobachtet; die Zweifel widerlegt
und dabei immer von einem an den anderen appelliert.
Denn in den Punkten, wo der eine mich nicht verstanden
hätte, im Geistlichen oder im Weltlichen, hätte der andere
unbefangene Mann bestätigt, daß ich mich fortwährend
auf dem Boden fester Tatsachen bewege.

Ein reicher oder wohltätiger Mensch brauchte Ihr Begleiter nicht zu sein; denn ich bin mit meiner Sache weder auf die Reichen noch auf die Wohltätigen angewie-

sen. Es wäre auch schlimm, wenn es so wäre. Nur ein unabhängiger Jude sollte es sein.

Sie beide aber waren dazu bestimmt, meine ersten Gehilfen zu sein. Da ich Sie nicht gleich haben kann, brauche ich auch den anderen nicht.

Nun wäre ich sofort an andere Männer herangetreten, wenn ich, wie gesagt, aus dem Inneren Ihres Briefes nicht erkannt hätte, daß Sie dennoch der richtige Helfer sind. Ich hätte andere gefunden; und wenn nicht, wäre ich eben allein gegangen. Denn ich habe die Lösung der Judenfrage. Ich weiß, es klingt verrückt; man wird mich in der ersten Zeit noch oft für verrückt halten, bis man die Wahrheit alles dessen, was ich sage, erschüttert einsieht. Ich habe die Lösung gefunden, und sie gehört nicht mehr mir. Sie gehört der Welt.

Sie beide, sage ich, wären meine ersten Gehilfen gewesen. Richtiger: zunächst meine Boten. Und zwar wäre Ihr erster gemeinschaftlicher Gang zu Albert Rothschild gewesen, dem Sie meine Worte überbracht hätten, wobei wieder der Geistliche vom Weltlichen in der Klarlegung der Dinge unterstützt worden wäre. Albert Rothschild würde die Sache vor den Rat seiner Familie gebracht haben, vor dem zu erscheinen und einen Vortrag über die Sache zu halten man mich gebeten hätte.

Sofort will ich einen bei Ihnen aufsteigenden Irrtum hinwegräumen. Ich bin auf die Mithilfe der Rothschilds ebensowenig angewiesen, wie auf die anderer reicher Juden. Aber die eigentümliche Anlage meines Planes bringt es mit sich, daß die Rothschilds verständigt werden müssen.

Sie werden, wenn Sie den Plan kennen, einsehen, warum.

Ich kann Ihnen heute nicht sagen, worin er besteht.
— Ich würde meinen Gedanken verstümmeln, wenn ich ihn in einen Brief zwängen wollte.

Seit Wochen schreibe ich vom frühen Morgen bis in die späte Nacht, um nur die Hauptzüge festzuhalten. Es wäre eine Qual, wenn es nicht eine solche Seligkeit wäre. Ich bin der erste, den die Lösung beglückt. Das ist mein Lohn, und soll mein ganzer Lohn bleiben.

Wie habe ich das gefunden? Ich weiß es nicht. Wahrscheinlich, weil ich immer darüber nachgegrübelt und mich über den Antisemitismus so unglücklich gefühlt habe. Auf dreizehn Jahre schätze ich die Zeit, in der dieser Gedanke sich in mir durcharbeitete. Denn aus dem Jahre 1882, wo ich Dührings Buch las, stammen meine ersten Aufzeichnungen. Jetzt, wo alles in mir so klar daliegt, staune ich, wie nahe ich oft daran war, und wie oft ich am Lösenden vorübergegangen bin. Daß ich es gefunden habe, empfinde ich als ein großes Glück. Es wird den Lebensabend meiner Eltern vergolden und die dauernde Ehre meiner Nachkommen sein.

Ich will Ihnen gestehen, daß ich Tränen im Auge habe, indem ich dieses schreibe; aber ich werde es mit aller Härte durchführen.

Noch glauben Sie vielleicht, daß ich schwärme. Sie werden anders denken, wenn Sie alles kennen. Denn meine Lösung ist eine streng wissenschaftliche, worunter Sie keinen Kathedersozialismus und kein Kongreßgewäsch verstehen sollen.

Genug jetzt! Ich schreibe die Rede, die ich hier vor dem Rothschildschen Familienrate halten wollte, auf. Es ist ein sehr langer und doch nur die Hauptzüge enthaltender Vortrag.

In der Form und mit der engen Schrift dieses Blattes hat er bisher 68 Seiten, und ich bin noch lange nicht fertig. Sie werden zum Verlesen einige Stunden brauchen. Denn Ihre erste Sendung, lieber Herr Doktor, ist, diese Rede Albert Rothschild vorzulesen. Sie geben sie ihm nicht zu lesen, Sie selbst lesen sie ihm vor.

Ich denke, er wird von vornherein Achtung und Vertrauen genug zu Ihnen haben, um Sie so lange anzuhören, als Sie es für nötig halten. Sie werden ja übrigens den Vortrag früher gelesen haben und ihm im voraus sagen können, vor welche Entscheidung seine Familie da gestellt wird.

Albert Rothschild ist, wie ich in der Zeitung lese, auf seinem Landgut Gaming-Waidhofen. Telegraphieren Sie mir, ob Sie bereit sind, hinzufahren.

Da Sie nach Caux kommen wollten, wenn ich Ihnen angedeutet hätte, um was es sich handelt, werden Sie doch die kleine Reise nach Gaming machen. Dann bitte ich Sie, Albert Rothschild zu schreiben, wann er Sie ungestört empfangen kann. Er muß sich einen ganzen Tag vollkommen freihalten. Er wird ebenso erschüttert, ebenso glücklich sein, wie Sie selbst. Denn es wird mir von ihm erzählt, daß er ein ernster, guter Jude ist. Er wird sofort nach Paris zu mir kommen. Ich muß nämlich vorläufig hier bleiben, wegen der Beratung mit allen Rothschilds.

Sie haben meinen Brief, telegraphieren mir und schreiben ihm sofort. Ich hoffe, übermorgen meinen Vortrag beendet zu haben. Dann brauche ich mindestens drei Tage zur Reinschrift.

Der Vortrag wird also Samstag von hier abgehen und Montag in Ihrem Besitze sein. Sie können Dienstag den 25., oder Mittwoch den 26. ds. mit Rothschild in Gaming zusammentreffen.

Alles andere enthält der Vortrag. Aber schon jetzt können Sie Albert Rothschild in dem ernsten Ton, den Sie gewiß als Schriftkundiger aus meinem Brief herausfühlen, anzeigen, daß es sich um eine hochwichtige Sache der Judenwelt handelt. Ich mache die äußersten Anstrengungen, um rasch fertig zu werden. Auf eine vornehm dilatorische Behandlung der Sache lasse ich mich nicht ein. Die Juden warten.

Alles muß sofort geschehen! Das ist mit ein Punkt meines Programms.

Nun hätte ich wohl den Zeitverlust dieses Briefwechsels usw. ersparen können, wenn ich mich hier, was mir ja leicht gewesen wäre, bei einem oder dem anderen Rothschild einführen ließ. Aber ich habe meine triftigen Gründe, die Sie kennenlernen werden, mit den Rothschilds in keine persönliche Berührung zu kommen, bevor sie im Prinzip zugestimmt haben. Und zwar werden sie nicht viel Zeit zur Überlegung haben.

Jetzt grüße ich meinen ersten Mithelfer in vertrauensvoller Verehrung.

Ihr

Th. Herzl.

Dritter Brief an Güdemann.

17. VI. 1895.

Hochgeehrter Herr Doktor!

Heute schrieb ich Ihnen einen rekommandierten Brief. Der könnte in Baden zu einer Stunde ausgetragen werden, wo Sie aus sind, auf den Feldern nach Soos zu, wo ich in meiner Jugend auch allein philosophieren ging, oder über die Hauswiese nach der Kramerhütte hin, wo jetzt ein so lieblicher Frühsommer sein muß. Heimkehrend erfahren Sie, daß ein „Rekommandierter" da war.

Sie erwarten meinen telegraphisch angezeigten Brief und sind ein bißchen ungeduldig; noch nicht sehr, Sie wissen ja noch nicht. Sie gehen vielleicht aufs Postamt von Weikersdorf oder gar nach Baden. Ich weiß weder, ob ich Sie schon interessiert habe, noch wo die rekommandierten Briefe dort zentralisiert sind. Vielleicht erwarten Sie auch mit Ruhe die Wiederkehr des Postboten. Oder Sie waren nicht fort, bekamen auch den ersten Brief gleich; und nun kommt Ihnen dieser überflüssig, komisch, geschwätzig vor. —

Ja, warum ich Ihnen deswegen einen eigenen Brief schreibe?

Weil im Hauptbriefe — vorläufig noch ohne nähere Angaben — der Satz steht:

„Ich habe die Lösung der Judenfrage." Und ich sehe Ihre bekümmerte Miene, mit der Sie in Ihren schönen Patriarchenbart murmeln: „Komplett übergeschnappt! die arme Familie!"

Nein, ich bin weder komplett noch teilweise, ich bin überhaupt gar nicht übergeschnappt.

Und darum schicke ich Ihnen diese Zeilen hinterdrein, sie sollen Ihnen ein Zeichen sein, daß ich immer die wirklichen Verhältnisse vor mir sehe und mit allem Kleinsten so genau wie mit allem Größten rechne.

Ach, ich werde ja auch in meinen höchsten Ausführungen hie und da wie zufällig einflechten müssen, daß zweimal zwei vier, zweimal drei sechs ist und $17 \times 7 = 119$. Und daß ich ganz deutlich weiß, was Sie oder ein anderer bei früheren Zufällen meines Lebens mir gesagt, ja was er sich über mich gedacht haben muß. Damit man sieht, daß ich meinen Verstand noch hübsch beisammen habe.

Behaglich ist die Aufgabe nicht, bei der man ähnliches

zu überwindèn hat — aber mit Behagen macht man nichts
Großes.

Nochmals die herzlichsten Grüße Ihres ergebenen

Th. Herzl

37 Rue Cambon.

17. Juni 1895.

S... sagt: das hat im vorigen Jahrhundert einer zu
machen versucht. Sabbathai!

Ja, im vorigen Jahrhundert war es nicht möglich. Jetzt
ist es möglich — weil wir Maschinen haben.

Depesche an Doktor Güdemann, Baden bei Wien.

„Muß Sie bitten, meinen gestern abgegangenen nicht
rekommandierten Brief uneröffnet zurückzuschicken.
Einer der beteiligten Freunde, dessen Zustimmung ebenfalls vorausgesetzt worden war, erhebt absoluten Widerspruch. Müssen uns fügen."

18. Juni 1895.

Tuileriengarten:

Ich war vom Nachdenken überreizt. Da bin ich hierher
gekommen, habe mich an den Statuen wieder gesund gesehen.

Es steckt viel Glück in der Kunst im Freien. Das grüne
Rasenhecken, wo die reizenden Läufer von Coustou (1712)
stehen, soll gleich nachgebildet werden.

18. VI.

Ebenda wieder mit S... gewesen. Er hat mich „geheilt".
— Ich akzeptiere nämlich den negativen Teil seiner Be-

127

merkungen, „daß ich mich durch diese Sache lächerlich oder tragisch mache". Das ist nämlich der Judenspott. Den negativen Teil akzeptiere ich — dadurch unterscheide ich mich von Don Quixote. Den positiven Teil (Gerede von Sozialismus, Ohrfeigen usw.) lehne ich ab — dadurch unterscheide ich mich von Sancho Pansa.

* * *

Vierter Brief an Baron Hirsch.

18. VI.

Hochgeehrter Herr!

Mein letzter Brief erfordert einen Abschluß. Da haben Sie ihn: Ich habe die Sache aufgegeben. Warum? Mein Plan würde mehr an den armen als an den reichen Juden scheitern.

Sie haben mir das am Pfingstsonntag allerdings gesagt. Ich konnte Ihnen aber nicht glauben, denn Sie hatten mich nicht ausreden lassen.

Aber neuerlich habe ich meinen ganzen Plan einem vernünftigen Freund (der kein Geldmann ist) auseinandergesetzt. Ich habe ihn windelweich gemacht, ihn in Tränen gebadet, seinen Verstand überzeugt und sein Herz erschüttert.

Dann erholte er sich langsam und sagte mir: „Durch diese Sache machen Sie sich entweder lächerlich oder tragisch". Das Tragische würde mich nicht erschrecken. Aber am Lächerlichen ginge nicht ich, sondern die Sache zugrunde. Mir würde man höchstens nachsagen, daß ich ein Dichter bin. Und darum gebe ich sie auf.

Den Juden ist vorläufig noch nicht zu helfen. Wenn einer ihnen das Gelobte Land zeigte, würden sie ihn verhöhnen. Denn sie sind verkommen.

Dennoch weiß ich, wo es liegt: in uns! In unserem

Kapital, in unserer Arbeit und in der eigentümlichen Verbindung beider, die ich ersonnen habe. Aber wir müssen noch tiefer herunterkommen, noch mehr beschimpft, angespuckt, verhöhnt, geprügelt, geplündert und erschlagen werden, bis wir für diese Idee reif sind.

Vorläufig werden wir noch oben die *affronts* in der Gesellschaft, in die wir uns drängen, in den Mittelständen den Druck in den Broterwerben, und in der unteren Schicht das furchtbarste Elend ertragen müssen.

Wir sind noch nicht verzweifelt genug. Darum würde man den Retter auslachen. Was, lachen? nein, nur lächeln: zum Lachen hat man nicht mehr die Kraft.

Da ist eine Wand, und das ist die Verkommenheit der Juden. Jenseits weiß ich die Freiheit und die Größe.

Ich kann aber die Mauer nicht durchbrechen, mit meinem Kopf allein nicht. Also geb' ich's auf.

Ich sage nur noch einmal: das einzige Mittel ist, die ganze jüdische Mittelbank zu einer zweiten formidablen Geldmacht zusammenzuraffen, die Rothschilds bekämpfen, mitreißen oder niederreißen — und dann hinüber.

Wenn wir nächstens oder fernstens einmal zusammentreffen und Sie mich fragen, wie das möglich ist, ohne Europa in die schauerlichsten Börsenkrisen zu stürzen, ja, wie man gerade dadurch den Antisemitismus überall sofort zum Stillstand bringen kann — werde ich's Ihnen erklären.

Die Sache ist für mich als praktische erledigt. Theoretisch halte ich sie hoch und fest. Vielleicht zeige ich damit auch, daß ich nur ein Verkommener bin. Ein Christ ginge für eine Idee von solcher Kraft durch dick und dünn.

Was wollen Sie? Ich möchte nicht wie Don Quixote aussehen.

Aber die. kleinen Lösungen: Ihre 20000 Argentinier
oder den Übertritt der Juden zum Sozialismus akzeptiere
ich nicht. Denn ich bin auch kein Sancho Pansa.
Sondern Ihr hochachtungsvoll ergebener
Dr. Th. Herzl.

19. Juni 1895.

S... war heute da, brachte mir die *reçus*, dann rechneten
wir.

Es war mir ein großer Trost, daß ich schneller und
richtig addierte, während er lange brauchte und immer
zu anderen Fehlern kam. So erschüttert hat er mich
gestern!

19. VI.

Aus der Seelenqual, in die mich S...s verzweifelter
Widerspruch versetzt hat, fand ich einen Ausweg.
Ich wende mich an Bismarck. Der ist groß genug,
mich zu verstehen oder zu heilen.

Brief an Bismarck.

19. VI. 1895.

Ew. Durchlaucht! (Überall Durchlaucht!)

Vielleicht hatten einzelne meiner literarischen Arbeiten
das Glück, von Ew. Durchlaucht bemerkt zu werden. Ich
denke: vielleicht meine Aufsätze über den französischen
Parlamentarismus, die im Feuilleton der Neuen Freien
Presse unter den Titeln „Wahlbilder aus Frankreich"
und „Das Palais Bourbon" erschienen sind.

Gestützt auf diese fragwürdige und geringe Autorität,
bitte ich Ew. Durchlaucht, mich zu einem politischen
Vortrage zu empfangen.

130

Ich will mir nicht etwa auf diese Weise ein Interview erlisten. Durchlaucht gewährten übrigens zuweilen einem Journalisten diese Gunst, und unter anderen erfuhr ja auch ein Herausgeber meiner Zeitung in Wien die Auszeichnung, vorgelassen zu werden. Aber ich denke an nichts dergleichen. Ich gebe, wenn es gewünscht wird, mein Ehrenwort, daß ich nichts von dieser Unterredung in Zeitungen veröffentlichen werde, wie kostbar sie auch für meine Erinnerung werden möge.

Und worüber will ich den politischen Vortrag halten? Über die Judenfrage. Ich bin ein Jude und als solcher *ad causam* legitimiert.

Euer Durchlaucht haben übrigens schon einmal mit einem ebenfalls mandatlosen Juden, der Lassalle hieß, über nicht reinjüdische Angelegenheiten gesprochen.

Und was habe ich zur Judensache vorzubringen? Es ist eigentlich recht schwer, das Wort auszusprechen. Denn wenn ich es heraussage, muß die erste Regung jedes vernünftigen Menschen sein, mich aufs Beobachtungszimmer zu schicken — Abteilung der Erfinder von lenkbaren Luftballons.

Also, wie leite ich es ein? Vielleicht so: zweimal zwei ist vier, zweimal drei ist sechs, $17 \times 7 = 119$, wenn ich nicht irre. An jeder Hand habe ich fünf Finger. Ich schreibe mit violetter Tinte. Und jetzt wage ich es endlich:

Ich glaube, die Lösung der Judenfrage gefunden zu haben. Nicht „eine Lösung", sondern „die" Lösung, die einzige.

Das ist ein sehr umfangreicher, komplizierter Plan. Ich habe ihn, nachdem er fertig geworden, hier zwei Juden mitgeteilt, einem sehr reichen und einem armen; letzterer ist ein gebildeter Mann.

Ich will wahrheitsgemäß sagen, daß der Reiche mich nicht für verrückt hielt. Oder tat er nur aus Delikatesse, als ob ich ihm noch gesund vorkäme? Genug, er ging auf die theoretische Möglichkeit ein und meinte nur schließlich: „Dazu kriegen Sie die reichen Juden nicht, die sind nichts wert." (Ich flehe Ew. Durchlaucht an, dieses Familiengeheimnis nicht zu verraten.)

Beim armen Juden aber war die Wirkung anders. Er schluchzte bitterlich. Anfangs meinte ich — ohne darüber erstaunt zu sein — daß ich seinen Verstand überwältigt und sein Herz erschüttert habe. Nein! Er hatte nicht als Jude geschluchzt, sondern als Freund. Er war um mich besorgt. Ich mußte ihn aufrichten, ihm schwören, daß nach meiner festen Überzeugung zweimal zwei noch immer vier sei, und daß ich den Tag nicht kommen sehe, an dem zwei parallele Linien zusammentreffen könnten.

Er sagte: „Durch diese Sache machen Sie sich lächerlich oder tragisch!"

Ich versprach ihm endlich alles, was er wollte: daß ich den Plan nur zu einem Roman verwenden würde, wo der tragische oder komische Held nur auf dem Papier steht. Es gelang mir so, den gebrochenen Freund wieder in die Höhe zu bringen.

Nun würde mich das Tragische wohl nicht erschrecken und selbst die furchtbare Lächerlichkeit nicht. Aber wenn ich auch das Recht habe, für meine Idee — ob sie toll oder gesund sei — meine Person einzusetzen, so muß ich doch das Opfer auf meine Person begrenzen; und wenn ich in den Geruch des Irrsinns käme, wäre das nicht mehr der Fall. Ich habe Eltern und eine Frau, die sich tief kränken würden, und Kinder, denen es ihre ganze Zukunft verderben könnte, wenn man mich für einen verrückten Weltverbesserer hielte.

In diesem Konflikte — dessen Sittlichkeit, glaube ich, klar ist — wende ich mich an Ew. Durchlaucht. Lassen Sie sich meinen Plan vortragen! Im schlimmsten Falle ist er eine Utopie, wie man von Thomas Morus bis Bellamy deren genug geschrieben hat. Eine Utopie ist umso lustiger, je weiter sie sich von der vernünftigen Welt entfernt.

Daß ich aber jedenfalls eine neue, also unterhaltende Utopie mitbringe, wage ich zu versprechen. Diesem Briefe lege ich einen von mir in der Neuen Freien Presse vor zwei Jahren publizierten Leitartikel über die „Arbeitshilfe" bei. Nicht als merkwürdige schriftstellerische Leistung schicke ich ihn, sondern weil das Prinzip der Arbeitshilfe einer der vielen Pfeiler ist, auf denen mein Gebäude ruht.

Ich wußte, als ich hier vor zwei Jahren alle diese Anstalten studierte und darüber schrieb, nicht, daß mir das später für die Lösung der Judenfrage dienen würde. Dennoch müßte ich diesen Aufsatz meinem Vortrage vorausschicken. Ich bitte also, ihn vorläufig zur Kenntnis zu nehmen. Es wird ja daraus hervorgehen, daß ich kein Sozialdemokrat bin.

Es wird Ew. Durchlaucht ein Leichtes sein, in Hamburg, Berlin oder Wien Erkundigungen einzuholen, ob ich bisher als vernünftiger Mensch galt, und ob man mich könne ins Zimmer kommen lassen — *bien que ça n'engagerait pas l'avenir*. Aber wie ich mir den Fürsten Bismarck vorstelle, brauchen Sie gar keine Erkundigungen mehr, nachdem Sie diesen Brief zu Ende gelesen haben. Wer so in den Gesichtern, in den Eingeweiden der Menschen liest, der versteht auch das Innere einer Schrift.

Ich kann mich wirklich an keinen Geringeren wenden. Soll ich zu einem Irrenarzt mit der Frage gehen: „Sie,

133

offen, ist das noch das Raisonnement eines zurechnungs-
fähigen Menschen?" Um es zu beurteilen, müßte er so-
ziologische, juristische und geschäftliche Kenntnisse aller
Art haben, die ein Mediziner selbst im Lande der *sous-
vétérinaires* nicht hat.

Soll ich einzelne Menschen, Christen oder Juden, fragen? Bei der Umfrage träte ja allmählich gerade das
ein, was ich vermeiden will.

Nein, es muß gleich die letzte Instanz sein. Nur der
Mann, der mit seiner eisernen Nadel das zerrissene
Deutschland so wunderbar zusammengenäht hat, daß es
gar nicht mehr aussieht wie geflickt — nur der ist groß
genug, mir endgültig zu sagen, ob mein Plan ein wirklich
erlösender Gedanke ist, oder eine scharfsinnige Phantasie.

Ist es ein Roman, so genoß ich die Gunst, Ew. Durchlaucht ein wenig zerstreuen zu dürfen, und stillte dabei
meine alte Sehnsucht, mit Ihnen einen Augenblick lang
zu verkehren — eine Sehnsucht, die ich ohne eine so
bedeutende Veranlassung nie zu äußern gewagt hätte.

Ist es aber wahr, habe ich aber recht, so gehört der
Tag, an dem ich nach Friedrichsruh komme, in die Geschichte. Wer will es noch wagen, meinen Plan einen
hübschen Traum zu nennen, nachdem der größte lebende
Staatskünstler seinen Stempel darauf gedrückt hat? Und
für Sie, Durchlaucht, ist es die mit allen stolzen Werken
Ihres ruhmvollen Lebens in sittlichem, nationalem und
politischem Einklang stehende Beteiligung an der Lösung
einer Frage, die über die Juden weit hinaus Europa quält.

Die Judenfrage ist ein verschlepptes Stück Mittelalter,
mit dem die Kulturvölker auf andere als die von mir
geplante Weise auch beim besten Willen nicht fertig
werden können. Man hat es mit der Emanzipation ver-

134

sucht, sie kam zu spät. Es nützt nichts, plötzlich im Reichsgesetzblatt zu erklären: „Von morgen ab sind alle Menschen gleich."

Dergleichen glauben nur die Politiker auf der Bierbank, und ihre höheren Kollegen, die Katliederschwätzer, die Klubfaselhänse. Und es fehlt den letzteren sogar das Beste jener minder gelehrten Übungen, nämlich das Bier!

Hätte man die Juden nicht lieber allmählich zur Emanzipation aufsteigen lassen und bei diesem Aufstieg sanft oder energisch, je nachdem, assimilieren sollen? Vielleicht! Wie? Man hätte sie durch die Mischehe hindurchsieben können und für einen christlichen Nachwuchs sorgen. Aber man mußte die Emanzipation hinter die Assimilierung setzen, nicht davor. Das war falsch gedacht. Jedenfalls ist es auch dafür zu spät.

Man soll doch versuchen, die gesetzliche Gleichberechtigung der Juden aufzuheben. (Eine andere als die gesetzliche existiert ja nicht! Welche unverstandene Lehre für die Männer von der Bierbank!) Was wäre die Folge? Sofort würden alle Juden, nicht nur die Armen wie bisher, sondern auch die Reichen mit ihren Mitteln zum Sozialismus übergehen. Sie würden sich, wie ein Römer in sein Schwert, in ihren Geldsack stürzen.

Drängen Sie die Juden gewaltsam zum Lande hinaus, und Sie haben die schwersten wirtschaftlichen Erschütterungen. Ja, selbst eine Revolution, ausschließlich gegen die Juden gerichtet — wenn so etwas denkbar wäre — brächte den unteren Schichten auch beim Gelingen keine Erleichterung. Das bewegliche Kapital ist unfaßbarer als je geworden. Es versinkt augenblicklich spurlos im Boden, und zwar in der Erde fremder Länder.

Ich will aber nicht von Dingen reden, die unmöglich, zu spät, sondern die an der Zeit sind. Höchstens ist es noch zu früh — denn an das Romanhafte meiner Ideen glaube ich nicht, bevor ich es aus Ihrem Munde höre.

Ist mein Plan nur verfrüht, so stelle ich ihn der deutschen Regierung zur Verfügung. Man wird ihn benützen, wann man es für gut findet.

Nun muß ich, als ein Planmacher, mit allen Eventualitäten rechnen. Auch auf die, daß Ew. Durchlaucht mir gar nicht antworten oder meinen Besuch ablehnen.

Dann ist mein Plan ein Roman. Denn klarer, als ich in diesem Briefe die Berechtigung des Wunsches, Ew. Durchlaucht meine Lösung vorzutragen, nachgewiesen habe — klarer kann ich auch die Möglichkeit der Lösung selbst nicht nachweisen.

Dann bin ich auch beruhigt. Dann habe ich einfach geträumt, wie die Utopisten vom Kanzler Thomas Morus angefangen bis Bellamy. —

Ich bitte Ew. Durchlaucht, die Versicherung meiner tiefen Ehrfurcht und Bewunderung entgegenzunehmen.

Dr. Theodor Herzl
Pariser Korrespondent der Neuen Freien Presse.

*　⊥　⊥

20. Juni 1895.

Das Gleichnis vom Hut (eine Art „Erzählung von den drei Ringen") oder Glaube, Zweifel, Philosophie, aufgelöst in dem, „was unerklärlich ist".

Ich nehme meine Bedeckung vom Kopf und zeige sie den Leuten. Was ist das?

„Ein *chapeau*", sagt einer.

„Nein, ein *hat*", schreit der zweite.

„Lüge! es ist ein *capello*", der dritte.

„Dummköpfe, ein *sombrero!*" der vierte.

„Ein *kalap*", der fünfte.

„Schufte! es ist ein Hut!"
und so bringt jeder ein anderes Wort — es gibt unzählige; und es sind erst nur die Generalnamen, unter denen
es wieder Gattungen gibt: Mütze, Helm, Haube usw.

Und die Leute sind gegeneinander aufgebracht, weil
sie verschiedene Worte für dieselbe Sache gebrauchen.

Ich gebe jedem recht, und jeder h a t recht. Es i s t ein
Hut, ein *chapeau*, ein *capello*. Ich sage es jedem in
seiner Sprache, sonst würde er mich nicht verstehen.
Und ich will verstanden sein und werden — in den Ausdrücken mache ich die größten Konzessionen.

Über Worte streite ich nicht. Dazu habe ich keine Zeit.

Was wollen Sie mit Ihrem Glauben sagen? Und Sie
mit Ihrem Zweifel? Doch nur, daß es mit der Vernunft
nicht erklärbar ist!

Nous sommes d'accord. Untereinander könnt ihr hadern — mit mir nicht.

Ich sage ja: es ist auf dem Wege der Vernunft unerklärlich!

Davon nimmt jeder, was er will. Sieht es aus, als ob
ich auswiche? Gar nicht.

Denn nachdem ich mit jedem in seiner Sprache ge-
redet habe, ergreife ich zu einer allgemeinen deutlichen
Erklärung das Wort und sage:

Ist dies ein Gegenstand, der mir dazu dient, meinen
Kopf gegen Luftzüge, Regen und Sonnenschein zu
schützen?

— Alle schreien: ja!

Dient er mir dazu, meine Freunde zu grüßen und
nehme ich ihn auch ab vor einer Fahne?

— Ja, ja!

Und ich kann scherzend schließen: nehme ich ihn auch
ab, wenn ich in eine Gesellschaft komme? Aus Höflich-

keit. Das heißt, weil wir übereingekommen sind, es für höflich zu halten. Denn jeder hat seinen Hut für sich und soll die anderen nicht durch die verschiedene Form ärgern.

So kann ich die Menschen versöhnen, indem ich ihnen den Sinn und Zweck einer Sache erkläre.

20. VI.

Wenn Bismarck, gezwungen, in seiner Frankfurter Zeit hätte sagen müssen:

Ich will diese zu kleinen Opfern unfähigen Länder dadurch einigen, daß ich sie zu großen Opfern zwinge. Ich will sie durch die blutigsten Raufereien untereinander zu Brüdern machen. Und da ich sie im Lande nicht dahin bringen kann, sich auf einen Kaiser zu einigen, führe ich sie zum Lande hinaus.

Und weil ich keine deutsche Stadt finden kann, in der alle widerspruchslos zusammenkämen, führe ich sie in eine kleine französische Provinzstadt, wo früher einmal die verschollenen französischen Könige ein Schloß errichtet haben.

Was hätte man dazu gesagt? In den sechziger, siebziger, achtziger und neunziger Jahren! Wenn er es nämlich nicht ausgeführt hätte!

20. VI.

Taverne Royale beim Cassoulet.

Ich glaube, wenn einer meiner Bekannten das lenkbare Luftschiff erfände, ich würde ihn ohrfeigen. Es wäre auch eine furchtbare Beleidigung für mich. Warum er? Warum nicht ich? Ein Fremder, ja.

Bei Dingen, die über dem Persönlichen schweben, verletzt ihre Zugehörigkeit zu einer Person.

Fehler der Demokratie:

Man hat nur die Nachteile der prinzipiellen Öffentlichkeit. Denn durch diese Öffentlichkeit geht der zum Regieren nötige Respekt verloren. Alle Welt erfährt, daß die Regierenden auch nur Menschen sind — und wie oft sind es lächerliche, beschränkte Menschen. So habe ich in Paris den „Respekt" verloren. Andererseits dürfen auch nur normale Menschen regieren. Die Monstra, die Ungeheuer sind notwendig fürs Erschaffen, aber schädlich für das Bestehende — ob sie es nun durch Größeres ersetzen oder in den Wahnsinn hinausbauen. So lassen können sie die Welt nicht, wie sie sie vorfanden; sie gingen selbst an sich zugrunde, wenn sie nicht etwas — Schlechtes oder Gutes, gleichviel! — zerstören könnten.

Das Bestehende, zu Erhaltende, darf nur von mittelmäßigen Menschen regiert werden. Die Monstra verstehen die Vergangenheit, erraten die Zukunft — aber die Gegenwart, die den gesunden Ungeheuern auch vollkommen verständlich ist, wollen sie eilig wegräumen.

Es drängt sie ja, ihre Spur zu hinterlassen. Sie haben Angst, sie könnten vorübergehen, ohne daß man merkt, sie seien dagewesen.

Zur Regierung aber braucht man mittlere Menschen, weil die alle kleinen Bedürfnisse der Menschen: Essen, Trinken Schlafen usw. verstehen.

Das Monstrum geht über diese Bedürfnisse hinweg — bei sich wie bei anderen. Und hier finde ich das Unterscheidungszeichen des gesunden vom kranken Monstrum.

Das kranke Monstrum geht über die kleinen Bedürfnisse hinweg, weil es sie nicht versteht.

Das gesunde geht darüber hinweg, obwohl es sie versteht!

Zudem ist die von der Demokratie gebotene Öffentlichkeit nur eine falsche, fiktive. Hinter der Öffentlichkeit gehen d o c h Dinge vor, die dann in Skandalen herauskommen, wie Panama und dergleichen.

20. VI.

Taverne Royale.

Nach meinem Déjeuner kamen die beiden Marmoreks an meinen Tisch heran. Ich brachte sie zum Reden. Sie bestätigten ahnungslos, was ich wollte. Der Architekt schilderte den bösen Zustand des Antisemitismus in Wien. Es wird immer ärger. Er meint, es sei eine Erleichterung, daß jetzt der Gemeinderat suspendiert ist. Ich klärte ihn auf, was das Wesen einer solchen Suspension sei. Sie ist die Unterbrechung der Verfassung. Was soll dann kommen? Entweder man läßt die Verfassung wieder normal laufen — dann kommen die volkstümlichen Antisemiten lärmend wieder. Und verstärkt!

Oder man hebt die Verfassung „ganz" auf. Das geschieht dann mit einem heimlichen Liebesblick an die Antisemiten, und d i e werden ihn verstehen — im Notfall wird man ihnen ihn erklären. Man hebt die Verfassung auf, schmeißt den Juden aus der Gleichberechtigung hinaus — und bewilligt nachher großmütig Postulat-Landtage.

Der Mediziner Marmorek sagte: Es wird nichts übrigbleiben, als daß wir einen eigenen Staat angewiesen bekommen! (Das ist der gescheite Bursche, der das Serum sucht und den Streptococcus tötet.)

Ich war innerlich erfreut.

Solche Stützen brauche ich jetzt. So hat S... mich mit seiner Aufregung, seinen Tränen demoralisiert.

Jetzt sehe ich: er ist unverständig, bei aller seiner Bravheit und Treue. Aber ich bin S... doch zu großem Dank verpflichtet. Erstens für seine unverkennbar große Freundschaft. Zweitens, weil er mich vom ungenügenden Güdemann abgebracht hat und mich so zur Bismarck-Idee stieß — ohne sein Vorwissen.

Bismarck ist jetzt der Prüf- und Eckstein der Sache.

* * *   21. Juni 1895.

Die Demokratie ist ein politischer Unsinn, der auch nur von einer Menge in der Aufregung einer Revolution beschlossen werden kann.

*
                         22. Juni 1895.

Ich muß den Zensus in die Bildung verlegen. Aktiv-Wahlrecht kann so gestuft werden: Lesen und Schreiben für Postulat-Abgeordnetenwahl, höhere Studien für Wahl höherer Abgeordneter usw. So kann ich aus Bildungsgraden Vertretungsgrade machen. Das passive Wahlrecht ist für die untere immer nur auf der nächsthöheren Stufe des aktiven Wahlrechts.

* * *

Gemeinde bestreitet Ausgaben aus direkten Umlagen (Autonomie). Beschwerdengericht zum Schutz Einzelner gegen Gemeinde.

Für die bei Landversteigerung eingegangenen Verpflichtungen haftet Gemeinde mit Umlagen.

* * *

Die Lehranstalten werden in die Provinzstädte gelegt — wie deutsche Universitäten. Länger als ein Jahr darf man bei einer Couleur nicht aktiv sein. Studenten haben in der Hauptstadt nichts zu suchen.

* * *

Schlafen disqualifiziert den Richter.

Gewohnheitsmäßige Grobheit den Beamten. (*Accès de mauvaise humeur* müssen wir bei Menschen mit Nachsicht ansehen.)

Wie mache ich den Selbstmord unehrlich? Leicht im Leben, beim Versuch (Irrenhaus, somit Verlust aller politischen und Privatrechte). Schwerer im Tod. Das Begraben auf abgesondertem Platz, nach erfolgter Benützung des Kadavers für Wissenschaft — genügt nicht. Es muß auch Rechtswirkungen haben. Die letztwilligen Verfügungen des Selbstmörders (soweit konstatiert werden kann, daß er sie bereits im Hinblick auf den Selbstmord getroffen hat) werden als die eines Irrsinnigen ungültig. Seine Briefe und hinterlassenen Schriften dürfen nicht publiziert werden.

Sein Leichenbegängnis muß bei Nacht erfolgen.

· ⚹ ⚹ ⚹

Man hört: Der ist über die Judenfrage, jener durch die jüdische Ausnützung, der dritte durch den Sozialismus, der vierte durch Religion, der fünfte durch Zweifel usw. verrückt geworden.

Nein, die w a r e n schon verrückt. Es hat sich nur ihr unsichtbarer oder farblos wallender Irrsinn durch Modeströmungen gefärbt, wie man im Theater Dämpfe rot, gelb, blau usw. macht.

So eine *couleur à la mode* ist Anarchismus für den Selbstmord.

Die Anarchistenidee kann ich nicht mehr einfangen. Darum muß ich den Selbstmord an der Gurgel packen.

Wer größer war: Napoleon oder Bismarck? Napoleon. Aber seine Größe war unharmonisch. Napoleon war der kranke Übermensch, Bismarck ist der gesunde.

* * *

22. VI.

Nach Schluß des Bismarckbriefes fällt mir ein Scherz ein, für die Interview-Präzedentien, den ich hätte machen können:

„Ich bat eines Tages einen österreichischen Diplomaten, mir ein Interview mit Casimir Périer — *en ces temps éloignés président de la République* — zu verschaffen.

Der Diplomat stöhnte: Es wird nicht möglich sein. Es gibt kein Präzedens!

Dieser Mann wäre in der größten Verlegenheit gewesen, wenn man ihn ersucht hätte, das Schießpulver zu erfinden. Es gab kein Präzedens.

Aber ich bitte, Durchlaucht, das nie einem österreichischen Diplomaten zu erzählen. Welchem immer Sie es sagen, haben Sie Chance, daß er sich getroffen fühlt."

* *

22. VI.

Aber wird Bismarck mich verstehen? Napoleon hat das Dampfschiff nicht verstanden und war jünger, also Neuem zugänglicher.

22. VI.

Ich habe übrigens heute das glückliche Gleichgewicht meiner Seele wiedererlangt, das ich nach dem Schiffsstoß verloren hatte. —

Eigentlich bin ich darin, wie der Galopin, der den Haupttreffer gemacht hat, eine Stunde darauf gleichmütig sagt: „Tusch! Was sind 100 000 Gulden."

143

Ein Erfinder muß nicht notwendig verrückt werden. Man wird es nur beim Suchen oder in der gewaltig erschütternden Überraschung, wenn man's gefunden hat: wenn das Alchimistengold zum erstenmal aufblitzt, die Dampfmaschine zu gehen anfängt, das Luftschiff sich plötzlich lenkbar zeigt.

Trouvaille-Erfindungen, weil sie so sprunghaft sind — besonders der eine letzte, entscheidende Sprung — disponieren mehr zum Verrücktwerden, als systematische. Pasteur wird nicht verrückt. Und seine Nachfolger, die ganz Selbständiges erfinden, können geradezu Esel sein.

Jetzt glaube ich sogar, daß mich die Ausführung ruhig finden wird. Ich hatte früher Angst davor.

Nämlich: wenn ich Bismarck überzeuge. Überzeuge ich ihn nicht, oder läßt er mich gar nicht vor — so war's eben ein Roman. Oh, ein unsterblicher!

Auch etwas.

                                                      13. VI.

Dem Familienrat:*)

Ich möchte Sie vor allem über den eigentümlichen Charakter unseres Gespräches aufklären. Es schafft zwischen Ihnen und mir einen dauernden Zustand. Ich muß nachher für immer Ihr Freund oder für immer Ihr Feind sein. Die Macht einer Idee besteht darin, daß es vor ihr kein Entkommen gibt.

Sie werden sich denken: da haben wir uns einen bösen Gast eingeladen.

Aber es hätte nichts an der Sache geändert, wenn Sie mich nicht hätten rufen lassen. Ich hätte in diesem Falle

---

*) Die hier folgenden Notizen, bis zum Schluß des 1. Buches, tragen in der von Herzls Vater angefertigten Abschrift den Titel: Rede an die Rothschilds.

nur die persönlichen *égards* nicht gehabt, zu denen ich mich jetzt verpflichtet fühle.

Ich glaubte nur allerdings zu Anfang, daß ich die Sache nur gegen Sie machen könne. Darum ging ich zuerst zu Baron Hirsch. Oh! ich habe ihm nicht gesagt, ich sei ein Gegner Rothschilds. Es ist nicht unmöglich, daß ihn das stärker verführt hätte als alles andere. Aber ich führe die Sache unpersönlich. Ich habe ihm nur gesagt: *tous les juifs ont plus*. Denn ich wollte (folgt Erzählung). Hirsch hat mich nicht zu Ende kommen lassen.

Er kennt eigentlich meinen Plan nicht. Er sagte nur schließlich: wir werden weitersprechen. Ich bin bereit, antwortete ich — aber warten werde ich auf Sie nicht. Er wird vielleicht noch kommen, wie viele andere, wenn mein Plan schon leben wird. Denn man hat viele Freunde, wenn man sie nicht braucht.

Ich gehe also weiter. Es ist mir eingefallen: Halt! woher weiß ich denn, daß ich's nicht mit den Rothschilds machen kann? und darum bin ich hier. Es ist vorläufig *de bonne politique* und wird vielleicht *de bonne guerre* sein.

Jetzt muß ich um die Erlaubnis bitten, von Ihrem Vermögen zu sprechen. Wenn es klein wäre, wie meines, hätte ich kein Recht dazu. Aber es ist durch seine Größe öffentlich geworden.

Ich weiß nicht, ob es unterschätzt oder überschätzt wird. Bei diesem Umfang eines Vermögens kommt es überhaupt nicht mehr auf das an, was tatsächlich in Gold, Silber, Wertpapieren, Häusern, Gütern, Fabriken, Unternehmungen aller Art sichtbar und greifbar ist. Auf die materielle Fundierung kommt es nicht mehr an, bei Ihnen noch viel weniger als bei einer Staatsbank. Denn wenn die Bank mit zwei Dritteilen, der Hälfte, ja mit einem Drittel decken kann, so genügt bei Ihnen vielleicht ein

Zehntel oder noch weniger. Ihr Kredit ist enorm, monströs. Ihr Kredit beträgt viele Milliarden. Ich sage nicht zehn, zwanzig oder fünfzig Milliarden. Es handelt sich da schon um Unübersehbares, was man in Ziffern nicht ausdrückt.

Und darin ist die Gefahr!

Gefahr für Sie, wie für die Länder, in denen Sie etabliert sind, ja für die ganze Welt.

Ihr Vermögen — und ich begreife darunter Fundierung mit Kredit zusammen — gleicht einem Turm. Dieser Turm wächst weiter; Sie bauen weiter, Sie müssen weiter bauen — und das ist das Unheimliche daran; und weil Sie die Naturgesetze nicht ändern können, weil Sie den Naturgesetzen unterworfen bleiben, muß der Turm eines Tages zusammenbrechen, entweder in sich selbst, wobei alles Umgebende zerstört wird, oder er wird gewaltsam demoliert. Jedenfalls eine ungeheure Erschütterung, eine Weltkrise.

Ich bringe Ihnen die Rettung. Nicht etwa, indem ich den Turm abtrage, sondern indem ich ihm breitere, für die Dauer berechnete Grundlagen gebe, und indem ich ihn harmonisch abschließe. Denn ein Turm muß ein Ende haben. Ich will aber auf die Spitze ein Licht setzen, das weithin glänzt. Ich mache daraus den höchsten und sichersten Turm, einen Eiffelturm mit einer herrlichen elektrischen Laterne.

Selbstverständlich war ich nicht darauf aus, mich um Ihre Interessen zu kümmern. Ihre Privatsachen gehen mich nichts an. Ich will mit Ihnen kein Geschäft machen, ich stehe nicht in Ihrem Dienst und werde nie in Ihrem Dienste stehen.

Aber ich will mich in den Dienst aller Juden stellen.

Jedermann, besonders jeder Jude, ist ja berechtigt, sich

146

der bedrohten Sache der Juden anzunehmen; vorausgesetzt, daß er es als redlicher Mann nach bestem Willen und Gewissen tut. Die Zukunft wird ihm dann entweder die Gutheißung seiner Handlungen, oder die Verurteilung wegen angerichteten Schadens bringen.

Eine Besserung ist aus den angegebenen zwingenden Gründen ausgeschlossen. Wenn mich jemand fragt, woher ich das weiß, so werde ich ihm sagen, daß ich auch weiß, wo ein Stein endlich ankommt, der über eine schiefe Ebene rollt; nämlich ganz unten. Nur Unwissende oder Irrsinnige rechnen nicht mit den Naturgesetzen.

Wir müssen also schließlich unten ankommen, ganz unten. Wie das aussehen wird, welche Formen man ihm geben wird, das kann ich nicht ahnen. Wird es eine revolutionäre Expropriation von unten, wird es eine reaktionäre Konfiskation von oben sein? Wird man uns verjagen? Wird man uns erschlagen?

Ich vermute ungefähr, daß es alle diese und noch andere Formen haben wird. In dem einen Land, wahrscheinlich in Frankreich, wird die soziale Revolution kommen, deren erste Opfer die Hochbank und die Juden sein müssen.

Wer als unbefangener und einsamer Beobachter, wie ich, ein paar Jahre in diesem Lande gelebt hat, für den ist kein Zweifel mehr möglich.

In Rußland wird man einfach von oben herab konfiszieren. In Deutschland wird man Ausnahmegesetze machen, sobald der Kaiser mit dem Reichstag nicht mehr wirtschaften kann. In Österreich wird man sich vom Wiener Pöbel einschüchtern lassen und die Juden ausliefern. In Österreich kann nämlich die Gasse alles durchsetzen, wenn sie aufbegehrt. Nur weiß es die Gasse noch nicht. Die Führer werden es ihr schon beibringen.

So wird man uns aus diesen Ländern verjagen und in den anderen, in die wir uns flüchten, erschlagen.

Gibt es denn keine Rettung?

Doch, meine Herren, es gibt eine, die schon einmal da war. Es gilt, eine sehr alte, sehr berühmte, sehr bewährte Sache zu wiederholen. Aber in anderen, modernen, feineren Formen. Alle Mittel der Gegenwart sind für diesen einfachen, leicht verständlichen Zweck zu verwenden.

Diese einfache alte Sache ist der Auszug aus Mizraim.

Ich habe absichtlich den kurzen kritischen Teil vorausgeschickt, obwohl Ihnen alles davon bekannt war, und auf die Gefahr, Sie zu ermüden. Ich wollte Ihnen nämlich vor allem die Meinung beibringen, daß ich nach denselben Regeln der Vernunft raisonniere, nach denen auch Sie raisonnieren. Daß ich die Dinge mit ebenso ruhigem Auge ansehe, wie Sie selbst. Ich habe vielleicht einige Gefahren und Verwicklungen sehr scharf angedeutet, mit denen Sie sich nicht oft oder nicht gern beschäftigen. Aber jedenfalls war alles wahr, einfach und vernünftig.

Halten Sie mich also für keinen Phantasten. Ich werde übrigens zunächst das Geschäftliche entwickeln, wobei Sie ja genau beobachten können, ob ich irre rede oder nicht.

Für die einzig mögliche endgültige und glückliche Lösung der Judenfrage ist eine Milliarde Francs erforderlich. Diese Milliarde wird in zwanzig Jahren drei Milliarden wert sein; ganz genau drei Milliarden, wie Sie später sehen werden.

Aber bevor ich Ihnen den Plan auseinandersetze, will ich Ihnen in zwei Sätzen das Grundprinzip sagen, auf dem er steht. So werden Sie alles leichter begreifen. —

1. Wir lösen die Judenfrage, indem wir das Vermögen der reichen Juden bergen, resp. liquidieren.

2. Wenn wir das nicht mit den reichen Juden machen können, so machen wir es gegen sie.

Das ist keine Drohung. Wir bitten ebensowenig, wie wir drohen. Sie werden das im weiteren Verlauf verstehen.

Folgendes ist der Plan:

Sobald die *Society of Jews* konstituiert ist, berufen wir eine Anzahl jüdischer Geographen zur Konferenz ein und stellen mit Hilfe dieser Gelehrten, die uns als Juden treu ergeben sind, fest, wohin wir auswandern. Denn ich will Ihnen jetzt vom „Gelobten Lande" alles sagen; nur nicht, wo es liegt. Das ist eine rein wissenschaftliche Frage. Es muß auf geologische, klimatische, kurz auf natürliche Verhältnisse aller Art mit voller Umsicht, unter Berücksichtigung der neuesten Forschungen, geachtet werden.

Sind wir darüber einig, welcher Weltteil und welches Land in Betracht kommt, so beginnen mit äußerster Behutsamkeit die diplomatischen Schritte. Um nicht mit ganz unbestimmten Begriffen zu operieren, nehme ich Argentinien als Beispiel. Ich dachte eine Zeitlang an Palästina. Dieses würde sich empfehlen, weil es der unvergessene Stammsitz unseres Volkes war, weil der Name allein schon ein Programm wäre und weil es die unteren Massen stark anziehen könnte. Aber die meisten Juden sind keine Orientalen mehr, haben sich an ganz andere Himmelsstriche gewöhnt, und mein späterhin folgendes System der Verpflanzung wäre dort schwer durchzuführen. Auch ist Europa noch zu nahe, und im ersten Vierteljahrhundert unseres Bestandes müssen wir für unser Gedeihen von Europa und von dessen Kriegs- und sozialen Verwicklungen Ruhe haben.

Ich bin aber im Prinzipe weder gegen Palästina, noch für Argentinien. Wir müssen nur ein echeloniertes

Klima für die an kältere oder wärmere Striche gewöhnten Juden haben. Wir müssen wegen unseres künftigen Welthandels am Meere liegen, und müssen für unsere maschinenmäßige Landwirtschaft im großen weite Flächen zur Verfügung haben. Die Gelehrten haben das Wort zu unserer Beratung. Den Beschluß wird der Verwaltungsrat fassen.

Schon hier kann gesagt werden, daß wir vermöge der technischen Fortschritte viel glücklicher ein Land nehmen, Städte anlegen und Kulturen stiften können, als dies im Altertum, ja noch vor hundert Jahren möglich war. Durch die Bahnen sind wir vom Lauf der Ströme unabhängig, dank der Elektrizität können wir uns im Gebirge festsetzen. Die Fabriksorte werden wir von vornherein ins Gebirge legen, wo billige Wasserkraft vorhanden ist, die Ansammlung von Arbeitermassen unmöglich wird, und die arbeitende Bevölkerung in besserer Luft glücklicher leben und gedeihen kann. Auch bereiten wir uns so auf die offenbar kommende Entwicklung vor, welche die Naturkräfte für das Kleingewerbe zerteilen und dem Einzelnen zuleiten wird.

Sobald das zu nehmende Land bestimmt ist, schicken wir vertraute und geschickte Unterhändler aus, um mit der jetzigen Landeshoheit und den Nachbarstaaten über Aufnahme, Durchzug, Garantien für innere und äußere Ruhe, Verträge abzuschließen.

Ich nehme an, daß wir nach Argentinien gehen. So werden wir mit den südamerikanischen Republiken verhandeln.

Ich will Ihnen nun die Grundzüge unserer Politik sagen. Es muß das Ziel sein, daß wir das besetzte Land sofort nach unserer Staatserklärung als ein unabhängiges erwerben. Darum werden wir wohl dem Aufnahmestaat

Geldvorteile gewähren, die jedoch nicht die Form eines Tributs haben dürfen. Der Tribut wäre mit unserer späteren Würde unvereinbar. Die nachherige Einstellung könnte uns in einen unnötigen Krieg verwickeln. Jedenfalls würde es unserem guten Ruf in der Welt schaden. Wir wollen aber rechtlich vorgehen und mit allen gute Nachbarschaft halten, wenn man uns in Ruhe läßt.

Die Geldvorteile, die wir den Südamerikanern zuwenden, brauchen selbstverständlich nicht in barer Zahlung zu bestehen. Schon für die Vermittlung von Anleihen zu günstigen Bedingungen wären sie dankbar und zu großen Zugeständnissen geneigt. Auch wäre die Anlage eben dadurch eine gute, weil wir Ströme von Reichtum nach Südamerika hinüberleiten. Denn die Nachbarstaaten werden, von den unmittelbaren Vorteilen abgesehen, auch ungeheure indirekte haben. Eine beispiellose Verkehrs-Fruchtbarkeit kommt durch uns und mit uns nach Südamerika. Die Länder, die um das unserige herumliegen, müssen notwendig reich werden. Selbstverständlich wird ihnen das bei den Unterhandlungen gehörig erklärt.

Während wir nun drüben diese diplomatischen Beziehungen anspinnen, haben wir in Europa andere Aufgaben. Vieles, was ich hier nacheinander anführe, wird ja gleichzeitig geschehen.

Die Society of Jews beginnt damit, daß sie mit den Regierungen Entlassungsverträge schließt. Ausdrücklicher Entlassungsvertrag wird es ja nur mit Rußland sein. In den anderen Ländern, die in Betracht kommen, besteht gesetzlich die Freizügigkeit. Aber wir wollen überall Hand in Hand mit den Regierungen gehen. Wir wollen und werden als gute Freunde scheiden. Große Dinge macht man nicht mit Haß und Rachsucht, sondern nur mit überlegener Freundlichkeit.

Rußland wird unsere Leute zweifellos fortziehen lassen. Man gestattet dem Baron Hirsch, selbst Militärpflichtige anzuwerben; allerdings werden sie, wenn sie zurückkommen, als Deserteure behandelt. Das kann uns nur recht sein. Man wird uns doch mindestens dieselben Zugeständnisse machen. Wir nehmen ja nicht nur junge, kräftige Leute, sondern auch alte, Kranke, Frauen und Kinder (was ich mit diesen Kategorien anfange, folgt später).

Nun kann und wird auch vielleicht der Augenblick kommen, wo die russische Regierung den Abfluß so vieler Menschen mit Unbehagen anzusehen beginnt. Da wird wieder Ihre Kreditpolitik helfen müssen. Wie oft in der letzten Zeit haben Sie Rußland Ihre Geldkraft zur Verfügung gestellt! Und ich bitte Sie: wofür? Bedenken Sie doch, welche ungenützte politische Kräfte in Ihrer Kreditgewährung schlummern. Kurz, bei zielbewußtem Vorgehen wird es ein leichtes sein, die russische Regierung bei guter Laune zu erhalten, bis unser letzter Mann draußen ist.

Die Entlassungsverträge nehmen in anderen Ländern eine andere Gestalt an. Mit der Freizügigkeit der Personen allein ist ja nicht gedient. Wir werden freilich auch hier bemüht sein müssen, uns den Abzug der militärpflichtigen Männer gewähren zu lassen und zwar unter denselben harten Bedingungen wie in Rußland. In Deutschland hat man die Juden ohnehin nicht gern im Heer; und die Leute, welche die Juden aus der Armee entfernen wollen, haben von ihrem Standpunkt aus sicherlich recht.

Wie steht es nun aber mit der Freizügigkeit der Sachen? Das bewegliche Vermögen ist in seinen heutigen Formen leichter als je wegzuschaffen. Aber das unbewegliche?

Anfangs, bevor unsere Bewegung allgemein wird, haben es ja die ersten Juden, die mit uns gehen, leicht, ihre Immobilien zu veräußern. Nur werden allmählich verschiedene Unzukömmlichkeiten eintreten. Zunächst werden diese Abzügler einander die Preise drücken. Ohne unsere Hilfe würden in den vom Abzug der Juden betroffenen Ländern allerlei Geschäftskrisen eintreten, deren Form und Umfang sich gar nicht berechnen ließe. Endlich würde die Bevölkerung stutzig und erbost werden, die noch übriggebliebenen Juden verantwortlich machen. Man würde vielleicht zu gesetzlichen, jedenfalls zu administrativen Schikanen greifen.

Es kann den Juden, die nicht mit uns gehen, übel bekommen. Wir könnten sie ja ihrem Schicksal überlassen, da sie zu feig oder zu schlecht waren, sich uns anzuschließen.

Aber was wir vorhaben, ist ein Werk der Gerechtigkeit und Nächstenliebe. Wir wollen Erbarmen haben selbst mit den Erbärmlichen. Wir bringen ja die Lösung! Und eine Lösung ist nur, was alle befriedigt.

Jetzt, meine Herren, kommen wir zu einem geschäftlichen Knotenpunkte des Planes.

Daß die Society uns zu unserem Staate hinüberleiten wird, ahnen Sie bereits. Aber davon sind wir noch weit entfernt.

(Das ist der Platz, eine Einschaltung zu machen; denn wie gesagt, viele Tätigkeiten, die ich da hintereinander schildere, werden in Wirklichkeit gleichzeitig vorgenommen werden.)

Wir ließen unsere diplomatischen Unterhändler in Südamerika, wo sie mit den Staaten Landnahme-Verträge schlossen. Die Verträge sind nun fertig. Das zu nehmende Land ist uns gesichert.

Daß diese Operation rechtlich ist, kann nicht bezweifelt werden. Aber sie ist nicht delikat. Wir wissen von der Wertsteigerung, die der Verkäufer nicht ahnt. Darum werden wir ihm nach perfektem Kauf die Option geben, zwischen Barzahlung und Entschädigung in Aktien zum Nominalwert. Hält er das Ganze für eine Schwindelei — *tant pis pour lui.* Jedenfalls haben wir uns nichts mehr vorzuwerfen.

Für Baumaterial haben unsere Geologen gesorgt, als sie uns die Plätze für unsere Städte suchten.

Das Bauprinzip wird nun sein, daß wir die Arbeiterwohnungen (und ich begreife darunter die Wohnungen aller Handarbeiter) in eigener Regie herstellen. Ich denke keineswegs an die traurigen Arbeiterkasernen der europäischen Städte und auch nicht an die kümmerlichen Hütten, die um Fabriken herum in Reih und Glied stehen. Unsere Arbeiterhäuser müssen zwar auch einförmig aussehen — weil wir nur billig bauen können, wenn wir die Baubestandteile in großen Massen gleichmäßig herstellen — aber diese einzelnen Häuser mit ihren Gärtchen sollen an jedem Ort zu schönen Gesamtkörpern vereinigt werden.

Der Normal-Arbeitstag ist der Siebenstundentag; das heißt nicht, daß täglich nur sieben Stunden lang Bäume gefällt, Erde gegraben, Steine geführt, kurz die hundert Arbeiten getan werden sollen. Nein, man wird vierzehn Stunden arbeiten. Aber die Arbeitergruppen werden einander nach je dreieinhalb Stunden ablösen. Die Organisation wird ganz militärisch sein, mit Chargen, Avancement und Pensionierung. Wo ich die Pensionen hernehme, werden Sie später hören.

Dreieinhalb Stunden hindurch kann ein gesunder Mann sehr viel konzentrierte Arbeit hergeben. Nach dreieinhalb

Stunden Pause — die er seiner Ruhe, seiner Familie, seiner geleiteten Fortbildung widmet — ist er wieder ganz frisch. Solche Arbeitskräfte können Wunder wirken.

Den Siebenstundentag! Ich wähle die Siebenzahl, weil sie mit alten Vorstellungen des Judenvolkes zusammenhängt und weil sie vierzehn allgemeine Arbeitsstunden — mehr geht in den Tag nicht hinein — ermöglicht. Ich habe zudem die Überzeugung, daß der Siebenstundentag vollkommen durchführbar ist (Jules Guesde spricht von fünf Stunden). Die Society wird ja darin reiche neue Erfahrungen sammeln — die den übrigen Völkern der Erde auch zugute kommen werden.

(Auch für Witwen ist durch mein etwas kompliziertes Wohltätigkeitssystem gesorgt.)

Die Kinder erziehen wir gleich von Anfang an, wie wir sie brauchen. Darauf gehe ich jetzt nicht ein.

Die *Assistance par le travail:*

Diese Assistance besteht darin, daß man jedem Bedürftigen *unskilled labour* gibt, eine leichte ungelernte Arbeit, wie z. B. Holzverkleinern, die Erzeugung der „margotins", mit denen in Pariser Haushaltungen das Herdfeuer angemacht wird. Es ist eine Art Gefangenhausarbeit v o r dem Verbrechen, d. h. ohne Ehrlosigkeit.

Niemand braucht mehr aus Not zum Verbrechen zu schreiten, wenn er arbeiten will. Aus Hunger dürfen keine Selbstmorde mehr begangen werden. Diese sind ja ohnehin eine der ärgsten Schandmale einer Kultur, wo vom Tisch der Reichen Leckerbissen den Hunden hingeworfen werden.

Die Arbeitshilfe gibt also jedem Arbeit. Hat sie denn für die Produkte Absatz? Nein, wenigstens nicht genügenden. Hier ist der Mangel der bestehenden Konstruktion.

Diese Assistance arbeitet immer mit Verlust. Allerdings ist sie auf den Verlust gefaßt. Es ist ja eine Wohltätigkeitsanstalt. Die Spende stellt sich hier dar als die Differenz zwischen Gestehungskosten und erlöstem Preis. Statt dem Bettler zwei Sous zu gehen, gibt sie ihm eine Arbeit, an der sie zwei Sous verliert.

Der Bettler aber, der zum edlen Arbeiter geworden ist, verdient 1 Franc 50 Centimes. Für 10 Centimes 150! Verstehen Sie, was das heißt? Das heißt, aus einer Milliarde fünfzehn Milliarden machen! Die Assistance verliert freilich die zehn Centimes. Sie werden die Milliarde nicht verlieren, sondern verdreifachen.

Das wird alles nach einem großen, von Anfang an feststehenden Plane geschehen.

Ich habe die Hauptkette dieser Auseinandersetzung beim Bau in eigener Regie der Arbeiterwohnungen verlassen.

Nun kehre ich zurück zu anderen Kategorien von Heimstätten. Wir werden auch den Kleinbürgern Häuser durch die Architekten der Society bauen lassen, entweder als Tauschobjekte oder für Geld. Wir werden etwa hundert Häusertypen von unseren Architekten anfertigen lassen und vervielfältigen. Diese hübschen Muster werden zugleich einen Teil unserer Propaganda bilden. Jedes Haus hat seinen festen Preis; die Güte der Ausführung ist von der Society garantiert, die am Häuserbau nichts verdienen will. Ja, wo werden die Häuser stehen? Das werde ich bei den Ortsgruppen und beim Landnahmeschiff zeigen.

Da wir nun an den Bauarbeiten nichts verdienen wollen und nur am Grund und Boden, so wird es uns nur erwünscht sein, wenn recht viele freie Architekten im Privatauftrag bauen. Dadurch wird unser übriger Landbesitz mehr wert, dadurch kommt Luxus ins Land, und den Luxus brauchen wir für verschiedene Zwecke, namentlich für die Kunst, für Industrien, und endlich für den Verfall der großen Vermögen.

Ja, die reichen Juden, die jetzt ihre Schätze ängstlich verbergen müssen und bei herabgelassenen Vorhängen ihre unbehaglichen Feste geben, werden drüben frei genießen dürfen.

Wenn unsere Auswanderung mit Ihrer Mitwirkung zustande kommt, wird das Kapital bei uns drüben rehabilitiert sein, es wird in einem beispiellosen Werke seine Nützlichkeit gezeigt haben.

Auch in dieser Gegend meines Planes könnten Sie uns mit Ihrem Kredit große Dienste leisten. Hier ist. es der Salonkredit. Wenn Sie anfangen, Ihre Schlösser, die man in Europa schon mit scheelen Augen ansieht, d r ü b e n zu bauen, und wenn Sie die Syndikatsmitglieder anregen, das gleiche zu tun, so wird es bald Mode der reichen Juden werden, sich drüben in prächtigen Häusern anzusiedeln. *Il y a là un mouvement à créer.* Und das ist so leicht. Man sagt guten Freunden, die es weitergeben: „Wollen Sie einen guten Rat? Bauen Sie drüben.‟ Der Rat ist nämlich in Wahrheit gut.

So wandern dann allmählich die Kunstschätze der Juden hinüber. Sie wissen am besten, wie groß diese Kunstschätze schon sind. Vielleicht wird das der Punkt sein, wo die Regierungen zuerst eingreifen, wenn wir die Sache nicht mit Ihnen, das heißt in der diplomatischen Form machen können und durch öffentliche Propaganda mit dem Judenvolk, uns in Verbindung setzen müssen. Die Art, wie die Regierungen vorgehen müßten, ist schon in Italien gefunden. Sie kennen ja das Ausfuhrverbot der Kunstwerke.

Es wäre aber der Bewegung sehr schädlich, wenn die Regierungen dann auf den Gedanken kämen, dieses sinnreiche Verbot auch auf andere Gegenstände des greifbaren Vermögens auszudehnen. Die kleinen Juden würden davon — *et pour cause* — am wenigsten betroffen. Immer schwerer die größeren; und Sie endlich, meine Herren, würde es am spätesten und am schwersten treffen. Übersehen Sie nicht, was das juristische Wesen des Ausfuhrverbots ist. Es ist die teilweise Entziehung der Verfügung über eine Sache, es wird eine Eigenschaft der Sache — ihre Exportfähigkeit — konfisziert.

Nun scheint mir aber auch das schon von Übel. Und wenn man zu konfiszieren anfängt, wo hört man auf?

Wir wollen das nicht provozieren: aber können wir's hindern, wenn es im Verlauf unserer Bewegung eintritt? Daß wir darauf nicht aus sind, Sie zu schädigen — im Gegenteil! — das sehen Sie schon aus unserem ganzen Antrag.

Wir zeigen Ihnen ja den Weg, wir machen Ihnen ja die Vorschläge, wie man diese riesige Bewegung sachte, ohne Erschütterung, leiten kann. Entstehen wird sie — das ahnen Sie wohl schon, meine Herren; und es wird für Sie gut sein, mit uns zu gehen. Wäre dies nicht der Fall, so könnten wir uns um die Liquidierung Ihres europäischen Geschäftes nicht kümmern. Wir liquidieren nur die Immobilien und Geschäfte der Leute, die bis zu einer gewissen Zeit mit uns gegangen sind — nehmen wir an, im ersten Jahrzehnt. Denn wir müssen uns ja aus Europa zurückziehen. Hier ist nicht unseres Bleibens. Und man wird uns nur dann ohne Behelligung abziehen lassen, wenn wir nicht lange herumfackeln.

Wir können und werden alle, die es wünschen, so rasch als möglich liquidieren. Nur Sie nicht, weil es vollkommen unmöglich ist. Denn nach der Auswanderung der Juden verträge Europa nicht mehr die Erschütterung durch Ihre Liquidation.

Familienrede: 14. VI.

Die Bewegung ist in dem Augenblick geboren, wo ich der Welt meinen Gedanken mitteile. Sie sind reich genug, meine Herren, diesen Plan zu fördern; Sie sind nicht reich genug, ihn zu verhindern. Aus einem merkwürdig einfachen Grunde: ich bin nicht käuflich.

Ja, ich würde es ehrlich bedauern, wenn Sie nicht mit mir gingen und dadurch Schaden litten. Denn Sie würden sich nicht aus Schlechtigkeit oder Engherzigkeit weigern — es ist bekannt, daß Sie treu am verachteten Judentum hängen —; Sie würden sich weigern, weil Sie die Richtigkeit meiner Behauptungen nicht einsehen, oder weil ich den Plan schlecht erkläre. Dann werde ich mit der Werbung in die Tiefe gehen. Wenn die Society of Jews nicht durch Geldaristokraten gebildet wird, so wird sie durch Gelddemokraten gebildet. Bei diesen — erzählte ich Ihnen in der Einleitung — ist die Beklommenheit schwerer, folglich wird die Sehnsucht aufzuatmen größer sein. Gehen dann bei der Bewegung einige Juden und ihre Habseligkeiten zugrunde, so trifft mich weiter keine Verantwortung. Ich habe deutlich genug gewarnt: Der Zug kommt!

Steht das aber nicht im Widerspruch mit meiner früheren Angabe, daß der ruhige Abzug aller Juden gesichert werden solle? Nein, denn wir können nur diejenigen Juden schützen, die mit uns gehen, die sich uns anvertrauen. Die im Zug sind, werden nicht getreten. Bei denen können wir die Garantie gegenüber den Regierungen und Völkern übernehmen und erhalten dafür ihre Beschützung durch Staat und öffentliche Meinung.

Sie, meine Herren, sind zu groß, als daß wir Sie später in unsere Obhut nehmen könnten. Nicht aus *rancune*, nicht weil wir inzwischen in einen schweren, auf vielen Punkten auszufechtenden Gegensatz geraten sein werden; im Gegenteil, wir werden Sie drüben brüderlich aufnehmen, wenn Sie eines Tages Schutz und Frieden suchen kommen. — Allerdings werden wir einige Sicherheits-Vorkehrungen gegen Ihr gefährliches Vermögen treffen müssen. — — —

Wenn Sie mich nicht unterstützen, fügen Sie meinem Plan großen Schaden zu. Denn das Feinste, Geheimste und Diplomatische wird unmöglich, wenn ich es öffentlich führe.

Ich kann dann die südamerikanischen Republiken nicht so behandeln, kann nicht so billig expropriieren, habe die tausend Schwierigkeiten der Publizität.

Mit Ihnen ein glänzendes Geschäft (oh, nicht für mich). Mit den Zwergmillionären ein zweifelhaftes. Mit den kleinen Juden ein schlechtes, vielleicht nicht zu Ende führbares, in einem Krach (wie Panama) endigendes.

„Ich mache Sie dafür verantwortlich", wäre eine Redensart, über die Sie lächeln würden.

Nein, ich sage: Sie werden es büßen, wenn die Sache als populäre mißlingt. Und wenn sie gelingt, werden wir alle Juden aufnehmen, nur die R's nicht.

Und das ist für Sie nicht so gleichgültig, wie es heute aussehen mag. Denn Ihr Vermögen wird auch nach unserem Abgang beängstigend weiterwachsen, und aller Haß, der sich bisher auf so unzählige Judenköpfe zerstreute, wird sich auf einigen wenigen — den Ihrigen — sammeln.

Diese paar Köpfe werden, besonders in Frankreich, nicht fest sitzen.

Ja, in welcher Form wird aber die Society of Jews (ob sie aristokratisch oder demokratisch zustande komme) die Garantien leisten, daß in den verlassenen Ländern keine Verarmung und keine wirtschaftlichen Krisen eintreten?

Ich sagte Ihnen schon, daß wir anständige Antisemiten, unter Achtung ihrer uns wertvollen Unabhängigkeit, gleichsam als volkstümliche Kontrollbehörden an unser Werk heranziehen wollen. Aber auch der Staat hat fiskalische Interessen, die geschädigt werden können. Er verliert eine, zwar bürgerlich gering, aber finanziell hochgeschätzte Klasse von Steuerträgern. Wir müssen ihm dafür eine Entschädigung bieten. Wir bieten sie ihm ja indirekt, indem wir die mit unserem jüdischen Scharfsinn, unserem jüdischen Fleiß eingerichteten Geschäfte im Lande lassen. Indem wir in unsere aufgegebenen Positionen die christlichen Mitbürger einrücken lassen und so ein in diesem Umfang, in dieser Friedlichkeit beispielloses Aufsteigen von Massen zum Wohlstand ermöglichen. Die Französische Revolution zeigte in kleinerem Maßstab etwas Ähnliches, aber dazu mußte das Blut unter der Guillotine, in allen Provinzen des Landes und auf den Schlachtfeldern Europas in Strömen fließen und dazu ererbte und erworbene Rechte zerbrochen werden. Und dabei bereicherten sich nur die listigen Käufer der Nationalgüter.

Die Staaten haben ferner den indirekten Vorteil, daß ihr Exporthandel gewaltig wächst. Denn da wir drüben noch lange auf die europäischen Erzeugnisse angewiesen sein werden, müssen wir sie notwendig beziehen. Und auch hierin wird mein Ortsgruppensystem — wozu wir bald kommen — einen gerechten Ausgleich schaffen. Die gewohnten Bedürfnisse werden sich noch lange an den gewohnten Orten decken. Der größte indirekte Vorteil endlich, den man vielleicht nicht gleich in seinem ganzen Umfange schätzen wird, ist die soziale Erleichterung. Die soziale Unzufriedenheit wird auf eine Zeit hinaus beschwichtigt, die vielleicht zwanzig Jabre, vielleicht länger dauern wird. Die soziale Frage aber, meine Herren, halte ich für eine bloß technologische Frage. Der Dampf hat die Menschen um die Maschine herum in den Fabriken versammelt, wo sie aneinander gedrückt sind und durch einander unglücklich werden. Die Produktion ist eine ungeheure, wahllose, planlose, führt jeden Augenblick zu schweren Krisen, durch die mit den Unternehmern auch die Arbeiter zugrunde gehen. Der Dampf hat also die Menschen aneinander gepreßt; ich glaube, die Anwendung der Elektrizität wird sie wieder in glücklichere Arbeitsorte auseinanderstreuen. Das kann ich nicht vorhersagen. Jedenfalls werden die technischen Erfinder, die wahren Wohltäter der Menschheit, in diesen zwanzig Jahren weiter arbeiten und hoffentlich so wunderbare Dinge finden wie bisher, nein, immer wunderbarere.

Wir selbst werden drüben alle neuen Versuche benützen, fortbilden; und wie wir im Siebenstundentag ein Experiment zum Wohle der ganzen Menschheit machen, so werden wir in allem Menschenfreundlichen vorangehen und als neues Land ein Versuchsland, ein Musterland vorstellen.

Aber mit den indirekten Vorteilen werden sich die Staaten schwerlich begnügen. Sie werden direkte Abgaben wünschen. Nun müssen wir den Regierungen und Parlamenten dabei an die Hand gehen. Es ist vielleicht einer der großmütigsten Ziele dieses Planes, daß den modernen Kulturvölkern die Beschämung von Ausnahmegesetzen gegen ein ohnehin unglückliches Volk erspart werden soll. Um den Regierungen eine Abzugsbesteuerung der Juden zu ersparen, wird die Society einstehen. Unsere Zentrale hat ihren Sitz in London, weil wir im Privatrechtlichen unter dem Schutz einer großen, derzeit nicht antisemitischen Nation stehen müssen. Aber wir werden, wenn man uns offiziell und offiziös unterstützt, überall eine breite Steuerfläche — *surface* sagt man in Frankreich — liefern. Wir werden überall besteuerbare Tochter- und Zweiganstalten gründen. Wir werden ferner den Vorteil doppelter Immobilien-Umschreibung, also doppelter Gebühren liefern. Die Society wird selbst dort, wo sie nur als Immobilienagentur auftritt, sich den vorübergehenden Anschein des Käufers geben. Wir werden also, auch wenn wir nicht besitzen wollen, im Grundbuch einen Augenblick als Käufer stehen.

Das ist nun freilich eine rein rechnungsmäßige Sache. Es wird von Ort zu Ort erhoben und entschieden werden müssen, wie weit wir darin gehen können, ohne die Existenz unseres Unternehmens zu gefährden. Wir werden darüber freimütig mit den Finanzministern verhandeln. Sie werden unseren guten Willen deutlich sehen. Sie werden uns überall die Erleichterungen gewähren, die wir zur erfolgreichen Durchführung des historischen Unternehmens nachweisbar brauchen.

Eine weitere direkte Zuwendung, die wir machen, ist die im Güter- und Personentransport. Wo die Bahnen staatlich sind, ist das sofort klar. Bei den Privatbahnen erhalten wir — wie jeder große Spediteur — Begünstigungen. Wir müssen natürlich unsere Leute so billig als möglich reisen lassen und verfrachten, da jeder auf eigene Kosten hinübergeht. Wir werden also für den Mittelstand das System Cook und für die armen Klassen das Personenporto haben. Für die Frachten haben wir unsere geübten Tarifeure. Wir könnten an Personen-

und Frachtrefaktien viel verdienen. Aber unser Grundsatz muß auch in diesem Zweige sein, nur die Selbsterhaltungskosten hereinzubringen. In Europa dürfen wir nichts mehr verdienen. Wir werden daher die Refaktie zwischen unseren Auswanderern (Fahrpreisermäßigung) und dem Staat teilen (Surfacegabe durch Etablierung von Speditionsgeschäften und Frachtversicherungsanstalten).

Es wird nicht notwendig sein, überall neue Speditionsgeschäfte zu etablieren. Die Spedition ist an vielen Orten in den Händen der Juden. Die Speditionsgeschäfte werden die ersten sein, die wir brauchen, und die ersten, die wir liquidieren. Die bisherigen Inhaber dieser Geschäfte treten entweder in unseren Dienst oder sie etablieren sich frei drüben. Die Ankunftstelle braucht ja empfangende Spediteure; und da dies ein glänzendes Geschäft ist, da man drüben sofort verdienen darf und soll, wird es dafür nicht an Unternehmungslustigen fehlen. Das leuchtet ein.

Die Schiffe aber werden wir in eigene Regie nehmen und zugleich jüdische Reeder encouragieren. Die Schiffe werden wir zuerst kaufen — wobei wir durch heimliches und gleichzeitiges Einkaufen, ähnlich dem früher entwickelten Zentralsystem des Landkaufes, Preissteigerungen vorbeugen — und später, ja möglichst bald, selbst drüben bauen. Wir werden den Schiffsbau freier Unternehmer durch verschiedene Vorteile (billiges Material aus unseren Wäldern und Hochöfen) begünstigen. Die Zuleitung von Arbeitskräften wird durch unsere Dienstvermittlungs-Zentrale besorgt.

Anfangs werden wir keine oder wenig lohnende Rückfracht für unsere Schiffe haben (höchstens von Chile, Argentinien und Brasilien). Unsere wissenschaftlichen Gehilfen, die auf dem Landnahmeschiff zuerst hinübergehen, werden auch diesem Punkt sofort ihre Aufmerksamkeit zuwenden müssen. Wir werden Rohprodukte suchen und nach Europa bringen, es wird der Anfang unseres Außenhandels sein. Allmählich werden wir Industriesachen erzeugen, zunächst für unsere eigenen armen Auswanderer. Kleider, Wäsche, Schuhe usw. fabriksmäßig. Denn in unseren europäischen Abfahrtshäfen werden unsere armen Leute neu gekleidet. Es wird ihnen damit kein Geschenk gemacht, weil wir nicht gedenken, sie zu demütigen. Es werden ihnen nur ihre alten Sachen gegen neue eingetauscht. Es liegt uns nichts daran, wenn wir dabei etwas verlieren; wir buchen es als Geschäftsverlust. Die völlig Besitzlosen werden für die Bekleidung unsere Schuldner und zahlen drüben in Arbeits-Überstunden, die wir ihnen für gute Aufführung erlassen werden.

Es soll schon in diesen Kleidern etwas Symbolisches enthalten sein: Ihr beginnt jetzt ein neues Leben! Und wir werden dafür sorgen, daß schon auf den Schiffen durch Gebete, populäre Vorträge, Belehrungen über den Zweck des Unternehmens, hygienische Vorschriften für die neuen Wohnorte, Anleitungen zur künftigen Arbeit, eine ernste und festliche Stimmung erhalten werde. Denn das Gelobte Land ist das Land der Arbeit. Drüben aber wird jedes Schiff von den Spitzen unserer Behörden feierlich empfangen werden. Ohne törichten Jubel, denn das Gelobte Land muß·erst noch erobert werden. Aber schon sollen diese armen Menschen sehen, daß sie hier zu Hause sind.

Unsere Bekleidungsindustrie für Auswanderer wird, wie Sie sich denken können, nicht planlos produzieren. Wir werden durch das zentralisierte Netz unserer Agenturen — die unsere politische Administration vorstellen, gegenüber den autonomen Ortsgruppen — immer rechtzeitig die Zahl, den Ankunftstag und die Bedürfnisse der Auswanderer kennen und für sie vorsorgen. In dieser planvollen Leitung einer Industrie ist der schwache Anfang des Versuches enthalten, die Produktionskrisen zu vermeiden. Wir werden auf allen Gebieten, wo die Society als Industrieller auftritt, so vorgehen. Keineswegs wollen wir aber die freien Unternehmungen mit unserer Übermacht erdrücken. Wir sind nur dort Kollektivisten, wo es die ungeheuren Schwierigkeiten der Aufgabe erfordern. Im übrigen wollen wir das Individuum mit seinen Rechten hegen und pflegen. Das Privateigentum als die wirtschaftliche Grundlage der Unabhängigkeit soll sich bei uns frei und geachtet entwickeln. Wir lassen ja gleich unsere ersten Unskilleds ins Privateigentum aufsteigen. Sie haben ferner schon an einigen Punkten gesehen, beim freien Bauunternehmer, beim freien Reeder, beim freien Spediteur, wie wir den Unternehmungsgeist fördern wollen. In der Industrie wollen wir den Unternehmer auf verschiedene Art begünstigen. Schutzzoll oder Freihandel sind keine Prinzipien, sondern Nützlichkeitsfragen. Anfangs werden wir jedenfalls Freihändler sein. Späterhin werden die Bedürfnisse unserer Politik darüber entscheiden.

Aber wir können der Industrie auch auf andere Weise helfen, und wir werden es. Wir haben die Zuwendung billigen Rohmaterials in der Hand und können den Zufluß wie den von Wasser durch Schleusen regeln. Das wird später zur Vermeidung von Krisen wichtig werden. Dann aber gründen wir eine Einrichtung von dauerndem und wachsendem Wert: nämlich ein Amt für Industriestatistik, mit öffentlichen Verlautbarungen.

So wird der Unternehmungsgeist auf gesunde Weise angeregt. Die spekulative Planlosigkeit wird vermieden.

Die Etablierung neuer Industrien wird rechtzeitig bekannt gemacht, so daß die Unternehmer, die ein halbes Jahr später auf den Einfall kämen, sich einer Industrie zuzuwenden, nicht in die Krise, ins Elend hineinbauen. Da der Zweck einer neuen Anlage unserer Industrie-Polizei angemeldet werden muß, werden die Unternehmungsverhältnisse jederzeit jedermann bekannt sein können, wie die Eigentumsverhältnisse durch die Grundbücher.

Endlich gewähren wir den Unternehmern die zentralisierte Arbeitskraft. Der Unternehmer wendet sich an die Dienstvermittlungs-Zentrale, die dafür nur von ihm eine zur Selbsterhaltung (Kosten der Amtslokale, Beamtenbesoldung, Brief- und Telegrammspesen) erforderliche Gebühr einhebt. Der Unternehmer telegraphiert: ich brauche morgen für drei Tage, drei Wochen oder drei Monate fünfhundert Unskilleds. Morgen treffen bei seiner landwirtschaftlichen oder industriellen Unternehmung die gewünschten Fünfhundert ein, die unsere Arbeitszentrale von da und dort, wo sie eben verfügbar werden, zusammenzieht. Die Sachsengängerei wird da aus dem Plumpen in eine sinnvolle Instutition heeresmäßig verfeinert. Selbstverständlich liefern wir keine Arbeitssklaven, sondern nur Siebenstundentägler, die ihre, d. h. unsere, Organisation behalten, denen auch beim Ortswechsel die Dienstzeit mit Chargen, Avancieren und Pensionierung fortläuft. Der freie Unternehmer kann sich auch anderswo seine Arbeitskräfte verschaffen, wenn er will; aber ich glaube nicht, daß er es kann.

Die Heranziehung nichtjüdischer Arbeitssklaven ins Land werden wir zu vereiteln wissen durch eine gewisse Boykottierung widerspenstiger Industrieller, durch Verkehrserschwerungen, Entziehung des Rohmaterials und dgl. Man wird also unsere Siebenstundentägler nehmen müssen. Sie sehen, meine Herren, wie wir uns beinahe zwanglos dem Normaltag von sieben Stunden nähern.

Es ist klar, daß, was für die Unskilleds gilt, bei den höheren Facharbeiten noch leichter ist. Die Teilarbeiter der Fabriken können unter dieselben Regeln gebracht werden. Es ist nicht nötig, das weitläufig auseinanderzusetzen.

Was nun die selbständigen Handwerker, die kleinen Meister, betrifft, die wir im Hinblick auf die künftigen Fortschritte der Technik sehr pflegen wollen, denen wir technologische Kenntnisse zuführen wollen, selbst wenn sie keine jungen Leute mehr sind, und denen wir die Pferdekräfte der Bäche sowie das Licht in elektrischen Drähten zuleiten wollen — diese selbständigen Arbeiter sollen auch durch unsere Zentrale gesucht und gefunden werden. Hier wendet sich die Ortsgruppe an die Zentrale: wir brauchen so und so viele Tischler, Schlosser, Glaser usw. Die Zentrale verlautbart es. Die Leute melden sich. Sie ziehen mit ihrer Familie nach dem Orte, wo man sie braucht, und bleiben da wohnen, nicht erdrückt von einer verworrenen Konkurrenz; die dauernde, die gute Heimat ist für sie entstanden.

Jetzt bin ich bei den Ortsgruppen. Bisher habe ich nur gezeigt, wie die Auswanderung ohne wirtschaftliche Erschütterung durchzuführen ist. Aber bei einer solchen Volkswanderung gibt es auch viele starke Gemütsbewegungen. Es gibt alte Gewohnheiten, Erinnerungen, mit denen wir Menschen an den Orten haften. Wir haben Wiegen, wir haben Gräber; und Sie wissen, was den jüdischen Herzen die Gräber sind. Die Wiegen nehmen wir mit — in ihnen schlummert rosig und lächelnd unsere Zukunft. Unsere teuren Gräber müssen wir zurücklassen — ich glaube, von denen werden wir habsüchtiges Volk uns am schwersten trennen. Aber es muß sein.

Schon entfernt uns die wirtschaftliche Not, der politische Druck, der gesellschaftliche Haß so häufig aus unseren Wohnorten und von unseren Gräbern. Die Juden ziehen schon jetzt jeden Augenblick aus einem Land ins andere. Eine starke Bewegung geht sogar übers Meer, nach den Vereinigten Staaten — wo man uns auch nicht mag. Wo wird man uns denn mögen, solange wir keine eigene Heimat haben? Wir wollen aber den Juden eine Heimat geben. Nicht, indem wir sie gewaltsam aus ihrem Erdreich herausreißen. Nein, indem wir sie mit ihrem ganzen Wurzelwerk vorsichtig ausgraben und in einen besseren Boden übersetzen. So wie wir im Wirtschaftlichen und Politischen neue Verhältnisse schaffen wollen, so gedenken wir im Gemütlichen alles Alte heilig zu halten.

Darüber nur wenig Andeutungen. Hier ist die Gefahr am größten, daß Sie den Plan für eine Schwärmerei halten. Und doch ist mir auch das so klar in der Vernunft wie alles andere.

Unsere Leute sollen in Gruppen miteinander auswandern. In Gruppen von Familien und Freunden. Niemand wird gezwungen, sich den Gruppen seines bisherigen Wohnortes anzuschließen. Jeder kann fahren, wie er will. Jeder tut es ja auf eigene Kosten, in der Bahn- und Schiffsklasse, die ihm zusagt. Nur möchte ich immer Bahnzüge und Schiffe, die nur eine Klasse haben, führen. Der Unterschied des Besitzes belästigt auf so langen Reisen die Ärmeren. Und wenn wir auch unsere Leute nicht zu einer Unterhaltung hinüberführen, wollen wir ihnen doch nicht unterwegs die Laune verderben. Im Elend wird keiner reisen. Dem eleganten Behagen hingegen soll alles möglich sein. Man wird sich schon lange vorher verabreden — es wird ja noch Jahre dauern, bis die Bewegung in einzelnen Besitzklassen in Fluß kommt; die Wohlhabenden werden zu Reisegesellschaften zusammentreten. Man nimmt die persönlichen Beziehungen sämtlich mit. Sie wissen ja, daß, von den Reichsten abgesehen, die Juden fast gar keinen Gesellschaftsverkehr mit Christen haben. Wer sich nicht ein paar Tafelschmarotzer, Borgbrüder und „Judenknechte" aushält, der kennt überhaupt keinen Christen.

Man wird sich also in den Mittelständen lange und sorgfältig zur Abreise vorbereiten. Jeder Ort bildet eine Gruppe. In den größeren Städten bilden sich nach Bezirken mehrere, die miteinander durch gewählte Vertreter verkehren. Diese Bezirkseinteilung hat nichts Obligatorisches; sie ist eigentlich nur als Erleichterung für die Minderbemittelten gedacht, und um während der Fahrt kein Unbehagen, kein Heimweh aufkommen zu lassen. Jeder ist frei, allein zu fahren oder sich welcher Ortsgruppe immer anzuschließen. Die Bedingungen — nach Klassen eingeteilt — sind für alle gleich. Wenn eine Reisegesellschaft sich zahlreich genug organisiert, bekommt sie von der Society einen ganzen Bahnzug, dann ein ganzes Schiff. Unterwegs und drüben wird das ebenfalls zentralisierte Quartieramt, an dessen Spitze der Ober-Quartiermeister steht, für passende Unterkunft gesorgt haben (System Cook). Auf den Schiffen wird — diesmal nicht nach Besitz-, sondern nach Bildungsklassen — für Unterhaltung und Belehrung gesorgt. Die jüdischen Schauspieler, Sänger, Musiker gehen ja auch mit, ebenso wie die jüdischen Professoren und Lehrer. Allen wird ihre Aufgabe zugewiesen, die sie ja ohnehin schnell erraten haben werden. Wir werden vornehmlich an die Mitwirkung unserer Seelsorger appellieren. Jede Gruppe hat ihren Rabbiner, der mit seiner Gemeinde geht; Sie sehen, wie zwanglos sich das alles gruppiert. Die Ortsgruppe bildet sich um den Rabbiner herum. So viele Rabbiner, so viele Ortsgruppen. Die Rabbiner werden uns auch zuerst verstehen, sich zuerst für die Sache begeistern und von der Kanzel herab die anderen begeistern. Denken Sie sich, mit welcher Inbrunst unser altes Wort: „Übers Jahr im Gelobten Lande!" fürderhin gesagt werden wird. Es brauchen keine besonderen Versammlungen mit Geschwätz einberufen zu werden. Im Gottesdienst wird das eingeschaltet. Und so soll es sein. Wir erkennen unsere historische Zusammengehörigkeit nur am Glauben unserer Väter, weil wir ja längst die Sprache verschiedener Nationalitäten unverlöschbar in uns aufgenommen haben. Ich komme darauf später noch bei der Staatsverfassung zurück.

Die Rabbiner werden nun regelmäßig die Mitteilungen der Society erhalten und sie ihrer Gemeinde verkünden und erklären. Israel wird für uns, für sich beten.

Die Ortsgruppen werden kleine Vertrauensmänner-Kommissionen unter dem Vorsitz des Rabbiners einsetzen. Hier wird alles Praktische nach den Ortsbedürfnissen beraten und festgesetzt werden. Was mit den Wohltätigkeits-Anstalten zu geschehen hat, folgt später.

Die Ortsgruppen werden auch die Delegierten wählen, die mit dem Landnahmeschiff zur Ortswahl hinüberfahren sollen. In allem ist die schonende Verpflanzung, die Erhaltung alles Berechtigten, beabsichtigt.

In den Ortsgruppen werden nachher die Stadtpläne aufliegen. Unsere Leute werden im vorhinein wissen, wohin sie gehen, in welchen Städten, in welchen Häusern sie wohnen werden. Ich sprach schon von den Bauplänen und verständlichen Abbildungen, die wir an die Ortsgruppen verteilen wollen.

Wie in der Verwaltung eine straffe Zentralisierung, ist in den Ortsgruppen die vollste Autonomie das Prinzip. Nur so kann die Verpflanzung schmerzlos vor sich gehen.

Ich stelle mir das nicht leichter vor, als es ist; Sie dürfen es sich auch nicht schwerer vorstellen.

Der Mittelstand wird unwillkürlich von der Bewegung mit hinübergezogen. Die einen haben ihre Söhne als Beamte der Society, als Richter, Anwälte, Ärzte, Architekten, Bahn- und Brückeningenieure usw. drüben. Die anderen haben ihre Töchter an unsere Angestellten verheiratet. Das sind lauter gute Partien; denn die mit uns gehen, werden alle hoch steigen, besonders die ersten zum Lohn für ihre Hingebung; und weil es in den Ämtern, die keine *actions d'éclat* ermöglichen, strenge nach der Anciennität zugehen wird, und nicht nach Protektion.

Dann läßt sich von unseren ledigen Leuten der eine seine Braut, der andere seine Eltern und Geschwister nachkommen. In neuen Kulturen heiratet man früh. Das kann der allgemeinen Sittlichkeit nur zustatten kommen. Und wir bekommen kräftigen Nachwuchs, nicht diese schwachen Kinder spät verheirateter Väter, die zuerst ihre Energie im Lebenskampf abgenützt haben. Es ist klar, daß vor allem die Ärmsten mit uns gehen werden. Die schon bestehenden Auswanderer-Komitees in verschiedenen Städten werden sich uns unterordnen. Da sie von wohlmeinenden Männern gebildet wurden, die Herz für ihre armen Brüder haben, so ist kein Zweifel, daß sie sich unserem höheren Zweck, unseren größeren Einrichtungen willig fügen werden. Wollen sie nicht, lassen wir die Eifersüchtigen beiseite. Aber ich glaube nicht, daß es solche geben wird. Es wäre kläglich; und die Schande fiele auf sie, so wie wir sie gerne ehren wollen, wenn sie sich anschließen.

Familienrede.

Jedem Einsichtigen muß die Entwicklung schon jetzt klar sein. Nun wird aber gar kein mühsames Anfachen der Bewegung nötig sein. Die Antisemiten besorgen das schon für uns. Sobald unsere Einrichtung bekannt wird, werden die Antisemiten in Regierung, Parlament, Versammlungen und Presse für die Society agitieren. Wohl den Juden, die mit uns gehen! Wehe denen, die sich erst durch brutale Argumente werden hinausdrängen lassen.

Unser Auszug soll und wird jedoch ein freiwilliger sein. Wer das Phänomen des Erwerbes und das der Unterhaltung — *panem et circenses* — versteht, der muß auch einsehen, wie recht ich habe.

Lassen Sie mich Ihnen diese Erscheinungen, die ich auch erst in Paris begriff, erklären.

Wie kann ich eine Menge ohne Befehl nach einem Punkte hin dirigieren? Baron Hirsch, ein um das Judentum bekümmerter Mann, dessen Versuche ich als verfehlt erachte, sagt: „Ich zahle den Leuten, daß sie hingehen." Das ist grundfalsch und mit allem Gelde der Erde nicht zu erschwingen.

Ich sage im Gegenteil: Ich zahle ihnen nicht, ich lasse sie zahlen. Nur setze ich ihnen etwas vor.

Nehmen wir an, Hirsch und ich wollen eine Menschenmenge an einem heißen Sonntagnachmittag auf der Ebene von Longchamp haben. Hirsch wird, wenn er jedem Einzelnen zehn Francs verspricht, für zweihunderttausend Francs zwanzigtausend schwitzende unglückliche Leute hinausbringen, die ihm fluchen werden, weil er ihnen diese Plage auferlegte.

Ich hingegen werde die zweihunderttausend Francs als

Rennpreise aussetzen für das schnellste Pferd; und dann lasse ich die Leute durch Schranken von der Longchamp-Ebene abhalten. Wer hinein will, muß zahlen. Einen Franc, fünf Francs, zwanzig Francs.

Die Folge ist, daß ich eine halbe Million Menschen hinausbekomme, der Präsident der Republik fährt *à la Daumont* vor, die Menge erfreut und belustigt sich an sich selbst. Es ist trotz Sonnenbrand und Staub für die meisten eine glückliche Bewegung im Freien. Und ich habe für die zweihunderttausend Francs eine Million an Eintrittsgeldern und Spielsteuer eingenommen.

Ich werde dieselben Leute, wann ich will, wieder dort haben. Hirsch nicht, Hirsch um keinen Preis.

Ich will dasselbe Phänomen übrigens gleich beim Broterwerb zeigen. Versuchen Sie es einmal, in den Straßen einer Stadt ausrufen zu lassen: Wer in einer von allen Seiten freistehenden eisernen Halle, im Winter bei schrecklicher Kälte, im Sommer bei quälender Hitze den ganzen Tag auf seinen Beinen stehen, jeden Vorübergehenden anreden und den Trödelkram oder Fische oder Obst anbieten wird, bekommt zwei Gulden oder vier Francs — oder was Sie wollen.

Wie viele Leute kriegen Sie wohl da hin? Wenn sie der Hunger hintreibt, wie viele Tage halten sie aus? Wenn sie aushalten, mit welchem Eifer werden sie wohl die Vorübergehenden zum Kauf von Obst, Fischen oder Trödelkram zu bestimmen versuchen?

Ich mache es anders. An den Punkten, wo ein großer Verkehr besteht — und diese Punkte kann ich umso leichter finden, als ich ja selbst den Verkehr leite, wohin ich will — an diesen Punkten errichte ich große Hallen und nenne sie Märkte. Ich könnte die Hallen schlechter, gesundheitswidriger bauen als jene, und doch würden mir die Leute hinströmen. Aber ich werde sie schöner und besser, mit meinem ganzen Wohlwollen bauen. Und diese Leute, denen ich nichts versprochen habe, weil ich ihnen, ohne ein Betrüger zu sein, nichts versprechen kann; diese braven, geschäftslustigen Leute werden unter Scherzen einen lebhaften Marktverkehr hervorbringen. Sie werden unermüdlich die Käufer haranguieren. Sie werden auf ihren Beinen stehen und die Müdigkeit kaum merken. Sie werden nicht nur Tag um Tag herbeieilen, um die ersten zu sein, sie werden sogar Verbände, Kartelle, alles mögliche schließen, um nur dieses Erwerbsleben ungestört führen zu können. Und wenn sich auch am Feierabend herausstellt, daß sie mit all der braven Arbeit nur 1.50 Gulden oder 3 Francs oder was Sie wollen verdient haben, werden sie doch mit Hoffnung in den nächsten Tag blicken, der vielleicht besser sein wird. Ich habe ihnen die Hoffnung geschenkt.

Sie wollen wissen, wo ich die Bedürfnisse hernehme, die ich für die Märkte brauche? Muß ich das wirklich noch sagen? Ich wies doch nach, daß durch die *assistance par le travail* der fünfzehnfache Verdienst erzeugt wird. Für eine Million fünfzehn Millionen, für eine Milliarde fünfzehn Milliarden.

Ja, ob das im Großen auch ebenso richtig ist wie im Kleinen? Der Ertrag des Kapitals hat doch in der Höhe eine abnehmende Progression. Ja, des schlafenden, feige verkrochenen Kapitals; nicht der des arbeitenden. Das arbeitende Kapital hat sogar in der Höhe eine furchtbar zunehmende Ertragskraft. Da steckt ja die soziale Frage. Ob es richtig ist, was ich sage? Ich rufe Sie selbst als Zeugen auf, meine Herren. Warum betreiben Sie so viele verschiedene Industrien? Warum schicken Sie Leute unter die Erde, um für magere Löhne unter entsetzlichen

Gefahren Kohle heraufzuschaffen? Ich denke mir das nicht angenehm, auch nicht für die Grubenbesitzer. Ich glaube ja nicht an die Herzlosigkeit der Kapitalisten und stelle mich nicht, als ob ich es glaubte. Ich bin kein Hetzer, sondern ein Versöhner.

Brauche ich das Phänomen der Menge, und wie man sie nach beliebigen Punkten zieht, auch noch an den frommen Wanderungen zu erklären?

Diese Rede wird vielleicht veröffentlicht werden müssen, und ich möchte niemands heilige Empfindungen durch Worte verletzen, die falsch ausgelegt werden könnten.

Nur kurz deute ich an, was in der mohammedanischen Welt der Zug der Pilger nach Mekka ist, in der katholischen Welt Lourdes und der heilige Rock zu Trier, und so zahllose andere Punkte, von wo Menschen durch ihren Glauben getröstet heimkehren.

So werden auch wir dem Wunderrabbi drüben ein schöneres Sadagora aufbauen. Unsere Geistlichen werden uns ja zuerst verstehen und mit uns gehen.

Wir wollen ja drüben jeden nach seiner Façon selig werden lassen. Auch, und vor allem, unsere teuren Freidenker, unser unsterbliches Heer, das für die Menschheit immer neue Gebiete erobert.

Auf niemanden soll ein anderer Zwang ausgeübt werden, als der zur Erhaltung des Staates und der Ordnung nötige. Und dieses Nötige wird nicht von der Willkür einer oder mehrerer Personen wechselnd bestimmt werden, sondern in ehernen Gesetzen ruhen.

Ich sprach vom Verkehr und von den Märkten. Werden wir nicht zu viel Handeltreibende haben? Nein. Derzeit fließen wohl dem großen und kleinen Handel die meisten unserer erwerbslustigen Leute zu. Aber glauben Sie, daß ein Hausierer, der mit dem schweren Pack auf dem Rücken über Land geht, glücklich ist? Ich glaube, daß wir alle diese Leute zu Arbeitern machen können mit dem Siebenstundentag; es sind so brave, verkannte, unglückliche Leute und leiden jetzt vielleicht am schwersten. Übrigens werden wir von Anfang an uns mit ihrer Erziehung zu Arbeitern beschäftigen. Dabei wird uns das Avancement der Unskilleds und ihre endliche Pensionierung zu Hilfe kommen. Denn die Pension wird in etwas bestehen, was den jetzigen Hausierern bei ihren gedrückten Wanderungen durch die Dörfer als Paradies vorkommen mag: eine Tabaktrafik, ein Branntwein-Verschleiß. Ich komme gleich darauf zurück.

Der kleine Handel wird, denke ich, nur von den Frauen betrieben werden. Sie sehen, wie wir da Luft bekommen für die Frauenfrage. Die Frauen können diese Geschäfte leicht neben ihren Haushaltungen versehen, können dabei schwanger sein, ihre Mädchen und die kleinen Buben beaufsichtigen. Die größeren nehmen wir. Wir brauchen alle Buben.

Wie steht es aber mit dem Geldhandel? Das scheint ja eine der Hauptfragen zu sein. Wir sind jetzt leider ein Volk von Börsianern. Unsere Leute werden wohl alle zur Börse hinstürzen? Ah, oder werden wir am Ende die nützliche, die unentbehrliche Einrichtung der Börsen gar nicht haben? Und Sie fangen an, mich auszulachen. Geduld, meine Herren!

Zunächst glaube ich nicht an die Börsenlust unserer Leute. Ich habe oft und tief und mitleidig in die Verhältnisse der kleinen Börsianer hineingeblickt. Ich meine, sie täten alles lieber, als daß sie an die Börse gingen. Der Jude, besonders der ärmere, ist ein ausgezeichneter Familienvater, und er geht mit Bangen jeden Tag hinaus, „Achtel schnappen", weil er geschäftlich entehrt, d. h.

erwerbsunfähig sein kann im Handumdrehen, durch irgendein Manöver der Großen oder eine brüsk hereinplatzende politische Nachricht. Dann verbringt er Jahre oder gar den Rest seines Lebens vor der Börse, was eher traurig als komisch ist. Und doch gibt es für ihn keinen anderen Weg, keinen anderen Erwerb. Man läßt selbst unsere Gebildeten nirgends hinein; wie könnten diese Armen verwendet werden? Wir aber werden sie nach ihrer Tüchtigkeit beschäftigen, ohne Vorurteil — sind ja unsere Leute —, wir werden aus ihnen neue Menschen machen. Ja, für alle beginnt ein neues Leben, mit den Erfahrungen des alten, ohne Anrechnung der alten Sünden. Aus den jetzigen Abfällen der menschlichen Gesellschaft werden wir rechtschaffene glückliche Männer machen, so wie man aus einst ungenützten Abfällen der Fabriken jetzt schöne Anilinfarben macht.

Glauben Sie mir, diese kleinen Börsianer werden uns dankbar und treu dienen, wohin wir sie stellen; wenn sie es nicht vorziehen, freie Unternehmer von Arbeiten und Geschäften aller Art zu werden. Wollen sie Kleinindustrielle der Landwirtschaft werden, so haben sie Kredit in Form von Maschinen, können als Pächter unser Land urbar machen.

Größer wiederholt sich dasselbe bei den mittleren Börsianern. Diese werden Fabrikanten, Bauunternehmer usw., weil sie Kapital oder Kredit haben. Wir Vorurteilslosen wissen ja, daß eine wirkliche Börsenoperation kein Spiel ist: daß dazu die Berechnung vieler Umstände, Beobachtung, schlagfertiges Urteil, kurz, vieles gehört, was viel nützlicher verwendet werden kann und soll. Nur kann der Jude nicht aus der Börse hinaus. Im Gegenteil, die jetzigen öffentlichen Zustände drängen immer mehr Juden zur Börse: alle unsere beschäftigungslose mittlere

Intelligenz muß hungern oder zur Börse gehen. Andererseits werden Juden, die Geld haben, durch die sozialistische Kapitalsverfolgung in die reine Geldspekulation geworfen. Sie verwalten ihr Vermögen an der Börse. Und dasselbe sind die Großen — und Sie, die Größten, auch — zu tun gezwungen. Dabei wachsen diese großen Vermögen unheimlich. Man glaubt es wenigstens allgemein. Es wird wohl so sein.

Nun, alle diese Kräfte werden durch uns frei. Wir leiten sie zu uns hinüber. Wir werden Goldminen im Lande haben. Ich spreche nicht von denen, die man drüben in der neuen Erde finden könnte; das wäre eine törichte Vorspiegelung. Ich spreche von den sicheren, ihrem ganzen Umfange nach bekannten Goldminen, die wir selbst hinüberbringen in der Arbeit, im Kapital, in der glücklichen Verbindung beider.

Sie sehen jetzt schon, was ich meine: das Gelobte Land ist in uns! Man hat es da nie gesucht.

Meine Herren! Ich gebe mir ja gewiß alle Mühe, die Sache nicht zu verführerisch darzustellen. Wenn die Worte schön klingen, ist nur die Sache daran schuld. Übrigens sind Sie ja keine Bauern und werden darin noch keinen Grund zum Mißtrauen sehen.

Aber die psychologischen Erklärungen und Prophezeiungen, daß unsere Leute drüben keine Börsianer sein werden, mögen Ihnen oder meinen späteren Hörern in der Welt nicht genügen.

Ich habe auch nur das Schöne, Freie zuerst zeigen wollen. Das sind die Mauern der Fassade. Aber das Gebäude hat innen eiserne Träger, seien Sie ganz ruhig.

Wir sperren nämlich die Börsen, gleich nachdem sie fertig geworden sind! Mit anderen Worten, wir führen das Börsenmonopol ein. Ja, der ganze Geldhandel wird verstaatlicht. Ich dachte zuerst daran nur wegen der neuen Erziehung unseres Volkes. Aber je mehr dieser Plan in mir. wuchs und reifte, von umso mehr Seiten fand ich das Börsenmonopol richtig. Wir bekommen dadurch auch die Spielsucht in unsere Gewalt, ohne die gesunde Spekulation auszurotten. Wir dirigieren vor allem unseren Staatskredit unabhängig von Privaten. Wir bekommen ferner eine Ressource für die Pensionierung unserer höheren Beamten, Versorgung ihrer Witwen und Waisen. Wie sich diese Pensionsseite darstellt? Sehr einfach. Es sind große, teilbare Tabaktrafiken (,,un quart d'agent de change"). Diese Maklerschaften werden von eingeschworenen, in einem Disziplinarverbande stehenden Pächtern unvererblich geführt. Diese Agenturspächter stehen uns dafür ein, daß ihre Klienten keine Berufsspieler sind. Das wird schwer zu fixieren sein; es handelt sich auch mehr um ein Moralisches, und wir müssen mit unbestimmten Maßstäben manipulieren, wie im österreichischen Wuchergesetz der ,,wirtschaftliche Ruin" einer ist.

Wir hatten so bei den Unskilleds die Trunksucht durch das Trucksystem in unserer Gewalt. Hier will ich gleich erwähnen, daß wir auch das Branntweinmonopol einführen. Dieses gibt uns außer den Fabrikationsgewinnen auch eine Menge kleiner Verschleißstellen für Pensionierung und Witwen. Klein, sage ich, denn unsere Leute sind in der Regel keine Trinker. Jetzt noch nicht, aber durch die körperliche Arbeit könnten sie es werden: ein Staat muß vorbeugen. Und dies ist der Platz, auch von der vorläufig letzten indirekten Besteuerung, dem Tabakmonopol, zu sprechen. Werden wir später mehr und größere Einnahmsquellen brauchen, so werden sie durch unsere Bedürfnisse, d. h. durch unsere Existenz, hervorgerufen sein. In der Existenz aber findet man alle nötigen Kräfte.

Das Tabakmonopol empfiehlt sich, weil es den meisten Juden aus ihren bisherigen Wohnorten bekannt ist; weil es ermöglicht, den höheren Genuß zu stärkerem Betrag heranzuziehen, und weil es uns eine Unzahl kleiner Pensionen, die Trafiken, liefert. Letztere sind zugleich ausschließliche Verschleißstellen der Zeitungen, welche dort vom Publikum gefunden werden — und im Notfall auch von der Regierung.

Ich schließe jetzt die Betrachtungen über das Börsenmonopol. Von allen schönen Einrichtungen, die wir drüben schaffen werden, dürfte uns diese zuerst von Europa nachgeahmt werden.

Jetzt wäre es freilich noch eine unerhörte Härte, wenn man uns die Börsen sperren wollte. Wohin sollten sich die unglücklichen Börsenjuden jetzt wenden? Aber wenn wir anfangen zu wandern, wird es plötzlich eine ungeheure Wohltat für die Juden, wobei sich die Staaten zugleich große Ressourcen schaffen und — wie wir drüben! — das Spiel mit dem Staatskredit in ihre Gewalt bekommen. Wir drüben bieten ja den arbeitslustigen Börsianern und den unternehmungslustigen Kapitalisten reiche Felder. Die Spieler, die liederlichen Burschen sollen in Monte Carlo bleiben. Kommen Sie uns unwillig nach, so werden wir sie händigen, wie wir die Meuterer bei den Unskilleds mit unserer Schutztruppe bändigten.

Man wird sagen, daß wir die Leute durch unser Vorgehen unglücklich machen. Das bestreite ich auf das entschiedenste. Eine so alte Wunde heilt man nicht mit Wehleidigkeit. Man muß sie b r e n n e n. Und wer wird es wagen, die sittliche Kraft der Arbeit zu leugnen? Worunter ich gewiß nicht allein die Handarbeit verstehe, sondern auch die Kopfarbeit. Dazu gehört zweifellos die Spekulation, wenn die kein Spiel ist.

Das sittliche Moment der Arbeit ist längst in den Strafgesetzgebungen anerkannt. Wir haben es in einer ungleich edleren Weise, vor dem Verbrechen, in der *assistance par le travail* wirken gesehen.

Lassen Sie mich Ihnen da kurz die rührende Geschichte erzählen, die ich in einem Bericht über die Goldminen von Witwatersrand gefunden habe. Ein Mann kam eines Tages nach dem Rand, ließ sich nieder, versuchte einiges, nur nicht das Goldgraben, gründete endlich eine Eisfabrik, die prosperierte, und erwarb sich bald durch seine Anständigkeit die allgemeine Achtung. Da wurde er nach Jahren plötzlich verhaftet. Er hatte in Frankfurt als Bankier Betrügereien verübt, war entflohen und hatte hier unter falschem Namen ein neues Leben begonnen. Als man ihn aber gefangen fortführte, da erschienen die angesehensten Leute von Johannesburg auf dem Bahnhof, sagten ihm herzlich Lebewohl und — auf Wiedersehen! Denn er wird wiederkommen.

Was sagt diese Geschichte alles! Zunächst, daß ich recht habe. Und unsere unglücklichen Börsianer sind doch keine Verbrecher! Es sind besorgte, kämpfende, anständige Familienväter. Es gibt Lumpenkerle unter ihnen. Wo nicht? In welchem vornehmen Amt oder Beruf nicht? Wie viele Spieler sitzen in den Klubs!

Aber wenn sie die Verbrecher wären, die sie nicht sind, würden wir sie auch mitnehmen. Wir nehmen auch die wirklichen Verbrecher mit — versteht sich: nach abgebüßter Strafe. Denn in Europa muß alles ehrlich liquidiert werden. Dann, ein neues Leben!

Wir nehmen — braucht das gesagt zu werden? —

auch unsere Kranken und Alten mit. Die wohltätigen Anstalten der Juden werden durch die Ortsgruppen frei verpflanzt. Die Stiftungen werden auch drüben in der ehemaligen Ortsgruppe verbleiben. Die Gebäude sollten nach meiner Ansicht nicht verkauft, sondern den christlichen Hilfsbedürftigen der verlassenen Städte gewidmet werden. Drüben werden wir das den Ortsgruppen anrechnen, indem wir ihnen bei der Landesverteilung Bauplätze schenken und jede Bauerleichterung gewähren, auch soll es bei der Gemeindeversteigerung gelten.

Landesverteilung, Versteigerung kommt bald. Ich will alles abkürzen, soweit es möglich.

Drüben werden wir von vornherein die Wohltätigkeitsanstalten in ein zentralisiertes System bringen, das ich auch zu Ende gedacht habe. Wenn Sie mir aufs Wort glauben, schenke ich Ihnen diese Erklärung jetzt.

Die Privatwohltätigkeit muß als planlose aufhören. — Die Arbeitsunfähigen werden sämtlich durch Staat und freie Wohltätigkeits-Zentrale versorgt. Bettler werden nicht geduldet. Wer als Freier nichts tun will, kommt ins Arbeitshaus.

Sie sehen, wie wir die einen nachziehen, die anderen uns nachfließen lassen, wie die dritten mitgerissen und die vierten uns nachgedrängt werden.

Das Börsenmonopol, wenn es hinter uns eingeführt wird, jagt uns alle Zögernden nach, hinüber, wo sie vielleicht nicht mehr die besten Plätze finden werden.

Sie sehen, meine Herren, wie da Zahn in Zahn greift; wie ich aus lauter bekannten Bestandteilen, die Sie mit Händen greifen können, langsam eine große eiserne Maschine aufbaue. Ich werde Ihnen noch die Kohle zeigen, mit der ich Feuer, und das Wasser, aus dem ich Dampf mache.

Dann kommt ein Signalpfiff, der wird bedeuten: Einsteigen! oder aus dem Weg!

Ich sprach von einigen Einkünften des Judenstaates. Er hat noch andere. Alles Unternehmen, das vollkommen erforscht daliegt, wie Bahnen und Versicherung jeder bisher bekannten Art, wird staatlich. Alle Juden, die bisher in Europa als Beamte solcher Anstalten dienten, treten zwanglos in unseren Staatsdienst über, bekommen mindestens so gute Stellungen und zudem Aussichten auf Avancement usw., die ein Jude jetzt doch nicht einmal bei einem Privatinstitut mehr hat. Gewisse Industrien betreiben wir selbst, auch auf die Gefahr, teurer zu wirtschaften als der Private. Das Bergwerk namentlich wird nur vom Staate betrieben, weil selbst am Siebenstundentag solche Arbeiter nicht dem Sparsinn des Unternehmers ausgeliefert sein sollen. Der Staat wird mit Sicherheitsvorkehrungen nicht sparen. Ihm gegenüber gibt es aber auch keinen Streik. Er vertritt kein Privatinteresse. Wohl aber wird durch eine Stufenleiter der Pensionierung die verschiedene Schwere einzelner Arbeiten ausgeglichen. Wer schwerer gearbeitet hat, bekommt früher seine Trafik.

Einzelne Steuern wird der Staat nicht für sich einheben, sondern zur zwanglosen Ausgleichung von Armut und Reichtum. Wir können die wirtschaftlichen Unterschiede nicht aufheben. Wären wir die Schwärmer, es zu wollen: sie würden morgen neu entstehen. Aber einen sittlichen Zusammenhang können wir zwischen den Freuden der einen und den Leiden der anderen herstellen. Die Vergnügungssteuer (besteht so in Frankreich) wird den Spitälern zugeführt. Die Mitgiftsteuer dient zur Versorgung armer Mädchen, die man vergessen hat zu heiraten, weil sie kein Geld haben. Schon tun ja viele reiche Juden dergleichen, aber planlos wie alles. Auch soll das nicht zufälligem Bettel ausgeliefert sein. Wir haben keine Bettler. Wie ich den Steuerbetrug bei der Mitgift vereitle, weiß ich auch ganz genau.

Schon ist gesagt worden, daß wir das ganze Geldgeschäft verstaatlichen, mit Ausnahme der Notenbank. Ich glaube, die Bank von Frankreich ist ein gutes Muster. Die Solidität des Umlaufsmittels wird von der Privatnotenbank besser garantiert. Aber ihre Beamten gleichen ja den Staatsbeamten.

Wie nun die Privatnotenbank mit der Staatsbank in Harmonie zu bringen ist, alle Vorsichten und alle Politik, das werden unsere Finanzgenies — an denen es nicht fehlt — besser verstehen, als ich.

Ich kümmere mich nur um das Prinzipielle. Die Verstaatlichung des Geldgeschäftes hat bei uns einen in der ersten Zeit nötigen Zweck der Volkserziehung. Es gibt weder kleine noch große Bankiers mehr. Die Kapital haben, sollen und werden es scharfsinnig in andere Unternehmungen stecken. Die Kleinen, die verkappten Wucherer und Spielvermittler, sollen in den Staatsdienst treten. Da haben sie eine gesunde Disziplinarordnung und sitzen nicht gerade in einem Ministerium, sondern auch in den Exposituren, wie Postsparkassenleiter usw.

Daß die staatliche Zentralisierung des Geldgeschäfts kein Unsinn ist, wissen Sie, meine Herren. Wo und wie die Staaten schon jetzt offene Geldgeschäfte mit sich selbst machen (Sparkassen) oder verkappte, indem sie als stille Gesellschafter bei der Notenbank eintreten, das ist doch auch bekannt.

Aber wenn das nicht wäre, was ist denn Ihr Welthaus? Ich glaube nicht, daß unser Staat oder irgendein anderer jemals ein größeres Geldgeschäft haben wird. Sie wissen also, daß der große Geldverkehr die Zentralisierung nicht nur verträgt, sondern geradezu fördert. Indem ich von einem Ihrer Schalter zum anderen gehe, kassiere ich in London eine Forderung ein, und zahle in Neapel eine Schuld. Ich kann sogar diesen kleinen Gang ersparen, Sie besorgen ihn für mich. — Und wo die Zentralisierung nicht von vornherein besteht, wird sie frei gesucht. Die Banken stehen für größere Geschäfte in Gruppen zusammen, zu diesen bösen Geldkartellen, die man in ihrer ganzen Schädlichkeit noch gar nicht erkannt hat. Und Sie sind überall mitten drin. *On vous voit trop, messieurs!* Ich weiß wohl, daß Sie nicht ungerufen kommen, daß man Sie sucht, daß Sie sich bitten lassen.

Und das ist Ihr Fluch! Man kann Sie nicht mehr entbehren! Man zwingt Sie, immer reicher zu werden, ob Sie es wollen oder nicht. Sie haben die Herrschaft über Ihr Vermögen verloren, Sie treiben auf diesem Goldstrom und wissen nicht mehr, wohin!

Ich weiß nicht, ob sich alle Regierungen schon darüber klar sind, was Ihr Welthaus für eine Weltgefahr ist. Man kann ohne Sie keine Kriege führen, und wenn man Frieden schließen will, ist man erst recht auf Sie angewiesen. Für das Jahr 1895 sind die Heeresausgaben der fünf Großmächte mit vier Milliarden Francs und der Friedens-Effektivstand mit zwei Millionen 800 000 Mann berechnet worden. Und diesen in der Geschichte beispiellosen Armeestand kommandieren Sie finanziell, über die einander widersprechenden Wünsche der Nationen hinweg! Mit welchem Recht? Im Dienste welcher allgemeinen menschlichen Idee? Und wer sind Sie? Ein kleines Häuflein Bankiers, Schutzjuden mehr als je, die man wohl gelegentlich mit zu Hofe kommen läßt; Sie können sich denken, wenn man es Ihnen nicht zeigt — mit welchem Widerwillen. Denn Sie werden nirgends als voll, ja nicht einmal als Staatsangehörige angesehen. Und Sie, die beinahe drei Millionen Soldaten den Riemen enger schnüren können, Sie und Ihre Kassen muß man überall mit Angst vor dem Volke bewachen, das freilich noch nicht alles weiß.

Und Ihr unglückseliges Vermögen wächst, es wächst noch. Es vermehrt sich überall rascher als der Volkswohlstand der Länder, in denen Sie wohnen. Die Vermehrung geschieht daher nur auf Kosten des Volkswohlstandes, wenn Sie alle auch persönlich die anständigsten Leute sind.

So werden wir auch im Judenstaat Ihr beängstigendes Vermögen, das unsere wirtschaftliche und politische Freiheit ersticken würde, von vornherein nicht dulden. Auch wenn Sie mit uns gehen, nicht! Verstehen Sie, meine Herren? Und wie wir verhindern wollen, daß Sie drüben reicher werden, da wir doch alle reicher machen möchten? Denken wir am Ende gar an ein Ausnahmegesetz gegen Sie? Welche Undankbarkeit, wenn Sie uns helfen, oder welcher Unsinn! Meine Herren, wenn Sie nicht mit uns gehen, werden wir Sie wahrscheinlich proskribieren müssen. Wir werden Sie nicht in unser Land lassen, so wie man in Frankreich die Prätendenten, die doch sämtlich aus berühmten französischen Familien stammen, ausschließt.

Wenn Sie aber mit uns gehen, werden wir Sie noch einmal, ein letztes Mal bereichern. Und wir machen Sie so groß, wie es der bescheidene Gründer Ihres Hauses, ja nicht einmal seine stolzesten Enkel sich träumen ließen.

Wir machen Sie reicher, indem wir Ihren Hilfsbeitrag, die Milliarde, von der wir ausgingen — verdreifachen.

Der Judenstaat bekommt das Recht, die Aktien der Society innerhalb zwanzig Jahren zum dreifachen Nominalwert einzulösen. Das sind die drei Milliarden genau, von denen ich früher sprach.

Wir machen Sie groß, denn wir nehmen unseren ersten Wahlfürsten aus Ihrem Hause. Das ist die glänzende Laterne, die wir auf den beendigten Eiffelturm Ihres Vermögens setzen. Der ganze Turm wird in der Geschichte aussehen, als wäre er darauf angelegt gewesen.

Nur wenige Worte über die Verfassung. Ein Wahlfürstentum. Wir werden einen ruhigen, bescheidenen, vernünftigen Mann wählen, der nicht glauben wird, daß er unser Herr ist. Wir werden ihn übrigens in der Verfassung genügend binden. Denn wir werden freie Männer sein und niemanden über uns haben, als den allmächtigen Gott.

Ach, viele unserer Brüder können sich gar nicht einmal im Traum vorstellen, was das heißt: ein freier Mann zu sein!

Ein erbliches Fürstentum wird nicht gegründet. Wir können uns vor der Welt nicht lächerlich machen. Es sähe aus, als wäre es gekauft, wie irgendein verdächtiges Marquisat. Um den leisen Druck der Machtbesitzer für immerwährende Zeiten auszuschließen, wird der zweite Fürst kein Rothschild sein, und nie der Sohn auf den Vater folgen dürfen. Jeder Jude kann unser Fürst werden; nur der nicht, der diesen Plan gefunden hat. Die Juden würden sonst sagen, er habe alles für sich gemacht. Und wenn man es recht betrachtet, wird auch der erste Fürst Rothschild nicht für sein Geld so hoch gehoben worden sein.

Wie Sie bald sehen werden, sind wir auf Ihr Geld nicht angewiesen. Aber mit der Leistung Ihres Beitrages vollziehen Sie eine sittliche Tat. Sie unterwerfen sich der Volksidee, Sie helfen uns, das ungeheure Werk kampflos zu vollziehen, Sie ersparen der ganzen Kulturwelt die schwersten Erschütterungen. Dafür sollen Sie belohnt werden, und die Welt wird darüber nicht lachen.

Für das Verständnis des Volkes müssen solche Ideen in der einfachen und ergreifenden Form von Symbolen dargestellt werden. Und darum werden wir, wenn wir nach dem Tempel ziehen, um den Fürsten zu krönen, alle in glänzenden und festlichen Kleidern stecken. Nur wird in unserer Mitte ein Mann in der dürftigen und schändlichen Tracht eines mittelalterlichen Juden gehen: mit dem spitzen Judenhut und dem gelben Fleck. Und gerade der wird unser Fürst sein. Erst im Tempel legen wir ihm einen Fürstenmantel um die Schultern und setzen ihm eine Krone auf den Kopf.

Das wird bedeuten: Für uns bist du nur ein armer Jude, sollst nie vergessen, was wir ausgestanden haben, und sollst dich hüten, uns in neue Gefahren zu bringen. Aber vor der Welt bist du unser Fürst, du sollst glänzen und repräsentieren.

Ah, jetzt glauben Sie schon wieder, daß ich einen Roman erzähle! Sie sind gerührt und erschüttert und möchten doch spotten. Wo sage ich denn etwas Unmögliches? Was ist daran unwirklich? Der Tempel? Den baue ich, wohin ich will. Unsere Festkleider? Wir werden reich und frei genug sein, sie zu tragen. Die Menge? Die ziehe ich, wohin ich will. Die wunderbare Tracht des Fürsten? Sie waren bewegt, als ich sie schilderte, und waren Sie es nicht — *tant pis pour vous!* Andere Völker sehen bei solchen Festaufzügen auch alte Kostüme, halten sie aber nicht für Maskeraden, sondern für tiefsinnige Erinnerungen an die Vergangenheit.

Und warum halte ich mich, da ich mit Geschäftsleuten rede und mit ihnen rechne, so lange bei dieser Schilderung auf?

Weil dieses ungreifbare Element der Volksbegeisterung, wallend wie aus erhitztem Wasser entstandener Dampf, die Kraft ist, mit der ich die große Maschine treibe!

Ja, nun bleibt noch die ungelöste Frage, was mit Ihrem Vermögen geschehen soll, wenn Sie mit uns gehen?

Das ist äußerst einfach. Ihr Vermögen besteht aus zwei Teilen: aus tatsächlicher Fundierung, die wir noch um zwei Milliarden vermehren.

Die Fundierung behalten Sie. Dieses Vermögen, so groß es ist, fürchten wir dann nicht mehr. Es wird zum großen Teil in Europa bleiben, aber nicht mehr erwerben. Ihre Schlösser, Paläste, alle Luxusanlagen mögen bleiben; sie werden Ihnen für künftige Besuche in Europa dienen, wenn Mitglieder Ihrer Familie zum Vergnügen zurückkehren oder uns als Diplomaten vertreten. Es wird der natürliche Zerfall großer Vermögen eintreten: durch Heiraten, Verzweigung der Linien und Verschwender. Auch werden Sie drüben mit gutem Beispiel den Reichen vorangehen im Anlegen schöner Kunstsammlungen, Bauten, prachtvoller Gärten. Wir wollen die geistig Zurückgebliebenen unmerklich zur Kultur verführen. Den Hauptteil Ihres Vermögens aber, die gefährliche Weltmacht Ihres Kredits, übernehmen wir für unsere Society of Jews.

Wir liquidieren die Rothschilds, wie wir den kleinsten Spediteur oder Krämer liquidieren. Das heißt: die Society verschlingt das Haus Rothschild.

Auch das wird in der natürlichsten Weise von der Welt geschehen. Alle Ihre Beamten bleiben vorläufig, wo sie sind; und Sie selbst bleiben überall an der Spitze. Bis zu dem Tage, wo Sie, die jetzt lebenden Rothschilds, in unserem Staate verwendet werden, als Leiter unseres Finanzwesens und andere Mitglieder der Regierung, als Gouverneure der Provinzen und unsere Vertreter bei fremden Mächten. Durch Ihre Verbindungen mit dem europäischen Hochadel werden Sie sich gut für diplomatische Dienste eignen. Auch Sie werden sich von Ihren gewohnten Umgebungen nicht loszureißen brauchen.

Wir werden Ihnen keine · Titel geben, die anfangs lächerlich klängen. Sie sind einfach Vertreter der Juden, da und dort. Sie gehen sich ja schon jetzt gelegentlich als Vertreter der Juden zu erkennen, wenn Sie beim Abschluß einer Anleihe um ein bißchen Schutz für die dortigen Juden flehen.

Kommt die Zeit, wo die anderen Völker es für nützlich und uns für wert genug halten, uns Gesandte zu schicken, so werden wir diese Höflichkeit erfreut erwidern.

Die anderen, mittelreichen Juden, die jetzt Generalkonsuln und dergleichen sind, werden wir, wenn sie sich uns anschließen, in ihren jetzigen Wohnorten ähnlich zu unseren Vertretern machen, bis wir sie nachziehen.

Wir werden den jetzigen Adel der Juden nostrifizieren, wenn er bis zu einer gewissen Zeit auf unserem freien Adelsamt nachgewiesen wird. Dieses Amt wird dafür sorgen, daß kein allzu grotesker Adel eingeschmuggelt wird. Denn wir brauchen für gewisse hohe Zwecke unserer Politik einen staatlichen Adel, wie wir auch einen einzigen Orden (nach Art der *légion d'honneur*) haben werden. Dieser Orden heißt die „Judenehre"! Er hat ein gelbes Band, und so machen wir aus unserer alten Schande unsere neue Ehre. Unsere besten Männer, und nur unsere besten Männer, dürfen ihn tragen, so daß er sich dadurch in aller Welt die Achtung erwirbt. Für Geld wird er nicht erhältlich sein. Sonst ist das kein Lohn mehr für unsere Leute, deren Leben wir manchmal verlangen, oder die es uns freiwillig anbieten werden.

Unsere Söhne! Wie ich beim Verfassen dieses Planes oft und zärtlich an mein Bübchen denke, das jetzt erst vier Jahre alt ist, so denken auch Sie an Ihre Söhne. Ich wünsche Ihnen viele und tüchtige; wir werden alle unsere Buben brauchen. Jetzt ist die Zukunft Ihrer Söhne eine Ihrer großen Sorgen, gestehen Sie es? Sollen Sie wieder Bankiers aus ihnen machen? oder Nichtstuer, einfältige Sportsmen? Im Staat oder im Heer wird man sie nirgends befehlen lassen, das sehen Sie doch ein! Zum finanziellen auch noch das wirkliche Kommando wird Ihnen niemand ausliefern.

Aber bei uns! Wenn sie fähig sind, können sie alles werden, wie jeder andere Jude auch. Doch nur, wenn sie fähig sind. Adel und Privateigentum sind bei uns vererblich. Die Ämter nicht! Wir gingen sonst zugrunde.

Dem soll mit aller Macht vorgebeugt werden. Wie unsere Verfassung sein wird? Weder eine monarchische, noch eine demokratische. Ich bin ein großer Freund monarchischer Einrichtungen, weil sie eine beständige Politik und das mit der Staatserhaltung verknüpfte Interesse einer geschichtlich berühmten, zum Herrschen geborenen und erzogenen Familie vorstellen. Unsere Geschichte ist jedoch so lange unterbrochen gewesen, daß wir an die Einrichtung nicht mehr anknüpfen können.

Gegen die Demokratien bin ich, weil sie maßlos in der Anerkennung und in der Verurteilung sind, zu Parlamentsgeschwätz und zur häßlichen Kategorie der Berufspolitiker führen. Auch sind die jetzigen Völker nicht geeignet für die demokratische Staatsform; und ich glaube, sie werden zukünftig immer weniger dazu geeignet sein. Die Demokratie setzt nämlich sehr einfache Sitten voraus, und unsere Sitten werden mit dem Verkehr und mit der Kultur immer komplizierter. „Le ressort d'une démocratie est la vertu", sagt der weise Montesquieu. Und wo finden Sie diese Tugend, die politische meine ich. Ich glaube nicht an unsere politische Tugend, weil wir nicht anders sind, als die anderen modernen Menschen, und weil uns in der Freiheit zunächst der Kamm schwellen wird. Das Referendum halte ich für unverständig, denn in der Politik gibt es keine einfachen Fragen, die man bloß mit Ja und Nein beantworten kann. Auch sind die Massen noch ärger als die Parlamente jedem Irrglauben unterworfen, jedem kräftigen Schreier zugeneigt. Sie sehen, das durch seine Freiheitsliebe berühmte und jetzt vom Fremdenverkehr lebende Volk der Schweizer hat die ersten modernen Ausnahmegesetze gegen die Juden gemacht. Vor versammeltem Volke kann man weder äußere noch innere Politik machen. Ich könnte dem Volke nicht einmal Schutzzoll oder Freihandel erklären, geschweige eine Währungsfrage oder einen internationalen Vertrag, und am allerwenigsten die sinnvollen Maßregeln der Volkserziehung, der vor allem unsere Sorge gewidmet sein muß.

Politik muß von oben herab gemacht werden. Wir knechten dabei niemanden, denn wir lassen jeden tüchtigen Juden aufsteigen. Jeder wird aufsteigen wollen. Ahnen Sie schon, welch ein gewaltiger Zug nach oben in unser Volk kommen muß? Wie jeder Einzelne nur sich zu heben glaubt, und wie doch die Gesamtheit gehoben wird. Wir werden ja das Aufsteigen in sittliche, dem Staate nützliche, der Volksidee dienende Formen binden.

Darum denke ich an eine „Aristokratie", wie Montesquieu sagte. Das entspricht auch dem ehrgeizigen Sinn unseres Volkes, der jetzt zu alberner Eitelkeit entartet ist. Manche Einrichtung Venedigs schwebt mir vor, aber wir werden alles vermeiden, woran Venedig zugrunde ging. Wir werden aus den geschäftlichen Fehlern anderer lernen, wie aus unseren eigenen. Denn wir sind ein modernes Volk, wir wollen das modernste werden. Unser Volk, dem wir das neue Land bringen, wird auch die Verfassung, die wir ihm gehen, dankbar annehmen. Wo sich aber Widerstände zeigen, werden wir sie brechen. Wir versuchen es überall mit freundlicher Güte und setzen es dann im Notfall durch mit harter Gewalt.

Das Detail der öffentlichen Einrichtungen führe ich jetzt nicht aus. Glauben Sie mir, daß ich den Staat verstehe. Wir werden auch unseren großen Rat von Staatsjuristen haben. Der öffentlichen Meinung werden wir, besonders in den Anfängen, weitgezogene aber feste Grenzen setzen. Sie können sich schon denken, daß ich als Journalist um die Freiheit und Ehre meines Standes besorgt bin. Im Werke können wir uns freilich nicht durch beschränkte oder böswillige Individuen stören lassen.

(Hier will ich *incidemment* etwas einschalten, das zeigt, wie leicht wir viele unserer Gewohnheiten verpflanzen können. Die Blätter, die jetzt als Judenblätter ausgerufen sind — und mir scheint mit Recht — werden drüben Ausgaben veranstalten wie der New York Herald in Paris. Von hüben und drüben wird man einander die Nachrichten zukabeln. Wir bleiben ja mit der alten Heimat verbunden. Allmählich wächst das Zeitungsbedürfnis, die Kolonialausgabe wird größer, es ziehen die jüdischen Redakteure hinüber, die christlichen bleiben allein. Die Judenblätter verwandeln sich allmählich und unmerklich in Christenblätter, bis die Ausgabe drüben ebenso selbständig ist, wie die hüben. Es ist im Ernst dieses Planes ein heiterer Gedanke, daß manche Regierung schon um deswillen geneigt sein wird, uns zu helfen.)

Ich will nur noch einige Bemerkungen über andere öffentliche Einrichtungen machen. Vielleicht denkt jemand, es werde eine Schwierigkeit sein, daß wir keine gemeinsame Sprache mehr haben. Wir können doch nicht hebräisch miteinander reden. Wer von uns weiß Hebräisch genug, um in dieser Sprache ein Bahnbillet zu verlangen? Das gibt es nicht. Die Sache ist aber sehr einfach. Jeder behält seine Sprache. Ich bin ein deutscher Jude aus Ungarn, und kann nichts anderes mehr sein als ein Deutscher. Jetzt erkennt man mich nicht als Deutschen an. Das wird schon kommen, bis wir erst drüben sind. Und so soll jeder seine erworbene Nationalität behalten, die Sprache reden, welche die liebe Heimat seiner Gedanken geworden ist. Wir sehen ja in der Schweiz, daß ein Föderativstaat verschiedener Nationen existieren kann.

Übrigens glaube ich, daß die Hauptsprache die deutsche sein wird. Ich folgere das aus unserem verbreitetsten Jargon, dem „Jidendeutsch“. Nur werden wir uns auch diese Ghettosprache drüben abgewöhnen. Es war die verstohlene Sprache von Gefangenen. Unsere Volkslehrer werden darauf achten.

Wir erkennen uns eigentlich nur noch am väterlichen Glauben als zusammengehörig. Werden wir also am Ende eine Theokratie haben? Nein! Der Glaube hält uns zusammen — die Wissenschaft macht uns frei. Wir werden daher theokratische Velleitäten unserer Geistlichen gar nicht aufkommen lassen. Wir werden sie in ihren Tempeln festzuhalten wissen, wie wir unser

Berufsheer in den Kasernen festhalten werden. Heer und Klerus sollen so hoch geehrt werden, wie es ihre schönen Funktionen erfordern und verdienen. In den Staat, der sie auszeichnet und besoldet, haben sie nichts dreinzureden, denn sie würden uns äußere und innere Schwierigkeiten bereiten. Jeder ist in seinem Bekenntnis oder seinem Unglauben so frei und unbeschränkt wie in seiner Nationalität. Und fügt es sich, daß später auch Andersgläubige, Andersnationale unter uns wohnen, werden wir ihnen einen ehrenvollen Schutz gewähren. Wir haben die Toleranz in Europa gelernt. Ich sage das nicht einmal spöttisch. Den jetzigen Antisemitismus kann man nur an vereinzelten Orten für die alte religiöse Intoleranz halten. Zumeist ist er bei den Kulturvölkern eine Bewegung, mit der sie ein Gespenst ihrer eigenen Vergangenheit abwehren möchten.

Ich glaube, es muß jetzt schon von allen Seiten klar sein: Der Judenstaat ist ein Weltbedürfnis!

Und darum wird er entstehen — mit Ihnen, meine Herren, oder gegen Sie! Er würde sogar früher oder später, *par la force des choses*, auch ohne diese Anregung entstehen. Ins Wasser werfen kann man uns nicht — wenigstens nicht alle — bei lebendigem Leib verbrennen auch nicht. Es gibt überall Tierschutzvereine. Also was? Man müßte uns schließlich ein Stück Land auf dem Erdball suchen, wenn Sie wollen — ein Weltghetto.

Dieser Plan erfindet also kein Bedürfnis, er zeigt es nur und zeigt zugleich, wie das ohne Erschütterung, ohne Kämpfe und Qualen zu jedermanns Zufriedenheit gemacht werden kann. Darum ist dieser Plan die Lösung.

Wir werden den neuen Judenstaat anständig gründen. Wir denken ja an unsere künftige Ehre in der Welt. Darum müssen alle Verpflichtungen in den bisherigen

Wohnorten rechtschaffen erfüllt werden. Billige Fahrt und Refaktien werden wir nur denen gewähren, die uns ein Amtszeugnis beibringen: „In guter Ordnung fortgezogen". Alle privatrechtlichen Forderungen, die noch aus den verlassenen Ländern stammen, sind bei uns leichter klagbar als irgendwo. Wir werden gar nicht auf Reziprozität warten. Wir tun das nur unserer eigenen Ehre willen. So werden späterhin auch unsere Forderungen willigere Gerichte finden, als dies jetzt da und dort der Fall sein mag.

Von selbst versteht sich nach allem Bisherigen, daß wir auch die jüdischen Verbrecher leichter ausliefern werden als jeder andere Staat — bis zu dem Augenblick, wo wir die Strafhoheit nach denselben Grundsätzen ausüben werden, wie alle übrigen zivilisierten Völker. Vorläufig nehmen wir unsere Verbrecher erst auf, nachdem sie ihre Strafe abgebüßt haben — dann aber ohne jede Restriktion. Es soll auch für die Verbrecher unter uns ein neues Leben beginnen. Nur bei den Deserteuren ist ein Unterschied zu machen. Die Kriegsdeserteure nehmen wir nicht auf. Wenn sie sich zu uns flüchten, packen wir sie sofort und liefern sie aus. Wer bis zum Kriege in seiner Heimat blieb, hat dazubleiben, bis der Krieg vorüber ist, und hat natürlich mitzukämpfen, wie jeder Mann, der ein Gewehr tragen kann. Aber nach dem Krieg nehmen wir sie gern und mit großen Ehren auf. Sie haben sich für die Judenehre geschlagen.

Die Friedensdeserteure hingegen muß man uns mitgeben und lassen. Wir können sonst nicht anfangen.

Wir brauchen alle arbeitsfähigen Arme. Wir müssen ohnehin auf den Verlust einer halben Generation für die körperliche Arbeit rechnen. Erst in fünfzehn Jahren, denke ich mir, werden unsere inzwischen herangewachsenen Buben für alle nötige körperliche Arbeit genügen. Bis dahin werden wir viele Produkte importieren müssen. Mit den atrophierten Armen der jetzt schon hinwelkenden Generation ist nichts mehr zu machen. Wir werden sie beschäftigen, das ist gewiß, aber mit Arbeiten, die für sie keine Marter sind. Wir werden sie zu Aufsehern, Postboten, Verschleißern usw. machen. In Siechenhäuser werden wir sie nicht stecken. Das Siechenhaus ist eine der grausamsten Wohltaten, die unsere alberne Gutmütigkeit erfunden hat. Im Siechenhaus schämt und kränkt sich der alte Mensch zu Tode. Er ist eigentlich schon begraben. Wir aber wollen selbst denen, die auf den untersten Stufen der Intelligenz stehen, bis ans Ende die tröstende Illusion ihrer Nützlichkeit lassen.

So werden wir für alle Lebensalter, für alle Lebensstufen das körperliche Glück und die sittliche Beseligung der Arbeit suchen. So wird unser Volk seine Tüchtigkeit wiederfinden im Siebenstundenlande.

Meine Herren! Ich kann diesen Plan nicht mit konzentrischen Kreisen und geraden Linien zeichnen. Ich muß ihn zeichnen wie eine Landkarte, im Zickzack von Bergen und Gewässern. So komme ich erst jetzt zu einer der zeitlich frühesten Veranstaltungen: zur eigentlichen Landnahme.

Als die Völker in den historischen Zeiten wanderten, ließen sie sich vom Weltzufall tragen, ziehen, schleudern. Wie Heuschreckenschwärme gingen sie in ihrem bewußtlosen Zuge irgendwo nieder. In den geschichtlichen Zeiten kannte man ja die Erde nicht.

Die neue Judenwanderung muß nach wissenschaftlichen Grundzügen erfolgen.

Noch vor einigen vierzig Jahren wurde die Goldgräberei auf eine wunderlich naive Weise betrieben. Wie abenteuerlich ist es in Kalifornien zugegangen. Da liefen auf ein Gerücht hin die Desporados aus aller Welt zusammen, stahlen der Erde, raubten einander das Gold ab — und verspielten es dann ebenso räubermäßig. Heute! Sehen Sie sich heute die Goldgräberei in Transvaal an. Keine romantischen Strolche mehr, sondern nüchterne Geologen und Ingenieure leiten die Goldindustrie. Sinnreiche Maschinen lösen das Gold aus dem erkannten Gestein. Dem Zufall ist wenig überlassen.

So muß das neue Judenland mit allen modernen Hilfsmitteln erforscht und in Besitz genommen werden.

Sobald unsere Geographen das Land gefunden haben, sobald die völkerrechtlichen und privaten Kaufverträge abgeschlossen sind, fährt das Landnahmeschiff hinüber.

Auf dem Schiffe befinden sich die Verwaltungsbeamten, die Techniker aller Art und die Delegierten der Ortsgruppen.

Diese Landnehmer haben drei Aufgaben. Erstens die genaue wissenschaftliche Erforschung aller natürlichen Eigenschaften des Landes. Zweitens die Einrichtung einer straff zentralisierten Verwaltung. Drittens die Landverteilung. Diese drei Aufgaben greifen ineinander und sind aus dem schon genügend bekannten Zweck heraus vernünftig zu entwickeln.

Nur eins ist noch nicht klar gemacht: nämlich wie die Landergreifung nach Ortsgruppen vor sich geben soll.

Wir setzen als unerläßlich ein echeloniertes Klima voraus. Wir müssen unseren Leuten ungefähr dasselbe Klima wiedergeben, an das sie in ihren bisherigen Wohnorten gewöhnt sind. Nach dieser allgemeinen Einteilung folgt die spezielle.

In Amerika okkupiert man bei Erschließung eines neuen Territoriums auch noch auf eine recht naive Art.

Die Landnehmer versammeln sich an der Grenze und stürzen zur bestimmten Stunde gleichzeitig und gewaltsam darauf los.

So werden wir es nicht machen. Die Plätze unserer Provinzen werden versteigert. Nicht etwa für Geld, sondern für Leistungen. Es ist nach dem allgemeinen Landplan festgestellt worden, welche Straßen, Wasserregulierungen, Brücken usw. nötig sind für den Verkehr. Das wird nach Provinzen zusammengelegt. Innerhalb der Provinzen werden in ähnlicher Weise die Stadtplätze versteigert. Die Ortsgruppen übernehmen die Verpflichtung, das ordentlich auszuführen, bestreiten die Kosten aus autonomen Umlagen. Wir werden ja in der Lage sein, im voraus zu wissen, ob sie sich keiner zu großen Opfer vermessen. Die größeren Gemeinden erhalten größere Schauplätze für ihre Tätigkeit. Größere Opfer belohnen wir durch gewisse Zuwendungen; Universitäten, verschiedene technologische Versuchsanstalten und jene Institute, die nicht in der Hauptstadt sein müssen, werden planvoll über das Land zerstreut. Wir wollen keine hypertrophische Hauptstadt haben.

Für die richtige Ausführung des Übernommenen haftet uns das eigene Interesse der Ersteher, und im Notfalle die Ortsumlage, die wir dann vielleicht als Oktroi einheben. Denn so wie wir den Unterschied einzelner Individuen nicht aufheben können und wollen, so bleiben auch die Unterschiede zwischen den Ortsgruppen bestehen. Alles gliedert sich auf natürliche Weise, alle erworbenen Rechte werden geschützt, alle neue Entwicklung erhält genügenden Spielraum.

Diese Dinge werden sämtlich unseren Leuten deutlich bekannt sein. So wie wir die anderen nicht überrumpeln oder betrügen, so täuschen wir uns auch selbst nicht.

Von vornherein wird alles auf eine plänvolle Art festgestellt sein. Schon auf dem Landnahmeschiff wird sich
jeder über seine Aufgaben vollkommen klar sein: die
Gelehrten, die Techniker, die Offiziere und Beamten,
endlich und hauptsächlich die bevollmächtigten Vertreter
der Ortsgruppen.

Wenn aber das neue Land zum ersten Male in Sicht
kommt, steigt am Mast unsere neue Fahne auf. Wir
haben jetzt keine. Ich denke mir eine weiße Fahne mit
sieben goldenen Sternen. Das weiße Feld bedeutet unser
neues reines Leben und die sieben Sterne: daß wir im
Zeichen der Arbeit unsere Existenz begründen wollen.

So kann, so wird es sein, wenn Sie mit uns gehen, meine
Herren.

Und wenn Sie nun keine Lust haben, wenn Sie sich wohl
genug fühlen in ihren jetzigen Zuständen — ist damit
die ganze Sache durch Ihr ablehnendes Lächeln erledigt?
Nein!

Wir wären wirklich arme Leute, wenn wir zu Ihnen
um eine Milliarde betteln kämen.

Wenn Sie nicht wollen, geht die Sache auf die zweite
Stufe, an die mittelreichen Juden. Wir werden den Plan
in einigen Exemplaren an die Hauptorte des jüdischen
Reichtums schicken und den mittleren Millionären zur
Kenntnis bringen lassen. Die Geldbeschaffung nimmt
dann eine andere Form an. Die ganze jüdische Mittelbank
muß im Namen der Volksidee gegen die Hochbank zu-
sammengerafft werden zu einer zweiten formidablen Geldmacht. Die Aufgabe ist, Sie mitzureißen oder niederzu-
reißen — und dann hinüber!

In diesem Falle will ich allerdings mit der Ausführung
nichts weiter zu schaffen haben. An Geldgeschäften be-
teilige ich mich nicht.

Und zunächst wird doch nur ein Geldgeschäft daraus werden. Denn die Milliarde müßte voll eingezahlt werden — sonst darf man nicht anfangen — und da dies Geld erst langsam in Verwendung träte, so würde man in den ersten Jahren allerlei Bank- und Anleihegeschäfte machen. Es ist auch nicht ausgeschlossen, daß so allmählich der ursprüngliche Zweck in Vergessenheit geriete. Die mittelreichen Juden hätten ein neues großes Geschäft gefunden, und die Judenwanderung würde versumpfen.

Phantastisch ist die Idee dieser Geldbeschaffung durchaus nicht, das wissen Sie. Verschiedene Male hat man versucht, das katholische Geld gegen Sie zusammenzuraffen. Daß man Sie auch mit jüdischem bekämpfen könne, hat man bisher nicht bedacht. Und da würden Sie vielleicht unterliegen.

Aber welche Verkehrskrisen hätte dies alles zur Folge, wie würden die Länder, wo diese Geldkämpfe spielen, geschädigt werden; wie müßte der Antisemitismus dabei überhandnehmen.

Mir ist das also nicht sympathisch: ich erwähne es nur, weil es in der logischen Entwicklung meines Gedankens ist; weil diese Gefahr Sie vielleicht bewegen wird mitzugehen, und weil schließlich auch die mittelreichen Juden Anspruch darauf haben, daß man sie rechtzeitig verständige.

Ob die Mittelbankiers die Sache aufgreifen werden, weiß ich nicht. Vielleicht!

Jedenfalls ist die Sache auch mit der Ablehnung der Mittelreichen nicht erledigt. Nein! Dann beginnt sie erst recht. Denn ich bringe sie dann vor das jüdische Volk und vor die ganze Welt. Ich veröffentliche diese Rede mit allen Schritten, die ich in der Sache getan, und mit allen Antworten, die ich bekommen habe. Ich weiß ganz gut, welchen Dingen ich mich dabei aussetze. Man wird mich lächerlich machen und sagen, daß ich König der Juden werden wolle. Man wird mich verächtlich zu machen suchen und sagen, daß es mir nur um ein Geschäft zu tun sei. Nun habe ich zwar nie ein Geschäft gemacht, am allerwenigsten mit meiner Feder — aber das beweist doch nichts für die Zukunft.

Da werden meine Pairs, die Philosophen und Künstler mich in ihren Schutz nehmen, in aller Welt. Denn sie wissen, daß manche Worte nur der findet, der sie ehrlich meint.

Und das Volk wird mir glauben. Nicht nur unter den armen Juden, unter allen Völkern wird eine Bewegung der Wut gegen Sie entstehen, die Sie der Welt diese Erleichterung bringen können und sich weigern, es zu tun.

Ich glaube, mein Buch wird Leser finden. Das Volk wird meinen Worten glauben — und die Regierungen nicht minder. In den Tempeln wird man für das Gelingen dieses Planes beten — aber in den Kirchen auch! Volk und Bürger und Adel und Klerus und Könige und Kaiser werden sich für die Sache erwärmen. Es ist die Lösung eines alten Drucks, unter dem alle litten.

Nein, meine Herren von Rothschilds, man braucht Sie dazu nicht! Wissen Sie, wer das Aktienkapital der Society of Jews aufbringen wird? Die Christen!

Vielleicht auch schon die armen ganz kleinen Juden. Man wird für sie die Milliarde in ganz kleine Teile zerlegen. Nur könnte ich mich freilich auch in diesem Falle nicht an der Ausführung beteiligen. Nicht nur, weil es wieder das Geldgeschäft wäre — sondern, und hauptsächlich, weil dieses Geld ja doch nicht genügen würde für die vielen Zwecke, zu denen wir Ihren Weltkredit hätten benützen können.

Ich will die armen Leute nicht ins Elend hinausführen. Die Judenwanderung könnte in diesem Falle nur mit ausdrücklicher entschiedener Hilfe der beteiligten Regierungen gemacht werden.

Man müßte uns in allem an die Hand geben, uns das erforderliche und genügende Land verschaffen, uns alle Transporterleichterungen gewähren, kurz, alles was zur gesunden Durchführung unentbehrlich ist.

Die Regierungen — schon spreche ich nicht mehr zu Ihnen, meine Herren, sondern zum Fenster hinaus — die Regierungen werden bald im vollen Umfange erkennen, was ihnen die Lösung der Judenfrage alles bringt.

Ich sprach früher von direkten und indirekten Vorteilen unseres Auszuges. Es waren noch die mindesten. Ja, wir führen bedeutende fiskalische Einkünfte herbei, indem wir abziehen. Ja, wir geben den Bahnen zu tun, den Kärrnern zu schaffen, zahlen doppelte Gebühren, tilgen alle unsere Schulden, lassen in unsere aufgegebenen einträglichen Positionen die entsprechenden Massen von Menschen einrücken, und wo der Staat unsere Industrien und Anstalten übernehmen will, geben wir ihm das Vorkaufsrecht.

Diese einzelnen gütlichen Expropriationen und Verstaatlichungen können und müssen ja recht bedeutend werden. Sie sind nicht der wichtigste Vorteil, den die Staaten und ihre Angehörigen von der Judenwanderung haben werden. Der wichtigste Vorteil ist ein anderer. Welcher?

Dachten Sie nicht schon die ganze Zeit: man kann uns doch nicht mit unserem ganzen Gelde abziehen lassen. Jetzt hat man uns doch noch ein bißchen in der Gewalt und kann uns die Halsbinde zuweilen enger schnüren. Da wäre also der wunde Punkt meines Systems?

Ich glaube gerade: da ist der stärkste.

Erstens kann bewegliches Gut in seiner heute wichtigsten Form von Inhaberpapieren nie als im Lande befindlich angesehen werden. Dem Inhaberpapier ist nicht mehr beizukommen. Die Pariser Kommune hat es von unten herauf versucht — wir wissen mit welchem Erfolg. Von oben herab denkt ja niemand daran. Zweitens, und das ist die ungeheure Hauptsache, die jeder sehen muß, erlösen wir das Weltkreditwesen von uns. Denn im Augenblick unseres Abzuges nationalisieren die Staaten ihren Kredit. Durch das Börsenmonopol, das sie sich beeilen werden, uns nachzumachen, bekommen sie das bösartige Spiel mit dem Staatskredit in die Hand. Vielleicht werden sie das Geldgeschäft auch ganz verstaatlichen — man müßte ja sonst befürchten, daß die Kulturvölker sich gerade in unserer Abwesenheit verjuden.

Wie diese Verstaatlichung durchzuführen ist, werden wir ja zeigen können. Übergangsformen sind leicht zu finden. Die Staaten können Bankorganisationen gründen, welche von der Society of Jews die bei dieser versammelten einzelnen verlassenen Bankgeschäfte übernehmen. Die Society selbst kann diese Organisation für die Staaten besorgen und das Fertige abliefern. Ja, es kann schließlich die ganze Society in zwei Teile gespalten werden, in den neujüdischen, der unserem Staate anheimfällt, und in den altjüdischen, das heißt europäischen, welcher den Staaten zukommt. Form und Umfang der Abfindung wäre Gegenstand von Verhandlungen mit den einzelnen Regierungen.

Wir ziehen also den Weltkreditmarkt durchaus nicht mit uns — ach, wie froh und stark wird unser Volksgeist werden, wenn wir das erst los sind! — wir organisieren vielmehr bei unserem Abschied den nationalen Kredit der Staaten. Das ist unser höchstes Geschenk — als eine

Abzugssteuer kann es nicht angesehen werden, weil wir es freiwillig tun. Alles tun wir ja in diesem Plane freiwillig und somit zu unserer Ehre!

Ja, was wird mit den weniger sparkräftigen Nationen geschehen? Die wenigstens werden doch der fernen jüdischen Geldmacht ausgeliefert sein?

Die so wenig wie die anderen. Unser Kredit wird ihnen auch weiter wie bisher zur Verfügung stehen, wenn sie ihn suchen — aber sie werden auf uns nicht mehr ausschließlich angewiesen sein. Die Regierungen werden ihre auswärtige Finanzpolitik selbst machen. Sie werden sich zu Bündnissen zusammenfinden. Es wird eine Konkordanz aller politischen Hilfsmittel vorhanden sein.

Der Staat erhält nach innen und nach außen die eigene Verfügung über seine Finanzen und ist nicht mehr auf internationale Gruppen und Börsenkartelle angewiesen. Ich sehe alles vom Staate aus an, für uns wie für die anderen!

Der Staat muß sein!

Wird es Juden geben, die mich für einen Verräter an der Judensache halten, weil ich das alles sage?

Ich will sie gleich aufklären und beruhigen. Die schlechte Judensache vertrete und verteidige ich nicht, der guten Judensache glaube ich mit der Veröffentlichung dieser Gedanken einen Dienst zu leisten.

Aber nicht einmal den eigensüchtigen und beutegierigen Schwindlern unter den Juden schadet die Veröffentlichung.

Denn das alles kann nur ausgeführt werden mit freier Zustimmung der Judenmehrheit. Es kann gegen Einzelne, selbst gegen die Gruppen der jetzt Mächtigsten, gemacht werden — aber keineswegs vom Staat aus gegen alle Juden.

206

Die Emanzipation, die ich aus politischen Gründen für ebenso verfehlt erachte, wie ich ihr aus menschlichen begeistert und dankbar zustimme — die Emanzipation kam zu spät. Wir waren gesetzlich und in unseren bisherigen Wohnorten nicht mehr emanzipierbar.

Dennoch kann man die gesetzliche Gleichberechtigung der Juden, wo sie besteht, nicht mehr aufheben. Nicht nur, weil es gegen das moderne Bewußtsein wäre — mein Gott, Not bricht Eisen — sondern auch, weil das sofort alle Juden, arm und reich, den Umsturzparteien zujagen würde.

Man kann also eigentlich nichts Wirksames gegen uns tun. Und doch wächst der Antisemitismus in den Bevölkerungen täglich, stündlich und muß weiterwachsen, weil die Ursachen nicht behoben, nicht zu beheben sind.

Die *causa remota* ist der im Mittelalter eingetretene Verlust unserer Assimilierbarkeit.

Die *causa proxima* ist unsere Überproduktion von mittleren Intelligenzen, die keinen Abfluß nach unten haben und keinen Aufstieg nach oben — nämlich keinen gesunden Abfluß und keinen gesunden Aufstieg. Wir werden nach unten hin zu Umstürzlern proletarisiert, bilden die Unteroffiziere aller Revolutionsparteien. Und gleichzeitig wächst nach oben unsere furchtbare Geldmacht.

So ist es. So ist es wirklich! Ich übertreibe nicht und leugne nicht. Was ich sage, ist einfach und wahr.

Und darum enthält mein Entwurf die Lösung! Wird jemand sagen: Ja, wenn so etwas möglich wäre, hätte man es schon früher gemacht?

Früher war es nicht möglich. Jetzt ist es möglich. Noch vor hundert, vor fünfzig Jahren wäre es eine Schwärmerei gewesen. Heute ist das alles wirklich.

Sie, meine Herren, wissen am besten, was mit Geld

alles gemacht werden kann. Wie schnell und gefahrlos wir jetzt in riesigen Dampfern über die früher unbekannten Meere jagen. Sichere Eisenbahnen führen wir hinauf in eine Bergwelt, die man ehemals mit Angst zu Fuß bestieg. Hunderttausend Köpfe denken fortwährend nach, wie man der Natur alle ihre Geheimnisse abnehmen könnte. Und was einer findet, gehört in der nächsten Stunde der ganzen Welt. Es ist möglich!

Und es wird wunderbar zugehen: gerade die Einfachen, die all diese Wahrheiten nicht so wissen wie Sie, meine Herren, gerade die Einfältigen werden mir am stärksten glauben. Sie haben die alte Hoffnung aufs Gelobte Land in sich!

Und da ist es wirklich: kein Märchen, kein Betrug! Jeder kann sich davon überzeugen, denn jeder trägt ein Stück vom Gelobten Land hinüber: der in seinem Kopf und der in seinen Armen und jener in seinem erworbenen Gut.

Kein Zweifel: es ist das Gelobte Land — wo wir krumme Nasen, rote oder schwarze Bärte und gebogene Beine haben dürfen, ohne darum schon verächtlich zu sein.

Wo wir endlich als freie Männer auf unserer eigenen Scholle leben und in unserer eigenen Heimat ruhig sterben können. Wo auch wir zur Belohnung großer Taten die Ehre bekommen. Wo wir in Frieden mit aller Welt leben, die wir durch unsere Freiheit befreit, durch unseren Reichtum bereichert und durch unsere Größe vergrößert haben.

So daß der Spottruf „Jude" zu einem Ehrenwort wird, wie Deutscher, Engländer, Franzose, kurz, wie die Namen aller Kulturvölker.

So daß wir durch unseren Staat unser Volk erziehen können für Aufgaben, die jetzt noch hinter unserem Gesichtskreise liegen.

Nun könnte es scheinen, als wäre das eine langwierige
Sache. Ich spreche da immer von Monaten, Jahren, Jahrzehnten. Inzwischen werden die Juden auf tausend Punkten gehänselt, gekränkt, gescholten, geprügelt, geplündert
und erschlagen.

Nein, meine Herren, es ist die sofortige Lösung. Ich
bringe den Antisemitismus augenblicklich in der ganzen
Welt zum Stillstand. Es ist der Friedensschluß.

Denn nachdem wir alle einleitenden Schritte mit größter Raschheit und Heimlichkeit betrieben haben; nachdem
wir durch öffentlich-rechtliche Verträge uns die staatliche Unabhängigkeit, durch privatrechtliche Käufe das
Land gesichert haben; nachdem wir Kabel, Schiffe erworben, mit Bahnen Péage- und Refaktienverträge ge-
schlossen, kurz, alles getan haben, was zur billigen Durchführung nötig ist: publizieren wir unser ganzes Programm.

Es wird in der Neuen Freien Presse geschehen. Denn
gegen diese Zeitung habe ich eine Pflicht der Dankbarkeit
zu erfüllen. Diese Zeitung hat mich nach Paris geschickt,
hat mir die Mittel und die Gelegenheit geboten, so manche
Kenntnisse zu erwerben, die jetzt der Sache dienen. Dieser Zeitung soll also das gehören, was literarisch an meiner Mitteilung ist.

Am nächsten Morgen fliegt die Botschaft in die ganze
Welt hinaus: Frieden!

Frieden den Juden, Sieg den Christen.

Wir müssen den Frieden schließen, weil wir nicht länger kämpfen können, weil wir uns später unter ungün-
stigeren Bedingungen ergeben müßten.

Die Antisemiten haben recht behalten. Gönnen wir es
ihnen, denn auch wir werden glücklich.

Sie haben recht behalten, weil sie recht haben. Sie konnten sich von uns nicht im Heer, in der Verwaltung, in allem Verkehr unterjochen lassen, zum Dank dafür, daß man uns aus dem Ghetto großmütig herausgelassen hat. Vergessen wir nie diese großmütige Tat der Kulturvölker!

Indem wir sie von uns befreien, lösen wir sie auch vom unheimlichen Druck des Mittelalters, der unerkannt in der Judenfrage noch auf ihnen lastete. Sie sind unschuldig an den Sünden ihrer Väter.

Verzeihung, Frieden, Versöhnung der ganzen Welt. Und sofort beginnt die Erleichterung. Aus den Mittelständen fließen augenblicklich unsere überproduzierten mittleren Intelligenzen, fließen ab in unsere ersten Organisationen, bilden unsere ersten Offiziere, Beamten, Juristen, Ärzte, Techniker aller Art.

Und so geht die Sache dann weiter, eilig und doch ohne Erschütterung. Man wird in den Tempeln beten für das Gelingen unseres herrlichen Werkes. Aber in den Kirchen auch!

Die Regierungen werden uns freundschaftlich unterstützen, weil wir ihnen die Gefahr einer Revolution abnehmen, die bei den Juden begönne — und aufhören würde, man weiß nicht wo!

Die Völker werden froh aufatmen. Aber wir auch, wir besonders! Wir scheiden als geachtete Freunde.

Und so ziehen wir hinaus ins Gelobte Land, ins Land der sieben Stunden, das uns Gott in seiner unerforschlichen Güte verheißen hat, unter der lichten Fahne, die wir uns selber geben.

Zweites Buch

Mit dem Briefe an Bismarck ist diese in mir fortschreitende Entwicklung des Gedankens logisch in ein neues Stadium getreten. Ich beginne ein neues Buch. Ich weiß auch nicht, wieviel Platz die bisherigen Notizen einnehmen werden, zu deren Reinschrift ich jetzt nicht aufgelegt bin.

Heute hat Bismarck meinen Brief. Ob er mich für einen leichten oder schweren Narren halten wird? Ob er antwortet?

Mit Fürth diniert. Ich habe ihm erzählt, daß ich mit Hirsch zusammenkam. Ich dachte mir, er würde es ohnehin erfahren; so wollte ich zu meinen Briefen einen authentischen Kommentar zur Weiterverbreitung liefern. Besonders der dritte Brief an Hirsch reut mich. Wann werde ich mir das unvorsichtige Briefschreiben abgewöhnen?

Übrigens sagte mir Fürth, daß ich Hirsch richtig beurteilt und behandelt habe.

Er bestätigte auch meine Vermutung, daß Hirsch die beiden Sekretäre bestellt habe, um Zeugen für die Tatsache meines Besuches zu haben.

Wir gingen dann in den Zirkus.

Ich sagte: ein Mann würde meinen Plan (den ich Fürth nicht mitteilte, den er aber beiläufig zu erraten schien) verstehen. Das ist der deutsche Kaiser.

Fürth: Verfassen Sie eine Denkschrift für ihn. Suchen Sie dann einen sicheren Mann, der sie übergibt. Vielleicht mein Vetter, der Direktor des Kolonialamts, v. K...

Ich: Der ist Ihr Vetter? Getauft?

Fürth: Ja. Er hat Herbert Bismarck zum Assessor-Examen eingepaukt, wurde so mit dem Alten bekannt, der ihn verwenden wollte, wenn er sich taufen ließe. K... tat es, vielleicht auch weil er eine Katholikin, seine jetzige Frau, heiraten wollte. Er wurde zuerst Staatsanwalt in Straßburg, avancierte dann, wurde schließlich Direktor des Kolonialamts. Als Bismarck sich mit dem Kaiser überwarf, ging v. K... zum Kaiser über. Er hat immer Zutritt.

Ich: Das wäre also wohl der richtige Mann. Aber wird er Lust haben, als Konvertit sich mit der Judensache abzugeben?

Fürth zuckt die Achseln: Vielleicht. (F. ist ja auch getauft.)

26. Juni.

Heute ist Bismarcks Antwort fällig. Sie kommt nicht.

Ob er den Brief überhaupt bekommen hat? Wenn hüben oder drüben schwarze Kabinette existieren, ist der Brief jedenfalls einmal — vielleicht zweimal — geöffnet worden. Die Geheimpost hatte eigentlich eine Freiprämie in meiner Eventualbemerkung, daß ich darauf gefaßt bin, überhaupt keine Antwort zu bekommen. Man konnte meinen Brief einfach wegwerfen.

Ein schnurriger Gedanke ist: daß man, wenn man eine Mitteilung sicher an die Regierung befördern will, sie nur in einen solchen Brief mit auffallender Adresse zu stecken braucht.

27. Juni.

Keine Antwort von Bismarck. Ich bin schon überzeugt, daß ich keine bekommen werde. Ich dachte daran, durch F... bei den Hamburger Nachrichten anfragen zu lassen, ob B. meinen Brief bekommen habe.

Aber F... würde das später einmal als Anekdote von

mir erzählen. Liegt mir auch nichts mehr daran, ob Bismarck den Brief bekommen hat oder ·nicht. Hat er ihn. — *tant pis.*

Ich denke jetzt an Schoen. Der könnte meine Denkschrift dem Kaiser zustellen. Aber wie ist mir: ist Schoen nicht auf Urlaub?

27. Juni.

In der Kammer, wie zufällig, Wolff gefragt, ob Schoen hier ist. Nein. In Bayern, auf Urlaub bis 15. August.

Ich dachte daran, durch Wolff anfragen zu lassen, ob Schoen meinen Besuch zwischen zwei Eilzügen annehmen wolle.

Mich dann entschlossen, Schoen direkt zu schreiben. Je weniger davon wissen, desto besser.

Schoen wird mich übrigens kennen und geneigt sein.

Eventuell einen anderen deutschen Diplomaten dazu suchen. Wird nicht schwer sein.

27. Juni.

Zum Plan.

Unterwegs werden Gestorbene nicht ins Wasser geworfen. Das würde die Auswanderer abschrecken, wäre dem Volk eine unheimliche Vorstellung. Leichen werden in sicherer Weise desinfiziert und drüben beerdigt.

28. Juni.

Bevor ich an Schoen herangehe, wird es doch nützlich sein, Albert Rothschild zu verständigen. Ich glaube, so komme ich in besserer Form auf den ursprünglichen Gedanken zurück. Und ich bin gegen den Vorwurf gedeckt, ohne, d. h. gegen, die Juden gehandelt zu haben.

Brief an Albert Rothschild.

Hochgeehrter Herr! ·

Ohne Einleitung zur Sache.

Ich habe eine Denkschrift über die Judenfrage für den Deutschen Kaiser verfaßt. Ein sicherer Mann (Diplomat) wird die Schrift dem Kaiser zustellen. Es ist keine törichte und wehleidige Beschwerde. Der Kaiser könnte, selbst wenn er wollte, nichts gegen den Antisemitismus — wie ich diese Bewegung verstehe — tun. Meine Denkschrift enthält vielmehr den umfassenden Plan zu einer von den Juden aller Länder ausgehenden Selbsthilfe. Mit dem Deutschen Kaiser kann ich in der Sache, wenn er mich nach dem Lesen meiner Denkschrift rufen läßt, als unabhängiger Mann verkehren, weil ich seinen Staaten nicht angehöre. Es ist ja von vornherein kein Zweifel darüber möglich, daß ich weder von ihm noch von irgend einem anderen eine Gunst oder einen Vorteil haben will. Und so hoffe ich, daß dieser frische und tatkräftige Fürst mich verstehen wird. Meine Denkschrift unterfertige ich allein, und ich habe die ausschließliche Verantwortung dafür. Aber da ich mich der Judensache annehme, bin ich den Juden den Nachweis meiner guten Absicht schuldig und zu diesem Zweck brauche ich einige achtbare und unabhängige Zeugen. Wohlgemerkt: Zeugen und nicht Bürgen oder Auftraggeber. Tatsächlich wären ja einzelne Personen gar nicht berufen, mir einen Auftrag zu gehen, den ich übrigens nicht brauche.

Wollen Sie einer der Zeugen sein? Ich habe einige Mühe, brauchbare Männer zu finden. Seit ich mich um die Sache bekümmere, habe ich schon recht üble Erfahrungen gemacht. Manchmal ist mir der Ekel bis dahinaufgestiegen. Wir haben so verkrümmte, zerdrückte und geldesfürchtige Leute, die darum noch mehr Fußtritte bekommen, als sie ohnehin schon verdienen. Aber auch diese Jammereigenschaften flößen mir schließlich Mitleid ein; sie sind durch den langen Druck entstanden.

Ich will auch sofort ein Bedenken beseitigen, das Ihnen aufsteigen könnte. Meine Denkschrift enthält auch nicht die leiseste Spur einer Pflicht- oder Ehrfurchtsverletzung gegen unseren Landesherrn. Ich versuche nur, dem Antisemitismus dort beizukommen, wo er entstanden ist und wo er noch seinen Hauptsitz hat: in Deutschland. Ich halte die Judenfrage für äußerst ernst. Wer da glaubt, daß die Judenhetze eine vorübergehende Mode sei, irrt schwer. Es muß aus tiefen Gründen immer ärger werden, bis zur unvermeidlichen Revolution.

Manche Juden glauben freilich, daß die Gefahr nicht mehr da ist, wenn sie die Augen zudrücken.

Ich resümiere. Meine Denkschrift wird dem Kaiser Ende Juli oder Anfang August zugestellt. Ich komme in der zweiten Hälfte Juli nach Österreich. Wenn Sie die Schrift kennenlernen wollen, werde ich Sie Ihnen vorlesen. Wir werden zu diesem Zweck eine Zusammenkunft verabreden. Ich bin bereit, auf einen halben Tag zu Ihnen zu kommen. Sie werden schon für Ungestörtheit vorsorgen. Sollten Sie um diese Zeit aber reisen, so wäre es mir noch lieber, mit Ihnen irgendwo unterwegs zusammenzutreffen. Mir ganz egal wo.

Empfinden Sie nun kein Bedürfnis, meine Denkschrift kennenzulernen, so genügt es vollkommen, daß Sie mir diesen Brief zurückschicken. Ich werde es nicht als Verletzung ansehen, da ich ausdrücklich darum bitte.

In jedem Falle. weiß ich, daß ich es mit einem Gentleman zu tun habe. Und wenn ich Sie jetzt ersuche, meinen Brief als vollkommen vertraulich zu behandeln und die Sache keiner Seele mitzuteilen, so ist es, als ob ich Ihnen bei mündlicher Mitteilung zuvörderst das Stillschweigen ehrenwörtlich abgenommen hätte.

Es ist vielleicht nicht überflüssig zu bemerken, daß kein Mitglied meiner Zeitung von der Sache Kenntnis hat. Ich mache das allein und selbständig.

Hochachtungsvoll Ihr ergebener

Dr. Theodor Herzl,
36 rue Cambon.

28. Juni.

In der Kammer mit dem Communard Leo Franckel gesprochen. Feines Gesicht, mittelmäßiger Geist, Sektiererstolz. Er rühmte sich der Gefängnisse, in denen er „geschmachtet" hat.

Ich erklärte ihm, warum ich gegen die Demokratien bin.

„Sie sind also ein Nietzsche-Anhänger?" sagte er.

Ich: „Gar nicht. Nietzsche ist ein Irrsinniger. Aber regiert kann nur aristokratisch werden. In der Gemeinde bin ich für weiteste Autonomie. Die Kirchturmsinteressen versteht man um den Kirchturm herum genügend, ja sogar am besten. Den Staat und seine Bedürfnisse hingegen kann das Volk nicht begreifen."

Franckel: „Wie wollen Sie die Aristokratie etablieren?"

Ich: „Es gibt die verschiedensten Arten. Nur ein Beispiel, das Sie nicht zu verallgemeinern brauchen. Die französische Akademie bildet eine Wahlaristokratie."

Wir sprachen dann von sozialen Theorien. Ich sagte, daß ich für Verstaatlichung von Bank, Versicherung, Bahnen und allem bin, was schon erforscht ist, wo keine Gefahr mehr den Unternehmergewinn rechtfertigt.

Franckel: „So kann alles kollektivistisch eingerichtet werden."

Ich: „Absolut nicht. Das Individuum darf nicht umgebracht werden."

Hier ist offenbar der Denkfehler der Sozialisten: sie sagen „alles".

Ich sage: das hinlänglich Entwickelte!

28. Juni.

In den Champs Elysées.

Moriz Wahrmanns Sohn fuhr vorüber. Sieht energisch und gelangweilt aus. Solche Burschen mit ihrer unverwendeten Lebenskraft wären für uns prachtvolles Material. Wären leicht für die Sache zu begeistern. Und wie schön ist mein Plan, in dem solche Leo Franckels und solche junge Wahrmanns Platz für ihre Entwicklung fänden!

28. Juni.

Champs Elysées.

Armut: wenn man immer den Rock einer anderen Jahreszeit trägt.

4. Juli.

Albert R's heute fällige Antwort ist nicht da. Zum Glück habe ich mir im Briefe nichts durch zu große Höflichkeit vergehen.

Die Denkschrift an den Kaiser wird in die letzte Form gebracht. Auch da werde ich mich hüten, meiner Würde etwas zu vergeben.

4. Juli.

Nun denke ich wieder stark an den Roman, weil ja wahrscheinlich allen mein Plan als Phantasie vorkommen wird.

Ich werde von Aussee aus um zwei Monate Urlaub mit Karenz der Gebühren bitten und den Roman dort im September und Oktober schreiben.

Im Roman werde ich alles bringen, was ich bereue
Hirsch geschrieben zu haben und was er vielleicht lachend
herumgezeigt hat. Meine Revanche wird großmütig sein:
ich mache aus ihm eine sympathische Figur. (Mir ist er
ja wirklich sympathisch.) Ich adle seine Börsencoups.
Er hat sie ahnungslos gemacht für den ihm noch unbekannten Zweck. So kommt eine vage Größe in seine Gestalt. Dann gibt es eine gute Peripetie. Der Baron hat
das „Oberhaupt" mißverstanden. Er glaubte, daß er nicht
nur Präsident der Gesellschaft, sondern auch Chef des
Staates werden solle. Das geht nun nicht. Er kann, wie
hoch auch seine Verdienste um die Sache seien, nicht
Staatschef werden. Da gerät der Held auf einen sinn-
reichen Ausweg. Er sagt dem Baron, als sie vor der
völkerrechtlichen Anerkennung stehen: „So, jetzt ziehen
wir uns beide zurück. Wenn wir in die Geschichte kommen wollen, müssen wir das alles selbstlos getan haben.
Fortab schauen wir nur zu. Ich werde es so einrichten,
daß man Ihnen das Fürstentum anbietet — aber Sie haben es sofort auszuschlagen." Der Baron sieht die Notwendigkeit nicht ein — da gibt ihm der Held hart und
deutlich zu verstehen, daß es so sein müsse. Und wenn
er nicht im vorhinein schriftlich gelobe, abzulehnen,
werde ihm die Würde gar nicht angeboten werden; ja,
der Held will ihn vollkommen demolieren, wenn er sich
nicht fügt.

Erst braust der Baron wild auf — dann sieht er ein, daß
der recht hat, fällt ihm um den Hals und küßt ihn weinend.

Dann geben sie beide bei der Krönung das symbolische
Schauspiel der Selbstlosigkeit — und der eine, der nicht
wirklich selbstlos war, übertrumpft noch den anderen in
Bescheidenheit.

Merkwürdig: Während ich das Vorige schrieb, reiste Hirschs Brief, den ich nicht mehr erwartete. Der Brief traf gestern abend ein:

8₂ Piccadilly W.

3 juillet 1895.

Monsieur le Dr. Herzl, Paris.

J'ai reçu votre lettre, à laquelle j'ai un peu tardé à repondre; cette réponse n'avait du reste rien d'urgent. Quand je serai de retour à Paris — ce qui, entre parenthèses, ne sera pas le cas avant plusieurs mois — je serai enchanté de vous voir, sans pour cela rien changer aux idées que j'ai exprimées.

Recevez, Monsieur, l'expression de mes sentiments distingués.

M. de Hirsch.

5. *Juli.*

Meine Antwort an Hirsch.

Paris, 5. Juli 95.

Hochgeehrter Herr!

Es hat mich schwer geärgert, daß Sie den Brief nicht gleich beantworteten, den ich Ihnen nach unserer Unterredung schrieb. Darum teilte ich Ihnen vierzehn Tage später mit, daß ich die Sache aufgegeben habe. Nach Ihrem gestern eingetroffenen Briefe will ich Ihnen aber sagen, wie das zu verstehen ist. Für die Juden will ich noch etwas zu tun versuchen — mit den Juden nicht. Wenn ich glauben durfte, daß einer meinen entschlossenen Gedanken verstehen würde, waren Sie es. Von den anderen Juden kann ich noch weniger erwarten. In der politischen Energielosigkeit zeigt sich der Verfall unserer ehemals starken Rasse am deutlichsten. Man würde über mich spötteln oder mich verdächtigen, daß ich mit der Sache ich weiß nicht welches Geschäft machen wolle. Ich müßte durch einen Sumpf von Ekel hindurchgehen — und dieses Opfer den Juden zu bringen, bin ich nicht bereit. Juden sind nicht fähig, zu verstehen, daß einer etwas nicht für Geld tut und auch dem Gelde nicht untertänig ist, ohne ein Revolutionär zu sein.

Folglich ist das letzte, allerdings vielleicht auch das wirksamste, was ich vornehme: daß ich die Sache vor den hohen Herrn bringe, von dem ich Ihnen sprach. Er gilt für einen Antisemiten, das geniert mich nicht. Ich habe einen Weg zu ihm gefunden. Jemand wird ihm meine Denkschrift überreichen. Läßt er mich daraufhin rufen, so kann die Unterredung interessant werden. Wenn er nicht ausdrücklich die Geheimhaltung fordert, und wenn überhaupt etwas von dieser Unterredung weitergesagt werden kann, werde ich es Ihnen erzählen, sobald uns der Zufall wieder einmal zusammenführt. In Paris wird das kaum sein, denn ich habe Paris satt und habe es bei meiner Redaktion durchgesetzt, daß man mich nach Wien zieht. Außer dem Vergnügen des Gedankenaustausches hätte ja unsere Konversation ohnehin keinen Wert. Sie bleiben bei Ihrer Ansicht, und ich ebenso hartnäckig bei der meinigen. Sie glauben, daß Sie arme Juden, so wie Sie es tun, exportieren können. Ich sage, daß Sie nur dem Antisemitismus neue Absatzgebiete schaffen. *Nous ne nous comprendrons jamais.* Im übrigen bereue ich nicht, mit Ihnen in Verkehr getreten zu sein. Es war mir sehr interessant, Sie kennengelernt zu haben.

Nur eins — und da will ich etwas erklären, was Ihnen vielleicht aufgefallen ist. Ich betonte in jedem Briefe, daß diese Sache für mich kein Geschäft ist. *C'est qu'il est horriblement compromettant d'écrire aux gens riches.*

Ich weiß wohl, daß ein Gentleman die Briefe, die man ihm im Vertrauen schreibt, sorgfältig behütet oder vernichtet. Aber der böse Zufall kann es fügen, daß so ein Stück Papier in andere Hände gerät; und wenn mich etwas ängstigt, so ist es der Gedanke, daß ich bei meiner Bemühung einen Fetzen von meiner Reputierlichkeit lassen könnte.

Behalten Sie mich also in reinlichem Andenken.

Hochachtungsvoll Ihr ergebener

Dr. Herzl.

5. Juli.

Gestern mit dem kleinen Wolff diniert. Er ist zur Waffenübung einberufen. Ich ließ mir wieder einmal von Gardedragonern erzählen. Er findet den Antisemitismus nicht so arg. Der vornehme Preuße sei überhaupt kein Antisemit, der fühle sich bürgerlichen Christen wie Juden gleich überlegen. Wolff merkt also nicht, daß die Vornehmen, die er bewundert, nur die eine Verachtung durch die andere ersetzen. Ihm ist es schon genug, mit bürgerlichen Christen in einen Sack geworfen, verachtet zu werden. Er findet es selbstverständlich, daß er nicht Offizier wird, obwohl er das beste Offiziersexamen machte.

Übrigens, wenn ich etwas sein möchte, wär's ein preußischer Altadeliger.

6. Juli.

Gestern mit Nordau beim Bier. Natürlich auch über Judenfrage gesprochen. Nie habe ich mit Nordau so harmoniert wie da. Wir sprachen uns einer dem anderen das Wort aus dem Mund. Nie merkte ich so stark, daß wir zusammengehören. Mit dem Glauben hat das nichts zu tun. Er sagt sogar: es gibt gar kein jüdisches Dogma.

223

Aber wir sind von einer Rasse. F... war auch dabei, und ich bemerkte eine *gêne* an ihm. Ich glaube, er schämte sich, daß er sich habe taufen lassen, als er sah und hörte, wie stark wir uns zum Judentum bekannten. Auch darin waren Nordau und ich einig, daß uns nur der Antisemitismus zu Juden gemacht habe.

Nordau sagte: „Was ist die Tragik des Judentums? Daß dieses konservativste Volk, das an einer Scholle kleben möchte, seit zweitausend Jahren keine Heimat hat."

In allem stimmten wir überein, so daß ich schon glaubte, er habe mit denselben Gedanken auch denselben Plan. Aber er konkludiert anders: „Die Juden werden durch den Antisemitismus gezwungen sein, überall die Vaterlandsidee zu zerstören", meint er, oder sich selbst ein Vaterland zu machen, dachte ich mir im stillen.

F... sagte: „Es ist nicht gut, daß die Juden dieses starke Nationalgefühl in sich entwickeln. Das wird die Verfolgungen nur verstärken."

7. Juli.

Warum hat Hirsch mir plötzlich wieder geschrieben? Ich habe dafür zwei Erklärungen.

Entweder hat ihm Fürth in einem Briefe beiläufig erwähnt, daß ich eine Denkschrift für den Kaiser verfasse.

Oder — und das ist mir wahrscheinlicher — mein letzter Brief, worin ich schrieb: „Rothschild mitreißen oder niederreißen — und dann hinüber!" hat ihn stark frappiert.

Er gab seinem Sekretär Auftrag, mir genau nach vierzehn Tagen zu schreiben — damit die Sache nicht pressant aussehe. Tatsächlich beschäftige ich ihn sehr.

Und wenn er ein bißchen Witterung hat, muß er ja erraten, was ich ihm bringe.

Wir zwei sind ja Naturen, die am Beginn neuer Zeiten auftauchen — er der Geldkondottiere, ich der Geisteskondottiere.

Wenn der Mann mit mir geht, können wir wirklich einen Umschwung der Zeiten herbeiführen.

8. Juli.

Gestern mit S... in Ville d'Avray déjeuniert. Wir waren in Gambettas Haus. Am merkwürdigsten die Totenmaske. Ich mag Gambetta eigentlich nicht, und er kommt mir wie ein Verwandter vor.

Wir gingen dann nach dem Weiher, „Au bord de l'Etang". Neun Tische waren besetzt, an dreien erkannte ich Wiener Juden. Das beweist.

S... erzählte, sein Schwager sei beim Verlassen der Bahn in Kitzbühel von einem Antisemiten beschimpft worden, und seine Schwiegermutter schrieb, er sei dadurch verstimmt und gekränkt.

Und das wiederholt sich auf tausend Punkten jeden Tag — und man zieht daraus keinen Schluß.

Ich wollte mich mit S... auf die Sache nicht mehr einlassen, da er mich ja nicht versteht.

8. Juli.

Weder von Hirsch noch von Rothschild Antwort. Hirsch temporisiert vielleicht wieder. Aber von dem anderen ist's trockene, schnöde Arroganz. Muß in gleicher Weise bei der ersten Gelegenheit heimgezahlt werden.

9. Juli.

„Si j'étois prince ou législateur, je ne perdrois pas mon temps à dire ce qu'il faut faire; je le ferois, ou je me tairois."

Rousseau, Contrat social, livre I.

Von Ludwig Storch gibt es einen Roman „Der Jakobs-
stern", der Sabbatai Z'wi behandelt.

Für die Führung politischer Geschäfte eignen sich
Kaufleute am besten. Aber selten wird einer reich —
und Reichtum ist die Freiheit der Kaufleute — ohne sich
beschmutzt zu haben.

Um sie dennoch zur Politik heranziehen zu können,
wäre irgendwie eine freiwillig verlangte Untersuchung
ihres Vermögenserwerbs einzurichten. Nicht vor eifersüchtigen Pairs, sondern vor einem politischen Ehrengericht, dem unabhängige Männer aller bürgerlichen Kategorien angehören. Oft tritt für einen öffentlichen Mann
die Notwendigkeit ein, hinterher sozusagen Einsicht in
seine Bücher zu gewähren.

Wenn er dies vor Beginn seines politischen Wirkens
tut, so haben wir zu seiner geschäftlichen Klugheit auch
noch die Sicherheit oder Wahrscheinlichkeit seines anständigen Charakters. Zugleich ist festgestellt, was er vor
der öffentlichen Wirksamkeit im Vermögen hatte. Wird
er nachher von Demagogen oder Intriganten verdächtigt,
so kann er stolz seinen Vermögensstand aufweisen.

Ich denke mir das freilich nicht·von vornherein als
Gesetz, sondern als allmähliche Sitteneinrichtung. Der
Gedanke wird zunächst von einigen achtbaren Kaufleuten
ausgeführt, erstarkt nach und nach zum Gebrauch und
wird schließlich in ein Gesetz gelegt, wenn Zeit genug
verstrichen, daß sich die jungen Kaufleute das als Ziel
setzen konnten.

Nach etwa zwanzig Jahren kann das Gesetz werden.

Ich halte das Geld für ein ausgezeichnetes politisches

Zensusmittel, wenn die Moralität des Erwerbes festgestellt werden kann. Allerdings auch nur dann. Denn sonst ist der Geldzensus etwas Widersinniges und Widerwärtiges.

Wer anständig viel Geld erworben hat, muß ein sehr tüchtiger Mann sein, ein sinnreicher Spekulant, praktischer Erfinder, fleißiger sparsamer Mensch — lauter Eigenschaften, die zur Staatsleitung vorzüglich dienen.

Gewohnheitsmäßiges Börsenspiel wäre ein Unwürdigkeitsgrund. Dagegen sind vereinzelte Börsengeschäfte nicht·entehrend. Die Grenze freilich schwer zu ziehen — darum individualisierendes Ehrengericht. Der Untersuchte muß jedenfalls einen Manifestationseid (mit Meineidsfolgen) schwören. Es wird ja niemand gezwungen, ein Politiker zu werden. So halten wir uns die unsauberen *politicians* vom Halse, und die Politik wird das Ziel der reinsten und tüchtigsten Männer.

10. Juli.

Typen für meinen Roman, der ja wirkliche Menschen enthalten soll:

Der Neidhammel (klesmerisch, Kunstheuchler).

Der Gamel Moische (tief sympathisch).

Das vergessene Mädchen. (Nur eine bringen, aber von dieser aus alle verstehen lehren, und Mitgiftsteuer vielleicht bei der Heimkehr von ihrem Leichenbegängnis ersinnen lassen. Denn die Feine hat ihren „natürlichen Beruf" verfehlt und ist daran gestorben. Aber was wäre sie für eine edle Mutter geworden. Ich nenne sie Pauline!)

Und ihrem Andenken wird der Roman gewidmet.

12. Juli.

Heinrichs junger schwärmerischer Bruder, der Musiker, wird im Roman zum Fürsten „erzogen". Held nimmt sich's von langer Hand vor, Heinrichs Eltern dadurch zu entschädigen. Er schmunzelt in sich hinein, indem er diese schöne nutzlose Pflanze, den Schwärmer und erdentrückten Sinnierer, pflegt.

12. Juli.

Gestalt für den Roman.

Ein sinnreicher Betrüger ..., der zum redlichen Pfadfinder wird, nachdem er aus europäischem Gefängnis zurückkehrt.

Er war nach dem Sieben Stunden-Land geflohen, man verlangte seine Auslieferung. Er wurde ausgeliefert. Vor seiner Abreise per Schub besucht ihn Held im Hafengefängnis, klärt ihn auf. „Sie müssen Ihre Strafe unseretwegen absitzen. Aber denken Sie im Kerker darüber nach, wie Sie hier später r e d l i c h erfinden."

Und der harte Betrüger wird erschüttert. Vor der Abfahrt kommt Held an den in Handfesseln steckenden Mann heran, gibt ihm vor allen die Hand. Bewegung. Und der Betrüger bückt sich schnell und küßt ihm die Hand.

Im Kerker drüben führt er sich vorzüglich auf, so daß er einen Teil nachgesehen erhält. Dann kommt er wieder und wird ein tüchtiger, ehrlicher, sinnreicher Kaufmann.

12. Juli.

Für den Roman.

Beschäftigung am Feierabend der Arbeiter. Sie üben Musik (Arbeiterkapellen).

Hauptsache aber: jüdische National-Passionsspiele aus Altertum (Makkabäer) und Mittelalter. — Furcht, Mitleid, Stolz und Volkserziehung in Form einer Zerstreuung.

Die Popularisierung des Liebhabertheaters der Vornehmen.

Gibt hübsche Romankapitel, burleske Szenen der unschuldigen kleinen *cabotinage* in jedem Ort.

Circenses für sich selbst.
Lehrer-Regisseure sahen Muster in der Hauptstadt.

13. Juli.

Formen der Konsequenz:
(Beim Stelldichein)
— Ich habe meinen Entschluß geändert und bin da.
— Aber Sie wollten ja kommen.
— Ja, das hatte ich mir zuerst überlegt.

✳

Brief an Güdemann:

·15. Juli.

Hochgeehrter Herr Doktor!

Mein letzter Brief scheint Sie gegen mich ein wenig verstimmt zu haben, da Sie ihn nicht beantworteten.

Aber wir werden ja hoffentlich Gelegenheit haben, unsere Gedanken über die uns so nahe gehende Sache mündlich auszutauschen; und da werde ich Ihnen schon alles zureichend erklären.

Heute schreibe ich Ihnen nur aus Anlaß der letzten judenfeindlichen Exzesse in Wien. Ich verfolge die Bewegung in Österreich wie anderwärts mit großer Aufmerksamkeit. Das sind erst Kleinigkeiten. Es wird ärger und wilder kommen.

Leider kann im Augenblick nichts Entscheidendes getan werden, obwohl der sorgfältig kombinierte, milde und kluge, nichts weniger als gewaltsame Plan schon ausgearbeitet vorliegt. Ihn jetzt ausführen wollen, mit den Juden nämlich, hieße den Plan gefährden. Dieser Plan aber ist eine Reserve für bösere Tage — glauben Sie mir das, wenn ich mich auch so unbestimmt ausdrücke. Sie werden schon sehen und hören, wenn wir am Ende des Sommers in Wien zusammenkommen.

229

Vorläufig möchte ich nur nicht die Verstimmung bei einem mir werten Mann sich festsetzen lassen, und Ihnen inmitten der österreichischen Judentrübsal die Hoffnung auf eine Erleichterung geben, die wir jüngeren und entschlossenen Männer unseren unglücklichen Brüdern vorbereiten. Die schlechten, feigen oder im Reichtum dünkelhaft gewordenen Kerle wären zwar geeignet, einem das schöne Werk zu verekeln; wir müssen jedoch an die armen und guten Juden denken. Die sind die Mehrzahl. Wir sind kein auserwähltes, aber auch kein niederträchtiges Volk. Darum halte ich fest.

Ihr aufrichtig ergebener

Herzl.

15. Juli.

S... war da. Ich habe ihn gefragt, was er zu den Judenexzessen vor dem Lannersaal in Wien sagt.

„Die Juden müssen Sozialisten werden!" meint er halsstarrig.

Vergeblich erkläre ich ihm, daß das in Österreich noch weniger nützt als in Deutschland. Er glaubt, das judenliberale Ungarn werde die Judenreaktion in Österreich verhindern. Wie falsch das ist! In Ungarn begehen die Juden den größten Fehler, den Grundbesitz zu akkaparieren. Die von der Scholle gedrängte Gentry wird sich über Nacht zu Führern des Volkes machen und über die Juden herfallen. Die liberale Regierung ist rein künstlich mit Judenwahlgeld erhalten. Die konservative Nationalpartei, mit Wien und der Armee im Rücken gedeckt, kann von einem Tag auf den anderen alles umstülpen.

16. Juli.

Gestern mit der Nordau-Gesellschaft diniert.

Für mich ist's ein Glück, daß ich hier keinen Verkehr

hatte. Ich hätte mich im Geistsprühen bei Diners ausgegeben.

Einen Augenblick kam das Gespräch auf Baron Hirsch.
Nordau sagte: „Mit seinem Geld würde ich mich zum
Kaiser von Südamerika machen."

Wie merkwürdig! Und S... sagte damals, ich solle
Nordau meinen „verrückten" Plan vorlegen.

16. Juli.

Roman.

Held hat den blonden Typus, blaue Augen, harten Blick.

Seine Liebe ist eine spanische Jüdin, schlank, schwarzhaarig, feine Rasse. Sie sieht ihn zum erstenmal als den
Befehlshaber des Landnahmeschiffes. Er träumt von ihr
unter seinem Zelt.

21. Juli.

Heute von Güdemann einen guten Brief bekommen.
Ich schreibe ihm sofort folgendes:

Hochverehrter Freund!

Erlauben Sie mir, Sie nach Ihrem Briefe so zu nennen.
Ihr Brief ist mir eine Freude!

Ich sehe jetzt, daß mich mein Auge nicht täuschte, als
ich in Ihnen einen der richtigen Männer sah, die ich
brauche. Jetzt will ich Ihnen auch eine nähere Andeutung machen über die Rückberufung meines Briefes. Das
geschah in einem furchtbaren Anfall von Demoralisierung, hervorgerufen durch einen hiesigen Freund, den
ersten und einzigen, dem ich bisher meinen Plan mitgeteilt bahe. Als ich ihm den Brief zeigte, den ich Ihnen
am Tage vorher geschickt hatte, sagte er mir: „Güdemann
wird Sie für verrückt halten, wird sofort Ihren Vater aufsuchen, und Ihre Eltern werden unglücklich sein. Sie
machen sich durch die Sache lächerlich oder tragisch..."

Erst, wenn Sie alles, was ich vorhabe, wissen werden —
und Sie werden es erfahren, denn ich fühle jetzt Ihr jüdisches und männliches Herz neben dem meinigen schlagen — werden Sie begreifen, welche harte Krise ich nach
den gewaltigen Zuckungen, in denen dieser Plan geboren
wurde, durchmachte, als mein treuer und ergebener
Freund mir das sagte. Ich bin fähig und bereit, mein
Leben an die Judensache zu setzen, aber ich muß das
Opfer auf meine Person beschränken. Das wäre nicht
der Fall, wenn man mich für „meschugge" hielte. Es
würde meinen guten Eltern den Lebensabend zerstören
und die Zukunft meiner Kinder verderben.

Natürlich hielt ich mich nicht für verrückt, weil mein
braver, aber in engen Verhältnissen lebender und geistig
nicht hervorragender Freund mich nicht verstand. Ich
mußte mir aber sagen: Der vertritt den Durchschnitt der
gebildeten Juden. Er kennt mich, hat Vertrauen zu mir,
achtet und liebt mich — wenn der so denkt, was müssen
die anderen sagen! Er zeigt mir, wie dick die Mauer ist,
gegen die ich mit meinem Kopf rennen will ... So wie
ich wollte, geht es also nicht. Und da rief ich den Brief
zurück.

Aber die Sache gab ich nicht auf. Ich sann auf andere
Formen der Ausführung.

Es sind zwei. Die erste ist eine Denkschrift an den
Deutschen Kaiser. Ich habe durch einen Bekannten die
Möglichkeit, ihm die Denkschrift zustellen zu lassen.

Aber dieser Bekannte würde das erst gegen Mitte August
können. Ende dieses Monats reise ich nach Aussee, wo
ich meinen Urlaub verbringe. Dort wird sich mir vielleicht ein besserer Weg zum Deutschen Kaiser eröffnen.
Ich bin mit dem Präsidenten des österreichischen Abgeordnetenhauses, Baron Chlumecky, früher in Briefwech-

sel gestanden, über eine sozialpolitische Frage. Chlumecky ist in Aussee. Wenn ich ihm meinen Plan erklären kann, stellt er mich vielleicht dem Reichskanzler Hohenlohe vor, der mich dann zum Kaiser bringen kann.

Gelange ich nicht zum Kaiser, so bleibt mir die letzte Form der Ausführung: die phantastische.

Ich erzähle den Juden Märchen mit Lehren, die sie allmählich, in fünf, zehn oder zwanzig Jahren, verstehen werden. Ich senke die Samenkörner in die Erde. Das ist wunderschön, sinnig und eines Dichters würdig. Nur fürchte ich, bis die Körner aufgehen, sind alle verhungert.

Jawohl, ich täte es mit Schmerz, denn mein Plan ist keine Phantasie.

Jetzt bekomme ich Ihren Brief. Wenn Sie alles wissen werden, erst dann werden Sie sehen, wie Sie mir und wie ich Ihnen aus der Seele geschrieben habe. Und nein! Wir sind keine Vereinzelten. Alle Juden denken wie wir! Ich glaube an die Juden, ich der früher Laue, auch jetzt nicht Fromme! *Les coups que nous recevons nous font une conviction.*

Genug gesprochen. Wenn Sie mir schon früher so geschrieben hätten, hielten wir um einen Monat weiter.

Was Sie mir von Dr. Heinrich Meyer-Cohn schreiben, flößt mir den dringendsten Wunsch ein, diesen Mann sofort kennenzulernen. Sofort! Es ist vielleicht im höchsten Interesse unserer Sache, daß ich mit Ihnen und Meyer-Cohn zusammentreffe, bevor ich zu den *reschoim* gehe. Könnten Sie seinen jetzigen Aufenthaltsort telegraphisch erfragen, und könnten wir drei Ende dieser Woche irgendwo zusammenkommen? Nach Ihrem Brief und nach der Schilderung, die Sie von M.-C. entwerfen, wünsche ich auf das dringendste, mit Ihnen beiden zu sprechen. Ich schlage irgendeinen Ort in der Schweiz vor, etwa Zürich. In Österreich sind Sie und ich zu bekannt. Wir würden überall Bekannte treffen. Im Augenblick wünsche ich das nicht.

Zürich ist ein gut gelegener Mittelpunkt. Nach Ihrem Brief zweifle ich nicht mehr, daß Sie das kleine Geld- und Zeitopfer dieser Reise bringen werden. Dem Vorstand der Gemeinde können Sie sagen, wenn Sie überhaupt Gründe für die kurze Absentierung anführen müssen, daß Sie mit Meyer-Cohn in Zürich zum Zweck einer wichtigen Eröffnung zusammentreffen müssen.

Es hat mich schon einmal an Ihnen erschüttert, daß Sie nicht gleich nach Caux kommen wollten, als ich Sie in der Judensache (!) rief. Sie mußten allerdings im ersten Augenblick überrascht sein, als der Lustspielmacher, der Feuilletonist, von ernsten Sachen reden wollte. Glauben Sie jetzt schon? Fühlen Sie jetzt schon aus jedem meiner Worte, daß ich Wichtiges, Entscheidendes zu sagen habe?

Ich brauche die reichen Juden nicht — aber Männer brauche ich! Donnerwetter, die sind schwer zu finden! Und das war meine Krise, in die mich mein braver Freund versetzt hatte. Ich verzweifelte einen Augenblick an der Möglichkeit, Männer unter den Juden zu finden. Die Krise ist verwunden, war schon vor Ihrem Brief in mir verwunden, denn ich beobachte die Leiden unserer Brüder in allen Ländern aufmerksam und täglich. Ich glaube, daß solcher Druck auch aus den entartetsten Lumpenkerlen Männer machen muß. Es fehlte bisher der Plan. Der Plan ist gefunden!

Ich sage es in aller Demut, glauben Sie mir. Wer in einer solchen Sache an sich denkt, ist nicht wert, sich mit ihr zu beschäftigen.

Schaffen Sie Meyer-Cohn nach Zürich, und kommen

Sie hin! Ich reise Donnerstag oder Samstag abend von hier ab, bin am nächsten Morgen dort. Ich ermächtige Sie, diesen Brief Meyer-Cohn zu schicken, wenn er zögert. Aber wenn er zögert, ist er ja nicht der, als den Sie ihn schildern.

Die Sache B...s übernehme ich, und Sie können es ihm sagen. Diesen Brief soll freilich außer Ihnen und Meyer-Cohn niemand kennenlernen.

Das Geld für B... zu beschaffen, wird ein leichtes sein. Ich bin mit Hirsch bekannt, und wenn ich ihm ein Wort schreibe, bin ich überzeugt, daß er das Nötige sofort hergibt. Im Augenblick bin ich mit Hirsch zwar ein bißchen gespannt, weil ich ihm zuletzt in einem Brief einige kategorischere Worte gesagt habe, als dieser an Bettler, Schmarotzer und hochadelige Pumpbrüder gewöhnte Mann verträgt. Dennoch ist kein Zweifel daran, daß er das erforderliche Geld ohne Besinnen geben wird, wenn ich es für B... verlange, weil er schon heraus hat, daß ich nicht fähig wäre, für mich etwas zu verlangen. Aber selbst ohne Hirsch wird für B... gesorgt werden, verlassen Sie sich darauf. Ich kenne zwar B... nur von der unangenehmen Seite seiner Geschmacklosigkeiten, aber daß Sie ihn für nötig halten, genügt mir.

Ich grüße Sie herzlich, erwarte Ihre telegraphische Zusage und bleibe

Ihr aufrichtig ergebener

Th. Herzl.

21. Juli.

Telegramm an Güdemann:

Danke für guten Brief. Erfragen Sie sofort Meyer-Cohns jetzigen Aufenthalt telegraphisch. Wir drei müssen unbedingt Ende dieser Woche zusammentreffen, vielleicht in Zürich. Bitte sich auf Abreise vorzubereiten. Näheres brieflich. Gruß

Theodor.

22. Juli.

Im österreichischen Bierhaus kam Herrschkowitz (Hercovici) an meinen Tisch heran.

Ich ließ mir von ihm die Zustände rumänischer Juden schildern. Schauerlich. 400 000 leben im Lande, die meisten Familien seit Jahrhunderten, und haben noch kein Bürgerrecht. Jeder muß erst bei der Kammer um das Bürgerrecht ansuchen, nachdem er den Militärdienst geleistet hat, und man kann es in geheimer Abstimmung verweigern.

Seit 1867 sind nur noch zwei große Judenhetzen vorgekommen. Die in Galatz hat H. gesehen. Da wurden Hunderte Juden von den Soldaten in die Donau getrieben, unter dem Vorwand: sie sollten auf die östereichischen Schiffe. Auf den Schiffen nahm man sie nicht auf, und so ertranken sie. Die genaue Zahl weiß man nicht einmal.

Von Zeit zu Zeit plündern die Bauern.

Dabei geht es den Juden auch im Erwerb schlecht. Drei Perzent sind Handwerker, die anderen alle Händler, und die Gebildeten fast durchgehends Ärzte.

Die Kaufleute leiden unter schlechten Geschäften. Alte Häuser fallen um. Konkurslisten von ihnen voll. Dazu kommt, daß man ihre Konkurse für betrügerische hält — in allen Fällen! — und die Ruinierten einsperrt. Wenn sie herauskommen, sind die Gebrochenen Bettler.

Es wandern auch viele aus, nach Argentinien usw.! Sie kommen aber oft wieder zurück.

(*Parbleu!* Sie haben dort noch nicht meine Heimat.)

236

Der Menschenschlag der Juden in Rumänien ist ein kräftiger, sagt H. Gut, gut.

22. Juli.

Pangloss: „le meilleur des mondes possibles!"
„Travaillons sans raisonner, dit Martin, c'est le seul moyen de rendre la vie supportable".

(Chapitre XXX, Conclusion.)

„Fort bien, dit Candide, mais surtout cultivons notre jardin".

(Ibidem, Voltaire Candide.)

22. Juli.

Zur Volkspsychologie.
In der Taverne Royale sind eine Anzahl Geschäftsführer, die eigentlich Überkellner sind. Sinnvolle Einrichtung! Wenn so ein Überkellner, der keine Kellnerjacke trägt, dem Gast einen Teller reicht, fühlt sich der Gast geschmeichelt, ausgezeichnet. Ich habe es an mir bemerkt. So sollen auch die Auswanderer „aufmerksam bedient" werden. Juden sind *koved*hungrig — als Verachtete! — daran sind sie zu leiten.

23. Juli.

Prophylaktisches Chinin!
Amtliche Verteilung und Einnahme in der Queue. Vor den Gesundheitsinspektoren muß das Chinin täglich genommen werden.
Äußerste Sorgfalt für Gesundheit unterwegs und drüben.
Durch Fiebergegenden eiligst ziehen. Dort nötige Bahn-, Weg- und spätere Ausdörrungsarbeiten (Maremmen) durch ans Klima gewöhnte Einheimische machen lassen. Sonst werden Tote aufgebauscht und demoralisieren die Leute, die sich ohnehin schon vor dem balken-

237

losen Wasser und dem Unbekannten fürchten. Alte Gefangene gehen nicht gern aus dem Gefängnis. Man muß sie locken und stoßen und jeden Widerstand vor ihnen wie in ihnen hinwegräumen.

23. Juli.

Dummköpfen darf man nichts erklären!

Mein Großvater Haschel Diamant war ein weiser Mann. Er sagte: Einer mießen Maad soll man keinen Kusch geben!

Die Warnung scheint überflüssig, denn das verspricht ja kein Vergnügen. Aber der Sinn ist: nicht aus Mitleid, oder weil man auf Treue hofft, eine Häßliche küssen — denn sie überhebt sich, und man wird sie nicht mehr los.

23. Juli.

Ich dachte daran, den Hausierhandel durch gesetzliche Beschränkungen und polizeiliche Schikanen zu verhindern (aktive Wahlrechtslosigkeit usw.). Was ja nur in den europäischen Staaten eine Grausamkeit, ein Inswasserdrängen gleich Galatzer Exzeß ist. Wir aber drängen die Hausierer damit nicht ins Wasser, sondern aufs feste Land!

Wie ist das zu erreichen? Durch Begünstigung der großen Kaufhäuser (à la Louvre, Bon-Marché).

Prinzip: Schädliches immer durch Begünstigung der Konkurrenz vernichten!

Die Begünstigung der Louvres wird natürlich keine bedingungslose sein. Der Unternehmer muß von vornherein die Gewinnbeteiligung und Altersversorgung, gleichwie die Erziehung der Kinder seiner Angestellten (soweit wir hiefür nicht staatliche Vorkehrungen haben) garantieren.

Massenindustrie wie Massenhandel muß patriarchalisch sein.

Der Unternehmer ist der Patriarch.

Zu erwägen, ob solche Bestimmung als direkte gesetzlich zu machen.

Oder ob auch darin eine indirekte Politik zu verfolgen, durch Ehrung des Patriarchen in verschiedenen Formen.

Gesetze sind leichter zu umgehen als Gebräuche.

Vielleicht eine Verbindung beider: eine gesetzliche Minimalgrenze der Fürsorge (wegen der Wucherer und Ehrsinnlosen) und eine indirekte Politik, *pour encourager les efforts.*

23. Juli.

Den Streitsüchtigen, Hassern und Nörglern:

Wir haben in den nächsten zwanzig Jahren keine Zeit, uns untereinander herumzuschlagen. Das wird später kommen. Vorläufig soll, wer streiten will und Mut hat, sich gegen unsere Feinde schlagen.

Die Haderer sind als Reichsfeinde zu erklären. Wir liefern sie dem Haß unseres Volkes aus.

23. Juli.

Die Hauptstadt, unser Schatzkästlein, wird liegen in berggeschützter Lage (Festungen auf den Gipfeln), an einem schönen Fluß, nächst Wäldern.

Darauf zu achten, daß der Ort windgeschützt, aber kein Sonnenbecken ist, von Bergen bewacht, aber nicht zu klein.

Die hypertrophische Entwicklung der Stadt durch Waldkranz zu verhindern, der nicht abgeforstet werden darf. Zudem Dezentralisierung von Lehranstalten usw.

23. Juli.

Bei Verpflanzung alle Ortsgewohnheiten liebevoll berücksichtigen.

Salzstangel, Kaffee, Bier, gewohntes Fleisch usw. sind nicht gleichgültig.

Moses vergaß die Fleischtöpfe Ägyptens mitzunehmen.
Wir werden daran denken.

23. Juli.

Die Verpflanzung der großen Kaufhäuser liefert sofort alle nötigen und unnötigen Waren, wodurch die
Städte in kürzester Zeit bewohnbar werden.

23. Juli.

Volle Autonomie der Gemeinden in allen Kirchturms-
sachen. Da sollen die Schwätzer Parlament spielen, soviel
sie wollen.

Aber nur eine einzige Kammer, welche die Regierung
auch nicht stürzen, ihr bloß die einzelnen Mittel verweigern kann. Das genügt für öffentliche Kontrolle.

Diese Kammer wird zu einem Drittel vom Fürsten auf
Vorschlag der Regierung ernannt (auf Lebenszeit, denn
erblich ist nur Adel und Eigentum).

Ein Drittel wird von den gelehrten Akademien, den
Universitäten, Kunst- und technischen Hochschulen, Han-
dels- und Gewerbekammern gewählt.

Ein Drittel wählen die Gemeinderäte (Mandatsprüfung
durch Wahlgerichtshof), oder vielleicht die Provinzen
nach Listenskrutinium.

Der Fürst ernennt die Regierung. Zu erwägen aber,
wie der Willkür des Fürsten Schranken gesetzt werden
können. Denn da Kammer die Regierung nicht stürzen
soll, könnte sich ein Fürst mit Strohmännern umgeben.
Vielleicht genügt diese Drittelung der Kammer, um die
Mißbräuche des Palais Bourbon hintanzuhalten, und man
könnte der Kammer das Sturzrecht geben.

Gründlich zu erwägen und mit Staatsjuristen zu beraten.

Ob sich die Juden der vorbestimmten Verfassung unterwerfen werden?

Ganz einfach: wer eingebürgert werden will, muß diese Verfassung beschwören und sich den Gesetzen unterwerfen. Genötigt zum Einbürgern wird nicht.

Von Güdemann ein komischer Brief gekommen: er könne nicht reisen, wegen einer „Magenverstimmung".

Sollte ich seinen guten Brief wieder falsch verstanden haben? Seine Verstimmung, die mich befriedigte, kam von einer zu schweren Pfefferkugel?

Übrigens ist für morgen ein Brief von ihm telegraphisch angesagt. Den will ich abwarten.

Beer war da.

Mit ihm lange über „Beerit" gesprochen. Es ermöglicht schnelle Bauten, ersetzt den Mörtel zwischen Ziegeln, kann selbst zur Verbindung von Glasziegeln, wie man sie jetzt in Amerika gebraucht, verwendet werden. Solche Häuser — Eisenkonstruktion, Glasziegel — müßten in zwei Monaten fertig und bewohnbar sein. Das Beerit trocknet in zwei Tagen. Dabei sehen die Häuser stattlich aus mit den Beeritplatten der Fassade. Aus Beerit sollen auch die Statuen der öffentlichen Gärten gemacht werden, und zwar bald.

Das Echte, Monumentale kommt später.

Beer hat auch Ideen für Straßenpflasterung.

Ich möchte in den Städten Holzstöckelpflaster. Die Straßen werden wir ja anders anlegen, als die alten Städte tun. Wir bauen sie von vornherein hohl, legen in die

Höhlung die nötigen Röhren, Drähte usw. So ersparen wir sie nachher aufzureißen.

24. Juli.

Beer geht mit auf dem Landnahmeschiff.

Auf dem Schiff zum Diner Smoking, wie drüben möglichst bald Eleganz.

Sinn davon: die Juden sollen nicht den Eindruck haben, daß sie in die Wüste ziehen.

Nein, d i e s e Wanderung vollzieht sich mitten in der Kultur. Wir bleiben in der Kultur, indem wir wandern.

Wir wollen ja keinen Buren-Staat, sondern ein Venedig.

24. Juli.

Bei der Verfassung, die nur die geringe Elastizität eines armdicken Gummistranges haben soll, muß darauf geachtet werden, daß die Aristokratie nicht in Tyrannei und Übermut ausarten könne. Der erbliche Adel ist nicht unsere Aristokratie. Bei uns kann jeder große Mensch Aristokrat werden. (Geld guter Zensus, wenn ehrliche Erwerbung feststeht.)

Zu verhindern auch spätere Eroberungspolitik. Neu-Judäa soll nur durch den Geist herrschen.

25. Juli abends.

Von Güdemann wieder einen flauen Brief erhalten. Ich antworte ihm:

Hochverehrter Freund!

Bei dieser Anrede bleiben wir, mit Verlaub. Außer dem Vergnügen und der Ehre gewährt sie den Vorteil, daß ich Ihnen in aller Ehrfurcht deutlicher meine Meinung sagen kann. Ich will mich bei den Widersprüchen zwischen Ihrem Brief vom 17. und vom 23. d. M. nicht aufhalten. Einmal „unbesonnen wie der Tell", das andere Mal von übertriebener Ängstlichkeit. Das geht nicht.

Sie wollen doch nicht mit mir „flirten", wie eine Frau, die reizt und sich dann zurückzieht.

Ich verstehe in der Judensache keinen Spaß.

Sie können freilich nicht wissen, was ich will.

Ja, warum sage ich es Ihnen nicht? Wenn mein Gedanke vernünftig, das heißt einfach und faßbar ist, so muß ich ihn doch in ein paar Sätzen sagen können. Das kann ich auch, lieber Herr Doktor; ich will nur nicht. Denn nicht nur auf den Gedanken allein, das heißt auf das letzte logische Resultat kommt es an, das ein Allerweltsgedanke ist und sein muß, wenn es nicht der isolierte Gedanke eines Irrsinnigen oder der um Jahrhunderte verfrühte eines Genies sein soll. Ich bin wahrscheinlich kein Irrsinniger und leider sicher kein Genie. Ich bin ein ruhig und fest mitten im Leben stehender Mensch meiner Zeit; darum habe ich Sie — wenn Sie sich noch erinnern — gebeten, mir nach Caux einen Geschäftsmann mitzubringen. Auf den Endgedanken allein kommt es also nicht an, sondern auf die ganze lange Kette der Begründung. Nun habe ich aber zum Niederschreiben dieser völkerpsychologischen, nationalökonomischen, juristischen und historischen Begründung viele Wochen schwerster Arbeit gebraucht. Das kann ich, ohne es zu verstümmeln, nicht in einen Brief zwängen. Ich will mich ja verständlich und nicht unverständlich machen.

Mein hiesiger Freund hat mich nicht verstanden. Lag es an mir? Wer weiß? Als ich ihn nach seiner Kritik fragte: „Wie stellen also Sie sich die Abhilfe vor?" — sagte er: „Die Juden müssen zum Sozialismus übergehen!" Das wäre nach meiner Ansicht ein ebensolcher Unsinn wie der

Sozialismus selbst. Er meinte auch, man müßte die Antisemiten totschlagen, was ich ebenso ungerecht wie undurchführbar fände.

Glauben Sie noch immer blindlings, daß mein Freund mir gegenüber recht habe?

Mein Freund bleibt er doch, wie auch Sie hoffentlich mein Freund bleiben werden, selbst wenn Sie mich nicht verstehen; wie alle guten Juden meine Freunde sind.

Nur von den Waschlappen, Scheiß- und Lumpenkerlen mit oder ohne Geld will ich nichts wissen.

Seien Sie versichert, daß ich Ihre wahrhaft freundschaftliche Sorge um die Frage meiner Existenz dankbar schätze. Ich kann Sie beruhigen. Meine Existenz und die Ernährung meiner Familie läuft keine Gefahr. Ich glaube, Sie beurteilen mein Verhältnis zur N. Fr. Pr. nicht richtig. Wann ich will, kann ich weggehen, ohne mir zu schaden. Ja, wenn ich dann eine annähernd so gute Stellung bei einem anderen Blatte suchte, wäre ich übel dran. Aber wenn ich wegginge, würde ich Chef eines Blattes, nämlich meines eigenen werden. So liegt die Sache.

Übrigens denke ich jetzt nicht daran. Ich bin den Herausgebern in ebensolcher Freundschaft zugetan wie sie — glaube ich — mir. Speziell für Bacher empfinde ich eine tiefe Zuneigung, obwohl ich mit ihm wenig verkehrte. Er ist ein Mann!

Durch meinen Plan setze ich mich so wenig in einen Gegensatz zur N. Fr. Pr., daß die Märchenform, von der ich Ihnen im letzten Brief sprach, in der N. Fr. Pr. erscheinen soll, wenn die Sache nicht praktisch wird.

Sind Sie beruhigt?

Aber noch ist es kein Märchen, und Sie so wenig wie M.-C. können es dazu machen. Wohl aber will ich mich gern mit Ihnen beraten, Ihre Einwendungen hören und danach sehen, was ich zu tun habe.

Sie werden meine Gedanken beurteilen und ich die Ihrigen — das ist der Sinn unserer Zusammenkunft. Die kann stattfinden, wo Sie wollen, nur nicht in Wien oder Umgebung. Das wünsche ich ausdrücklich nicht.

Meinetwegen in Linz. Aber dort sind noch nie drei Fremde zugleich eingetroffen. Wir würden in diesem Antisemitenhauptort zu viel Aufmerksamkeit erregen. Wollen Sie nicht lieber in der Fremdenstadt Salzburg das Rendezvous bestimmen? Der Unterschied an Zeit und Geld ist doch wahrhaftig eine Bagatelle. Auch kommen wir Meyer-Cohn damit ein bißchen entgegen.

Darum dachte ich auch zuerst an Zürich.

Freilich hatte ich auch noch einen anderen Grund, schon übermorgen mit Ihnen beiden zusammenkommen zu wollen. In Berlin machen die Juden nämlich jetzt etwas, das mir nicht recht ist. Ich hoffte, wenn ich Sie überzeugt hätte, durch Meyer-Cohn sofort etwas veranlassen zu können. Es ist ja quälend, nichts gegen einen Fehler machen zu können, den man als solchen erkennt. Aber auf einen Fehler, eine Dummheit, eine Versäumnis mehr kommt es in der Leidensgeschichte unseres Volkes nicht an.

An Meyer-Cohn müssen Sie die Einladung nach (Linz oder) Salzburg ergehen lassen. Ich kann es nicht. Ich kenne ihn nicht, und er hat meinen Namen vielleicht nie gehört. Sie sind durchaus qualifiziert, es zu tun, und ich rechne darauf, daß Sie es ehestens tun werden. Lassen Sie sich von Bloch die Adresse geben, unter welchem Vorwand immer. Bloch darf ebensowenig von unserer Zusammenkunft wissen wie irgendein anderer. Um diese Beratung herum soll Ruhe sein.

Ich reise Samstag abend von hier ab, bin Montag in Aussee (Steiermark), Villa Fuchs.

Zögern Sie nicht, lieber Herr Doktor! Sie müssen doch mindestens schon neugierig sein, was ich wohl zu sagen habe.

Schreiben Sie Meyer-Cohn gleich. Wenn ich sage, daß ich ihn nicht kenne, ist das so zu verstehen: ich weiß nichts von ihm, weiß nicht, wie er aussieht usw. Finden Sie das nur nicht komisch, es enthält die Anleitung zum richtigen Briefstil. Ein Brief ist die Aufrufung eines Willens; und dazu muß ich vom Träger dieses Willens eine ungefähre Vorstellung haben, sonst tappe ich herum und schreibe einen konfusen, d. h. seinen Willen aufzurufen nicht geeigneten Brief.

Als ich mir die Denkschrift an den Deutschen Kaiser zurechtlegte, betrachtete ich mit größter Aufmerksamkeit verschiedene Photographien von ihm, las kritisch seine Reden, durchforschte seine Handlungen. Seien Sie ganz ruhig: wenn ich an ihn die Denkschrift richte, werde ich ihn vom ersten Augenblick an so packen, daß er sie nicht in den Papierkorb wirft.

Denn ich bin kein Schwätzer und verachte die Faselhänse. Die Dichtung ist für mich nur eine Form, eine Bilderschrift mit großen Zügen, dienend wie diese geringe und gewöhnliche der Zeichen da unter meiner Feder, dienend zum Ausdruck meiner Gedanken. Als ich die Große Schrift erlernte, wußte ich ebensowenig wie in meiner Kinderzeit beim Erlernen der kleinen Schrift, wozu mir das dienen würde. Jetzt weiß ich es.

Überlassen Sie es also den Unwissenden und Dummköpfen, Mißtrauen gegen einen Dichter zu haben. Im Dichten liegt noch keine Verrücktheit, auf den Gedanken kommt es an, den die Große Schrift hinmalt; wenn der

246

gesund und klar ist, dann macht sich nur der Zweifel lächerlich. Und sogar tragisch kann er sich durch seinen Zweifel machen, weil er mit der Erleichterung seiner Brüder auch seine eigene hinausschiebt oder vereitelt.

Nichts tun, zuschauen, wenn das Haus brennt, ist doch wahnsinniger, als mit einer modernen Dampfspritze herbeieilen. Und das will ich.

Schreiben Sie also sofort an Meyer-Cohn einen schönen Brief, wie der vom 17., nicht der vom 23., war. Ich hoffe, daß Ihr Unwohlsein schon glücklich behoben ist. Macht es Ihnen im Augenblick Schwierigkeiten, M.-C. den Brief zu schreiben, der die Notwendigkeit der Reise nach Salzburg (lieber als Linz, wie gesagt) dartut, so schicken Sie ihm meine Briefe. Außer Meyer-Cohn darf nach wie vor niemand die Briefe lesen, und er nur, weil ich ihm ja alles wie Ihnen selbst mitteilen will.

Ob ich wieder Kindbettfieber habe? fragen Sie. Wie unärztlich gesprochen. Das hat man nur einmal, und zwar gleich nach dem Gebären. Ich hatte es, weil ich so schwer überarbeitet war, Wochen hindurch neben meiner Tagesarbeit vom frühen Morgen bis in die späte Nacht die Details aufgeschrieben und dann schon in der Erschöpfung alle Details in einen geordneten Gedankengang mit eisernen logischen Schlüssen gebracht hatte.

Da kam der Freund, der mich absolut nicht verstand.

Jetzt ist das alles fertig, die Blutung ist gestillt, die Gebärmutter hat wieder ihren normalen Platz und gewöhnlichen Umfang. Also keine Gefahr.

Und wissen Sie, wie ich den Zweifelanfall überstand? Wieder mit Arbeit; den ganzen Tag habe ich wieder scharf gearbeitet, für die Zeitung und anderes für mich.

Leben Sie wohl! Ich erwarte in Aussee die baldige Einladung nach Salzburg (schlimmstenfalls Linz) für den

5., 6. oder 7. August. Fabius zögerte gegen die Feinde, gegen Freunde macht man nicht den Kunktator.

Ich grüße Sie herzlich und ergeben

Ihr Th. Herzl.

26. Juli nachmittags.

Soeben auf der Gasse an Hirsch vorübergefahren. Ich schreibe ihm, wenn auch mit Widerwillen. Es kann aber nützlich sein.

Hochgeehrter Herr!

Soeben sind wir aneinander vorübergefahren. Ich schließe daraus scharfsinnig, daß Sie hier sind. Ich selbst fahre morgen abend nach Österreich. Wir werden vielleicht nicht sobald wieder an einem Ort sein. Wollen Sie meinen ausgearbeiteten Plan kennenlernen? Versteht sich: ohne mich wieder zu unterbrechen.

Am 6. August habe ich mit zwei wackeren Juden, einem Wiener und einem Berliner, Rendezvous in Salzburg. Ich will ihnen meine Denkschrift an den *rosche* vorlegen, bevor sie abgeht. Mir von diesen älteren Leuten raten lassen, ob nicht einzelnes auszumerzen, was den Juden schaden könnte.

Wenn Sie mitwissen wollen, schreiben Sie mir ein Wort, so komme ich vor meiner Abfahrt auf ein Stündchen zu Ihnen.

Wenn nicht, nicht.

Hochachtungsvoll Ihr ergebener

Herzl.

27. Juli.

Hirsch hat nicht geantwortet.

Ich schreibe ihm folgenden Abschiedsbrief, den ich vielleicht morgen in Basel aufgeben werde:

248

Hochgeehrter Herr!

Es gehört zum Pech der Juden, daß Sie sich nicht aufklären lassen wollten.

Ich sah in Ihnen ein taugliches Werkzeug für den bedeutenden Zweck, *voilà pourquoi j'ai insisté outre mes
habitudes.*

Die über Sie verbreitete Legende ist offenbar falsch.
Sie betreiben die Judensache als Sport. So wie Sie Pferde
rennen lassen, so lassen Sie Juden wandern. Und dagegen protestiere ich auf das entschiedenste. Der Jude
ist kein Spielzeug.

Nein, nein, es ist Ihnen nicht um die Sache zu tun.
Elle est bien bonne, et j'y ai cru un instant.

Darum war es ganz vorzüglich, daß ich Ihnen in Paris
noch einmal schrieb, und daß Sie mich mit keiner Antwort beehrten. Jetzt ist jeder Irrtum ausgeschlossen. Es
muß Ihnen irgendein Esel gesagt haben, daß ich nur ein
angenehmer Phantast sei, und Sie haben's geglaubt.

Wenn Männer über eine ernste Sache reden, gebrauchen sie keine höflichen Floskeln. Dies diene zur Erklärung, wenn ich Sie durch die Heftigkeit meiner Ausdrucksweise chokiert habe.

Und so empfehle ich mich Ihnen
hochachtungsvollst und ganz ergebenst
Dr. Herzl.

27. Juli.

Und heute verlasse ich Paris!
Es endigt ein Buch meines Lebens.
Es beginnt ein neues.
Welches?

29. Juli.

Unterwegs habe ich mir's überlegt und den Brief an

Hirsch nicht abgesendet. Vielleicht wird der Mann noch später einmal in die Kombination einzubeziehen sein. Ich muß meinen Unwillen und meine Eigenliebe dem Zweck unterordnen. Übrigens erhielt ich einen Brief von ihm nachgeschickt, worin er sich wegen seiner eigenen Abreise entschuldigt. Er wolle im Spätherbst darüber weiterreden. Im Spätherbst! Erledigt!

29. Juli.

Zell am See.
Das Geld muß entsündigt werden.

29. Juli.

Bodenbebauung erreichen durch Halbpacht mit Maschinenkredit; nach kurzer (etwa dreijähriger) Frist geht Halbpacht in Eigentum über. Die Maschinen werden amortisiert. Später haben wir Grundsteuer. Fürstenwahl (auf Lebenszeit).

Sofort nach Tod des Fürsten (oder eingetretener Behinderung durch Wahnsinn, Unwürdigkeit), innerhalb 24 Stunden, wählt jede Gemeinde einen Wahlmann. Diese Wahlmänner haben in der Zeit, die genügt, um vom entferntesten Punkt des Landes nach der Hauptstadt zu kommen, im Wahlort zusammenzutreffen. Der Wahlort ein Versailles, um die Wahl von der Straße unabhängig zu halten.

Der Kongreß tagt unterm Vorsitz des Kammerpräsidenten, der alle militärischen usw. Vorbereitungen leitet.

Die Wahlmänner sind nicht Deputierte, aber ihre Stimmen zur Fürstenwahl gleichwertig. Wahlgänge mit engerer Wahl ununterbrochen so lange fortzusetzen, bis einer Zweidrittelmajorität hat.

Während des Interregnums kontrolliert Kammerpräsident den Ministerpräsidenten.

Soldaten haben das passive Wahlrecht nur nach mindestens einjähriger Inaktivität.

29. Juli.

Zell am See: Eine Badekabine. Die Wände voll antisemitischer Inschriften. Viele von verstörten Judenknaben beantwortet oder ausgestrichen.

Eine lautet:

> „O Gott, schick doch den Moses wieder,
> Auf daß er seine Stammesbrüder
> Wegführe ins gelobte Land.
> Ist dann die ganze Judensippe
> Erst drinnen in des Meeres Mitte,
> Dann, Herr, o mach die Klappe zu,
> Und alle Christen haben Ruh.

2. August.

Aussee.

In den letzten Tagen häufiger Depeschenwechsel mit Güdemann.

Meyer-Cohn war in Wien. Das Rendezvous sollte in Salzburg nächster Tage sein. Güdemann zeigt guten Eifer und Bereitwilligkeit. Ich glaube an ihm den richtigen Helfer zu haben.

Leider konnte er Meyer-Cohn zum Rendezvous nicht haben, weil der nach Posen muß „wegen einer Emission".

Wenn das nur nicht die argentinische ist!

Ich antworte Güdemann folgendes:

Hochverehrter Freund!

Ich müßte mir von den Reibungswiderständen des wirklichen Lebens keine gesunde Vorstellung machen, wenn ich erwartete, daß alles gleich nach Wunsch gehen werde und könne.

251

Entmutigen kann mich nur Dummheit, Feigheit und Schlechtigkeit meiner Stammesbrüder. Helfen will ich übrigens auch den geistig und moralisch Schadhaften.

Nun finde ich aber, wenn mich meine Augen nicht täuschen, in Ihnen schon einen wackeren Helfer, obwohl Sie noch gar nicht wissen, was ich will. Haben Sie nur Vertrauen zu mir, mein lieber und verehrter Freund! Sie werden schon sehen, zu welcher edlen und hohen Sache ich Sie aufrufe.

Als ich gestern Ihre Depesche erhielt, daß Meyer-Cohn nicht kommt und Sie deshalb auch nicht kommen wollen, war ich allerdings ein bißchen, nicht übermäßig, verdrießlich. Der Verdruß galt der bedauerlichen Tatsache, daß ein Helfer, auf den ich schon gerechnet hatte, wegfällt.

Ich ging dann aus. Unterwegs hörte ich Leute im Vorübergehen von einem kleinen alltäglichen Zwischenfall reden: soeben hatte es auf der Promenade einen Auftritt gegeben, wobei „Saujud" gerufen worden war.

Dieser Auftritt wiederholt sich offenbar täglich auf tausend Punkten der Welt. Sie wissen das so gut wie ich.

Und Sie können sich denken, mit welcher höhnischen Bitterkeit ich solches zur Kenntnis nehme, da doch mein fest verschlossener Gedanke die Abhilfe enthält. Aus mir heraus wird dieser Gedanke dennoch nicht früher kommen, als bis der richtige Augenblick da ist, den ich mit aller nötigen Kälte und Härte erwarte.

Ihr heute eingetroffener Brief eröffnet mir aber wieder die Aussicht, daß wir auf M.-C. nicht zu verzichten brauchen. Ich mache Ihnen nun einen neuen Vorschlag, den ich Sie an M.-C. weiterzugeben bitte. Ich bin es meiner Selbstachtung schuldig, ihm nicht früher zu schreiben, als er mir geschrieben hat. Denn meine letzten Briefe an Sie waren ja auch indirekt an ihn gerichtet.

Sie sowohl wie M.-C. vermuten auf ganz falscher Fährte, wenn Sie glauben, daß ich an den Deutschen Kaiser ein Schutzgesuch richten wolle. Alle dergleichen Irrtümer folgen daraus, daß Sie erraten möchten, was ich nur mündlich und mit umfassender Begründung mitzuteilen gesonnen bin.

Geduld! Gedulden, aber nicht säumen, verehrter Freund!

Da M.-C. bereit ist, mitzuberaten, aber bei ihm Verhinderungen vorliegen, müssen wir ihm entgegenkommen. Mein Vorschlag ist nun, daß wir mit ihm ein neues Rendezvous verabreden. Es kann, muß aber nicht, in Zürich sein. Meinetwegen in München, Frankfurt, wo immer und wann immer — aber unbedingt in den nächsten vierzehn Tagen. Sie wissen schon, was ich hier in Aussee einleiten will, wenn ich keine jüdischen Helfer bekommen kann. Es wird nicht meine Schuld sein, wenn man mich allein gehen und einzelne Fehler machen läßt, denen durch Beratung vielleicht vorzubeugen gewesen wäre. Das Ganze meines Planes ist richtig, davon bin ich im tiefsten überzeugt.

An Salo denke ich längst nicht mehr.

Schicken Sie mir, bitte, den Artikel M.-C.'s in der *Wochenschrift*. Es ist nützlich, daß ich die Struktur seines Geistes daraus zu erkennen versuche.

Ich erwarte bald Nachricht und grüße Sie in herzlicher Verehrung.

Ihr Th. H.

4. August.

Mit einem Wiener Advokaten gesprochen.

Der sagte: Wenn man nicht in die Wählerversammlungen geht, spürt man nichts.

Die Bevölkerung sei hauptsächlich gegen die Liberalen aufgebracht. Man ruft Hoch Lueger und Hoch Friebeis (das ist der Statthaltereirat, der jetzt den suspendierten Gemeinderat vertritt).

Ich erklärte dem Advokaten, daß diese zeitweilige Verfassungs-Suspension, wenn sie noch ein-, zweimal kampflos wiederholt werden kann, zur gänzlichen Sistierung der Verfassung führen wird, mit nachfolgender Änderung resp. Neubildung einer Verfassung, aus der man die Juden auslassen wird.

Dann mit zwei Pester Doktoren gesprochen, die es wunderbar fanden, wie Ungarn die Juden halte.

Ich erklärte ihnen den ungeheuren Fehler, den die Juden in Ungarn durch Erwerbung des Grundes und Bodens begehen. Schon haben sie mehr als die Hälfte des unbeweglichen Eigentums. Eine solche Eroberung durch den *makk-hetes zsidó* kann sich das Volk unmöglich auf die Dauer bieten lassen. Nur mit terrorisierender Waffengewalt kann eine unterscheidbare· Minorität, die dem Volk fremd ist und nicht wie die alte Aristokratie geschichtlich berühmt ist, sich in solchem Besitz aller Vorteile erhalten.

Nun sind die Juden bekanntlich das Gegenteil einer geehrten Aristokratie gewesen, noch vor kurzem.

Die liberale Regierung, die offenbar auf Wahlfiktionen und Kombinationen beruht, kann durch einen Handstreich hinweggeräumt werden, und dann hat Ungarn von einem Tag auf den anderen die schärfsten Formen des Antisemitismus.

4. August.

Der Drechsler K... in Aussee!
Im vorigen Jahre freute ich mich, als ich im Haus

gegenüber den jüdischen Holzschnitzer sah. Ich hielt das für die „Lösung“.

Heuer komme ich wieder. K... hat sein Haus vergrößert, eine Holzveranda vorgebaut, hat Sommerparteien, arbeitet nicht mehr selbst. In fünf Jahren wird er der reichste Mann im Ort sein, und man wird ihn wegen seines Reichtums hassen.

So entsteht der Haß durch unsere Intelligenz.

5. August.

Von Güdemann einen leicht ironisch angehauchten Brief erhalten. Ich antworte:

Hochverehrter Freund!

Es steht Ihnen natürlich frei, mich für einen Operettengeneral zu halten. Mir beweist diese Bemerkung nur, daß ich von vornherein recht hatte, das schriftliche Verfahren als ein zweckwidriges anzusehen. Ihrem Rate folge ich übrigens heute und schreibe M.-C. direkt, frage ihn, ob er mit mir in München oder sonstwo zusammenkommen will. Haben wir beide das Rendezvous festgestellt, werde ich Sie telegraphisch fragen, ob Sie daran teilnehmen wollen. Schließen Sie sich dann aus, so werde ich es bedauern, und Sie vielleicht späterhin auch.

M.-C.'s Artikel ist gut. Aber was soll die Philosophiererei? In dieser Frage heißt es — *primum vivere! deinde*, meinetwegen, wenn's durchaus sein muß, auch *philosophari*.

Mit den besten Grüßen Ihr aufrichtig ergebener

Th. H.

Brief an Dr. Heinrich Meyer-Cohn vom 5. August:

Hochgeehrter Herr!

: Dr. Güdemann hat mir von Ihnen geschrieben und Ihnen von mir erzählt. Ich glaube, Sie kennen auch die

255

Briefe, die ich ihm geschrieben habe. So kann ich mich kurz fassen. Wollen Sie mit mir in den nächsten vierzehn Tagen irgendwo zusammenkommen? Die Bestimmung des Ortes überlasse ich Ihnen. Es läge mir viel daran, daß Dr. Güdemann an unserer Unterredung teilnähme. Er ist nun, wie ich aus seinen Briefen herausfühle, schwer zu einer größeren Reise zu haben. Nach München könnte man ihn vielleicht bekommen. Ich muß Sie vorläufig um das Vertrauen bitten, daß ich wirklich Ernstes zu sagen habe. So werde ich auch aus Ihrer Bereitwilligkeit, der Judensache das Opfer einer kleinen Reise zu bringen, erkennen, daß Sie der rechte Mann sind, dem ich meine Gedanken und Pläne *avant la lettre* mitteilen darf.

Was ich will, werde ich Ihnen nur mündlich oder gar nicht sagen. Briefgeschwätz ist ebensowenig meine Sache wie gesprochenes. Es wäre unnütz, mich aufzufordern, daß ich Ihnen vorher eine Andeutung machen solle. Nur Ihren Irrtum, den mir Güdemann anzeigte, will ich gleich hinwegräumen: ich denke an kein Schutzgesuch. In uns selbst suche und finde ich die Lösung. Ich brauche dazu taugliche Juden. Sind Sie einer, gut! Nicht — nicht!

Ihren Aufsatz in der *Wochenschrift* habe ich mir schikken lassen. Darf ich mir in der direkten Anrede ein Urteil erlauben? Der Artikel ist ganz vorzüglich und vernünftig — aber mit Philosophieren werden Sie keinen Hund hinterm Ofen hervorlocken.

Bestimmen Sie also Zeit und Ort; nehmen Sie Rücksicht darauf, daß Güdemann nötig ist. Sobald ich Ihre Nachricht habe, verständige ich mich telegraphisch mit Güdemann und bemühe mich, ihn hinzukriegen.

Mit hochachtungsvollem Gruß Ihr ergebener

Dr. Th. H.

6. August.

Blochs Wochenschrift lese ich jetzt. Er beißt sich mit den Antisemiten mittelalterlich theologisch herum, wie der Rabbiner mit dem Kapuziner.

„Daß sie alle beide stinken!"

Es wäre ja ein ausgesprochenes Judenblatt nötig, aber modern müßte es sein.

Bloch wäre immerhin für Galizien zu verwenden. Den Ton dort kennt er und wüßte zu den Leuten zu sprechen.

Die Miszellaneen, die er bringt, sind schauerlich: solche Verfolgungen gibt es jede Woche, jeden Tag!

6. August.

Mit dem alten Simon, Präsidenten der Wiener Judengemeinde gesprochen. Meine Worte haben ihn sichtlich begeistert. Ich sagte ihm natürlich nur das Negative, und daß die reichen Juden demoliert werden müssen, wenn sie nur ihrer Habgier, Genußsucht·und Eitelkeit leben, indeß die Armen verfolgt werden.

7. August.

Von Meyer-Cohn Brief erhalten. Der Brief ist gut. Ich telegraphiere ihm:

Dank für Brief. Ich schrieb Ihnen vorgestern. Bitte möglichstes für baldige Zusammenkunft, wo immer, zu tun.

Verständigen wir uns darüber telegraphisch. Gruß

Herzl.

10. August.

Von Güdemann gestern Brief erhalten, worin er den ironischen Ton seines vorletzten Briefes entschuldigt.

Von Meyer-Cohn keine Nachricht.

Ich schreibe ihm:

Hochgeehrter Herr! Über Ihren Brief, der am 7. d. M. eintraf, freute ich mich sehr. Leider erhielt ich aber die telegraphisch erbetene Verständigung nicht. Gestatten Sie also, daß ich noch ein letztes Mal sage, um was es sich handelt.

Insoweit ich schriftliche Mitteilungen machen kann, habe ich sie Ihnen schon direkt und indirekt durch Dr. Güdemann gemacht. Ich möchte gern meinen Plan zwei rechtschaffenen Juden vorlegen; und das heißt, daß ich bereit bin, einen vernünftigen Rat zur Ausgestaltung oder Restringierung meiner Absichten anzuhören. Zwei Männer wie Sie und Güdemann finde ich wohl nicht so leicht. Ich kann auch nicht lange herumsuchen. Es müssen gewisse Charakter- und Geisteseigenschaften da sein, die ich bei Ihnen beiden voraussetzen darf. Nun genügt es aber nicht, daß Sie mit mir zusammenkommen wollen; es muß auch bald sein. Nichts in der seit so vielen Jahrhunderten verschleppten Judensache schiene ja meine Eile zu rechtfertigen, und das macht Sie am Ende gar stutzig. Aber ich habe praktische Gründe zum Drängen. Hat Ihnen Dr. Güdemann nicht gesagt, daß ich hier in Aussee versuchen will, durch den östereichischen Abgeordnetenhaus-Präsidenten Chlumecky mit dem Reichskanzler Hohenlohe bekannt zu werden und so zum Kaiser zu gelangen? Und wenn mir letzteres unmöglich wird, will ich sofort an die literarische Ausarbeitung meines Planes gehen.

Auf Güdemanns vorläufigen Rat wollte und will ich mich noch Ihnen beiden in aller Bescheidenheit vorher mitteilen. Sie sind doch an der Sache so beteiligt wie ich selbst; sind meine natürlichen Freunde und Ratgeber. Sie müssen sich doch auch denken, daß ich es nicht wagen würde, Sie mutwillig auf eine Reise zu bemühen. Ich habe also Ernstes und Wichtiges zu sagen. Lassen Sie mich nicht allein gehen. Ich täte es ungern, aber ich täte es endlich. Bedenken Sie, daß ich einige Zeit brauche, um die Sache mit und durch Chlumecky in Gang zu bringen, und daß ich die noch übrigen zwanzig Tage meines Ausseer Aufenthaltes zu Rate halten muß.

Erfreuen Sie mich bald durch eine telegraphische Antwort. Bestimmen Sie Zeit und Ort der Zusammenkunft, unter Rücksichtnahme auf den schwerer beweglichen Dr. Güdemann. Es wäre mir geradezu schmerzlich, wenn ich in der Erwartung, mit Ihnen beiden Hand in Hand gehen zu können, enttäuscht würde.

Mit hochachtungsvollem Gruß Ihr ganz ergebener

Dr. Th. H.

10. August.

Mit Dr. F. aus Berlin gesprochen. Der ist fürs Taufen. Er „will seinem Sohn das Opfer bringen". Na, na. Ich habe ihm erklärt, daß man noch durch andere Bassessen sein Vorwärtskommen erleichtern kann.

Er wird sich offenbar taufen, sobald sein reicher Schwiegervater tot ist. Vergißt nur, daß, wenn 5000 solche wie er sich taufen, das Schlagwort einfach geändert wird: Saugetaufte!

13. August.

Im Kurpark wieder mit dem alten Simon und noch zwei anderen alten Juden gesprochen. Habe ihnen alle Prämissen scheinbar absichtslos vorgeführt, meine Konklusion natürlich nicht. Wieder konnte ich bemerken, daß ich imstande bin, Leute zu begeistern. Das sind nur Alte, Träge, durch ihre Wohlhabenheit Indifferente. Und doch spüre ich, daß ihre Seele Funken gibt, wenn ich daraufschlage.

Die Jungen, denen ich eine ganze Zukunft schenken will, werde ich natürlich im Sturm mit mir reißen.

Nachmittags kommt der Brief von Meyer-Cohn.

Er will am 17. d. M. in München sein. Ich telegraphiere an Güdemann. Die Schwierigkeit: der 17. ist ein Samstag. Der Rabbiner wird nicht können oder seine Amtsgeschäfte vorschützen, wenn er nicht Lust hat. Ich werde ihn aber, wenn er nein sagt, mit härtester Energie aufrufen — oder definitiv über ihn hinweggehen.

14. August.

Meine gute Mama erzählt, wie Albert Spitzer starb. Seine Wirtschafterin fragte ihn nach Tisch: „Was kochen wir morgen?"

Er antwortete kräftig: „Rumpsteak"!

Das war sein letztes Wort. Er sank um und war tot.

Meine Mama zieht auch daraus in ihrer überlegenen Weise den Sinn dieses Lebens, das mit dem Rufe „Rumpsteak!" endet.

Ich werde diese Anekdote in München verwenden.

14. August.

Ich sehe im ganzen nur eine Schwierigkeit: die Landratten aufs Meer zu bringen.

14. August.

Programm für München. Erst werde ich ihnen die Geschichte des Gedankens erzählen, dann sie aufrufen, das ihnen an der umständlichen Form nicht Zusagende wohl vom Gedanken selbst zu unterscheiden. Ich werde sie im Vorhinein vor meiner Konklusion warnen, ihnen den Fehler, den ich bei Hirsch beging, erklären. Ihm trug ich die Sache vom Staat aus vor, d. h. ich begann nur und gab es rechtzeitig auf, weil ich bemerkte, daß er mich nicht verstand. Ihnen erkläre ich es jetzt als Geschäft — sie sollen mich nicht auch mißverstehen, im Umgekehrten, und mich nicht für einen „Unternehmer" halten.

Ihnen auch sagen, wie ich den immer gleichen Plan von einer anderen Seite für den Deutschen Kaiser darstellen will, mit der „Berittenmachung der Selbst[wehr?]".

14. August.

Güdemann hat telegraphisch angenommen. Er reist Freitag früh nach München. Er möchte, daß ich gleichzeitig, d. h. Freitag abend, dort eintreffe. Das will ich aber nicht. Meyer-Cohn kommt erst Samstag, wird erst Samstag nachmittag zur Unterredung zu haben sein. Ich will es vermeiden, vorher mit Güdemann zu reden, und werde erst Samstag vormittag in München eintreffen. Sie sollen vorerst miteinander sein, mich erwarten; und namentlich Güdemann soll nicht mehr von der Reise müde sein, sondern erfrischt und munter.

Die Schwierigkeit meines Vortrags wird sein, sie aus ihren gewöhnlichen Vorstellungen allmählich hinüberzuführen in die meinigen, ohne daß sie das Gefühl erhalten, die Realität zu verlieren.

18. August, München.

Eigentlich könnte ich dieses Aktionstagebuch schon aufgeben, denn es kommt zu keiner Aktion.

Ich kam gestern morgen hier an. Im Vestibül des Hotels traf ich schon Güdemann, der frisch und freundlich mit seinem grauen Bart und roten Bäckchen aussah.

Wir gingen zu Meyer-Cohn, der sich eben wusch. Gleich im ersten Augenblick wußte ich, daß das nicht der richtige Mann ist. Ein kleiner Berliner Jude dem Äußeren nach; und im Inneren ebenfalls klein. Breit erzählte er uns, während er seine Toilette beendete, über „parlamentarische" Vorgänge in der Berliner Judengemeinde. Nichtigkeiten; womit man übrigens versöhnt wird durch die anspruchslose Art des Vortrags.

Und so wie ich ihn in dieser ersten Viertelstunde erkannte, und wie ich es gleich beim Hinausgehen aus dem Zimmer zu Güdemann sagte, so hat M.-C. sich den ganzen Tag über bewährt. Er hat geringe Ansichten, an denen er zäh hängt, die er aber mit versöhnender Bescheidenheit gibt. Er ist ein Mediokrat, glaubt nicht, daß jemand etwas besser verstehen könne als er selbst, aber er traut auch jedem, also auch mir, ebensoviel zu wie sich selbst.

Ich ging dann zum Tempel, wo ich mit Güdemann Rendezvous hatte. Der Gottesdienst war vorüber, als ich hinkam. Güdemann zeigte mir das Innere des schönen Tempels. Der Schames oder Schabbesgoi, ein alter Mensch im blauen Uniformrock, groß und von schwindender Korpulenz, sah Bismarck sehr ähnlich. Es war eine kuriose Stimmung darin, daß eine Bismarckfigur mit den Schlüsseln hinter uns herging, während mir der Rabbiner den Tempel zeigte. Der Goi wußte nicht, daß er Bismarck ähnlich sieht; der Rabbiner wußte nicht. daß er etwas Symbolisches tat, als er mir die Schönheit eines Tempels wies. Nur ich wußte dies und anderes.

Von der Sache selbst sprach ich am Vormittag noch nichts. Ich ließ zumeist Güdemann reden, der noch nicht ahnte, daß er mich im weiteren Verlauf des Tages Moses nennen würde.

Wir kamen zu Tisch im jüdischen Gasthaus Jochsberger zusammen, das mich sehr anheimelte. Der Wirt kannte Güdemann und brachte uns in einem abgesonderten Zimmer unter. Später fand er mit Judenscharfsinn heraus, daß wir über die Judensache berieten, und sorgte dafür, daß wir ungestört blieben. Solches Material haben wir in unseren Leuten! Sie erraten, was man anderen einbläuen müßte. Sie führen es mit Intelligenz und Hingebung aus.

Bei Tisch begann zwanglos die Einleitung. Güdemann war mir schon vormittags nahe ans Herz gekommen. Mehr und mehr entdeckte ich in ihm einen schönen, freien Prachtmenschen. Das Gespräch war natürlich theologisch und philosophisch gefärbt. Ich sagte *incidemment* meine Gottesanschauung. Ich will meine Kinder mit dem sozusagen historischen Gott erziehen. Gott ist mir ein schönes, liebes altes Wort, das ich behalten will. Es ist eine wunderbare Abbreviatur für Vorstellungen, die einem kindlichen oder beschränkten Gehirn unfaßbar wären. Ich verstehe unter Gott: den Willen zum Guten! Den allgegenwärtigen, unendlichen, allmächtigen, ewigen Willen zum Guten, der nicht überall gleich siegt, aber endlich immer siegt. Für den das Schlechte auch nur ein Mittel ist. Wie und warum läßt der Wille zum Guten z. B. Epidemien zu? Weil durch Epidemien die dumpfen alten Städte niedergerissen werden, und neue, helle gesunde Städte mit freier atmenden Menschen entstehen.

So enthält wohl auch der Antisemitismus den göttlichen Willen zum Guten, weil er uns zusammendrängt, im Druck einig, und durch die Einigkeit frei machen wird.

Meine Gottesvorstellung ist ja spinozistisch und ähnelt auch der monistischen Naturphilosophie. Aber Spinozas Substanz ist mir etwas gleichsam Träges, und der unbegreifliche Weltäther der Monisten etwas zu Wallendes, Flimmerndes. Aber einen allgegenwärtigen Willen kann ich mir denken, denn ich sehe ihn wirken in Erscheinungen. Ich sehe ihn, wie ich die Funktion eines Muskels sehe. Die Welt ist der Körper, und Gott ist die Funktion.

Den Endzweck kenne ich nicht und brauche ihn nicht zu kennen; mir genügt, daß er etwas Höheres ist als unser jetziger Zustand. Ich kann das wieder mit alten Worten ausdrücken, und ich tue es gern. *Eritis sicut dei, scientes bonum et malum.*

Im Verlauf des Tischgesprächs ergab sich aber das Unerwartete, daß Meyer-Cohn sich als einen Anhänger der Zionsidee bekannte. Das war mir sehr erwünscht.

Nach Tisch holte ich das Manuskript meiner Rede an die Rothschilds aus dem Hotel und las es in dem leeren Saal bei Jochsberger vor. Leider hatte Meyer-Cohn· sich mit einem Geschäftsfreunde für vier Uhr verabredet, so daß ich gleich wußte, ich würde nicht zu Ende kommen. Es sollte erst am Abend wieder fortgesetzt werden. Auch sonst las ich unter ungünstigen Umständen.

Meyer-Cohn nörgelte „parlamentarisch" an jedem kleinen Detail, das ihm unangenehm aufstieß. Ich wurde deshalb einen Augenblick bei der Abweisung dieser „Zwischenrufe" heftig.

Dennoch war die Wirkung groß. Ich sah es an Güdemanns glänzenden Augen.

Auf Seite 13 mußte ich wegen der Stunde M.-C.'s aufhören. Aber Güdemann, der „Anti-Zionist", war schon gewonnen.

Er sagte: „Wenn Sie recht haben, bricht meine ganze bisherige Anschauung zusammen.

Aber dennoch wünschte ich, daß Sie recht hätten. Ich glaubte bisher, wir seien kein Volk, das heißt: mehr als ein Volk. Ich glaubte, wir hätten die historische Sendung, Träger des Menschheitsgedankens unter den Völkern zu sein, und daß wir darum mehr als ein territoriales Volk seien."

Ich antwortete: „Nichts hindert uns, die Träger des

Menschheitsgedankens auch auf unserem eigenen Grund und Boden zu sein und zu bleiben. Wir müssen zu diesem Zweck nicht tatsächlich unter den Völkern, die, uns hassen und verachten, wohnen bleiben. Wollten wir in unseren jetzigen Zuständen den Universalgedanken der grenzenlosen Menschheit verwirklichen, so müßten wir mit der Vaterlandsidee kämpfen. Die ist aber noch für unabsehbare Zeiten stärker als wir."

Um sechs Uhr kamen wir wiederum zusammen, im Hotel, auf meinem kleinen Zimmer. Da es nur zwei Stühle gab, saß ich auf dem Bett und las weiter vor. M.-C. nörgelte wieder an den utopistischen Details. Güdemann war wieder hingerissen. Ich kam noch nicht zu Ende. Aber der Kern des Gedankens war um halb neun entwickelt. Wir wollten zum Nachtmahl gehen. Güdemann sagte: „Sie kommen mir vor wie Moses."

Ich lehnte das lachend ab, und so kam es mir aufrichtig vom Herzen. Ich halte das nach wie vor für einen einfachen Gedanken, für eine geschickte und vernünftige Kombination, die allerdings mit großen Massen operiert. Im reinen Denken ist der Plan nichts Großes. „Zweimal zwei ist vier" ist im reinen Denken ebenso groß wie „zweimal zwei Trillionen ist vier Trillionen".

Güdemann sagte noch: „Ich bin ganz betäubt. Ich komme mir vor wie jemand, den man bestellt hat, um ihm etwas zu sagen, und wie er da ist, führt man ihm statt der Mitteilung zwei schöne große Pferde vor."

Dieser Vergleich freute mich sehr, denn ich erkannte das Plastische meiner Idee.

Bei Jochsberger wieder las ich den Schluß. Die Verpflanzung des Adels mißfiel beiden. Dagegen fanden sie das gelbe Band der Judenehre poetisch schön. Ich werde also den Adel fallen lassen.

Auch gegen die Schlußapostrophe wandte sich Güdemann, wie Meyer-Cohn natürlich auch.

Wir kamen zu dem Resultat, daß die Rede nicht an die Rothschilds kommen dürfe, die niedere, schnöde, eigensüchtige Menschen seien. Es müsse die Bewegung gleich ins Volk hinausgetragen werden, und zwar in Form eines Romans.

Vielleicht werde die Anregung verstanden werden und eine große Bewegung hervorrufen.

Ich bin zwar der Ansicht, daß ich den Plan verderbe, indem ich ihn veröffentliche. Aber ich muß mich fügen. Allein kann ich den Plan nicht ausführen. Ich muß Güdemann und M.-Cohn glauben, wenn sie mir sagen, daß die „Großen" nicht dafür zu haben sind.

Ich begleitete Güdemann auf die Bahn. Beim Abschied sagte er mir in ernster Begeisterung: „Bleiben Sie, wie Sie sind! Vielleicht sind Sie der von Gott Berufene."

Wir küßten uns zum Abschied. Er hatte in seinen schönen Augen einen merkwürdigen Glanz, als er mir noch einmal zum Coupéfenster hinaus die Hand gab und fest drückte.

19. August, München.

Roman, I. Kapitel.

Moritz Frühlingsfeld, der Held, erhält am zweiten Weihnachtstag des Jahres 1899 einen Brief von Heinrich aus Berlin.

Behaglich setzt er sich hin um zu lesen.

Es ist der Selbstmordbrief.

Erschütterung im tiefsten.

II. Kapitel. Das vergessene Mädchen. Die ruinierte Börsianerfamilie mit dem Vater, der nicht „gesorgt" hat und sich durch tausend Zärtlichkeiten dafür bei der Tochter entschuldigt.

'Dorthin geht Moritz, um den ersten Schock zu überwinden. Da errät er, daß das vergessene Mädchen Heinrich geliebt hat. Sie wird später wohlerzogen und stumm sterben.

III. Kapitel.

Aufbruch zur Vergessensreise, Moritz muß auf Rat seiner Freunde (oder Eltern) reisen, um den Toten „loszuwerden".

Er hatte schon früher Reisen gemacht. Nie eine solche. Früher hatte er Augen für schöne Weiber, Abenteuer und Landschaften. Jetzt sieht er alles neu, gleichsam durch das Gespenst Heinrichs hindurch.

Zum Sterben haben wir noch Zeit!

So entsteht der Gedanke!

21. August.

Brief an Meyer-Cohn.

Hochgeehrter Herr!

Sehr bedauerte ich, Sie vor Ihrer Abreise nicht mehr gesehen zu haben. So ziehe ich brieflich die Konklusion aus unserer vielleicht nicht überflüssigen Zusammenkunft. Wir sind offenbar Gegensätze. Aber ich glaube, wir können einander nicht höher ehren, als indem wir uns das freimütig eingestehen und dennoch Freunde werden. Mein Gedanke war auch der Ihrige. Ich hoffe, daß Sie ihn nicht aufgeben, weil ich meinen Weg zu seiner Verwirklichung gezeigt habe. Das wäre ein wunderliches Ergebnis.

Ich glaube, wir müssen vor allem Juden sein, erst später, erst „drüben" dürfen wir uns in Aristokraten und Demokraten spalten. In den ersten zwanzig Jahren nach Beginn der Bewegung müssen solche Gegensätze schweigen. Später dürften sie nützlich sein und das freie Spiel der Kräfte vorstellen. Es wird darin auch der Wille zum Guten erscheinen, worunter ich, wie Sie wissen, „Gott" verstehe. Der Übermut der Aristokraten und die Mutlosigkeit der Demokraten können sich gegenseitig, wenn auch unter Kämpfen, aufheben. Aber vor allem müssen wir zusammenhalten.

Ich gebe gleich das gute Beispiel, indem ich meinen Gedanken bescheiden Ihrem Rat und dem unseres hochverehrten Freundes Güdemann unterordne.

Wenn Sie das Bedürfnis empfinden, diese vielleicht auch „utopistischen" Zeilen zu beantworten, so bitte ich, es nicht vor dem 22. ds. Mts. zu tun. Am 22. bin ich wieder in Aussee, Villa Fuchs.

Ich grüße Sie in Freundschaft

Ihr sehr ergebener

Dr. Herzl.

22. August.

Brief an Güdemann.

Hochverehrter Freund!

Unsere große Sache, die wir in München besprachen, arbeitet natürlich in mir fort, wie wahrscheinlich auch in Ihnen und vielleicht selbst in unserem Dritten M.-C. Auf manche Einwendung habe ich jetzt die nicht gleich gefundene Antwort.

Vor allem: warum es keine Utopie ist!

M.-C. hat die Utopie ganz unrichtig definiert. Nicht das als wirklich dargestellte zukünftige Detail ist das Merkmal der Utopie. Jeder Finanzminister rechnet in seinem Staatsvoranschlage mit zukünftigen Ziffern, und nicht nur mit solchen, die er aus dem Durchschnitt früherer Jahre oder aus anderen vergangenen und in anderen Staaten vorkommenden Erträgen konstruiert, sondern auch mit präzedenzlosen Ziffern, beispielsweise bei Einführung einer neuen Steuer. Man muß nie ein Budget angesehen haben, um das nicht zu wissen. Wird man darum einen Finanzgesetzentwurf für eine Utopie erklären, selbst wenn man weiß, daß der Voranschlag nie ganz genau eingehalten werden kann?

Richtig wäre also an M.-C.'s Einwendung höchstens, daß ich zu viel malerisches Detail gab. Und doch hatte ich unzählige Züge, die in meinen Entwürfen zu der Ihnen vorgelesenen Rede enthalten sind, aus dieser Redaktion weggelassen. Ich erkläre dies in der Rede selbst wiederholt mit den Worten: „Sie würden den Plan sonst für eine Utopie halten".

Wodurch unterscheidet sich nun ein Plan von einer Utopie? Ich will es Ihnen jetzt mit definitiven Worten sagen: durch die Lebenskraft, die dem Plan und nicht der Utopie innewohnt; durch die Lebenskraft, die nicht von allen erkannt zu werden braucht, und dennoch vorhanden sein kann.

Utopien hat es vor und nach Thomas Morus genug gegeben. Nie hat ein vernünftiger Mensch daran gedacht, sie zu verwirklichen. Sie amüsieren, aber sie ergreifen nicht.

Sehen Sie sich dagegen den Plan an, der die „Einigung Deutschlands" heißt. Der schien noch in der Paulskirche ein Traum. Und doch antwortete diesem Gedanken aus den rätselvollen Tiefen der Volksseele heraus eine Regung, geheimnisvoll und unleugbar wie das Leben selbst.

Und woraus wurde die Einheit gemacht? Aus Bändern, Fahnen, Liedern, Reden und schließlich aus sonderbaren Kämpfen. Unterschätzen Sie mir den Bismarck nicht! Er sah, daß Volk und Fürsten nicht einmal zu kleinen Opfern für den Gegenstand all der Lieder und Reden zu haben seien. Da mutete er ihnen große Opfer zu, zwang sie zu Kriegen. Und diese Fürsten, die es unmöglich gewesen wäre, in welcher deutschen Stadt immer zur Kaiserwahl zu versammeln, die führte er nach einer kleinen französischen Provinzstadt, wo ein halbvergessenes Königsschloß stand. Und dort waren sie ihm zu Willen. Das im Frieden verschlafene Volk jauchzte im Kriege der Einigung zu.

Es ist nicht nötig, das vernünftig erklären zu wollen. Es ist! So kann ich auch das Leben und seine Kraft nicht erklären, nur feststellen.

Sie denken, wie ich in München bemerkte, in Bildern. Das bringt Sie, wie noch anderes, meinem Herzen nur näher. Sie gebrauchten ein Wort, das mich dort rührte und erfreute. Sie sagten: „Mir ist wie jemandem, den man gerufen hat, um ihm etwas zu sagen; und wie er kommt, führt man ihm ein Paar schöne Pferde vor."

Warum sagten Sie nicht: „Zeigt man ihm eine Maschinerie"?

Weil Sie den Eindruck des Lebendigen hatten!

Und so ist es. In meinem Plan ist Leben. Ich will es Ihnen an Hertzkas „Freiland" beweisen. Ich kannte dieses Buch nur vom Hörensagen als eine Utopie. Nach Ihrer Abreise suchte ich es sofort in einer Buchhandlung. Ich hatte vergessen, Sie zu fragen, ob es denn auch von Juden handle. Und ich war darum ängstlich. Nicht meinetwegen, nicht als Literat, der fürchtet, zu spät gekommen zu sein. (Peream ego!) Nein, sondern weil ich dann besorgen müßte, auch nichts ausrichten zu können, wenn der Plan schon erfolglos durch die Welt lief. Das Buch „Freiland" war in München nicht zu bekommen, dafür aber eine neuere Publikation Hertzkas „Eine Reise nach Freiland" (Reclam Univ.-Bibl.).

Ich wurde dadurch auch schon genügend aufgeklärt. Es ist eine recht sinnreiche Phantasie, so lebensfern wie der Äquatorberg, auf dem „Freiland" liegt.

Sie werden folgenden Vergleich verstehen:

„Freiland" ist eine komplizierte Maschinerie mit vielen Zähnen und Rädern; aber nichts beweist mir, daß sie in Betrieb gesetzt werden könne.

Hingegen ist mein Plan die Verwendung einer in der Natur vorkommenden Treibkraft.

Was ist diese Kraft? Die Judennot!

Wer wagt zu leugnen, daß diese Kraft vorhanden sei?

Man kannte auch die Dampfkraft, die im Teekessel durch Erhitzung entstand und den Deckel hob. Diese Teekesselerscheinung sind die Zionsversuche und hundert andere Formen der Vereinigung „zur Abwehr des Antisemitismus".

Nun sage ich, daß diese Kraft groß genug ist, eine große Maschine zu treiben und Menschen zu befördern. Die Maschine mag aussehen, wie man will.

Ich habe recht — vielleicht werde ich es nicht behalten.

Aber unsere Kraft wächst mit dem Druck, der auf uns ausgeübt wird. Ich glaube, es gibt schon vernünftige Menschen genug, meine einfache Wahrheit zu verstehen.

In München verbrachte ich den Tag nach Ihrer Abreise mit dem Prokuristen Spitzer des Pariser Rothschilds. Seit Jahren frage ich ihn: „Wann werden die Rothschilds liquidieren?"

Er hatte dazu früher immer gelacht. Diesmal fragte er mich: „Woher wissen Sie, daß diese Absicht bestehe? Denn sie besteht! Nur der Zeitpunkt ist noch ungewiß."

(Sie werden schon unseretwegen keinen Ton von dieser Mitteilung verraten.)

Ich antwortete Spitzer: „Ich weiß alles, was eine logiscbe Schlußfolgerung aus bekannten Prämissen ist." Mehr sagte ich ihm natürlich nicht.

Nun erkennen Sie wohl, was damit für meinen Plan gegeben ist!

Die bloße Liquidation wäre ein blödsinniger Selbstmord. Ich will die Selbstvernichtung dieser ungeheuren Kreditperson für unseren historischen Zweck verwenden. Ich will ihr in den Arm fallen: „Halt! Verwenden Sie Ihren Selbstmord für eine welthistorische Aufgabe! Und bereichern Sie sich dabei noch einmal, wie nie vorher!"

Das ist in der Ausführung umfangreich, aber im Gedanken ganz einfach.

Sie sagten: „Es war eine *Narreschkat*, an Albert Rothschild diesen unbestimmten Brief zu richten."

Ja, daß der ein solcher *Parach* ist, konnte ich nicht wissen.

Größere Herren als dieser Protz haben sich in Paris mit mir eingelassen. Wenn ich den Ministerpräsidenten oder Minister des Auswärtigen besuchte, gab er dann seine Karte bei mir ab, u. dgl. m. Als ich dem Expräsidenten der Republik, Casimir Périer, schrieb, antwortete er mir sofort und verbindlich.

Daß also dieser Judenjunge von schnöder Arroganz ist, beweist meine Narretei nicht.

Bei unserer Verabredung bleibt es übrigens. Ich werde nichts mehr tun, ohne mich vorher mit Ihnen beraten zu haben. Zunächst werde ich mit Ihnen die Art und Weise besprechen, wie ich Bacher die Sache vorlegen soll.

Nach reiflichem Nachdenken finde ich, daß Bacher jetzt der nötige Mann ist.

Ich werde ihn bitten, mir einen ganzen Sonntag für eine hochwichtige Sache zu widmen, ihm alles erklären; und er soll entscheiden, ob er das für Tat oder Schrift hält.

Gewinne ich ihn für die Tat, so stellt er uns eine Schar Männer zusammen (er ja auch dabei), die Autorität und Macht genug zur Verwirklichung haben.

Hält er's für einen Roman, so wird es ein Roman.

Freilich für ihn, wie für jeden, an den ich die Frage stelle, eine recht ungemütlich große Verantwortung.

Aber an dieser historischen Sache mitzuwirken, wäre ja für jeden eine gewaltige Ehre. Und ohne Gefahr gibt es keine Ehre.

Die Macht meiner Idee sehen Sie schon daran, daß man sich ihr nicht entziehen kann, wenn ich sie ausspreche. Durch Ja wie durch Nein engagiert man sich aufs schwerste.

Brauche ich Ihnen zu sagen, wie wert Sie mir in München geworden sind?

Sie haben es bemerkt, gefühlt.

Ich grüße Sie in herzlicher Verehrung
Ihr aufrichtig ergebener

Herzl.

20. September, Wien.

Es ist seit der letzten Eintragung eine große Anzahl kleiner Dinge dagewesen, die ich in einer eigentümlichen Schreib*torpeur* vorübergehen ließ, ohne sie zu verzeichnen. Ich will das jetzt pragmatisch nachtragen, freilich ohne die Frische des Augenblicks, die ich mir ja für eine spätere Erinnerung beim Eröffnen dieses Buches konservieren wollte.

Von Aussee ging ich anfangs September nach Wien. Gleich im Verlauf meiner ersten Unterredung mit Bacher, die ich am ersten Tag hatte, erkannte ich, daß er für meine Ideen absolut unempfänglich sein werde, ja sie vielleicht aufs entschiedenste bekämpfen würde. Daraufhin gab ich sofort dem Gespräch eine Wendung und führte es theoretisch.

Bacher hält die antisemitische Bewegung für eine vorübergehende, allerdings „unangenehme".

Als ich ihn auf die Proletarisierung unseres ganzen gebildeten Nachwuchses aufmerksam machte, gab er zu, daß es eine „Kalamität" sei — aber dieses Proletariat werde sich durchringen oder untergehen, wie andere Proletariate.

Ich ging dann einigermaßen verstimmt mit den zwei Kollegen Oppenheim und Dr. Ehrlich zu Tisch. Natürlich war wieder die Judenfrage unser Gegenstand. Sie begriffen meine allgemeine Auffassung besser als Bacher, der, wie sie sagten, zumeist christlichen Umgang habe, durch Frau und Verwandtschaft. Sie teilten auch meine Besorgnisse für die nächste Zeit.

Ich fuhr dann nach Baden, wo ich öfters mit Güdemann zusammenkam.

Er war seit München ein bißchen lau geworden, aber ich brachte seinen Enthusiasmus wieder auf die Beine.

Bei Güdemann disputierte ich einmal einen alten Rabbiner, namens Fleißig, an die Wand. Dieser alte Herr trägt Stiefelhosen und langen Leibrock, der ein verschämter Kaftan ist; und so antiquiert ist auch sein scharfsinnig beschränktes Denken. Diese Art Juden vollbringt im Käfig ihrer Weltauffassung die Tausendmeilen-Wanderungen von Eichhörnchen auf der Spule.

274

Seine Söhne sind bekannte Schachspieler. Und so haben wir unzählige Köpfe voll von borniertem und nutzlos verfließendem Scharfsinn.

Mit Güdemann kam ich überein, die Sache Dr. Ehrlich als einem Finanzfachjournalisten vorzulegen.

Ich fuhr einen Sonntag zu Ehrlich hinüber nach Vöslau, und nachdem ich ihm auf sein Stillschweigen das Ehrenwort abgenommen hatte, nahm ich ihn her.

Zwei Stunden vor und zwei Stunden nach dem Essen saßen wir in einem Gartenhäuschen, auf das die Sonne heiß brannte; und ich las ihm die „Rede an den Familienrat" vor.

Resultat: er war ergriffen, erschüttert, hielt mich durchaus nicht für verrückt, und hatte eigentlich keine finanztechnische oder nationalökonomische Einwendung. Was er doch einwarf, zeigt mir nur, daß er meinen Entwurf vollkommen ernst nahm; Beispiel: er sei Gegner des Börsenmonopols.

Er gab mir endlich die positive Antwort, die ich gewünscht und auch so, wie sie kam, kommen gesehen hatte.

Ob Bacher und Benedikt oder einer von beiden wohl für die Sache zu gewinnen wären? Ja oder Nein.

Ehrlich meinte: Nein.

Wer in Wien wohl sonst dafür zu haben wäre? Ehrlich weiß keinen hervorragenden und bekannten Juden dafür.

Er glaubt, daß die Sache große Gefahren für die Juden heraufbeschwören könnte: nämlich bei der Auswanderung könnte es zu Verfolgungen kommen.

Nun zeigt mir gerade diese Besorgnis Ehrlichs, wie recht ich auf den wichtigsten Punkten habe. Denn wenn es mir gelingen kann, die Frage akut zu machen, so ist dies das einzige wirksame Machtmittel, und zwar ein fürchterliches, über das ich verfüge. Darum darf ich es

auch vorläufig nicht als Schrift, sondern muß es als
Aktion machen.

Schließlich bat mich Ehrlich, aufzuhören, denn die
Auseinandersetzung habe ihn zu schwer angestrengt.

Er selbst sei mir gewonnen. Er ginge gleich mit Kind
und Kegel mit.

Das erzählte ich so anderen Tages Güdemann. Mir war
Ehrlichs Gutachten erfreulich und wichtig, wenn er mir
auch die unmittelbare Verwirklichung durch Bacher und
Benedikt als ganz unwahrscheinlich erklärt hatte.

Inzwischen hatte Güdemann den Besuch eines Pariser
Mitgliedes der Alliance Israélite erhalten. Von diesem
Herrn Leven erzählte Güdemann Wunder, was er für ein
bekümmerter und dabei begeisterter Jude sei. Das wäre
so der Mann, dem man die Sache vortragen müßte; der
könnte dann in Paris dafür wirken.

Leider war Leven, nachdem er an einer Sitzung der
Wiener Alliance Israélite (die mit der Pariser nichts zu
tun hat) teilgenommen, abgereist.

. Ich telegraphierte ihm in Güdemanns Namen nach:
„Einer meiner Freunde wünscht Sie in dringender Sache
zu sprechen und ist bereit, Ihnen nach Salzburg nachzu-
reisen."

Am anderen Tag kam die Amtsdepesche, Adressat sei
unfindbar in Salzburg.

Wir hatten den Zwischenfall Leven schon wieder vergessen, da bekam Güdemann heute vor acht Tagen Levens Antwort: er erwarte den Freund Güdemanns in
Salzburg oder München.

Güdemann kam zu mir in den Herzogshof, war ganz aufgeregt, und seine Frau, die von der Sache wisse und be-

geistert sei, wäre auch ganz aufgeregt. Sie sehe eine günstige Vorbedeutung darin, daß gerade heute, vier Wochen nach Güdemanns Abreise, ich wieder nach München fahre und zwar wieder nach den „Vier Jahreszeiten".

Nun fuhr ich freilich nur nach Salzburg.

Gleich sah ich Levens richtigen Typus: eine schwer bewegbare aber wohlwollende Natur, misoneistisch und des Umdenkens und Umlernens schwerlich fähig. Hier wiederholt sich die Erfahrung mit Hirsch. Die schon Versuche mit den Juden, Zion u. dgl. gemacht haben, sind schwer herumzudrehen.

Das Nationalökonomische darin versteht Leven überhaupt nicht. Er hat noch ganz kümmerliche volkswirtschaftliche Vorstellungen.

Er weiß nicht, wovon die ausgewanderten Juden leben werden. Er meint, daß sie jetzt auf Kosten der „Wirtsvölker" leben, was eine bedeutende Eselei ist. Leicht *ad absurdum* zu führen. Im Güterleben gibt's ja nicht immer dieselben Sachen, die rundlaufen; sondern es werden neue Güter erzeugt. Ich behaupte, daß wir mehr erzeugen als die „Wirte" und unendlich viel mehr erzeugen würden, wenn es uns gestattet wäre, reich zu werden.

Dennoch war auch die Unterredung mit Leven nicht nutzlos. Er gab mir den Großrabbiner Zadok Kahn in Paris als den nächsten Mann an, an den ich mich wenden müsse.

Zadok sei begeisterter Zionist, teile manche meiner Ideen, die durchaus keine isolierten seien.

Das war mir das Liebste an Levens Worten, und ich sagte:

„Ich will ja gar kein Erfinder sein. Je mehr Leute meinen Allerweltsgedanken haben, desto lieber ist es mir."

Leven meinte, daß ich besonders in Rußland viele Anhänger finden würde. Dort habe auch in Odessa ein

Mann namens Pinsker gelebt und für dieselbe Sache, nämlich die Wiedererlangung einer eigenen Judenheimat, gestritten. Pinsker ist leider schon tot. Seine Schriften sollen merkwürdig sein. Werde sie lesen, sowie ich Zeit habe.

Ein anderer Jude in England, der Oberst Goldsmid, sei auch ein begeisterter Zionist, habe Schiffe chartern wollen, um Palästina wieder zu erobern.

Den Oberst will ich mir merken. Das sind alles Bestätigungen für mich. Wir haben das wunderbarste Menschenmaterial, das sich nur denken läßt.

Leven hatte sich die „Rede an den Familienrat" nicht bis zu Ende vorlesen lassen. Als er Zeichen der Ungeduld gab, hörte ich auf zu lesen und trug ihm die Sache kontradiktorisch mit seinen Einwendungen vor.

So ging wohl manches Detail verloren; aber ich glaube ihn doch mit den Hauptzügen vertraut gemacht zu haben. Das Ökonomische versteht er freilich absolut nicht, und da ist der Leuchtkern des Ganzen.

Dennoch glaube ich auch Leven gewonnen zu haben, soweit eine solche schwerflüssige Natur für eine Sache der Begeisterung gewonnen werden kann.

Ich reiste dann zurück.

*   *   *

In Wien waren am Tag vor Erew Rausch haschonoh die Gemeinderatswahlen. Alle Mandate fielen den Antisemiten zu. Die Stimmung ist eine verzweifelte unter den Juden. Die Christen sind schwer verhetzt.

Laut ist die Bewegung eigentlich nicht. Für mich an den Lärm von Pariser Bewegungen Gewöhnten ist sie sogar viel zu still. Ich finde diese Ruhe unheimlicher. Dabei sieht man überall Blicke des Hasses, auch wenn

man sie nicht mit der lauernden Angst eines Verfolgungs-
wahnsinnigen in den Augen der Leute sucht.

Ich war am Wahltag in der Leopoldstadt vor dem Wahl-
lokal, sah mir ein bißchen den Haß und Zorn in der
Nähe an.

Gegen Abend ging ich auf die Landstraße. Vor dem
Wahlhaus · eine stumme, aufgeregte Menge. Plötzlich
kam Dr. Lueger heraus auf den Platz. Begeisterte Hoch-
rufe; aus den Fenstern schwenkten Frauen weiße Tücher.
Die Polizei hielt die Leute zurück. Neben mir sagte einer
mit zärtlicher Wärme, aber in stillem Ton: „Das ist unser
Führer!"

· Mehr eigentlich als alle Deklamationen und Schimpfe-
reien hat mir dieses Wort gezeigt, wie tief der Antisemitismus in den Herzen dieser Bevölkerung wurzelt.

20. September, Wien.

Soeben war der Chefadministrator der Presse, Dr. Glogau,
bei mir und trug mir die Chefredaktion eines neuen Blattes an.

„Ich bin unter Umständen dafür zu haben", sagte ich.

15. Oktober, Wien.

Verschiedene Schritte und Rückschritte.

Mit Güdemann ein paarmal gesprochen. Ich finde ihn
immer wieder erlaut und heize ihm jedesmal ein. Zu
irgendeiner Bemühung ist er nicht zu haben. Er ist einer
der vielen, die mitgehen werden, wenn alle gehen. Zum
Vorausgehen kein Mut.

Die Verhandlungen wegen der Zeitung dauern. Ich
kann die Chefredaktion nur annehmen, wenn meine Unabhängigkeit gesichert ist.

Mit Professor Singer gesprochen, der auf mich schon
bei seinem ersten Besuch in Baden den Eindruck gemacht
hatte, daß er ein Tagesblatt machen will.

Ein Blatt brauche ich unbedingt für die Sache.

Singer ist im Prinzip bereit, mit mir ein Blatt zu machen. Ich setzte ihm die Fundierung durch Inserate — gleichsam den Keller — und die Judenidee — den Turm — auseinander.

In der Judensache geht er bis zu einer gewissen Grenze mit. Die völlige Evakuierung der jetzigen Wohnorte hält er nicht für wünschenswert, noch für möglich.

Das wäre kein Hindernis unserer Verständigung.

Aber er will ein scharf oppositionelles Blatt. Das wäre gegen meinen Zweck. Ich will unabhängig, aber gemäßigt sein, sonst macht mir die Regierung Schwierigkeiten, welche die ganze Judensache gefährden.

Ich werde also auch mit Singer nichts machen dürfen. Ihm ist es übrigens, wenn ich ihn recht verstehe, nur um ein niederösterreichisches Abgeordnetenmandat zu tun.

18. Oktober.

Gestern abend mit dem Bankdirektor Dessauer drei Stunden gesprochen — und habe ihn gewonnen.

Er hält die Finanzierung der Judenwanderung durch die Mittelbank für möglich. Auf die Rothschilds sei nicht zu rechnen.

Er möchte die *Society* mit nur vier Millionen Pfund anfangen und spätere Emissionen vorbehalten. Auch solle nicht das ganze Terrain gleich erworben werden. Er möchte klein anfangen.

Ich sagte ihm: Dann lieber gar nicht. Eine allmähliche Infiltration von Juden — wo immer — ruft bald den Antisemitismus hervor. Es muß dann der Augenblick kommen, wo man weitere Zuzüge verhindert und damit unser ganzes Werk zerstört.

Anders ist es, wenn wir von vornherein unsere Selbständigkeit erklären. Dann wird das Nachströmen von Juden den Nachbarstaaten, deren Verkehr wir bereichern, im höchsten Grade erwünscht.

Dessauer findet, daß es „eine schöne Sache" und ein „gutes Geschäft" wäre. Ich glaube, das werden alle Juden rasch erkennen — und damit ist der Staat gegründet. D. meint auch, man müsse es den Rothschilds. nur als Geschäft, nicht als nationale Idee beibringen.

Bemerkenswert: wie jeder bisher, sagte auch Dessauer: „Mich können Sie dazu haben, aber ich zweifle, daß Sie noch andere in Wien finden." Und doch leuchtet's jedem ein, wenn ich's sage.

Auch das Aufglänzen der Augen bei Dessauer gesehen. Ich begeistere jeden, mit dem ich über die Judensache spreche!

19. Oktober.

Noch einmal mit Dessauer gesprochen. Er war inzwischen „flau" geworden.

Erledigt.

20. Oktober.

Heute war Benedikts „Börsenwoche" ausgezeichnet, gegen die großen Juden, die unternehmungsfaul und engherzig sind. Ganz in meinem Sinn.

Da war plötzlich mein Entschluß fertig: Benedikt für die Sache zu gewinnen!

Sofort fuhr ich zu ihm, warf mich sofort *medias in res.*

Er verstand mich gleich so gut, daß er ein unbehagliches Gesicht machte.

Wir gingen sprechend bis nach Mauer — dreistündiger Fußmarsch über herbstliche Felder.

Ich sagte, daß ich es am liebsten in und mit der Neuen Freien Presse machen möchte.

Er: „Sie stellen uns vor eine ungeheuer große Frage. Das ganze Blatt bekäme ein anderes Aussehen. Wir galten bisher als Judenblatt, haben das aber nie zugestanden. Jetzt sollen wir plötzlich alle Deckungen, hinter denen wir standen, aufgeben."

Ich: „Sie brauchen keine Deckung mehr. In dem Augenblick, wo meine Idee publiziert wird, ist die ganze Judenfrage ehrlich gelöst. Wo man sich unsere gute Staatsbürgerschaft und Anhänglichkeit an das Vaterland gefallen lassen will, können wir ja bleiben. Wo man uns nicht mag, ziehen wir ab. Wir sagen ja, daß wir Österreicher sein wollen. Die Mehrheit, nein, alle Staatsbürger, die nicht Juden sind, erklären bei der Wahl, daß sie uns nicht als Deutsch-Österreicher (Russen, Preußen, Franzosen, Rumänen usw.) anerkennen. Gut, wir ziehen ab; wir werden aber drüben auch nur Österreicher (Russen usw.) sein. Wir geben unsere erworbenen Nationalitäten so wenig auf, wie unser erworbenes Vermögen."

Er machte verschiedene mir schon bekannte Einwendungen, freilich in einer höheren Form als die Juden, mit denen ich bisher gesprochen. Ich hatte auf alles eine Antwort.

Er behandelte die Sache durchaus als eine ernste, hielt mich gar nicht für verrückt, wie mein erster Zuhörer, mein armer S..., in Paris. Er anerkannte, was in meiner Idee alt, d. h. Allerweltsgedanke, und neu, d. h. sieg-verheißend ist. Er meint nur, die Regierungen würden sofort mit einem Ausfuhrverbot und Auswanderungs-Erschwerungen antworten. Darum gründe ich ja eben die Society, die in der Lage sein wird, mit den Regierungen zu verhandeln, Entschädigungen zu bieten usw.

Ich solle den Herausgebern einen Vorschlag machen, wie ich mir die Ausführung denke, sagte er.

282

Ich: „Es gibt zwei Formen. Entweder Sie gründen mir neben der Neuen Freien Presse ein kleineres Blatt, wo ich den Gedanken ausführe. Oder Sie geben mir eine Sonntagsnummer, wo auf der ersten Seite ,Die Lösung der Judenfrage, von Dr. Theodor Herzl' erscheint. Ich mache aus dem Entwurf einen Extrakt, der sechs oder neun Spalten füllt. Dann erscheinen die Details, Fragen und Antworten — denn das ganze Judentum fordere ich zur Mitarbeit auf, und es wird mitarbeiten — in einer neuen Rubrik ,Die Judenfrage', die ich redigiere.

Nie hat eine Zeitung etwas Interessanteres enthalten. Ich allein trage die Verantwortung. Sie können vor meinen Entwurf eine Reservation der Zeitung hinstellen."

Er: „Nein, das wäre eine Feigheit. Wenn wir es bringen, sind wir mit Ihnen solidarisch. Ihr Gedanke ist eine fürchterliche Mitrailleuse, die aber auch nach hinten losgehen kann."

Ich: „Furchtsam darf man nicht sein. Jeder wird sich übrigens seinen Platz wählen können: ob vor oder hinter der Mitrailleuse." —

Wir redeten und gingen uns müde. Benedikt wird Bacher in die Sache einweihen. Dann werde ich beiden in der nächsten Woche meine Rede an die Rothschilds vorlesen.

Benedikt möchte, daß die Sache irgendwie von außen in die Neue Freie Presse gebracht werde — etwa durch fiktive Gründung eines Vereins, in dem ich diese Rede halten könne. Ich bin dagegen. Ich brauche dazu von vornherein eine Zeitung — nämlich, wenn ich die Sache nicht durch ein Rothschildsches Syndikat „aristokratisch" machen kann.

In Vereins-Salbadereien lasse ich mich nicht ein.

* * *

Dieser Spaziergang nach Mauer — ich sagte es Benedikt, als wir zurückfuhren — war ein historischer.

Ich kann mir nicht verhehlen, daß auch für mich selbst eine entscheidende Wendung damit eingetreten ist. Ich habe mich selbst in Bewegung gesetzt. Alles Bisherige war Träumerei und Gerede. Die Tat hat begonnen, weil ich entweder die Neue Freie Presse mit mir oder gegen mich habe.

Ich werde der Parnell der Juden sein.

27. Oktober.

Heute war Dr. Glogau bei mir und brachte eine Stunde später Herrn v. Kozmian, den Vertrauensmann des Grafen Badeni zu mir. Sie machten mir den formellen Antrag, die Chefredaktion des neuen großen Regierungsblattes zu übernehmen.

Im Hinblick auf meine Judensache kann ich nicht, wie ich es früher — vor der Idee! — sicher getan hätte, diesen Antrag einfach zurückweisen. Eine unerhofft, unerhört günstige Chance für die Ausführung meiner Idee eröffnet sich. Einmal in der Nähe des Grafen Badeni, kann ich ihm meine Idee vertraulich entwickeln. Sie ist ja ebenso christen- als judenfreundlich, für den konservierten und konservativen Staat ebenso fruchtbringend wie für den neuzugründenden. Ich kann dem Grafen Badeni die „*idée maitresse*" seiner Regierungszeit bringen!

Schon scheint Badeni eine gute Meinung von mir zu haben, wie ich aus den Andeutungen Kozmians, der ein feiner alter Mann ist, herausfühle.

Badeni, sagt mir Kozmian, will durchaus nicht gegen die Liberalen regieren, wenn er nicht gezwungen ist, (ich verstehe: wenn sie sich ihm fügen), aber man kann nicht wissen. „Il ne s'en ira pas!" sagte Kozmian schließlich.

Ich antwortete: „Ich könnte ja mit dem Grafen gehen, solange es mit meinen Überzeugungen verträglich ist — *et puis je m'en irais.*"

Wir kamen überein, daß ich den Antrag den Herausgebern Bacher und Benedikt noch heute — *tecto et ficto nomine* — bekanntgebe. Denn ich will schicklicherweise nicht mit dem *fait accompli* vor sie hintreten. Doch erklärte ich meinen beiden Antragstellern, daß ich diese Verständigung nicht vornehme, um für mich kompensatorische Geldvorteile herauszuschlagen.

Glogau verstand nicht recht, was ich ihnen dann eigentlich daran mitteile. Meine Anzeige habe doch nur einen Sinn, wenn ich Abstandsvorteile erzielen wolle. Kozmian aber begriff oder sagte, er begreife: daß ich moralische Rücksichten nehme.

Tatsächlich ist dies ja mein einer Grund, hinter dem freilich noch eine größere moralische Rücksicht: die auf meine Idee verborgen ist.

Und so liegt diese delikate Gewissensfrage für mich:

Ich beweise den Herausgebern der Neuen Freien Presse meine Dankbarkeit dadurch, daß ich nicht ohne weiteres mit dem (mir äußerst sympathischen) Grafen Badeni gehe, um mit seiner Hilfe die Judenidee zu verwirklichen. Ich biete sie zuerst ihnen an, wodurch ich ihnen Ruhm und Reichtum bringe — nach meiner Ansicht — und selbst auf die große Gefahr hin, daß ich meine Idee langsamer oder gar nicht realisiere. Verstehen sie mich nicht, dann bin ich frei, ja verpflichtet, mich von ihnen zu befreien.

Ich kam mit Kozmian und Glogau überein, daß ich innerhalb 24 Stunden meine Entscheidung bekanntgebe.

Sofort fuhr ich zu Benedikt, der nicht zu Hause war, und erbat mir von Bacher brieflich eine Unterredung für den Abend.

Nachmittags ging ich zu Benedikt und setzte ihm die Sache, deren Vorbedingung — die Judensache — er ja schon kennt, auseinander.

Er fand die Situation schwer, kompliziert, die Entscheidung auch für die Neue Freie Presse ungeheuer ernst.

Ich hatte vorausgeschickt und betonte wiederholt auf das nachdrücklichste, daß ich für mich keinerlei persönlichen Vorteile wolle; daß ich, selbst wenn man sie mir jetzt anböte, eine Geldkompensation — Gehaltsaufbesserung oder dgl. — entschieden ablehnte.

Ich führe die Judensache vollkommen unpersönlich. Die Neue Freie Presse hat sich zu entscheiden, ob sie mir zur Realisierung helfen wolle oder nicht. Ich brauche eine Autorität gegenüber der Welt, die ich mit meiner Idee hinreißen will. Ich würde aus Dankbarkeit für die Neue Freie Presse, die meine Karriere wenn schon nicht machte, so doch ermöglichte, am liebsten mit meinen jetzigen Freunden gehen. Aber ich mache die Politik der Juden und kann mich von persönlichen Rücksichten nicht zum Aufgeben meiner Idee bestimmen lassen.

Benedikts Verstand leuchtete wieder. Er besprach — „laut denkend", und ohne daß ich ihm antworten solle — die Blattform, um die es sich handeln könne. Sofort erwähnte er die alte „Presse", die, wie er gehört habe, umgestaltet werden solle. Dann die Eventualität eines „Judenblattes", dann eines Konkurrenzblattes für die Neue Freie Presse mit großem Gründungskapital. So beriet er mich, ohne mich zu fragen.

Schließlich, meinte er, sei es eine persönliche Frage.

Ob ich meinen geebneten Weg als angesehener Schriftsteller in der Neuen Freien Presse weitergehen wolle, bequem, behaglich, um sieben Uhr aus dem Bureau und weiter keine Sorgen. Oder ob ich mir mein Leben so zerstören wolle, wie er und Bacher es getan — keinen Tag, keine Nacht mehr haben?

Ich sagte: „Ich bin kein bequemer Mensch. Jetzt kann ich noch zwanzig Jahre die Welt zusammenreißen. Um Geld zu gewinnen, täte ich es nicht. Aber ich habe meine Idee!"

Benedikt sagte endlich: „Ich persönlich bin mit Ihrer Idee im großen und ganzen einverstanden. Ob es das Blatt sein darf, kann ich nicht entscheiden. Ich wage es nicht. Ihre Idee ist für uns· eine Bombenidee. Ich meine, Sie sollten es zuerst mit der Gründung einer *société d'études* in Paris oder London versuchen. Wir werden Ihnen dazu einen Urlaub geben und Sie persönlich mit unserem Einfluß unterstützen. Ob wir in absehbarer Zeit oder überhaupt jemals die publizistische Vertretung. übernehmen, weiß ich nicht, und ich glaube, wir können es Ihnen nicht versprechen. Es wird vielleicht einmal zu schweren antisemitischen Ausschreitungen kommen, Mord, Todschlag, Plünderung — dann werden wir vielleicht ohnehin gezwungen sein, Ihre Idee zu benützen. Es ist damit immerhin der Punkt gegeben, hinter den wir springen und uns retten können. Aber sollen wir Ihnen sagen, wir werden es tun, und Sie damit vielleicht in eine Täuschung führen, die Sie uns später vorwerfen würden?"

Ich ging dann zu Bacher, der aber zur Parteikonferenz der Vereinigten Linken mußte. Ich konnte ihm in der Eile nur sagen, daß ich einen Antrag habe. Alles nähere wisse Benedikt schon. Er war oder zeigte sich betroffener als Benedikt. Wir nahmen für morgen Rendezvous.

Dann schrieb ich Glogau einige Worte und bat um 24 Stunden Aufschub. Sie werden vermuten, daß ich doch kompensatorische Verhandlungen führe. So peinlich mir dieser Geldverdacht ist, kann ich mir doch nicht helfen.

28. Oktober.

Gut ausgeschlafen, gut überschlafen.

Heute ist ein noch größerer Tag als gestern. Ich stehe vor einer ungeheuren Entscheidung — und mit mir die Judensache. Und die Neue Freie Presse auch.

Sie werden mich verstehen. *Superos movebo!*

Tatsächlich hat die Judenschlacht zwischen mir und den mächtigen Juden schon begonnen.

Ich dachte mir zuerst, daß ich die Rothschilds vor das Dilemma stellen müsse. Aber die erste Schlacht muß ich der Neuen Freien Presse liefern.

Abends.

Die Schlacht ist geliefert und verloren — für wen?

Von 5—8 Uhr abends las ich Bacher in seiner Wohnung die Rede an die Rothschilds vor.

Wenigstens das war erreicht, daß er, der mich vor einigen Wochen *a limine* abgewiesen, mich jetzt anhörte — und wie!

Er, der Ablehner, war auch ganz anders geworden. Er fand die Idee groß und erschütternd. Aber er könne sich doch nicht von einem Augenblick auf den anderen über eine so ungeheure Lebensfrage des Blattes entscheiden.

Er stellte mir vor, was ich verliere, wenn ich von der Neuen Freien Presse weggehe.

Sie brauchen mich eigentlich nicht, haben aber doch den Posten des Feuilletonredakteurs geschaffen, als ich nicht in Paris bleiben wollte.

288

Meine Judenidee fand er generös — aber schwerlich ausführbar. Die Neue Freie Presse riskiere zu viel. Die Juden werden vielleicht darauf nicht eingehen — und was dann?

Ich stellte ihm vor, daß die Neue Freie Presse dieser Frage nicht werde ausweichen können. Sie werden früher oder später Farbe bekennen müssen.

„Ja", meinte er, „wir haben auch zwanzig Jahre lang nichts von der Sozialdemokratie gesprochen."

Das war eigentlich sein merkwürdigstes Wort.

Von da ab war es und ist es klar, daß ich für die Sache nichts von der Neuen Freien Presse zu erwarten habe.

Was man der Neuen Freien Presse als Kurzsichtigkeit zum Vorwurf gemacht hatte: daß sie den Antisemitismus*) so lange totschwieg — war ihre Politik! Ich sagte: „Diese Sache werden Sie schließlich ebensowenig verschweigen können, wie den Antisemitismus*)."

Wir waren schon auf der Gasse und gingen der Redaktion zu, als ich das sagte. Er murmelte wie im Selbstgespräch vor sich hin: „Es ist eine verfluchte Geschichte!"

Ich antwortete: „Ja, es ist eine verfluchte Idee! Man kann ihr heute nicht entrinnen. Mit Ja wie mit Nein engagiert man sich furchtbar."

Er darauf: „Es ist etwas Großes, und ich begreife, daß ein anständiger Mensch sein Leben daran setzen will. Ob Sie noch viele solche Herzls finden werden, möchte ich bezweifeln."

Resultat: sie können sich nicht zu dem herzhaften Schritt entschließen. Ich wieder kann mich und meine Idee im Vormarsch nicht aufhalten lassen. Es wird also nichts übrigbleiben, als zu scheiden. —

*) Wohl für „Sozialismus" verschrieben.

Bacher hatte gefunden, die Rede an die R's sei interessant, nicht gründlich. Es sei eine Lassallesche Agitation. Er wisse wohl, daß die Sache etwas Ungeheures sei. Er schlage vielleicht einen großen Erfolg und den Ruhm aus.

29. Oktober.

Kozmian und Glogau erschienen gleich in der Frühe bei mir. Sie gratulierten mir zu meinem — bevorstehenden — Entschluß.

Ich sagte, daß ich zuerst noch mit dem Grafen Badeni sprechen müsse, bevor ich mich entschließe, ob ich die Chefredaktion annehme.

*

Abends.

Wieder alles in Frage. Ich hatte die Bedingung gestellt, daß mir das Blatt nach Jahresfrist übergeben werden müsse, wenn es die Zeitungsgesellschaft nicht weiter führen wolle.

Mein Gedanke dabei: daß ich das Blatt dann für meine Judensache habe, wenn ich nicht vorher schon den Grafen Badeni für meine Idee gewinnen konnte — oder bei den großen Juden die nötige Autorität erlangt hätte.

Aber darauf will der Preßleiter Hofrat Freiberg nicht eingehen. Er reklamiert das Blatt, wenn's schlecht geht, für die Regierung.

Das hätte auch den Übelstand, daß ich vom Preßbureau abhängig werde. Ich will aber nur einzig und allein mit Badeni, nicht mit seinen Hofräten, gehen. Die persönliche Beziehung zu Badeni — d. h. ihr Wert für die Judensache — ist's ja, warum ich überhaupt das Regierungsblatt führen will.

Das habe ich auch Kozmian geantwortet. Wenn ich nicht im Fall des Gelingens immer direkt mit Badeni verkehren — und im Fall des Mißlingens das Blatt für mich behalten kann, so tue ich gar nicht mit.

30. Oktober.

Morgens kam Kozmian, um mich zur Audienz bei Badeni abzuholen.

Er fragte: „Gehen wir zu Badeni?"

Ich sagte: „Nein — wenn meine Bedingung nicht erfüllt wird."

Da lenkte er ein: „Kommen Sie dennoch mit, ich werde Sie dem Ministerpräsidenten nicht als Chefredakteur vorstellen, nur als den früheren Pariser Korrespondenten der Neuen Freien Presse."

Wir fuhren also ins Ministerium. Ich war zum erstenmal in einem österreichischen Ministerpalast. Räume von großem Stil, aber kahl und kühl. Auf der Treppe verglichen wir das mit den französischen Regierungspalästen.

„Ça manque de tapis", sagte ich zu Kozmian; ich suchte überhaupt durch Scherze meine Contenance zu erhalten für die entscheidend wichtige erste Begegnung mit dem Mann, durch den ich den Juden helfen will.

Gleich nach den Exzellenzen kamen wir vor. Die übrigen Wartenden im Vorzimmer schauten auf, als sie unseren Vorrang bemerkten.

Hofluft!

Badeni eilte uns entgegen, begrüßte mich sehr frisch und munter. Offenbar ein gescheiter, energischer Mensch.

Er machte mir viele Komplimente. Von der aufgetauchten Schwierigkeit hatte er schon gehört; und da er vom neuen Blatte sprach, tat ich es auch.

Ich sagte: „Ce ne sont pas des considérations pécuniaires qui peuvent me décider à accepter la direction du journal.''

Wir sprachen nur Französisch.

Badeni fand es begreiflich, daß ich nicht von den Hofräten abhängen wolle. Er bat mich, Freiberg nicht zu mißtrauen, mich gegen ihn nicht verhetzen zu lassen. Ich würde selbstverständlich nicht ins Preßbureau gehen müssen, sondern meine Leute *aux informations* schicken. Wenn er (Badeni) aber Freiberg oder Schill zu mir schicke, möge ich sie nicht kühl empfangen.

Das sagte ich zu. Ich wünschte aber nur den direkten Verkehr mit ihm.

,,Ihre jetzige Politik, Exzellenz, glaube ich vertreten zu können, und wenn ich mit Ihnen gehe, *je vous serai un partisan résolu et sincère.* Es ist möglich, daß ich an einem gewissen Punkt nicht weiter mit kann — so werde ich es Ihnen freimütig sagen und meiner Wege gehen. Wenn ich aber bis zum Ende Ihrer Regierungszeit — das hoffentlich recht ferne ist — mit Ihnen bin, nachher werde ich Sie nicht verlassen.''

Ich sprach überhaupt einigemal vom Ende seiner Regierung, was ihn sichtlich betroffen machte, aber, da er wohl solche Worte noch von keinem Journalisten, ja vielleicht von niemandem gehört hatte, vor mir doch einigen Respekt einflößen mußte.

Von vornherein wollte ich ihm die richtige Meinung von mir beibringen: daß ich, wie ich es schon Bourgoing bei der ersten Unterredung gesagt hatte, *partisan* und nicht *laquai* sei!

Ich mache — heute noch unerkannt — die Politik der Juden. Was ich heute abschließe, ist kein offiziöser Mietvertrag, für den es leider viele halten werden, sondern eine Allianz.

Badeni sagte, er denke sich unser Verhältnis als ein dauerndes; er nehme es auf sich, daß die Zeitungsgesellschaft mir eine gesicherte Situation biete.

Auf meinen Wunsch, daß ich jederzeit bei ihm vorsprechen dürfe, *comme un ambassadeur*, sagte er: „Non seulement je le permets, mais j'y tiens".

Wir sprachen auch von meinem Abschiedsverhältnis zur Neuen Freien Presse. Ich erklärte im vorhinein, daß ich immer meiner alten Freunde eingedenk bleiben wolle und keine verletzende Polemik gegen sie führen werde — es wäre denn, daß man mich angriffe.

Badeni sagte: er hoffe selbst, daß wir in keinen Gegensatz zur Neuen Freien Presse kommen würden.

Eigentlich war das eine hochwichtige Mitteilung. Das heißt: daß er mit den Deutschliberalen regieren will.

Freilich sagte er auch ein paarmal: „Je ne ficherai pas le camp".

So trug das ganze Gespräch einen vertraulichen Charakter. Während des Redens ging meine Zigarre ein paarmal aus. Badeni zündete mir immer ein neues Zündhölzchen an. Detail, bei dem ich mir innerlich lächelnd denken mußte: was wohl die kleinen und selbst die größten Juden meiner Bekanntschaft dazu sagen würden.

Badeni betrachtet die Sache als abgeschlossen.

* * *

Eine Stunde später war ich in der Redaktion.

Bacher ließ mich rufen: „Nun, wie steht Ihre Sache?"

„Ich könnte noch absagen", antwortete ich. Aber er sagte weiter nichts.

Und noch jetzt wäre es mir lieber, wenn die Neue Freie Presse meine Judenidee annähme, ja jetzt erst recht. Ich habe nun die Beziehung zu Badeni, an den äußeren Vorteilen liegt mir ja nichts, und wenn ich nun die Autorität der Neuen Freien Presse für meine Sache bekäme, wäre sie wohl gewonnen!

Ich werde abends noch einmal mit Bacher reden, das Dilemma mit Schärfe stellen: Ich bin bereit, auf alle gebotenen Vorteile zu verzichten, wenn Sie mir versprechen, innerhalb sechs Monaten meine Lösung der Judenfrage zu publizieren. Ich verlange nichts, keine Entschädigung, keinen persönlichen Vorteil von Ihnen!

(Wobei zu bemerken, daß sie mir bei meiner Übersiedlung nach Wien mein Gehalt reduzierten und auch den erwarteten Übersiedlungsbeitrag verweigerten.)

Benedikt scheint mir zu zürnen, wie ich im Vorübergehen bemerkte. Der versteht die Sache ganz! Von Kozmian hörte ich übrigens auch, daß Benedikt wütend sei. Kozmian hat es von einem Dritten.

* * *

Nachmittags, als ich in der Redaktion war, hatte Benedikt wieder eine Unterredung mit diesem Dritten. Ich hörte dann abends von Kozmian, als wir bei Baron Bourgoing zusammenkamen, daß die Herausgeber jetzt Angst vor meiner Konkurrenz haben. Sie ahnen offenbar, daß ich mich in der inneren österreichischen Politik nicht zu weit von ihrem Standpunkt entfernen werde.

Ich stellte in der Konferenz bei Bourgoing den ganzen Plan des Blattes fest. Alle alten Mitarbeiter der Presse behielt ich. Zwei sind darunter, die mich in früherer Zeit niedrig angegriffen hatten. Ich sagte: „Je ne peux pas les renvoyer — ce sont mes ennemis personnels". Man lachte.

Im Grunde hatte ich aber doch den ganzen Abend über Sehnsucht, bei der Neuen Freien Presse zu bleiben. Es mischt sich darein offenbar meine Feigheit vor dem *qu'en dira-t-on*, vor dem Nasenrümpfen solcher, die wahrscheinlich gern mit mir tauschen würden und ihrem Neid die Form der Geringschätzung geben werden.

Dennoch gab ich in der Konferenz die besten Ratschläge für die Herstellung eines frischen guten Blattes. Sollte wider Erwarten doch noch meine Rückkehr zur Neuen Freien Presse erfolgen, so habe ich mit diesen Ratschlägen die Chance bezahlt, die dieser Antrag war.

· 31. Oktober.

Kozmian sollte mir heute ein Wort schicken, was Benedikt gestern dem Zwischenträger über mich gesagt habe.

Bis elf Uhr habe ich noch nichts erhalten. Es ist möglich, daß dieses Ausbleiben der Nachricht auf eine Intrige zurückzuführen ist. Ich werde dahinter kommen. Sollte man in der Neuen Freien Presse etwas anzetteln, mein Engagement zu verhindern, so wird das für mich der *casus belli* sein.

Ich schreibe jetzt an Dr. Bacher:

Hochverehrter Herr Doktor!

Mit Ihrer Erlaubnis will ich heute, und solange die Entscheidung noch schwebt, nicht in die Redaktion kommen. Es ist für mich eine zu peinliche Situation. Für morgen haben Sie ohnehin — wenn heute nichts Aktuelleres eingetroffen ist — das Heine-Feuilleton. Samstag erscheint kein Feuilleton, und für Sonntag ist wohl ein Wittmann da. Der bisherige Einlauf ist in Ordnung.

Wenn Sie aber mit mir reden wollen, stehe ich heute nachmittags gern zu Ihrer Verfügung, und zwar von drei bis fünf oder von sechs bis zehn am Abend. Noch einmal wiederhole ich Ihnen, daß ich bei Ihnen bleibe, wenn Sie es wollen, und zwar mit meinem jetzigen Gehalt, in meiner jetzigen Stellung. Alle mir angebotenen äußeren Vorteile bin ich noch immer bereit, zurückzuweisen, aus der moralischen Rücksicht, die Sie kennen.

Heute kann ich noch absagen.

Mit den herzlichsten Grüßen

Ihr aufrichtig ergebener

Herzl.

1. November.

Bis zum Abend kam gestern keine Antwort von Bacher. Der Gedanke, mich mit diesem Mann, den ich trotz seiner Starrköpfigkeit verehre, zu verfeinden, war mir sehr unbehaglich und wurde mir von Stunde zu Stunde unerträglicher. Dazu die Möglichkeit, daß ich mit meiner Offiziosität der Judensache vielleicht nicht einmal nützen würde.

Verstimmt wohnte ich einer Konferenz bei Baron Bourgoing bei, wo Schrift-, Titel- und Papierfragen des neuen Blattes mit dem Druckereidirektor beraten wurden. Ich gab die besten Ratschläge, aber es wurde mir immer klarer im Gefühle, daß das nicht meine Leute seien, und daß ich nicht mit ihnen gehen könne.

Als ich von der Konferenz wegging, war ich in meinem Inneren ganz beunruhigt. Es fiel mir ein, mich mit Güdemann zu beraten, obwohl ich über ihn seit einigen Tagen erzürnt war. Er hatte nämlich dem Grafen Badeni seine „Aufwartung" gemacht, wie ich zufällig erfuhr. Er war zu Badeni gegangen, ohne mich zu verständigen, womit er eigentlich zeigte, daß er mich und meine Führung nicht ernst nehme. Bei Badeni hatte er um Schutz gefleht, geweint; und schließlich war er so von Rührung übermannt, daß er den Grafen bat, ihn segnen zu dürfen.

Dennoch wollte ich seine Ansicht hören. Ich fand Güdemann nicht zu Hause. Da fuhr ich schnurstracks zu Bacher, der auch ausgegangen war. Aber eine halbe Stunde darauf traf ich ihn zufällig in der Leopoldstadt auf der Gasse. Wir gingen nun zusammen und sprachen uns aus.

Ich sagte ihm, daß es mir unerträglich wäre, mich von seiner Freundschaft zu trennen.

Er war erfreut, riet mir freundschaftlich von dem Zeitungsexperiment ab. Bei der Neuen Freien Presse stehe mir eine große Zukunft bevor. Vor allem aber hätte ich bei ihnen viel mehr Aussicht, meine Idee zu verwirklichen, als durch Badeni.

Wir einigten uns schließlich darauf, daß ich, wenn die Bildung der Society unmöglich würde, eine Broschüre veröffentlichen solle, welche in der Neuen Freien Presse besprochen werden wird.

Außerdem will er mir die Genugtuung geben, mir einen Brief zu schreiben, den ich Badeni zeigen könne, und worin er unter seinem Ehrenwort erklärt, daß ich für mein Verbleiben in der Redaktion keine wie immer geartete materielle Kompensation verlangt oder erhalten habe.

Zum Abschied sagte er mir: „Es hätte mich tief gekränkt, wenn Sie uns verlassen hätten."

3. November.

Mittags bei Badeni gewesen. Diesmal mußte ich etwas länger im Vorsaal warten. Goldbetreßte Herren, ängstliche schwarzbefrackte Deputationen, ein alter Oberst mit einer Bittschrift. Alles räuspert sich leise, holt tief Atem, um klar bei Stimme zu sein, wenn es zum Gewaltigen geht.

297

Ich hatte dabei deutlich das Gefühl, daß ich nicht für die Antikamera und für keinen goldenen Hofratskragen tauge.

Ich war der einzige wartende Zivilist ohne Frack. Alle sahen dann erstaunt auf, als ich doch vor dem Oberst und den Hofräten, die schon vor mir dagewesen, hineingerufen wurde.

Der Graf kam mir wieder sehr liebenswürdig entgegen: „Noh, Herr Doktor, was bringen Sie?"

Ich sprach ein paar Worte des Bedauerns (eigentlich dankte ich nicht verbindlich genug für die mir zugedacht gewesene Ehre, fällt mir jetzt ein) und gab ihm Bachers Brief.

Dann sprachen wir über Politik: die Tagesfrage, Luegers Bestätigung.

Badeni war durch meine Absage fein, kaum merklich verstimmt und behandelte mich sofort vorsichtig als Gegner. Er persönlich, sagte er, wäre geneigt, Lueger nicht zu bestätigen. „Ich mag ihn nicht, vor allem, weil er ein Demagog ist. Leider ist die Luegerfrage zu einer Schwierigkeit für mich aufgebauscht worden. Ich hätte sie gern schon gelöst vorgefunden. Es wäre nützlich, wenn mein Nimbus von Autorität, der mir vorangeht, nicht durch solche Dinge geschwächt würde. Es sind in der Sache von allen Seiten schon solche Taktlosigkeiten begangen worden, daß ich in jedem Fall aussehen werde, als ob ich einer Pression nachgäbe. Das ist meinem Nimbus abträglich. Die Entscheidung in der Sache kann ich übrigens nicht allein treffen. Ich muß mit meinen Kollegen beraten, es sind vielerlei Rücksichten zu beobachten, vor allem das Staatsinteresse und der Wille des Monarchen."

Ich antwortete keck: „Ich glaube, Lueger muß als Bürgermeister bestätigt werden. Wenn Sie ihn das erstemal nicht bestätigen, dürfen Sie ihn nie mehr bestätigen, und wenn Sie ihn das drittemal nicht bestätigen, werden die Dragoner reiten."

Der Graf lächelte: „Noh!" mit einem *goguenard*en Ausdruck.

Ich begründete meine Ansicht noch und empfahl mich. Er sagte: „Wenn Sie mich besuchen wollen, werde ich immer sehr dankbar sein."

Ich glaube aber, wenn ich das nächstemal vorspreche, wird er nicht Zeit für mich haben.

⋆ ⋆ ⋆

Abends erzählte ich alles Güdemann, der lebhaft bedauerte, daß ich den Antrag ausgeschlagen habe. Er meint, es wäre gut gewesen, wenn ich „das Ohr des Ministerpräsidenten" gehabt hätte.

Ich wurde ärgerlich über den Angstmeier und sagte ihm: „Sie sind ein Schutzjude — ich bin ein schützender Jude. Sie können mich offenbar nicht verstehen."

Ich erklärte ihm, was damit erreicht sei, daß die Neue Freie Presse sich der Sache in wenn auch vorsichtiger Form annehme, und daß mir das wichtig genug war, um meinen eigenen persönlichen Vorteil, der bei Badeni gewesen wäre, hintanzusetzen.

Es schien ihm doch wieder ein bißchen einzuleuchten — für wie lange, weiß ich nicht. Ich habe bisher zu viel Zeit an ihn vergeudet. Das war auch meine letzte längere Unterredung mit ihm. Er hat vom Mann nur den Bart und die Stimme. Immer wieder fleht er mich an, ich solle von den Rabbinern ganz absehen, sie hätten kein Ansehen.

Was mich aber am schwersten gegen ihn aufbrachte,

war, daß er sich anfangs weigerte, mir ein Empfehlungs-
schreiben an Zadok Kahn mitzugeben, wenn ich nächste
Woche nach Paris fahren sollte.

Erst als ich ihm sagte, daß ich die Einführung nicht
brauche und mir auch so zu helfen wissen werde, sagte
er zu.

Diese Unterredung hat mich sehr deprimiert.

Zum Schluß sagte ich ihm: „Es ist trostlos: Sie, mit
dem ich am längsten und häufigsten von der Sache gesprochen, Sie fallen immer wieder von mir ab. Sie verstehen leider die Sache noch immer nicht. Wir stehen
jetzt in Donaueschingen am dünnen Anfang des Flusses.
Aber ich sage Ihnen, es wird die Donau werden!"

5. November.

Gestern abends schwere Défaillancen. Ich kam wieder
in die Redaktion. Niemand sah darin — also in meinem
Verzicht — etwas Merkwürdiges. Ich hatte eher das Gefühl, als wäre ich mißliebig geworden bei den Kollegen.

Nun habe ich ja den Regierungsantrag allerdings wegen der Judensache abgelehnt, wie ich ihn ihretwegen angenommen hätte.

Aber wie steht's mit der Aussicht, daß mir die Neue
Freie Presse bei der Verwirklichung behilflich sein wird?
Es wäre furchtbar, wenn ich mich da getäuscht hätte und
gerade bei Badeni eher die Autorität gegenüber den Juden
hätte erlangen können.

Bacher und Benedikt empfingen mich mit demonstra-
tiver Liebenswürdigkeit, als ich im Bureau erschien; aber
Benedikt entschuldigte sich gleich, daß er nicht Zeit habe,
mit mir die *société d'études* zu besprechen, und Bacher
fragte nur, wann ich wieder ein Feuilleton bringen würde.

Güdemann hat mir einen Floh ins Ohr gesetzt: „die

300

Sache *desinit in piscem*". Wenn die Neue Freie Presse meine Broschüre mit einer Notiz im „Inland" abfertigt, bin ich schwer geschädigt. Ich hoffe, sie werden ehrlich und voll halten, was sie mir versprochen haben. Ich müßte es sonst als *casus belli* auffassen.

⁂

Mit Arthur Schnitzler gesprochen, ihm die Sache kurz erklärt.

Als ich sagte: es ist die Renaissance als Schlußpunkt dieses klassischen Jahrhunderts der Erfindungen im Verkehrswesen — da war er begeistert. Ich versprach ihm, er werde Intendant des Theaters werden.

* * *

Zum Nachtmahl wieder in der Judengesellschaft bei Tonello.

Wieder dieselben Reden wie vor acht Tagen. Der Theaterboykott als erlösendes Mittel gepriesen. Diese kleinliche Agitation artet in vereinsmeierische Wichtigtuerei aus. Mir ist sie als Symptom dennoch wichtig. Ich lerne einige verwendbare Agitatoren kennen: Ruzicka, Hutmacher Billitzer (derbe Volksberedsamkeit), Kopstein, Weinhändler Pollak, Advokat Neumann, Dr. Kálmán usw.

Komisch, daß sie alle einen Beschwerdegang zum Minister als schärfere Tonart bezeichnen.

Es sprach auch als „gefeierter Redner" der Advokat Ellbogen. Der ist für Gründung einer „freisinnigen Volkspartei", die ihn wohl ins Abgeordnetenhaus entsenden soll. Er hält die Judenlage für ernst, aber nicht hoffnungslos — „sonst bliebe uns ja nichts anderes übrig, als das Nationaljudentum zu proklamieren und nach einer territorialen Grundlage zu suchen". Ellbogen wird auch für die Agitation zu verwenden sein.

Ihm antwortete gescheit Dr. Bloch. Die „Freisinnigen" Ellbogens seien doch nur wieder die Juden. Mit dem Sozialismus zu gehen, helfe nichts gegen den Antisemitismus. Beweis Deutschland, wo trotz Marx, Lassalle und jetzt Singer der Antisemitismus entstanden und erstarkt sei.

Ich stellte mich ihm nachher vor. Er war sehr angenehm überrascht, mich an diesem Ort zu finden.

5. November.

Dr. Ehrlich kam in der Redaktion heute in mein Zimmer, sagte: „Ich habe gehört, daß wir Sie wiedergewonnen haben."

Ich erzählte ihm den Hergang. Er machte ein bedenkliches Gesicht. Er meint, die Herausgeber werden ihr Versprechen nicht erfüllen.

In mir kochte es auf, und ich sagte: „Wenn sie mir ihr Wort brechen, werden die Pfeiler dieses Hauses bersten."

Sofort ging ich zu Benedikt. Später kam Bacher hinzu. Ich forderte die zugesagte „persönliche Unterstützung", die darin zu bestehen habe, daß am nächsten Sonntag bei Bacher oder bei mir eine Versammlung namhafter Juden stattfinde. Ich würde einen Vortrag halten (meine Rede an die Rothschilds unter Ausmerzung der Rothschilds aus dem Text), darauf hätten die Versammelten mir ihre Konnexionen in Paris, London, Berlin zur Verfügung zu stellen. Dort werde ich dann die „société d'études", die nicht einen Centime Kapital braucht, gründen, resp. mir die Gründung zusichern lassen, welche der Publikation meiner Broschüre sofort zu folgen hat.

Benedikt sagte flau, er wisse hier keine geeigneten Persönlichkeiten in der *haute banque*. Er wolle mich aber nach Berlin an den (pathetisch) „Geheimen Kommerzienrat Goldberger!" empfehlen.

Ich antwortete: „Diesen Goldberger kenne ich seit acht Jahren. Dazu brauche ich Ihre Empfehlung nicht."

Er empfahl mir weiter Moritz Leinkauf.

Ich sagte: „Der ist der Mann meiner Kusine!"

Kurz, er machte völlig wertlose oder überflüssige Vorschläge. Noch will ich nicht glauben, daß es aus Perfidie geschieht. Es wäre ungeheuerlich.

Bacher schwieg.

Ich sagte ihnen: „Ich brauche jetzt noch keine Agitatoren. Das wird später kommen. Vorläufig brauche ich nur das Interesse der Finanzkreise. Eigentlich bin ich aber auf niemanden angewiesen. Ich verständige nur die Leute, bevor ich den Damm einreiße!"

Ich glaube, sie haben beide die Drohung herausgefühlt.

Dennoch akzeptierte ich Benedikts Rat und fuhr sofort zu Leinkauf, mit dem ich nachmittags eine Unterredung haben werde.

Nachmittags mit Leinkauf gesprochen. Wir saßen im Beratungssaale der monumentalen Fruchtbörse.

Leinkauf bedauerte, daß ich ihn nicht um Rat gefragt habe, bevor ich den Badenischen Antrag ablehnte. Er hätte mir entschieden zur Annahme geraten.

Übrigens sei Badeni mit Vorsicht zu behandeln. Leinkauf erzählte mir folgende Geschichte. Als Badeni noch Statthalter von Galizien war, brach in diesem Lande eine Not der Landwirte aus. Durch Mißernte waren die Landwirte in die Unmöglichkeit versetzt, ihr Vieh zu ernähren. Eine Landeshilfsaktion wurde eingeleitet. Es sollten Futtervorräte gekauft und an die Notleidenden verteilt werden. Badeni kam nach Wien, ließ den Getreidehändler Wetzler (Firma Wetzler & Abeles) rufen und forderte ihn auf, eine Offerte einzureichen. Wetzler tat dies. Badeni ließ ihn dann nochmals rufen und sagte: „Ich glaube nicht, daß Sie diese Lieferung machen können. Nach meiner Berechnung müßten Sie ungefähr um dreißig Perzent mehr verlangen, um bestehen zu können.‟

Wetzler ließ es sich gesagt sein, nahm die erste Offerte aus der Hand des Grafen zurück und reichte eine zweite, um so viel höhere, ein.

Mit dieser reiste der Graf nach Lemberg zurück, und dort wurde die Lieferung an ein Konsortium vergeben — dem B. selbst angehört haben soll — zu einem Preise, der viel höher als Wetzlers erste und etwas niederer als seine zweite Offerte war. —

Dann erzählte ich Leinkauf zwei Stunden lang meinen Juden-Entwurf.

Leinkauf war entschieden dagegen. Er hält die Sache für undurchführbar — und zugleich für sehr gefährlich. Alle schwachmatischen Argumente. Ich erklärte ihm: entweder meine Broschüre findet keinen Widerhall, dann gibt es keine Gefahr. Oder sie findet den Widerhall, den ich erwarte, dann ist die Sache nicht undurchführbar.

* * *

Abends berichtete ich Bacher über diese Unterredung. Ich sagte: „Leinkauf kann die Sache nicht verstehen, er ist ein binnenländischer Geist; man muß aber am Meere wohnen, um den Plan zu begreifen. Ich habe Leinkauf seine eigene Fruchtbörse gezeigt und erläutert: der Getreidehandel hatte seinen rudimentären Sammelpunkt in Wien im Café Stierböck. Sie haben dem Bedürfnis ein

Organ geschaffen, die Fruchtbörse am Schottenring, und dann hat das Organ den Verkehr organisiert und so mächtig erweitert, daß sie jetzt den Palast in der Taborstraße haben. Denn so geht es im wirtschaftlichen Leben zu: zuerst ist das Bedürfnis, dann das Organ, dann der Verkehr. Das Bedürfnis will verstanden, das Organ will geschaffen werden — der Verkehr macht sich dann von selbst, wenn das Bedürfnis ein wirkliches war. Daß in der Judensache ein Bedürfnis — zur Not gesteigert — vorliegt, wird doch niemand leugnen. Das Organ wird die Society sein. Erst die kleine Studien-Society — dann, wenn diese sich überzeugt, daß die Stimmung vorhanden ist, die große.‘‘

Bacher schien das einzuleuchten. Er versprach mir, heute mit David Gutmann zu sprechen und ihm meinen Besuch anzukündigen. Gutmann sei ein fanatischer Jude — freilich, am Meere wohne auch er nicht.

Bacher scherzte: ,,Die Juden werden Ihnen mißmutiger zuhören, als die Christen. Sie werden der Ehrenantisemit werden!‘‘

6. November.

Ein Tag schwerer Défaillance. In die Redaktion kamen Gemeinderat Stern und andere. Lauter Leute, die alles Heil von der Regierung erwarten, zu den Ministern bittstellern gehen. Also hätten sie an mich geglaubt, wenn ich Badenis journalistischer Vertrauensmann geworden wäre. Und so habe ich jetzt keine Autorität bei ihnen.

* ◄ *

Abends bei Professor Singer gewesen, ihm alles erzählt.

Er hat mich wieder aufgerichtet: ich hätte richtig gehandelt!

Als Offiziöser hätte ich mich und die Sache unmöglich gemacht.

7. November.

Dr. Schwitzer auf der Gasse getroffen, ihn eingeweiht.

Er ist aus den höchsten Gründen gegen meinen Plan. Er will keine Nationen, sondern Menschen.

Ich sagte ihm: „*Primum vivere, deinde philosophari!* Ich werde Ihnen drüben eine edle Studierstube bauen, wo Sie in Ruhe vor den Barbaren den höchsten Gedanken nachhängen können.“

Er meinte, es gäbe noch viele andere Not außer der der Juden.

Ich sagte: „Ich kann mich vorläufig nur um meine Leute kümmern. Übrigens geben wir mit dem Siebenstundentag und anderen sozialen Erleichterungen und Neuerungen der Welt ein großes Beispiel.

Es handelt sich darum, den Schluß aus den wunderbaren technischen Errungenschaften dieses Jahrhunderts zu ziehen. Das elektrische Licht wurde nicht erfunden, um die Salons einiger Geldprotzen zu erleuchten. Es wurde erfunden, damit wir bei seinem Scheine die Judenfrage lösen.“

Bacher sagte mir, er habe mit David Gutmann gesprochen und ihn auf meinen Besuch vorbereitet. Sofort schrieb ich Gutmann und bat ihn um Bestimmung einer Stunde.

Gutmanns Antwort hatte einen komischen Zug. Er gab mir für Sonntag Rendezvous und unterschrieb „mit aller

Achtung", was ein bißchen gnädig klingt. Wenn diese Fertigung nicht kaufmännische Unbildung vorstellt, verrät sie, daß der Mann mich nicht verstehen wird. Dennoch will ich nicht zu faul sein. Vielleicht wird er erschrecken. Begeistern werde ich den guten Mann „mit aller Achtung" schwerlich.

9. November.

Gestern mit David Gutmann „und Sohn" gesprochen. Der Alte war anfangs ein bißchen gnädig, was ich ihm durch Überschlagen meiner Beine und sehr nachlässiges Zurücklehnen in meinen Fauteuil austrieb. Er hörte mir immer ernster zu.

Der Junge wollte Witze machen über den „jüdischen Staat und die jüdischen *Balmachomes*". Ich fuhr ihn heftig an: „Machen Sie keine dummen Witze! Solche Späße werden jedem, der sie macht, übel bekommen. Die Witzlinge werden von dieser Bewegung zertreten und zerstampft werden."

Erschrocken hörte er auf zu witzeln. Der Alte erklärte schließlich, er müsse sich eine so große Sache noch wohl überlegen. Er meinte auch, ich solle mit den Rothschilds sprechen.

Erreicht ist jedenfalls so viel, daß die Großjuden verständigt sind. Denn offenbar wird David Gutmann mit Albert Rothschild und Hirsch davon sprechen.

Ich vergaß leider zu sagen, wie ich das Gutmannsche Kohlengeschäft liquidieren möchte.

Die Bergwerke können entweder vom österreichischen Staat abgelöst oder von der Society erworben werden. In diesem Falle könnte der Kaufpreis teils in Ländereien drüben, teils in Society-Aktien und Bargeld bestehen. Eine dritte Möglichkeit wäre: Gründung einer Aktiengesellschaft „Gutmann", deren Aktien auch bei uns drüben kotiert würden. Vierte Möglichkeit: Weiterbetrieb in der bisherigen Weise, nur wären die Eigentümer fortab Ausländer.

10. November.

Gestern mit Güdemann gesprochen. Er hat mir den Einführungsbrief für Zadok Kahn gegeben. Den Brief schicke ich an S..., dem ich die großen Ereignisse der letzten Monate erzähle. S... soll den Brief Zadok übergeben.

Bacher stimmt mich durch seine Einwendungen wieder herab. Um alledem zu entgehen, will ich Mittwoch nach Paris fahren.

Viele Juden jubeln töricht über die Nichtbestätigung Luegers als Bürgermeister. Als ob der Antisemitismus mit Lueger gleichbedeutend wäre. Ich glaube vielmehr, daß die Bewegung gegen die Juden jetzt eilig zunehmen wird.

Was ich durch meine konstruktive Idee erreichen wollte, dazu werden gewaltsame Ereignisse drängen.

Statt Luegers wird schließlich ein anderer Antisemit Bürgermeister von Wien werden. Lueger aber wird mit verstärkter Macht aufreizen. Schon ballen sich alle Antisemiten zu einem Heer gegen Badeni zusammen. Der nicht judenfeindliche Statthalter von Nieder-Österreich, Graf Kielmannsegg, dürfte in den nächsten Tagen fallen.

Gestern war sogar das antisemitische Gerücht verbreitet, Graf Badeni habe demissioniert. Wenn er bleibt, werden die Dragoner reiten, wie ich es ihm sagte.

Schon ruft man in den Straßen: „Nieder mit Badeni!"

Ich glaube, Luegers Nichtbestätigung war ein verhängnisvoller Fehler, der schwere Krisen zur Folge haben wird. Badeni hat die Macht der antisemitischen Strömung unterschätzt.

Prinz Lichtenstein hat dem Ministerpräsidenten im offenen Parlament das Wort „Lüge" zugerufen. Die Antisemitenblätter schlagen einen in Österreich unerhörten Ton der Dreistigkeit gegen Badeni an.

* I *

An den Baurat Stiassny geschrieben. Ich werde ihm morgen meine Rede an die Juden vorlesen. Er hat überall Verbindungen mit eifrigen jüdischen Agitatoren.

* * *

In der Türkei Gärungen. Sollte die orientalische Frage aufgerollt und durch Teilung der Türkei gelöst werden, so könnten wir auf dem europäischen Kongreß vielleicht ein Stück neutrales Land (wie Belgien, Schweiz) für uns bekommen.

* * *

Wir hatten gestern im Feuilleton einige hinterlassene Briefe Lassalles.

Ich sprach mit Bacher darüber, nachdem er versucht hatte, mich herabzustimmen.

„Was, meinen Sie, wäre Lassalle heute, wenn er lebte?" fragte ich.

Bacher schmunzelte: „Wahrscheinlich preußischer Geheimrat."

Ich aber sagte: „Er wäre Führer der Juden; ich meine natürlich nicht den Lassalle im Alter, das er heute hätte, sondern den in seiner damaligen Kraft."

Bei Güdemann gewesen. Er bat mich, zu einer Wahlbesprechung zu kommen, in der für Blochs Kandidatur in Kolomea Agitationsgeld aufgebracht werden soll. Ich sagte, daß ich mich nicht öffentlich zeigen wolle, bevor ich meine Sache entwickelt habe. Sprechen mag ich nicht, wenn ich die Konklusion nicht geben kann. Aber ich werde einen Brief an Güdemann richten, den er in der Versammlung vorlesen soll. Ich werde schreiben, daß ich 5o Fl. hergebe, obwohl ich Blochs Auftreten in manchem Punkt nicht billige. Es gibt — sehr gering gerechnet — 2oo Juden in Wien, die den gleichen Betrag viel leichter widmen können. Damit wäre der Wahlfond aufgebracht.

Rabbiner Fleißig war bei Güdemann. Dieser legte die Hand auf meine Schulter und sagte bewundernd: „Das ist ein Prachtkerl!"

Güdemann erzählte mir, daß David Gutmann meinen Plan schon ausgeplaudert habe. Ich war wütend und schrieb sofort an Ludwig Gutmann:

Lieber Doktor!

Da ich seit unserer Freitags-Unterredung kein Lebenszeichen erhielt, vermute ich, daß Ihnen beiden die Sache nicht einleuchtet.

Ich muß nur vorsichtsweise die Erinnerung wiederholen, auf die ich vielleicht nicht genügenden Nachdruck gelegt hatte: daß meine Mitteilung streng vertraulicher Natur war. Ich kann Sie nicht ermächtigen, mit irgend jemandem davon zu sprechen, wenn Sie nicht in jedem einzelnen Fall vorher meine Zustimmung einholen. Eine unvorsichtige Behandlung der Sache könnte für die Juden

Gefahren heraufbeschwören, von denen Sie selbst auf das schwerste mitbetroffen werden müßten.

Ich vertraue also vollkommen auf die Diskretion zweier Ehrenmänner, die meine Ansichten nicht teilen, aber genau wissen, daß sie mir absolutes Stillschweigen schulden.

Mit den schönsten Grüßen

Ihr ganz ergebener

Dr. Th. Herzl.

Für nachmittag hatte ich Bloch zu Stiassny bestellt.

Bloch hatte gehofft, daß ich wegen seiner Wahlgeschichte käme. Ich bemerkte seine Enttäuschung, als ich nur — *excusez du peu!* — die Lösung der Judenfrage vorlas.

Stiassny war begeistert.

Bloch ging vor dem Ende meiner Vorlesung weg. Er müsse nach Hause, weil er morgen nach Kolomea reise. Er habe auch viele Einwendungen gegen meinen Plan.

Beim Abschied bat er mich nur, mit David Gutmann zu sprechen — nämlich wegen Geldes!

Dennoch schreibe ich für Blochs Wahl folgenden zur Verlesung in der Versammlung bestimmten Brief an Güdemann:

Hochverehrter Herr Doktor!

Da ich abreisen muß, kann ich nicht an der Besprechung teilnehmen. Dr. Blochs Wahl scheint mir notwendig zu sein. Ich mache ausdrücklich den Vorbehalt meiner politischen Meinungsverschiedenheit; aber Dr. Bloch hat im Parlament immer wacker die Judensache vertreten. Wir sind ihm dafür Dank schuldig, selbst wenn wir in manchem, in vielem nicht mit ihm einverstanden sind. Einzeln kann man uns erschlagen. Wenn wir zusammenhalten — nie!

Ich stelle für den Wahlfonds fünfzig Gulden zur Verfügung. Wenn in Wien zweihundert Juden ebensoviel hergeben, ist das Nötige gesichert. Ich unterschätze die Geldkraft der Wiener Juden und überschätze meine eigene, wenn ich nur von zweihundert Bessersituierten spreche. Auf die ganz großen Herrschaften, denen die Judennot offenbar noch nicht nahe genug geht, möchte ich am liebsten verzichten.

Mit hochachtungsvollem Gruß

Ihr aufrichtig ergebener

Dr. Th. H.

Paris, 16. November.

Unterredung mit dem Großrabbiner Zadok Kahn. Ich las ihm die Rede vor. Im Coupé auf der Fahrt nach Paris hatte ich die Rothschilds schon ganz aus der Rede fortgestrichen.

Zadok Kahn schien der zweistündigen Vorlesung mit Interesse zu lauschen.

Er gab sich dann auch als Zionist zu erkennen. Aber der „Patriotismus" des Franzosen wolle auch sein Recht.

Ja, man muß wählen zwischen Zion und Frankreich.

Zadok Kahn ist von der kleinen Rasse der Juden. Es soll mich wundern, wenn ich von ihm eine ernstliche Hilfe habe. Übrigens sprachen wir nach meiner Vorlesung nur wenige Worte, da er in den Tempel fortmußte. Wir haben für morgen wieder Rendezvous genommen, mein Salzburger Bekannter Léven soll auch dazu kommen. Ich erwarte nicht viel von der Zusammenkunft.

Paris, 17. November.

Mit Nordau gesprochen.

Nordau ist der zweite Fall des blitzartigen Verständnisses. Der erste war Benedikt. Aber Nordau begriff als Anhänger, wie Benedikt zunächst als Gegner.

Nordau geht, glaube ich, mit durch dick und dünn. Er war am leichtesten zu erobern und ist vielleicht die bisher wertvollste Eroberung. Er wäre ein guter Präsident für unsere Akademie oder Unterrichtsminister.

Er empfiehlt mich nach London an den *Maccabean Club,* von dem ich durch ihn zum erstenmal hörte. Dieser Klub ist aber ganz einfach das ideale Organ, das ich brauche: Künstler, Schriftsteller, Geistesjuden aller Art bilden ihn. Der Klubname sagt eigentlich schon genug. Oberst Goldsmid soll Mitglied sein, auch Mocatta, von dem ich auch einigemal reden hörte.

Nordau führt mich beim Makkabäer Israel Zangwill, der Schriftsteller ist, ein.

Ich bat Nordau, mit mir nach London zu kommen. Er versprach mir, nachzukommen, wenn ich ihn brauche.

* * *

Nachmittags bei Zadok Kahn.

Mein Salzburger Leven war dort, matt, flau, schwerflüssig wie in Salzburg. Aus seinen Einwendungen erkannte ich, daß er meinen Plan damals, aber auch gestern nicht verstanden hatte.

Später kamen noch einige Juden; mir scheint, sie waren von Zadok bestellt: Derenbourg, Feinberg, und ein junger Rabbiner, der Zadoks Schwiegersohn ist.

Nach und nach mußte ich wieder mit allen meinen Beweisgründen herausrücken. Kein neues Moment in der Diskussion.

313

Die französischen Juden sind offenbar vorläufig nicht für die Sache zu haben. Es geht ihnen noch zu gut.

Gegen Leven kehrte ich mich kategorisch:

„Ich muß mich sehr unglücklich ausdrücken. Denn Dinge, die ich Ihnen zum zweitenmal erkläre, sind noch unverständlich."

Als er seine französische Nationalität betonte, sagte ich: „Wie? Gehören Sie und ich nicht zur selben Nation? Warum zuckten Sie bei Luegers Wahl zusammen? Warum litt ich, als Kapitän Dreyfus des Landesverrats angeklagt war?"

Zum Abschied sagte ich ihm: „Sie und Ihresgleichen werden nie mit mir gehen!"

Der junge Rabbiner sagte: „Ich gehe mit Ihnen!"

Derenbourg schwieg bestürzt. Als deutscher Jude (Dernburg) hält er offenbar viel auf sein Franzosentum. Ich erklärte ihnen, daß ich durch die Gründung des Judenstaats ihnen erst recht die Möglichkeit gebe, sich in Frankreich zu naturalisieren.

Dem Feinberg, der in Hirschs Diensten zu stehen scheint, sagte ich, daß die bisherigen Kolonisationsgesellschaften sich uns werden unterordnen müssen.

„Wo wir Widerstände finden, werden wir sie brechen!" sagte ich.

Zadok begütigte: „Noch leistet man Ihnen ja keinen Widerstand."

Zadoks Benehmen befriedigte mich diesmal vollkommen. Er scheint sogar meinem Plan geneigt zu sein.

Am besten erkannte ich aber die Wirkung, die ich auf Zadok gemacht, als sich die Tür für eine Sekunde öffnete und eine ältere Dame — wahrscheinlich Zadoks Frau — neugierig zum Spalt hereinschaute. Dieser Augenblick erklärte mir, was er von mir erzählt haben mußte.

Nachmittags wieder bei Zadok Kahn. Er war umgestimmt. Aus seinen Bemerkungen hörte ich heraus, daß
er meine Idee mehreren vorgetragen habe und überall
auf Widerspruch gestoßen sei.

Die französischen Juden stehen der Sache feindselig
gegenüber. Ich hab's nicht anders erwartet. Es geht ihnen
hier zu gut, als daß sie an eine Veränderung dächten.

„Das alles", sagte ich Zadok, „steht in meinem Plan.
Die Ersten werden die Letzten sein, die mitgehen. Sie
sollen sich nur vor drei Dingen hüten: Erstens davor, daß
die übrigen Juden in der Welt es erfahren, wie beneidens-
wert die Lage der Juden in Frankreich sei; denn es würde
eine böse Masseneinwanderung von Israeliten in Frankreich stattfinden. Zweitens davor, daß sie zu glänzende
Franzosen werden, zu rasch in den Klassen aufsteigen, zu
viel sichtbare Macht in Form von Reichtum oder angesehenen Stellungen erwerben. Sie sollen sich mit einem
Wort hüten, aufzusteigen. Drittens aber sollen sie es vollkommen aufgeben, sich um die Juden anderer Länder zu
kümmern. Sie würden vor den Christen ihre Solidarität
verraten, von den Juden aber zurückgestoßen werden. Denn
diese freundlichen Kolonisierungsversuche haben etwas
Leutseliges und zugleich Feindseliges: die Einwanderung
von Juden in Frankreich soll dadurch verhindert, abgelenkt
werden. Wer aber sich nicht bereit erklärt, mit den wan-
dernden Juden zu gehen, der hat auch kein Recht, ihnen
Plätze da und dort in der Welt anzuweisen. Die „israelitischen Franzosen' — wenn es das gibt — sind für uns
demnach keine Juden, und unsere Sache geht sie nichts
an."

Später kam ein Universitätsprofessor namens Becker,
ein großer Chauvinist.

„Il n'est question que d'un grand projet", sagte er gleich beim Eintreten. Es scheint, daß sich die Pariser Judenschaft aufs eifrigste mit der Sache beschäftigt, seit ich hier bin.

Dieser Becker ist die richtige Judengestalt aus dem Lateinischen Viertel. Eine Art Brunetière ins Hebräische übersetzt. Er hat den Geruch von Büchern und üblichem Patriotismus. Mit großer Zungenfertigkeit begann er mich zu „widerlegen". Er brachte auch die satirische Anekdote vor, wie es im Judenstaat aussehen würde. Zwei Juden treffen sich: „Qu'est-ce que tu fais ici?" — „Je vends des lorgnettes. Et toi?" — „Je vends aussi des lorgnettes."

Auf dieses meisterhafte Argument antwortete ich ganz ruhig: „Monsieur, ni vous, ni moi nous ne vendons des lorgnettes."

Er entschuldigte sich dann wegen dieses Scherzes und erkannte im weiteren Verlauf an, daß der Judenstaat eine große Akademie sein werde.

Kontradiktorisch lernte er den Plan kennen, und ich drückte ihn langsam — nur mit den Beweisgründen meiner „Rede an die Juden" — an die Wand.

Er machte hinter seiner Brille immer größere Augen und schwieg endlich ganz.

19. November.

Nordau ist ganz für die Sache gewonnen, wie es scheint.

Die Diskussion mit ihm bewegt sich in den höchsten Einwürfen. „Ob die Juden sich noch anthropologisch zur Bildung eines Volkes eignen?" u. dgl.

Das werden wir ja sehen.

Nordau glaubt, daß der Plan zur Realisierung dreihundert Jahre braucht.

Ich glaube: dreißig — wenn die Idee durchschlägt.

Nordau empfiehlt mir, mich in London an den „Hamagid" und „Jewish Chronicle" zu wenden. Ich soll meine Broschüre ins Jüdischdeutsche übersetzen lassen, auch ins Hebräische für die Russen.

Der Schwerpunkt der Aktion ist nach London verlegt.

London, 21. November.

Besuch bei Israel Zangwill, dem Schriftsteller. Er wohnt in Kilburn, NW. Fahrt im Nebel durch endlose Straßen. Leicht verstimmt angekommen. Das Haus ist ein etwas dürftiges Heim. In der mit Büchern tapezierten Studierstube sitzt Zangwill vor einem enormen Arbeitstisch, mit dem Rücken gegen den Kamin. Auch dicht beim Feuer sein Bruder, lesend. Machen beide den Eindruck fröstelnder Südländer, die nach der *ultima Thule* verschlagen sind. Israel Zangwill hat einen langnasigen Negertypus, sehr wollige, tiefschwarze, in der Mitte gescheitelte Haare, und im glattrasierten Gesicht den Ausdruck von hartem Hochmut eines nach schweren Kämpfen durchgedrungenen ehrlichen Strebers. Die Unordnung in seinem Zimmer, am Arbeitstisch, läßt mich erraten, daß er ein verinnerlichter Mensch ist. Ich habe nichts von ihm gelesen, glaube aber, ihn zu kennen. Er muß alle Sorgfalt, die sein Äußeres vermissen läßt, auf seinen Stil verwenden.

Unsere Unterredung ist mühsam. Wir sprechen Französisch, das er nicht genügend beherrscht. Ich weiß gar nicht, ob er mich versteht. Dennoch einigen wir uns über Hauptpunkte. Er ist auch für unsere territoriale Selbständigkeit.

Er steht aber auf dem Rassenstandpunkt, den ich schon nicht akzeptieren kann, wenn ich ihn und mich ansehe.

Ich meine nur: wir sind eine historische Einheit, eine Nation mit anthropologischen Verschiedenheiten. Das genügt auch für den Judenstaat. Keine Nation hat die Einheit der Rasse.

Bald kommen wir auf das Praktische. Er nennt mir die Namen einiger tauglicher Männer:

Colonel Goldsmid, Maler Solomon, Rabbiner Singer, Mocatta, Abrahams, Montefiore, Lucien Wolf, Joseph Jacobs, N. S. Joseph, natürlich auch der Chief Rabbi Adler.

Mit diesen werde ich nächsten Sonntag auf dem Bankett der Makkabäer zusammentreffen und für Montag eine Zusammenkunft verabreden, wo ich dann meinen Plan vortrage.

Oberst Goldsmid — mir der Wichtigste — liegt mit seinem Regiment in Cardiff.

Zangwill bittet ihn telegraphisch, hierherzukommen. Ich müßte sonst zu ihm nach Cardiff.

London, 22. November.

Herumgefahren den ganzen Tag.

Beim Chief-Rabbi Adler gewesen. Er empfing mich wie einen alten Bekannten. Er hatte Eile. Ich solle morgen dinieren kommen in sein anderes Haus in der City. In der Eile riet er mir von den Makkabäern ab — sie seien junge einflußlose Leute. Ich solle lieber mit Lord Rothschild und anderen sprechen. Er gab mir eine Einführung an Sir Samuel Montagu, M. P.

Ich fuhr zu Montagu in die City. Großer Geschäftstag. Montagu empfing mich zwischen zwei Maklern. Ich solle Sonntag zu ihm lunchen kommen. Da würden wir reden. Aber er mache mich gleich auf sein Alter aufmerksam. Er tauge zu keiner Aktion mehr.

Dann zum Rabbi Singer. Er hatte auch Eile, ich ging mit ihm bis zum schönen Tempel in Bayswater. Ein paar Worte über meinen Zweck: ich wolle die Weltdiskussion der Judenfrage anregen.

Er lächelte: „You are ambitious!"

Ich sagte: „Das ist noch das wenigst Phantastische an meinem Plan."

Er gab mir Rendezvous für Sonntag „zum Tee".

Mein Lieblingsgedanke der Transformation: bin ich nicht wie ein hochentwickelter jüdischer „Gelehrter", der herumfährt und von Rabbinern und reichen Leuten zum Freitisch gebeten wird?

Auf Singers Rat an Claude Montefiore nach Brighton geschrieben, er möge Sonntag hierherkommen.

Goldsmid telegraphiert an Zangwill, daß er nicht kommen könne.

23. November.

Abends beim Chief Rabbi, im anderen Haus in der City. Er hat zwei Häuser. Das in der City bewohnt er immer von Freitag bis Sonntag.

Ich fuhr also Finsbury-Square vor. Lange klopfte ich an die Tür. Ich hörte nur dahinter leise wispern. Endlich ging die Tür im halbdunklen Flur auf, und ich sah ein überraschendes Bild. Ein Schwarm junger Mädchen, die lautlos, wie erschrocken, geharrt hatten und sich jetzt im Halbdunkel verzogen.

Ich meinte, es wäre eine Samstagsschule des Rabbi. Er sagte mir dann, daß eine Dilettantenvorstellung — Konzert, Deklamation, „Mädchenjause" — bei seiner Tochter war.

Es kam später meinetwegen Mr. Joseph, der Schwager Adlers, zum Diner.

Alles englisch, mit durchschlagenden altjüdischen Zü-

319

gen. Hier empfand ich stark, daß das Jüdische nicht lächerlich zu sein braucht, wie bei uns, wo wir in unseren Gebräuchen mutlos geworden sind.

Und so setzte ich nach Tisch meinen Claquehut auf, wie die anderen, und hörte dem Nachtischgebet des Rabbi zu.

Natürlich hatte ich auch dem Chief-Rabbi, wie Zadok Kahn, wie Güdemann gesagt, daß ich keinem religiösen Antrieb in der Sache gehorche. Aber ich werde doch den Glauben meiner Väter mindestens so ehren wie den anderer.

Nach Tisch blieben wir Männer allein, es kam später noch Elkan Adler, Advokat, der Bruder des Chief-Rabbi.

Ich erklärte die Sache:

Der Chief-Rabbi meinte: das ist die Idee von Daniel Deronda.

Ich sagte: „Ich will gar nicht, daß die Idee neu sei. Sie ist 2000 Jahre alt. Neu ist nur das Verfahren, wie ich die Idee lanciere und später die Society, endlich den Staat, organisiere. D. h. nicht ‚Ich‘, denn ich ziehe mich von der Ausführung zurück, die unpersönlich sein muß. Ich schaffe nur das Organ, welches die Sache zu führen hat.“

Mr. Joseph, ein sympathischer, ganz anglisierter, langsam denkender und umständlich sprechender, alter Mann, seines Zeichens Architekt, führt die bekannten Einwendungen aus: die Juden seien kein geeignetes Menschenmaterial; die Erfahrungen des englisch-russischen Auswanderungskomitees waren betrübend, die Leute wollen nicht arbeiten usw.

Ich erklärte ihm dies mit der Verfehltheit der bisherigen Versuche. Die Versuche waren schlecht, das Material ist gut.

Alles wurde durch die dumme Wohltätigkeit verschuldet. Die Wohltätigkeit muß aufhören, dann werden die Schnorrer verschwinden. Die bestehenden jüdischen Hilfskomitees haben sich uns unterzuordnen — oder sie werden sich auflösen.

Der Chief-Rabbi sagte: „Wir werden Ihren Plan dem anglorussischen Komitee vorlegen, und das wird entscheiden, ob es sich an Ihrer Sache beteiligt."

Ich erwiderte: „Selbstverständlich wird sich dieses Komitee mit der Sache beschäftigen, aber ich lege sie ihm nicht vor. Ich bin nicht majorisierbar. Wer mitgeht, ist eingeladen. Ich wende mich zuerst an die namhaften Juden, die sich durch ihre bisherigen Versuche signalisiert haben, aber ich brauche sie nicht. Es kann mir nur erwünscht sein, wenn angesehene Leute mitgehen. Angewiesen bin ich auf sie nicht."

Elkan Adler war in Palästina, und er möchte, daß wir nach Palästina gingen. Wir hätten dort ein enormes Hinterland.

Zu all diesen Gesprächen tranken wir einen leichten Rotwein aus einer Zionskolonie.

24. November.

Mittags bei Sir Samuel Montagu, M.P. — Haus von englischer Eleganz im großen Stil. Sir Samuel ein prächtiger alter Bursche, der beste Jude, den ich bisher gesehen. Präsidiert bei Tisch seiner übrigens unliebenswürdigen — oder nur wohlerzogenen — Familie als ein gutmütiger Patriarch.

Koschere Küche von drei livrierten Dienern serviert.

Nach Tisch im Rauchzimmer meine Sache entwickelt. Ich habe ihn allmählich begeistert. Er gestand mir — im Vertrauen — er fühle sich mehr als Israelit denn als

Engländer. Er würde sich mit seiner ganzen Familie in Palästina niederlassen. Er denkt sich ein großes, nicht das alte Palästina.

Von Argentinien will er nichts wissen.

Er ist bereit, ins Komitee einzutreten, wenn eine Großmacht die Sache ernst nimmt.

Ich soll ihm vor der definitiven Publikation die Broschüre schicken.

* * *

Abends bei den „Makkabäern".

Mageres Diner, aber guter Empfang.

Alle bewillkommnen mich herzlich.

Unter den Klubmitgliedern zumeist gebildete Juden. Ein strammer Offizier, Captain Nathan, der einmal als Militärattaché nach Wien gehen sollte, aber wegen seines Judentums abgelehnt wurde.

Nach Tisch gibt mir Zangwill mit einer leicht satirischen Einführung das Wort.

Ich spreche frei, in drei Abteilungen. Die ersten zwei deutsch. Reverend Singer macht sich dabei Notizen und resumiert nach jeder Abteilung englisch, was ich gesagt habe.

Die dritte Abteilung spreche ich französisch.

Meine Rede hat Beifall. Sie beraten leise unter sich und ernennen mich einhellig zum Ehrenmitglied.

Folgen die Einwendungen, die ich widerlege.

Die wichtigste: der englische Patriotismus.

* * *

25. November, in Cardiff.

Beim Oberst Goldsmid.

Als ich aukam, erwartete mich auf dem Bahnhof der Oberst in Uniform. Mittelgroß, kleiner schwarzer

Schnurrbart, anglisiertes Judengesicht mit guten klugen dunklen Augen.

Vor dem Bahnhof wartete ein kleiner Jagdwagen. Der Oberst hatte sein Pferd, auf dem er vor und hinter dem Wagen ritt. Wir sprachen ein paar Worte, während wir durch Cardiff nach seinem Haus „The Elms" fuhren.

Er sagte mit vergnügtem Gesichtsausdruck: „Wir werden arbeiten für die Befreiung von Israel."

Dann erzählte er mir, er sei Kommandierender in Cardiff und Umgebung, zeigte, erklärte mir die Stadt.

In The Elms wartete Mrs. Goldsmid, eine feine hagere Engländerin, und ihre beiden jungen Töchter Rahel und Carmel. Englisches Willkommenheißen, wobei man sich gleich wie ein alter Bekannter fühlt.

Nachmittags las ich dem Colonel den Plan vor. Er versteht nicht gut Deutsch, die Erklärung schleppte ein wenig.

Aber er sagte: „That is the idea of my life."

Die Leitung der Sache kann er nicht übernehmen, weil sie eine politische ist, und er darf als Offizier keine aktive Politik machen.

Käme aber die Bewegung zustande, würde er die englischen Dienste verlassen und in jüdische treten. Nur möchte er statt Juden Israeliten sagen, weil Israel alle Stämme umfaßt.

Er zeigte mir die Fahne von Chovevei Zion: Zeichen der zwölf Stämme. Dagegen rollte ich meine weiße Fahne mit den sieben Sternen auf.

Dennoch verstanden, verstehen wir uns. Er ist ein wunderbarer Mensch.

Nach dem Diner, als die Damen und der andere eingeladene englische Oberst im Salon waren, ging ich mit

Goldsmid ins Rauchzimmer. Und da kam die merkwürdige Erzählung.

„Ich bin Daniel Deronda", sagte er. „Ich bin als Christ
geboren. Vater und Mutter waren getaufte Juden. Als
ich das als junger Mensch in Indien erfuhr, beschloß ich,
zum Stamm der Väter zurückzukehren. Als Leutnant
trat ich zum Judentum über. Meine Familie war darüber
empört. Meine Frau war auch Christin von jüdischer Ab-
kunft. Ich entführte sie, ließ mich zuerst in Schottland
frei trauen; dann mußte sie zum Judentum übertreten,
und wir vermählten uns in der Synagoge. Ich bin ein
orthodoxer Jude. Es hat mir in England nicht geschadet.
Meine Kinder Rahel und Carmel sind streng religiös erzogen, lernten früh Hebräisch."

Das und die Erzählungen von Südamerika klangen wie
ein Roman. Weil er für Hirsch in Argentinien war und
die Verhältnisse kennt, ist sein Rat zu hören: daß nur
Palästina in Betracht kommen könne.

Die frommen Christen Englands würden uns helfen,
wenn wir nach Palästina gingen. Denn sie erwarten nach
der Heimkehr der Juden das Erscheinen des Messias.

Ich stehe plötzlich in einer anderen Welt mit Goldsmid.

Er will das heilige Grab Stein für Stein den Christen
zustellen. Ein Teil nach Moskau, ein anderer nach Rom!

Er denkt auch wie Montagu an ein größeres Palästina.

Gut ist seine Idee, den Großgrundbesitz durch eine pro-
gressive Grundsteuer zu treffen. Henry George!

* * *

Der Wiener Klavierspieler Rosenthal war in Cardiff.
Ich schrieb ihm, er solle nach den ‚Elms' kommen. Er kam
nach dem Konzert.

324

Rahel und Carmel lauschten in anmutigen Haltungen. Wirklich eine andere Welt. Schon hatte ich die jüdischen Aristokratinnen der kommenden Zeit vor mir. Feine Wesen, mit einem orientalischen Zug, sanft und träumerisch. Und als Nippessache lag auf dem Salontisch eine Thorarolle in silberner Hülle.

26. November, Cardiff.

Abschied von Oberst Goldsmid. Er ist mir schon ans Herz gewachsen, wie ein Bruder.

26. November, London.

Abends bei Rev. Singer.

Ich hatte Asher Myers vom Jewish Chronicle, Dr. Hirsch, den Sekretär von Chovevei Zion, und den Maler Solomon hinbestellt.

Die Herren warteten schon, als ich kam.

Die Besprechung artete in theologisierende Diskussion aus.

Asher Myers fragte: „What is your relation to the Bible?"

Ich sagte: „Ich bin Freidenker, und unser Prinzip wird sein, daß jeder nach seiner Façon selig wird."

Hirsch fragte, ob ich die Fahne von Chovevei Zion annehme.

Ich antwortete mit meiner national-sozialen Fahne: weißes Feld, sieben Sterne. Die Zionsfahne kann denen, die es wollen, als Tempelfahne dienen.

Schließlich gelang mir's nicht, die geplante Zentralstelle zu schaffen. Singer möchte wohl mittun, aber der unduldsame Asher Myers sagte: „Sie dürfen nicht".

Singer meinte, man müsse die Sache zuerst den namhaften Juden: Lord Rothschild, Mocatta, Montefiore usw. unterbreiten.

Ich antwortete: „Ich bin nicht majorisierbar. Es ist die Sache der armen Juden, nicht der reichen. Der Protest der letzteren ist null, nichtig und wertlos. Ich möchte dennoch die Sache durch ein Komitee machen lassen, weil sie unpersönlich geführt werden muß.“

Asher Myers sagte: „Nein, Sie sind der Mann, sie zu führen. Sie müssen der Märtyrer dieser Idee sein. Die orthodoxen Juden werden mitgehen, aber Sie für einen schlechten Juden halten. Und zwar werden die Juden nicht nach Argentinien, sondern nach Palästina wollen.“

Er verlangte ein Resumé meiner Broschüre für den *Jewish Chronicle*, was ich ihm auch versprach.

Beim Weggehen tröstete mich Solomon. Er glaube, die von mir gewünschte Studiengesellschaft werde sich im Schoß des Maccabaean Club bilden. Sein Schwager Bentwich sei begeistert. Der Klub werde einige Sonntage hintereinander über mein „Pamphlet“ beraten.

Auch recht.

Paris, 28. November.

Rev. Singer begleitete mich auf den Bahnhof von Charing Cross. Ich fuhr, um mit ihm noch länger sprechen zu können, erst um elf Uhr weg statt um zehn.

An ihn werde ich Broschüre und Briefe schicken. Vorläufig ist er mein Hauptvertreter in London. Er scheint auch der Sache sehr ergeben.

Er war von merkwürdiger Aufmerksamkeit in den letzten Viertelstunden.

Dann gute Überfahrt; aber in Paris kam ich krank an. Nordau konstatiert Bronchialkatarrh. Ich muß schauen, daß ich nach Hause komme und die Broschüre fertig mache.

„Ein Prophet muß eine gute Lunge haben“, sagt Nordau.

„Mit so einem Winterrock ist man kein Prophet", antworte ich ergötzt.

Nordau ist jetzt zurückhaltender, als vor der Abreise nach London.

Er wird sich an der Sache beteiligen „innerhalb der Grenze des Möglichen".

* * *

Dagegen war Bildhauer Beer gleich Feuer und Flamme für die Idee bei der ersten Andeutung. Kam auch am Abend, als ich mich mit meinem Katarrh niederlegte, und entwarf Pläne: die Wüste urbar machen, Humus von Afrika nach Palästina importieren, Wälder anlegen usw.

Beer wird eine ausgezeichnete Hilfskraft sein, ich wußte es immer.

Abschiedsvisite bei Zadok Kahn.

29. November.

Er war wieder sehr liebenswürdig. Er halte meine Lösung für die einzige. Ich solle Salomon Reinach sprechen. Ich sagte, ich bin jetzt zu müd. Von den französischen Juden erwarte ich tatsächlich gar nichts.

Zadok meinte noch, ich möge Edmund Rothschild die Broschüre schicken.

Ich: „Fällt mir nicht ein."

* * *

Wien, 15. Dezember.

Im internationalen Verkehr gibt es weder Recht noch Menschlichkeit. Die Abwesenheit dieser beiden — könnte man scherzen — macht die Judenfrage zu einer internationalen.

15. Dezember.

Mimikry der Juden.

Wir gewöhnten uns dabei hauptsächlich unsere guten

Eigenschaften ab, weil solche Nationalmimiker zumeist nur schlechte haben.

24. Dezember.

Eben zündete ich meinen Kindern den Weihnachtsbaum an, als Güdemann kam. Er schien durch den „christlichen" Brauch verstimmt. Na, drücken lasse ich mich nicht! Aber meinetwegen soll's der Chanukabaum heißen — oder die Sonnenwende des Winters?

Der jüdische Verleger Cronbach in Berlin will von meinem Broschüre-Antrag nichts wissen. Es sei gegen seine Ansichten. Ich tröstete mich, als ich auf dem Briefkuvert sah, daß er eine Friseurzeitung u. dgl. verlegt.

Dann an Duncker & Humblot geschrieben, die auch nichts davon wissen wollen.

Selbstverlag also? Wenn die Broschüre „geht", würde ich wie ein Geschäftsmann aussehen!

18. Jänner 1896.

Schidrowitz telegraphiert heute aus London, daß mein Vorartikel „Die Lösung der Judenfrage" im Jewish Chronicle erschienen ist. Der erste Schritt in die Öffentlichkeit.

19. Jänner.

Mit dem Verleger Breitenstein abgeschlossen.

Er war begeistert, als ich ihm einige Stellen aus der nach langer Mühe endlich fertigen Schrift vorlas.

Den Titel habe ich geändert. „Der Judenstaat".

Jetzt fühle ich die Erleichterung nach getaner Arbeit.

Einen Erfolg erwarte ich nicht.

Ich kehre gelassen zu meinen literarischen Arbeiten zurück. Zunächst arbeite ich das „Ghetto" um.

22. Jänner.

Die erste Zustimmungskundgebung von einem Londoner Buchhändler P. Michaelis, der mir „seine Zuneigung und Kraft" zur Verfügung stellt.

23. Jänner.

Die zweite vom Rabbiner A. K... in Prag, der mich zur Bildung einer jüdischen Nationalpartei in Österreich auffordert.

Ich antworte ihm, daß ich glaube, mich vorläufig von jeder persönlichen Agitation zurückhalten zu sollen.

25. Jänner.

Dr. Lieben, Sekretär der hiesigen Judengemeinde, war auf der Redaktion. Ich sprach ihn in Bachers Zimmer. An Lieben ist aus London die Anfrage gekommen, ob ich der Verfasser der Utopie im Jewish Chronicle sei. Er hat geantwortet, er glaube nicht, „denn er kenne mich als vernünftigen Menschen".

Im Gespräch brachte er nacheinander die bekannten ersten Einwände vor.

Als ich sagte, ich sei ein nationaler Jude, sagte er: „Das reden Sie sich ein."

Ich gab mir weiter keine Mühe mit ihm.

27. Jänner.

Güdemann hat die ersten Druckbogen gelesen, schreibt mir begeistert. Er glaubt, die Schrift werde wie eine Bombe einschlagen, werde Wunder wirken. Der Chief-Rabbi Adler habe ihm geschrieben, er halte die Sache für undurchführbar und zugleich für gefährlich. Der Chief-

329

Rabbi hat eine zu gute Position, um Gefallen an meiner Sache finden zu können. Das alles irritiert mich nicht.

1. Februar.

Die Broschüre ist in den Abzügen fertig.

In der Redaktion hat man schon Wind davon.

Oppenheim hat den Jewish Chronicle gelesen und spöttelt: „der jüdische Jules Verne". Er sieht darin „Stoff" für ein humoristisches Wochen-Entrefilet.

Mit meinem Grundgedanken von der Transformation erkenne ich darin den Spötter auf der Gasse, der den Propheten oder Volksredner auslacht.

Ich sagte ihm, in verbindlichem Ton natürlich: „Wer darüber Witze machen wird, über den werde auch ich Witze machen. Ich kann böse Witze machen."

Er erwiderte: „Der böseste Witz ist die Publikation der Sache. Wenn der Chronicle-Artikel deutsch erscheint, gibt es ein Halloh der Antisemiten. Ja, das wäre ihnen gerade recht."

Ein anderer Mitarbeiter (vom ‚Economisten') meint, er und seine Braut hätten den Chronicle gelesen und beschlossen, nicht mitzugehen. Ich habe ihn mit einem Lächeln abgewiesen.

Es ist mir übrigens schon klar, welche Widerstände und von welcher Seite ich sie haben werde. Der Journalistenspaß ist jetzt die nächste Gefahr. *Il faudra leur montrer, que j'ai l'épaule terrible.*

Den Verlauf denke ich mir übrigens so: wird die Sache einschlagen, so werden sie sich mit dumpfem Neid begnügen.

Wird die Explosion nur *une explosion de rire* sein, so bin ich ins Närrische deklariert. Das ist das Opfer — von den vorläufig nur geahnten, wohl noch viel schwereren abgesehen — das ich jetzt im vollen Bewußtsein der Judensache bringe. Ich werde „ernst genommen", eine Chefredaktion ist mir schon angeboten worden; andere solche Anträge würden noch kommen, noch viel bessere. Schon meine Stellung ist gut genug und würde sich täglich bessern. Ich glaube, daß ich selbst meine Stellung gefährde — denn ich werde, ungeachtet jener damaligen Zusage Bachers, vermutlich in einen Konflikt mit den Herausgebern kommen. Es wird viel diplomatische Geschicklichkeit von meiner Seite erfordern, um diesen Konflikt möglichst weit hinauszuschieben. Ich fühle schon jetzt, daß ich ihnen ungeachtet meiner Leistungen unbehaglich bin. Vielleicht wird sich das nach einem guten Erfolg der Broschüre — der Oppenheims „Halloh" nicht zur Folge hat — ändern. Wenn es mir aber schlecht geht, glaube ich, werden sie mich im Stich lassen und mich vielleicht durch die Form der Polemik gegen meine Broschüre zwingen, die Redaktion aus Selbstachtung zu verlassen.

2. Februar.

Der Ex-Abgeordnete Bloch ist mit einem Brief Güdemanns gekommen und bittet mich um einige Kapitel der Broschüre für seine Österreichische Wochenschrift. Güdemann ist begeistert und schreibt: „meine Kollegen sollten mir Kränze winden".

Bloch scheint Vertrauen zur Sache zu haben. Ich brauche solche Berufspolitiker wie Bloch. Er glaubt nur, daß die Sache von der Mitwirkung der Rothschilds abhänge. Das glaubte ich anfangs auch. Ich glaube es nicht mehr. Bloch meint, es sei ausgeschlossen, daß man das Ganze für einen Scherz halten werde. Ich sei hierin zu ängstlich. Na, ich meine, daß vom ersten Eindruck wenigstens die Geschwindigkeit der Entwicklung abhänge.

2. Februar.

Nachmittags im Prater Güdemann getroffen. Er sagte: „Eben habe ich an Sie gedacht. Sie wissen gar nicht, welch ein großes Werk Sie gemacht haben."

Er war ganz begeistert, verspricht sich enorme Wirkung.

3. Februar.

· Dumpfe Stimmung in der Redaktion. Habe mit Bacher gesprochen. Er hat viele schwere große Bedenken. Hauptgefahr, daß ich sage: wir können uns nicht assimilieren. Das werden die Antisemiten aufgreifen, wie sie überhaupt die für sie brauchbaren „Weinberln" aus meinem Text herauslösen und dauernd zitieren werden. Ähnlich heißt's im heute eingetroffenen Brief Levysohns, der mir anzeigt, daß er mich scharf bekämpfen werde: ich hätte wohl recht, daß ich der Diskussion ein anderes Terrain gebe; aber die Verschiebung findet zu unseren Ungunsten statt.

Während ich mit Bacher sprach, kam Goldbaum herein. Der gab mir sonderbarer- — ich erkannte gleich: tückischerweise eine Reklamation eines Feuilletoneinsenders, der sich über das Liegenbleiben eines Manuskriptes beschwerte. Es war genau so, wie wenn er meine von ihm für erschüttert gehaltene Position im Blatte noch weiter erschüttern wollte.

Auch das Gespräch, das er führte, war voll von Anzüglichkeiten. Er sprach vom Bulgarenfürsten Ferdinand und vom Grafen Goluchowski, den man fallen lassen wolle, weil er durch seine Neuerungen Verlegenheiten bereite, weil er eine Gefahr sei.

· Als wir dann hinausgingen, gab er mir die ihm geliehenen Bürstenabzüge meiner Schrift und sagte: „Sie haben mich ergriffen, aber nicht überzeugt".

Nach diesen herzlich klingenden Worten glaubte ich schon, sein Benehmen in Bachers Zimmer in meiner Nervosität falsch verstanden zu haben.

Aber als ich nach Hause kam, sah ich, daß er an zwei Stellen die Broschüre gar nicht aufgeschnitten hatte.

Noch einmal war ich vor dem Weggehen in Bachers Zimmer. Benedikt kam herein, wollte beinahe zurück, als er mich sah. Ich fragte ihn, ob er meine Schrift gelesen hahe. Er antwortete: „Ich kann mich mit kleinen Bemängelungen dieser oder jener Stelle, nicht aufhalten. Man muß das Ganze nehmen — oder nicht nehmen."

Das „Nicht nehmen" in heruntergehendem Ton gesprochen. Das war alles. Und doch eine geradezu dramatische Wendung. Wolken hingen über diesem kurzen Gespräch. Wir hatten einander verstanden — und gingen, als ob nichts Ernstes, Großes vorläge, zu gleichgültigen Dingen über, sprachen von der Osternummer, für die ein Beitrag Lemaitres zu verlangen.sei u. dgl.

3. Februar.

Abends.

Ich habe Benedikt richtig beurteilt. Er kam abends in mein Zimmer und bat mich — er mich l — um eine Unterredung. Er wolle „nicht als Neue Freie Presse, sondern als Person" mit mir über die Sache sprechen. Ich solle nichts Entscheidendes tun vor dieser Rücksprache; nichts, was nicht mehr ungeschehen gemacht werden könne.

Ich sagte: „Ich werde die Broschüre nicht früher erscheinen lassen, aber aufhalten kann ich den Druck nicht. Spätere Änderungen würden Kosten verursachen."

Er antwortete: „Das ist ja mit Geld auszugleichen."

Ich weiß nicht, ob ich das recht verstanden habe. Will

er mir Geld dafür anbieten, daß ich die Publikation unterlasse?

Jedenfalls ist meine Antwort morgen oder übermorgen — wann dieses schwere Treffen stattfinden wird — vorgezeichnet. Ich werde, ich muß ihm sagen: Meine Ehre ist engagiert. Selbst wenn ich wollte, könnte ich die Sache nicht mehr rückgängig machen. Der Gedanke ist im Chronicle-Artikel ausgesprochen. Er gehört nicht mehr mir. Schwiege ich, gäbe ich die öffentlich versprochene Schrift nicht, so sähe ich aus, wie wenn ich mich den reichen Juden, die dagegen sind, verkauft hätte. — Auf kleine Änderungen, die er wünscht, werde ich mich einlassen, ihn aber die Druckkosten für die verlangten Änderungen bezahlen lassen. Diese Zahlung hat nämlich *in eventum* einen Beweis herzustellen, den ich vielleicht einmal brauchen werde.

Wie recht hatte ich aber, als ich heute nachmittags meinen Eltern sagte, daß ich schon mitten im Konflikt stehe.

Ja, ich glaube, daß jetzt der schwerste Kampf spielt. Es ist darin eine beinahe pantomimische Lautlosigkeit, ein dramatischer Höhepunkt mit wenig Worten, aber jedes Wort ist tragische Aktion.

Die Neue Freie Presse ringt mit mir, der Chef mit dem Angestellten. Er hat alle Kraft einer überlegenen Position; ich habe das gute Recht für mich.

Ein äußerstes Zugeständnis kann ich, wenn er mich in die Enge treibt, machen: daß ich auf den versprochenen Artikel, der meine ganze Entschädigung für die ausgeschlagene Chefredaktion war, verzichte.

3. Februar.

In der Buchdruckerei gewesen, mit den Leitern, Brüder Hollinek, gesprochen. Sind beide vermutlich Antisemiten. Sie begrüßten mich ernst und herzlich. Die Broschüre hat ihnen gut gefallen. Der eine sagt: Es war notwendig, daß ein Mann aufgestanden ist, der die Vermittlung übernimmt.

4. Februar.

Nachts stundenlang aufgelegen, die Situation in der Neuen Freien Presse überdacht. Es ist kein Zweifel, daß ich mitten im Kampf bin. Bacher sagte gestern: „Sie verbrennen die Schiffe hinter sich!"

Ich muß, wenn ich mit Benedikt rede, ihm zu verstehen geben, was ihnen bevorsteht, wenn sie mir ihr Wort nicht halten.

Sollte er mich aus der Redaktion hinausdrängen, so muß ich sofort ein anderes Blatt zur Verfügung haben. Im Notfall mache ich noch eine Broschüre, worin alle Vorgänge in kühlem Ton erzählt werden.

In diesem Feldzug war ich lange auf die erste Schlacht vorbereitet. Ich bin nur geradeaus marschiert. Plötzlich ein kleines Treffen, das nach gar nichts aussieht. Wenige Schüsse herüber, hinüber.

Und doch weiß ich schon, daß die große Schlacht, vielleicht die Entscheidungsschlacht, begonnen hat.

Ich muß hart und fest bleiben, auf keine Verschleppung eingehen, kein Versprechen mehr annehmen. Ehrlichs Worte sind mir im Gedächtnis: „sie werden Ihnen das Versprechen nicht halten!"

Ich setze viel ein, meine ganze Position — aber die Neue Freie Presse auch!

4. Februar.

Mein Verleger Breitenstein will vorerst nur 3000 Exemplare drucken lassen. Er hat noch kein Vertrauen in den buchhändlerischen Erfolg!

335

Kampfunterredung mit Benedikt.

Er sagte: 1. dürfe kein einzelner die ungeheure moralische Verantwortung auf sich nehmen, diese Lawine ins Rollen zu bringen, so viele Interessen zu gefährden. 2. Wir werden das jetzige Vaterland nicht mehr und den Judenstaat noch nicht haben. 3. Die Broschüre ist unreif für die Veröffentlichung.

Es sei eine persönliche Gefahr für mich, indem ich meinen erworbenen Nimbus aufs Spiel setze. Damit schädige ich zugleich die Zeitung, zu deren Besitzstand mein literarisches Renommee gehört. Ich befinde mich zudem in direktem Gegensatze zu mehreren Prinzipien der Neuen Freien Presse. Er wünscht, daß ich die Publikation unterlasse.

Ich antwortete: ,,Meine Ehre ist engagiert. Ich habe den Gedanken schon im Jewish Chronicle publiziert. Er gehört nicht mehr mir, sondern den Juden. Wenn ich jetzt schwiege, würde ich meine Reputation erst recht gefährden.''

Er bat mich, noch zu überlegen. Ich solle die Publikation mindestens um einige Monate verschieben. Er selbst wolle mir bei der nötigen Umarbeitung helfen.

Ich frage: ,,Wann?''

Er antwortet: ,,Im Sommer — wenn ich auf Ferien gehe.''

Ich lachte nur in mich hinein.

Er bedrohte mich in verständlicher Weise, wenn er auch mein Recht, die Broschüre zu publizieren, ausdrücklich anerkannte. Er warnte mich ,,als Freund'', ,,als erfahrener Journalist'' eindringlich. Er ,,riet mir dringend'', er ,,wünschte dringend''. Er sagte: ,,Sie sind ja gar kein Österreicher, sondern ein Ungar.''

Ich erwiderte: „Ich bin österreichischer Staatsbürger".

Er erzählte mir eine bei den Haaren herbeigezogene Geschichte mit der Pointe: es sei seine Gewohnheit, „mit der Faust dreinzuschlagen, wenn ihm etwas zu dumm wird".

Er ließ einfließen, daß er mit der jungen Schriftstellerwelt gut befreundet sei. (Was die Drohung enthält, daß ich im Feuilleton leicht zu ersetzen wäre.)

Er kitzelte meine Eitelkeit: „Es ist nicht gleichgültig, wenn der Dr. Theodor Herzl eine solche Schrift publiziert. Sie sind einer unserer hervorragendsten Mitarbeiter, ein Stück Neue Freie Presse. Mindestens sollten Sie, wenn Sie schon die Schrift publizieren, Ihren Namen nicht darauf setzen."

Ich sagte: „Das wäre eine Feigheit, und zwar eine unnütze Feigheit."

Er verlangte schließlich, daß ich mir es noch 24 Stunden überlegen solle. Ich soll wahrscheinlich durch innere Gemütskämpfe erschüttert werden.

* * *

Abends ging ich zu Bloch und mit ihm zu Güdemann. Ich erzählte ihnen alles.

Güdemann glaubte anfangs, ich wünsche seine Zustimmung zum Zurückweichen, und riet mir folglich, ich möge tun, was mir zwei so hervorragende Männer wie Bacher und Benedikt raten.

Ich placierte aber meine Frage auf das richtige Terrain. Vom Unterlassen der Publikation könne keine Rede sein. Ich bin kein kleiner Junge, der im letzten Augenblick zurückweicht. Ich gehe bis ans Ende. Es handle sich nur um folgendes. Bloch will in seiner Wochenschrift die Übersetzung meines Chronicle-Artikels bringen. Ich habe

ihm das Original gegeben, er hat es setzen lassen. Nun
kann ich Benedikt nicht vor den Kopf stoßen, darf ihm
keinen ihm erwünschten *casus belli* liefern. Ich will also
kein *fait accompli* in Wien schaffen, bevor mir alle seine
Bedenken bekannt sind.

Darum ziehe ich mein Manuskript von Bloch zurück
— freilich kann ich es nicht hindern, wenn er die von
Professor Kaufmann eingeschickte Übersetzung meines
Artikels bringt.

Dabei blieb es dann schließlich. Bloch gibt mir mein
Manuskript, veröffentlicht aber auf eigene Faust Kauf-
manns Übersetzung.

Nun gab mir Güdemann wieder recht, daß ich nicht
zurückweiche. Er meinte sogar schließlich, Benedikt be-
nehme sich wie ein recht kleiner Geschäftsmann. Als
sie ein durch mich zu gründendes Konkurrenzblatt fürch-
teten, versprachen sie mir die Unterstützung der Broschüre — jetzt wollen sie mich von Publikation geradezu
abhalten.

5. Februar.

Benedikt gesehen, aber nicht gesprochen — d. h. wir
redeten nur über gleichgültige Tagespolitik.

Bacher kam abends in mein Zimmer, war sehr liebenswürdig, sprach aber von allen anderen Dingen.

Er wartete, daß ich zu reden anfange über die Broschüre. Ich sprach aber nur über neue französische Literatur.

6. Februar.

Alexander Scharf war bei mir. Er hat von Bloch gehört, daß ich eine großartige Broschüre geschrieben habe.
Er möchte sie früher haben als die Tagesblätter, weil
seine Montagszeitung langsam hergestellt wird. Ich

338

konnte ihm die Bewilligung zum Abdruck nicht geben, im Hinblick auf die Vorgänge in der Redaktion.

Aber wir kamen in Reden, und auf seine Einwürfe antwortete ich ihm mit den Gründen der Broschüre. Denn er machte nur die vorgesehenen Einwendungen.

Nach der ersten halben Stunde verglich er mich mit dem Freiland-Hertzka und erinnerte mich an die Anekdote vom Verrückten im Irrenhaus, der sagt: „Seht jenen armen Narren; er glaubt der Kaiser von Rußland zu sein, indessen bin ich es."

Nach der zweiten halben Stunde verglich er mich mit Christus.

Ich sei der zweite Christus, der den Juden furchtbar weh tun werde.

Ich lehnte belustigt beide Vergleiche ab und sagte: „Ich bin ganz einfach ein moderner und dabei natürlicher, unbefangener Mensch. Ich mache die ganze Sache ohne Narreteien, ohne alle schwärmerischen Gebärden. Ich sehe sogar den Fall ganz ruhig voraus, daß meine Anregung ins Leere fällt."

Er: „Das zeigt mir nur, daß Sie ein *Chochem* sind. Zunächst wird man Sie freilich lächerlich machen. In den Judenblättern wird man Sie den Mahdi aus der Pelikangasse nennen."

Ich lachte: „Sie sollen's nur tun."

Er sagte endlich: „Wenn ich nicht wüßte, daß Sie nicht käuflich sind, und wenn ich Rothschild wäre, würde ich Ihnen fünf Millionen dafür anbieten, daß Sie die Broschüre unterdrücken. Oder ich würde Sie ermorden. Denn Sie werden den Juden schrecklich schaden.

Übrigens werde ich Ihre Broschüre aufmerksam lesen; und wenn Sie mich überzeugen, werde ich mich ehrlich zu Ihnen bekennen."

Ich lieh ihm die Broschüre auf sein Ehrenwort, daß er ohne meine Ermächtigung nichts daraus publizieren werde.

Dann versuchte ich ihn aufzuklären, daß meine Schrift keine Gefahr, sondern eine Wohltat für die Juden sei. Ich gebrauchte das Beispiel der kommunizierenden Röhren. Die Erleichterung für alle Juden beginnt durch den unteren Abfluß. In der Röhre Judenstaat steigt allmählich das Niveau, und es senkt sich in der Röhre der jetzigen Wohnorte. Es wird niemand ruiniert, sondern neuer Wohlstand begründet. Und durch die aufsteigende Klassenbewegung der auswandernden Juden bessert sich die Lage der dagebliebenen.

Abends traf ich den Bankdirektor Dessauer und ging mit ihm im winterlich verschneiten Stadtpark spazieren.

Dessauer sieht keine Gefahr, nur Vorteile in meiner Publikation. Es komme ein neuer besserer Ton in die Judenfrage. Er sieht auch keine Gefahr für die Neue Freie Presse in meiner Schrift. Es sei komisch, daß die Neue Freie Presse glaube, sie werde nicht für ein Judenblatt gehalten. Übrigens solle die Redaktion als solche gar keine Stellung nehmen, sondern meine Schrift einfach durch irgendeinen Heidelberger Professor besprechen lassen.

Dann sprachen wir von der kommenden Entwicklung. Dessauer hatte einen schönen Gedanken. Er meinte, es wäre interessant, in hundert oder zweihundert Jahren den Judenstaat zu sehen. Was dann aus meiner Idee geworden wäre. Er hält es für ebenso möglich, daß wir noch das Entstehen des Judenstaates erleben, wie daß es erst Jahrzehnte nach unserem Tod eintreten werde. In fünf-

340

zig Jahren, meint er, werde der Judenstaat schon existieren. Er glaubt, es werde ein großer Staat sein, denn wie Englands Beispiel beweist, komme es für die Macht nicht auf die Zahl der Staatsangehörigen, sondern auf deren Intelligenz an.

Wir träumten ein bißchen von den künftigen Leistungen des Judentums für die Wohlfahrt der Menschen.

7. Februar.

Blochs Wochenschrift ist erschienen, und die Nummer enthält die Kaufmannsche Übersetzung nicht. Gleichzeitig trifft ein Brief Blochs ein, worin er die unterbliebene Publikation damit entschuldigt, daß ihm die Übersetzung zu schlecht war; er warte lieber noch acht Tage, um mein Original bringen zu können.

Tatsächlich hat er mich im Stiche gelassen. Er fürchtet sich offenbar vor der Neuen Freien Presse.

Mir ist auch das recht. Es geht daraus nur wieder, wie bisher immer, hervor, daß ich gar keine Unterstützung habe, daß ich alles allein machen muß.

Und Scharf hat mir gestern erzählt, Bloch rühme sich, mir beim Abfassen der Broschüre geholfen zu haben.

Wo doch jede Zeile, jedes Wort von mir allein herrührt.

8. Februar.

Im niederösterreichischen Landtag forderte Abgeordneter v. Pacher gestern, daß jedem, der nachweisbar von jüdischen Vorfahren abstammt, das Bürgerrecht entzogen werden könne.

Mein guter Freund, Rev. Singer, schreibt mir aus London, mein Plan sei in der Öffentlichkeit fast gar nicht, umso lebhafter aber privatim erörtert worden. Er selbst habe von der Kanzel davon gesprochen. Im ganzen gehe es aber den englischen Juden noch nicht nahe, weil der Antisemitismus keine Kalamität sei.

In der Berliner Monatsschrift „Zion" eine freundliche Besprechung meines Chronicle-Artikels von Dr. J. Holzmann. Dieser ist aber gegen den Sprachen-Föderalismus.

Ich schreibe ihm, wir sollen jetzt unter uns keine Streitigkeiten heraufbeschwören, und uns den Hader für später aufheben.

9. Februar.

Bloch getroffen, der mir sagte, die Studenten hätten auf meinen von „Zion" reproduzierten Artikel hin eine Deputation zu mir geschickt, während ich aus war. Sie wollten mich auch zu Güdemanns Vortrag in der Lesehalle einladen. Ich ging mit Bloch hin. Unterwegs erzählte er mir, Scharf sei bei Güdemann gewesen mit der Bitte, G. möge auf mich einwirken und auch auf meinen Vater, damit ich meine Schrift nicht publiziere. Scharf meinte auch, die Gemeinde würde es Güdemann sehr verübeln, daß er mich davon nicht abgebracht habe.

Ich sagte: „Ich werde Güdemann einen Brief geben, daß er alles aufgeboten habe, um mich von meinem Vorsatz abzubringen."

Es geht nur wieder daraus hervor, daß mir niemand hilft, ja alle mich zu hemmen versuchen — die wahrscheinlich späterhin, wenn der Erfolg kommen sollte, sich als meine Mitarbeiter ausgeben werden.

Übrigens werde ich den Zitterern um ihren Besitz — Scharf hat mehrere Häuser in Wien — einfach folgendes sagen: „Wenn ihr euch gegen mögliche Verluste decken wollt — so subskribieret einfach die Aktion der *Jewish Company*. Was ihr hier durch den Abzug der Juden, eurer Mietparteien, verliert, das gewinnt ihr drüben durch den Einzug eben derselben. Die kommunizierenden Röhren! Um wieviel ihr hier sinkt, steigt ihr drüben. Auch könnt ihr ja drüben dieselben Häuser wieder haben. Die Company wird sie euch bauen."

In der Jüdischen akademischen Lesehalle wurde ich enthusiastisch begrüßt. Als der Vorsitzende die Gäste willkommen hieß, erhielt mein Name den längsten, stürmischsten Beifall, was vielleicht einen oder den anderen der Ehrengäste verstimmte, wenn ich richtig sah.

Nach Güdemanns Vortrag kamen einige der jungen Leute an mich heran, und ich sprach eine Stunde aus dem Stegreif. Es waren etwa hundert junge Leute — viele stramme Gestalten, lauter verständig blitzende Augen. Sie standen dichtgedrängt, hörten mit wachsender Begeisterung zu. Großer Erfolg — wie ich es erwartet hatte. Die ganze Szene hatte ich längst genau so vorhergesehen. Als ich wegfuhr, standen sie auf der Gasse und riefen mir noch durch die Nacht laut, vielstimmig Prosit! nach.

9. Februar.

Einer der Studenten, die mir gestern zugehört, Carl Pollak, kam zu mir, „weil er seiner Begeisterung Luft machen müsse".

Es hätten gleich gestern nach meiner Rede einige bisher Laue erklärt, daß sie sich dem Nationalgedanken anschlössen.

343

Heute die Broschüre „Autoemanzipation" gelesen, die Bloch mir gegeben hat.

Verblüffende Übereinstimmung im kritischen, große Ähnlichkeit im konstruktiven Teil.

Schade, daß ich die Schrift nicht vor dem Imprimatur der meinigen gelesen habe. Und doch wieder gut, daß ich sie nicht kannte — ich hätte mein Werk vielleicht unterlassen.

Ich werde bei der nächsten Gelegenheit öffentlich darüber reden und vielleicht in „Zion" einen Artikel darüber schreiben.

14. Februar.

Aufgeregte Tage voll von Herzklopfen und Atemnot.

Heute mit Ludassy gesprochen. Die Wiener Allgemeine Zeitung soll zuerst losgehen. Nach einer Viertelstunde hatte er mich begriffen. Er fragte: „Soll ich es als Freund oder kritisch besprechen? Im letzteren Fall werde ich dir vielleicht die Haut ritzen."

Ich darauf: „*Hanc veniam damus petimusque vicissim.* Wer mich haut, den haue ich. *Je ne me laisserai pas faire.* Ich werde hart kämpfen. Die aber mit mir gehen, werden lauter historisch berühmte Persönlichkeiten werden."

Er sagte: „Ich gehe mit dir."

Abends kamen meine 5oo Exemplare. Als ich den Ballen in mein Zimmer schleppen ließ, hatte ich eine heftige Erschütterung. Dieser Ballen Broschüren stellt sinnfällig die Entscheidung dar. Mein Leben nimmt jetzt vielleicht eine Wendung.

Dann in die Redaktion gegangen. Der Fischer auf der ‚Seewiesen‘ am Altausseer See fiel mir ein, der sagte: „Das ist das Merkwürdigste, wenn einer nie verzagt.“

15. Februar.

Mein guter Papa kommt und erzählt, daß die Broschüre schon in Breitensteins Schaufenster ist.

Wird es heute in der Redaktion einen Kampf geben?

Mit Ludassy wieder gesprochen. Er schwenkt schon ab. Er hat sich's überlegt. Er „muß schreiben, wie es seine Leser wünschen“. Es „sei etwas anderes, was ein Feuilletonist sagt, und was ein Leitartikler sagt“.

Als ich erwiderte, ich glaube, die Menge werde meiner Ansicht sein, meinte er: „Einschwenken werde ich immer können.“

Auch recht.

Dann bei Szeps gewesen. Der schien die Sache zu verstehen, hat aber auch nur Bedenken. „Die Zeitung dürfe nicht originell sein“, sagte er. „Die Zeitungen können keine neuen Gedanken propagieren.“

Er will es sich überlegen.

Indessen ist die Broschüre im Buchhandel erschienen. Für mich sind die Würfel gefallen.

15. Februar.

Jetzt ist mein guter Vater meine einzige Stütze. Alle, mit denen ich bisher die Sache beraten habe, halten sich vorsichtig zurück, lauern, warten ab. Neben mir fühle ich nur meinen teuren Alten. Der steht wie ein Baum.

Oppenheim machte gestern abends Späße in der Redaktion. Er will meine Broschüre binden lassen. „Bist du *meschugge*, laß dich binden", sagte er, nachdem ich sie ihm auf seine Bitte gegeben.

Auf das alles muß ich gefaßt sein. Die höheren Schusterbuben werden mir nachlaufen. Aber wer in dreißig Jahren recht haben soll, der muß in den ersten vierzehn Tagen für verrückt gehalten werden.

Auch an der Börse soll schon gestern viel von der Broschüre gesprochen worden sein. Die Stimmung scheint eher feindselig gegen mich zu sein.

16. Februar.

Dr. S. R. Landau war bei mir. Ich glaube an ihm einen ergebenen und tüchtigen Anhänger zu haben.

Er scheint ein begeisterter Schwärmer mit dem Hauptfehler solcher Leute: dem unduldsamen Eifer, zu sein.

Aber ein braver starker Mensch. Gezügelt können solche Kräfte Wunder wirken.

17. Februar.

Noch kein hiesiges Blatt hat gesprochen. Dennoch beginnt die Broschüre, Gegenstand zu werden. Bekannte fragen mich: „Ist die Broschüre, von der man spricht, von Ihnen? Ist das Humor oder Ernst?"

Ich antworte: „Blutiger Ernst! Natürlich muß, wer so etwas unternimmt, darauf gefaßt sein, daß ihm zunächst die Schusterbuben nachlaufen. Es gibt auch höhere Schusterbuben."

18. Februar.

Wenn heute in der Redaktion nichts vorkommt, schreibe ich folgendes an Badeni:

· Ew. Exzellenz!

Als ich zum letztenmal die Ehre hatte, von Ihnen empfangen zu werden, nahm ich mir die auffallende Freiheit, das Gespräch áuf die schwebende Tagesfrage zu bringen.

Es war das — Ende Oktober — die Luegerfrage. Ich bemerkte Ihr Befremden, Exzellenz, als ich sagte: Wenn Sie ihn nicht bestätigen, endossieren Sie den ganzen Judenhaß.

Der Grund, warum ich das sagte, war die Broschüre, die ich mich hiermit beehre, Ew. Exzellenz zu übergeben, und die damals schon fertig war. Ich wollte mich Ihrem Gedächtnis durch eine kleine Prophezeiung mit kurzer Verfallszeit einprägen, damit Sie am kommenden Tage meine Staatsschrift mit Aufmerksamkeit lesen.

Diese Schrift wird vermutlich eine gewisse Bewegung hervorrufen: Gelächter, Geschrei, Wehklagen, Beschimpfungen, Mißverständnisse, Dummheiten, Schlechtigkeiten.

Ich blicke alledem höchst gelassen entgegen. *Les chiens aboient — la caravane passe.*

Aber ich möchte, Exzellenz, daß Sie meine Staatsschrift, die für Sie großes praktisches Interesse hat, lesen, bevor sie durch eine wüste Diskussion entstellt wird. Daß Sie sie lesen mit Ihren eigenen unbefangenen Augen. Sie werden dann bemerken, daß ich vieles nur flüchtig andeutete, was von der höchsten Wichtigkeit ist — (unterbrochen).

18. Februar, abends.

Mittags kam der Universitätsdozent Feilbogen zu mir in die Redaktion, sagte, er müsse mit mir über die Broschüre sprechen — „sie sei das Bedeutendste, was die zionistische Literatur bisher hervorgebracht habe", usw. — große Elogen.

Nachmittags kam er in meine Wohnung und eröffnete das Gespräch mit der Frage, ob ich die Broschüre ernst gemeint habe, ob es nicht eine ironische Darstellung des Zionismus sei.

Ich war ganz betroffen und antwortete: „Für solche alkibiadische Scherze bin ich zu alt."

Dann tüftelte er stundenlang herum, mäkelte da, häkelte dort.

Ich war von alledem so écoeuriert, daß ich den Brief an Badeni nicht weiterschreiben konnte und überhaupt nichts mehr tun wollte.

Abends hörte ich aber in der Redaktion, daß die Deutsche Zeitung (antisemitisch) morgen einen Leitartikel darüber bringt. Vermutlich Schmähungen. Jedenfalls wichtig wegen der Antwortstellung, welche die übrigen Blätter dazu einnehmen werden.

Nun habe ich wieder Lust, an Badeni zu schreiben.

* *

(Badenibrieffortsetzung.)

Jeder Staat hat Rechte auf seine Juden — was soll damit geschehen? Es ist einer der vielen politisch delikaten Punkte, die ich in meiner Schrift kaum berührte. Eurer Exzellenz bin ich bereit, hierüber wie über alles andere sehr eingehende und vielleicht befriedigende Aufklärungen zu geben.

Ich glaube, der Judenstaat ist ein Weltbedürfnis, und darum wird er entstehen.

Wer einen solchen Ruf ausstößt, dem laufen vor allem die Schusterbuben belustigt nach — es gibt auch höhere Schusterbuben. Die Menge aber schaut auf, lacht vielleicht auch, jedenfalls versteht sie nicht gleich. Und zur Menge gehört auch eine gewisse Presse, hüben wie drüben, die nach den verworrenen Stimmen des Publikums hinaushorcht, und sich von Krethi und Plethi führen läßt, statt zu führen.

Dieses Ihr Wort, Exzellenz, veranlaßte mich damals,

348

auf jenen Antrag einzugehen, den ich dann mit solchem Bedauern zurücklegen mußte, als der Appell an meine Dankbarkeit erging. Ich hätte gewünscht, daß Sie mich im näheren Umgang zuerst als verläßlichen Menschen kennenlernen, und daß ich eines Tages auf diesen Ausweg aus der Judenkalamität hinweisen könne. Der heutige Leitartikel der Deutschen Zeitung ist recht naiv und widerspruchsvoll; der Schreiber hat meine Broschüre einfach nicht verstanden, weil er die Bedingungen des modernen Lebens nicht versteht. Was ich vorschlage, ist tatsächlich nur die Regulierung der Judenfrage, keineswegs die Auswanderung aller Juden. Am allerwenigsten kann und wird daraus die wirtschaftliche Schwächung der jetzt antisemitischen Länder sich ergeben.

Durch die Türe aber, die ich für die armen Juden aufzustoßen versuche, wird ein den Gedanken recht erfassender christlicher Staatsmann in die Weltgeschichte eintreten. Daß damit auch augenblickliche, unmittelbare politische Vorteile verbunden sind, will ich gar nicht betonen.

Wünscht Ew. Exzellenz alle diese in meiner Schrift verschwiegenen Gedankengänge kennen zu lernen, so bitte ich, mich zu einer geheimen Audienz zu befehlen — vielleicht irgend einmal in den Abendstunden.

Durch mich würde niemand etwas von der Unterredung erfahren.

Mit ausgezeichneter Hochachtung

Ew. Exzellenz ganz ergebener

Dr. Th. Herzl.

(Am 19. Februar abends abgeschickt.)

19. Februar.

Der alte Heit, ein Wirkwarenhändler und Hausbesitzer vom Franz-Josefsquai, war da, lud mich zu einem Vortrag in der bisher antizionistischen „Union" ein.

Er selbst hätte es eine halbe Stunde, bevor er meine Broschüre gelesen, für ganz unmöglich gehalten, daß er jemals auf etwas Derartiges eingehen könne. Er sei aber durch mich vollständig bekehrt und wäre bereit, seine Liegenschaften selbst mit Verlust zu verkaufen und hinüberzugehen.

20. Februar.

Wilheim vom Fremdenblatt teilt mir in einem „launigen" Brief mit, es gehe die Kunde, ich sei „meschugge" geworden. Ob es wahr sei?

21. Februar.

Gestern Kommers der Kadimah. Die Studenten bereiteten mir große Ovationen. Ich mußte sprechen, sprach aber mit Mäßigung — und mittelmäßig. Ich wollte keine Bierbegeisterung erregen, mahnte zum Studium, warnte vor ungesunder Schwärmerei. Wir würden nach Zion vielleicht nie kommen, so müssen wir ein inneres Zion erstreben.

Der Advokat Ellbogen kam aus einer anderen Versammlung, erzählte, daß Dr. Feilbogen dort eine glänzende Rede f ü r meine Idee gehalten habe.

Dr. Landau schlug mir vor, eine Wochenschrift für die Bewegung zu gründen. Das paßt mir, ich werde darauf eingehen. Diese Wochenschrift wird mein Organ werden. Landau hatte noch eine andere gute Idee. Newlinsky, der Herausgeber der „Correspondance de l'Est", ist mit dem Sultan befreundet. Er könnte uns vielleicht — für Bakschisch — die Souveränität verschaffen.

350

Ich denke auch an Kozmian. Ich werde Landau zu Kozmian schicken und ihn für die Sache zu interessieren versuchen.

23. Februar.

Im Concordia-Klub versuchte gestern Regierungsrat Hahn vom Korrespondenz-Bureau mich zu verspotten: „Was wollen Sie in Ihrem Judenstaat werden? Ministerpräsident oder Kammerpräsident?"

Ich antwortete: „Wer so etwas unternimmt, wie ich, der muß sich natürlich darauf gefaßt machen, daß ihm zuerst die Schusterbuben nachlaufen."

Worauf er betrübt wegschlich.

*　⁎　⁋　⁋

Im Volkstheater viele Journalisten gesprochen. Meine Broschüre ist Stadtgespräch. Einige lächeln oder lachen über mich, aber im allgemeinen scheint die ernste Überzeugung meiner Schrift Eindruck gemacht zu haben.

Hermann Bahr sagte mir, er wolle gegen mich schreiben, weil man die Juden nicht entbehren könne. *Pas mal!*

23. Februar.

Dr. Landau war da. Habe ihn gebeten, mit Kozmian zu reden, damit ich diesem die Sache persönlich auseinandersetze.

Landau meint, ich hätte den Ackerbau im Judenstaat vernachlässigt. Antwort einfach: wir werden landwirtschaftliche Produktiv-Genossenschaften und Kleinindustrielle des Ackerbaues, beide mit Maschinenkredit der Jewish Company, haben.

Wir kamen dann auf die Sprache. Landau ist, wie viele Zionisten, für das Hebräische. Ich meine, die Hauptsprache müsse sich zwanglos durchsetzen. Machen wir

351

einen neuhebräischen Staat, so wird es nur ein Neugrie-
chenland. Schließen wir uns aber in kein Sprachghetto
ab, so gehört uns die ganze Welt.

In Wien macht man über mich Witze.

Julius Bauer sagt: „Ich bin einverstanden, daß wir nach
Palästina gehen. Aber ich will die Republik mit dem
Großherzl an der Spitze."

26. Februar.

Im Westungarischen Grenzboten behandelt ein Leitartikel des antisemitischen Abgeordneten Simonyi mein
Buch. Er spricht in ritterlichem Ton von mir.

27. Februar.

„Daily Chronicle" veröffentlicht Interviews mit dem
Maler Holman Hunt und Sir Samuel Montagu über den
„Judenstaat".

Holman Hunt nimmt die Priorität des Gedankens für
sich in Anspruch, weil er einen Brief an einen englischen
Juden schrieb, bevor mein Artikel im Jewish Chronicle
erschien.

Montagu meint, man könne dem Sultan zwei Millionen
Pfund für Palästina bieten.

* * *

Neumann vom Fremdenblatt schreibt mir, in Wiener
Finanzkreisen äußere man Lob und Tadel über mein
Buch in überschwenglichster Weise. Ich wußte, daß es
niemanden gleichgültig lassen werde.

* * *

Kozmian kam in die Redaktion zu Bacher. Ich traf
ihn im Vorzimmer. Landau war bei ihm. Aber schon
vorher hatte er von meiner Schrift gehört — vielleicht

durch Badeni. — Kozmian sagte: „Il paraît que c'est très excentrique." Ich antwortete: „C'est un dérivatif."

28. Februar.

Die gestrigen Wiener Gemeinderatswahlen geben mir wieder recht. Seit September sind die Stimmen der Antisemiten wieder enorm gewachsen. Überall große Majoritäten, auch in den „Hochburgen" der Liberalen: in der Inneren Stadt und Leopoldstadt..

Unser heutiger Leitartikel ist ganz resigniert.

Von Nordau einen begeisterten Brief erhalten, der mich ganz stolz macht. Er findet, daß mein „Judenstaat" eine „Großtat", eine „Offenbarung" ist.

1. März.

Ludassy greift mich in der Wiener Allgemeinen Zeitung an. „Der Zionismus ist ein verzweiflungsvoller Wahnsinn. Hinweg mit solchen Schimären!"

Einer seiner angestellten Humoristen verhöhnt in einem kleinen Scherz die „Makkabäer der Flucht".

* *

In der Zeit bekämpft Professor Gomperz den Zionismus, von meinem Buch „ausgehend" — das er erklärt, nicht gelesen zu haben.

Die Zionisten Birnbaum, Jacob Kohn und Landau besuchten mich gleichzeitig und haderten miteinander.

Kohn ist gegen Landau, Kadimah gegen Gamalah.

Birnbaum will nur die Agitation in wissenschaftlichen Wochenschriften, Landau will überall agitieren, Kohn nur in Wien.

Es ist geradezu entmutigend, wie spinnefeind sie untereinander.

. . . .

Hermann Bahr war bei mir. Die Juden der höheren Bildungskreise, die im älteren Wien den literarischen Salon, das Bauernfeld-Nest, die Grillparzer-Kapelle formten, sind über mich entsetzt, wie Bahr erzählt.
Das war zu erwarten.

* ⊤ ⊤

Ein Professor Schneidewin in Hameln schreibt mir, mein „Judenstaat" habe ihn von der Unrichtigkeit seiner in einer Broschüre dargestellten Lösung überzeugt. Er schickt mir zugleich diese 162 S. starke Schrift, die den Standpunkt der „besseren" Antisemiten hat.

. Ein Modewarenhändler in Semlin, S. Waizenkorn, schreibt mir, alle Semliner Juden seien bereit, mit Kind und Kegel auszuwandern, sobald die Jewish Company gegründet ist.

Mein wärmster Anhänger ist bisher — der Preßburger Antisemit Ivan v. Simonyi, der mich mit schmeichelhaften Leitartikeln bombardiert und mir jeden Aufsatz in zwei Exemplaren zuschickt.

⊥ ⊥ ⊥

. . . .

In der Münchner Allgemeinen Zeitung ist der bisher niederste Angriff von A. Bettelheim erschienen. Meine Schrift wird als „Gründerprospekt einer jüdischen

Schweiz" bezeichnet. Der Inhalt wird unter Verkoppe-
lung heterogener Zitate wiedergegeben.

7. März.

Bacher ist jetzt gegen mich charmant. Es fällt in der
Redaktion auf, und macht offenbar gute Stimmung für
mich.

꒰ ꒱

In der Berliner „Allgemeinen Israelitischen Wochenschrift" fällt Klausner vom Börsen-Courier über mich her
und „verreißt" mein Buch ungefähr im Radauton der
Berliner Theaterhyänen, die eine Premiere herunterma-
chen.

Der Herausgeber dieser Wochenschrift lädt mich ein,
darauf so scharf es mir beliebt zu antworten. Ich gebe
gar keine Antwort.

7. März.

Die Zionisten hier wollen Kundgebungen für meine
Schrift veranstalten.

9. März.

Der Berliner Verein „Jung-Israel" fordert mich zu einem
öffentlichen Vortrag vor großem Publikum auf. — Abgelehnt, wie andere ähnliche Einladungen.

10. März.

Die Zeitung „Haam" in Kolomea stellt sich mir zur
Verfügung.

Begeisterter Brief von Dr. Bierer aus Sofia. Der dortige Großrabbiner hält mich für den Messias. Am Pas-
sahfeste wird vor einer großen Versammlung ein Vortrag in bulgarischer und spanischer Sprache über meine
Schrift gehalten werden.

Rev. William H. Hechler, Kaplan der hiesigen englischen Botschaft, war bei mir.

Sympathischer, zarter Mensch mit langem, grauem Prophetenbart. Er enthusiasmiert sich für meine Lösung. Auch er hält meine Bewegung für eine „prophetische Krise" — die er schon vor zwei Jahren angekündigt hat. Er hat nämlich nach einer Prophezeiung aus Omars Zeit (637/8) ausgerechnet, daß nach 42 prophetischen Monden, also 1260 Jahren, Palästina den Juden zurückgegeben werden würde. Das ergäbe 1897/98.

Als er mein Buch gelesen hatte, eilte er sofort zum Botschafter Monson und sagte ihm: die angekündigte Bewegung ist da!

Hechler erklärt meine Bewegung für eine „biblische", obwohl ich in allem rationell vorgehe.

Er will meine Schrift einigen deutschen Fürsten zukommen lassen. Er war Erzieher im Hause des Großherzogs von Baden, kennt den Deutschen Kaiser, und glaubt, mir eine Audienz verschaffen zu können.

14. März.

Große Aufregung an der Wiener Universität.

Die „wehrhaften" „arischen" Verbindungen haben den Beschluß gefaßt, Juden auf keine Waffe mehr Satisfaktion zu gehen, weil jeder Jude ehrlos und feig sei.

Mein junger Freund Pollak und noch ein anderer Jude haben zwei Antisemiten, die Reserve-Offiziere sind, gefordert; und als diese sich zu schlagen ablehnten, haben die beiden Juden die Anzeige beim General-Kommando erstattet. Dieses hat sie an das Bezirkskommando gewiesen.

An der Entscheidung hängt viel — nämlich die künftige Stellung der Juden in der österreichischen Armee.

356

Ich machte Benedikt, dessen Sohn jetzt an der Universität ist, und Bacher den Kopf gehörig warm mit dieser Sache.

15. März.

Benedikt veröffentlicht im ‚Economist' einen kategorischen Aufruf an die Reichen, die Judenschlacht nicht allein durch die Armen und die Jugend schlagen zu lassen.

Mit Ausnahme meiner Konklusion steht Benedikt in diesem Artikel schon völlig auf dem Boden meiner Staatsschrift.

16. März.

Gestern Sonntag nachmittag war ich beim Rev. Hechler. Das ist nach Oberst Goldsmid der eigentümlichste Mensch, den ich bisher in dieser Bewegung kennengelernt habe. Er wohnt im vierten Stock, seine Fenster gehen auf den Schillerplatz hinaus. Schon auf der Treppe hörte ich Orgelspiel. Das Zimmer, in das ich trat, ist mit Büchern ringsum bis an die Decke bestellt.

Es sind lauter Bibeln.

Ein Fenster des ganz lichten Zimmers war offen, kühle Frühlingsluft kam herein, und Mr. Hechler zeigte mir seine biblischen Schätze. Dann breitete er seine vergleichende Geschichtstabelle vor mir aus, und endlich die Landkarte von Palästina. Es ist eine große Generalstabskarte in vier Blättern, die auf den Boden gelegt wurde und so das ganze Zimmer ausfüllt.

„Wir haben Ihnen vorgearbeitet!" sagte Hechler triumphierend.

Er zeigte mir, wo nach seiner Berechnung unser neuer Tempel stehen müsse: in Bethel! Weil das der Mittelpunkt des Landes sei. Er zeigte mir auch Modelle des alten Tempels: „wir haben Ihnen vorgearbeitet".

Wir wurden dann durch den Besuch zweier englischer

357

Damen unterbrochen, denen er auch seine Bibeln, Erinnerungen, Karten usw. zeigte.

Nach der langweiligen Unterbrechung spielte und sang
er mir auf der Orgel ein von ihm verfaßtes zionistisches
Lied vor. Von meiner englischen Lehrerin hörte ich, daß
Hechler ein Heuchler sei. Ich halte ihn vielmehr für einen
naiven Schwärmer, der Sammlerticks hat. Es ist aber in
seiner naiven Begeisterung etwas Hinreißendes, das ich
besonders empfand, als er mir das Lied vorsang.

Nachher kamen wir auf den Kern der Sache. Ich sagte
ihm: ich muß mich mit einem verantwortlichen oder un-
verantwortlichen Regierungsmenschen — also einem Minister oder Fürsten — in direkte und nach außen hin er-
kennbare Verbindung setzen. Dann werden die Juden an
mich glauben, dann werden sie mir folgen. Am geeignet-
sten wäre der Deutsche Kaiser. Man muß mir helfen,
wenn ich das Werk ausführen soll. Bisher hatte ich nur
mit Hindernissen zu kämpfen, die meine Kraft aufreihen.

Hechler erklärte sich sofort bereit, nach Berlin zu fahren, um mit dem Hofprediger, ferner mit den Prinzen
Günther und Heinrich zu sprechen.

.   .   .   .

Er hält unseren Aufbruch nach Jerusalem für ganz
nahe, und zeigt mir schon die Rocktasche, in der er seine
große Palästinakarte mitnehmen wird, wenn wir zusammen im heiligen Lande umherreiten werden. Das war
gestern sein naivster und überzeugendster Zug.

*   *   *

Abends hörte ich [von] . . . alles niedrige Geschwätz von
Juden seines Kreises, die nicht begreifen, ,,wozu ich das
unternommen habe in meiner Stellung, und wo ich es
doch nicht nötig habe''.

358

Ich antwortete ihm mit einem Wort, das Professor Leon Kellner mir neulich sagte: „Es gibt Juden, die vom Judentum, und solche, die fürs Judentum leben."

Was nicht hindert, daß dieselben Juden, die sich jetzt über meine Donquichoterie lustig machen, mich späterhin neidisch einen raffinierten Spekulanten nennen werden, wenn der Erfolg eintrifft.

Dieses Volk muß erzogen werden, und zwar durch unser Beispiel.

In Wien sagt man, daß der Satisfaktionskonflikt der Studenten auf meine Broschüre zurückzuführen sei.

* * *

Der Leitartikel der Norddeutschen Allgemeinen Zeitung (vom vorigen Donnerstag) über meine Schrift hat hier Aufsehen gemacht; in Berlin natürlich noch viel mehr, denke ich mir.

17. März.

Gestern war Heinrich Steiner, Direktor der „Wiener Mode", bei mir. Er macht den Eindruck eines braven, tüchtigen, überzeugten, entschlossenen Mannes. Er bot mir seine Kraft an. Ich setzte ihm den Beginn der nötigen publizistischen Organisation auseinander. Er solle die Wiener Allgemeine Zeitung oder Szeps' Tageblatt kaufen und zionistisch machen. Ich würde unsichtbar mithelfen. So könnte ich unseren ersten Mitarbeitern in Wien: Landau, Birnbaum, J. Kohn usw. gleich erste Belohnungen geben, indem ich ihnen auskömmliche Stellungen verschaffe.

Ich sprach $2^{1}/_{2}$ Stunden mit Steiner, und als ich ihm auf der Gasse noch einige kräftige Schlußworte sagte, antwortete er mit erschütterter Stimme: „Es ist viel für mich, was ich jetzt empfinde."

17. März.

Brief an Martin Fürth, Sekretär des Fürsten in Sofia.

Lieber Freund!

Noch bevor ich Ihre Antwort auf meinen Brief habe, muß ich Ihnen wieder schreiben. Sie haben sich mir durch Ihre Depesche um den Kongreß-Katalog (der heute abgeht) gerade in einem Augenblick in Erinnerung gebracht, wo ich eine Gemeinheit erfuhr, bei deren Bekämpfung Sie mir raten oder helfen können.

Es ist nicht zu sagen, mit welcher Perfidie gewisse Juden in Wien mich wegen meiner Broschüre anfeinden. Zuerst wurde versucht, mich als verrückt hinzustellen. Nachdem dieses hübsche Mittel versagt hatte und man durch die Stellungnahme angesehener „christlicher" Blätter — besonders hervorzuheben ein Leitartikel der Norddeutschen Allgemeinen Zeitung — gezwungen wurde, mich und meinen Plan vollkommen ernst zu nehmen, kommen andere Lumpereien. Gestern wurde mir mitgeteilt, daß aus einem gewissen journalistischen Nest, wo die lumpigsten meiner Gegner sitzen, folgende Lüge ausgeflogen ist: „Ich hätte meine Broschüre nur publiziert, um mich an Baron Hirsch für die Ablehnung meiner Bewerbung um den Posten eines Generaldirektors seiner Judenkolonisation zu rächen."

Es wurde mir gleichzeitig erzählt, daß diese Lüge in das Zeitungsnest von einer der hiesigen *Alliance Israélite* nahestehenden Person gebracht wurde.

Ich wäre sehr vergnügt, wenn jemand es wagte, diese Verleumdung in einer greifbaren Form zu publizieren, weil ich dann einige Kerle bei den Ohren nehmen und an-

360

nageln könnte. Leider werde ich darauf einige Zeit warten müssen, denn in Wien „verschweigt" man mich vorläufig. Diese Verschweigung hat die Folge, daß in a l l e n Wiener Schichten und Kreisen anhaltend und erregt von meiner Sache gesprochen wird. Dadurch erhalten auch die Gemeinheiten der Gegner eine unterirdische Publizität, und ich muß an Abhilfe denken.

Was glauben Sie? Ist diese lügenhafte Aussprechung vielleicht auf die Umgebung des Baron Hirsch zurückzuführen? Wenn ja, welche Person halten Sie dessen für fähig? Hirsch selbst halte ich für einen rücksichtslosen, aber nicht niedrig kämpfenden Menschen. Könnten Sie ihn zu einer Erklärung provozieren, worin er den wahren Sachverhalt angibt: daß ich mich bei ihm um nichts beworben habe, sondern ihn lediglich in einer Unterredung und in mehreren Briefen mit den auch in meiner Broschüre enthaltenen Argumenten von der Verfehltheit seiner bisherigen Bemühungen zu überzeugen versuchte.

Diese Erklärung könnte er in ein paar Zeilen in einem an S i e gerichteten Brief abgeben. Sie werden selbst wissen, in welcher Form Sie ihm diese Erklärung abverlangen können. Wenn er der grandios angelegte Kerl ist, für den ich ihn halte, obwohl ich ihn jetzt links liegen lasse, und obwohl ich vielleicht späterhin scharf gegen ihn marschieren werde, so bestätigt er Ihnen sofort *loyalement* die Wahrheit, wenn Sie ihm in ein paar Zeilen meine gerechte Empörung schreiben.

Den kleinen Lumpenhunden, die mich jetzt ankläffen, werde ich mit Fußtritten das Genick brechen. *J'ai fait du chemin*, seit wir um den Cirque d'Eté herum von der Judenfrage sprachen. Sie werden in nicht langer Zeit etwas sehr, sehr Überraschendes hören. Aber über eine *bonne surprise* muß man gut das Maul halten. Das tue ich.

Antworten Sie mir rasch, inwieweit ich auf Sie rechnen kann, denn Sie können sich denken, daß ich diese
Lumperei nicht werde auf mir sitzen lassen. Geht's so
nicht, wird's anders gehen.

Mit herzlichem Gruß

Ihr ergebener

Th. Herzl.

17. März.

Dr. Beck, der alte Hausarzt meiner Eltern, hat mich
untersucht und ein durch die Aufregungen hervorgeru-
fenes Herzleiden konstatiert.

Er versteht nicht, daß ich mich mit der Judensache ab-
gebe; und von den Juden, mit denen er verkehrt, versteht
es auch niemand.

26. März.

Der Verleger Breitenstein erzählt mir, Güdemann habe
es abgelehnt, einen Vortrag über meinen „Judenstaat" zu
halten. Mein Standpunkt sei ein staatspolitischer, der
seinige ein religiöser. Von diesem aus müsse er es miß-
billigen, daß ich der Vorsehung vorzugreifen versuche.

Mit anderen Worten: er traut sich nicht, er findet es
nicht mehr opportun, er hat Angst vor den reichen Juden,
die dagegen sind.

Früher hieß es, er werde in Blochs Wochenschrift
einen Artikel darüber schreiben.

* * *

Verein „Sion" von Sofia schickt eine begeisterte Resolution, worin ich als Führer ausgerufen werde.

Bankdirektor Dessauer auf der Gasse begegnet. Er ist
bereit, mir die Zeitung, die ich brauche, zu finanzieren.
Ich brauche eine Million Gulden für die Zeitung. Mit

362

der Zeitung bändige ich die anderen Blätter und die störrigen Finanzgroßjuden.

Dessauer hat aber Stimmungen. In acht Tagen schützt er irgendeine Müdigkeit vor. Jedenfalls muß mein nächstes sein, die publizistische Agitation auf eine ernste Grundlage zu stellen.

29. März.

Sederabend der jüdischen Studentenverbindung Unitas. Lektor Friedmann erklärte die Geschichte dieses Festes, das ja unser schönstes und bedeutendstes ist. Ich saß neben ihm. Er sagte mir dann vertraulich ein paar Worte, erinnerte mich an Sabbatai Z'wi, „der alle Menschen bezaubert habe", und schien mir zuzublinzeln, ich solle doch ein solcher Sabbatai werden. Oder meinte er, ich sei schon einer?

30. März.

Mein kurioser Anhänger, der Preßburger Antisemit Ivan von Simonyi, war bei mir. Ein sechzigjähriger, überbeweglicher, übergesprächiger Mann von verblüffend viel Sympathie für die Juden. Spricht vernünftiges und krauses Zeug durcheinander, glaubt ans Blutmärchen, hat daneben die gescheitesten modernsten Gedanken. Liebt mich!

3. April.

Die drei Brüder Marmorek erklären mit einer gewissen Feierlichkeit ihren Anschluß an meine Bewegung. Der Pariser Pasteurianer Marmorek kam mit seinem jüngsten·Bruder, dem Juristen, zu mir in die Redaktion, um „im eigenen Namen und in dem ihres Bruders des Architekten".zu erklären, daß sie mit mir gehen und begeistert sind.

5. April.

Dr. Schnirer und Dr. Kokesch, vom hiesigen Verein

„Zion", überbringen mir die Resolution, ich möge im Vertrauen auf die Unterstützung der Zionisten im Werke fortfahren. Schnirer will einen Aufruf an alle akademisch gebildeten Juden in der Welt zirkulieren lassen. Hier soll sich ein Komitee von 15—20 Leuten bilden, von denen jeder den Aufruf an drei, vier Freunde in anderen Städten schicken soll. So will man Tausende von Unterschriften sammeln. Das wäre für mich ein bedeutender Rückhalt.

7. April.

In den letzten Tagen einige Unterredungen mit Steiner und Dessauer zum Zweck der Finanzierung des nötigen Tagblattes. Saure Arbeit.

9. April.

Dr. Beer-Hofmann hat folgende Idee für „erste Einrichtung": eine große medizinische Fakultät, zu der ganz Asien strömen wird, und wo zugleich die Sanierung des Orients vorbereitet wird. Dann hat er einen monumentalen Brunnenentwurf: Moses, Wasser aus dem Felsen schlagend.

10. April.

Ein „Privatgelehrter" namens Carl Bleicher kam zu mir .Ich hielt ihn anfangs für einen Schnorrer, der auf Grund eines Buches milde Beiträge haben will. Aber er wollte von mir nichts nehmen, stellte sich mir als Agitator zur Verfügung. Ich verzeichne das, weil es ein Zeichen für die Ergriffenheit der Armen ist. Dieser alte Mann, der von geschenkten Gulden und Zehnerln lebt, öffnet mir seine Börse, zeigt mir, wieviel er hat, und lehnt meine Spende ab. Das ist der wichtigste Unterschied zwischen meiner Wirkung und der des Baron Hirsch. Dieser wird angebettelt und nicht geliebt. Mich lieben die Bettler. Darum bin ich der Stärkere.

Der „liberale" Gemeinderat Dr. Alfred Stern besuchte mich heute in der Redaktion, machte sich unverkennbar näher an mich heran. Er finde es ganz gut, daß jemand in der Judensache auftrete und spreche wie ich. Da sagte ich ihm: „Kommen Sie zu uns, und ich garantiere Ihnen die Popularität. Erklären Sie öffentlich: Ich, Alfred Stern, den ihr als einen ruhigen Menschen kanntet, trete zum Zionismus über! — Das wird eine große Wirkung machen. Hunderte werden Ihnen folgen."

Er antwortete: „Das glaube ich auch. Ich hätte für meine Person nichts dagegen. Aber ich übernehme eine Verantwortung für Hunderte und Tausende."

Ich zurück: „Diese Verantwortung wird unsere Partei Ihnen demnächst abnehmen. Wenn Sie wieder einmal kandidieren, werden die organisierten Zionisten in Ihre Wählerversammlungen kommen."

Was ihn ein bißchen betroffen machte.

14. April.

Der englische Pfarrer Hechler kam nachmittags in großer Aufregung zu mir. Er war in der Burg, wo heute der Deutsche Kaiser eingetroffen ist, und sprach mit dem Generalsuperintendenten Dryander und noch einem Herrn von des Kaisers Gefolge. Er ging mit ihnen zwei Stunden in der Stadt spazieren und teilte ihnen den Inhalt meiner Broschüre mit, der sie sehr überraschte. Er sagte ihnen, die Zeit sei da: „*to fulfil prophecy*".

Nun will er, daß ich mit ihm morgen früh nach Karlsruhe fahre, zum Großherzog, zu dem der Deutsche Kaiser morgen abend fährt. Wir würden um einen halben Tag früher eintreffen. Hechler wollte zuerst zum Groß-

herzog gehen, diesem sagen, um was es sich handle, und
daß er mich gegen meinen Willen nach Karlsruhe gebracht habe, damit ich den Herren nähere Aufklärung
gebe.

Ich lehnte ab, mitzufahren, weil das von mir abenteuerlich aussähe. Wenn dann die hohen Herren sich nicht
bewogen fühlen, mich vorzulassen, stünde ich in unwür-
diger Attitüde auf der Gasse. Er solle allein hinfahren,
und wenn man mich zu sprechen wünsche, werde ich auf
die telegraphische Einladung sofort hinkommen.

Hechler verlangte meine Photographie, um sie den Herren zu zeigen — offenbar meint er, daß sie in mir einen
,,schäbigen Juden" vermuten würden. Ich versprach, sie
ihm morgen zu geben. Merkwürdig, daß ich gerade für
den heutigen Geburtstag meines Vaters mich hatte pho-
tographieren lassen, woran ich schon seit Jahren nicht
gedacht hatte.

Ich war dann im Operntheater, in einer Loge schräg
gegenüber der Hofloge, und ich studierte den ganzen
Abend die Bewegungen des Deutschen Kaisers. Er saß
steif da, neigte sich manchmal verbindlich zu unserem
Kaiser, lachte öfters herzlich, war im ganzen nicht unbekümmert um den Eindruck, den er auf das Publikum her-
vorbrachte. Einmal setzte er unserem Kaiser etwas auseinander und machte dazu entschiedene, starke, kurze
Gesten mit der Rechten, indes seine Linke beständig auf
dem Säbelkorb ruhte.

Um elf Uhr kam ich nach Hause. Hechler saß schon
seit einer Stunde im Vorzimmer, auf mich wartend. Er
will morgen früh um sieben Uhr nach Karlsruhe fahren.

Bis halb eins saß er in sanften Gesprächen bei mir.
Sein Refrain: *fulfil prophecy!*

Er glaubt fest daran.

Hechler ist heute morgens richtig abgereist. Ich war bei ihm nachfragen; so unwahrscheinlich kam es mir trotz allem noch vor.

Abends in der „Wiener Mode" mit Steiner und Colbert. Letzterer ist geeignet, die Finanzkombination für meine Zeitung herzustellen. Er entwickelt einen klugen Plan, der auf Erweiterung seines jetzigen Unternehmens durch eine Papierfabrik und Kommanditierung der von mir zu leitenden Zeitung hinausgeht.

Hechler telegraphiert aus Karlsruhe:
Alles begeistert. Muß über Sonntag bleiben. Bitte bereit halten. Hechler.

Die Aufforderung, nach Karlsruhe zu kommen, ist bisher nicht da. Ich fange an, zu glauben, daß Hechler sich selbst illusioniert.

Die Strammsten sind bisher die Zionisten von Sofia. Heute kommt eine Resolution, die im Tempel von Sofia unter Vorsitz des Großrabbiners gefaßt worden ist. Sechshundert Unterschriften. Begeisterte Worte.

Von zwei Seiten höre ich, daß der vormalige Sektionschef im Ministerium des Inneren, Geheimrat Baron Erb, sich für den „Judenstaat" lebhaft interessiert und mit mir reden möchte.

Nuntius Agliardi hat vor einiger Zeit mit unserem Mitarbeiter Münz gesprochen und ihm gesagt, daß er bereit wäre, mich zu empfangen. Leider bin ich nicht gleich zu ihm gegangen. Jetzt ist er vom Papst nach Rom berufen worden und soll diesen bei der Krönung des Zars vertreten. Wenn ich mit dem Nuntius gesprochen und ihn gewonnen hätte, wäre die Sache sofort vor Papst und Zar gebracht worden, deren Zustimmung wegen des heiligen Grabes erforderlich ist.

* * *

Von Hechler keine Nachricht. Jetzt erkläre ich mir das so, daß Hechler mich über die Erfolglosigkeit seiner Reise durch die Depesche beruhigen wollte.

. . . .

18. April.

Hechler telegraphiert von Karlsruhe:

„Zweite Unterredung gestern mit S. M. und S. K. H. ausgezeichnet. Muß noch warten. Hechler."

21. April.

Nichts mehr gehört von Hechler. Inzwischen ist der Kaiser von Karlsruhe nach Koburg gereist.

An Nordau geschrieben, ihm den diplomatischen Auftrag gegeben, bei Hirsch Fühler auszustrecken. Wenn Hirsch ein paar Millionen hergibt, können wir der Sache eine ungeheure Resonanz geben und einiges für Bakschisch in der Türkei springen lassen.

21. April, nachmittags.

Den Brief an Nordau hatte ich gestern begonnen und heute beendigt.

Zwischen gestern und heute starb Baron Hirsch auf einem Gut in Ungarn.

Ich erfuhr es eine Stunde, nachdem ich den Brief an

Nordau aufgegeben hatte. Diesen Brief mußte ich also telegraphisch zurückrufen. Aber welch ein sonderbares Zusammentreffen. Seit Monaten ist die Broschüre fertig. Ich gab sie jedem, nur nicht Hirsch. Im Augenblick, wo ich mich dazu entschließe, stirbt er. Seine Mitwirkung hätte unserer Sache ungeheuer schnell zum Gelingen verhelfen können.

Jedenfalls ist sein Tod ein Verlust für die Judensache. Von den reichen Juden war er der einzige, der etwas Großes für die Armen tun wollte. Vielleicht habe ich ihn nicht richtig zu behandeln gewußt. Vielleicht hätte ich den Brief an Nordau vor vierzehn Tagen schreiben müssen.

Es kommt mir vor, als wäre unsere Sache heute ärmer geworden. Denn immer dachte ich noch daran, Hirsch für den Plan zu gewinnen.

Hechler telegraphiert aus Karlsruhe: „Dritte Unterredung gestern. Vierte heute vier Uhr. Harte Arbeit, meinen Wunsch durchzusetzen. Trotzdem alles gut. Hechler Zirkel 2."

21. April, nachts.

Morgen früh wollte ich nach Pest fahren. Da erhalte ich spät abends Hechlers Ruf nach Karlsruhe.

Kurioser Tag. Hirsch stirbt, und ich trete mit Fürsten in Verbindung.

Es beginnt ein neues Buch der Judensache. Nach meiner Rückkehr werde ich in dieses volle noch Hechlers zwei letzte Depeschen eintragen.

Drittes Buch

Ein sonniger Frühlingstag. Heute um sieben Uhr wollte ich mit dem Schiff nach Pest fahren. Und jetzt sitze ich im Coupé des Orientexpreß und fahre nach Karlsruhe.

Ich schreibe gleich mit Bleistift mit den gerüttelten Zügen des Knieschreibens in dieses Buch, weil ich wahrscheinlich später keine Zeit haben werde, das ins reine zu schreiben. War ich daran schon verhindert, als die Judensache nur begann, wie wird es erst künftig sein, wo wir aus dem Traum hinübergehen in die Wirklichkeit. Denn es ist jetzt zu vermuten, daß es täglich interessante Ereignisse geben wird, selbst wenn ich nie zur Staatsgründung kommen sollte.

Daß mich der Gh. kommen läßt, ist das deutlichste Zeichen dafür, daß er und demnach auch der K., der vor drei Tagen bei ihm war, die Sache ernst nimmt. Und das ist das Schwerste, Unwahrscheinlichste. Wenn es wahr ist, wird es wie ein Donnerschlag in der Welt wirken, und es ist dann der „Erfolg", den Bierer in Sofia erfleht.

Ein holder Tag, ein lieblicher. Ein Anflug von Grün auf den reizenden Wiesen. Auf einem waldigen Hügel treten die Bäume auseinander, daß es wie ein breiter Scheitel aussieht. Hindurch sieht man wieder den zarten Hintergrund des blassen Frühlingshimmels — und in diesem Augenblick muß ich an den toten Baron Hirsch denken.

Der Lebende hat recht. Ich habe recht — solange ich lebe.

Die Juden haben Hirsch verloren, aber sie haben mich.

Und nach mir werden sie einen anderen haben. Es muß aufwärts gehen.

Ein Wiener Morgenblatt sagte im heutigen Nekrolog: Hirsch konnte den Armen nicht helfen, weil er reich war. So ungefähr ist der Gedanke — und er ist richtig. Ich fasse dieselbe Sache anders an, und ich glaube, besser, mächtiger, weil ich sie nicht mit Geld, sondern mit der Idee mache.

Von Hechler erhielt ich vor der Abreise noch ein Telegramm: „Kann unmöglich bis Samstag hier bleiben. Konferenz bei S. K. H. auf Donnerstag für beide bestimmt. Muß ich wirklich mit halbverrichteter Sache zurück? ... Ich muß morgen zurückreisen, wenn Sie nicht kommen können bis Donnerstag mittags. Hechler.“

Er hatte nämlich meine gestrige Anzeige, daß ich nach Pest fahre, als Antwort auf sein zweites gestriges Telegramm aufgefaßt, was sie nicht war. Es ist gut, daß er nochmals in mich dringen zu müssen glaubte. Nun wird er heute freudestrahlend dem Gh. melden, daß ich doch komme.

Ich weiß eigentlich nicht viel vom Gh.: nur daß er ein alter Mann ist und der Freund Friedrichs war. Jetzt scheint auch Wilhelm auf ihn zu hören. Viel hängt also von dieser Unterredung und vom Eindruck, den ich auf ihn mache, ab.

Dennoch darf ich auf dieser Höhe nicht schwindlig werden. Ich werde an den Tod denken und ernst sein.

Ich werde kalt, ruhig, fest, bescheiden, aber entschlossen sein und sprechen.

374

Um elf Uhr nachts traf ich gestern hier ein. Hechler erwartete mich auf dem Bahnhofe, führte mich ins Hotel Germania, „das der Großherzog empfohlen hatte".

Wir saßen eine Stunde im Speisesaal. Ich trank bayrisches Bier, Hechler Milch.

Er erzählte die Begebenheiten. Der Großherzog habe ihn gleich empfangen, als er ankam, wollte aber zunächst den Bericht des Geheimrats über meinen „Judenstaat" abwarten.

Hechler zeigte dem Großherzog die „prophetischen Tabellen", die, wie es scheint, Eindruck machten.

Als der Kaiser ankam, wurde er vom Großherzog gleich verständigt. Hechler wurde zum Empfang geladen, und der Kaiser sprach ihn zur Überraschung der Hofgesellschaft mit den scherzenden Worten an: „Hechler, ich höre, Sie wollen Minister des jüdischen Staates werden."

Hechler antwortete etikettewidrig in englischer Sprache, worauf der Kaiser auch englisch weitersprach: „Steckt da nicht Rothschild dahinter?"

Hechler verneinte natürlich. Und damit scheint die „Unterredung" ein Ende gehabt zu haben.

Insofern ist es also ein recht mageres Resultat.

Dagegen war Hechler beim Großherzog glücklicher. Bei diesem wurde er mehrmals vorgelassen. Der Großherzog sprach vom toten Prinzen Ludwig, dessen Erzieher Hechler gewesen, und weinte sehr. Hechler tröstete ihn und las ihm einen Psalm vor, in welchem Zion vorkommt.

Dann ließ der Großherzog mit sich weiter reden. Sein Hauptbedenken war, daß es ihm falsch ausgelegt werden könne, wenn er auf meinen Plan eingehe. Man würde annehmen, daß er die Juden aus seinem Lande vertreiben

wolle. Auch machte ihn meine journalistische Stellung
stutzig. Hechler garantierte, daß nichts in die Zeitungen
kommen werde.

Nun fragte der Großherzog, was er denn eigentlich
für die Sache tun könne.

Hechler sagte: „Königliche Hoheit waren derjenige, der
als erster unter den deutschen Fürsten in Versailles den
König Wilhelm zum Kaiser ausrief. Wenn Sie sich nun
auch an der zweiten großen Staatsgründung dieses Jahrhunderts beteiligten! Denn die Juden werden eine *grande
nation* werden.“

Das machte Eindruck auf den Großherzog, und er gestattete, daß Hechler mich hierherrief, damit ich ihm die
Sache erkläre.

Ich soll heute nachmittags um vier Uhr zur geheimen
Audienz kommen.

Ich begleitete Hechler durch die öden, reinlichen Straßen dieser netten Residenz nach Hause. Ab und zu
lärmten Nachtwandler, von der Kneipe kommend, laut
und gemütlich.

Eine angenehme Kleinstaaterei, die ich da in nächt-
lichen Umrissen und in Hechlers Erzählungen vor mir
liegen sah. Der Wachposten vor dem Schloßtor hörte
behaglich zu, als Hechler mir sagte, wo die Gemächer
des Großherzogs, der Großherzogin seien, und wo er
selbst ehemals gewohnt habe. Er zeigte wehmütig nach
den eleganten Fenstern. Ich begleitete ihn dann bis an
sein Haustor. Er wohnt in einem der abgelegenen Hof-
gebäude.

Meine Aufgabe wird nun heute nachmittags sein, den
Großherzog dafür zu gewinnen, daß er mich dem Kaiser

zu einer Audienz empfehle, und daß er den Schwiegervater des Zars, den Großherzog von Hessen, ebenfalls für die Sache interessiere. So könnte der letztere, wenn er zur Zarenkrönung geht, vielleicht in Petersburg von der Sache sprechen.

Mit Hechler spazierengegangen und -gefahren. Wir betrachteten das Mausoleum des Prinzen Ludwig, das eben fertig wird. Schön, ernst steht diese rote Sandsteinkapelle im reizenden Jagdwald nächst dem Wolfsgraben, wo der junge Ludwig einst spielte.

Ich ließ mir von Hechler Details über die großherzogliche Familie geben, um zu wissen, mit wem ich reden werde.

Ich sah mir auch die Photographien des Großherzogs in den Schaufenstern lange an. Scheint ein wohlwollender mittlerer Mensch zu sein.

Hechler erzählte mir noch, der Großherzog habe sich besorgt gezeigt, daß der Abfluß der Juden auch einen enormen Geldabfluß bedeuten könne.

Darüber werde ich ihn also beruhigen.

* * *

Hechler erzählte mir, wie Napoleon I. eines Tages nach Karlsruhe kam und den Markgrafen Karl zwang, seine Stieftochter augenblicklich zu heiraten — sonst sei dieser die längste Zeit Herrscher gewesen. Der Markgraf fügte sich und wurde dafür Großherzog.

* * *

Bezaubernd ist die Stadtanlage von Karlsruhe. Vom Schloß strahlt alles aus. Hinter dem Schloß Park und schöner Wald. Davor die ruhige Stadt.

Mit Hechler zu Mittag gegessen. Er hatte seine Orden mitgebracht und war aufgeregter als ich. Ich kleidete mich erst nach Tisch, eine halbe Stunde vor der Audienz, um. Hechler fragte, ob ich nicht den Frack anziehen wolle. Ich verneinte, weil eine zu festliche Kleidung bei solcher Gelegenheit auch taktlos sein kann. Der Großherzog wollte sozusagen inkognito mit mir sprechen. Also nahm ich meine erprobte Redingote. Die Äußerlichkeiten werden immer wichtiger, je höher man steigt. Denn alles wird symbolisch.

Es war nach dem regnerischen Vormittag ein reizender Nachmittag gekommen, als wir aus dem Hotel traten. Zwanzig Minuten hatten wir noch auf vier Uhr, konnten also ein bißchen schlendern.

Ich sagte Hechler gutgelaunt: „Merken Sie sich diesen hübschen Tag, den lieblichen Frühlingshimmel über Karlsruhe! Vielleicht sind wir heute übers Jahr in Jerusalem." Hechler sagte, er wolle den Großherzog bitten, den Kaiser im nächsten Jahre zur Einweihung der Kirche nach Jerusalem zu begleiten. Ich solle dann auch dort sein, und er, Hechler, möchte als wissenschaftlicher Begleiter des Großherzogs mitgehen.

Ich sagte: „Wenn ich nach Jerusalem gehe, nehme ich Sie mit."

Wir nahmen dann eine Droschke und fuhren, obwohl es nur noch ein paar Schritte waren, stattlich beim Schloß vor. Wir fuhren die kleine Rampe hinauf, was ich als ein besonderes Raffinement des Besuchs empfand. Es war meine erste Auffahrt vor einem fürstlichen Schloß. Ich versuchte, mich von den wachthabenden Soldaten nicht impressionieren zu lassen. Der Türsteher tat mit Hechler sehr befreundet. Wir wurden in den ersten

Wartesalon geführt. Das ist das Adjutantenzimmer. Aber hier ging mir doch der Atem aus. Denn da stehen großartig in Reih' und Glied die Regimentsfahnen. Sie stecken in Lederhülsen, ernst und schweigsam, und es sind Fahnen von 1870—71. Zwischen den Fahnenständern an der Wand ein Revuebild: der Großherzog führt dem Kaiser Wilhelm I. die Truppen vor. Da kam es mir sozusagen erst zum Bewußtsein, wo ich eigentlich war.

Ich suchte mich vom zu starken Eindruck abzulenken, indem ich wie ein Reporter ein Sachinventar aufnahm: grünsamtene Möbel, das braune, geschweifte Holz der Stuhlbeine mit goldenen Leisten versehen; Photographien der drei deutschen Kaiser.

Glücklicherweise plauderte auch Hechler rastlos. Er erzählte mir, wie er als junger Bursche zum erstenmal in diesem Saale war, um für die Erhaltung eines Oberschulrates, der abgesetzt werden sollte, zu petitionieren. Damals trat ein Adjutant auf ihn zu und sagte: „Haben Sie keine Angst! Der Großherzog ist auch nur ein Mensch wie wir."

Ich dachte bei mir, innerlich lächelnd: „Das ist immerhin gut zu wissen."

Dann kam der Leibkammerdiener und lud uns ein, in den nächsten Salon zu treten. Der Großherzog habe nur einen kleinen Spaziergang in die Fasanerie gemacht und werde bald kommen.

Der zweite Salon ist Rokoko. Rote Seidendamasttapeten, die Fauteuils mit demselben Stoff überzogen. Große Photographien der deutschen Kaiser. An der Wand Ölporträts eines früheren Großherzogs und seiner Frau.

Hechler fuhr fort, mir durch sein Geplauder eine Contenance zu geben. Wenn er das mit Absicht tat, war es sehr fein.

Überhaupt hatte er mich auf eine höchst delikate Weise vorbereitet. Zum Beispiel hatte er schon unterwegs bemerkt, ich müsse die rechte Hand entblößen für den Fall, daß der Großherzog mir die Hand reichen werde.

Nachzuholen: beim Mittagessen hatte ich ihm gesagt, daß der Wiener Nuntius Agliardi mir (durch Dr. Münz) habe mitteilen lassen, er wünsche mich zu sprechen. Ich erzählte ihm das, damit er den englischen Botschafter Monson veranlasse, mit mir zu reden. Hechler warnte mich gleich vor Agliardi und vor Rom. Ich solle vorsichtig sein. Indessen dachte ich mir im Stillen: sie sollen nur aufeinander eifersüchtig sein: Engländer und Russen, Protestanten und Katholiken. Sie sollen mich einander streitig machen — so kommt unsere Sache vorwärts.

Als wir nun im roten Salon saßen, erzählte mir Hechler von dem verstorbenen Großherzog, dessen Bild an der Wand hängt: der sei für ein unterschobenes Kind gehalten worden. Wenigstens sei das von Bayern behauptet worden. Bayern wollte das badische Herrscherhaus verdrängen, hatte auch mit Österreich ein geheimes Abkommen. Österreich hatte Bayern die Pfalz zugesagt und zahlte insgeheim jährlich zwei Millionen an Bayern bis 1866. Um nun die Ansprüche auf Baden zu begründen, wurde in Bayern die Caspar-Hauser-Geschichte aufgebracht. Ich hörte Hechlers Worten zerstreut zu. Ich weiß nicht einmal, ob ich sie jetzt richtig wiedergebe.

Es war mir nur angenehm, von den egoistischen Händeln der Großen zu hören, weil ich mich dabei in meiner reinen Bewegung ein bißchen überlegen fühlte und mehr Sicherheit bekam.

Plötzlich öffnete sich die Türe des Arbeitszimmers, und

ein alter, kräftig, aber nicht fett aussehender General trat ein: der Großherzog. Wir sprangen von unseren Fauteuils auf. Ich machte zwei Verbeugungen. Der Großherzog reichte Hechler die Hand — von meiner schicklich entblößten Rechten machte er keinen Gebrauch. Er lud uns mit einer Handbewegung ein, ihm zu folgen. Ich trat als letzter ein, schloß die Tür hinter mir. Ich weiß gar nicht, wie es im Arbeitszimmer aussieht, denn die ganze Zeit mußte ich den Großherzog als Sprechender oder Hörender ansehen. Er ist siebzig Jahre alt, sieht aber um sechs bis acht Jahre jünger aus.

Drei Fauteuils standen bereit. Der, den ich bekam, hatte das volle Licht auszuhalten. Die Armlehnen nicht weit genug auseinander, daß man die Arme am Leib herunter hätte hängen lassen können. Diese Fauteuils sind für bequemes Zurücklehnen, wobei die Unterarme auf den Armlehnen ruhen können, vielleicht sehr angenehm. Da ich mich aber nicht zurücklehnen durfte, saß ich die zweieinhalb Stunden in einer gezwungenen Art da, worunter möglicherweise auch mein Vortrag litt.

Anfangs sprach ich befangen. Ich glaubte, mit halbem Ton reden zu müssen, wodurch die gewöhnliche Selbstberauschung im Sprechen wegfiel. Auf die ersten freundlichen Fragen nach meiner Reise und meinem Wohnort sagte ich, was ich sei, und sprach auch von meiner früheren Pariser Stellung.

Der Großherzog sagte: „Ich besitze die Neue Freie Presse." Er erkundigte sich nach Paris. Ich schilderte die parlamentarische Krise, und insbesondere das jetzige Kabinett Bourgeois.

Nach ein paar Minuten unterbrach er mich: „Wir wollten ja von anderem reden."

Worauf ich sofort auf die Sache einging und bat, er

möge mich durch Fragen unterbrechen, wo meine Ausführungen undeutlich seien.

Ich rollte also die ganze Frage auf. Leider mußte ich mich beim Sprechen derart konzentrieren, daß ich nicht gut beobachten konnte. Hechler sagte später, daß die Unterredung hätte stenographiert werden sollen. Er meinte, ich hätte ganz gut gesprochen und einige vortreffliche Wendungen gefunden.

Ich weiß nur, daß mir der Großherzog mit seinen schönen blauen Augen und seinem ruhigen, guten Gesicht beständig in die Augen schaute, daß er mir mit großem Wohlwollen zuhörte; und als er selbst sprach, geschah es mit einer unsagbaren Bescheidenheit. Ich hatte nach der zweieinhalbstündigen Anspannung aller Denkkraft eine solche Erschlaffung, daß ich mich an den genauen Gang der Unterredung nicht mehr erinnere.

Jedenfalls nahm der Großherzog meine Staatbildung von Anfang an vollkommen ernst.

Sein Hauptbedenken war, daß man es ihm als Antisemitismus auslegen würde, wenn er für die Sache einträte.

Ich erklärte ihm, daß nur d i e Juden gehen sollen, die wollen.

Da sich die Juden in Baden unter seiner milden Herrschaft wohl fühlen, werden sie nicht mitgehen, und sie haben.recht. Im weiteren Verlauf kam ich noch mehrmals von verschiedenen Seiten auf seine Judenfreundlichkeit zurück und benützte sie verschiedenartig als Argument. Wenn er für die Sache eintrete, werde sie nicht mehr als judenfeindliche angesehen werden können. Auch seien ja wir, die Führer der Juden, dazu da, um das Volk aufzuklären, daß die Herstellung des Judenstaates eine Gnade und keine Verfolgung bedeute.

Ferner sagte ich: „Königliche Hoheit würden, wenn Ihre wohlwollende Gesinnung gegenüber den Juden bekannt würde, einen solchen Zuzug von Juden bekommen, daß es eine große Kalamität wäre."

Er lächelte.

Fortgesetzt im Coupé auf der Rückfahrt, am 24. April.

„Überhaupt", sagte ich, „gehört es zum Unglück der Juden, daß man sich mit ihnen gar nicht zu beschäftigen wagt, wenn man ihnen wohlgesinnt ist. Sie sind in den langen Martern so wehleidig geworden, daß man sie gar nicht berühren kann."

Der Großherzog formulierte denselben Gedanken dann noch einmal. Er befürchte, seine jüdischen Untertanen zu kränken, wenn er öffentlich auf meinen Plan eingehe. Man wisse zwar, wie er bisher über die Juden gedacht habe, aber man würde ihn dann wahrscheinlich dennoch mißverstehen und glauben, daß seine Anschauung sich eben geändert habe. Er habe über seine jüdischen Bürger nie zu klagen gehabt. „Ein Jude war 25 Jahre mein Finanzminister," sagte er, „und er hat seine Sachen immer zu meiner Zufriedenheit gemacht. Er hat gut regiert. Er gehört noch jetzt Ihrem Glauben an. Allerdings sind auch bei uns in Baden die Verhältnisse nicht mehr wie sie waren. Ein Jude, namens Bielefeld, mit dem ich eine literarische Unternehmung vorbereitete, riet mir selbst, seinen Namen von der Publikation wegzulassen, weil das in heutiger Zeit Schwierigkeiten bereiten könnte. Wir hatten auch noch andere Schwierigkeiten durch den Antisemitismus, namentlich im Justizdienst. Wir haben Juden in allen Instanzen der Rechtspflege, und das hat einzelne Schwierigkeiten ergeben.

Und doch haben die Juden viele gute Eigenschaften. Ich soll noch den ersten betrunkenen Juden sehen. Sie

sind nüchtern, sparsam, sie wissen immer noch sich fort-
zuhelfen. Ein Viehhändler, der den ganzen Tag aus ist,
geht doch in kein Wirtshaus, ja er ißt nicht einmal von
früh bis abends, bis er nach Hause kommt. Neben der
Genügsamkeit auch große Intelligenz, die freilich manchmal bis zum Betrug geht. Aber wenn man andererseits
die Dummheit sieht, die sich so überlisten ließ, so muß
man sagen, es geschieht den Dummen recht.

Jedenfalls werden Sie für die Staatsgründung ein sehr
intelligentes Material haben.

Aber wie stellen Sie sich den praktischen Gang der
Ausführung vor?"

Ich entwickelte nun den ganzen Plan, den er eigentlich
noch nicht anders als durch Hechler kannte. Also von
der „prophetischen" Seite, mit der ja ich nicht viel zu
schaffen habe.

Der Großherzog meinte, daß sich die Regierungen erst
dann näher auf die Sache einlassen könnten, wenn ihnen
die Society of Jews zu Gesicht stehe.

Ich befürwortete nun natürlich den umgekehrten Weg.
Einige Fürsten sollten ihr Wohlwollen erkennbar machen; dadurch würde die Society of Jews von vornherein
mit mehr Autorität auftreten. Und Autorität sei nötig,
wenn man diesen großen Zug in Ordnung durchführen
wolle. Die Juden müßten ja auch auf der Wanderung
erzogen und diszipliniert werden.

Fortgesetzt in München, 25. April.

Der Großherzog erwähnte die Verwilderung, die nach
Zeitungsberichten unter den in London eingewanderten
russischen Juden existiere.

Ich sagte: „Um dieser Herr zu werden, brauchen wir
eine starke Autorität. Dazu wäre es eben unerläßlich,

daß wir von den Mächten von vornherein anerkannt werden."

Der Großherzog sagte: Deutschland könne da eigentlich nicht gut den Anfang machen. Zunächst sei es an der Frage nicht in so hohem Grade interessiert, wie z. B. Österreich. Dort sei ja die Antisemiten-Schwierigkeit mit Lueger recht groß. Deutschland habe nicht übermäßig viele Juden. Deren Abzug würde sogar von den Nationalökonomen nicht gern gesehen werden.

Ich erklärte nun, wie nur das *trop plein* abfließen solle, wie das bewegliche Vermögen nie als im Lande befindlich angesehen werden könne, und wie es nach dieser Lösung der Judenfrage erst recht zurückkehren müßte. Jetzt bereite es durch Belebung der Industrie in exotischen Ländern mit billiger Arbeitskraft der einheimischen Schwierigkeiten. Man braucht die Chinesen nicht nach Europa kommen zu lassen. Man baut ihnen d r a u ß e n Fabriken. So wird, nachdem die Landwirtschaft durch Amerika gefährdet ist, die Industrie durch Ostasien bedroht.

Demgegenüber will meine Bewegung nach zwei Seiten hin helfen: durch Ableitung des überschüssigen jüdischen Proletariats, durch Bändigung des internationalen Kapitals.

Den deutschen Juden kann die Bewegung nur erwünscht sein. Der Judenzufluß vom Osten her wird von ihnen weggeleitet.

Der Großherzog murmelte wiederholt zwischen meine Ausführungen hinein: „Ich möchte, daß es so wäre."

Er wandte sich dann halb zu Hechler:

„Das Zusammenwirken Englands mit Deutschland ist wohl wenig wahrscheinlich. Die Beziehungen sind jetzt leider sehr gestört. Würde England mittun?"

Ich sagte: „Dafür müssen unsere englischen Juden sorgen."

Der Großherzog meinte etwas verstimmt: „Wenn die es können . . ."

Ich sagte: „Wenn bekannt würde, daß der Großherzog von Baden sich für die Sache interessiert, würde das einen tiefen Eindruck machen."

Er rief: „Das ist nicht wahr. Meine Stellung ist nicht groß genug. Ja, wenn es der Deutsche Kaiser oder der König von Belgien täte."

Ich blieb dabei: „Ja, wenn ein erfahrener Fürst, der das Deutsche Reich mit machen geholfen hat, bei dem sich der Deutsche Kaiser Rats erholt, für diese neue Unternehmung eintritt, wird das großen Eindruck machen. Königliche Hoheit sind der Ratgeber des Kaisers."

Er lächelte: „Ich rate ihm, aber er tut, was er will."

Ich: „Ich würde mich bemühen, auch dem Kaiser die Sache als nützlich zu erklären. Wenn er mich empfangen wollte, bliebe das ebenso geheim wie diese Unterredung."

Der Großherzog: „Ich glaube, Sie müßten zuerst die Society of Jews schaffen. Dann wird man sehen, ob man sich mit ihr einlassen kann."

Ich: „Das sind dann schon mehrere Köpfe. Die ersten Vorbereitungen, die Keimbläschen, müßten wohl noch von mir geschaffen werden."

Der Großherzog: „Jedenfalls kann es nur gelingen, wenn wenige darum wissen. In der öffentlichen Diskussion wird alles gleich entstellt."

Hechler kam mir jetzt zu Hilfe: „Ob Königliche Hoheit dem Dr. Herzl nicht gestatten wolle, einigen Vertrauenswürdigen in England zu sagen, daß der Großherzog von Baden sich für die Sache interessiere."

Das gestand der Großherzog zu, indem er sich nochmals ausbedang, daß davon nur außerhalb seines Landes die Rede sein dürfe. Dann fragte er mich, ob ich schon beim Sultan Schritte unternommen habe.

Ich sagte, an Newlinsky denkend, daß sich jemand mir schon angeboten habe, mit dem Sultan zu reden.

Nun entwickelte ich die Vorteile, die der Plan für den Orient hätte. Würde die Türkei in absehbarer Zeit geteilt, so könnte man in Palästina einen *État tampon* schaffen. Zur Erhaltung der Türkei könnten wir jedoch viel beitragen. Wir würden den Staatshaushalt des Sultans definitiv regeln, gegen Überlassung dieses für ihn nicht sehr wertvollen Territoriums.

Der Großherzog meinte, ob man nicht zuerst einige Hunderttausend Juden nach Palästina bringen und dann die Frage aufwerfen sollte.

Ich sagte in entschiedenem Ton: „Dagegen bin ich. Es wäre ein Einschleichen. Die Juden müßten sich dann als Insurgenten gegen den Sultan stellen. Und ich will alles nur offen und klar, in vollster Gesetzlichkeit, machen.“

Er sah mich zuerst überrascht an, als ich so energisch sprach; dann nickte er beifällig.

Ich entwickelte dann die allgemeinen Vorteile des Judenstaats für Europa. Wir würden den Krankheitswinkel des Orients assanieren. Wir würden die Schienenwege nach Asien bauen, die Heerstraße der Kulturvölker. Und diese Heerstraße wäre dann nicht im Besitze einer einzelnen Großmacht.

Der Großherzog sagte: „Das würde auch die ägyptische Frage lösen. England klammert sich nur an Ägypten, weil es da seinen Weg nach Indien sichern muß. Tatsächlich kostet Ägypten mehr, als es wert ist.“

Hechler meinte: „Rußland hat vielleicht Absichten auf Palästina?"

Der Großherzog: „Das glaube ich nicht. Rußland hat in Ostasien für lange Zeit genug zu tun."

Ich fragte: „Halten Königliche Hoheit es für möglich, daß ich vom Zar empfangen würde?"

Er sagte: „Nach den neuesten Berichten ist der Zar für niemanden zu sprechen. Er empfängt nur die Minister, wenn es notwendig ist, sonst niemanden. Man könnte es übrigens in Hessen versuchen, ihm Ihr Buch zu lesen zu geben. Der Zar ist, wie ich glaube, den Juden nicht feindlich gesinnt, aber er muß mit der Volksstimmung in Rußland rechnen. Ein Selbstherrscher herrscht keineswegs immer selbst."

Ich bat um die Erlaubnis, dem Großherzog ab und zu schreiben zu dürfen, was er liebenswürdig annahm. Überhaupt eine Bescheidenheit und Einfachheit! Ich schämte mich innerlich, daß ich ihn ins Gewöhnliche hatte reduzieren wollen, bevor ich mit ihm gesprochen. Er ist von einer großen edlen Natürlichkeit. Ich weiß nicht mehr, an welchen Stellen der Unterredung er über Parlamentarismus, Normaltag und anderes sprach.

Er beklagt den Niedergang des Parlamentarismus, „er sei ein aufrichtig konstitutioneller Herrscher". Die Gesetzgeberei werde immer schlechter. Man mache viele Gesetze, die nichts wert sind.

Er sprach anläßlich meines Siebenstundentages mit der Überzeit von Versuchen, die man in der Schweiz mit dem Normaltag mache. Die Arbeiter selbst sind damit nicht zufrieden.

Ich erzählte ihm zur Psychologie des Arbeiters die Geschichte Tom Sawyers von Mark Twain, wie Tom zur Strafe am Sonntag nachmittag seines Vaters Zaun an-

388

streichen muß, und daraus Gewinn zieht. Tom sagt seinen Kameraden nicht: ich muß, sondern: ich darf den Zaun anstreichen. Da drängen sich alle zur Mithilfe.

Der Großherzog lächelte: „Sehr hübsch".

Er erzählte mir dann vom Misoneismus der Leute: wie man in Baden eine nützliche Kreditkasse habe machen wollen, und es nicht möglich war, weil beschränkte Privatinteressen sich dagegen wehrten. Beim Erzählen und Erklären gebrauchte er öfters die Wendung: „Sie werden mir beistimmen" oder ähnliches. Er ist bei aller Würde von einer ritterlichen Bescheidenheit.

Als Hechler dann das Wort nahm und die baldige Erfüllung der Prophezeiung vortrug, hörte er still und großartig in seinem Glauben zu, mit einem merkwürdig ruhigen Blick seiner schönen festen Augen.

Er sagte schließlich, was er schon einigemal gesagt hatte: „Ich möchte, daß es geschehe. Ich glaube, es wird ein Segen sein für viele Menschen."

Nachzuholen, was mir jetzt einfällt.

Ich hatte von den Zuschriften aus Semlin und Groß-Becskerek gesprochen, wo eine Anzahl Familien gleich aufbrechen will.

Da sagte er: „Das ist ein trauriges Zeichen für die Zustände."

Ich erzählte ihm auch von dem Bettler, der von mir nichts hatte nehmen wollen, und daß ich daraus folgere, ich hätte den Weg gerade zum Herzen der Armen gefunden. Er nickte.

Gegen das Parlamentarisieren sagte ich: „Nicht kann so hoch das Wort ich schätzen. Im Anfang war die Tat." Er nickte auch dazu.

Wenn ich mich jetzt besinne, glaube ich, ihn für mich gewonnen zu haben.

Nach zweieinhalb Stunden, die auch für ihn ermüdend waren, denn er griff sich oft an den Kopf, wenn ich etwas Anstrengendes auseinandersetzte — nach zweieinhalb Stunden hob er die Audienz auf. Jetzt reichte er mir die Hand und hielt sie sogar sehr lange. Dazu sprach er gütige Abschiedsworte: er hoffe, daß ich mein Ziel erreichen werde, usw.

Ich ging dann mit Hechler an den Lakaien und Wachen vorüber, die über die lange Audienz staunten.

Ich war von der gelungenen Unterredung ein bißchen berauscht. Ich konnte nur zu Hechler sagen: „Er ist ein wunderbarer Mensch!"

Und das ist er.

Dabei notierte ich mir aber doch für die Psychologie des Besuchers diesen leichten Audienzrausch.

Je natürlicher und einfacher sich der Audienzgeber benimmt, desto stärker ist der Rausch des anfangs Eingeschüchterten.

Ich ging noch in den Schloßpark, indes Hechler seine Sachen einpackte.

Im Park war eine gar liebliche Abendstimmung. Wenige stille Spaziergänger, Knaben am Graben, die, auf Stelzen gingen. Starker Vogelgesang in den verjüngten Baumwipfeln. Abendklarheit, Frieden, wolkenlose Frühlingsstimmung.

* * *

Später begleitete ich Hechler, der nach Basel reiste, zur Bahn. Er war mit dem Resultat sehr zufrieden und wollte am nächsten Tage von Basel aus an die „prophetische Versammlung" nach London telegraphieren, daß er mit zwei Souveränen gesprochen habe über den Judenstaat, dessen Verwirklichung nach seiner Ansicht nahe bevorstehe.

Ich bat ihn, diese Depesche zu unterlassen, weil der Großherzog damit vielleicht nicht einverstanden wäre.

Jetzt bedauere ich, ihn davon abgehalten zu haben. Es hätte in England großes Aufsehen gemacht, und der Großherzog wäre gar nicht genannt worden.

26. April, Wien.

Als ich gestern mittags in München den Orientexpreß bestieg, saß Hechler da. Er war von Basel noch einmal nach Karlsruhe gefahren und hatte dort den Orientzug bestiegen. „Die Differenz gegen den gewöhnlichen Zug will ich auf eigene.Kosten übernehmen", sagte er.

Das lehnte ich natürlich ab. Er soll die ganze Reise auf meine Kosten gemacht haben. Für meine heutigen Verhältnisse ist das allerdings ein kleines Opfer.

Wir fuhren angenehm. Er faltete im Coupé seine Karten von Palästina auseinander und belehrte mich stundenlang. Die Grenze im Norden sollte das Gebirge gegen Kappadozien sein, im Süden der Suezkanal. Als Ruf auszugehen: Palästina wie zu Davids und Salomonis Zeit!

Dann ließ er mich allein, und ich entwarf den Brief an den Großherzog. Hechler bemängelte nachher einiges. Seine Belehrungen sind ausgezeichnet, obwohl gerade dabei öfters sein Antisemitismus durchschlägt. Selbstbewußtsein des Juden erscheint ihm als Keckheit. Als es dämmerte, gab er mir sogar eine ausgesprochen antisemitische Erzählung zum besten. Er habe einmal einen Juden bei sich aufgenommen — zum Dank habe ihn dieser bestohlen. Ein Talmudist, dem er sein Leid klagte, antwortete ihm darauf mit einem Vergleich von Blumen und Nationen. Die Rose sei die englische, die Lilie die französische usw., die fette Distel auf dem Misthaufen sei die jüdische.

Ich fertigte ihn ziemlich trocken ab: „Wenn Sie hundert Juden und hundert Christen ins Haus nehmen, werden Sie mit mehr Christen als Juden schlechte Erfahrungen machen."

Dieser Hechler ist jedenfalls ein eigentümlicher und komplizierter Mensch. Er hat viel Pedanterie, übertriebene Demut, Augenverdrehen — aber er gibt mir auch ausgezeichnete Ratschläge voll unverkennbar echten Wohlwollens. Er ist gescheit und mystisch, verschlagen und naiv. Mich unterstützt er bisher in einer geradezu wunderbaren Weise.

Sein Rat und seine Lehren sind bisher ausgezeichnet gewesen, und wenn sich nicht etwa noch später irgendwie herausstellt, daß er einen doppelten Boden hat, möchte ich, daß ihm die Juden in großem Maßstabe dankbar wären.

Brief an den Großherzog von Baden.

Ew. Königliche Hoheit!

Heimgekehrt, empfinde ich das Bedürfnis, für den gütigen Empfang in Karlsruhe meinen ehrfurchtsvollen Dank auszusprechen.

Der Gedanke, daß ich einem der Mitbegründer des Deutschen Reiches, dem ratgebenden Freunde dreier Kaiser, gegenübersaß, machte mich befangen. Dennoch darf die Sache unter der Schwäche ihres Vertreters nicht leiden, und ich bitte Ew. Königliche Hoheit, es mir zu gestatten, daß ich einige Punkte noch schärfer herausarbeite, als dies vielleicht mündlich geschehen ist.

Die Judenfrage ist in Deutschland derzeit wohl keine so brennende, wie sie es in Österreich, Rußland, Rumänien usw. ist. Aber gerade diese Ruhepause, die übrigens keine lange Dauer haben kann, läßt es möglicherweise als wünschenswert erscheinen, an die Lösung heranzugehen. Vor dem Lärmen unverantwortlicher Gassenpolitiker kann die staatliche Autorität nicht zurückweichen; wird sie jedoch nicht gedrängt, so mag sie das segensreiche Werk eher unterstützen.

Denn wir hoffen, daß ein Strom von Segen für viele Menschen von unserer Sache ausgehen werde, und keineswegs allein für die Juden.

Fügt es Gott, daß wir in unser historisches Vaterland zurückkehren, so möchten wir als Kulturträger des Westens in diesen jetzt verseuchten, verwahrlosten Winkel des Orients Reinlichkeit, Ordnung und die geklärten Sitten des Abendlandes bringen. Wir werden das tun müssen, um dort existieren zu können, und dieser Zwang wird unser Volk erziehen, soweit es dessen bedarf.

Die Einzelheiten sind in meiner Schrift „Der Judenstaat" angedeutet. Da steht auch, wie der wirtschaftlichen Schädigung der zu verlassenden Länder vorgebeugt werden kann und muß — Seite 16, 77, 78 fg.

An eine vollständige Evakuierung ist übrigens nicht gedacht. Die resorbierten oder noch resorbierbaren Juden bleiben. Der Zug ist ein freiwilliger und wird von den rechtzeitig aufgeklärten Juden nicht als Austreibung, sondern als Gnade des Fürsten empfunden.

Was ich aber in dieser zur öffentlichen Diskussion gestellten Schrift kaum andeutete, und worauf ich die Aufmerksamkeit Eurer Königlichen Hoheit besonders hinzulenken wage, sind zwei Wirkungen unserer Bewegung. Wir schwächen die Umsturzparteien und brechen die internationale Finanzmacht. Das sind keine vermessenen Worte, wenn wir Hilfe finden.

Falls Königliche Hoheit sich bewogen fühlen, meinen Plan Seiner Kaiserlichen Majestät vorzulegen, möchte ich ergebenst um die Betonung dieser Momente bitten.

Genehmigen Ew. Königliche Hoheit die Ausdrücke meiner ehrfurchtsvollen Ergebenheit.

Dr. Theodor Herzl,
IX. Pelikangasse 16.

Wien, 26. April.

Budapest, 3. Mai.

Dionys Rosenfeld, Herausgeber der „Osmanischen Post" in Konstantinopel, hat mich hier aufgesucht.

Er bietet seine Vermittlerdienste an. Er behauptet, mit Izzet Bey, dem Günstling des Sultans, gut zu stehen. Ich sagte ihm mit wenigen Worten, um was es sich handelt. Wir werden der Türkei enorme Vorteile zuwenden und für die Vermittler große Geschenke widmen, wenn wir Palästina bekommen. Zu verstehen ist nur die Abtretung als unabhängiges Land. Dafür werden wir die Finanzen der Türkei vollkommen regeln.

Die dem Sultan gehörigen Ländereien werden wir privatrechtlich erwerben — obwohl ja dort kein so deutlicher Unterschied zwischen Hoheit und Privateigentum bestehen dürfte.

Rosenfeld sagt, der Moment sei sehr günstig, denn die Türkei befinde sich in argen Geldverlegenheiten. Nur glaubt er, daß die Oberhoheit nicht aufgegeben werden würde — im günstigsten Fall ein Verhältnis wie das Bulgariens. Das lehne ich von vornherein ab.

Rosenfeld will sich beeilen, nach Hause zu fahren, und glaubt, mir die nötige Audienz beim Sultan für Ende Mai erwirken zu können. *Vederemo.*

Ich erklärte, daß ich jedenfalls nur nach Konstantinopel komme, wenn Izzet Bey mir ausdrücklich die Audienz beim Sultan vorher zusichere.

7. Mai, Wien.

Kozmian hat im Lemberger Amtsblatt Gazeta Lwowska einen sehr schmeichelhaften Aufsatz über den „Judenstaat" publiziert.

Ich besuchte ihn heute, um ihm zu danken und den Faden wieder anzuspinnen. Er lag noch im Bett.

Ich schilderte ihm, am Bettrande sitzend, die Situation, in die Badeni sich durch das Kapitulieren vor Lueger gebracht hat. Er wird entweder weiter mit den Antisemiten gehen müssen und sich dann den tückischen Haß der Juden zuziehen. Oder er wird wieder Fühlung mit den Juden suchen, und dann werden ihn die erfolggestärkten Antisemiten rasch umwerfen.

Auf die morsche liberale Partei kann er sich im nächsten Abgeordnetenhaus nicht mehr stützen. Er wird konservativere Helfer suchen und finden. Dann hat er den ganzen Haß der liberalen Überreste. Da gibt es nur den Ausweg, den Zionismus zu poussieren und dadurch Spaltung unter die opponierenden Juden zu bringen.

Kozmian will mit Badeni darüber reden.

7. Mai, abends.

Newlinsky kam zu mir, nachdem ich ihn telephonisch angerufen.

Er war mit zwei Worten *au courant* gesetzt. Er sagte mir, er habe meine Broschüre schon vor seiner letzten Konstantinopler Reise gelesen und mit dem Sultan davon gesprochen. Der Sultan habe erklärt, Jerusalem könne er nie hergeben. Die Moschee Omars müsse immer im Besitz des Islam bleiben.

„Da könnten wir ja Rat schaffen", sagte ich; „wir ex-

395

territorialisieren Jerusalem, das niemandem und allen gehören wird, der heilige Ort, den alle Gläubigen dann gemeinsam haben. Das große Kondominium der Kultur und Sittlichkeit."

Newlinsky meinte, daß der Sultan uns eher Anatolien geben würde. Das Geld spiele bei ihm keine Rolle; er verstehe den Wert des Geldes gar nicht, was man oft bei regierenden Herren bemerken könne. Aber auf andere Weise könnte man den Sultan gewinnen: wenn man ihn nämlich in der armenischen Sache unterstützte.

Newlinsky hat eben jetzt eine vertrauliche Mission des Sultans an die armenischen Komitees in Brüssel, Paris und London. Er soll sie dazu bewegen, daß sie sich dem Sultan unterwerfen, worauf dieser ihnen „freiwillig" die Reformen gewähren wird, die er auf den Druck der Mächte nicht bewilligt.

Newlinsky verlangte nun von mir, daß ich ihm die Judenhilfe in der armenischen Sache vermittle, wofür er dem Sultan sagen will, daß die Judenmacht ihm diesen Dienst geleistet habe. Dafür werde der Sultan erkenntlich sein.

Ich fand diese Idee sofort ausgezeichnet, sagte aber, daß wir unsere Hilfe nicht umsonst hergeben werden, d. h. nur für positive Gegendienste in der Judensache.

Newlinsky machte hierauf den Vorschlag, daß nur ein Waffenstillstand von den Armeniern erlangt werden solle. Die armenischen Komitees bereiten das Losschlagen für den Juli vor. Man müßte sie bewegen, einen Monat zu warten. Diese Zeit würden wir zu Unterbandlungen mit dem Sultan benützen. Newlinsky selbst will, da er an der Judensache interessiert wird, die armenische Sache nützlich verschleppen, damit das eine das andere vorwärtsbringe.

Ich sagte: „Die Judensache wird Ihnen mehr eintragen als die armenische. Ich habe zwar mit dem Gelde nichts zu tun, werde Sie aber unseren Geldleuten empfehlen."

Newlinsky, der den Sultan notorisch gut kennt, behauptet, daß wir auf diese Weise reüssieren können. Nur die offizielle Diplomatie möge sich nicht hineinmischen, ja sie möge lieber Schwierigkeiten machen. Dann werde der Sultan aus Trotz tun, was wir wünschen.

* * *

Abends ließ ich mir vom Vetter meiner Frau die Finanzlage der Türkei erklären.

Soweit ich bisher sehe, wird der Finanzplan darin bestehen müssen, die europäische Kontrollkommission zu beseitigen, die Zinsenzahlung in unsere jüdische Regie zu übernehmen, damit der Sultan diese beschämende Kontrolle los wird und neue Anleihen *ad libitum* machen könne.

* * *

Heute auch an den Bildhauer Moïse Ezechiel in Rom geschrieben. Der soll ein Zionist und mit Kardinal Hohenlohe gut bekannt sein.

8. Mai.

Der Chassid Ahron Marcus in Podgorze schreibt mir wieder einen schönen Brief, worin er es mir als möglich in Aussicht stellt, daß die drei Millionen Chassidim Polens auf meine Bewegung eintreten.

Ich antworte ihm, daß die Mitwirkung der Orthodoxen hochwillkommen ist — aber eine Theokratie wird nicht gemacht.

10. Mai.

Newlinsky verabschiedet sich, um nach Brüssel zu gehen.

Er will jedenfalls beim Sultan für uns wirken und, selbst wenn wir die Ordnung der armenischen Sache nicht herbeiführen, sagen, daß wir ihm geholfen hätten.

Er verläßt sich auf die Großmut der Juden, wenn er für uns etwas durchgesetzt hat.

Von Kozmian erzählt er mir, der habe von mir gesagt: ich erinnere ihn an einen der großen Juden, von denen Renan berichtet. Aber meine Bemühung sei utopisch.

11. Mai.

Nordau schreibt, er habe durch Zadok Kahn mit Edmund Rothschild Fühlung gesucht. Rothschild sei aber Anhänger der Infiltration.

Ich schreibe Nordau über die Armenier und verlange seine Unterstützung.

Mit Hechler gesprochen, ihn gebeten, den Botschafter Monson zu verständigen, daß ein offiziöser Unterhändler des Sultans nach Brüssel und London aufgebrochen sei, um die Armenier zu versöhnen. Monson möge Salisbury benachrichtigen. Es sei für Salisbury ein müheloser, großer diplomatischer Erfolg.

12. Mai.

Hechler war da. Die Mitteilung war dem Botschafter Monson sehr erwünscht, da England Frieden in Armenien wünscht. Ich riet, daß man Salisbury zur Erneuerung seiner versöhnlichen Worte anregen solle.

12. Mai.

Große Dinge brauchen kein festes Fundament. Einen Apfel muß man auf den Tisch legen, damit er nicht falle. Die Erde schwebt in der Luft.

So kann ich den Judenstaat vielleicht ohne jeden sicheren Halt gründen und befestigen.

398

Das Geheimnis liegt in der Bewegung. (Ich glaube, da-
hinaus wird auch irgendwo das lenkbare Luftschiff gefunden werden. Die Schwere überwunden durch die Bewegung; und nicht das Schiff, sondern dessen Bewegung
ist zu lenken.)

13. Mai.

Brief an Newlinsky nach London:

Mon cher Monsieur,

j'ai travaillé pour vous, et j'espère bien que vous vous
en apercevrez. Notamment j'ai fait prévenir Lord Salisbury, et il me semble que de ce côté-là on verra l'arrangement d'un œil favorable. Quant à mes correligionnaires,
je les ai déjà fait marcher, tant à Paris qu'à Londres.
Mais parmi mes amis il y en a qui font une objection assez
sérieuse. Ils disent que nous risquons de travailler pour
le roi de Prusse, et que même, la pacification une fois
faite, on nous oubliera vite. Il y a aussi l'opinion d'un de
nos amis les plus influents qui est nettement hostile à
cette intervention, croyant que la dissolution de ce grand
corps serait plutôt avantageuse pour nous.

Moi, comme je vous l'ai dit immédiatement, je crois au
contraire que c'est notre intérêt bien compris de marcher
dans la direction indiquée par vous. Je désire le maintien
et la fortification du pouvoir actuel qui s'apercevra bien
vite qu'il a affaire à des amis.

Du reste, au premier témoignage de bienveillance ac-
cordé à notre cause, les contradicteurs se rangeront de
mon côté.

Ecrivez-moi, je vous en prie, s'il y a des nouvelles im-
portantes. Je vous souhaite le succès le plus complet.

Mille amitiés
votre dévoué

Th. H.

399

Nordau telegraphiert: „Nein!"

Das heißt, er will sich um die armenische Angelegenheit nicht kümmern. Ob er überhaupt schon genug hat, weiß ich nicht; sehe aber seinem nächsten Brief mit Spannung entgegen.

14. Mai.

S. Klatschko, der die russische Übersetzung besorgt, war da.

Als er mir im Gespräch sagte, daß er früher Nihilist gewesen sei, fragte ich ihn, ob er die armenischen Komitees kenne.

Er kennt sie! Der Führer in Tiflis, Alawerdoff, ist Bräutigam einer Dame, die in Klatschkos Hause wohnt, und zum Londoner Chef Nikoladze hat Klatschko Beziehungen durch den Russen Zaikowski.

Ich bat ihn, an Zaikowski zu schreiben, daß ich erfahren habe, der Sultan wünsche eine Versöhnung, und habe zu diesem Zweck einen Unterhändler ausgeschickt. Die Armenier mögen sich getrost mit ihm einlassen. Ich halte den Friedensantrag für echt, könne aber natürlich für den Unterhändler nicht weiter einstehen, als soweit er mich selbst unterrichtete. Die Armenier riskierten aber nichts. Wenn auf ihre löbliche Unterwerfung hin der Sultan in der verabredeten Frist die Reformen dennoch nicht gewähre, können sie ja öffentlich erklären, daß sie betrogen worden seien, und alle Verhandlungen publizieren.

Klatschko versprach, in diesem Sinne sofort nach London zu schreiben.

14. Mai.

Von Rev. Singer einen lange erwarteten Brief endlich bekommen. Ich glaubte schon, er sei abgefallen wie Gü-

demann und andere, die eine Strecke weit mit mir gegangen.

Er schreibt, daß Montagu nicht hervortreten will, aus
einigen Gründen; doch habe Montagu ein Exemplar meines Buches Gladstone gegeben. Sollte Gladstone sich
äußern, so werde man seinen Worten *retentissement* in
der Presse geben.

Ich antworte Singer, indem ich ihm für Montagu erkläre, daß ich keinen „Aufruf" (was ein echt englischer
Gedanke wäre) an den Sultan richten, sondern mit diesem insgeheim unterhandeln und eventuell Montagu nach
Konstantinopel rufen will, damit er mir sekundiere.

Ich schrieb auch Goldsmid und Solomon, daß ich im
Juli nach London kommen will, um dort (wahrscheinlich
bei den Makkabäern) eine große Rede über die bisherigen
Resultate zu halten. Singer hatte gemeint, daß ich ein
großes Meeting „mit Eintrittsgeld" abhalten solle. Aber
das lehne ich ab. Vor zahlenden Zuhörern spreche ich
nicht. Vielleicht ist das übrigens in England gang und
gäbe.

15. Mai.

Brief an Newlinsky:

Mon cher Monsieur,

je viens de recevoir votre dépêche. Je vous avais déjà
écrit avant-hier à Berkeley-Hôtel, Piccadilly, d'où vous
voudrez bien retirer ma lettre.

Brièvement je vous répète le contenu. J'ai fait préparer
pour vous le terrain auprès de Lord S., et j'ai prié mes
amis de prévenir aussi les chefs du mouvement arménien.
A Londres c'est, je crois, Mr. Nikoladze, auquel il faudra
parler. Un de mes amis s'est aussi chargé d'intervenir
auprès du chef des comités russes à Tiflis.

Vous aurez à vaincre la méfiance des Arméniens. Les chefs croiront que l'on veut les compromettre par une soumission vaine qui décapiterait le mouvement entier. Au fond on pourrait les disposer, d'après des renseignements que j'ai reçu hier soir, de conclure l'armistice sans préjudice.

Le chef de Tiflis viendra peut-être à Vienne, et je le verrai.

Mille amitiés Votre bien dévoué Herzl.

Zweiter Brief: *15. Mai.*

Mon cher Monsieur,

J'ai fait erreur. Le chef du mouvement à Londres s'appelle Avetis Nazarbek, et il dirige le journal „Hutschak". On lui parlera.

Bien à vous H.

16. Mai.

Von Nordau einen guten Brief bekommen, der das Nein-Telegramm, das mich ein bißchen erschüttert hatte, wieder ausgleicht.

Nach seinem Brief hat er gestern nachmittag mit Edmund Rothschild gesprochen. Zadok Kahn hat ihn in die Rue Laffitte geführt. Daß Rothschild diesen angesehenen Schriftsteller sich in sein Bureau und nicht in seine Wohnung führen läßt, ist ja einigermaßen snobbisch und erinnert an mein Rendezvous mit den Kohlengutmännern.

18. Mai.

Nordau meldet, daß er mit Zadok bei Edmund Rothschild war. Die „Audienz" dauerte 63 Minuten, wovon

Rothschild 53 sprach und Nordau „mit Mühe und Un-
höflichkeit" nur zehn.

Rothschild will absolut nichts von der Sache wissen;
er glaubt nicht, daß beim Sultan etwas zu erreichen sein
werde, will jedenfalls nicht mithelfen. Was ich mache,
hält er für gefährlich, weil ich den Patriotismus der Juden verdächtig mache, und für schädlich, seinen Palästina-Kolonien nämlich.

Wir gehen also über ihn zur Tagesordnung.

Lustig wirken danach die heutigen Pariser Depeschen,
die von Straßendemonstrationen gegen die Juden und na-
mentlich gegen die Rothschilds berichten. Vor demselben
Hause in der Rue Laffitte, wo E. R. Freitag meinen Freund
Nordau abgewiesen hatte, schrien Sonntag die Leute:
„Nieder mit den Juden!"

19. Mai.

Nuntius Agliardi ließ mir gestern durch unseren Mitarbeiter Münz sagen, daß er mich heute empfangen wolle,
und zwar punkt zehn Uhr vormittags.

Um zehn Uhr trat ich in das Haus der Nuntiatur „Am
Hof", mich vorsichtig umschauend, wie wenn man in
ein verrufenes Haus geht. Ich muß diese Stimmung hier
festhalten, weil sie die bemerkenswerte war.

Wer mich da hineingehen sah, konnte den Gang leicht
mißverstehen.

Die Nuntiatur ist ein dumpfes, kühles, altes, verkom-
menes Palästchen. Keine stattlichen Diener, und auf der
Stiege liegt ein dürftiger Teppich.

Meine Karte wurde gleich dem Nuntius übergeben, und
er ließ mich gleich vor, redete auch gleich zur Sache.

Er machte nur den Vorbehalt, daß es kein Interview
werden dürfe! Das versprach ich natürlich.

Dann setzte ich ihm die Sache, die er nur in allgemeinen Umrissen kannte, kurz auseinander.

Ich sprach französisch, war aber heute nicht recht disponiert, wenn auch gar nicht verlegen. Es scheint, ich beginne die Verlegenheit zu verlieren.

Agliardi hörte mit einer großen Art zu. Er ist hoch, schlank, fein und steif, eigentlich ganz wie ich mir den päpstlichen Diplomaten vorstellte. Die grauen Haare sind spärlich, er rückt im Gespräch öfters das violette Käppchen. Seine Nase ist schön, groß und adlermäßig. Seine Augen forschen.

Er stellte in schlechtem Französisch Zwischenfragen. Ob ich mir die Schwierigkeiten gegenwärtig hielte? In welcher Weise die Regierung dieses neuen „Königreichs" herzustellen und die Mächte zur Anerkennung zu bewegen wären? Ob die jüdischen „Grandseigneurs" — Rothschild und andere — dazu Geld hergeben würden usw.?

Ich sagte: Wir wollen kein Königreich, sondern eine aristokratische Republik. Wir brauchen nur die Zustimmung der Mächte, und namentlich die Sr. Heiligkeit des Papstes; dann werden wir uns — unter Exterritorialisierung Jerusalems — konstituieren. Dem Sultan werden wir seine Finanzen ordnen.

Agliardi lächelte: „Er wird damit sehr zufrieden sein. Sie wollen also Jerusalem, Bethlehem, Nazareth ausscheiden und die Hauptstadt wohl mehr nach Norden verlegen?"

„Ja", sagte ich.

Er meinte, es sei fraglich, ob die Mächte zustimmen würden, insbesondere Rußland. Auch glaube er nicht, daß es die Lösung der Judenfrage sei.

„Nehmen Sie an," sagte er, „Sie können von den 130000 Juden in Wien 30000 abziehen. Es blieben noch

100 000. Sagen Sie, es blieben nur 50 000 in Wien zurück. Diese würden den Antisemitismus weiter erregen, — diese leichten Verfolgungen, die wir jetzt sehen. Wie steht es bei uns in Italien? Wir haben vielleicht 10 000 Juden im ganzen Lande. Davon sind 5 bis 6000 in Rom, ein paar tausend in Livorno, Mantua, die übrigen zerstreut. Nun denn, diese 10 oder sagen wir 20 000 Juden, die auf 30 Millionen der Bevölkerung kommen, rufen dieselben Klagen hervor wie hier. Man findet, daß sie die Börse, die Presse beherrschen usw.

Es scheint, mein Lieber, ihr Juden habt eine besondere Energie, die wir nicht haben, eine eigene Gabe Gottes..."

In diesem Augenblick klopfte der Diener an die Türe.

„Avanti!" rief der Nuntius.

Der Diener meldete: „Sua Eccellenza l'Ambasciatore di Francia!"

Der Nuntius erhob sich, bat mich, ein andermal wiederzukommen.

Im Vorsaal wartete Lozé, der französische Botschafter.

Ergebnis der Unterredung: ich glaube, Rom wird dagegen sein, weil es die Lösung der Judenfrage nicht im Judenstaat sieht und diesen vielleicht sogar fürchtet.

21. Mai.

Sylvia d'Avigdor berichtet aus London, daß Samuel Montagu ihre Übersetzung meines „Judenstaats" Gladstone gegeben habe. Gladstone hätte sich hierauf in einem Briefe sympathisch geäußert.

Pfingstsonntag.

Morgen wird es ein Jahr, daß ich durch meinen Besuch bei Hirsch die Bewegung begonnen habe. Wenn ich im nächsten Jahre verhältnismäßig ebensolche Fortschritte

405

mache, wie vom damaligen Nichts zu den heutigen Errungenschaften, so sind wir *leschonoh haboh bijruscholajim!*

＊ ＊ ＊

Rechtsanwalt Bodenheimer in Köln fordert mich auf, zur Versammlung der deutschen Zionisten Ende Juni nach Berlin zu kommen. Ich antworte ihm u. a.:

„Was die Zionisten bisher getan haben, bewundere ich dankbar, aber ich bin ein prinzipieller Gegner der Infiltration. Durch die Infiltration wird, wenn man sie gewähren läßt, das Land mehr wert, und wir werden es immer schwerer kaufen können. Den Gedanken einer Unabhängigkeitserklärung, „sobald wir dort genügend stark wären", halte ich für unausführbar, weil die Mächte das sicher nicht zugeben würden, auch wenn die Pforte schwach genug wäre. Mein Programm ist vielmehr Sistierung der Infiltration und Konzentration aller Kräfte auf die völkerrechtliche Erwerbung Palästinas. Hierzu sind nötig diplomatische Verhandlungen, die ich schon begonnen habe, und eine publizistische Aktion im allergrößten Maßstabe.

Pfingstsonntag.

Newlinsky telegraphiert und schreibt aus London, er könne nichts ausrichten, ich solle ihn an Lawson vom Daily Telegraph empfehlen und „beim Premier, der nichts tun wolle", unterstützen.

Ich telegraphiere ihm eine Empfehlung an Lucien Wolf vom Daily Graphic und will noch versuchen, Hechler zu Monson zu schicken.

Newlinski schreibe ich: „la chose a été mal emmanché et surtout trop tard". Er solle nur zurückkommen, ich würde die Sache schon in die Hand nehmen.

406

Zwei Burschen der „Kadimah", Schalit und Neuberger,
waren bei mir. An der Universität scheinen die Assimilanten wieder die Oberhand zu bekommen. Man wolle
in der Lesehalle vom Zionismus nichts hören. Sie sagten
mir auch, es sei der Vorschlag aufgetaucht, eine Frei-
willigentruppe von tausend oder zweitausend Mann zu
werben und eine Landung in Jaffa zu versuchen. Wenn
auch einige ihr Leben dabei ließen, würde doch Europa
auf die Bestrebungen der Juden aufmerksam werden.

Ich widerriet diesen schönen garibaldinischen Gedanken,
weil diese Tausend noch nicht wie die von Marsala eine
national vorbereitete Bevölkerung vorfinden würden.
Die Landung wäre nach 24 Stunden wie ein Knabenstreich
reprimiert.

26. Mai.

Newlinsky telegraphiert:
„S(alisbury) veut pas recevoir. Faites possible."
Ich antworte ihm:
Rate baldigst heimzukehren. Werde vielleicht Emp-
fang bei S. Ende Juni persönlich verschaffen. Fahren
wir vorher zu Ihrem Auftraggeber.

* * *

Brief an Rev. Singer (Antwort).

Verehrter Freund!

An Sir S. Montagu schreibe ich nicht direkt, weil ich
mich englisch nicht gut ausdrücken kann, und es auf
Klarheit ankommt. Ich bitte Sie also, sich abermals zu
bemühen und ihm die Sache eindringlich zu erklären.
Niemand von uns weiß, wie lange er leben wird — das
habe ich, obwohl ich es mir dachte, dem Baron Hirsch

gestern vor einem Jahre, als ich mit ihm eine große Unterredung hatte, nicht gesagt. Heute ist dieser Mann, der so viel Herz für die Juden hatte, tot, und er hat nichts als Philantropisches geleistet — das heißt, für die Schnorrer. Und er hätte etwas für die Nation tun können!

Sprechen Sie ernst mit Montagu, denn unsere Sache ist hoch und ernst. Ich sehe in ihm eine geeignete Kraft für einen Teil der Aufgabe. Man wünscht von ihm keinerlei materielles Opfer. Er braucht nicht einen Penny herzugeben.

Will er nicht mitwirken, so werden wir uns eben ohne ihn behelfen müssen.

Es tut mir leid, daß die Zeit anfangs Juli wieder ungünstig sein soll. Ich kann aber erst Mitte Juni von hier fort und will zuerst nach Konstantinopel. Sollte meine Reise nach Konstantinopel jedoch aus irgendeinem Grunde verschoben werden müssen, so will ich zuerst nach London kommen. Sie werden davon rechtzeitig verständigt werden, damit der Abend bei den Makkabäern eventuell schon auf den 21. Juni anberaumt werden könne.

Gehe ich nach Konstantinopel, was vorläufig noch ein strenges Geheimnis bleiben muß, so teile ich es Ihnen ebenfalls rechtzeitig mit, damit Sie diejenigen Mitglieder Ihrer Community, deren Anwesenheit erwünscht ist, wenn ich hinkomme, veranlassen, bis zum 5. Juli in London zu bleiben.

Wir würden dann am 5. Juli bei den Makkabäern zusammenkommen.

In einem früheren Briefe bat ich Sie, mir einige Personen zu nennen, die wir in die Society of Jews kooptieren können. Diese Society soll aus einem großen Komitee bestehen, in das wir angesehene Juden — größtenteils Engländer — setzen und aus einem Exekutivkomitee. In letzterem möchte ich Sie, Goldsmid, Montagu, Nordau usw. haben.

Ich bitte Sie, mir über diesen Punkt zu antworten, und zwar bald.

Mit herzlichem Gruß

Ihr ergebener

Herzl.

29. Mai.

Unser Mitarbeiter Schütz hat den Grafen Leo Tolstoi auf dessen Gut bei Moskau besucht und schreibt darüber ein Feuilleton.

Gleichzeitig schickt er mir eine Postkarte, auf der er mir mitteilt, daß Tolstoi meine Broschüre erwähnt habe. In dem Feuilleton ist aber nur gesagt, Tolstoi habe sich in der Judenfrage ablehnend über den Judenstaat geäußert. Das ist das erstemal, daß der „Judenstaat" in der Neuen Freien Presse erwähnt wird — ohne daß ich genannt würde, und ohne daß irgend jemand verstehen könnte, was eigentlich gemeint ist. Das Prinzip des Totschweigens wird in diesem Augenblick geradezu komisch.

31. Mai.

Schon eine Spaltung unter den jungen Zionisten. Schon Vorzeichen der Undankbarkeit, die ich erwarte. Ein Student war bei mir, erzählte, wie die jüdisch-nationalen Vereine untereinander hadern; dann machte er versteckte aber verständliche Anspielungen, daß er und vielleicht auch andere meine Liebenswürdigkeit gegen die jungen Leute für Komödie halten.

Ich war sehr empört und habe ihm gleich den Kopf zurechtgesetzt. Wenn man mir meine Bemühung ver-

ekelt, werde ich sie einfach aufgeben; und wenn ich Undankbarkeit merke — natürlich nicht von Einzelnen, die
quantité négligeable sind, sondern von der Menge — so
ziehe ich mich gänzlich zurück.

* * *

Ähnlich wie bei den Studenten, scheint sich aber auch
bei den erwachsenen Zionisten schon eine gewisse Unzufriedenheit mit meinen Erfolgen zu regen. Ich höre, daß
„Gegenströmungen" sich bilden — schon! Es wird mir
gesagt, daß Dr. J... K... eine „Richtung" etablieren
will, die sich aktiv am innerpolitischen Leben Österreichs
beteiligen, das heißt Gemeinderats-, Landtags- und
Reichsratsmandate vergeben soll. Klar, an wen.

Von Dr. Bodenheimer erhielt ich eine neuerliche Aufforderung, zum Berliner Zionistentag zu kommen. Gleichzeitig sandte er mir die „Grundsätze" der Kölner Zionisten, mit denen ich mich vollkommen einverstanden erklärte — mit Ausnahme der Infiltration, die ich sistiert
sehen möchte. Ich schrieb Bodenheimer, er solle in Berlin, falls ich verhindert wäre hinzukommen, Beschlüsse
für unsere Londoner Zusammenkunft am 5. Juli provozieren. Auch möge eine Abordnung nach London geschickt werden, die zwei, drei Tage früher dort sei, damit
wir uns über das Vorgehen konzertieren könnten. Ich
entwarf auch kurz für die Berliner Zionisten den Plan
der Society-Zusammensetzung aus großem und Exekutivkomitee. Beide Komitees, hauptsächlich aus Englän-
dern bestehend, sollen durch kooptierte Mitglieder aus
anderen Ländern verstärkt werden.

* * *

Rosenfeld schreibt aus Konstantinopel, sein Vertrauensmann wünsche, die Geldkräfte zu kennen, die hinter

mir stehen, weil er beim Scheitern der Verhandlungen seinen Kopf riskiere. Da Rosenfeld in Budapest damit debütierte, von mir einen Geldvorschuß zu verlangen, lasse ich mich vorläufig mit ihm nicht weiter ein. Übrigens sind gute Nachrichten von Newlinsky aus London da. Ich glaube aus seinen kurzen Briefen entnehmen zu können, daß er Vertrauen zur Sache hat. Ist das richtig — was ich bei seiner Rückkehr erfahren werde —, so fahren wir offenbar Mitte Juni nach Konstantinopel.

. .

Von Klatschko einen interessanten Bericht über die Schritte in London bei den Armeniern erhalten. Sein Gewährsmann schreibt aus Harrow, daß er mit Nazarbek gesprochen habe, der Mißtrauen gegen den Sultan hege, aber dem „Führer der Judenbewegung" für die guten Gesinnungen danke.

T T .

Klatschkos Brief, wie der Nordans über die Unterredung mit Edmund R., wird nach dem Datum in dieses Buch einzuschalten sein.

1. Juni.

Mein gestriges Feuilleton, „Das lenkbare Luftschiff", wurde ziemlich allgemein als eine Allegorie auf den Judenstaat verstanden.

Heute bringt die Londoner Zeitungskorrespondenz die Zuschrift Gladstones an Montagu über meinen „Judenstaat". In der Redaktion würde diese Notiz wie mit Zangen angefaßt. Der England-Redakteur V... schickte sie dem Lokal-Redakteur Oppenheim, der sie vorsichtig liegen ließ. Darauf packte ich einfach den Stier bei den Hörnern und zeigte den Ausschnitt Benedikt, der heute aus redaktionellen Gründen mit mir besonders zufrieden war.

„Wollen Sie das geben?" fragte ich ihn im Vorzimmer, als er eben im Begriffe war, wegzugehen. Er las die Notiz aufmerksam und sagte: „Ja".

„Soll man dazu einige einleitende Zeilen schreiben?" fragte ich.

„Nein", sagte er. „Geben Sie das einfach unter der Spitzmarke ‚Gladstone über den Antisemitismus', ganz naiv, als hätten wir schon darüber geschrieben. Lassen Sie sich auch den Roman kommen, den Gladstone erwähnt; nur dürfen Sie, wenn Sie darüber schreiben, nicht Ihren Judenstaat erörtern."

„Habe ich Ihnen denn schon Schwierigkeiten gemacht?" fragte ich sanft.

* * *

Und so ist am 2. Juni 1896 zum erstenmal diese dürftige Notiz, die ich hier einklebe, in der Zeitung erschienen, deren Mitarbeiter ich seit Jahren bin. Ich müßte mich aber sehr irren, wenn sie nicht große Wirkungen haben sollte. Denn die anderen Blätter, die mich in einem tiefen Zwiespalt mit den Herausgebern vermuteten, werden das als ein bedeutsames Zeichen der Versöhnung auffassen; und die Leser der N. Fr. Pr. werden anfangen, vom Judenstaat zu reden.

(Gladstone über den Antisemitismus.)

Gladstone hat an den Parlaments-Abgeordneten Sir Samuel Montagu, welcher ihm die Broschüre Dr. Theodor Herzls ‚Der Judenstaat', zusendete, das folgende Schreiben gerichtet: „Der Gegenstand der zugesendeten Schrift ist höchst interessant. Es ist nicht leicht für den Außenstehenden, sich ein Urteil darüber zu bilden; und es trägt vielleicht wenig zur Sache bei, wenn man es ausspricht, nachdem man sich eines gebildet hat. Es überrascht mich aber, zu sehen, wie weit das Elend der Juden geht. Ich bin natürlich stark gegen den Antisemitismus. In einem eigentümlichen und ziemlich fesselnden Roman: ‚Das Glied‘ *(The Limb)* finden Sie eine ziemlich außergewöhnliche Behandlung des Judentums.‘‘

5. Juni.

Nordau schreibt, daß er einen Geldsammelaufruf um keinen Preis unterfertigen würde, wenn nicht bekannte Millionäre mit darauf stünden. Auch ins Exekutivkomitee scheint er nicht zu wollen, nur ins große Schau- und Ehrenkomitee der Society.

Ich antworte ihm, daß ich auch nicht naiv und weltunkundig genug sei, um einen Geldaufruf zu unterschreiben, der nicht zweifelsohne sei. Aber ich habe für meine Verhältnisse Geldopfer genug gebracht und muß es weiterhin dem Judenvolk selbst überlassen, ob und was es für sich tun will.

6. Juni.

Newlinski ist seit drei Tagen hier und hat sich nicht sehen lassen. Ist er abgeschwenkt? Ich schreibe ihm:

Je compte partir le 15 juin. Êtes-vous avec moi? Mille amitiés, votre dévoué

Herzl.

7. Juni.

Newlinski war heute bei mir, während ich in Baden war. Frage, ob er noch mit mir geht oder das Vertrauen zur Sache — wenn er überhaupt welches hatte — verloren hat?

Ich war heute bei Newlinski, der den Eindruck macht, abgekühlt zu sein. Der Moment sei jetzt nicht geeignet für die Reise nach Konstantinopel. Der Sultan habe nur die Kretensischen Unruhen im Kopf usw.

Vielleicht war alles, was er mir vor seiner Reise nach London sagte, nur zu dem Zwecke gesagt, daß ich ihn dort unterstütze. Jetzt weicht er zurück und meint, er könne nicht uneingeladen nach Konstantinopel kommen.

Newlinski war vormittags anderthalb Stunden bei mir. Ich hatte mit ihm eine Kampfunterredung, in der ich ihm wieder Vertrauen zu unserer Sache einzuflößen versuchte. Er ist mir offenbar in London und auch hier entmutigt worden. Ich bearbeitete ihn mit Eindringlichkeit. Ich sprach mit starker, entschlossener, herrischer Stimme, ließ unsere Machtmittel vor ihm aufsteigen, riet ihm, uns zu dienen, solange er davon den großen Vorteil haben könne, das heißt früh, im Beginn der Aktion.

Er sagte mir, mein Unternehmen werde in Journalistenkreisen, und folglich auch in Finanz- und Regierungskreisen, als ein utopisches angesehen. Der Länderbankdirektor habe es für eine Phantasie, unser Herausgeber Benedikt für eine Verrücktheit erklärt. Die Journalisten lachen alle darüber.

Ich antwortete ihm: „D'ici un an toute cette racaille me lêchera les hottes."

Er meinte, ich solle jetzt nicht nach Konstantinopel gehen, dort habe jetzt niemand den Kopf auf andere Sachen als den Kretensischen Aufruhr.

Ich sagte, wenn er nicht mitwolle, würde ich allein gehen — obwohl ich daran nicht denke. Denn mit offiziellen Empfehlungen, wenn ich sie überhaupt kriege, kann ich die Privataudienz schwerlich erzielen. Und ob der Rosenfeld, der mich zu Izzet führen will, verläßlich ist, scheint mir mehr als fraglich.

Newlinski schilderte mir seine englischen Eindrücke. Dort glaube man an den bevorstehenden Untergang der Türkei. Kein englischer Premier dürfe es wagen, sich für den Sultan zu erklären, weil er die öffentliche Meinung gegen sich hätte. Man denke daran, den Bulgaren Ferdinand, weil er ein Koburger sei, zum Erben des Türkischen Reiches zu machen. Wenn das keine *diceria* ist, ist es ja hochinteressant. Newlinski glaubt, des Sultans einzige Rettung sei, sich mit den Jungtürken zu verbinden, die ihrerseits mit Mazedoniern, Kretensern, Armeniern usw. gut stehen, und mit ihrer Hilfe die Reformen durchzuführen. Das habe er auch dem Sultan in einem Bericht geraten. Ich sagte nun, er solle diesem Programm hinzufügen, daß er dem Sultan auch die Mittel zur Durchführung in der Hilfe der Juden bringe. Der Sultan gebe uns das Stück Land, und dafür werden wir ihm alles in Ordnung bringen, seine Finanzen regeln und die öffentliche Meinung der ganzen Welt für ihn stimmen.

Newlinski verwies skeptisch auf die Haltung der Wiener Blätter mir gegenüber. Darauf sagte ich ihm, daß ich, wenn ich wolle, durch Gründung von Konkurrenzblättern ausnahmslos alle kirre machen kann.

Ich erzählte ihm, daß die Zionisten-Adresse an mich schon von 3000 Doktoren unterschrieben sei, was ich Sonntag von meinem Vetter Löbl gehört hatte.

Er verließ mich, wie ich glaube, erschüttert und halb wiedergewonnen. Ich drang in ihn, sofort an den Sultan zu schreiben und sich rufen zu lassen. Das versprach er.

* * *

In der Delegation zu Budapest hielt Goluchowski heute ein Exposé voll ernster Mahnungen an die Türkei. Ich schreibe daraufhin an Newlinski:

Mon cher monsieur,
L'exposé de Budapest vous fournit une excellente occasion de renouveler vos conseils non moins excellents à Constantinople. Soyez énergique, faites entrevoir tous les avantages que nous saurions apporter.
Si vous décidez à partir avec moi, j'espère bien que vous me ferez l'honneur et le plaisir d'être mon invité pendant ce voyage.
Mille amitiés, votre dévoué

Th. Herzl.

Bei Hechler traf ich nachmittags den englischen Bischof Wilkinson, einen klugen, schlanken, alten Mann mit weißen Whiskers und dunklen, gescheiten Augen. Der Bischof hatte meine Broschüre schon gelesen. Er fand, es wäre „*rather a business*“.
Ich sagte kategorisch: „I don 't make businesses. I am a literary man“; worauf der Bischof erklärte, daß er das nicht kränkend gemeint habe. Er halte die Sache vielmehr für eine praktische. Wenn es auch als Geschäft begänne, könne doch etwas Großes daraus werden. So sei ja auch das indische Reich Englands unbewußt entstanden. Er segnete mich schließlich und wünschte Gottes Segen für die Sache.

15. Juni.

Nachts im Coupé, nachdem ich in Wien allein in den Orientzug eingestiegen bin.

Newlinski wird erst um zwei Uhr morgens in Budapest einsteigen.

Ich will jetzt in aller Eile die Ereignisse der letzten Woche nachtragen, in der ich vor Überbeschäftigung leider nicht dazu kam, die Eindrücke frisch nach ihrem Entstehen zu fixieren.

Newlinski hatte nach seiner Rückkehr von London keine Lust, mit mir nach Konstantinopel zu fahren.

Er widerstand in mehreren Suggestivunterredungen; offenbar stand er unter der Einwirkung ungünstiger Äußerungen aus meinem eigenen Kreis über die Sache. *Par ricochet* hörte ich von einigen, daß er sich über mich erkundigt hatte.

Ich gewann ihn endlich durch die Entschlossenheit, die ich zeigte, allein nach Konstantinopel zu gehen. Da mochte er besorgen, daß andere die großen Vorteile gewinnen würden, die ihm in Aussicht stehen, wenn er mich unterstützt.

Freitag verblieben wir nach einer langen Unterredung so, daß wir es uns beide noch überschlafen wollen, ob wir Montag, den 15. Juni nach Konstantinopel reisen. Ich, ob ich die Sache ohne ihn, d. h. mit meinen „anderen Konstantinopler Verbindungen" unternehme — er, ob er mittue.

Samstag besuchte ich ihn wieder. Ich hatte eigentlich keine Erwartung mehr und war von der fragwürdigen Expedition so ziemlich abgekommen. Er fragte mich leise lauernd: „Eh bien, partez-vous?"

Ich erriet, was in der Frage lag, und antwortete entschieden:

„Je pars."

Und da er nun sah, daß ich jedenfalls, auch ohne ihn, gehen würde, erklärte er sich bereit, mitzufahren, bat mich sogar, „mir keine andere Einführung mitzunehmen". *Bon.*

Gestern waren wir wieder beisammen, verabredeten das Letzte für die Abreise. Er werde schon heute nachmittag nach Pest vorausfahren und nachts in den Orientzug einsteigen.

Wir kamen dann auf den Finanzplan durch seine Fragen, auf die ich eigentlich nicht vorbereitet war. Mit den Details hatte ich mich schon lange nicht mehr oder — zum Teile — noch nicht beschäftigt.

Unvorbereitet, wie ich war, sagte ich ihm nur, daß wir uns vorstellen, wir würden 20 Millionen Pfund für Palästina gehen. (Montagu hat im „Daily Chronicle" nur zwei Millionen angeboten.)

Ich fuhr dann nach Baden und telephonierte an Reichenfeld, den Vetter meiner Frau, er möge noch abends hinauskommen, um mir einige Aufschlüsse zu geben.

Er kam um neun Uhr abends nach Baden, ich bat ihn, mir Aufklärungen über die türkische Staatsschuld zu geben. Während er mir den Zustand der *dette publique* entwickelte, konstruierte ich den Finanzplan.

Wir wenden 20 Mill. Lt. an die Regelung der türkischen Finanzen. 2 Mill. davon geben wir für Palästina, auf Basis der Kapitalisierung des jetzigen Ertrags von 80 000 Lt. jährlich. Mit dem Rest von 18 Mill. befreien wir die Türkei von der europäischen Kontrollkommission. Die Inhaber der Titres A, B, C, D der *dette publique* werden durch Begünstigungen, die wir ihnen unmittelbar gewähren: Erhöhung ihres Zinsenbezugs, Verlängerung der Amortisierung usw., bewogen, der Sistierung der Kommission zuzustimmen.

Reichenfeld war von diesem Plan, den ich sofort mit allen Details und spekulativen Eventualitäten entwickelte, überrascht, und fragte, welcher Financier das ausgearbeitet habe. Ich hüllte mich in geheimnisvolles Schweigen.

Heute brachte ich Newlinski seine Fahrkarte nach Konstantinopel. Die Expedition kostet mich nicht wenig. Newlinski ersuchte mich auch, einige Früchte für den türkischen Hof mitzunehmen. Er hatte einen Bestellzettel angefertigt, den ich im Hotel Sacher besorgen lassen solle: Erdbeeren, Pfirsiche, Trauben, Spargel — alles aus Frankreich. Der Korb kostete siebzig Gulden — und dabei waren zum Glück nur halb so viel Trauben, nur 6 statt 24 Pfirsiche, und nur ein Bund Spargel zu haben. Ich nahm alles, was da war. *Ultra posse nemo tenetur.*

Mein armer Hechler war anspruchsloser, als wir zusammen fuhren.

17. Juni.

Im Orientzug, morgens um sechs Uhr, vor Baba-Eski.

Der gestrige Tag der Fahrt war schon hochinteressant. Newlinski sagte mir, als er um zwei Uhr morgens in Budapest einstieg, daß einige Paschas mit seien, namentlich Ziad Pascha, Chef der türkischen Mission bei der Moskauer Krönung.

Gestern vormittag stellte Newlinski mich Ziad, Karatheodory und dem Belgrader Gesandten, Tewfik Pascha, vor. Später bereitete er die wichtigste dieser drei Exzellenzen, Ziad Pascha, auf den Zweck meiner Reise nach Konstantinopel vor. Ziad interessierte sich sofort für die Sache, und es wurde nur der Moment abgewartet, wo wir allein wären, um ihn näher einzuweihen.

Ziad Pascha ist ein kleiner, eleganter, zierlicher, verpariserter Türke, der, so klein er ist, sich ein gehöriges Ansehen zu geben versteht. Er blickt ernst und kühn aus dunklen Augen, seine Gesichtszüge sind fein und scharf, die Nase geschwungen, der kurze, spitze Vollbart wie das dichte Haar schwarz und im Beginn des Ergrauens.

Karatheodory ist weißbärtig, fett, gescheit, lustig, spricht brillant Französisch, liest, wenn er nicht plaudert, eine neue Geschichte Rußlands, erzählt Wunder von den Reichtümern der Moskauer Krönung — und ißt auf den Haltestationen leichtsinnig Obst und trinkt das Wasser des Ortes dazu.

Tewfik ist ein junger Pascha, spricht mit Bewunderung von der Neuen Freien Presse, zitiert Passagen aus alten Leitartikeln.

Nachmittags, als Karatheodory das Rauchzimmer des Speisewaggons verlassen hatte, und nur Ziad, Newlinski und ich da waren, entwickelte ich dem ernst und gespannt zuhörenden Ziad den Plan.

Er sagte: „Ich sehe, daß Sie nicht mit Hintergedanken sprechen." (Ich erklärte nämlich, daß wir Palästina als vollkommen unabhängiges Land erwerben wollten; und wenn wir es so nicht bekämen, würden wir nach Argentinien gehen.)

„Sie sagen Ihren Gedanken voll heraus," sagte Ziad, „aber ich muß Ihnen sagen, daß man sich mit Ihnen wohl kaum auch nur in Pourparlers einlassen wird, wenn Sie das unabhängige Palästina verlangen. Die Vorteile in Geld und Presse, die Sie uns versprechen, sind sehr groß, und ich hielte Ihren Vorschlag für sehr günstig; aber es ist gegen unser Prinzip, Territorium zu veräußern."

Ich erwiderte: „Das ist unzähligemal in der Geschichte vorgekommen."

Newlinski warf ein, daß ja erst kürzlich England Helgoland an Deutschland veräußert habe.

420

Ziad blieb dabei: „Als unabhängiges Land bekommen Sie Palästina keinesfalls — vielleicht als Vasallenstaat.‘‘

Ich erwiderte, daß dies eine Unaufrichtigkeit von vornherein wäre, denn die Vasallen denken doch immer nur daran, sich möglichst bald unabhängig zu machen.

Die Unterredung dauerte, bis wir nach Zaribrod kamen. Dort wurde Newlinski vom bulgarischen Minister Natchowitch erwartet, der ihm entgegengefahren war. Mir kam eine Deputation der Sofianer Zionisten entgegen. Ich hatte vorgestern telegraphiert, daß ich durchreisen werde.

Die beiden Herren befragten mich über den Stand meiner Zionsarbeit. Ich sagte ihnen, was ich konnte. Dann mußte ich sie verlassen, um mit Newlinski und Natchowitch im Speisewagen zu dinieren. Natchowitch bat mich insbesondere, daß ihm die Neue Freie Presse bei seinem nächsten Rücktritt keinen schmeichelhaften Nachruf widmen möge, weil er sonst im derzeit russenfreundlichen Bulgarien zu sehr als Günstling Österreichs gelten würde; und dadurch wäre ihm sein Wirken im österreichischen Sinn erschwert.

In Sofia erwartete mich eine ergreifende Szene. Vor dem Geleise, auf dem wir einfuhren, stand eine Menschenmenge — die meinetwegen gekommen war. Ich hatte total vergessen, daß ich das eigentlich selbst verschuldet hatte.

Es waren Männer, Frauen, Kinder da, Sephardim und Aschkenasim, Knaben und Greise mit weißen Bärten. Vorne stand Dr. Ruben Bierer. Ein Knabe überreichte mir einen Kranz aus Rosen und Nelken. Bierer hielt eine deutsche Ansprache. Dann verlas Caleb eine französische Adresse, und zum Schluß küßte er mir trotz meines Sträubens die Hand. In diesen und den folgenden Ansprachen wurde ich als Führer, als das Herz Israels usw., in überschwenglichen Worten gefeiert. Ich glaube, ich stand ganz verdutzt, und die Passagiere des Orientzuges starrten die fremdartige Szene erstaunt an.

Ich stand dann noch eine Weile auf den Waggonstufen und überblickte die Leute. Die verschiedensten Typen. Ein alter Mann mit Pelzmütze sah meinem Großvater Simon Herzl ähnlich.

Ich küßte Bierer zum Abschied. Alle drängten sich herzu, um mir die Hand zu geben. Sie riefen *leschonoh haboh bijruscholajim*. Der Zug fuhr ab. Hüteschwenken, Rührung. Ich selbst war ganz gerührt, insbesondere von der Erzählung eines Rumänen, der mir sein Leid klagte: er habe nach geleistetem Militärdienst auswandern müssen, weil man ihm das Bürgerrecht nicht gewährte.

Newlinski und Ziad waren von der Manifestation weniger frappiert, als ich es erwartet hatte. Oder zeigten sie ihren Eindruck nicht? Newlinski seinerseits war vom bulgarischen Kirchenfürsten Gregor erwartet worden, dem wieder er seine Durchreise voraustelegraphiert hatte — vielleicht, damit ich sein (N's) Ansehen in Bulgarien konstatiere.

* * *

Abends saß ich noch mit Newlinski allein im Speisewagen und entwarf ihm den auf Basis von 20 Millionen Pfund gestellten Finanzplan, wovon zwei Mill. auf unmittelbares Handgeld für die Überlassung Palästinas, und 18 Mill. auf die Befreiung der türkischen Regierung von der Kontrollkommission kämen.

Newlinski widersprach heftig. Er habe Ziad schon gesagt, daß ich die Befreiung von der Kontrollkommission in der folgenden Form proponiere:

Ein Drittel bezahlen wir bar. Das zweite Drittel übernehmen wir zu unseren Lasten (resp., wenn wir Vasallen werden, wird dieses Drittel auf unseren Tribut fundiert). Das dritte Drittel verzinsen wir aus den der jetzigen Kommission weggenommenen und uns überwiesenen Staatseinnahmen.

Wir könnten es unmöglich wagen, meint N., dem Sultan 20 Mill. Pfund für das Land Palästina anzubieten. Das sei sozusagen schon der Geschäftswert; wir müßten jedoch das *pretium affectionis* zahlen. Wir könnten eventuell uns noch verschiedene Konzessionen ausbedingen, wodurch wir uns die Leistung billiger stellen, z. B. ein Elektrizitätsmonopol für die ganze Türkei usw. Aber bei dieser Dreiteilung müsse es unbedingt bleiben.

* * *

Das habe ich überschlafen und finde, daß Newlinski recht hat. Ich kann sogar aus dieser Wendung einen neuen Vorteil ziehen. Ich kann und werde in Konstantinopel sagen, daß die Bedingungen absolut geheim bleiben müssen, weil ich mein Komitee erst mit allem vertraut machen müsse. Dadurch verhindere ich es, daß eventuell Montagu oder E. Rothschild gegen meine Vorschläge protestieren.

Komme ich aber, stark durch die Unterredung mit dem Sultan nach London, so werde ich durchsetzen, was ich will.

Eventuell nehme ich Fühlung mit Barnato.

* * *

Bierer sagte mir in Sofia, Edm. Rothschild habe vor ein paar Tagen seinen Vertreter nach Konstantinopel geschickt, um dem Sultan Geld anzubieten für die Gestattung weiterer Kolonisation.

Sollte das ein Schachzug gegen mich sein?

18. Juni, Konstantinopel.

Newlinski ist unserer Sache vom allergrößten Wert. Er ist von einer Geschicklichkeit und Hingebung über alles Lob. Er wird eine ganz außerordentliche Belohnung erhalten müssen.

Wir kamen gestern nachmittags in Konstantinopel an. Auf dem Bahnhof erwartete uns Baron B. Popper aus Wien, nebst zwei hiesigen Journalisten, über die Newlinski verfügt. Die Paschas, die mit uns gereist waren und sich schon vor der Ankunft in Gala geworfen hatten, um sofort zum Sultan zu gehen, wurden von einer Schar von Leuten erwartet.

Wir fuhren durch diese erstaunliche, schöne, schmutzige Stadt. Blendender Sonnenschein, farbige Armut, zerfallende Gebäude. Vom Fenster des Hotel Royal geht der Blick über das Goldene Horn. Die Häuser an den Hügelhängen stehen im Grün, und es sieht aus, wie wenn Gras zwischen den Steinen wüchse — — wie wenn die Natur diese verfallende Stadt langsam zurückeroberte.

* * *

Newlinski ist hier sehr angesehen und einflußreich. So wie mit Ziad und Karatheodory, mit denen wir fuhren, steht er mit vielen großen Türken.

Gleich nachdem er sich umgekleidet hatte, fuhr er nach Yildiz Kiosk. Ich begleitete ihn im Wagen. Das Straßenleben ist sonderbar arm und heiter. Die vergitterten Haremsfenster der Häuser sind ein reizendes Geheimnis. Dahinter harrt wohl für den Eindringling die Enttäuschung.

Wundervoll der Blick auf den Bosporus vor dem weißen Palast von Dolma Bagdsche.

* * ⁻

Nachdem Newlinski in Yildiz ausgestiegen war, fuhr und schlenderte ich allein durch die holprigen Straßen von Pera und hinunter zur alten Brücke.

Newlinski kam spät und verdrießlich zurück. Izzet Bey, der erste Sekretär des Sultans, hatte sich schroff ablehnend gegen die Sache gestellt. „Man verspricht in dieser Sache zu viel Beteiligungen!" sagte er, und Newlinski meint, daß der Mann, der hier schon erste Schritte unternommen hat, ungeschickt vorgegangen sei. Das wäre also gutzumachen, was vielleicht nicht leicht sein wird.

Eine andere Schwierigkeit: der Sultan scheint krank zu sein. Newlinski wurde nicht vorgelassen. Was dem Sultan fehlt, ist nicht zu erfahren. Baron Popper hat von seiner Schwester gehört, daß beim Wiener Professor Nothnagel angefragt wurde, ob er hierherkommen könne. Es wäre ein furchtbares *contretemps*, wenn mein Empfang daran scheitern sollte.

Wir gingen nach dem Diner in den Konzertgarten von Pera, wo eine italienische Operettengesellschaft gastiert. Im ersten Zwischenakt trafen wir Djawid (oder Djewid) Bey, den Sohn des jetzigen Großveziers. Ich wurde vorgestellt und ging sofort *medias in res*. Wir saßen auf einer Gartenbank, die Operettenweisen klangen entfernt von der Arena her, und ich machte den noch jungen Staatsrat mit der Sache vertraut.

Seine Einwendungen waren: die Verhältnisse der heiligen. Orte. Jerusalem müsse unbedingt unter der Verwaltung der Türkei bleiben. Es wäre gegen die heiligsten Empfindungen des Volkes, wenn Jerusalem abgetreten würde. Ich versprach eine weitgehende Exterritorialität. Die heiligen Stätten der Kulturwelt dürfen niemandem, müssen allen gehören. Ich glaube, wir werden schließlich zugeben müssen, daß Jerusalem in seinem jetzigen Zustande verbleibe.

Ferner fragte Djawid Bey, in welchem Verhältnis der Judenstaat zur Türkei stehen solle. Also wie Ziads Frage nach dem Vasallentum.

Ich sagte, daß ich einen vollen Erfolg nur in der Unabhängigkeit sehe, aber wir würden jedenfalls die Verbindung wie die Ägyptens oder Bulgariens, also das Tributverhältnis, diskutieren.

Endlich erkundigte sich Djawid nach der zukünftigen Regierungsform.

„Eine aristokratische Republik", sagte ich.

Djawid wehrte heftig ab: „Sagen Sie dem Sultan nur das Wort Republik nicht! Davor hat man bei uns eine heillose Angst. Man fürchtet das ansteckende Übergreifen dieser revolutionären Regierungsform von einem Gebiet auf das andere."

Ich erklärte ihm in ein paar Worten, daß ich mir eine Staatsform wie die Venedigs vorstelle.

Endlich bat ich ihn, bei der Audienz zugegen zu sein, die sein Vater, Khalil Rifat Pascha, der Großvezier, mir gewähren soll.

Der junge Exzellenzherr versprach das und will uns überhaupt mit Rat und Tat beistehen. Auf seine Frage nach den Vorschlägen, die ich zu machen gedenke, sagte ich, daß ich die Details nur dem Sultan mitteilen könne.

Newlinski sagte mir heute, daß in Yildiz Kiosk Rußland die Oberhand gewonnen habe. Man halte die Lage der Türkei nicht für gefährdet, solange die Freundschaft mit Rußland bestehe. Izzet neige zu Rußland hin. Was ich dem Großvezier sage, werde man Rußland unterbreiten.

Wir kamen daher überein, daß ich mit dem einflußreichen Dragoman der russischen Botschaft, Jakowlew, sprechen werde, bevor ich zum Großvezier gehe.

Ich bat sofort Jakowlew schriftlich um eine Unterredung, die er mir sofort für ein Uhr nachmittags zusagte. Offenbar sind sie auf meine Ankunft schon durch die Zeitungen und den Diplomatenklatsch aufmerksam geworden.

Der gestrige Tag war ein bewegter — mit ungünstigem Ausgang.

Mein erster Besuch galt dem russischen Dragoman Jakowlew. Er wohnt im Konsulatsgebäude in Pera. Ein türkisch verwahrlostes Haus. Im Hof Kawassen und nicht elegant aussehende Diener. Eine schmutzige Magd nimmt meine Karte und trägt sie zu Jakowlew, der noch beim Speisen sitzt, wie ich dem Tellergeklapper aus dem Nebenzimmer entnehme. Jakowlew schickt mir Zigaretten herein. Nach zehn Minuten erscheint er selbst, hager, groß, dunkelhaarig, schmales Gesicht mit dürftigem Bart, schmal geschlitzte, kleine Augen.

Er benimmt sich sympathisch.

Ich sage ihm den Zweck meines Besuches in ein paar Worten, spreche aber, um ihn auf den Schock vorzubereiten, anfangs vorsichtig nur von einer Kolonisation. Ich bitte ihn, zur Kenntnis zu nehmen, daß ich mich bei der rus-

sischen Botschaft melde, bevor ich mit der türkischen
Regierung spreche. Ich hätte auch die Absicht und die
Hoffnung, mich beim Zar durch ein Mitglied von dessen
Familie einführen zu lassen (worunter ich den Prinzen
von Wales verstehe, ohne ihn zu nennen).

Jakowlew antwortet mir mit einer Erzählung seiner
Erfahrungen in Jerusalem, wo er Konsul war. Die Juden,
die er dort kennenlernte, haben ihm wenig Sympathie
eingeflößt, obwohl er ihnen mit Wohlwollen entgegen-
kam und sie, wenn sie Russen waren, als russische Staatsangehörige protegierte. Sie hätten sich gegen das Kon-
sulat betrügerisch benommen, sich um die schuldigen
Konsulatstaxen herumgedrückt und sich, je nachdem es
ihnen paßte, für Türken oder Russen ausgegeben.

Ich bemerke hierauf, daß es bei den Verfolgungen,
denen unser Volk seit vielen Jahrhunderten ausgesetzt war,
kein Wunder sei, wenn die Juden moralische Defekte aufweisen. Dem stimmte er zu.

Dann gehe ich auf meinen Plan näher ein, es handle
sich nicht um eine Kolonisation im kleinen, sondern im
großen. Wir wollen das Territorium als ein autonomes.

Er hört mit wachsender Spannung und Teilnahme zu,
findet, daß es ein großer, schöner, menschenfreundlicher
Plan sei.

Ich sage: ,,Je crois que cette idée doit être sympathique
à tous les honnêtes gens.‟

Er meint schließlich, daß die Sache viele Jahrzehnte
in Anspruch nehmen würde. Ich würde wohl das Gelingen nicht erleben; aber er wünsche mir den besten Erfolg und freue sich, mich kennengelernt zu haben. Er
wünscht mir Kraft und Gesundheit zur Ausführung, und
ich empfehle mich.

Beim Abschied rät er mir noch, mich beim hiesigen

russischen Geschäftsträger zu melden, und begleitet mich zur Treppe. Da sagt er, wie um seine früheren abfälligen Bemerkungen gutzumachen: „Sie haben vielleicht unter Ihren Leuten zwanzig Perzent, die moralisch nicht viel taugen, aber das findet man auch bei anderen Völkern."

„Ja," sagte ich; „nur werden sie uns doppelt angerechnet, so daß man glauben könnte, es wären vierzig Perzent."

Von Jakowlew fahre ich nach der Hohen Pforte, wo ich schon angesagt bin. Auf dem Bock sitzt neben dem rotbefezten Kutscher mein Dragoman.

Fahrt durch winklige, schmutzige Straßen nach Stambul. Die Hohe Pforte ist ein verfallendes, altes, schmutziges, großartiges Haus, erfüllt vom merkwürdigsten Leben. Auf kleinen Sockeln der Vorhallen stehen die wachhabenden Soldaten.

Arme Teufel hocken auf der Erde. Eine Unzahl von Beamten und Dienern läuft auf und ab.

Mein erster Besuch bei Sr. Exzellenz Khair Eddin Bey, dem Generalsekretär des Großveziers. Die Namen aller der Funktionäre schreibe ich nach dem Gehör auf. Ich weiß nicht, ob richtig. Erst heute erfahre ich, daß der Sohn des Großveziers nicht Djawid, sondern Djewad Bey heißt.

Khair Eddin ist ein Mann von etwa dreißig Jahren, hübsch, mit glatten blassen Wangen, schönem schwarzen Vollbart und abstehenden Ohren. Er lächelt bei jedem Wort freundlich und zugleich erstaunt. Nach wenigen Minuten werden wir zum Großvezier gerufen. Wir durchschreiten die Vorhalle und einige Vorzimmer. In einem großen Saale, mit dem Rücken zum Fenster, sitzt Se.

Hoheit der Großvezier Khalil Rifat Pascha. Er erhebt sich bei meinem Eintritt, reicht mir die Hand. Er ist ein großer, vorgebeugter, alter Mann mit weißem Bart, faltiger verdorrter Gesichtshaut. Auf dem Schreibtisch vor ihm liegen zwei Rosenkränze.

Er setzt sich, weist mir einen Fauteuil neben sich an; uns gegenüber, jenseits des großen Schreibtisches, nimmt Khair Eddin als Dolmetsch Platz.

Der Großvezier erkundigt sich zuerst nach meiner Ankunft, dem Reisewetter, der voraussichtlichen Dauer meines Aufenthaltes, nachdem er mir eine Zigarette gereicht hat.

Dann macht er der Neuen Freien Presse einige Komplimente.

Khair Eddin übersetzt die Banalitäten mit freundlicher Wichtigkeit. Ich antworte mit anderen Salamaleks: die N. Fr. Pr. habe immer gute Gesinnungen gegen die Türkei gehabt und werde sich immer freuen, wenn sie Günstiges über das Reich zu melden habe. Zuweilen seien wir vielleicht über die Tatsachen nicht genügend unterrichtet; aber wir verlangen nichts Besseres, als immer das Wahre zu berichten.

Der Großvezier läßt mir sagen, unser Korrespondent möge nur wann immer kommen, man werde ihm alles sagen.

Ich danke für die Zusicherung.

Dann lasse ich Seine Hoheit fragen, ob er den Zweck meiner Reise kenne.

Nein, läßt er mir antworten, wobei seine halbgeschlossenen Augen immer auf den Tischrand oder auf seine mit dem Rosenkranz spielenden großen Hände gesenkt sind.

Ich setze also Khair Eddin meinen Vorschlag zur Weiterbeförderung auseinander.

Der Großvezier hört unerschütterlich zu. Er stellt Fragen wie diese: „Palästina ist groß. Welchen Teil davon ich mir denke?"

Ich lasse antworten: „Das werde sich mit den Vorteilen, die wir bieten, balancieren müssen. Für mehr Land werden wir größere Opfer bringen."

Se. Hoheit läßt sich nach den Bedingungen erkundigen.

Ich lasse um Verzeihung bitten, wenn ich auf Details nicht eingehe. Ich könne nur Sr. Majestät selbst den genauen Umfang unserer Propositionen angehen. Sollte man unsere Vorschläge im Prinzip entgegennehmen wollen, so würde Sir Samuel Montagu unser finanzielles Programm vorlegen.

Khalil Rifat Pascha macht große Pausen im Gespräch, während welcher er den Rosenkranz Perle für Perle zwischen seinen Fingern abzählt, als hätte er innerlich eine Bedenkzeit von Wort zu Wort einzuhalten.

Ich habe schließlich den Eindruck, daß er der Sache nicht nur abgeneigt, sondern geradezu mißtrauisch ist.

Während unseres Gesprächs sind fortwährend Beamte und Diener tief grüßend, meldend, Papiere bringend, erschienen und haben sich rücklings schreitend entfernt.

Khalil Rifat läßt mir nach dem Eintritt eines anderen ernsten, alten Mannes andeuten, daß die Unterredung zu Ende sei. Er erhebt sich halb und reicht mir die Hand.

Im Vorsaal frage ich den freundlich lächelnden Khair Eddin, ob der Großvezier es mir übel genommen habe, daß ich die Bedingungen vorläufig verschwieg.

„Nein," sagt der Lächelnde, „er ist ein Philosoph, und es kann ihm nur gefallen, daß Sie Ihre Pflichten erfüllen, wie er die seinigen erfüllt. Es kann ihm nur recht sein, wenn Sie sich an seinen erhabenen Herrn direkt wenden."

Khair Eddin zeigt mir noch einen herrlichen Ausblick auf den Bosporus und das ferne Dolma Bagdsche; dann drückt er mir lange und vergnügt die Hand.

Durch viele Gänge, an Wachen, Dienern, Bummlern, Beamten vorüber werde ich ins Auswärtige Amt zu N... Bey geführt.

Das ist ein rotblonder, eleganter, intelligenter, gebildeter Armenier, der lange in Paris gelebt hat und ein ganzer Pariser ist. Einige fremde Diplomaten kommen und gehen. Es ist eben von zwei Frauen die Rede, die irgendwo Räubern in die Hände fielen und gegen Lösegeld freigelassen werden sollen. Ein Attaché irgendeiner Botschaft bittet N... Bey, alle nicht dringenden Angelegenheiten liegen zu lassen, weil er vor seinem Urlaub nichts Neues in Angriff nehmen möchte. Man merkt, daß ihm gar nichts dringend vorkommt.

Als wir allein sind, sage ich N... Bey, was ich will. Seine Augen leuchten hoch auf. Er kapiert sofort.

„C'est superbe", sagt er, als ich ihm — wie vorhin dem Großvezier — sage, daß wir die Türkei von der Schuldenkontrollkommission befreien wollen. Man hätte dann Mittel, um alle nötigen Reorganisationen durchzuführen. N... ist entzückt und gewonnen. Er hat aber das große Bedenken wegen der heiligen Orte. Wer soll die administrieren? „Das wird sich arrangieren lassen," bemerke ich; „bedenken Sie nur, daß wir die einzigen Käufer einer für jeden anderen wertlosen und nichts tragenden Sache sind, und zwar zu hohem Preis."

Hierauf führt mich N... Bey zu Daout Efendi, der ein Jude ist, aber als erster Dragoman die rechte Hand des

Ministers des Auswärtigen, und für den einflußreichsten Mann im Ministerium gilt.

Seine hohe Stellung erkenne ich an den tiefen Salamaleks der Eintretenden. Die Beamten legen die Schriftstücke zu seinen Füßen nieder, so daß er sich immer bücken muß, also unbequemer bedient ist. Er arbeitet auf einem Fauteuil, ohne Tisch vor sich, sitzend und schreibt, das Papier frei in der Hand haltend.

Er ist ein großer, dicker Mann mit kurzem, grauem Bart. Auf der gebogenen, fleischigen Nase, vor den vorquellenden Augen sitzt die Brille.

Er versteht mich sofort. Aber er ist sichtlich ängstlich. Er sehe deutlich die ungeheuren Vorteile für die Türkei, aber als Jude müsse er sich die allergrößte Reserve auferlegen.

Es werde enorme Schwierigkeiten geben, ja er halte die Sache für undurchführbar. Er sprach bald wie ein Bruder mit mir, ernst und bekümmert. Dem Minister des Äußeren solle ich mich durch einen anderen vorstellen lassen, aber diesen Refus begleitete er mit einem Freundesblick, der mich um Entschuldigung bat. Ich solle ihn vor meiner Abreise noch einmal besuchen.

Den Juden gehe es in der Türkei gut, und sie seien gute, treue Patrioten, sagte er.

Wie eine Illustration dazu war es, als er dann mit mir durch eine Vorhalle ging und die zwei Wachsoldaten auf ihren Postamenten klirrend und rasselnd das Gewehr vor ihm präsentierten. * * *

Ich sah auch Nischan Efendi, den Chef des Preßbureaus, in seinem kleinen Zimmer, wo ein paar Redakteure aus den europäischen Blättern die öffentliche Meinung der Türkei herstellten.

Nischan beklagte sich über die Leitartikel der N. Fr. Pr. und über Goluchowskis letzte Rede.

* * *

Abends kam Newlinski mit langem Gesicht und schlechten Nachrichten aus Yildiz Kiosk zurück.

Er ließ sich nur eine halbe Flasche Champagner geben — *en signe de deuil* — und sagte mir in zwei Worten: „Es ist nichts. Der große Herr will nicht darauf eingehen!"

Ich hielt den Stoß wacker aus.

„Der Sultan sagte: Wenn Herr Herzl in solchem Maße Ihr Freund ist, wie Sie der meinige, dann raten Sie ihm, keinen Schritt weiter in dieser Sache zu tun. Ich kann keinen Fußbreit Landes veräußern, denn es gehört nicht mir, sondern meinem Volke. Mein Volk hat dieses Reich mit seinem Blut erkämpft und gedüngt. Wir müssen es wieder mit unserem Blut bedecken, bevor man es uns entreißt. Zwei meiner Regimenter aus Syrien und Palästina haben sich Mann für Mann bei Plewna umbringen lassen. Gewichen ist keiner; alle Mann sind tot auf diesem Schlachtfeld geblieben. Das Türkische Reich gehört nicht mir, sondern dem türkischen Volke. Ich kann davon nichts hergeben. Die Juden sollen sich ihre Milliarden aufsparen. Wenn mein Reich zerteilt wird, bekommen sie vielleicht Palästina umsonst. Aber teilen wird man erst unseren Kadaver. Eine Vivisektion gebe ich nicht zu."

Sie sprachen dann noch von anderem. Newlinski riet, mit den Jungtürken zu regieren.

Der Sultan sagte ironisch: „Also eine Verfassung? Soviel ich weiß, hat die Verfassung Polens es nicht verhindert, daß Ihr Vaterland geteilt wurde."

* * *

Ich war von den wirklich erhabenen Worten des Sultans gerührt und erschüttert, obwohl sie alle meine Hoffnungen vorläufig zuschanden machen. Es ist eine tragische Schönheit in diesem Fatalismus, der sich totschlagen und teilen lassen, aber bis zum letzten Atemzuge wehren will, wenn auch nur durch passiven Widerstand.

19. Juni.

Newlinski zeigte sich angenehm davon überrascht, daß ich meine Enttäuschung nicht in einer Depression merken ließ.

Ich dachte natürlich sofort an andere Kombinationen und fand diese, die ich Newlinski zur Besorgung aufgab: Wir wollen trachten, der Umgebung des Sultans gleich und im vorhinein „Beweise unserer Anhänglichkeit" zu geben.

Newlinski möge durch Izzet Bey und direkt alles aufbieten, damit der Sultan mich dennoch empfange. Ich will dem Sultan unsere Proposition mitteilen, *tout en m'inclinant respectueusement devant sa volonté.* Er soll wissen, daß ihm die Juden an dem Tage, wo er es für gut finden wird, auf diese Ressource zurückzugreifen, ihre Geldkraft zur Regelung der finanziellen Situation der Türkei zur Verfügung stellen wollen.

19. Juni.

Das Selamlik, Freitag.

Wir fahren an dem sonnigen Tag hinaus nach Yildiz-Kiosk. Truppen in Gala unterwegs. Der Bosporus leuchtet.

In Yildiz, vor dem Pavillon der Gäste, empfangen uns zwei Adjutanten des Sultans in großer Gala. Es jagen in wenigen Viertelstunden die herrlichsten Bilder vorüber. Die weiße Yildiz-Moschee im Sonnenschein. Jenseits,

28*

435

drüben der blaue Bosporus, ferne die Inseln im Duft. Truppen marschieren auf. Stämmige, sehnige, braune Kerle, energisch, „strapazentrutzend". Prachtvolle Bataillone. Rechts vom Berg herunter reiten die Kavallerieregimenter. Die roten Lanzenfähnchen flattern. Vor uns, den Hügel hinan, schreiten in straffem Stechschritt die Zuaven mit grün-rotem Turban. Die Trompeter halten ihr Blechhorn vor dem Mund, zum Blasen bereit.

Paschas in großer Uniform fahren und reiten heran.

In den Moscheevorhof ziehen Fromme in den farbigsten Trachten.

Buntes Geflirr. Jeder Augenblick bringt neue Pracht der Farben.

Kleine Jungen in Offizierstracht, Söhne von Paschas, treten in putziger Grandezza auf.

Endlich kommt der Hof. Zuerst die Söhne des Sultans und andere Prinzen. Sie steigen am Fuß des Yildiz-Hügels zu Pferde und erwarten dort in stattlicher Reihe das Erscheinen des Kalifen. In der Reihe der jungen Prinzen zwei graubärtige Offiziere, die militärischen Erzieher der Prinzen.

Der Chef der Eunuchen, ein fetter, großer Kastrat, kommt würdevoll vorüber.

Drei geschlossene Hofequipagen mit dichtverschleierten Haremsdamen.

Jetzt kommt eine Doppelreihe von Palastoffizieren in feierlichem Schritt den Hügel herunter. Und dann der Wagen des Sultans, ein halbgeschlossener Landauer mit Vorreitern, umgeben von Garden und Offizieren.

Im Wagen sitzt der Sultan, ihm gegenüber Ghazi Osman Pascha.

Vom Minarett ruft ein Muezzin mit heller Stimme zum Gebet. Militärmusik dazwischen.

Die Truppen begrüßen mit zweimaligem lauten Zuruf den Kalifen.

Er ist ein schmächtiger, kränklicher Mann mit großer Hakennase und halblangem Vollbarte, der braun gefärbt aussieht.

Er macht den türkischen Gruß mit einem Schnörkel beim Mund.

Wie er an der Terrasse vorüberkommt, auf der wir stehen, fixiert er Newlinski und mich scharf.

Dann fährt er hinter das Moscheegitter, steigt beim linken Flügelvorsprung aus, geht langsam die Treppe hinauf.

Zurufe. Er grüßt nochmals und tritt in die Moschee ein, der nun alle Spaliersoldaten das Gesicht zuwenden.

Die Andacht dauert etwa zwanzig Minuten. Im Moscheehof breiten die Pilger Gebetteppiche aus, knien, hocken nieder.

Den Soldaten im Sonnenbrand wird Wasser gereicht.

Nach der Andacht erscheint der Sultan wieder, besteigt einen offenen zweispännigen Wagen, den er selbst kutschiert.

Im Moscheehof ein tiefverneigtes Spalier von Paschas und Generalen.

Die Prinzen steigen wieder zu Pferde.

Wie der Sultan abermals an uns vorbeikommt, fixiert er mich, der ich an Newlinskis Seite für ihn erkennbar bin, mit einem harten Blick.

Ein Gewühl von laufenden Offizieren den Berg hinauf hinter dem Wagen.

Dann löst sich das märchenhaft prächtige Bild auf.

Nach dem Selamlik sah ich die Drehderwische in der Moschee der Rue de Péra.

Ein kleiner Junge unter den alten hageren, dumpf und verschmitzt dreinschauenden „Fanatikern", die das feierlich-groteske Tanzspiel aufführen.

Einfältige Musik, genäselte Gebete, Rundgang wie eine Art *chaine anglaise* der Quadrille mit tiefen Verbeugungen, dann das schwindlige sinnlose Drehen. Nach Abwerfen der bunten Mäntel in weißen Kleidern *à la Loïe Fuller*, die linke Handfläche zur Erde, die rechte nach oben gekehrt.

Nachmittags mit Margueritte, dem Günstling des Großveziers, bei den süßen Wassern von Europa.

Margueritte bietet sich mir an. Er könne vom Großvezier erlangen, was er nur wolle. Er werde demnächst eine Konzession für die Petroleumquellen von Alexandrette bekommen. Er erzählt mir die Geschichte vom gescheiterten Anleben des Baron Popper. Dieser habe das Drei-Millionen-türk.-Pfund-Auleben, das dann die Ottoman Bank machte, machen wollen. Er hatte schon alles abgeschlossen, Izzet, Tahsin, den Scheik des Palais und einige andere Personen beteiligt. Der Großvezier nimmt nichts, doch wollte P. dessen Frau ein Köllier oder dgl. schenken.

Die Botschaften im Auslande waren angewiesen, P. zu unterstützen. Da stellte sich heraus, daß die Bank, deren Vertreter P. zu sein erklärte, angab, sie kenne ihn nicht.

Das habe hier gegen P. verstimmt — *parbleu!* — ohne ihn jedoch dauernd unmöglich zu machen. Er bewerbe sich jetzt um die Bahnkonzession Alexandrette-Damas-

kus, die dem Suezkanal den Verkehr nach Asien abgraben
würde.

Margueritte teilt mir auch mit, daß Newlinski gestern
spät abends in meinem Namen — er hatte mich davon
nicht verständigt — sagen ließ, er möge die von mir
vorgetragene Sache fallen lassen.

Margueritte versprach mir, Djewad Bey, den Sohn des
Großveziers, für mich zu interessieren.

Mit Djewad könne man „offen reden".

20. Juni.

Morgens beim Frühstück wird in unserem Salon mit
dem langen gründamastenen Sofa immer Kriegsplan gemacht. Ich schlage Newlinski vor, den Leuten im Palais
und auf der Pforte ein Anfangsgeschäft in Aussicht zu
stellen. Ich würde mich bemühen, sie zu einer kleinen
Anleihe von ein bis zwei Millionen zu bewegen, da nach
meiner Ansicht dies unseren ferneren Plan nicht kompromittiert. Das Geld wäre in ein Faß ohne Boden geworfen.
Wir würden aber dadurch hier festen Fuß fassen und
beliebt werden.

Ich bitte Newlinski, nur alles Mögliche aufzubieten, damit mich der Sultan empfange. Wenn ich ohne Empfang
mit Nein zurückkehre, wird man alles für Traum halten.

Vorläufig wagt natürlich niemand, dem Sultan von mir
zu reden, nach dem formellen Refus, das er Newlinski vor
Münir Pascha, Izzet Bey usw. gegeben.

Izzet Bey rät aber folgendes: die Juden sollten irgendein anderes Territorium erwerben und es dann der Türkei
als Tauschobjekt (mit Draufzahlung) anbieten.

Ich denke sofort an Zypern.

Izzets Idee ist gut und zeigt, daß er mit uns und für
uns denkt.

Eine persönliche Beteiligung lehnt er ab. Doch hat er in Arabien seine Familie, die aus — 1500 Köpfen besteht, für die man etwas tun müßte.

21. Juni.

Gestern nachmittags sah ich N... Bey wieder, nachdem Newlinski von ihm fortgegangen war. Ich wartete auf Newlinski im Wagen vor der Hohen Pforte. Heiße Nachmittagsstunden.

Newlinski kam nach einer Stunde. Er hatte mit dem Großvezier und N... Bey von unserer Sache gesprochen. Der Großvezier ist dagegen. N... Feuer und Flamme dafür.

N... Bey empfing mich sehr liebenswürdig, ging dann aus seinem Zimmer, wo Besucher waren, mit mir ins Nebenkabinett und sprach da ganz offen. Er sei ganz für uns; aber leider müsse man hier mit den vielen vernagelten Köpfen rechnen.

Er kokettiert ein bißchen mit seiner europäischen Bildung und Intelligenz und sagt selbstgefällig: „Unter diesen Blinden bin ich der Einäugige."

Er ist aber wirklich eine viel höhere Intelligenz als die meisten der übrigen.

Folgendes rät er: Die Juden sollten die türkischen Papiere erwerben und die Kommission der *Bondholders* mit Juden besetzen. Diese Kommission habe großen Einfluß und trete in jedem kritischen Augenblick auf den Plan.

Er hat diese Idee auch Newlinski mitgeteilt, wie ich später erfuhr. Newlinski war gleich dagegen, weil dadurch die Juden hier so verhaßt würden, wie jetzt die Kommission.

Newlinski bemerkt sogar gegen meine Lobsprüche auf N...: „Intelligent wäre er, wenn er das riete, um die Judensache unmöglich zu machen."

N... versprach mir seine Unterstützung im reichsten Maße, namentlich auch, wenn wir gegen die Ottoman Bank einschritten, die hier für die Finanzmiseren verantwortlich gemacht wird.

⊤ ⊤ ⊤

Dann bei Davout Efendi, nach meiner Ansicht der Tadelloseste unter den Funktionären, die ich bisher kennenlernte. Ich bin stolz, daß er ein Jude ist. Der Sultan hat keinen treueren Beamten. Er ist im Herzen mit uns, muß sich aber hüten, es zu zeigen.

Er hält es für möglich, daß wir eines Tages unser Ziel erreichen, wenn die Türkei „*sera dans la dèche, et si vous dorez la pilule*" — nämlich den Staat als Vasallenstaat gründen.

Er versprach mir, heute bei Tewfik, dem Minister des Auswärtigen, zu sein, wenn ich komme. Nur solle es aussehen, als ob wir uns nicht kennen.

Abends teilt mir Newlinski mit, daß Izzet Bey mich heute empfangen werde.

21. Juni.

Ich schreibe Davout Efendi, er möge vorläufig mit seinem Minister nichts von der Sache reden. Der Moment sei nicht günstig.

⊤ ⊤ ⊤

Gestern hat der Sultan Newlinski gesagt, er wolle mich als Journalisten nicht empfangen, weil die N. Fr. Pr. nach Bachers Interview ihn persönlich schwer attackiert habe.

Gestern morgens fuhr ich mit Newlinski nach Yildiz Kiosk zu Izzet Bey. Es wurde vorher ausgemacht, daß die Unterredung nur aus höflichen Banalitäten bestehen dürfe.

Um halb zehn fuhren wir auf dem schon bekannten Weg, den das bunte, arme Volkstreiben des Orients säumt, an Dolma-Bagdsche vorbei, wo der blaue Bosporus schimmert, den Berg hinauf nach Yildiz.

Wir traten in den Schloßhof, wo jetzt gerade Baureparaturen gemacht werden.

Izzet Bey stand zufällig im Hofe. Wir grüßten und gingen in sein Amtsgebäude, das recht dürftig aussieht. Die einzelnen Bureaus sehen wie Badekabinen aus. Selbst das Zimmer Izzet Beys, des Allmächtigen, ist klein und dürftig. Ein Schreibtisch Izzets, ein kleinerer des Sekretärs, einige Fauteuils und ein geschlossenes Himmelbett (für den Fall des Übernachtens im Permanenzdienst), das ist alles. Aber ein Fenster öffnet sich auf die weite und lachende Schönheit des Bosporus, über die weißen Minaretts der Selamlik-Moschee bis nach den duftigen Prinzeninseln.

Mit uns wartete auf Izzet Bey ein jüdischer Juwelier, der die vom Sultan bestellte silberne Standuhr gebracht hatte. Diese Uhr ist die Belohnung für den Militärarzt, welcher vor ein paar Tagen das Furunkelgeschwür des Sultans operiert hatte.

Izzet Bey trat ein und fertigte zuerst den Juwelier ab, nachdem ich ihm vorgestellt worden war.

Izzet Bey ist ein mittelgroßer, schmächtiger Mann in den Vierzigern. Das faltige, ermüdete, aber intelligente Gesicht ist eher häßlich. Große Nase, schütterer, halblanger dunkler Vollbart, kluge Augen.

Ich sage die verabredeten Banalitäten: ich hätte nicht wegfahren wollen, ohne einen der hervorragendsten Männer dieses großen Landes kennengelernt zu haben. Ich würde mich sehr freuen, wenn es mir gelänge, die günstigen Eindrücke, die ich von Konstantinopel mitnehme, auch anderen durch die Zeitung beizubringen. Ich gedächte, eine Reihe von Artikeln über die politischen Kreise der Türkei zu schreiben und wäre erfreut, wenn ich etwas nützen könnte.

Izzet Bey lächelt zu alledem sehr liebenswürdig und „freut sich, meine Bekanntschaft gemacht zu haben", als ich mich nach einer Viertelstunde empfehle.

Newlinski hatte mir vorher gesagt, daß man allen Dienern Bakschisch geben müsse. Izzets Diener nahm im Wandelgang des ersten Stockes zwei Medschidies, der Diener im Erdgeschoß, der meinen Stock gehalten hatte, nahm eine Medschidie. Am Yildizausgang aber wurde die Sache komisch. Da befanden sich zwei Türsteher. Als ich in die Tasche griff, hielten sie beide nebeneinander die Hand auf, und ich verzögerte absichtlich die Gabe um einige Sekunden, um das symbolische Schauspiel dieser Bakschischiden am Hoftor etwas länger zu genießen. Jeder bekam eine Medschidie.

Dann fuhren wir den Bosporus entlang hinaus nach Bebek, an träumenden Haremsschlössern vorbei, im Sonnenbrand. Vom Bosporus her wehte eine leichte Brise.

Jetzt erst sagte mir Newlinski alles, was er am Vortage (Samstag) bei der Pforte und im Palais ausgerichtet hatte. Denn damit ich im Gespräch mit Izzet auch nicht die leiseste unabsichtliche Andeutung mache, hatte er mir vorher nichts sagen dürfen.

Der Großvezier sei gegen den Vorschlag, den ich gemacht habe. (Margueritte, der Vertraute des Großveziers, hatte mir das Gegenteil berichtet. Wer lügt? Vielleicht politisierte der Großvezier nur Newlinski gegenüber, weil er mich im unklaren lassen wollte?)

Newlinski bat den Großvezier, wenn dieser schon dagegen sei, mindestens dem Sultan nichts zu sagen. Der Großvezier darf nämlich nicht wissen, daß der Sultan dagegen ist. Hier haben alle die unterwürfige Gewohnheit, den Sultan in allem zu bestärken, was er ohnehin schon will, und alles kühn zu bekämpfen, was er ohnehin nicht will.

Im Yildiz Kiosk habe sich nun, nach Newlinskis Wahrnehmungen vom Samstag, die Stimmung für mich einigermaßen gebessert. Der Sultan gestattete wenigstens, daß Newlinski von mir sprach. Newlinski hatte dem Sultan Samstag mitgeteilt, daß ich dessen erste abschlägige Antwort sublim gefunden und sehr bewundert habe. Ich sei ein Freund der Türkei und wünsche dem Sultan zu dienen. Er möge mich empfangen.

Der Kalif lehnte das ab. Als Journalisten könne und wolle er mich nach den Erfahrungen, die er mit Bacher und der N. Fr. Pr. gemacht habe, nicht empfangen. Wenige Monate nach der Audienz Bachers erschien bei uns der gehässigste Angriff gegen seine Person, der je in den Blättern gestanden — die englischen und armenischen inbegriffen. Der Sultan beklagte sich darüber beim österreichischen Botschafter Calice und bedauerte ausdrücklich, daß dieser ihm Bacher vorgestellt habe.

Hingegen könne und wolle er mich als Freund empfangen — nachdem ich ihm Dienste geleistet haben werde. Der Dienst, den er von mir verlangt, ist folgender: ich solle teils in den europäischen Blättern (in London, Paris, Berlin und Wien) dahin wirken, daß man die armenische Frage türkenfreundlicher behandle, teils möge

444

ich direkt auf die armenischen Führer einwirken, zu dem Zwecke, daß sie sich ihm unterwerfen, worauf er ihnen alle möglichen Zugeständnisse machen wolle.

Der Sultan gebrauchte Newlinski gegenüber ein poetisches Wort: „Für mich sind alle meine Völker wie Kinder, die ich von verschiedenen Frauen hätte. Meine Kinder sind sie alle; und wenn sie auch untereinander Differenzen haben — mit mir können sie keine haben."

Ich sagte Newlinski sofort, daß ich bereit sei *à me mettre en campagne*. Man möge mir eine pragmatische Darstellung der armenischen Sachlage geben: welche Personen in London umzustimmen, welche Blätter zu gewinnen seien, usw. Freilich würde mir meine Bemühung sehr erleichtert werden, wenn mich der Sultan empfinge.

Newlinski sagte: „Er wird Sie nachher empfangen und Ihnen einen hohen Orden verleihen."

Ich antwortete: „Den Orden brauche ich nicht. Was ich jetzt will, ist nur, daß er mich empfange. *Planter le premier jalon* — das ist jetzt unsere ganze Aufgabe."

Wir führten dieses Gespräch im Kaffeegarten zu Bebek am Bosporus. Wir saßen unter einem Baum im Schatten, in der schweren Mittagshitze.

* * *

Wir fuhren dann den Berg hinauf zu Frau Gropler, einer merkwürdigen, lieben, alten, kranken Dame. Es ist ein polnisches Emigrantenhaus, wo seit vierzig Jahren alle flüchtigen Politiker, alle reisenden Künstler und Diplomaten *en rupture d'ennui officiel* verkehren.

Ein polnischer Geiger, Neffe der Hausfrau, spielte uns nach Tisch vor. Es kam auch Reschid Bey, Exzellenz, Sohn des berühmten Reschid Pascha und Enkel Fuad Paschas.

Reschid ist ein dicker, intelligenter, noch junger Mann, welcher der Botschaft in Wien zugeteilt war. Seine beiden kleinen Buben, die er mitgebracht hatte, sprechen Deutsch und sangen uns lieb deutsche Lieder vor.

Newlinski hatte mit Reschid, der beim Sultan gut angeschrieben ist, nach Tisch von meinem Projekt gesprochen. Reschid begrüßte es mit Sympathie; und als ich vor meinem Abschied einige Minuten mit ihm auf der Terrasse stand, sagte er mir seine Unterstützung zu.

* * *

Nachmittags war ich beim Feuerwehrexerzitium, zu dem uns der hier als Pascha angestellte Graf Széchényi, ein gemütlicher, alter Herr, sehr dringend eingeladen hatte.

Die Sappeurs sind stämmige Prachtkerle aus Anatolien. Man versteht, daß der Herr solcher Truppen, die keinen Sold zu kriegen brauchen und doch freudig dienen, seine Situation noch lange nicht oder nie als verloren ansehen wird.

Leider bin ich durch die großen Sorgen meiner politischen Bemühung halb blind gegen die Schönheit des Ortes, die Wunder der Geschichte, die Farben der Gestalten, die ich fortwährend sehe. So waren auch beim Feuerwehrmanöver am Straßenrand und den Berg hinauf Menschengruppen, hockende Frauen in ihrer geheimnisvollen Tracht, und viel anderes, was sonst ein Genuß für meine Augen gewesen wäre.

* * *

Auf den verfallenen Friedhöfen viel hundert Jahre alte Grabsteine, auf die sich die Leute setzen oder Wäscheleinen spannen.

Abends kam Newlinski ermüdet und verstimmt von

Yildiz-Kiosk zurück. Aus verschiedenen Teilen des Reiches sind schlechte Nachrichten eingelaufen. Blutvergießen auf Kreta; die Drusen haben ein ganzes Bataillon regulärer Soldaten (am Libanon?) aufgerieben, d. h. Mann für Mann ermordet, und von der russischen Grenze her sind neuerdings Armenier eingedrungen und haben dreihundert Mohammedaner niedergemetzelt.

Der Sultan möchte durchaus gern mit den Armeniern Frieden machen. Er sieht düster in die Zukunft und sagte zu Newlinski: ,,C'est une croisade déguisée contre la Turquie.''

Mich erinnert dieser großmütige, melancholische Fürst des Untergangs an Boabdil-el-Chico, von dem Heine singt.

Die Höhe von Yildiz ist vielleicht der ,,Berg des letzten Kalifenseufzers''.

Nach Sonnenuntergang fuhr ich auf einer kleinen Jacht den Bosporus hinauf, in der Richtung von Bujukdere.

In Abendschleier hüllen sich langsam die schönen, weißen, stolzen Schlösser, wo die Haremsfrauen wohnen, die Witwen voriger Sultane und die Witwen des jetzigen. Denn er lebt nicht mit ihnen.

22. Juni.

Newlinski, dessen diplomatische Schärfe und Feinheit ich immer mehr bewundere, meint, ich müsse zunächst eine Stellung im Palais haben, von der aus ich selbst — ohne irgend jemands Vermittlung, der wie gekauft aussehen könnte — immer wieder auf den Vorschlag der Juden zurückkäme.

Das ist ausgezeichnet.

Ich dringe stündlich in Newlinski, mir die Audienz beim Sultan zu verschaffen, damit mir meine Londoner Freunde glauben, daß ich da war.

Hätte der Sultan „Ja" gesagt, so brauchte er mich nicht zu empfangen. Ich wäre weggereist und hätte die Sache engagiert.

Da er Nein sagt, ist es unerläßlich, daß er mich empfange, damit meine Freunde sehen, *que tout n'est pas rompu.*

23. Juni.

Gestern ist nicht viel vorgegangen. Také Margueritte hat mit dem Großvezier gesprochen und ihm gesagt, daß ich ihm den Dienst erweisen wolle, ihn zu interviewen. Khalil Rifat Pascha ließ mir antworten, er werde mich empfangen.

Darauf telegraphierte ich an Benedikt, daß ich mit dem Großvezier über allgemeine Politik reden und die ganze Unterredung telegraphieren werde, jedoch unter der Bedingung, daß in den redaktionellen Kommentaren der Liebenswürdigkeit Rechnung getragen werde, mit der ich hier empfangen wurde.

Benedikt antwortete mir telegraphisch: „Werde alles tun, was Sie wünschen."

Das habe ich erwartet.

Newlinski ist ein eigentümlich interessanter Mensch, dem man in Wien schweres Unrecht tut.

Sein Charakter wird mir immer sympathischer, je näher ich ihn kennenlerne. Wenn er genug Geld gehabt hätte, wäre er einer der feinsten *grandseigneurs* und ein weltgeschichtlicher Diplomat geworden. Er ist ein Verstauchter, aber sehr fein und voll edler Regungen. Er ist ein unglücklicher Pole und sagt oft: „Da ich nicht die Politik meiner Nation machen kann, ist mir alles Wurst. Ich unternehme Kunstreisen in der Politik, wie ein Klavier-virtuose — das ist alles."

Es ist schwer, von dieser edlen polnischen Melancholie nicht gerührt zu werden.

Er ist viel gebildeter als die meisten Adeligen, hat Kunstsinn, Zartgefühl. Ich wollte ihn nur als Instrument benützen, und bin dahin gelangt, ihn zu achten und zu lieben. Er ist gefällig und stolz, listig und dabei doch aufrichtig, und seine unverkennbaren Kavalierseigen-schaften schaden seinem Ruf nur, weil er sich in die Bourgeoisie begeben hat. Er ist die interessanteste Ge-stalt, mit der ich zu tun bekam, seit ich die Judensache führe.

24. Juni.

Gestern hatte ich das Interview mit dem Großvezier für die N. Fr. Pr. Es dauerte anderthalb Stunden. Haireddin Bey war wieder der lächelnde Dolmetsch. Er sagte ver-gnügt: „Es war nichts — nur ein paar hundert Tote."

Ich saß am Fenster im Sonnenschein und schwitzte, während ich auf den Knien schrieb. Die Sonne fiel auch auf das Papier und blendete meine Augen. Es war sehr ermüdend.

Orientalischer Zug.

Als wir über die Brücke vom Goldenen Horn gingen, belästigte mich ein Betteljunge, auch nachdem ich ihm etwas gegeben hatte. Ich bat Také Margueritte, mir Ruhe zu verschaffen. Er spuckte dem armen Buben einfach ins Gesicht.

Eine halbe Stunde später waren wir im Hotel. New-liuski schrieb und sagte plötzlich zu Také in barschem Ton: „Sonnez."

Und Také läutete gehorsam. Der Bettelbub war gerächt.

Newlinski, dem ich die Szene von der Brücke erzählt hatte, höhnte Také später noch, indem er sagte: „Ici on reçoit des crachats, et on les rend."

Newlinski war gestern den ganzen Nachmittag mit Izzet und N... Bey im Palais beisammen. Ich soll auf beide den günstigsten Eindruck gemacht haben. Izzet sagte von mir: ich sei ein „*inspiré*", was das höchste Lob bei den Muselmanen ist, und N... meinte, ich sei ein *homme hors ligne.*

Freilich, die Hauptsache, der Empfang beim Sultan, war nicht zu erreichen.

Es ist immerhin eine ungeheure Sache, denn Széchényi Pascha z. B., in dessen Haus wir gestern déjeunierten, hat mit dem Sultan seit zehn Jahren nicht gesprochen, obwohl er beim Selamlik nie fehlt, und obwohl er vom Sultan demnächst zum Marschall befördert werden wird.

25. Juni.

Gestern ließ mir der Sultan sagen, ich möge heute noch nicht wegfahren; er werde mir wahrscheinlich noch vor meiner Abreise etwas zu sagen haben. Das ist ein Erfolg, freilich ein unsichtbarer.

Ich telegraphierte gestern ein größeres Entrefilet an die N. Fr. Pr., welches die hiesige, allerdings kritische Lage in regierungsfreundlicher Weise darstellt.

Dann fuhr ich nachmittags auf einer kleinen Jacht nach Bujukdere zum österreichischen Botschafter, Baron Calice.

Dieser empfing mich gnädiger, als er es wahrscheinlich getan hätte, wenn ich von vornherein mich an ihn gewendet hätte.

Calice ist ein hoher, gut repräsentierender Sechziger. Glatze, große Nase, Schnurrbart, ziemlich große Manieren, nicht unbedeutende Gesprächigkeit. Von Zeit zu Zeit fällt ihm im Redestrom plötzlich ein, was er eigentlich für ein großer Mann sei — *et alors il se reprend*.

Wir saßen in dem schönen, großen Salon des Sommerbotschaftshauses zu Bujukdere. Zu den großen Fenstern hinaus umfängt der Blick liebend die rosige und blaue Schönheit des Bosporus.

Calice entwickelte mir ausführlich seine Auffassung der Situation. Er sprach ungefähr im Stil der Diplomaten in den Gregor Samarowschen Romanen. Er „stellte die Situation auf einem Schachbrett dar". Wer die Partie verstehe, sagte er mit bedeutendem Augenaufschlag, der erkenne die Wichtigkeit dieser oder jener Figur. Der russische Einfluß sei groß durch die geographische Lage. England habe seine Stellung hier eingebüßt, weil die Türken sahen, daß es nicht die Dardanellen forcierte, auch nach der Drohung nicht. Andererseits ist der Bosporus für Rußland offen. Hinzukommt die jetzige Färbung Bulgariens, das russisch geworden.

Die Lage der Türkei hält Calice für ziemlich ernst — aber die Lebenskraft dieses Reiches habe sich schon so oft bewiesen, daß es vielleicht noch länger dauern wird. Freilich — die vielen Aufstände, der Mangel an Geld usw. Er hofft, die Türkei werde sich wieder helfen, aber er weiß es nicht. Die armenische Frage stellt er wesentlich anders dar als die Türken, die immer die Tatsachen fälschen. Jetzt wollen sie natürlich keine fremde Intervention, sie werden schon alles selbst machen, Reformen usw. Aber ist die Not vorbei, so denken sie nicht mehr daran.

Von einer *croisade déguisée* könne man nicht sprechen, eher von einem Zug des *croissant*, denn die Türken verfolgen die Christen.

Österreich beobachte wie immer eine Politik der Erhaltung der Türkei. Meinen Vorschlag eines freundschaftlichen Ratschlags, den Goluchowski den Armeniern gehen solle, lobte er als einen patriotischen.

Im ganzen ein leeres Gespräch.

Wir speisten dann bei Petala am Bosporus-Ufer. Wunderbarer Meeresabend.

Im Mondschein fuhren wir nach Konstantinopel zurück. Namenlos süße Nacht.

Také Margueritte war betrunken.

25. Juni.

Heute das Großvezier-Interview durch einen Passagier des Orientzuges nach Wien abgeschickt.

Newlinski kommt abends aus dem Palais, wo man mir, wie es scheint, schon sehr wohl will. Sie befreunden sich mit der Judenidee.

Sie scheinen eben in einer sehr argen Geldklemme zu stecken. Nur müßte man die Sache in einer anderen Form präsentieren. *Sauver les apparences!*

Izzet (aus dem natürlich der Sultan spricht) oder der Sultan (aus dem Izzet spricht) möchte wohl Palästina hergeben, wenn man dafür eine gute Form fände. Gerade weil es ihnen schlecht geht, dürfen sie kein Land verkaufen, berichtet Newlinski, der aber günstige Fortschritte meiner Idee konstatiert.

In einigen Monaten werden sie im Yildiz Kiosk vielleicht reif sein. *L'idée les travaille visiblement.*

Auch N... Bey ist unserer Sache sehr geneigt. Er sagte heute: wir müßten nur trachten, den Zar zu gewinnen.

* * *

Es sind heute wieder schlechte Nachrichten aus Anatolien da.

Neue Massaker in Van.

26. Juni.

Wieder ein Selamlik. Genau dasselbe Schauspiel wie heute vor acht Tagen.

Newlinski sagt, er sei überzeugt, daß die Türken uns Palästina gehen wollen. Es sei, wie wenn man in einer Frau vermute, daß sie sich ergehen wolle; man könne dabei vielleicht noch gar nicht sagen, worauf sich diese Vermutung stützt.

„Ich sag', sie ist eine Hur' — ich weiß nicht warum; ich fühle es nur", sagt er in seinem polnisch gebrochenen Deutsch.

* * *

Nach dem Selamlik fuhr ich nach Therapia, und Newlinski wurde vom Sultan empfangen.

Jetzt abends, nach meiner Rückkehr, berichtet er mir über seine Audienz.

Der Sultan begann selbst, von mir zu sprechen. Er bedankte sich für den Artikel in der N. Fr. Pr., den ich telegraphiert hatte.

Dann fing er an, von Palästina zu sprechen. Zunächst warf er Newlinski vor, daß er die Sache in einer unüberlegten Weise vorgelegt habe. Newlinski müsse als Kenner der hiesigen Verhältnisse wissen, daß in der proponierten Form eines Kaufes Palästina nie hergegeben werden könne. Aber wie er — der Sultan — höre, dächten die Freunde des Herrn Herzl eventuell an einen Tausch.

453

Diese Tauschidee, die von Izzet Bey herrührt, scheint dieser als von uns kommend dem Sultan vorgetragen zu haben. Izzet war auch der Dolmetsch von Newlinskis heutiger Audienz.

Newlinski wußte nicht gleich, was er dazu sagen solle, und verwies auf die Auskünfte, die ich geben würde. Es wäre mein sehnlichster Wunsch, von Sr. Majestät empfangen zu werden.

Der Sultan antwortete hierauf: „Ich werde schon sehen. Jedenfalls werde ich Herrn Herzl empfangen — früher oder später."

Newlinski machte darauf aufmerksam, daß ich in den ersten Julitagen in London mit meinen Freunden reden müsse. Der Sultan wiederholte: „Ich werde sehen."

Es ist also möglich, daß ich doch noch empfangen werde.

Der Sultan machte dann Newlinski noch eine weitere, recht überraschende Eröffnung: er sei schon von einer Großmacht sondiert worden, wie er sich zu meinem Vorschlag stelle.

Welche Großmacht das war, konnte Newlinski nicht fragen.

(Ich aber muß hier eine Parenthese für mich machen: ich habe doch schon einiges zuwege gebracht, wenn mein von so manchen Leuten für verrückt erklärter Plan heute bereits Gegenstand großmächtiger diplomatischer Schritte ist. Armer Friedrich S...! Armer Moritz Benedikt!)

Der Sultan fragte dann noch: Müssen denn die Juden durchaus Palästina haben? Könnten sie sich nicht in einer anderen Provinz niederlassen?

Newlinski antwortete: Palästina ist ihre Wiege; dahin wollen sie zurück.

Der Sultan antwortete: „Aber Palästina ist auch die Wiege anderer Religionen."

454

Newlinski meinte hierauf:

„Wenn die Juden Palästina nicht bekommen können, müßten sie eben nach Argentinien gehen."

Der Sultan sprach dann noch Türkisch mit Izzet über mich. Newlinski verstand nur, daß mein Name öfters wiederkehrte. Izzet scheint freundlich über mich gesprochen zu haben.

Der Sultan stellte dann noch eine Frage an Newlinski: „Wieviel Juden gibt es in Saloniki?"

Newlinski wußte es nicht. Ich auch nicht.

Möchte er uns vielleicht die Gegend von Saloniki geben?

Dann sprach der Sultan über die allgemeine Lage. Die Mächte hätten vorgestern einen ungerechten Kollektivschritt wegen der Greuel von Van unternommen, wo doch in Van die Muselmänner von Armeniern niedergemetzelt wurden.

Ferner sprach er von der Finanzlage, die nichts weniger als rosig ist.

Newlinski konkludiert: „Es ist eine Hur'!"

27. Juni.

Newlinski erzählt mir Geschichten aus Yildiz Kiosk. Träume spielen eine große Rolle. Da ist der Kammerdiener des Sultans, Lufti Aga, ein großer Träumer. Lufti Aga ist den ganzen Tag um den Sultan herum, bedient ihn intim, hat großen Einfluß. Wenn Lufti Aga sagt: Das und das habe ich geträumt, so macht das Eindruck auf den Sultan. Wenn Lufti Aga eines Tages sagen sollte: mir hat geträumt, daß die Juden nach Palästina kommen, so wäre das mehr wert als die „Schritte" aller diplomatischen Vertreter.

Es klingt wie ein Märchen, aber ich habe unbedingtes Vertrauen zu Newlinski.

Als die Aussöhnung mit dem Fürsten von Bulgarien stattfand, haben Lufti Agas Träume eine große Rolle gespielt. Er träumt nicht umsonst. Der Fürst von Bulgarien verstand nicht gleich, warum dieser Kammerdiener ein Geschenk von 20000 Franks bekommen sollte. Aber die Ernennung Ferdinands zum Muschir hatte er einem Traum zu verdanken.

Diplomatenklatsch.
Ich hatte Calice gesagt, daß Széchényi Pascha wahrscheinlich mit einem Handschreiben des Sultans nach Wien gehen werde. Calice lächelte überlegen und sagte: „C'est de la menue monnaie."

Aber gestern beim Selamlik trat er auf Széchényi zu und sagte: „Ich höre von Dr. Herzl, daß Sie einen Auftrag an unseren Kaiser bekommen sollen —" wo ich ihm das nur vertraulich gesagt hatte.

Széchényi, der sich schon als Muschir (Marschall) gesehen hat, für langjähriges Löschen Konstantinopolitanischer Brände, ist jetzt ganz außer sich. Er fürchtet um den Urlaub, um die Muschirschaft und um die „Mission" zu kommen, weil Calice eifersüchtig sein und dagegen arbeiten wird.

Idee für London.
Den englischen Finanzlords muß ich die Sache in dieser Form genießbar machen:

„Überzeugt, daß Judenfrage nur territorial zu lösen, bilden wir Society zur Erwerbung eines autonomen Landes für diejenigen Juden, die sich nicht an ihren jetzigen Wohnorten assimilieren können."

456

Diese Form vereinigt Zionisten und Assimilanten. Die kann Edmund R. wie Lord Rothschild unterschreiben.

N... Bey, der intelligenteste Kopf des Auswärtigen Amtes, und beim Sultan sehr beliebt, hat diesem einen, wie es scheint, günstigen Bericht über meinen Vorschlag erstattet. N... Bey ist durchaus für meine Idee. Vielleicht ist die merkliche Wendung im Verhalten des Sultans auf N...s Bericht zurückzuführen.

Izzet Bey war ein wenig verstimmt — aber nicht gegen mich — weil N... diesen Bericht hinter seinem Rücken erstattete.

Izzet und N... sind übrigens Freunde.

Gestern früh sagte ich als meiner Weisheit letzten Schluß, mit Widerstreben und heimlicher Scham, zu Newlinski:

„Wenn mich der Sultan nicht empfangen will, müßte er mir wenigstens ein zeigbares Zeichen geben, daß er nach Anhörung meiner Proposition und nach deren Ablehnung doch noch *en coquetterie* mit mir bleiben will. Dazu würde sich ein hoher Orden eignen. Ich bitte Sie aber inständig, mich nicht für einen Ordensjäger zu halten. Ich habe immer auf Orden gepfiffen und pfeife auch jetzt. Aber ich brauche für meine Leute in London dringend ein Gnadenzeichen des Sultans."

Newlinski schrieb das sofort an Izzet Bey; aber es kam im Lauf des Tages keine Antwort.

Nur nachmittags eine Depesche des Zeremonienmeisters Munir Pascha, worin angezeigt wird, daß ich heute die Schlösser und Schätze des Sultans durch einen Adjutanten gezeigt bekommen werde.

In diesem Augenblick entstand zwischen Newlinski und mir eine ganz leichte Verstimmung.

Ich war ein bißchen enttäuscht. Darauf wollte Newlinski die Ehre dieser Einladung stark unterstreichen. Aber ich sagte: „Je ne suis pas assez fabricant de chocolat pour être touché jusqu'aux larmes par cette faveur."

Newlinski widersprach ein bißchen gereizt: er sei für solche Aufmerksamkeiten sehr empfänglich und dankbar.

Ich mühte mich aber im Lauf des Abends, diesen unangenehmen Eindruck wieder auszulöschen.

Später kam der Grieche Constantinides, ein unterwürfiger Journalist, dem Newlinski heute einen Orden verschafft hat.

Der byzantinische Grieche trug seine funkelnagelneue Rosette im Knopfloch und küßte Newlinski die Hand.

Newlinski empfand meinetwegen eine merkliche Genugtuung.

Wir fahren heute abend nach Sofia.
Diese Reise kostet mich ungefähr dreitausend Frank.
Der *fonds perdu* wächst.

28. Juni.

Im *Jardin des Petits Champs* von Pera, der auf einem alten türkischen Friedhof steht, gastiert eine italienische Operettentruppe. Der Stern ist die Sängerin Morosini, hübsch, graziös, liederlich. Newlinski sprach öfter davon, sie zum Souper einzuladen. Es geschah nie. Er nennt sie „*la Morosina*". Aus diesen zehn Tagen, in denen ein Stück Weltgeschichte von uns vorbereitet wurde — denn selbst dieser Versuch, den Judenstaat zu gründen, wird im Gedächtnis der Menschen bleiben, auch wenn der Plan ein Traum bleibt — aus diesen bunten und ernsten Tagen wird uns der Name *la Morosina* sicher im Gedächtnis bleiben, gerade weil nur davon gesprochen wurde. Newlinski sagte seinen Byzantinern, dem dicken Danusso, dem komischen Rumänen Také Margueritte und dem kriecherischen Griechen Constantinides täglich: „Invitez-moi la Morosina."

Es steckt darin etwas unnachahmbar Grandseigneuriales.

Die Aussicht aus unseren Hotelfenstern auf das Goldene Horn habe ich sehr geliebt. Whistlersche Dämmerungen und Nächte mit Lichtern, wundervolle rosige Morgendünste; die schwere violette und blaugraue Pracht der Abenddämpfe. Die großen Schiffe tauchen in den Nebel und tauchen wieder heraus. In der Mondnacht weiche Staubschleier. Heute ein sonniger Tag. Die Höhe drüben — ich glaube Ejub — streckt sich zwischen zwei blauen Farben. Oben der zarte Himmel, unten das ölige Wasser, auf dem silberne Ruderschläge aufleuchten.

Man begreift die Gier, mit welcher die ganze Welt nach Konstantinopel blickt.

Alle möchten es haben — und das ist die größte Garantie für den Bestand der Türkei.

Diese Schönheit gönnt keiner der Seeräuber dem anderen — so bleibt sie vielleicht ungestohlen.

29. Juni, Sofia.

Gestern nachmittags sah ich, vom Adjutanten des Sultans begleitet, die Schätze in Eski Serai und die Bosporus-Paläste Dolma Bagdsche und Beglerbeg.

Der Adjutant sprach wenig Französisch, hatte aber einen enormen Respekt vor mir, sagte auf jede Frage: „Oui, Monsieur" und ging dann zu Exzellenz über: „Oui, mon Excellence!"

Die Schlösser sind herrlich.

Der Badesaal von Beglerbeg ein schwüler orientalischer Traum.

Den Kaik des Sultans, in dem wir fuhren, ruderten acht stämmige Schiffsknechte des Kalifen; der Steuermann hockte mit gekreuzten Beinen hinten und trug den Salonrock.

Als ich von dieser heißen und schönen Fahrt ins Hotel Royal heimkehrte, sagte mir Newlinski, der in Unterhosen und Leibchen Briefe schrieb: „Das schickt er Ihnen!" und übergab mir ein Etui, enthaltend das Kommandeurkreuz des Medschidijeordens.

Wir verabschiedeten uns dann vom *edundi exercitus* Danusso, Margueritte und Constantinides, und reisten ab.

Im Coupé erzählte mir Newlinski:

„Der Sultan hat mir gesagt, er hätte Ihnen auch eine Dekoration gegeben, wenn ich sie nicht verlangt hätte. Er konnte Sie aber diesmal nicht empfangen, weil Ihr Plan nicht geheim geblieben ist, und mehrere sogar darüber Bericht erstattet haben, und zwar der Großvezier, N... Bey, Davout Efendi und Djavid Bey. Unter solchen Umständen hätte der Empfang nicht mehr den intimen Charakter gehabt; und da der Sultan Ihre Proposition in der jetzigen Form ablehnen muß, so wollte er überhaupt nichts davon sprechen. Aber er sagte mir: „Die

Juden sind intelligent; sie werden schon eine Form finden, die akzeptabel ist." Daraus geht hervor, daß der Sultan nur will „sauver les apparences", und ich glaube, er wird schließlich annehmen. Er scheint die Tauschform zu meinen, jedenfalls darf man in der Diplomatie nicht allzu deutlich über den Kern der Dinge sprechen. Oft verhandelt man lange Zeit und drückt sich um die Hauptsache herum. Izzet Bey scheint für Sie zu arbeiten, diesen Eindruck habe ich.

Der Großvezier erstattete ein ungünstiges Referat, er halte den Plan nicht für ernst gemeint, sondern für phantastisch. N... Bey erstattete ebenfalls Bericht und hob nur die Gründe hervor, die dagegen sprechen, obwohl er uns gegenüber so warm tat. N... Bey hat wohl erfahren, daß der Großvezier dagegen sein wird, und wollte sich salvieren. Aber er wird leicht wieder zu gewinnen sein, sobald der Wind umschlägt. Am klügsten schrieb Davout Efendi. Dieser setzte den ganzen Plan deutlich auseinander und fügte hinzu: er könne als Jude weder zu- noch abraten. Djavid Bey, der Sohn des Großveziers, sprach sich in seinem Referat entschieden für den Plan aus, jedoch mit der dummen Begründung, die Juden seien so gute Untertanen Sr. Majestät, daß man es nur gern sehen könnte, wenn ihrer mehr einwanderten.

Der Sultan ist letzterer Ansicht und erwähnte, daß ihm der Gouverneur von Saloniki berichtet habe, die Juden von Saloniki zögen fort, sobald sie zu Geld gekommen wären. Ich erklärte das dem Sultan damit, daß die Juden doch keine rechte Heimat hätten, und daß es sich ja gerade darum handelt, ihnen ein foyer zu verschaffen.

Der Sultan erwartet jetzt von Ihnen, daß Sie ihm in der armenischen Sache helfen. Auch wünscht er, daß Sie ihm das Anleben auf den verpachteten Ertrag der

Leuchttürme verschaffen. Zu diesem Zweck schickt er
Ihnen den Vertrag mit Collas. Der Ertrag ist jährlich
45 000 türkische Pfund. Das Anlehen soll zwei Millionen
Pfund betragen."

Wir fuhren dann nach Sofia. Unterwegs besprachen
wir die nächsten Schritte. Bismarck wird für die Sache
zu interessieren sein. Newlinski hat Beziehungen zu ihm,
ebenso wie zur römischen Kurie, an die wir ja auch heran
müssen.

Im Coupé erzählte mir Newlinski wieder eine Menge
Geschichten aus Hof-, diplomatischen und Regierungskreisen. Längst hatte ich intuitiv herausgefunden, daß
die Großen der Erde nur aus dem Respekt bestehen, den
wir vor ihnen haben. Jedes Geschichtchen bestätigt diese
Annahme. Z. B., was Newlinski mir vom bulgarischen
Kriegsminister Petrow erzählt. Diesem hat der Sultan
einmal ein Pferd versprochen, und da es bis jetzt nicht
eingetroffen, ist Petrow schwer ergrimmt. Jede Woche
schreibt er an den bulgarischen Vertreter nach Stambul:
„Wo ist mein Pferd?"
Und er erklärt, er werde auf die mazedonischen Re-
bellen nicht schießen lassen, weil er das Pferd nicht bekommen habe.
Als Fürst Ferdinand beim Sultan war, verteilte dieser
Geschenke an die bulgarischen Minister. Sie verglichen
die Dosen usw. miteinander und waren erbittert, wenn
ein Geschenk minderen Wert hatte als das andere.

462

Auf dem Bahnhofe in Sofia erwarteten mich zwei Herren vom Zionsverein, denen meine Durchreise von Philippopel telephoniert worden war.

Aufsehen in der Stadt; überall flogen die Hüte und Mützen in die Luft. Ich mußte mir den Cortège verbitten lassen.

Im Zionsverein Ansprachen. Ich mußte dann in den Tempel gehen, wo Hunderte mich erwarteten.

Ich warnte vor Manifestationen, riet zur Ruhe, damit nicht die Volksleidenschaften gegen die Juden aufgereizt werden könnten.

Meine Worte wurden bulgarisch und spaniolisch wiederholt, nachdem ich deutsch und französisch gesprochen hatte.

Ich stand auf der Altarerhöhung. Als ich nicht gleich wußte, wie ich zu den Leuten mich wenden solle, ohne dem Allerheiligsten den Rücken zu kehren, rief einer: „Sie können sich auch mit dem Rücken zum Altar stellen, Sie sind heiliger als die Thora.“

Mehrere wollten mir die Hand küssen.

Abends mit Minister Natchevitch diniert. Ich erwähnte die Beschwerde der Juden, denen man den Tempelgrund expropriieren will. Auf dem Platze stand seit 500 Jahren die Synagoge.

Die befreiten Bulgaren sind unduldsamer, als die Türken waren.

Natchevitch versprach, die Sache wohlwollend zu erledigen.

Baden bei Wien, bei meinen Eltern.

Noch der letzte Tag im Coupé mit Newlinski war voller Anregungen. Das ist ein seltener, eigentümlicher Mensch von hohen Gaben.

Er hatte folgenden Einfall. Man müßte dem Sultan suggerieren, daß er sich der zionistischen Bewegung bemächtige und den Juden kundgebe, er wolle ihnen Palästina als Fürstentum mit eigenen Gesetzen, Heer usw. unter seiner Suzeränität eröffnen. Dafür hätten die Juden einen Tribut von etwa einer Million Pfund jährlich zu entrichten. Diesen Tribut könnte man dann sofort für ein Anlehen (das wir machen würden) verpfänden.

Ich finde diese Idee ausgezeichnet. Ich hatte mir schon in Konstantinopel etwas Ähnliches gedacht, aber nicht davon gesprochen. Denn das ist ein annehmbarer Vorschlag, und ich durfte bisher nur unannehmbare machen, weil ich nicht sicher bin, ob die Londoner mich nicht im letzten Augenblick im Stich lassen.

Jetzt gehe ich mit diesem Vorschlag nach London, wo man mich schon mit einiger Spannung erwartet.

Newlinski proponiert ferner, Bismarck durch seinen Freund Sidney Whitman für die Judensache interessieren zu lassen. Whitman wird von London nach Karlsbad zu Newlinski gerufen, und soll von dort nach Friedrichsruh gehen.

. . . .

Bismarck soll dann dem Sultan Newlinskis Coupévorschlag in einem Brief machen; der Sultan soll mich empfangen, den Judenruf ergehen lassen, den ich aller Welt mitteile — und die Sache ist gemacht.

Newlinski sagt: „Si vous arrivez à pacifier les Arméniens, si vous faites l'emprunt de 2 millions de livres

sur les phares, et si nous avons la lettre de Bismarck —
nous enlevons la chose en huit jours!"

Wir nahmen herzlich Abschied in Wien. Ich sagte
Newlinski meine Freundschaft fürs Leben zu.

Wenn wir durch ihn Palästina bekommen, werden wir
ihm als Ehrensold ein schönes Gut in Galizien schenken.

2. Juli.

Gestern abends mit dem Armenier Alawerdow in der
Wohnung meiner Eltern gesprochen. Herr Klatschko war
Dolmetsch.

Ich bot den Armeniern meine Versöhnungsdienste an.
Alawerdow traute sich nicht mit der Sprache heraus, weil
er Russe ist und sich vor seiner Regierung fürchtet. Auch
schien er mir nicht zu trauen. Endlich kamen wir überein, daß er mich in London als Freund der Armenier ankündigen und in seinem Kreise beschwichtigend wirken
werde.

Ich sprach mit Reichenfeld von der Unionbank über
das Zwei-Millionen-Anlehen. Er weiß nicht; man müßte
sehen, fragen, beraten. Ich lehnte nähere Erkundigungen ab.

Hechler telegraphierte mir gestern aus Karlsruhe, daß
eine Audienz versprochen sei. Ich fahre also heute nach
Karlsruhe, um vom Großherzog die Unterredung mit dem
Kaiser zu erlangen.

Im Orientzug, unterwegs nach Karlsruhe.

Die Tage über habe ich vergessen, ein glänzendes Wort Bismarcks zu notieren, das er dem Sultan via Whitman-Newlinski sagen ließ. Der Sultan hatte ihn telegraphisch via Newlinski-Whitman um Rat in den gegenwärtigen Schwierigkeiten fragen lassen. Bismarck antwortete: „Fermeté, pas se laisser intimider, et loyauté éclairée aux traités."

Loyauté éclairée ist geradezu köstlich.

* * *

Newlinski sagte öfters: Wenn ich Bismarck über Politik reden höre, ist mir zumut wie einem Musiker, der Rubinstein spielen hörte.

Heute früh auf dem Bahnhof verstimmte mich Sch...

Als ich die günstigen Ergebnisse von Konstantinopel schilderte, und insbesondere bei Erwähnung des Ordens, verdüsterte sich sein Gesicht.

Ich nahm sofort Gelegenheit, zu sagen, daß ich Edmund Rothschild zum Eintritt in die Bewegung durch meinen Rücktritt veranlassen wolle. Denn es gebe Jiden und Juden. Die Jiden werden nicht Lust haben, die Sache zu unterstützen, aus Furcht, mir persönlich damit Vorspann zu leisten.

3. Juli.

Im Coupé unterwegs nach Brüssel.

Hechler erwartete mich gestern abends auf dem Perron in Karlsruhe. Der Großherzog sei nach Freiburg gefahren und lasse mich bitten, ihm dahin, resp. nach St. Blasien, nachzufahren.

Da ich den Großherzog momentan nicht brauche, ließ ich ihm durch Hechler telegraphieren, ich sei pressiert, man erwarte mich in London, und ich bäte um die Erlaubnis, ihm auf meiner Rückreise zu berichten. Der Sultan scheine unserer Sache wohlwollend entgegenzukommen.

5. Juli, London.

Wieder in London. Diesmal *fine weather,* und alles bezaubernd.

Die Ankunft war übrigens schlecht. Auf der Überfahrt von Ostende nach Dover hatten wir böse Wellen. Ich hatte mir schlechtes Wetter gewünscht, um meine Willenskraft zu erproben. Richtig wurden nach und nach alle seekrank, bis wir vor Dover kamen. Aber auch ich hatte eine Anwandlung von Schwäche, und ich weiß nicht, wie mein psychologisches Experiment ausgefallen wäre, wenn die Sache noch eine Viertelstunde gedauert hätte.

Ein bißchen deprimiert kam ich hier an und fand noch anderes Deprimierendes.

Goldsmid entschuldigt sich. Er kann wegen einer Bataillons-Inspektion Cardiff morgen nicht verlassen.

Montagu lud mich brieflich ein, ihn zu besuchen — aber er müsse abends (gestern) verreisen. Ich schrieb ihm, ich könne nicht gleich kommen, bäte ihn aber, mir seinen Sonntag zu opfern, weil ich von Konstantinopel die *presque-certitude* mitbrachte, daß wir Palästina wiederbekommen würden. Dennoch reiste Sir Samuel Montagu ab und gab mir nur für morgen Rendezvous in seinem Geschäft. Ich weiß nicht, ob ich überhaupt hingehen werde. Ich mache mich darauf gefaßt, Montagu ganz aus meinem Plane zu streichen, obwohl mir dies in Konstantinopel schaden muß, da ich ihn nannte.

Rev. Singer war abends bei mir. Ich feuerte ihn ein bißchen an. Überhaupt werde ich hier erst allen einheizen müssen.

Der heutige Morgen war besser. Ich machte meine Rede für die Makkabäer fertig und schickte sie im Laufe des Vormittags Stück für Stück zu Sylvia d'Avigdor zur Übersetzung.

Lucien Wolf vom Daily Graphic kam, um mich zu interviewen.

Alle hiesigen Blätter fangen schon seit einigen Tagen an, Laut zu geben.

Singer sagte gestern, ich möge Lord Rothschild um ein Interview bitten. Ich lehnte das als meiner unwürdig ab. Singer meinte: ,,Lord Rothschild ist ein ,Patron'". Den Patron definiert ein englischer Schriftsteller so: ,Er sieht vom Ufer aus zu, wenn Sie ertrinkend mit den Wellen kämpfen. Sind Sie aber gerettet am Land, so wird er Sie mit seiner Hilfe belästigen.'.

Wenn Sie in der Judensache gesiegt haben, wird er Sie — mit anderen Löwen — zum Diner einladen."

Ich sagte: ,,Das Diner bei Rothschild ist also der Preis für Sieger! *Moi, je m'en fous*, wenn Sie diesen Ausdruck kennen."

Wie ich nun heute von der beginnenden Bewegung in den Blättern höre, frage ich mich ergötzt, ob das schon für die Rothschild-Einladung genügt.

Dann war ich bei unserem Korrespondenten S... Wenn

468

ich die *superos* der jüdischen Finanz nicht für die Leucht-
turm-Anleihe, die der Sultan wünscht, haben kann, werde
ich den Acheron bewegen.

Ich versprach S... für die Vermittlung dieser Anleihe
eine Provision; doch wenn e r auch Geld daran verdiene,
so müsse doch immer und jedermann die Wahrheit bekannt sein: daß ich an diesen Geschäften nichts verdiene
und sie nur als *entrée en matière* mache, um dem Sultan
gefällig zu sein im Hinblick auf die Judensache.

5. Juli.

Mittags kam Lucien Wolf vom Daily Graphic mich
zu interviewen, nachdem schon in den heutigen Sunday
Times ein Interview mit Zangwill über mich stand.

Beim Luncheon machte Wolf Notizen für sein Interview.

Nachmittag kamen Claude Montefiore und Frederic
Mocatta von der Anglo-Jewish Association. Ich hatte Montefiore bitten lassen, die mit dem morgigen Makkabäer-
Bankett zusammentreffende Ausschuß-Sitzung zu verschieben. Ich wolle alle jüdischen Komitees zu einem
einzigen großen zusammenballen; und damit niemand
glauben könne, daß ich mir persönlich Vorspann leisten
lassen wolle, bot ich für die Annahme meines einfach
formulierten Programms meinen Austritt aus der Führung der Bewegung an.

Das Programm formulierte ich wie folgt:

„Die Society of Jews macht sich die völkerrechtliche
Erwerbung eines Territoriums zur Aufgabe, für diese-
nigen Juden, die sich nicht assimilieren können.‟

Die Herren erbaten sich Bedenkzeit, die ich natürlich
gewährte. Nur sagte ich, daß ich nicht die *associations*

469

als solche, sondern die einzelnen hervorragenden Personen in die Society rufen wolle.

Es war eine ermüdende Kampfunterredung. Mocatta, der mein Buch nicht kannte, brachte alle alten Argumente vor.

Montefiore sagte ernst, daß ich eine Revolution aller seiner bisherigen Ideen verlange.

6. Juli.

Die Rede für die Makkabäer *tant bien que mal*, ermüdet wie ich schon bin, fertig gemacht.

Ich schrieb an Montefiore und Mocatta, daß ich die gestern im Verlauf der Unterredung vorgebrachte Proposition, die Society of Jews zunächst als eine *société d'études* zu gründen, annehme.

(Dieser würde ich natürlich meine bisher acquirierten Verbindungen nicht zur Verfügung stellen. Nur einem Aktionskomitee gebe ich meine Aktionsmittel.)

T T T

Mocatta antwortet einige Stunden später, er halte den ganzen Plan für unannehmbar, den Judenstaat weder für möglich noch für wünschenswert.

Komisch ist dabei, daß ich Mocatta gar nicht hatte rufen lassen, sondern nur Montefiore. Mocatta kam mit Montefiore, wie einmal Antonin Proust mit Spuller zu Casimir Périer, als letzterer gebeten wurde, ein Kabinett zu bilden. Casimir Périer nahm dann Proust auch ins Kabinett, weil der zufällig mitgekommen war.

Mocatta machte ungefähr den Eindruck eines geschäftigen Sekundanten bei einem Duell.

* * *

S... kam, um mir die Würmer aus der Nase zu ziehen: worauf die Anleihe des Sultans basiert werden solle.

Da ich fürchte, daß er das als „Geschäft" herumtragen und Krethi und Plethi anbieten, mich aber dadurch in Konstantinopel kompromittieren würde, so sagte ich ihm nichts. Es wäre zwar für die Sache vortrefflich, wenn ich die *Phare*-Anleihe durch Bankiers zweiten Ranges, durch die Afrikander wie Barnato usw., machen könnte, weil ich die besser in der Hand hätte, als die Rothschilds, Montagus usw. Aber ich kann mich nicht durch S...s geschäftliche Behandlung eventuell kompromittieren lassen. Lieber soll die Anleihe gar nicht gemacht werden.

7. Juli.

Gestern abends das Maccabean Dinner.

Ich hatte Miss d'Avigdors Übersetzung erst nachmittags typewriten lassen können.

Um fünf Uhr bekam ich dieses lesbare Manuskript und las es nun mit Rev. Singers Hilfe durch. Ich lernte sozusagen eine Stunde vor der Versammlung Englisch. Die Aussprache der Wörter notierte ich mir zwischen die Zeilen.

Das Bankett hatte einen sehr festlichen Charakter. Auf den Toast des Chairman Singer antwortete ich deutsch und französisch, was Zangwill zu dem Witz veranlaßte, ich sei wie die neue Revue „Cosmopolis", die deutsch, französisch und englisch erscheint.

Wir gingen nachher in den Redesaal, und ich las meinen Speech mutig vor.

Der Erfolg war sehr groß. Später kam eine Debatte mit alten Argumenten, auf die ich schon bekannte Dinge erwiderte. Mit zwei beinahe unhöflichen Ausnahmen — der Nationalökonom Levy oder Leve und ein Russe, dessen Namen ich nicht verstand — sprachen selbst die Gegner ehrfurchtsvoll.

L. Wolf beantragte die Einsetzung eines Studienkomitees aus Makkabäern und anderen zur Prüfung meines Vorschlags.

Das rief eine Debatte hervor, die meine Antipathie gegen die Vereinsmeierei nur neuerlich bestärkte.

7. Juli.

Colonel Goldsmid telegraphiert, er werde Donnerstag hier sein.

* * *

S... telegraphiert, er könne so, wie ich es proponiere, das Geschäft nicht einleiten.

* * *

Nordau schrieb gestern von Zadok Kahns Besuch. Zadok kam, Klage zu führen, weil — wie er und Edmund Rothschild vermutet — infolge meiner Publikation die türkischen Behörden in Palästina den letztangekommenen Kolonisten Miseren bereiten und sogar die neueste Kolonie zerstörten.

Zugleich entschuldigte Nordau in abgekühltem Ton sein Ausbleiben vom heutigen Makkabäer-Diner.

Ich telegraphierte sofort an Zadok Kahn: „Viens de Constantinople. Vos inquiétudes injustifiées. Sultan témoignait beaucoup de bienveillance. Si sousorganes commettent brutalités je suis en mesure de me plaindre directement auprès de lui. Donnez détails Hôtel Albemarle.
Herzl."

An Newlinski telegraphierte ich:
„Phare und Arménisache wirksam eingeleitet. Aber alles aussichtslos, wenn sich bewahrheitet, daß türkische

Behörden Palästina neuangekommene Kolonisten gewaltsam ausweisen. Bitte sofort Konstantinopel anfragen. Resultat hierher melden. Gruß Theodor."

8. Juli.

Ich bin schon sehr müde.

Gestern mit Lucien Wolf die armenische Sache engagiert. Ich bat ihn, eine kleine Preßkampagne für die Beschwichtigung der Gemüter in der armenischen Sache einzuleiten.

Dann fuhr ich zu Montagu in das House of Commons. Die gotischen Steinschnitzereien und das Leben in der Wartehalle interessierten mich sehr.

Beim Anblick dieser imposanten Parlamentsmaschinerie — Äußerlichkeiten wirken ja dramatisch — empfand ich einen leichten Schwindel, wie damals im Vorsaal des Großherzogs von Baden. Zugleich begriff ich, daß die englischen Juden sich an ein Land klammern, wo sie in diesem Haus als Herren einziehen können.

Montagu kam und führte mich in ein reizendes kleines Sprechzimmer mit gotischen Fenstern, durch die man auf einen gotischen Hof hinaussieht.

Ich erzählte ihm die praktischen Resultate vom Großherzog bis zum Sultan.

Er war betroffen und bald wieder erwärmt. Ein prächtiger alter Mensch.

Sein erstes und Hauptbedenken war, daß der Sultan, wenn er erst das Geld der jüdischen Tributanleihe hat, die eingewanderten Juden würgen wird.

Ein heftiges Glockenzeichen rief Montagu zur Abstimmung über die Teesteuer. Während der zehn Minuten

473

seiner Abwesenheit fiel mir die Lösung dieser Schwierigkeit ein.

Angenommen wird ein Tribut von einer Million Pfund; worauf eine Anleihe von 20 Mill. zu beschaffen. Wir machen Tribut und Anleihe in Raten.

Für die ersten Jahre 100 000 Pfund, worauf zwei Mill. Anleihe. Allmählich, mit der Einwanderung, steigt der Tribut, auf den immer neue Portionen der Judenanleihe gewährt werden, bis das Geld ganz erlegt ist — und so viel Juden mitsamt jüdischer Heereskraft in Palästina sind, daß Würgversuche der Türken nicht mehr zu befürchten sind.

Ich fuhr dann mit Montagu nach seinem Hause. Unterwegs sagte er mir, wir müßten Edmund Rothschild unbedingt zu gewinnen versuchen.

Ferner teilte er mir im Vertrauen mit, daß die Hirsch-Stiftung gestern abends*) über eine „disponible" Summe zu verfügen hat, deren wahre Größe niemand ahnt. Es sind zehn Millionen Pfund Sterling.

Wenn wir die Hirsch-Association für den Plan gewinnen und etwa fünf Mill. Pfund bekommen, könnte damit der Tribut für die ersten Jahre der Einwanderung gesichert werden.

✶ ✶ ✶

Sonntag soll hier ein jüdisches Massenmeeting für mich einberufen werden. Montagu, in dessen Wahlkreis — Eastend — das Meeting stattfinden soll, meint, es wäre verfrüht, in dieser Versammlung zu sprechen.

Ich behalte es mir noch vor. *Flectere si nequeo superos Acheronta movebo.*

*) So im Original-Manuskript. Die zwei Worte gehören aber anscheinend in einen anderen Zusammenhang.

Von Zadok Kahn einen Dankbrief erhalten, den ich
so beantworte:

Monsieur le grandrabbin,

je fais immédiatement une démarche — si le mot ne
vous paraît pas trop diplomatique et „puissance" — à Constantinople. Je vous donnerai le résultat, peut-être ver-
balement, la semaine prochaine à Paris.

Mon plan, qualifié dédaigneusement de rêve, prend depuis quelque temps des contours de réalité.

J'ai déjà obtenu des resultats étonnants — m'étonnant
moi-même. Il faut absolument qu'Edmond Rothschild
soit avec nous. Pour obtenir son concours j'offre de me
retirer complètement de la direction du mouvement, pour
dissiper tout soupçon d'ambition personelle. Qu'il ac-
cepte mon programme, qu'il s'engage de continuer l'œuvre
commencée, et je donnerai ma parole d'honneur de ne
plus m'occuper de la chose autrement qu'en soldat dans
les rangs.

Avec Sir Samuel Montagu et Colonel Goldsmid je m'ef-
forcerai de trouver la forme sous laquelle nous pourrons
offrir à Edmond R. la présidence de la Society of Jews
— et plus tard un autre titre.

Tout cela est absolument confidentiel — et sérieux,
je vous prie de le croire.

Je vous en apporterai les preuves. Préparez Rothschild,
s'il vous plaît.

Recevez l'assurance de mes sentiments distingués.

Votre dévoué

Herzl.

Diesen Brief an Zadok Kahn habe ich mir überschlafen und dann nicht abgeschickt.

„Dunsten lassen!" sagt Newlinski.

Gestern mit Alfred Cohen gesprochen, ihn gebeten, mich durch Lord Rothschild bei Salisbury einführen zu lassen. Ich wolle der Politik Lord Salisburys den Dienst erweisen, die armenische Sache auszugleichen und dadurch den verlorenen englischen Einfluß in Konstantinopel wiederherzustellen.

Alfred Cohen ist ein angenehmer, intelligenter Gentleman. Er nahm eine Art Protokoll auf, worin mit Eleganz und Deutlichkeit für Lord Rothschild der Tatbestand fixiert ist. Er will darüber heute zu Pferde mit Rothschild sprechen.

Goldsmid ist hier.

Wir sprachen nach dem Luncheon im Rauchzimmer, das halb im Keller liegt. Das Haus Princes-Square ist ein bißchen eigentümlich. Die Goldsmid-d'Avigdors sind eine der besten jüdischen Familien, und das Haus birgt schöne Erinnerungen.

Goldsmid schien mir kühler als damals in Cardiff — oder war ich in den Anfängen genügsamer?

Dennoch machte ich ihm warm durch die Erzählung meiner bisherigen Resultate. Am sympathischsten aber war ihm, wenn ich nicht irre, mein Wort, daß ich mich von der Leitung der Bewegung zurückziehen würde, wenn Edmond Rothschild einträte. Diesem wolle ich damit zeigen, daß es mir nicht um meine persönliche Führung zu tun sei.

Goldsmid machte geltend, daß er nicht hervortreten

könne, solange er *on full pay* sei. Inkompatibilität usw. Dennoch konnte ich zur Kenntnis nehmen, daß er im Prinzip einverstanden sei.

Ich bat ihn, mich bei Arthur Cohen, Queen's Counsel, einzuführen, weil dieser ein Freund des Duke of Argyll ist, welcher in dem armenischen Komitee eine Rolle spielt.

Ich bat ihn auch, vom Prinzen v. Wales eine Einführung beim Zar für mich zu verlangen.

10. Juli.

An den Verleger David Nutt 19 Pfund und einige Schilling für die englische Ausgabe gezahlt. Er hat nur 160 Exemplare verkauft.

Auch nach Paris, an Nordau, mußte ich vor zwei Tagen 300 Franks für die französische Übersetzung schicken.

11. Juli.

Der russische Journalist Rapoport (von den *Novosti*) kam mich interviewen.

Im Gespräch stellte sich heraus, daß er zu den armenischen Komitees Beziehungen hat, insbesondere zum Hindjakistenführer Nazarbek. Rapoport deutete mir seine Vermutung an, daß die armenischen Revolutionäre von der englischen Regierung mit Geld unterstützt würden.

Ich bat ihn, mich mit Nazarbek in Verbindung zu setzen. Ich will diesem Revolutionär erklären, daß die Armenier sich jetzt mit dem Sultan aussöhnen sollen, unbeschadet ihrer späteren Revindikationen bei der Teilung der Türkei.

* * . *

An Newlinski geschrieben; ihm mitgeteilt, daß Montagu und Goldsmid mit der Vasallenstaatsidee einverstanden sind, und dabei entwickelte ich den Plan des eche-lonierten Einwanderungsanlehens, beginnend mit einem Tribut von 100 000 Pfund Sterling — also zwei Millionen Anleihe auf die Hand — und ansteigend bis zu jährlich einer Million — womit das ganze Anlehen 20 Millionen betrüge.

Ihm auch meine bisherigen Schritte in der armenischen Sache angegeben.

Luncheon bei Montagu. Es war noch Oberst Goldsmid und ein hier ansässiger polnischer Jude L... anwesend. Letzterer ein unsympathisch scharfer Kopf, der aber Autorität in hiesigen Judenkreisen zu haben scheint und auch im Hirschkomitee ist.

Nach dem Essen kurze pragmatische Debatte. Ich er-klärte den dreien, was bisher vorliegt, und daß wir Bis-marck veranlassen wollen, an den Sultan zu schreiben und die Vasallenidee zu lancieren.

Montagu stellte für seine offene Adhäsion drei Bedin-gungen:

1. Die Zustimmung der Mächte,

2. daß der Hirschfonds die disponible Summe, also zehn Millionen Pfund, hergebe,

3. daß ein Rothschild, also Edmund, in das Komitee eintrete.

L... beantragte, ein geheimes Komitee zu bilden, das hervortreten solle, sobald die Sache gesichert.

Goldsmid meinte, auf mich zeigend: „He is more than any committee."

Er verpflichtete sich, an Edmund Rothschild einen empfehlenden Brief zu schreiben.

Alle drei äußerten Besorgnisse über die morgige

Eastend-Versammlung. Sie sei verfrüht und bedeute eine Aufrührung der Massen.

Ich sagte, daß ich keine demagogische Bewegung wolle, aber im schlimmsten Fall — wenn die Vornehmen zu vornehm sein sollten — auch die Massen in Bewegung setzen würde.

12. Juli.

Gestern abend bei Rev. Singer. Anwesend noch Lucien Wolf und Solomon. Die Debatte armselig schleppend und sich selbst immer wiederholend.

Am meisten Organisationslust und Fähigkeit zeigte der Maler Solomon. Lucien Wolf hätte gern „Näheres über den Sultan erfahren", ist aber auch ein sehr guter Junge. Rev. Singer weiß nicht recht, ob er seine Position nicht erschüttert, wenn er bei einer Society of Jews mittut.

Schließlich kam man doch überein, ein *enquiring or watching committee* zu bilden, und zwar aus dem Kreise derjenigen Makkabäer, welche vorigen Montag für meinen Plan gesprochen haben.

Der Name des Komitees soll nicht Society of Jews sein — dieser Name sei *colourless*, sagt Rev. Singer — sondern irgendwie die Beziehung zu Palästina ausdrücken.

Alle diese Leute, so brav und sympathisch sie auch seien, machen mich durch ihr Zögern zum Führer!

13. Juli.

Brief an den Großherzog von Baden.
Ew. Königliche Hoheit!

Es war mir leider nicht vergönnt, von der gütigen Erlaubnis, nach St. Blasien zu kommen, Gebrauch zu machen, als ich in Karlsruhe nach der Abreise Eurer Königlichen Hoheit eintraf. Versammlungen, die schon seit Monaten bestimmt waren, erwarteten mich hier in London.

Nun hätte ich jedoch über wichtige Vorkommnisse in der Judensache, der Ew. Königliche Hoheit eine so gnädige Teilnahme zuwenden, zu berichten. Sowohl in Konstantinopel als hier in London sind bemerkenswerte Fortschritte zu verzeichnen. Ich reise morgen nach Paris und von dort Ende der Woche nach Österreich. Darf ich nun neuerlich um die große Gunst bitten, von Eurer Königlichen Hoheit Montag, den 20. oder Dienstag, den 21. ds. zur Erstattung meines Berichtes empfangen zu werden? Die Antwort mit der freundlichen Angabe des Ortes, wo ich mich einzufinden habe, trifft mich in Paris, Hôtel Castille, rue Cambon.

Genehmigen Ew. Königl. Hoheit die Ausdrücke meiner ehrfurchtsvollen Ergebenheit

Dr. Theodor Herzl.

13. Juli.

Gestern mittags mit einer Empfehlung von Rev. Singer zum „Nonconformisten"-Prediger Dr. Clifford nach Westbourne Park Chapel gegangen. Ich hörte den einschläfernden Schluß seiner Rede an, worin er mit leidenschaftlichen Geberden und geschwollener Stimme ältere Selbstverständlichkeiten zum besten gab.

Das Auditorium war hypnotisiert — Psychologie der Massen — und nachher wurde abgesammelt.

Ich sprach beim Ausgang mit Clifford, sagte ihm, daß ich wegen der Aussöhnung der Armenier käme, und er empfahl mich weiter an Mr. Atkin.

Dann fuhr ich mit der Underground-Railway nach Shepherd's Bush zum armenischen Revolutionär Nazarbek. Dieser war eben mit Georg Brandes nach der Bahn gegangen, als ich in dem Haus ankam.

Das Haus ist geräuschvolle Bourgeoiseleganz zweiter Klasse, und gelegentlich tauchen wilde armenische Gesichter im Türspalt auf. Es sind Flüchtlinge, die hier unterkommen.

Der Russe Rapoport hatte mich eingeführt. Ich wartete mit ihm und Mme. Nazarbek im Salon auf den Hausherrn. Ich sagte, daß ich noch nicht geluncht habe, worauf mir die Frau mit unfreundlichem Gesicht ein Stück Fleisch geben ließ.

Nazarbek kam nach Hause: ein genialischer Kopf, wie man sie im Quartier Latin herrichtet. Schwarze wirre Schlangenlocken, schwarzer Bart, blasses Gesicht.

Er mißtraut dem Sultan und möchte Garantien haben, bevor er sich unterwirft. Seine politischen Ideen sind konfus, seine Kenntnis der europäischen Lage geradezu kindisch. Er sagte: Österreich errichtet Befestigungen am Schwarzen Meer!

Und seinen Worten gehorchen, wie es scheint, die armen Leute in Armenien, die man massakriert. Er sitzt nicht unbehaglich in London.

Ich fragte, ob er wisse, wem all die Unruhen schließlich zu statten kämen: Rußland oder England?

Er antwortete, ihm sei das gleichgültig; er revoltiere sich nur gegen den Türken.

Die Frau sprach immer wieder drein, und zwar armenisch, offenbar gegen mich. Sie hat einen bösen Blick; und wer weiß, wieviel Schuld sie an dem Blutvergießen trägt? Oder ist es der böse Blick der Geängstigten, Verfolgten?

Ich versprach zu versuchen, daß der Sultan die Massaker und Neuverhaftungen sistieren lasse, als ein Zeichen seines guten Willens. Die Gefangenen würde er schwerlich im vorhinein freilassen, wie das Nazarbek wünschte.

Ich erklärte ihm vergebens, daß die Revolutionäre ja Gewehr bei Fuß den Verlauf der Friedensverhandlungen beobachten können, ohne abzurüsten.

Abends mein Massenmeeting im Eastend, im Workingmen's-Club.

Englisch-jiddische Plakate an den Mauern; im jiddischen Text wird fälschlich gesagt, ich hätte mit dem Sultan gesprochen.

Das Arbeiterklubhaus ist voll. Überall drängen sich Leute. Eine Theaterszene ist die Plattform, auf der ich frei spreche. Ich habe mir nur auf einem Zettel ein paar Schlagworte notiert. Eine Stunde lang spreche ich in der furchtbaren Hitze. Großer Erfolg.

Folgende Redner feiern mich. Einer, Ish Kischor, vergleicht mich mit Moses, Kolumbus usw. Der Vorsitzende, Chiefrabbi Gaster, hält eine feurige Rede.

Ich danke endlich in ein paar Worten, worin ich mich gegen die Überschwenglichkeiten verwahre.

Großer Jubel, Hutschwenken, Hurrahrufe bis auf die Gasse.

Es hängt wirklich nur noch von mir ab, der Führer der Massen zu werden; aber ich will nicht, wenn ich irgendwie die Rothschilds durch meinen Austritt aus der Bewegung erkaufen kann.

*

Im Eastend bilden sich spontan Komitees für die Agitation. Programm: der Judenstaat!

Parteiführer: Rabbinowicz, Ish-Kischor, de Haas u. a., brave, begeisterte Leute!

14. Juli.

Gestern abends habe ich das Dümmste oder das Gescheiteste getan, was ich in dieser Sache bisher tat.

Die Chovevi-Zion-Gesellschaft hatte mich zum „Hauptquartier der Zelte“ eingeladen. Das wird draußen im Eastend, Bevis Mark in der spanischen Synagoge abgehalten. Ich kam spät; die Diskussion dauerte schon anderthalb Stunden und hatte vor meiner Ankunft mich zum
(Fortgesetzt in *Folkestone 15. Juli.*)
Gegenstande gehabt, wie mir der junge de Haas, der im Torgang auf mich gewartet hatte, mitteilte. Die Chovevi Zion wollen mir anbieten, mit mir zu gehen, wenn ich mich verpflichte, sie nicht wieder anzugreifen.

Bei meinem Eintritt wurde ich mit sympathischem Trommeln auf den Tisch empfangen und bekam wie gewöhnlich den Ehrenplatz. Auf der anderen Seite des Chairman Prag saß Goldsmid, ein bißchen düster blickend.

Sie verlasen langwierige Berichte über eine neuzugründende Kolonie, die, ich weiß nicht, wieviel hundert Pfund kostet: soviel Ochsen, soviel Pferde, Samen, Holz usw.

Es kam auch die Anfrage vor, ob die Kolonisten gesichert seien, und die Antwort lautete verneinend.

Daran knüpfte ich an, als meine Sache zur Diskussion kam. Ich wolle nur die Kolonisierung, die wir mit unserer eigenen jüdischen Armee beschützen können. Gegen die Infiltration müsse ich auftreten. Die Bemühungen der Zionsvereine würde ich nicht stören, aber Edmund Rothschilds Sport müsse unbedingt ein Ende nehmen. Er solle sich der nationalen Sache unterordnen, und dann wäre ich nicht nur bereit, ihm die höchste Stelle zu geben, sondern auch seinen Eintritt in die Leitung mit meinem Austritt zu bezahlen.

Darauf Sturm.

Dr. Hirsch sprach lange gegen mich.

Rabbinowicz, mein Freund vom Eastend, erklärte, daß nie ein Chovev Zion gegen Edmund Rothschild werde auftreten können. Hoffentlich werde die Geschichte der Juden keinen Hader zwischen Edmund Rothschild und mir zu verzeichnen haben.

Ish-Kischor fragte den Oberst Goldsmid, inwieweit ein Chovev inoffiziell mit mir gehen könne.

Goldsmid antwortete ausweichend: er könne natürlich niemand darin Vorschriften geben, was außerhalb von Chovevi Zion geschehe.

Ich stand auf und sagte:

„Ich werde Mr. Ish-Kishors Frage näher präzisieren. Er meint: ob der Oberst glaube, daß meine geheimen Schritte irgendwie praktisch seien, und ob man sie ernst zu nehmen habe.“

Der Oberst sagte zögernd: „*Well* — wenn Dr. Herzl — ich meine, wenn die Leute, mit denen er sprach — wenn sie nicht illoyal sind, so hat Dr. Herzl schon ein bemerkenswertes Resultat erzielt.“

Sodann erklärte ich, daß ich von meinem Standpunkt gegenüber der Infiltration nicht lassen könne, auch wenn ich mich dadurch um die Unterstützung aller Chovevi Zion-Vereine, die jetzt in einem Zentralverbande stehen, bringe.

Hierauf hob der Chairman Mr. Prag mit einem trockenen kurzen „Good-bye, Dr. Herzl!“ die Versammlung auf.

Goldsmid zog mich beiseite und sagte mir, er habe nachmittags bei der Gardenparty der Königin nicht an den Prinzen v. Wales herankommen, also auch in der Einführungssache nichts tun können.

Somit bleibt es nach wie vor mir überlassen, alles allein zu tun.

Auf der Gasse nahm ich sofort Rabbinowicz beim Arm und sagte: Organisieren Sie mir das Eastend!

Dann fuhr ich mit Herbert Bentwich, der mir ergeben ist, nach dem Parlament, wo ich Stevenson in der armenischen Sache sprechen wollte.

Bentwich machte mich auf meinen Fehler aufmerksam: ich sei zu schroff gewesen, ich hätte dem Hauptquartier nicht sagen sollen, daß sie es schlecht gemacht haben, sondern ihre Idee und bisherigen Leistungen als vorbildlich anerkennen sollen.

Das ist richtig. Und doch hatte ich gleich das Gefühl, daß meine Haltung, wie sie offen war, möglicherweise auch klug gewesen sein könne, trotz der augenblicklichen schlechten Wirkung.

15. Juli, Folkestone.

Während ich gestern morgens im Hotel meine Sachen packte, wurde ich durch den Besuch Ish-Kishors überrascht. Das ist der arme russisch-jüdische Lehrer, dessen Jargonrede mich beim Eastend-Meeting sehr gerührt und die anderen Zuhörer hingerissen hatte.

Ich hatte auf dem Podium der Arbeiterbühne am Sonntag eigentümliche Stimmungen. Ich sah und hörte zu, wie meine Legende entstand. Das Volk ist sentimental; die Massen sehen nicht klar. Ich glaube, sie haben schon jetzt keine klare Vorstellung mehr von mir. Es beginnt ein leichter Dunst um mich herum aufzuwallen, der vielleicht zur Wolke werden wird, in der ich schreite.

Wenn sie aber auch meine Züge nicht mehr deutlich sehen, so erraten sie doch, daß ich es sehr gut mit ihnen meine, und daß ich der Mann der armen Leute bin.

Freilich brächten sie wahrscheinlich auch einem geschickten Verführer und Betrüger dieselbe Liebe entgegen, wie mir, in dem sie sich nicht täuschen.

Es ist vielleicht das Interessanteste, was ich in diesen Büchern verzeichne: wie meine Legende entsteht.

Und während ich den unterstrichenen Worten und Zurufen meiner Anhänger auf dieser volkstümlichen Tribüne lauschte, nahm ich mir innerlich recht fest vor, ihres Vertrauens und ihrer Liebe immer würdiger zu werden.

Ish-Kishor kam also gestern, um mir die Bildung einer Organisation anzubieten, die mich als Haupt anerkennen wolle. Es würden sich im Eastend hundert Männer zusammentun, in allen Ländern Genossen werben und die Propaganda des Judenstaates betreiben.

Das nahm ich an; und als de Haas, der mein „*honorary secretary*" sein will, kam, schlug ich ihnen als den Namen dieser Vereinigung vor: *The Knights of Palestine*. Ich müsse aber außerhalb stehenbleiben, weil ich keinem Agitationsverein angehören dürfe.

* * *

De Haas verstand mich, und erklärte es Ish-Kishor: ich wolle die Armen zusammenraffen, um einen Druck auf die lauen und zögernden Reichen auszuüben.

Als ich später zu Montagu ging, um ihn zu bitten, die armenische Sache für mich mit Stevenson, dem Vizepräsidenten der anglo-armenischen Komitees, in Fluß zu bringen, merkte ich an seinem dienstbeflissenen Wesen die Wirkung meines Erfolgs im Eastend.

Ich bin mit dem Ergebnis meiner Londoner Reise zufrieden.

Die bedingte Zusage Montagus und Goldsmids, mitzugehen, wenn Edmund Rothschild und der Hirschfonds mittun und der Sultan sich auf positive Verhandlungen einläßt, genügt mir vorläufig.

16. Juli, Boulogne sur mer.

Es soll immerhin nicht vergessen werden, daß sowohl Montagu wie Goldsmid es ablehnten, dem Eastend-Meeting zu präsidieren. Es war auch keiner von beiden beim Bankett des Maccabean Club.

Aber ich brauche sie — folglich — —

17. Juli.

Wieder in Paris.

Eines der Zimmer, die ich jetzt im Hotel Catille bewohne, war das, in dem ich den Judenstaat (in der Form der Rede an die Rothschilds) schrieb.

Ich fand Depeschen von Newlinski vor.

Eine lautet:

. . . .

Die zweite:

Grande prière achetez deux garnitures cheminée composée pendule deux candelabres en argent première qualité, demi-mètre hauteur ou plus, massif, style renaissance et une orientale ou moresque, deux à trois mille francs chacune payées comptant. En ai besoin urgent pour Sa Majesté personellement. Ici impossible trouver. Venez tous cas me voir Karlsbad. Prince pour moment inutile. Newlinski.

Die dritte:

Wäre gut, wenn kämen, um wieder alles besprechen. Übermorgen kehrt Whitman von Herbert. Répondez pour

487

garnitures dois telegraphier Constantinople si trouvables Amitiés Newlinski.

Die Geschichte dieser Kamingarnituren leuchtet mir nicht recht ein. Warum soll ich gerade sie besorgen? Jedenfalls bin ich nicht in der Lage, sie von meinem Gelde zu bestreiten. Ich telegraphierte zurück, er möge angeben, ob ich meinen Freunden nahelegen solle, dem Sultan zwei prachtvolle Garnituren zu schenken. Wenn nicht — an wen das per Nachnahme expediert werden solle. . . . .
. . . .

. . .

Bernard Lazare gesprochen. Vorzüglicher Typus eines guten, gescheiten französischen Juden.

Nordau hat neuaufgetauchte Bedenken: es werde eine innerrussisch-jüdische Angelegenheit sein usw.
Ich teilte ihm wie Lazare mit, daß ich Edmund Rothschilds und des Hirschfonds Beitritt durch meinen Austritt erkaufen wolle. Das schien beiden das richtige.

18. Juli.
Nordau sagte gestern: „Die Fabel ist, daß man sich mit Ihnen in Konstantinopel eingelassen hat. Fragten die Leute nicht: mit wem sprechen wir, wer hat das Geld?"
Ich sagte: „Ich habe die Junktion gefunden, das ist alles. Ich durfte mich auf Montagu berufen. Da lag übrigens mein ungeheures Risiko. Montagu hatte mir nur unter vier Augen seine bedingte Bereitwilligkeit, mit-

zugehen, erklärt. Ich lief Gefahr, daß er mir bei meiner Rückkehr sagen würde: das war nur ein Rauchzimmergespräch, nicht ernst. Indessen ist er auch jetzt bei seinem Wort geblieben; und so bin ich heute gedeckt."

* * *

Gestern nachmittags brachte mir der sympathische Bernard Lazare den Mr. Meyerson von der Agence Havas und von den hiesigen Zionsvereinen.

Später kamen auch Nordau und Bildhauer Beer. Ich hatte bei dieser Vereinigung geistig hochstehender Leute in meinem Zimmer und auf meinem Terrain wieder einmal deutlich das Gefühl des riesigen Fortschritts meiner Idee.

Meyerson machte viele, allzu viele Einwendungen, namentlich gegen Bauernfähigkeit der Juden.

Ich bat ihn endlich: ,,Ne me faites donc pas tant de misères. Nous ne pouvons pas prévoir l'avenir. Marchons, et nous verrons."

Da wurde er weicher. Er nahm es auf sich, zu Edmund Rothschild zu gehen und ihm zu sagen, daß ich bereit sei, ihn zu besuchen. Ich verbarg dabei den Herren nicht, daß es eines der größten Opfer sei, die ich der Judensache bringe. Denn Edmund Rothschilds Benehmen gegen Nordau hat mich verstimmt. . . . .

. . . .

Ich bat Meyerson, meinen Standpunkt deutlich zu formulieren: Ich verlange die Einigung aller Zionsgesellschaften, insbesondere des Hirschfonds und Edm. Rothschilds. Letzterer braucht seinen Eintritt nur bedingungsweise zu erklären. Wenn ich die ganze Sache diplomatisch fertiggemacht habe, sollen die von mir bestimmten Herren die Führung der Sache übernehmen. Hingegen

engagiere ich dann mein Ehrenwort, von einer volkstümlichen Führung abzusehen. Ich will keine demagogische
Bewegung, obwohl ich auch im Notfalle bereit bin, sie
zu machen. Die Konsequenzen könnten freilich schwere
sein.

Wird mein Programm aber angenommen, so trete ich
von der Leitung der Bewegung gänzlich zurück.

* * *

Abends mit S... beim Bier. Ich erinnerte ihn an das
vorige Jahr. Er meinte: Na, dann habe ich mich vielleicht
geirrt.

Übrigens ist er noch sehr verstockt und versteht nicht.

18. Juli.

Depesche aus St. Blasien vom 17. Juli:

Großherzog kann Sie in angegebener Zeit nicht empfangen. Läßt bitten, Angelegenheit schriftlich vorzutragen.

Geh. Kabinett.

19. Juli.

Gestern habe ich die „Rede an die Rothschilds" gehalten.

So geht alles in Erfüllung, was ich mir vorgenommen
habe, wenn auch in anderer Zeit, in anderer Form; und
das Ziel wird zweifellos erreicht werden, wenn ich selbst
es auch schwerlich sehen werde.

Ich war gestern vormittag bei Leven in dessen *apparte-
ment de bourgeois cossu*. Leven behandelt die Judenfrage recht gelassen. Er befindet sich nicht übel. In unser
Gespräch hinein wurde Meyerson gemeldet. Er kam vom

„Baron Edmund", um Leven und mich zu einer Konferenz zu bitten, der er selbst auch beiwohnen werde. Zeit: halb zwei Uhr nachmittags.

Um halb zwei war ich in der rue Laffitte. Der Diener nahm meine Karte, führte mich in das erste Wartezimmer der allgemeinen Geschäftsbesucher dieses Bankhauses. Nach einigen Minuten wurde ich in ein anderes holzgetäfeltes Empfangszimmer geführt, wo Meyerson schon wartete und mich darauf vorbereitete, daß der Baron ein Mensch sei wie wir beide.

Ich war von dieser Mitteilung nicht überrascht.

Nachdem wir etwa zehn Minuten gewartet hatten, öffnete sich eine Tür und Leven trat ein, hinter ihm ein großer, schmächtiger Mensch in den Vierzigern. Ich hatte geglaubt, daß er viel älter sei. Er sieht aus, wie ein ältlicher Jüngling, hat rasche und dabei schüchterne Bewegungen, leicht ergrauenden, hellbraunen Bart, lange Nase, häßlich großen Mund. Er trug eine rote Halsbinde zur weißen Weste, die ihm um den mageren Leib schlotterte.

Ich fragte, inwieweit er mein Vorhaben kenne, worauf er zu sprudeln anfing: er habe von mir als von einem neuen *Bernard l'hermite* gehört, und sich kreuz und quer in eine Widerlegung meines Programms verlor, das er nicht genau kannte.

Nach fünf Minuten unterbrach ich ihn und sagte: „Sie wissen nicht, um was es sich handelt. Lassen Sie es sich zuerst erklären."

Er schwieg verdutzt.

Ich begann: „Eine Kolonie ist ein kleiner Staat, ein Staat ist eine große Kolonie. Sie wollen einen kleinen Staat, ich will eine große Kolonie machen."

Und ich breitete noch einmal, wie schon so viele Male, den ganzen Plan aus. Er hörte stellenweise mit Überraschung zu, einige Male sah ich Bewunderung in seinen Augen.

Er glaubt aber nicht an die Zusagen der Türken. Und wenn er daran glaubte, würde er das auch nicht unternehmen. Er hält es für unmöglich, den Zufluß der Massen nach Palästina in Ordnung zu halten. Zuerst würden 150000 Schnorrer kommen, die man ernähren müßte. Er fühle sich dem nicht gewachsen, vielleicht wäre ich es. Er könne eine solche Verantwortung nicht auf sich nehmen. Es könne Unglücksfälle geben.

Gibt es so keine? warf ich ein. Ist der Antisemitismus nicht ein beständiges Unglück mit Verlusten an Ehre, Leben und Gut?

Die Adhäsion der Londoner genügt ihm nicht. Sir S. Montagu wolle sich hinter ihn stellen, das begreife er. Was aber Oberst Goldsmid betrifft, so habe ihm dieser in einem eben empfangenen Brief mein Unternehmen geradezu als gefährlich hingestellt.

Diese Mitteilung verblüffte mich sehr. Das hätte ich von Goldsmid nicht erwartet. Wenn er gegen mich ist, warum hat er mir es nicht mit militärischer Offenheit gesagt, warum hat er mich in dem Glauben gelassen, und am Chovevi-Zion-Abend ausdrücklich gesagt, daß ich seine Sympathie bei meiner Unternehmung habe, wenn ich in Konstantinopel nicht in Irrtum geführt würde?

Auf Oberst Goldsmid wird nicht mehr gezählt.

Herr Leven nickte gefällig zu allem, was „der Baron" sagte, auch Meyerson stimmte allem zu.

Ich hob nach zwei Stunden dieser Kampfunterredung mein Parapluie vom Boden auf und erhob mich:

„Um diese Unterredung, die ernst war, die wir nicht zu unserer Unterhaltung geführt haben, zu beendigen, sage ich: Woran erkenne ich die Macht einer Idee?

492

Daran, daß man sich engagiert, wenn man Ja sagt, und auch engagiert, wenn man Nein sagt."

Der Baron machte ein sehr unbehagliches, ja sehr böses Gesicht.

Ich ergänzte: „Sie waren der Bogenschlüssel der ganzen Kombination. Wenn Sie sich weigern, zerfällt alles, was ich bisher gerichtet habe. Ich werde es dann auf eine andere Weise machen müssen. Ich werde eine große Agitation anfangen, wobei die Massen noch schwerer in Ordnung zu halten sein werden. Ich wollte Ihnen, dem philanthropischen Zionisten, die Führung der ganzen Sache übergeben und mich zurückziehen. Sie hätten — wenn einmal die Sache mit dem Sultan in Ordnung gebracht wäre — so viel veröffentlichen und so viel geheimhalten können, als Ihnen beliebte. Die Regelung des Massenzuflusses ist eine Frage der Regierung. Wäre z. B. ein Run eingetreten, so hätte man ungünstige Meldungen über Unterkunft und Arbeitsgelegenheit publizieren können, wodurch sich der Strom verlangsamt hätte. Das sind lauter Regierungsdetails. Sie finden, daß es ein Unglück wäre, mit solchen Massen zu operieren. Überlegen Sie, ob das Unglück nicht größer ist, wenn ich die Massen durch eine verworrene Agitation in Bewegung setzen muß.

Gerade das wollte ich vermeiden. Ich habe meinen guten Willen gezeigt, und daß ich kein *intransigeant entêté* bin. Sie wollen nicht — ich habe das meinige getan."

Dann empfahl ich mich. Wir erklärten noch beide, daß wir enchantiert seien, die Bekanntschaft· gemacht zu haben, und ich ging.

Rothschild hielt die anderen beiden, die er sich, glaube ich, zu seinem Schutz bestellt hatte, falls ich ein Anarchist sei, an den Rockknöpfen zurück.

Eine halbe Stunde später kam Meyerson mit säuerlich

süßem Gesicht zu mir ins Hotel. War es ein offiziöser Auftrag des Barons, als er mir riet, zuerst klein anzufangen, in der Türkei kleine Zugeständnisse für die Kolonien Edm. R's zu erwirken — dann werde sich dieser vielleicht allmählich meinen Plänen geneigter zeigen.

Gesamteindruck: Edmund ist ein anständiger, gutmütiger, feigherziger Mensch, der die ganze Sache absolut nicht versteht und sie aufhalten möchte, wie die Feiglinge eine notwendige Operation aufhalten. Ich glaube, er ist jetzt entsetzt darüber, daß er sich mit Palästina eingelassen hat, und wird vielleicht zu Alphonse laufen: „Du hast recht gehabt, ich hätte lieber Pferde rennen als Juden wandern lassen sollen."

Und von solchen Menschen soll das Schicksal vieler Millionen abhängen!

An Newlinski telegraphierte ich:

Edmund R. macht Schwierigkeiten, die in London Reperkussion zu haben drohen. Er wünschte zunächst kleine Zugeständnisse, für die er wohl kleine Gegenleistung böte.

20. Juli, Paris.

Nachtrag zur Rothschild-Unterredung.

Über dieses Gespräch, das eines der wichtigsten war, habe ich eigentlich auf den vorigen Seiten sehr wenig notiert.

Ich hatte gestern mit Unlustgefühlen zu kämpfen. Wenn ich denke, wie leicht und selbstverständlich den Leuten die ganze Sache vorkommen wird, wenn sie einmal gemacht ist, und an welchen blödsinnigen Widerständen ich mich jetzt krank arbeite und aufreihe — —

Edmund R. sagte unter anderem pikiert: „Ich habe

nicht auf Sie gewartet, um zu wissen, daß wir jetzt Maschinen zur Verfügung haben."

Ich antwortete: „Ich hatte nicht die Absicht, Sie zu belehren."

An einer anderen Gesprächsstelle sagte er:

„Et qu'est-ce que vous me demandez?"

Ich antwortete harsch: „Pardon, vous ne m'avez pas compris. Je ne vous demande rien du tout. Je vous invite seulement de donner votre adhésion sous condition."

Leven und Meyerson waren, wie gesagt, ganz seiner Ansicht.

Ils abondaient dans le sens indiqué par lui, sie schafften gefällig die Argumente für ihn herbei. Als Edmund sagte: die Massen würden nicht zu zügeln sein, meinte Meyerson düster: „Ja, so wie auf dem Chodinkofelde."

Leven verstieg sich sogar dazu, zu erklären, daß ich bisher gar nichts erreicht habe.

Edmund R. sagte zweimal: „Il ne faut pas avoir les yeux plus gros que le ventre." Das ist, glaube ich, sein höchster philosophischer Satz.

20. Juli, Paris.

An de Haas nach London schreibe ich, man möge die Organisation der Massen beginnen. Das werde die Antwort auf das Chodinko-Argument sein.

21. Juli.

Im Coupé hinter Jaxtzell unterwegs nach Karlsbad, wohin mich Newlinski dringend ruft.

. . . .

21. Juli.

Gestern noch mit Nordau und Beer gesprochen und ihnen die Antwort mitgeteilt, die ich auf Rothschilds Einwendung gefunden: das ist die Organisierung unserer

Massen schon jetzt. Unsere Leute werden schon bei der Abreise organisiert sein und nicht erst bei der Ankunft. Niemand wird ohne Abgangsdokumente ankommen dürfen.

Nordau erklärt sich mit mir ganz einverstanden und will auch in das Pariser Komitee eintreten, wie ich sagte: als Chef der Bewegung in Frankreich. Er sträubte sich ein bißchen gegen den Titel Chef, nahm aber die Sache an.

Nachmittags sprach ich im Vereinslokal der russisch-jüdischen Studenten, draußen im Quartier des Gobelins. B. Lazare war anwesend, auch drei jüdische Studentinnen aus Rußland. Der Saal voll. Ich hielt meine mir nun schon bekannte Rede, war aber nicht gut disponiert.

Ich sprach mit Schonung von den Finanzjuden, die keine Eile haben, und schloß mit den Worten: „Je ne vous dis pas encore: marchons — je dis seulement: la jeunesse, debout!"

Ich forderte sie auf, die Organisation der Kader zu beginnen.

Et nous voilà repartis de Paris.

Diese reizende Stadt hat mich nie so entzückt, wie diesmal am Abschiedstag.

Wann werde ich Paris wiedersehen?

Viertes Buch

Newlinski erwartete mich mit den Mitteilungen:

1. daß mich der Fürst von Bulgarien hier empfangen werde.

2. daß der türkische Botschafter in Wien kategorisch die Nachricht von Verfolgung jüdischer Kolonisten in Palästina dementiert.

3. daß von jüdischer Seite gegen mich in Yildiz-Kiosk intriguiert wird.

Ich meinerseits berichtete ihm von meiner Reise. Ich käme mir vor wie der Offizier, der mit unsicheren Rekruten ins Feld zieht und mit dem Revolver hinten stehen muß, damit keiner davonlaufe.

Insbesondere Edmund Rothschilds Verhalten sei störend, da die ganze Kombination jetzt von ihm abhängt. Es sei übrigens noch durchaus nicht ausgemacht, daß er nicht schließlich mitkommen werde.

Newlinski sagte, diese Mitteilungen decouragierten ihn zum erstenmal in der Sache. Er wußte nicht, daß meine Truppe so schlecht sei.

22. *Juli, Karlsbad.*

Ich telegraphiere an Edmund Rothschild:

Ambassadeur Turc de Vienne écrit:

vous pouvez démentir catégoriquement la fausse nouvelle inventée dans un but évident de malveillance que autorités turques auraient expulsé anciens ou repoussé nouveaux colons juifs. D'autre part j'apprends que quelqu'un aurait essayé d'intriguer contre moi à Yildiz Kiosque. Si ce serait un de vos serviteurs trop zélés, il aurait lourdement engagé votre responsabilité. Espère que non, nous devons nous entendre.

Théodore Herzl
Hotel Erzherzog Karl.

Heute morgens frühstückte ich im Posthofgarten mit Newlinski. Fürst Ferdinand von Bulgarien ließ sich mit seiner Suite unweit von uns an einem Tisch nieder. Ich bemerkte, daß ich ihm gezeigt wurde. Dann schickte er Fürth herüber, der vorhin gesagt hatte, es sei zweifelhaft, ob mich der Fürst heute überhaupt empfangen würde. Fürth teilte mit, der Fürst werde später in den Laubgängen mit mir sprechen.

Es wurde nun aufgepaßt, wann er sich erhebe; und als er ging, schritten Newlinski, Fürth und ich ihm eilig nach.

Er wartete hinter einem Gebüsch. Ich zog den Hut schon in einer Entfernung von zehn Schritten, und er kam mir zwei Schritte entgegen. Es fand eigentlich keine Vorstellung statt. Er reichte mir die Hand, und ich begann gleich, die Judensache vorzutragen. Wir gingen dabei auf und ab. Das Gefolge hielt sich in ehrfurchtsvoller Entfernung. Manchmal vergafften sich vorübergehende Badegäste an uns. Einmal stampfte der Fürst ungeduldig mit dem Fuß auf, als zwei in der Nähe horchend stehenblieben, und er machte eine Bewegung mit dem Schirm, als wollte er dreinschlagen. Dabei sagte er: „Es ist unerhört, wie man hier belästigt wird. Und die Christen sind noch ärger als die Juden."

(Die zwei waren nämlich erkennbar Juden.)

Ich legte ihm meine Sache in lakonischer Kürze auseinander. Er war rasch gepackt: „Es ist eine großartige Idee", sagte er; „so hat noch niemand mit mir über die Judenfrage gesprochen. Aber was Sie sagen, habe ich mir oft gedacht. Ich bin eigentlich von Juden erzogen. Mit Baron Hirsch habe ich meine Jugend verbracht. Ich kenne also alle Verhältnisse, ich bin ein halber Jude, wie man mir oft vorwirft. Ihre Idee hat meine volle Sympathie — aber was kann ich dafür tu⬛?"

„Ich möchte Ew. Königl. Hoheit bitten, den Zar auf meinen Plan vorzubereiten und mir, wenn möglich, eine Audienz zu verschaffen."

„Das ist sehr schwer," meinte er bedenklich, „es ist eine Frage, in die der Glaube hineinspielt. Ich bin ohnehin bei den Orthodoxen nicht gut angeschrieben. Es gibt da heikle Dinge, in denen ich oft meine Überzeugung der politischen Notwendigkeit unterordnen muß."

Dabei richtete er sich hoch auf und sah wirklich großartig mit zurückgeworfenem Kopf auf mich herab. Zumeist stand er aber auf den Schirm gestützt, leicht vorgeneigt vor mir. Als ich einen Schritt zurücktrat, um respektvoller dazustehen, rückte er mir sofort nach, trat mir sogar auf den Fuß und sagte: „Pardon!"

Ich sah also sein feines, leichtverfettetes Gesicht mit dem spitzen Bart, der langen Nase und den verständig hellen Augen fortwährend ganz dicht vor mir.

Er erklärte wiederholt, daß er ein Judenfreund sei, und freute sich, als ich ihm das auch vom Sultan und Großherzog von Baden sagte.

„Der Großherzog", rief ich aus, „ist der gute alte König aus dem Märchen. Er fürchtet nur, daß man seine Teilnahme an meinem Plan für antisemitisch halten könnte. Es wird also meine Aufgabe sein, der Welt, insbesondere den Juden, zu erklären, daß es sich nicht um Austreibung, sondern um eine Gnade der Fürsten handle."

Er nickte befriedigt und versprach mir seine volle Unterstützung unter der Bedingung der Geheimhaltung. In Rußland werde höchstens Großfürst Wladimir für die Sache zu interessieren sein. Alle anderen sprechen von den Juden nicht wie von Menschen. Ich möge ihm, dem

Fürsten, mein Buch in deutscher, russischer und englischer Sprache schicken.

Er wolle es verbreiten. Auch dürfe ich ihm öfters über den Stand der Sache berichten.

Er verabschiedete mich sehr wohlwollend, und Newlinski erzählte mir dann, er hätte der Sache ausdrücklich seine Mitwirkung versprochen; ich dürfe unbedingt auf ihn zählen.

22. Juli.

Nachmittags mit Newlinski spazierengegangen. Wir verabredeten die nächsten Schritte. Auf Bismarcks Mitwirkung sei vorläufig nicht zu rechnen. Bismarck habe Sidney Whitman gesagt, er kenne mein Buch schon, der Sekretär Chrysander habe ihm den Inhalt mitgeteilt. Bismarck hält meinen Entwurf für eine melancholische Schwärmerei. Whitman war dann bei Herbert Bismarck und bat diesen, auf den alten Fürsten einzuwirken. Herbert versprach es.

(Newlinski las mir auch den Brief vor, den Bismarck an den Sultan über die Affären von Kreta, Armenien, Syrien gerichtet hat. Sehr interessant. Bismarck rät, sich vor England, dessen Macht in aller Welt zersplittert sei, nicht zu fürchten, und mit Rußland zu gehen. Dieses wolle weiter nichts haben als die Durchfahrt von Kriegsschiffen durch den Bosporus. Bismarck hält die jetzige Lage des Sultans nicht für eine gefährdete und spricht in sehr verächtlichem Ton von den Kretensern.)

Da wir also auf Bismarck jetzt nicht rechnen können, müssen wir die Einladung an die Juden dem Sultan von anderer Seite suggerieren lassen.

Gegenüber den jüdischen Intrigen — es ist unglaublich — in Yildiz Kiosk beschlossen wir folgendes: Newlinski wird an Izzet schreiben, die Juden, die gegen mich wühlten, hätten, wenn schon keine persönlichen Interessen — was auch denkbar wäre —, doch zweierlei sachliche Bedenken. Erstens befürchten sie eine Verstärkung des Antisemitismus an ihren jetzigen Wohnorten, wenn der Wanderruf an die Juden erginge. Zweitens haben sie die Besorgnis, daß wir es in Palästina mit einem nicht zu bändigenden Masseneinbruch von armen Juden zu tun bekämen. Aus diesen Gründen möchten die jüdischen Urheber dieser Intrigen vielleicht die Sache von vornherein vereiteln. Izzet möge sich aber an mir nicht irre machen lassen.

Newlinski meint nun, daß es jetzt allerdings noch möglich wäre, leicht möglich sogar, die ganze Sache in Yildiz Kiosk zu zerstören. Wenn meine Gegner wüßten, wie die Sache momentan steht, vermöchten sie das mit Leichtigkeit. Ich denke mir dabei, daß es von Newlinski ein Beweis der Anständigkeit und des Vertrauens zu mir ist, wenn er nicht zu meinen reichen Gegnern übergeht.

24. Juli, Gmunden.

In meiner groben Depesche an Edmund Rothschild war ein grammatischer Fehler: „*si ce serait*“, statt „*si c'était*“.

* * *

Aus dem negativen Verhalten Rothschilds muß ich alles herausnehmen, was möglich. Insbesondere muß mir sein Nein zum Ja des Deutschen Kaisers verhelfen.

. . . .

Immer kehrt der Gedanke wieder, wie wenig Dank mir die Juden für das Riesenwerk wissen werden, das ich für sie tue. Wenn ich heute die Sache einfach fahren ließe, bliebe sie gewiß ungetan, und käme in Jahrzehnten nicht zustande — dann auch nur durch Benützung meiner Ideen.

Brief an Zadok Kahn.
                    Ew. Ehrwürden!

Daß Sie Paris verließen, bevor ich ankam, habe ich sehr, sehr bedauert. Unsere Sache hat vielleicht den größten Schaden davon, denn es war ein wichtiger Moment. Sie hätten vielleicht durch ernste, gute Ratschläge eine andere Wendung herbeiführen können.

Ich schreibe Ihnen Deutsch, was Sie ja verstehen, weil ich Französisch zu langsam und schlecht schreibe. Die Judensache nimmt bei dem wachsenden Umfang der Bewegung meine Kräfte ohnehin sehr in Anspruch.

Hier kurz und in strengstem Vertrauen die Tatsachen. Ich war in Konstantinopel und habe da Resultate erzielt, die mich eigentlich selbst überraschten. Der Sultan nahm meinen Plan: Palästina den Juden! zur Kenntnis, und wenn er sich auch gegen die Idee eines einfachen Verkaufes sträubt, so zeichnete er mich doch auf verschiedene Weise aus und ließ mich wissen, daß die Sache gemacht werden könne, wenn eine passende Form gefunden wird. *Il s'agit de sauver les apparences.* Aus der Umgebung des Sultans wurde folgender Vorschlag gemacht: der Sultan könnte die Juden feierlich auffordern, in ihr historisches Vaterland zurückzukehren, sich dort als Vasallen des türkischen Reiches au to nom zu etablieren und ihm dafür einen Tribut zu entrichten (auf den er dann ein Anleben aufnehmen könnte).

Mit diesem Ergebnis reiste ich nach London, wo mir Sir S. Montagu und andere ihren Anschluß versprachen unter drei Bedingungen: 1. die Zustimmung der Mächte, 2. der Beitritt des Hirschfonds, 3. der Beitritt Edmund Rothschilds.

Die erste Bedingung hoffe ich erfüllen zu können, da

mir bereits zwei regierende Fürsten ihre Hilfe in Aussicht gestellt haben. Ich ging also nach Paris und sprach mit Edmund Rothschild. Ihm sowie den anderen Herren sagte ich deutlich, um was es sich handle. Ich erbat seinen bedingungsweisen Eintritt in die Sache: d. h. er solle sich daran erst beteiligen, wenn sie fix und fertig sei. Er brauche sich nicht zu exponieren, ich würde schon alles mit dem Sultan und den anderen Regierungen in Ordnung bringen. Sobald es aber zur Ausführung komme, möge er mit Montagu und den anderen die Sache von mir übernehmen. Damit nun auch nicht der Schatten eines Verdachtes auf mir ruhen könne, daß ich diese Einigung aller unserer Kräfte nur zu dem Zwecke wolle, um die Führung an mich zu reißen, machte ich mich anheischig, völlig zurückzutreten, sobald dieses Aktionskomitee sich gebildet hat. Gegen das Ehrenwort der Herren, mein Ziel zum ihrigen zu machen, wollte ich mein Ehrenwort geben, fortab mich in nichts mehr zu mischen. Sie könnten dann die Bewegung nach ihrem besten Wissen und Gewissen leiten, da ich zu den bisherigen Zionsfreunden Vertrauen hätte. Sie könnten insbesondere im stillen arbeiten, der Öffentlichkeit immer nur so viel mitteilen als nötig wäre, kurz, die große Bewegung vernünftig organisieren und kanalisieren.

Ich glaube, daß es ein anständiger Vorschlag war, der von meinem guten Willen und meiner absoluten Selbstlosigkeit zeugte, und daß ich damit keine unmäßige Forderung stellte.

Leider wollte oder konnte Edmund R. mich nicht verstehen. Er antwortete, daß er, selbst wenn alle diplomatischen Voraussetzungen richtig wären und wenn wir Palästina bekämen, die Sache für unausführbar halte, weil die Massen der armen Juden in einem unbändigen

Schwarm nach Palästina gingen, und man sie dort nicht beschäftigen und nicht verköstigen könnte.

Sie haben meine Schrift über den Judenstaat gelesen. Sie wissen, mit wieviel — sogar überflüssigen — Details ich die der Wanderung vorhergehende Organisierung der Massen beschrieb. Man kann meine Detailvorschläge verwerfen: das Prinzip, daß man die Emigranten bei der Abreise und nicht erst bei der Ankunft zu organisieren hat, ist jedenfalls durchführbar. Ohne ordentliche Papiere — Paß usw. — wird niemand aufgenommen. Das sind einfache Regierungsprobleme und bereiten keine größere Schwierigkeit als andere Aufgaben eines Staates.

Ist das also ein sachliches Bedenken E. R's, so müßte man ihm doch mit Vernunftgründen beikommen können, und ich bitte Sie, ich darf wohl sagen: im Namen unserer unglücklichen Brüder, Ihr ganzes Talent und Ihre anerkannte Autorität in den Dienst dieser Sache zu stellen.

Ich trete gleichzeitig den praktischen Beweis für die Organisierbarkeit unserer Massen an, indem ich meinen Freunden in allen Ländern empfehle, die Kader für den Fall der Wanderung aufzustellen. Ich glaube, in wenigen Monaten, etwa bis zum Frühjahr, werden die Nationaljuden in allen Ländern stramm organisiert sein.

Die Bewegung wird fortgesetzt, und sie wird stürmisch wachsen, darüber soll sich niemand täuschen. Trotz der Bitternisse und Schwierigkeiten, die man mir bereitet, führe ich diese Bewegung als ein besonnener Mann, der sich in jedem Augenblick der ungeheuren Verantwortung bewußt ist. Ich reize die Massen gewiß nicht auf; aber kann ich tumultuarische Mißverständnisse verhindern, wenn es vorkommen kann, daß ganze Kapitel meiner Auseinandersetzungen übersehen werden?

Das Unglück, das Edmund Rothschild verhindern

möchte, richtet er durch seine Weigerung erst an. Hinzukommt das Unberechenbare, wie die Völker, unter denen wir zerstreut leben, diese Bewegung aufnehmen werden, wenn wir sie durch öffentliche Agitation betreiben müssen, statt sie von oben herab in aller Stille und Ordnung zu dirigieren.

Meinen guten Willen habe ich gezeigt; keine Mühe und kein persönliches Opfer habe ich gescheut. Mein Gewissen ist ruhig. Man möge doch verstehen, welchen Sturm des Unwillens es bei den armen Juden und bei allen Nichtjuden erregen wird, wenn eines Tages bekannt wird, daß ich in meiner Rettungsaktion von denen im Stich gelassen wurde, die mithelfen konnten und mußten. Ich bin ein Gegner des Hauses Rothschild, weil ich es für ein Nationalunglück der Juden halte. Der einzige, der durch sein bisheriges Verhalten Sympathien erregte, Edmund Rothschild, den ich für einen braven, guten Juden hielt, ja noch immer halte, sollte sich weigern, zur nationalen Erlösung beizutragen? Und es ist keinerlei materielles Opfer, das man von ihm verlangt. Er soll keinen Centime hergeben, keinen Schritt tun, sich nicht exponieren. Er hat nur die fertiggemachte Sache zu akzeptieren — bis sie diplomatisch fertig ist, bleibt er in vollkommen gedeckter Stellung. Wenn er darauf nicht eingeht — er, von dem der Eintritt der Londoner und des Hirschfonds, also das Ganze abhängt, so wird ein Schrei des Zornes durch die Welt gehen. Es mag ihm ungerecht scheinen, daß er durch seine philanthropischen Versuche in Palästina jetzt vor eine solche Eventualität gestellt ist. Ja, es war eben kein Spiel, kein Zeitvertreib, sondern eine furchtbar ernste Sache, in die er mit seiner Palästina-Kolonisierung eingetreten ist.

Erklären Sie es ihm, ich bitte Sie. Ich war vielleicht

zu ungeschickt oder ungeduldig. Aber die Sache darf
nicht unter meinen Fehlern leiden.

Ihr Amt und Ihre Liebe zur Sache machen es Ihnen
zur Pflicht, nach Ihrer besten Kraft mitzuwirken. Verhindern Sie es insbesondere, daß Edmund Rothschild
sich eine falsche Vorstellung von meinen Absichten
mache. Überzeugen Sie ihn davon, daß ich das Gute,
Rechte will.

Es liegt jetzt die offizielle Konstatierung vor, daß die
türkischen Behörden weder die ansässigen jüdischen Kolonisten ausgewiesen noch die Neuangekommenen zurückgewiesen haben. Der Wiener türkische Botschafter
schreibt: „Vous pouvez démentir catégoriquement cette
nouvelle inventée dans un but évident de malveillance."

Ich telegraphierte das Edmund R. Zugleich erfuhr ich
etwas geradezu Monströses aus dem Palast zu Konstantinopel, wo ich ergebene Freunde habe: daß nämlich von
jüdischer Seite gegen mich intrigiert wird. Es klingt so
ungeheuerlich, daß ich es kaum glauben kann. Man hat
vielleicht in Yildiz-Kiosk die hämische hingeworfene Bemerkung irgendeines Juden, der vor mir nicht so viel
Respekt hat, wie es sich nach der Ansicht der Türken ge-
bührt, zu tragisch genommen. Aber durch solche Handlungen — ob sie nun aus Leichtfertigkeit oder Böswillen
begangen werden — kann man eine gar schwere Verantwortung auf sich laden. Und es wird Zeit, daß wir die
Verantwortungen gut sondern und feststellen.

Die nationaljüdische Bewegung ist so ernst, nein, viel
ernster als der Antisemitismus. Man möge es beizeiten
verstehen.

Bisher waren die mittellosen Juden der Ambos, und
die Antisemiten der Hammer. Wehe denen, die zwischen
Hammer und Ambos geraten!

Wenn Sie mir gleich antworten, trifft mich Ihr Brief
noch hier. Vom 3. August an bin ich wieder in Wien,
Adresse: Neue Freie Presse.

In herzlicher Verehrung
Ihr

Th. Herzl.

Abgeschickt am 27. VII.

∗ ∗

Briefe am 27. Juli an:

Herbst ⎫
Bierer ⎰ Sofia (Organisierung im Hinblick auf E. R's
Einwand).

B. Lazare, Paris (Besorgung d. franz. Ausgabe unter
Verzicht auf meine Auslagen für Übersetzung).

J. de Haas, London (Organisierung mit Rabinowicz,
Ish-Kishor).

Schnirer, Wien (Einladung Kokesch Mintz zur Orga-
nisierungs-Besprechung).

All das mit Erwähnung der Weigerung E. R's.

Hechler, Wien (mein Besuch angekündigt).

Klatschko, Wien (russische Broschüren).

30. Juli, Aussee.

Hechler telegraphiert aus Tegernsee:

„Bin in Tegernsee, Villa Fischer, habe Vorträge gehalten im Schloß und bei hohen Herrschaften. Alles begeistert.

Können Sie sogleich kommen, um vorzustellen? Ich
will etwa Samstag fortreisen. Womöglich.

Hechler."

Ich antworte ihm, daß es mir schwer möglich sei, da
ich nächster Tage nach Wien müsse. Jedenfalls möchte

ich zunächst wissen, wem er Vortrag gehalten, und wer mich sehen wolle.

Wenn es Kaiserin Elisabeth ist, reise ich hin.

Brief an den Großherzog von Baden:

Aussee, 1. August 96.

Ew. Königliche Hoheit!

Aus Frankreich wollte ich nicht schreiben, weil die dortige Post im Verdacht steht, neugierig zu sein, und ein Brief an einen deutschen Souverän gewiß Aufmerksamkeit erregt hätte. Dann war ich einige Zeit unruhig unterwegs. So kann ich erst jetzt der gütigen Aufforderung entsprechen, meinen Bericht über die Judensache schriftlich zu erstatten.

Ich war in Konstantinopel und habe dort das Terrain sondiert. S. M. der Sultan nahm meinen Vorschlag zur Kenntnis, und wenn er sich auch auf das bestimmteste gegen die Überlassung Palästinas als eines unabhängigen Staates an die Juden aussprach, so entmutigte er mich doch nicht vollständig. Ja, er zeichnete mich sogar auf verschiedene Weise aus, und es wurde mir indirekt angedeutet, daß die Sache sich vielleicht machen ließe, wenn die richtige Form gefunden würde. Aus der Umgebung des Sultans wurde nun der Gedanke lanciert, den Juden die Errichtung eines Vasallenstaates in Palästina zu gestatten. Ihre Einwanderung sollte durch Gewährung der Autonomie begünstigt werden, und sie hätten einen jährlichen Tribut an den Suzerän zu zahlen.

Als ich in Karlsruhe die Ehre hatte, die Sache vorzutragen, sprachen Ew. Königliche Hoheit sich ja auch für eine allmähliche Einwanderung in Palästina aus.

Mit den Ergebnissen von Konstantinopel reiste ich nach London. Unsere dortigen Finanzleute sind bereit, diese Form der Staatsbildung für die Juden durchzuführen; doch stellen sie Bedingungen: Zunächst die selbstverständliche, daß die Mächte das Ganze gutheißen.

Dann den Beitritt Edmund Rothschilds in Paris.

Mit diesem Edmund Rothschild habe ich gesprochen. Er fürchtet sich. Er glaubt, daß wir die armen Leute, die hinwandern sollen, nicht organisieren, nicht beschäftigen und nicht verköstigen könnten. Das sind aber lauter Regierungsprobleme, nicht schwerer und nicht leichter als andere Aufgaben des Staates.

Ich will hier nicht wiederholen, was ich ihm alles erklärte. Genug, er versteht es nicht. Es wäre nun wirklich ein Jammer, wenn die Entwicklung dieses ernsten, großen, menschenfreundlichen Planes durch den Widerstand eines einzigen Menschen von ungenügender Intelligenz aufgehalten werden sollte. Kann das Gottes Wille sein?

So liegt die Sache augenblicklich. Ein Ausweg aus den jetzigen Schwierigkeiten wäre es, den Hergang zu veröffentlichen und durch eine Agitation den Willen des Widerstrebenden zu beugen. Aber ich möchte die Bewegung nicht demagogisch betreiben.

In guter Ordnung, wie ich es meine, kann der allmähliche Abzug der Juden nur von oben herab geleitet werden. Darum verharre ich in der Hoffnung, daß die wirklich hochgesinnten Fürsten Europas der Sache ihren gnädigen Schutz werden angedeihen lassen. Dann könnten wir über die Weigerung einzelner Geldjuden leicht hinweggehen.

Es wäre von unschätzbarem Werte für den weiteren Gang, wenn Seine Majestät der Deutsche Kaiser sich von mir den Plan vortragen ließe.

Einiges ist schon zu dem Zwecke eingeleitet, daß Se. Majestät der Kaiser von Rußland mich empfangen möge.

Ew. Königliche Hoheit waren der erste regierende Herr, welcher sich für diese Bewegung großmütig interessierte, und ich werde die königlich schlichten Worte dieser Teilnahme nie vergessen. An die Gnade jener Unterredung wage ich anzuknüpfen, wenn ich jetzt Eure Königliche Hoheit geradezu bitte, Se. Majestät, den Deutschen Kaiser zu veranlassen, daß er mich höre.

Im Keim existiert heute diese Lösung der alten Judenfrage schon. Viele Menschen, Christen wie Juden, würden aufatmen. Eine soziale Schwierigkeit ernster Art könnte behoben werden. Es wäre eine segensreiche und ruhmvolle Tat, die hinauswirken müßte bis in späte Zeiten.

Aber wenn wir keine Hilfe finden, wird der Keim vielleicht verderben.

Ich verbleibe

Eurer Königlichen Hoheit

ehrfurchtvoll und dankbar ergebener

Dr. Theodor Herzl.

(Adresse: Reichenau bei Payerbach, Nied.-Öst., Thalhof).

1. August, Aussee.

Hechler telegraphiert aus Tegernsee: „Heute fünfter und letzter Vortrag. Heute oder morgen früh reise ich ab. Hechler."

Das heißt also, daß die hohen Herrschaften, von denen seine erste Depesche sprach, eine direkte Einladung nicht an mich ergehen lassen.

Oder wollte er mich nur aufs Unbestimmte hin kommen lassen? Jedenfalls tat ich gut, mich nicht gleich in Bewegung zu setzen.

1. August.

Die Wirkung meiner Bewegung zeigt sich zunächst in Bettelbriefen.

1. August.

Von Wolffsohn in Köln kam anfangs Juli ein Brief, den ich erst hier erhielt. Auf dem Berliner Zionistentag war heftige Opposition gegen mich. Wolffsohn war der einzige, der zu mir hielt und es mit Mühe verhinderte, daß die Zionisten gegen mich offen Stellung nahmen. Dennoch waren Hildesheimer und Bambus bereit, mit mir in Köln zusammenzukommen, was ich also versäumte.

Ich antworte Wolffsohn, daß mich Anfeindungen seitens der Zionisten veranlassen könnten, die ganze Sache wegzuwerfen. Ich teile ihm Edmund Rothschilds Weigerung mit, und daß eine Organisation nötig werde, in der auch ihm eine Aufgabe zufalle. Ferner sei ich bereit, mit den Berliner Zionisten zusammenzukommen. Wir würden demnächst in Wien eine Konferenz abhalten, in der die Einberufung eines allgemeinen Zionistentages beraten werden soll.

1. August.

Von Zadok Kahn aus Weggis ein guter Brief. Er proponiert eine geheime Beratung der Vertreter aller größten Judengemeinden, da kein Einzelner befugt sei, eine Sache von so unermeßlicher Wichtigkeit allein ins Rollen zu bringen. Es solle also eine kontradiktorische Debatte stattfinden. Im übrigen wolle er gleich nach seiner Rückkehr nach Paris (20. bis 25. August) in ernster Weise reden „avec qui de droit" — also Edmund Rothschild? — doch scheint er davon nicht viel zu erwarten.

Ich nehme den Vorschlag der geheimen Konferenz an, weil ich glaube, bis dahin weitere diplomatische Erfolge erzielt zu haben, und dann werde ich schon diese kontradiktorische Versammlung zu einer Aktion aufraffen.

2. August, Aussee.

Brief an Zadok Kahn:

Ew. Ehrwürden!

Ihren Vorschlag, eine vertrauliche Konferenz der Vertreter aller großen Judengemeinden einzuberufen, akzeptiere ich, wenn Sie der Einberufer sind und die Sache von vornherein einen praktischen Charakter hat. Auf rein akademische Diskussion lasse ich mich nicht mehr ein. Damit ist nicht gesagt, daß ich Verbesserungen meiner Idee, Ratschläge, Einschränkungen usw. ablehne. Wenn ich bereit bin, zu dieser Konferenz zu kommen, so geschieht es vielmehr, weil ich zum soundsovielten Male beweisen will, daß ich kein blindwütiger Agitator bin, sondern besonnen und im Einvernehmen mit unseren ruhigsten und besten Männern vorgehen möchte. Meine heute im Prinzip gegebene Zusage wird definitiv, sobald ich die Tagesordnung der Konferenz und die Liste der Mitglieder kenne.

Natürlich werde ich meine Aktion in Erwartung dieser Beratung nicht unterbrechen. Ich marschiere, wie Sie schon gesehen haben, rasch; und wenn Sie die Beratung lange verzögern, kommt sie vielleicht nach der Tat. Sie können also schon von Weggis aus das nötige einleiten.

Für den sympathischen Ton Ihres Briefes danke ich Ihnen und bleibe in herzlicher Verehrung

Ihr ergebener

Th. Herzl.

2. August, Aussee.

An Nordau geschrieben, er möge die französische Ausgabe besorgen, da ich sie für den russischen Hof und
für Rom dringend brauche.

Was ich nicht selbst mache, geschieht nicht.

S. Whitman schreibt aus Konstantinopel, er werde in
drei Wochen nach Wien kommen und dann nochmals
zu Bismarck fahren.

3. August, im Coupé unterwegs nach Wien.

Eine während meiner Reise nach England eingetroffene
Zuschrift des Arabienreisenden Dr. Glaser las ich erst
jetzt. Es ist ein Memorandum aus dem Jahre 1890, gerichtet an den Baron Hirsch. Es ist in unterwürfig be-
geistertem Ton gehalten und gipfelt in dem Rufe: Es
lebe der König von Israel — und nach dem vorhergehen-
den Satz ist kein Zweifel, daß „Moritz Freiherr von
Hirsch" als König von Israel gedacht ist.

Aber der Inhalt des Memorandums ist vorzüglich gedacht. Dieser Glaser ist ein Mann, den man sich merken
muß. Jedenfalls besitzt er eine bedeutende Kenntnis des
Orients, und vielleicht hat er sogar militärische Organi-
sationsgaben. Da ich für den unverläßlichen Goldsmid
möglicherweise einen Ersatz brauchen werde, ist Glaser
zu pflegen.

Er macht allerdings den unmöglichen Vorschlag, das
südliche Arabien als Territorium für den jüdischen Staat
zu wählen; aber die Art, wie er diesen Kolonisations-
gedanken motiviert, ist ausgezeichnet.

Ich will ihm noch heute oder morgen von Wien aus
schreiben, daß ich ihn als eine vielversprechende Kraft
in unseren Reihen willkommen heiße.

✣ ✣ ✣

33*

515

Der Verfasser eines Geheimmittelbuches für Geschlechtskranke, Dr. L. Ernst, hat eine possierliche Gegenschrift gegen meine Broschüre unter dem Titel: „Kein Judenstaat!" verfaßt.

Der Verleger Breitenstein fragte mich, ob ich etwas dagegen habe, wenn er diese drollige Schrift auch in seinem Verlag erscheinen lasse. Ich hatte absolut nichts dagegen.

(Gleichzeitig gab mir Breitenstein die Abrechnung über die Broschüre. Es kommen i h m noch einige Gulden heraus. Und er hält bei der vierten Auflage!)

Die Schrift des Ernst habe ich nun im Coupé gelesen, den Bürstenabzug. Einfältige Wichtigtuerei, Unwissenheit, Borniertheit auf jeder Seite.

Keine Antwort.

3. August, Wien.

Wieder in der Redaktion.

Kurzer, kräftiger Zusammenstoß mit Bacher. Er fragte, ob ich nicht ein Feuilleton über Konstantinopel schreiben werde.

„Nein", sagte ich. „In Konstantinopel hatte ich nur geschichtliche Erlebnisse, keine feuilletonistischen."

Er lachte dämlich.

„Sie glauben das nicht?" sagte ich.

„Nein, das glaube ich Ihnen nicht", gab er zurück.

Und ich darauf harsch: „Sie werden schon glauben!"

Dann trennten wir uns ziemlich gereizt.

* *

Nachmittags bei Newlinski.

Er hat in Karlsbad noch mit König Milan über meine Sache gesprochen. Milan meint, ich übersähe die Schwierigkeiten, die Frankreich machen würde. Frankreich

will sein syrisches Protektorat und ein arabisches Kaiser-
reich haben. (Kurios, daß das mit Glasers Mitteilung
zusammentrifft.)

Newlinski behauptet, Milan hätte mein Buch von
Dr. Milicevic schon in Paris bekommen und darüber eingehend mit französischen Politikern gesprochen.

Newlinski sprach ferner in Karlsbad nochmals mit dem
Fürsten Ferdinand, der sich als ein Champion meiner
Idee erklärt haben soll. Ferdinand meint — wie Bismarck
—, daß die Sache von Rom aus protegiert werden müsse.

Newlinski spann daran gleich interessante Phantasien.
Eine Romfahrt im Oktober, fünfzehn Kardinäle — das
ganze Konklave zu gewinnen. Der Papst würde mich
empfangen, vielleicht eine Enzyklika über meinen Plan
veröffentlichen. Die katholische Kirche müßte die Sache
unter ihren Weltschutz nehmen. Der Sultan würde auch
vom Papst eher einen Rat annehmen als vom Zar.

Es ist auch meine Ansicht, daß wir von Rom aus arbeiten müssen. Ich wollte aber Newlinski, so gut ich ihm
auch bin, nicht merken lassen, wie sehr mir das paßt.
Denn er ist ein Klerikaler und dem Papst jedenfalls ergebener als mir.

Ich muß zurücklesen, ob ich den Zug notiert habe, daß
Newlinski auf unserer Stambulfahrt im Coupé wie im
Schlafsalon des Hotel Royal vor dem Schlafengehen
immer sich bekreuzigte. Und er arbeitet, wie ich glaube,
ehrlich für die Juden.

Beweis, daß mein Vorschlag wirklich die lösende Versöhnung von Christen und Juden ist.

Mit Schnirer über die Ergebnisse meiner Reisen und die Notwendigkeit einer Organisation gesprochen.

Die Haltung Edmund Rothschilds erklärt er sich mit der Tatsache, daß so und so viele Leute ein Interesse an dem Zwiespalt zwischen E. R. und mir haben. Schnirer weiß, daß für jeden Hausbau in Palästina zweitausend Frank Bakschisch angeblich gezahlt werden.

Ich erzählte von der vermutlichen Intrige des Rothschildschen Direktors Scheid gegen mich in Yildiz-Kiosk und fragte, was Scheid verdiene, wenn es wahr ist? — Schnirer sagte entrüstet: ,,Er verdiente, aufgeknüpft zu werden.''

Die jetzige Organisation der Zionsvereine läßt alles zu wünschen übrig. Der Zionsverband ist ein untaugliches Instrument und muß umgebildet werden. Sie haben vor allem kein Geld. Ich kann für die Agitation auch nicht mehr hergeben, da ich mich schon erschöpfe.

Wir kamen überein, daß die Zionsleitung in Wien regelmäßige ,,Mitteilungen'' an ihre Mitglieder versenden werde, die ihr dafür etwas zahlen sollen, so daß der Zionsverband wenigstens Drucksorten bezahlen könne.

So ärmlich ist der gegenwärtige Zustand der Zionisten — die ich wahrscheinlich bald und hoch hinauf bringen werde, und die dann vergessen dürften, was ich zuwege gebracht habe.

Newlinski schreibt mir aus Ungarn, er habe eben einen Brief von Whitman aus Konstantinopel mit einem interessanten Detail erhalten.

Whitman hat in Therapia mit dem früheren preußischen Kriegsminister Verdy du Vernois gefrühstückt. Dieser, ein großer Orientkenner, habe sich über mein

Palästinaprojekt sehr sympathisch geäußert, und „glaube, es wäre ein Segen für die Türkei, für die er schwärmt".

„Vernois meint, die Sache sei so groß gedacht, daß es zustandekommen müsse und glaubt an Sie*)!... Er ist sehr viel; ich wollte es Ihnen mitteilen, um Sie für die Schmach und Enttäuschungen zu entschädigen, die Ihnen von anderer Seite bereitet werden. Machen Sie sich nichts daraus, und denken Sie an meine Worte: Sie werden gerade unter Ihren Glaubensgenossen auf die niedrigsten Intrigen, auf Dummheit, Charakterlosigkeit und Undankbarkeit stoßen. Gott wird Ihnen aber helfen! ... Ich auch!

Mit herzlichsten Grüßen

Ihr

Newlinski."

*) „an Herzl" (Fußnote v. Newlinskis Brief).

Ich schreibe den charmanten Brief Newlinskis zur Erinnerung ein. Wie eine Illustration dazu ist es, daß Sonnenschein -(Hofsekretär im Eisenbahnministerium) mir eben erzählt, der Londoner Chief-Rabbi Adler hätte zu David Gutmann gesagt: „Dr. Herzl hat in London Fiasko gemacht."

Und David Gutmann erzählte das vergnügt weiter.

Ich schreibe das an de Haas nach London. Meine Leute im Eastend sollen dem Chiefrabbi antworten.

10. August.

De Haas schickt Zeitungsausschnitte, darunter einen aus dem Daily Chronicle, worin meine Reise nach London mit einer türkischen Anleihekonversion in Verbindung gebracht wird. Ich lasse das nicht einmal dementieren. Zugleich erzählt mir de Haas, in London sei das Gerücht verbreitet, eine Bankfirma (Barclay, Bevan & Cie.) hätte mir zwei Millionen Pfund Sterling für meine Unternehmung zur Verfügung gestellt. Auch gegen diesen Unsinn protestiere ich nicht, weil Märchen, Witze, Karikaturen die Vehikel der Verbreitung einer Idee sind.

* * *

Newlinski befühlte mich heute mit dem Vorschlage, ob wir für den Fall eines „*Non possumus!*" der Türkei uns nicht mit einem geringeren Ferman des Sultans begnügen wollten, worin die Juden nur zur Kolonisierung aufgefordert werden.

Ich witterte darin seine Lust, mit Edmund Rothschild und den geldkräftig vermuteten Zionsvereinen zu gehen und sagte: „Wenn wirklich die Unmöglichkeit eintritt, eine Staatsgrundlage zu bekommen, werde ich selbst Sie mit den Zionisten und Edmund Rothschild in Verbindung bringen (damit er das nicht etwa selbst versuche), aber ich mache Sie aufmerksam, daß erstens für solche Kolonisierung den Vermittlern wenig Bakschisch gegeben wird, und zweitens, daß ich ein prinzipieller Gegner dieser Form bin und es nachher heftig bekämpfen würde. Behalten Sie nur Ihr Vertrauen zur Sache. *Dans cette chose il faut avoir de l'estomac, comme disent les joueurs.*"

Hierauf fragte er mich, sichtlich neugekräftigt, ob er an Kardinal Rampolla nach Rom schreiben solle, um die Aktion beim Papst einzuleiten.

Natürlich bin ich damit sehr einverstanden.

* * *

In Reichenau sprach ich gestern mit Horn, dem früheren Chefredakteur des Journal de St. Pétersbourg. Er ist der Bruder des verstorbenen ungarischen Staatssekretärs Eduard Horn, den ich in meiner Knabenzeit kannte. Er war dreißig Jahre lang offiziöser Journalist in Rußland und kennt die Verhältnisse natürlich gut. Er glaubt nicht, daß Rußland Palästina den Juden zulassen werde. Es bestehe eine „Gesellschaft des heiligen Grabes" unter dem Vorsitz des Großfürsten Sergius. Auch meint er, daß man die brauchbaren Juden nicht werde ziehen lassen. Der Antisemitismus in Rußland sei darauf zurückzuführen, daß die Stadtbürger in Rußland höchstens acht Millionen zählen; und wenn auf diese fünf Millionen Juden kommen — die sich auch noch auf die gelehrten Berufe stürzen, wegen gewisser Militärerleichterungen — so sei das ein unerträglicher Zustand. In die Bauernschaften wieder lassen sich die Juden nicht eingliedern, weil in der russischen Dorfgemeinde die Allmende besteht, an der die Juden nicht teilnehmen können.

Er war übrigens seit sechs Jahren nicht mehr in Rußland und weiß nicht mehr, wie der Wind weht.

Von Ignatiew sagt er, daß dieser als Minister des Inneren die Judenverfolgungen geradezu ermuntert habe.

Pobedonoszew sei ein Fanatiker, der selbst dem Kaiser Trotz biete und sich mit mir schwerlich einlassen würde.

12. August, Wien.

Haas meldet aus London, ein „Zelt" der Chovevi Zion habe sich erboten, zu meinen Gunsten zu „revoltieren"; ein anderes habe mich attackiert. Die Daily-Chronicle-Meldung, daß ich für den Sultan eine finanzielle Mission gehabt habe, verstimme die Leute.

Ich telegraphiere an Haas:

„Kümmert Euch nicht um falsche Zeitungsnachrichten. Sagen Sie Prag, ich wünsche Zusammengehen mit Chovevi.

Herzl.“

In der Allgemeinen Israelitischen Wochenschrift vom 17. Juli fällt mich ein Dr. Singer-Coblenz giftig an.

13. August, Wien.

Heute beim türkischen Botschafter M... N... gewesen. Er sprach eine Stunde ununterbrochen, ohne das geringste zu sagen — aber nicht aus *rouerie*, sondern aus unsagbarer Kindlichkeit.

. . . .

Er war sehr liebenswürdig — ohne zu verstehen. Oder ist er unendlich fein???

Interessant, daß Izzet ihm von mir geschrieben hat.

M... N... gab mir die gewünschte Erklärung, die er zuerst an Newlinski adressiert hatte: daß die türkischen Behörden die jüdischen Kolonisten nicht ausweisen. Er bat mich aber, seinen heutigen Brief nicht zu veröffentlichen. Ich solle nur sagen: „*Comme nous apprenons de source certaine* — oder *l'ambassadeur turc m'a dit* — oder *nous sommes en mesure d'affirmer*" — kurz, er rechnete alle Clichés der Agence Havas her.

Worin sich wieder einmal meine Definition der Diplomaten bestätigt: „Leute, die aus unseren Notizen Noten machen."

18. August, Aussee.

De Haas gibt schlechte Nachrichten aus London. Die Gegner im Chovevi Zion usw. gewinnen die Oberhand.

Meyerson habe aus Paris berichtet, daß ich dort Mißerfolge hatte. Auch die Aufnahme bei den russisch-jüdischen Studenten sei ungünstig gewesen. Dagegen hätte Mr. Prag sich neuerlich freundlich zu mir gestellt.

Ich schreibe de Haas einige Komplimente für Mr. Prag und ermächtige ihn gleichzeitig, das Dementi des türkischen Botschafters in den Blättern zu publizieren — nur den Inhalt, nicht den Wortlaut.

18. August, Aussee.

Newlinski telegraphiert aus Vasvar:
„Habe gute Nachrichten Rom."
(Also vom Kardinal Rampolla.)

23. August, Baden.

Mit dem Elektrotechniker Kremenezky lange gesprochen. Er ist ein guter Zionist mit modernen Ideen. Am sehr salzhaltigen Toten Meer ließen sich große chemische Industrien errichten.

Die jetzigen Süßwasserzuflüsse wären abzuleiten und als Trinkwasser zu verwenden. Ersatz der Zuflüsse aus dem mittelländischen Meer durch einen Kanal, der teilweise wegen der Gebirge als Tunnelkanal geführt werden müßte (eine Weltsehenswürdigkeit), und der Niveauunterschied der beiden Meere wäre (Wasserfall) zur Treibung von Maschinen zu verwenden. Viele tausend Pferdekräfte.

Auch sonst gibt es in Palästina genug elektrisch verwendbare Wasserkraft.

Wir müssen einen nationalen Baumverein zur Aufforstung des Landes gründen. Jeder Jude stiftet einen oder mehrere Bäume. Zehn Millionen Bäume!

Zur Organisation hatte ich im Gespräch einen Einfall.

Die jungen Doktoren wollen einen Zionsverein der absolvierten Akademiker gründen. Ich meine, es wird noch besser sein, zionistische Fachvereine für hüben und drüben zu bilden: Vereine jüdischer Juristen, Ärzte, Techniker, Elektriker, Bauunternehmer, Beamten, Kaufleute (Handelskammern). Diese haben schon hier ein Gegenseitigkeitsinteresse. Dann werden ihnen praktische Fragen und Pläne vorgelegt, zur Begutachtung, Diskussion usw. Wird der Plan zur Ausführung gebracht, so haben wir an ihnen Pépinièren für die nötigen Männer.

Diese Fachvereine sollen sich dem Zionsverband eingliedern, der dadurch aus seinem allgemein beklagten Schlaf geweckt wird.

25. August, Wien.

Gestern ließ ich durch Colbert 5o Stück Steyrermühl-Aktien an der Börse kaufen. Es ist mein erstes Geschäft im Leben. Ich bin dazu gezwungen durch das gemeinschmähliche Verhalten der Wiener Presse, die meine Idee verschweigt. Ich muß trachten, Einfluß auf eine Zeitung zu bekommen. Diesen Einfluß kann ich nur als Mitbesitzer von Aktien haben. Jeder andere Versuch, zur publizistischen Macht zu gelangen, würde an den hiesigen Preßverhältnissen scheitern, und ich würde mich daran verbluten.

So habe ich als *locus minoris resistentiae* das Steyrer Tagblatt gewählt, das ich durch allmähliche Aktienkäufe in meine Gewalt bringen will. Resp. soll aus der Steyrermühl ein neues Blatt hervorgehen, das ich redigiere.

Ich setze daran mein Vermögen und das meiner Eltern. Dessauer verspricht mir die Lombardierung meiner Aktien in großem Maßstab.

25. August, Wien.

Ich besitze 15o Steyrermühl-Aktien.

* ⁓ ⁓

Newlinski ist aus Ungarn zurückgekehrt und machte mir heute folgende Mitteilungen:

Die Türken haben finanziell das Messer an der Kehle. Izzet Bey hat ihm geschrieben, er wäre bereit, dem Sultan den modifizierten Plan vorzulegen, wenn die Sache ganz ernst sei. Denn es könne ihn den Kopf kosten, wenn nachher nichts daraus würde. Newlinski fordert mich also auf, die Proposition endgültig zu formulieren.

Das tue ich in der folgenden Weise, wobei für Izzet (und für mich) noch immer die Möglichkeit bleibt, den Kopf aus der Schlinge zu ziehen. Ich stelle einige vage Bedingungen, bei deren Diskussion sich auch „ernste" Anträge zerschlagen können. Während der Unterbandlungen mit dem Sultan werde ich auch die Londoner und Pariser Juden bändigen. Übrigens beruhen meine Vorschläge vollkommen auf den allerdings vagen Abmachungen mit Montagu, Landau usw. Entwurf, den Newlinski bearbeitet dem Sultan vorlegen will:

Die Gruppe will Sr. Majestät ein echeloniertes Anlehen von 20 Millionen Pfund Sterling zur Verfügung stellen. Dieses Anleben ist zu fundieren auf den Tribut, welchen die in Palästina autonom angesiedelten Juden alljährlich Sr. Majestät zu zahlen haben. Der von der Gruppe garantierte Tribut beträgt im ersten Jahre einhunderttausend Pfund Sterling und steigt bis zu jährlich einer Million Pfund. Das allmähliche Ansteigen des Tributs wird mit der allmählichen Einwanderung der Juden in Palästina in Korrelation gebracht, und die näheren Modalitäten sind in den mündlich in Konstantinopel zu pflegenden Verhandlungen im einzelnen zu bestimmen.

Hierfür hätte Se. Majestät gnädigst folgendes zu gewähren:

Die nicht nur vollkommen freie, sondern von der kaiserlich türkischen Regierung auf jede Weise zu begünstigende Einwanderung von Juden in Palästina. Die eingewanderten Juden erhalten eine völkerrechtlich garantierte Autonomie in der Verfassung, Verwaltung und Rechtspflege des ihnen überwiesenen Territoriums. (Palästina als Vasallenstaat.)

Es wird in den Konstantinopler Verhandlungen des näheren festzustellen sein, in welcher Weise der oberherrliche Schutz Sr. Majestät des Sultans im jüdischen Palästina ausgeübt und die Aufrechterhaltung der inneren Ordnung durch eine eigene Schutztruppe von den Juden selbst besorgt werden soll.

Die Abmachung kann in folgende Form gebracht werden: Se. Majestät erläßt eine allergnädigste, gesetzkräftige und den Mächten vorher mitgeteilte Einladung an die Juden der ganzen Welt, nach dem Lande ihrer Väter zurückzukehren.

Selbstverständlich soll diese Einladung erst erfolgen, nachdem in einem Präliminarabkommen alle einzelnen Punkte fixiert worden sind.

— —

Brief an Montagu:

Mein lieber Sir Samuel!

Aus Konstantinopel erhalte ich eine sensationelle und entscheidende Mitteilung: man ist dort geneigt, mit uns sofort auf der Basis in Verhandlung zu treten, die ich Ihnen schon in London angab. Für ein echeloniertes Anleben von zwanzig Millionen Pfund Sterling, das auf mehrere Jahre zu verteilen wäre, würde der Sultan unter vorheriger Verständigung der Mächte die Juden der ganzen Welt auffordern, in das Land ihrer Väter zurück-

zukehren, wo sie Autonomie haben und ihm einen jährlichen Tribut zahlen sollen. Auf den Tribut wäre das
Anleben zu fundieren.

Die Geldnot der Türkei ist aufs höchste gestiegen.
Jetzt oder nie bekommen wir Palästina. Ich frage Sie,
Sir Samuel, ob Sie bereit sind, mit mir nach Konstantinopel zu reisen, um die Verhandlungen zu führen. Ich
weiß, es ist ein schweres Opfer für Sie, sich zu dieser
Reise zu entschließen. Aber wenn Sie es bringen, wird
man, solange Juden leben, von Sir Samuel Montagu dankbar reden.

Wenn Sie sich entschließen, werde ich Ihnen den Zeitpunkt noch näher angeben. Es wird jedenfalls Ende September werden, wo die Hitze in Konstantinopel nicht mehr
so arg ist.

Edmund Rothschild gab mir in Paris eine ausweichende
Antwort — weder Ja noch Nein. Er wird zweifellos mitgehen, wie alle Juden begeistert mitgehen werden, sobald
wir den Erfolg haben.

Bedenken Sie wohl, Sir Samuel, in welcher historisch
denkwürdigen Situation Sie sich jetzt befinden! Verstehen Sie die ganze Größe der Aufgabe, die an Sie herantritt! Seien Sie der Mann, den wir brauchen!

Ich grüße Sie herzlich.

Ihr aufrichtig ergebener

Herzl.

Brief an Zadok Kahn.

Ew. Ehrwürden!

(streng vertraulich!)

Aus Konstantinopel erhalte ich die sensationelle und
entscheidende Mitteilung, daß man zu näheren Verhand-

lungen sofort bereit ist. Die Geldnot ist dort aufs höchste gestiegen. Jetzt oder nie bekommen wir Palästina.

Was haben Sie seit unserem letzten Briefwechsel veranlaßt?

Die Ereignisse drängen. Ich bitte um schleunige Antwort.

In aufrichtiger Verehrung
Ihr ergebener
Herzl.

29. August.

Aus Konstantinopel kommen Schreckensnachrichten. Das Haus der Ottoman-Bank wurde von Armeniern gestürmt. Mord, Totschlag, Bomben, Straßenkämpfe. Die Ordnung scheint wieder hergestellt worden zu sein, aber der Eindruck in der Welt ist deplorabel. Jedenfalls unterlasse ich vorläufig die Absendung der vorstehenden gestern entworfenen Schriftstücke. Die Engländer Montagu usw. werden jetzt wahrscheinlich gar nichts mit dem Sultan zu tun haben wollen. Andererseits wäre freilich der Moment sehr günstig, mit dem Sultan zu verhandeln, weil er gegenwärtig schwerlich von irgendwem Geld bekommt.

29. August, nachmittag.

Den Brief an Zadok Kahn schicke ich doch ab.

5. September, Breslau.

Die Begebenheiten der letzten Tage einzutragen war ich durch den hastigen Zeitungsdienst verhindert.

Von Zadok Kahn kam eine Antwort: er könne vorläufig nichts ausrichten, weil er von den Leuten, an die er sich wandte, „dilatorische, also ausweichende Antworten" erhielt. Dilatorisch, also ausweichend, ist auch seine eigene Antwort. Niemand hilft.

Dienstag, den 1. September, fragte mich Bacher, ob ich zu den Kaisertagen als. Berichterstatter nach Breslau gehen wolle. Ich sagte natürlich Ja.

* * *

Am selben Abend war ich im Café Louvre in der Wipplingerstraße, wo sich die Wiener Zionisten jeden Dienstag versammeln und seit Monaten darüber beraten, wie man ein Vereinslokal akquirieren könnte. Wenn es mir gelingen sollte, Größeres für die Zionisten zu erreichen und ihnen mehr als ein Vereinslokal für 800 fl. Jabreszins zu verschaffen, werden mich gewiß viele angreifen. Einzelne dieses Schlages erkenne ich schon jetzt: sie „fühlen sich durch mich verdrängt" usw. Die werden daran zu erinnern sein, wie ohnmächtig sie sich gezeigt haben, und wie sie nichts taten als leer herumreden.

Übrigens boten sie mir diesmal förmlich an, Chef des Exekutivkomitees der Partei zu werden. Das nahm ich an.

Es war der „Christliche Zionist", Baron Manteuffel, zugegen, der armen Judenjungen auf seine Kosten landwirtschaftlichen Unterricht geben läßt.

Ich telegraphierte an Hechler, der nach Höritz zu den Bauernpassionsspielen gereist ist, daß ich nach Breslau gehe.

Er fragte mich darauf, ob ich ihn kommen lassen wolle; er habe gleich nach Baden an den Großherzog geschrieben.

Ich bat Hechler telegraphisch, nach Görlitz zu kommen. Heute meldet er mir, daß er morgen dort eintrifft. Ich will ihn zum Prinzen Heinrich von Preußen schicken; vielleicht gelingt es, die Audienz beim Kaiser zu bekommen.

9. September, Görlitz.

Vorgestern hier angekommen. Ich wohne in einem traulichen Privathause bei Musikdirektor Stiehler. Ich fand schon Hechlers Visitkarte vor, der mich aufgespürt hatte, obwohl ich meine Adresse nicht angeben konnte. Er selbst wohnt im „Evangelischen Vereinshause", das auf mich den Eindruck eines christlich-sozialen Konsumvereins macht. Kahle, saubere Wände mit Bibelsprüchen. Eine große Wirtsstube, wo man zwar den Leuten zu trinken gibt und daran vielleicht sogar eine Kleinigkeit profitiert, die Leute aber offenbar in der Hand hält. Das Ganze macht den Eindruck einer geschickten politischen Einrichtung.

Hechler saß in einem freundlichen, evangelisch mit Bibelworten geschmückten Zimmer. Das ist ganz ausgesprochen die Stöckersche Gegend, und eine der kuriosesten, in die ich bisher im Verlauf meiner Bewegung gekommen.

Hechler hatte sich schon ein wenig informiert. Unterwegs von Höritz hierher hat er einen Brief an den Kaiser über *the return of the Jews* in englischer Sprache auf dem Papier der Wiener Botschaft abgefaßt. Der britische Stempel gab dem Ganzen einen vagen, amtlichen Charakter.

Leider ist Prinz Heinrich von Preußen, auf den Hechler rechnete, nach Kiel abgereist, um den Zar dort zu empfangen. „Übrigens," sagt Hechler, „wer weiß, wozu es gut ist. Prinz Heinrich soll sich in der letzten Zeit über die Religion nur noch spöttelnd geäußert haben. Und man soll die Perlen nicht vor die Säue werfen, wie die Bibel sagt."

Günther von Schleswig-Holstein, der Bruder der Kaiserin, ist aber hier. Dieser hat Wohlwollen für Hechler und Interesse für soziale Fragen. Er war in England, um Arbeiterzustände zu studieren. Seines Zeichens ist er Major, ich glaube, im Generalstabe. Hechler erzählte mir bei dieser Gelegenheit auch, daß Herzog Günther kürzlich verdächtigt wurde, in die anonyme Hofbriefgeschichte, die zum Duell Schrader-Kotze geführt hat, verwickelt zu sein. Klatsch, für den ich mich bisher nicht interessiert habe und jetzt gern höre, weil er mir die großen Herrschaften von der kleinen Seite zeigt. Und das ist notwendig, wenn man vom äußeren Brimborium ihres Glanzes nicht verwirrt werden und unbefangen mit ihnen verkehren soll.

Darum habe ich den Deutschen Kaiser in der letzten Woche, wo ich ihn so häufig sah, scharf auf sein Gebrechen hin beobachtet. Ist es nicht merkwürdig, daß man von ihm, einem der „angesehensten" Männer der Welt, eigentlich nicht weiß, daß er nur einen Arm hat. Sie wandeln wirklich in der Wolke. Da ist eine Gestalt, die man aus hunderttausend Abbildungen kennt; und wenn man ihn sieht, bemerkt man, daß sein entscheidendes Merkmal der Menge vorenthalten wird. Ja, die Menge sieht ihn täglich und weiß es kaum. Die Scharfsichtigsten sagen: er hat einen steifen Arm. Tatsächlich ist es der Arm eines Kindes, der ihm von der linken Schulter herabhängt. Der Arm soll durch eine rachitische Entwicklung zurückgeblieben sein. Hechler gibt mir die — offenbar höfische — Version, Wilhelm sei als Kind von seiner Amme fallen gelassen worden, und man habe die Folgen erst bemerkt, als es zu spät war.

Jedenfalls ist diese Abnormität für sein Bild wichtig. Mir bringt sie ihn menschlich näher. Sie zeigt, daß er eigentlich unter seinen vielen Regiments-Inhaber-Uniformen doch nur ein hilfloser Mensch ist. Wenn ich die Bilder seiner Macht, den Glanz seines Hofes, die kriegerische Pracht seiner Legionen auf dem Paradefelde sah, habe ich immer nur seinen Krüppelarm betrachtet, um meinen Geist nicht betäuben zu lassen für den Fall, daß ich unter vier Augen mit ihm sprechen werde.   .

Diese Krüppelhaftigkeit erklärt, glaube ich, auch seinen ganzen Charakter. Dieser Oberste Kriegsherr würde von der Assentierungskommission abgelehnt werden, wenn er ein gewöhnlicher Stellungspflichtiger wäre. Daher kommt vielleicht seine krankhafte Vorliebe für alles Militärische. Er kann auch keine ungezwungene Haltung haben, weil er immer an die Verbergung seines Gebrechens denken muß. Wirklich täuscht er auch viele durch die Art, wie er zu Pferde die Zügel mit seiner kurzen Linken hält. Dieser Zügelarm macht ihn zum Reiter. Auch liebt er blendende, glänzende Uniformen, strahlende Helme, die den Blick anziehen, ablenken.

Er ist aber, wie mir scheint, ein sympathischer Mensch, besser noch und kürzer: ein Mensch!

Der Menge will er zwar stark imponieren, und er spielt den Kaiser mit Macht. Denen, die ihm näherkommen, will er jedoch liebenswürdig gefallen. Er hat eine gewinnende Art des Händedrucks, wie ein Parteiführer. Er schaut jedem, mit dem er spricht, tief in die Augen, indem er dicht herantritt. Am liebenswürdigsten war er in Breslau bei der Festvorstellung, als das kleine Militärlustspiel von Moser aufgeführt wurde. Da lachte er stark über die harmlosen Soldatenscherze; er schüttelte sich ordentlich vor Lachen. Ja, es war eine Nuance von Übertreibung in dieser Ungezwungenheit, die er von so vielen Augen beobachtet wußte. Er hat einen Hang zur Übertreibung.

Zweifellos ist er ein hoch- und vielseitig begabter Mensch, der nur mit seinem einzigen Arm zu viel angreifen möchte und immer die Hände voll zu tun hat, weil er verbergen will, daß er nur eine Hand hat.

Wenn ich ihn recht verstehe, werde ich ihn für die Sache gewinnen, falls es mir gelingt, mich ihm zu nähern.

Hechler war gestern nachmittag heim Prinzen Günther, als dieser vom Manöverfeld heimkehrte. Leider um eine Minute zu spät. Der Prinz saß schon im Bade oder ließ wenigstens durch den Diener sagen, er sitze schon im Bade; Hechler möge abends vor dem Hofdiner wiederkommen.

Das tat Hechler; aber ein hoher General war beim Prinzen. Günther sprach im Weggehen nur ein paar Worte mit Hechler, bat ihn, heute abend um halb sieben wiederzukommen.

Damit ist die Aussicht, hier zum Kaiser zu gelangen, ziemlich geschwunden. Denn von morgen früh weiter durch drei Tage ist der Kaiser bei den Manövern. Auch muß ich morgen fort.

12. September, Wien.

Hechler kam vorgestern nachmittag und berichtete, Prinz Günther habe von der Sache gesprochen, wie jemand, der sie kenne. Der Kaiser scheine mit ihm bereits vorher darüber gesprochen zu haben. Sie wollen aber offenbar nicht an die Sache herangehen, Fürsten haben eine Scheu vor der ganzen Frage. „*It is so strange*", sagte Prinz Günther zu Hechler. Dieser wird aber doch vielleicht vom Kaiser empfangen werden, obwohl Günther Hechlers Brief an den Kaiser nicht zur Beförderung übernehmen wollte.

Ich sah ein, daß ich jetzt in Görlitz nichts erreichen würde, und entschloß mich sofort zur Abreise. Hechler begleitete mich auf die Bahn. Dort schärfte ich ihm ein, er möge noch versuchen, was er könne, und jedenfalls dem Prinzen, evtl. dem Kaiser, sagen, daß ich zwar plötzlich abreisen mußte, aber bereit sei, wann immer und wo immer zu erscheinen, um die Sache vorzutragen und zu erklären.

Der arme Hechler hatte Pech. Er war von Höritz abgereist, ohne seine Adresse zu hinterlassen. Vorgestern suchte ihn die Botschaft, weil ein Engländer hier gestorben ist, und Hechler ihn gestern hier hatte einsegnen sollen. Ich telegraphierte es ihm, freilich zu spät.

Die Köchin Hechlers, bei der ich in seinem Auftrag angefragt hatte, teilte mir diesen Zwischenfall klagend mit und sagte: „Wie schade, es war eine reiche Leiche."

Von Zadok Kahn traf während meiner Abwesenheit ein Brief ein, worin neue Klagen und Anklagen des Rothschildschen Direktors Scheid vorkommen. Wer lügt? Scheid oder die Türken, welche die Ausweisung jüdischer

Kolonisten förmlich leugneten? Das muß jetzt aufgeklärt werden. Ich schreibe darüber an Newlinski.

* * *

Aus London kommt die Nachricht, daß sich die Mächte mit dem Gedanken der Absetzung Abdul Hamids beschäftigen. Wenn das eintrifft, ist der Zionsgedanke auf lange hinaus tot. Denn ein neuer Sultan findet Geld und braucht diese Kombination nicht.

* * *

Hecbler telegraphiert aus Görlitz:

„Sehr freundlichen Brief (wohl von Günther), nur Mangel an Zeit."

16. September, Wien.

Gestern uferlose Debatte im Zionsverband im Café Louvre, dann im Gasthaus Robicsek.

Ein Vertreter der Lemberger Zionisten war zugegen, der eine rasche Aktion forderte. Sie könnten in Galizien in einem Jahre 400 bis 600000 Unterschriften für eine Petition an die Mächte aufbringen. Das Elend sei groß, die Sehnsucht auszuwandern unermeßlich. Dr. Gabel heißt dieser Abgesandte.

Ich nahm ihn beim Wort: er solle die Unterschriften aufbringen. Diese würden die Stärke der Bewegung beweisen und ein Rückhalt für unsere Aktion sein, die man aber nicht schon morgen als perfekt erwarten dürfe.

Alle wünschten Taten, und zum Schluß stellte sich heraus, daß Schnirer mein ihm vor Wochen übergebenes Rundschreiben über die Notwendigkeit einer Organisation noch gar nicht verschickt habe.

Man stritt über die Stilisierung des ersten Paragraphen in dem von Schnirer entworfenen Parteiprogramm.

Brief an Zadok Kahn. *16. September.*

Ew. Ehrwürden!

Von einer Reise zurückkehrend, beeile ich mich, Ihren werten Brief v. 7. ds. zu beantworten.

Es war mir schon früher mitgeteilt worden, daß Herr Scheid gegen mich arbeitet. Aus Ihrem Briefe ersehe ich, daß dies wahr ist. Ich frage mich, welches Interesse dieser Herr denn wohl haben könne, so vorzugehen? Die Bewegung, die ich eingeleitet habe, mag nicht die Zustimmung aller Juden finden; daß aber Leute, die mit der Kolonisation zu tun haben, dagegen ankämpfen, ist mir vorderhand unverständlich.

Auf Ihre erste Reklamation im Juli, die mir durch Dr. Nordau zuging, habe ich sofort in Konstantinopel Schritte gemacht und ein offizielles Dementi vom Wiener türkischen Botschafter erhalten. Dieses Dementi telegraphierte ich an Baron E. Rothschild, der sich bis zum heutigen Tage dafür nicht bedankt hat.

Ich ließ mir dann im August dieses Dementi vom Botschafter wiederholen, weil sein erster Brief auch noch anderes enthielt, was ich nicht vorzeigen wollte. Beiliegend finden Sie den Brief, den Sie Baron Rothschild und Herrn Leven zeigen und mir dann baldigst zurückschicken wollen.

Jetzt kommt Herr Scheid mit spezialisierten Anklagen. Ich schicke diese zur Untersuchung an die geeignete Stelle. Ich werde konstatieren lassen: 1. ob die Tatsachen richtig sind, 2. ob dergleichen Schwierigkeiten vor meinem Auftreten nicht vorgekommen sind, 3. ob die angeblichen Maßregeln irgendeinen Zusammenhang mit meinen Bemühungen haben.

Da es zum Unglück der Juden gehört, daß auf die Entschließungen des Herrn v. Rothschild viel ankommt, muß diesem Zwischenfall einige Aufmerksamkeit zugewendet werden.

Wer unserer Sache in die Nähe geht, soll sich den ganzen Ernst klar machen.

Ich habe bis jetzt die Bewegung schonend und als ein ruhiger Mann geführt, das weiß man. Man weiß auch, daß für mich der Zionismus weder Sport noch Geschäft ist. Ich lebe nicht davon, sondern dafür. Ich bringe Opfer aller Art, die im Verhältnis zu meinem Vermögen gewiß nicht geringer sind als die des Herrn v. Rothschild. Also fordere ich, daß man, wenn man schon nicht mithilft, doch nicht gegenarbeite.

Ich glaube, daß wir an einem großen Wendepunkt unserer Geschichte stehen. Sie kennen die Vorkommnisse in der Türkei. Nie war uns die allgemeine Lage günstiger. Ich lasse mich jetzt darüber nicht aus, weil ich mit Bedauern Ihrem Brief entnehme, daß Sie wieder umgestimmt worden sind, nachdem Sie mir aus Weggis schrieben, Sie wollten einen vertraulichen Weltkongreß einberufen.

Ich gehe meinen Weg weiter, unbeirrt, unerschütterlich.

Merkwürdigerweise wissen noch manche Leute nicht, daß ich schreiben kann und ebensowenig zu kaufen bin wie der unangenehme Herr Drumont. Pamphlete werde ich zwar nicht schreiben, aber einen einfachen Bericht über das, was ich versucht habe, und woran ich vielleicht verhindert worden bin. Das Buch wird heißen „Die Rückkehr der Juden“, und jeder wird darin seinen Platz haben. *Tant pis, si cela fournira encore de la copie à Monsieur Drumont.*

Mit hochachtungsvollem Gruß
Ew. Ehrwürden ergebener
Herzl.

Aus Jerusalem ist eine begeisterte und rührende Resolution gekommen.

Der Übersender Wilhelm Groß schreibt mir, die Unterfertiger gehörten zu den angesehensten Männern Jerusalems.

Er bestreitet — wie merkwürdig sich das trifft — daß meine Bemühungen den dortigen Juden geschadet hätten.

Ich antworte ihm, er möge aus den angesehensten Männern ein Untersuchungskomitee bilden. Dieses solle weder aus Freunden noch aus Feinden des Scheid bestehen und die drei Punkte feststellen, die ich an Zadok Kahn geschrieben.

Zugleich bat ich ihn um vertrauliche Mitteilungen über Scheid, weil ich diesen nicht kenne und wissen möchte, ob ihn nur reine Überzeugung verleite, gegen mich zu arbeiten, oder ob da noch andere Motive mitspielen.

24. September.

Von Zadok Kahn erhielt ich einen Brief mit Einlage von Scheid, worin dieser meint, ich traute den Türken zu viel. Wenn ich wirklich was erreichen könne, solle ich die Einwanderungserlaubnis für 100 Familien nach dem Djolan erwirken. Zugleich teilt Zadok mit, es werde im Oktober in Paris eine Versammlung der Hirschfonds-Leute stattfinden, denen er meinen Plan usw. vorlegen wolle.

Ich suchte sofort Newlinski auf, sagte ihm, der Moment *de frapper un grand coup* sei gekommen. Der Sultan möge mir die Einwanderungs-Befugnis für drei- bis fünfhundert Familien gehen oder eine andere große Kundgebung, daraufhin würden ihm die Hirschleute usw. einen Antrag machen.

Newlinski schrieb an Izzet und sprach mit dem hiesigen Botschafter M... N... Dieser erzählte bei der Gelegenheit, daß der Botschaftenreporter der N. Fr. Pr. von mir als einem Verrückten spreche.

* * *

Inzwischen hat sich noch folgendes abgespielt. Glogau kam zu mir mit der Mitteilung, die Regierung wolle der N. Fr. Pr. ein Konkurrenzblatt in den Nacken setzen, weil die N. Fr. Pr. seit der Versöhnung Badenis mit Lueger dessen Ministerium unangenehm wird. Das Blatt soll liberal-konservativ-antisemitisch, kurz ein Unding sein, aber typographisch (diebographisch) genau so ausgestattet wie die N. Fr. Pr., die freilich auch ähnlich aus der alten „Presse" entstanden war.

Ich ließ nun vor Newlinski die Bemerkung fallen, diese Konkurrenz sei dumm. Wenn man die N. Fr. Pr. schwächen wolle, könne man es so nicht machen. Ich aber würde, weil man mir das vor einem Jahr gegebene Wort nicht gehalten und den Judenstaat, die Judensache, nicht nur nicht unterstützt, sondern geradezu böswillig verschwiegen hat — ein großes Blatt gründen.

Sofort erzählte Newlinski das seinem Freunde Kozmian — am Montag — und als ich Dienstag im Burgtheater war, kam Kozmian und sagte, Graf Badeni, der auch im Theater sei, wünsche mit mir über „mein Blatt" zu sprechen. Ich antwortete, so weit seien wir noch gar nicht; es wäre nur ein Anfang da, usw.

Aber am folgenden Tage, nach neuerlicher Rücksprache mit Badeni, rief mich Kozmian zu sich ins Hotel Impérial, wo Newlinski zugegen war. Badeni ließ mich fragen, was ich „für meine Unterstützung" wünsche.

Ich antwortete: „Vor allem kein Geld! Ich will unabhängig sein, das gegenseitige Verhältnis hat mehr in der Attitude zu bestehen. Wenn ich für meine Idee eine Hilfe oder Gefälligkeit irgendwie brauche, soll mir die Regierung helfen, dafür werde ich ihr nicht unangenehm sein."

„Das ist wenig", sagte Kozmian, der im Hemd war und nur einen Überzieher daraufgezogen hatte.

„Also angenehm!" erklärte ich, „aber Graf Badeni muß den Zionismus unterstützen."

Kozmian glaubte das versprechen zu können. Badeni werde die jüdische Kolonisation fördern (parbleu! auch Luegers Wunsch), und es ist nun plötzlich der Moment da, den ich damals beim Erscheinen meiner Broschüre in dem Brief an Badeni vorgeahnt hatte.

Kozmian sagte noch, Badeni werde mich empfangen, sobald ich es wünsche, — und reiste ab nach Galizien, von wo er übrigens anfangs Oktober zurückkehrt.

Als ich hinausging, begleitete mich Newlinski vor die Tür und meinte: „Il faudra créer aussi à Kozmian une situation dans ce journal."

Ich sagte: „Ce n'est pas possible, mais je tâcherai de l'intéresser autrement."

Newlinski sagte hierauf bündig: „Il en a besoin."

* * *

Ich betreibe jetzt die Vorarbeiten für die Blattgründung. Schwierige Finanzsache. Dessauer berät mich.

25. September.

Brief an Zadok Kahn.
Ew. Ehrwürden!

Ihren freundlichen Brief mit Einlagen habe ich dankend erhalten. Ich ließ gestern durch den hiesigen türkischen Botschafter eine Anfrage nach Konstantinopel richten, nachdem ich auch direkt dort schon die nötigen Schritte in den letzten Tagen vorgenommen habe. In der Türkei hat man jetzt viele große Sorgen; und es ist nicht zu verwundern, wenn man mir nicht sofort antwortet, obwohl ich begründete Ursache zur Annahme habe, daß man mir sehr wohl will.

Ich bitte Sie, mir den genauen Termin des Zusammentritts der Hirschleute anzugeben, damit ich die Kundgebung, um die ich in Konstantinopel bat, Ihnen zur Vorlage an die Herren einsenden oder selbst damit nach Paris kommen könne. Ich ersuchte nämlich um eine jeden Zweifel ausschließende Bestätigung der mir mündlich gegebenen Erklärungen. Erhalte ich diese, so wird das, denke ich, ein schätzbares Material für die von Ihnen angekündigte Beratung in Paris sein.

Auch auf verschiedenen anderen Punkten bin ich tätig. Ich habe insbesondere hier in Österreich an einer sehr hohen Stelle Entgegenkommen gefunden. Was es sonst noch — in R o m und Berlin — für uns Günstiges gibt, kann ich Ihnen nicht schreiben. Ich bin (verzeihen Sie mir gütig meine Aufrichtigkeit!) nicht ganz überzeugt, daß Sie, wie es für die Sache erforderlich wäre, durch dick und dünn mitgehen.

Das schließt aber nicht aus, daß ich Ihnen für Ihre Bemühungen herzlich dankbar bin und Sie bitte, weiter mitzuhelfen, soweit Sie eben mithelfen können.

In aufrichtiger Verehrung

Ihr ergebener

Herzl.

Könnte Edmund Rothschild nicht versuchen, sich dem Zar jetzt in Paris zu nähern und dessen Wohlwollen für die K o l o n i s a t i o n zu erbitten? Unsere Bestrebungen

541

konvergieren ja, wenn wir auch im einzelnen auseinander-
gehen.

25. September.

Newlinski erzählt mir, er habe von Kardinal Agliardi
die Nachricht, daß Kardinal Rampolla dem Papst meine
Idee vorlegen wolle.

⊤ . ⊤

Hechler war schon ein paarmal da, um zu fragen, ob
ich schon an den Prinzen Günther geschrieben habe. Ich
war in den letzten Tagen zu matt und zerstreut.

* * *

Gestern waren Schnirer und Kokesch bei mir. Sie klag-
ten, der kleine Dr. K... „wolle sich losreißen". Er agi-
tiere auf eigene Faust in Mähren usw. und es solle
„innerpolitisch" gewirkt werden. Beide erklärten K...
für einen Streber, dem es nur um die Ergatterung einer
persönlichen Situation zu tun sei. Schnirer sprach davon,
sich zurückzuziehen. Kokesch wollte K... durch Zugeständnisse wieder kriegen. Ich sagte diesen beiden, die
zu den bravsten der hiesigen Zionisten gehören:
„Weder das eine noch das andere, sondern arbeiten!
Beginnen Sie endlich das oft besprochene Organisa-
tionswerk, so entziehen Sie diesen Separatisten den
Boden."
Schnirer sagte, er habe K... aufgefordert, die Resultate seiner Agitation „uns", d. h. dem Zionsverband, zu
überlassen. K... lehnte das ab, das habe er „nicht für
uns" getan.
Ich höre aber aus Mähren, daß die jungen Leute mit
meinem Namen agitieren — und doch „nicht für uns"?
Endlich beschlossen Schnirer, Kokesch und ich die Ein-

setzung von Kommissionen, die der Leitung, d. h. uns, zu referieren hätten. Eine Vereins-, eine Preß-, eine Finanz-, eine Studienkommission.

Das Schlimme ist nur, daß Schnirer und Kokesch dann bald wieder die Sache werden einschlafen lassen.

* * *

Heute war der Rabbiner Dr. L... G... aus Mieslitz bei mir und bat mich um Unterstützung, da er in Floridsdorf Rabbiner werden möchte. Er ist Zionist. Er teilte mir bei dieser Gelegenheit mit, daß die jungen Leute in Mähren den Rabbinern schreiben, sie mögen Anteil- scheine à 5o Fl. zur Gründung einer jüdischen Zeitung aufbringen.

Das ist offenbar K...s Idee.

5. Oktober, Wien.

Seit der letzten Eintragung schwere, wirre Tage mit viel Sorgen und Ekel. Ich habe mit „praktischen" Leuten aus der Geschäftswelt und Politik zu tun gehabt und oft bedauert, daß ich mich aus der Literatur in dieses Trei- ben hinausbegeben mußte.

Einige Tage waren voll von Versuchen der Zeitungs- gründung. Der Bankdirektor Dessauer hatte monatelang mit mir davon gesprochen, daß er, resp. seine Bank, sich an der Zeitungsgründung (die natürlich als eine anstän- dige, von Finanzgeschäften unabhängige gedacht war) mit einem Teil des Aktienkapitals beteiligen würde. Als ich aber mit Colbert und Steiner, von der Verlagsgesell- schaft Wiener Mode, zu ihm kam, erklärte er: „So dür- fen Sie mich nicht beim Wort nehmen."

Es war eine beschämende Situation.

Dann wurde eine andere Kombination begonnen, in der

543

ich und einige Verwandten die Hälfte des nötigen Geldes herbeischaffen sollen. Die andere Hälfte wird aber schwerlich aufzubringen sein.

Inzwischen ließ ich aber schon durch Newlinski und Kozmian den Grafen Badeni wissen, daß ich eine große Zeitung zur Vertretung meiner Idee aufstellen wolle. Die innere politische Lage ist eine derartige, daß dies auch im Interesse Badenis ist. Er ließ mir durch Kozmian sagen, daß er mich empfangen werde, sobald ich ihn zu sprechen wünsche. Ich ging absichtlich nicht hin, solange ich nicht mit der Geldbeschaffung für die Zeitung fertig war. Ich bin es noch nicht. Und durch den Wortbruch Dessauers bin ich jetzt vor Newlinski, Kozmian und Badeni blamiert. Badeni hatte ohnehin von vornherein erklärt, er glaube nicht daran, daß ich es machen würde. Ich sei ein schwacher Mensch. Kozmian hatte mich gefragt, was ich für die „Unterstützung der Regierung" verlange. Ich antwortete ihm, daß ich keinerlei Geldsubvention annehmen könne, aber für die Förderung meiner zionistischen Politik dem Kabinett Badeni Dienste leisten wolle. Kozmian schien nicht recht zu verstehen, wie man so etwas gratis tun könne.

Als ich nun Newlinski berichten mußte, daß meine Zeitungsversuche soviel wie fehlgeschlagen seien, geriet er in großen Zorn (ich hatte ihm eine gute Anstellung als Informator bei der Zeitung in Aussicht gestellt). Er sagte, er sei von mir enttäuscht, ich sei offenbar nicht der Mann zur Ausführung der Idee. Ich sei zu viel Idealist. Ich müsse von Montagu, E. Rothschild usw. Geld verlangen, um ein großes Organ zu schaffen. Ich sagte darauf, daß ich es nie über mich bringen würde, von jemand Geld zu verlangen, das aussähe, als wäre es mir gegeben.

544

Er meinte darauf, es sei am besten, die ganze Sache fallen zu lassen.

Ich begleitete ihn dann bis zur türkischen Botschaft. Er scherzte: „Wenn wir zwei Verschwörer wären, und es handelte sich darum, einen Dynamitdiebstahl zu begehen, und Sie weigerten sich zu stehlen, so würde ich meinen Revolver ziehen und Sie niederschießen."

Ich glaube wirklich, daß eine Energie dieser Art für die Durchführung nötig wäre. Ich habe sie nicht. Ich scheue mich davor, Geld für die Agitation zu verlangen, geschweige denn, es auf ungenteele Art aufzubringen.

Als die Steyrermühl-Kombination im Zuge war, genierte mich das Börsenmäßige daran, und mit einer Erleichterung ließ ich die Aktien wieder verkaufen, als die Kombination sich als undurchführbar erwies.

Übrigens hat Newlinski jetzt Gelegenheit, figürlich den Revolver zu ziehen, wenn er die ihm unter Diskretion gemachte Mitteilung an Bacher und Benedikt weitergibt.

Ich säße dann plötzlich zwischen zwei Stühlen auf der Erde.

Ich traf heute Benedikt auf der Gasse, bevor ich ins Bureau ging, und er begleitete mich eine Stunde durch die Stadt. Ich fragte ihn, ob er heute schon dem Zionismus nähergekommen sei durch alles, was sich in Österreich seit einem Jahr abgespielt hat — Lueger beim Kaiser, Badenis Aussöhnung mit den Antisemiten, usw.?

Er beharrte darauf, daß die N. Fr. Pr. auf dem deutschliberalen Standpunkt bleiben müsse. Die jüdisch-nationale Bewegung sei ein Unglück usw. Insbesondere Mähren gehe dadurch dem Liberalismus verloren. Dennoch schien mir sein Widerspruch heute schwächer als vor einem halben Jahre.

Dieses halbe Jahr hat für mich einiges bedeutet. Die

Wiener Juden scheinen mürber geworden zu sein. Es gab da etwas Eigentümliches. Mir waren die Fortschritte des Antisemitismus gleichgültig, ich sah sie kaum. Benedikt und Genossen hingegen ärgerten sich täglich mehr zu mir herüber.

Auf wie vielen Punkten habe ich schon recht behalten!

Oppenheim, der vor einem Jahre meine Broschüre für einen bösen Witz erklärte, sagte heute, daß ich ganz gut einige sachliche Artikel über den Zionismus in der N. Fr. Pr. schreiben könnte.

Das wäre ein Ausweg!

Jedenfalls kommen aber wieder schwere Tage für mich, wie vor einem Jahr, als ich von der N. Fr. Pr. weg sollte und in den Unterhandlungen so viel Herzklopfen bekam, daß mein Herz seitdem leidet.

Wieder gibt es spannende Fortsetzungen in meinem Lebensroman. Vielleicht schleudert mich die Bewegung jetzt aus meiner sicheren Stellung bei der N. Fr. Pr. hinaus und in Abenteuer, denen ich wegen meiner Familie nicht ohne Sorgen entgegenblicke.

* * *

Newlinski erzählt mir ein Wort von Bacher. Sie trafen abends im Prater zusammen. Bacher fragte *à brûle pourpoint:* „Was machen Sie mit dem Herzl?"

Newlinski antwortete: „Ich bin ihm bei der türkischen Regierung in der Judenkolonisationssache behilflich."

Worauf Bacher: „Der Herzl ist ein solcher Schmock!"

6. Oktober.

Unter all den Leuten, die durch die „Bewegung" an mich herangezogen wurden, ist Rev. Hechler der bravste und schwärmerischste. Aber ich glaube, er will mich bekehren.

Er schreibt mir öfters ohne Veranlassung Postkarten, worin er mir meldet, daß er nachts nicht habe schlafen können, weil ihm Jerusalem eingefallen sei.

10. Oktober.

Wieder einige Tage mit auf und ab in der Zeitungssache. Mehrmals erschien alles fertig, dann wieder: *tout est rompu, mon gendre.*

Diese Peripetien sind uninteressant und vergessenswert, wenn man sie nicht gleich aufschreibt.

Aber gestern abend gab es etwas Starkes in der Redaktion. Bacher rief mich in sein Zimmer.

Ich glaubte, er wolle über meinen Zeitungsplan reden und machte innerlich zum Gefecht klar. Kam es schon jetzt zum Bruche?

Bacher fragte: „Was haben Sie in Konstantinopel für die Neue Presse ausgemacht?“

Ich war ganz verblüfft: „Ausgemacht? Gar nichts.“

Er: „Sie waren mit Newlinski unten?“

Ich: „Ja. Das ist bekannt.“

Er: „Er hat Sie bei den Ministern herumgeführt?“

Ich: „Jawohl.“

Er: „Es ist uns heute zum zweitenmal mitgeteilt worden, daß Sie in Konstantinopel waren, um von der türkischen Regierung eine Subvention von dreitausend Pfund für die N. Fr. Pr. zu verlangen. Man spricht in Konstantinopel allgemein, daß Sie auch tatsächlich Geld bekommen hätten. Wir wurden vom hiesigen Auswärtigen Amte davon vertraulich verständigt, und Adler, Präsident der österreichischen Handelskammer in Konstantinopel, schreibt dasselbe hierher.“

Mein gutes, ruhiges Gewissen ließ mich diese kräftige Mitteilung mit vollster Ruhe hinnehmen.

Ich sagte: „Und das haben Sie einen einzigen Augenblick geglaubt? Kennen Sie mich denn nicht? Ich denke doch, Sie müssen mich mindestens für einen Gentleman halten."

Bacher lenkte sofort ein: „Wir haben nichts anderes geglaubt, als daß Newlinski auf Ihrem und unserem Rükken eine Lumperei begangen hat. Er wird sich Ihrer Anwesenheit bedient haben, um von den Türken Geld zu nehmen."

Ich erklärte kategorisch: „Dem werde ich auf den Grund gehen. Ich habe in Konstantinopel immer deutlich die Grenze zwischen meiner Eigenschaft als Redakteur der N. Fr. Pr. und als Vertreter der Judensache gezogen. Den türkischen Autoritäten war es kein Geheimnis, daß ich nur wegen der Judensache hinkam. Meine erste Unterredung mit dem Großvezier galt ausschließlich der Judensache. Erst die zweite war ein Interview, in dem ich übrigens nicht offiziöser war als beispielsweise Schütz kürzlich in Rußland in seinen Gesprächen mit den russischen Staatsmännern."

Bacher forschte ungeschickt weiter: „Sagen Sie mir alles! Mit wem haben Sie gesprochen?"

Ich begann: „Mit dem Großvezier...", besann mich aber gleich und brach ab: „Das werde ich Ihnen nicht sagen. Sie sind ein Gegner meiner Bewegung. Lassen Sie mich in der N. Fr. Pr. zu Worte kommen, und ich werde öffentlich alles sagen!"

Er schrie: „Das werde ich nie zugeben. Ich kann mich nicht auf Ihren Standpunkt stellen. Es gibt keine Judenfrage, es gibt nur eine Menschenfrage."

Ich: „Ich mache mich anheischig, die Sache den Lesern zu erklären, ohne Ihrem Standpunkt etwas zu vergeben.

Was wollen Sie gegen die jüdische Kolonisation einwenden?"

Er: „Ich will überhaupt nicht, daß die Juden auswandern. Übrigens gehen die Kolonisten zugrunde. Die russischen Juden kommen alle wieder zurück."

Ich: „Ja, von Argentinien, weil Hirsch die Sache falsch angepackt hat."

Er: „Und die in Palästina sind lauter Schnorrer."

Ich: „Nicht richtig! Die Palästina-Kolonien gedeihen. So wie Sie das nicht wissen, so wissen es Ihre Leser nicht. Lassen Sie es mich ihnen erklären."

Er wankte ein bißchen, ließ aber nicht nach.

Dann ging ich zu Benedikt, der süßlicher sprach, auch erklärte, daß weder er noch Bacher noch Dóczy einen Verdacht gegen mich gehabt hätten. Ich sei nur unvorsichtig gewesen, ich werde schon wissen, was und wen (Newlinski) er meine. Die Folge dieses Zwischenfalles sei, daß die N. Fr. Pr. heute einen wütenden Leitartikel gegen die Türkei bringen werde. Das sei die einzige Form, in der man das Gerede aus der Welt schaffen könne.

Auch ihm drang ich dann mit der Judensache auf den Leib. Er solle mich eine Serie von Artikeln schreiben lassen. Er sagte, das ginge nicht an. Sie könnten den österreichischen Standpunkt nicht aufgeben. Ich sagte ihm: „Sie sind doch ein guter Jude. Warum soll ich mich mit Ihnen nicht verständigen können. Von Ihnen hängt ungeheuer viel ab. Gehen Sie mit, und Tausende werden folgen. Lassen Sie mich Ihnen zuerst alles erklären, was in dem Jahre vorgekommen ist. Sie werden mir dann glauben."

Er meinte: „Reden können wir ja. Sie wissen, daß ich mich mit Ihnen gern ausspreche."

Kurz, die Unterhandlung schloß in friedlichen Akkorden.

Ich traue diesem Frieden dennoch nicht. Ich hatte den Eindruck, daß sie sich vor mir fürchten und Wind von meinen Zeitungsplänen bekommen haben.

Vielleicht ist diese Verleumdungsgeschichte nur eine Kriegsmaschine gegen mich, um mich, wenn ich wegginge, in den Verdacht zu bringen, ich sei wegen einer schmutzigen Geldgeschichte entlassen worden. Oder wollen Sie mich von Newlinski, d. h. von Kozmian und Badeni, trennen? Oder wollen sie mir das Weggehen von der N. Fr. Pr. unmöglich machen?

Die nächsten Tage werden Antwort bringen.

11. Oktober.

Gestern abend ein schwerer Auftritt mit Bacher.

Ich hatte ihm mittags gesagt, daß ich Dóczy wegen seiner Äußerung zu fordern beabsichtige. Noch früher hatte ich mit unserem Mitarbeiter V... gesprochen und diesen gefragt, ob er mein Sekundant sein wolle. V... schützte eine Reise vor, ließ sich aber „im Vertrauen" die Geschichte erzählen. Bacher erklärte mir, Dóczy habe nur als Freund eine vertrauliche Verständigung (unter „Bruch des Amtsgeheimnisses") ergehen lassen. Dóczys Mitteilung habe einen auch für mich rein freundschaftlichen Charakter gehabt. Und wenn ich Dóczy fordere, müßte ich auch ihn — Bacher — fordern. Ich sagte: „Gewiß würde ich Sie fordern, wenn Sie mir etwas Ehrenrühriges nachsagten."

Ich ließ aber die Sache fallen, nachdem Bacher diese freundschaftliche Erklärung abgegeben.

Indessen hatte V... im „Ausland"zimmer geschwätzt. Das ganze „Ausland" sprach von der Sache. Bacher ließ mich abends holen und stellte mich wutentbrannt zur Rede:

„Herr, wie sieht es in Ihrem Gehirn aus? Sie haben eine Illoyalität begangen, indem Sie die Sache weiterverbreiteten. Dóczy kann um sein Amt kommen, usw."

Mir paßte es nicht, einen groben Streit als Anlaß meines Austritts aus der N. Fr. Pr. setzen zu lassen. Darum antwortete ich entschieden, aber ruhig: „Die Illoyalität lehne ich entschiedenst ab. Wenn V... geplaudert hat, obwohl er Diskretion versprach, ist das nicht meine Schuld. Übrigens war ich nachmittags bei Newlinski und habe ihm Dóczy nicht genannt. Es ist meine Überzeugung, daß auch Newlinski an dieser Subventionsgeschichte absolut unbeteiligt ist. Sie werden es aber begreiflich finden, daß ich die Sache nicht so einfach auf sich beruhen lassen konnte. Sie haben in Ihrem heutigen Leitartikel die Teilung der Türkei verlangt. Damit sind Sie aus dem Wasser — ich noch nicht."

Hierauf erklärte er, ruhig geworden, daß ich überhaupt nicht kompromittiert gewesen sei. V... kam herein, war geniert, weil seine Schwätzerei den Lärm verschuldet hatte, aber schließlich ging die grobe Lärmszene doch friedlich aus. Bacher gab mir mit seiner brummigen, falschen Gutmütigkeit die Hand, mehr als je *bourru malfaisant*.

Ich habe aber den Eindruck, daß sie mich bald gewaltsam aus der Zeitung hinausdrängen werden. Es wäre eine Katastrophe, weil die Finanzkombinationen zur Gründung meiner Zeitung gescheitert sind.

11. Oktober.

Von Zadok Kahn erhielt ich die Mitteilung, daß die Hirschleute von der Jewish Colonisation Association am

14. in Paris zusammenkommen; doch sei ihre Gewalt durch eine Parlamentsakte beschränkt, welche über die Hirschstiftung besteht.

Ich antworte ihm:

Ew. Ehrwürden!

Es ist mir derzeit nicht möglich, nach Paris zu kommen. Ich muß auch leider daran zweifeln, daß die Herren, die sich dort versammeln, hören wollen, was ich zu sagen habe.

Sie erinnern sich gewiß aus meinen Briefen an den Stand unserer Sache, da ich Ihnen einige Hauptpunkte mitteilte. Diese Daten werden Ihrer Beredsamkeit genügen, um den Herren ein Bild zu geben.

In zwei Worte dränge ich das Ergebnis meiner bisherigen Bemühungen zusammen: Unsere breitesten Schichten nehmen den Judenstaatsgedanken mit Begeisterung auf. In der Türkei ist die Geneigtheit vorhanden, eine Kolonisation in großem Maßstabe zu gestatten, falls dafür viel gezahlt wird.

In den höchsten Regierungskreisen einzelner Länder behandelt man meinen Plan ernst und wohlwollend.

Wenn die in Paris versammelten Herren ebenso ernst auf die Sache eingehen wollen, stehe ich zu weiteren Aufklärungen zur Verfügung.

Ferner mache ich folgenden positiven Vorschlag. Die Herren mögen je ein großes Tageblatt in London und in Paris gründen oder kaufen. Es gibt Blätter, die sich gut rentieren, und bei denen der Fonds nichts verlieren würde. In diesen Blättern ist die Politik der Juden zu machen, für oder gegen die Türkei, je nach Umständen usw. Die Blätter brauchen nach außen hin nicht als Judenblätter kenntlich zu sein. Als Chefredakteur für London empfehle ich Lucien Wolf, für Paris Bernard Lazare.

Das halte ich für eine der nächsten notwendigen Aufgaben. Wenn die Herren verstehen, was jetzt in der Türkei vorgeht, werden sie die historische Größe des Augenblicks einsehen.

In aufrichtiger Verehrung

Ew. Ehrwürden ergebener

Herzl.

13. Oktober.

Heute telephonierte man mir von der türkischen Botschaft in die Redaktion, daß man mich nachmittags zu sprechen wünsche.

Ich schrieb sogleich an M... N... Pascha, daß ich bedauere, ihn nicht besuchen zu können. Ich sei aber den ganzen Nachmittag zu Hause.

Der Botschafter antwortete, er habe mir nur ein Dokument überreichen und „mit mir eine Zigarette rauchen" wollen.

Das Dokument ist offenbar das Ordensdekret und dient als Vorwand, um mit mir über die Verleumdungsgeschichte zu sprechen.

Wahrscheinlich hat auch der antitürkische Leitartikel der N. Fr. Pr. Entsetzen in Konstantinopel erregt.

Schon wieder spiele ich unerwartet und ohne mein Hinzutun in die hohe Politik hinein.

Eine heutige Zeitungsdepesche aus Konstantinopel meldet, der Minister des Äußeren, Tewfik Pascha, habe gesagt, die Türkei wolle eine Eisenbahn durch Palästina führen, den Weg nach Indien bauen.

Das war mein Vorschlag!

13. Oktober.

Ich muß es mir offen gestehen: ich bin demoralisiert. Von keiner Seite Hilfe, von allen Seiten Angriffe. Nordau schreibt mir aus Paris, daß sich dort niemand mehr rührt. Die Maccabeans in London sind immer mehr Pickwickier, wenn ich den Berichten meines getreuen de Haas glauben darf. In Deutschland habe ich nur Gegner. Die Russen sehen teilnehmend zu, wie ich mich abrackere, aber keiner hilft mit. In Österreich, besonders in Wien, habe ich ein paar Anhänger. Hievon sind die Uninteressierten völlig untätig, die anderen, die Tätigen, wollen durch den Redakteur der N. Fr. Pr. vorwärtskommen.

Hinzu kommt die Verleumdungskampagne, deren Leiter der brave Scheid zu sein scheint.

Die Juden, denen es gut geht, sind alle meine Gegner.

So daß ich anfange, das Recht zu haben, der größte aller Antisemiten zu sein.

Oft denke ich an Levysohns Wort: „Die, denen Sie helfen wollen, werden Sie zunächst recht empfindlich ans Kreuz schlagen."

14. Oktober:

Heute war ich bei M... N... Pascha, dem türkischen Botschafter. Er kam mir liebenswürdig mit dem Ernennungsdekret des Medschidijeordens entgegen. Er hoffe, mir bald auch den Stern für die Brust überreichen zu können.

Ich tat, als fühlte ich mich sehr ausgezeichnet.

Wir plauderten dann. M... N... hatte wieder seine komische Ausdrucksweise: „Imaginez-vous que vous n'êtes pas un homme politique et pas un Autrichien, et imaginez que je ne suis pas ambassadeur. Vous êtes un Chilien et moi du Pérou — et maintenant parlons de la Turquie."

Er wollte sagen: sprechen wir unbefangen.

Ich sagte ihm denn auch unbefangen meine Meinung.

Daß es nur eine Rettung für die Türkei gebe: ein Abkommen mit den Juden über Palästina. Dadurch könnte man die Finanzen regeln, Reformen durchführen und sich nach Herstellung geordneter Zustände jede fremde Einmischung dauernd verbitten. Alle Finanzarrangements, die vorgeschlagen werden, sind kurzbefristete *expédients*, und dienen nur dazu, einige Börsenagioteurs zu bereichern.

M... N... nickte dazu sorgenschwer und sprach offen über den verzweifelten Stand der Staatsfinanzen. Das türkische Volk sei gänzlich verarmt, man könne auch keine Steuern mehr auflegen. Wo nichts ist, hat der Sultan das Recht verloren. Er, M... N... selbst, stehe vollkommen auf meinem Standpunkt, er glaube auch, daß es möglich wäre, mit Hilfe der Juden die Türkei zu rekonstruieren. Aber er habe keinen Einfluß in Konstantinopel. Er meint, die Einwanderung von Juden in Palästina könnte jedenfalls nur stattfinden, wenn diese Juden türkische Untertanen werden wollten.

Im ganzen scheint er gar nicht recht zu verstehen, was ich meine. Ich begnügte mich, seine Einbildungskraft zu erhitzen, indem ich vom Auferstehen der Türkei mit Hilfe der Juden ein Bild in wenigen Strichen entwarf. Die schon jetzt lachenden Erben der Türkei würden um die erwartete Teilung geprellt. *La Turquie échapperait à ses héritiers!*

M... N... hatte auch ganz offen mit mir gesprochen. Er sagte: „Seit vierzehn Tagen höre ich nichts von Konstantinopel. Das ist ein gutes Zeichen. Wenn man von einem Kranken keine Verschlimmerung berichtet, darf man wieder hoffen."

Er war ganz resigniert, der arme Botschafter.

M... N... sprach auch auf eine komische Weise von unseren Religionen. „Die Moslims", sagte er, „stehen den Juden näher als den Christen. Wer Moses oder Abraham beleidigt, dem wird bei uns der Hals abgeschnitten. Auch sind wir wie Sie beschnitten. Sie könnten sich für einen Mohammedaner, ich für einen Juden ausgeben. Christus erkennen wir nicht als Gottes Sohn an, wenigstens nicht mehr als einen anderen. Für uns sind das lauter Propheten."

16. Oktober.

Heute steht wieder ein Mord- und Brand-Alarmartikel über die „Zustände am Bosporus" in der Neuen Freien Presse.

19. Oktober.

Der junge de Haas in London scheint — nach seinen Briefen zu urteilen — tüchtig zu arbeiten.

Er hat hundert „stalwarts", die sich Bnei Zion nennen und gehörig agitieren. Er will die Chovevi Zion (3000 Mitglieder) erobern und von da aus weitermarschieren. Die englische Provinz und Amerika, schreibt er, gliedere sich seiner Bewegung an.

Ich schreibe ihm, daß ich jetzt bemüht bin, eine Audienz beim Kaiser von Rußland zu bekommen. Ferner, daß ich mit M ... N ... über die türkischen Finanzen und ihre Sanierung durch Judengeld gesprochen habe. Ich frage de Haas, ob er glaube, daß Montagu und Goldsmid einer Einladung des Sultans, in Konstantinopel Propositionen zu machen, folgen würden?

* * *

Gestern schickte ich Hechler die endlich fertig gewordene russische Übersetzung meiner Broschüre für den Zar. Zugleich entwarf ich ihm in ein paar Zeilen, was er an Herzog Günther und Prinz Heinrich von Preußen

556

über die finanzielle Sanierung der Türkei und Erhaltung des Status quo mit Hilfe der Judenwanderung schreiben solle.

Eine Notiz der Wiener Allgemeinen Zeitung vom 18. Oktober 1896:

(Hundertfünfzig Millionen für zionistische Zwecke.) Im „Dziennik Polski" finden wir die nachstehende Notiz: „Einer der hervorragendsten Zionistenführer in Lemberg erhielt von dem bekannten Verfasser der Broschüre ‚Der Judenstaat‘, Dr. Theodor Herzl, einen Brief mit der Mitteilung, ein englischer Millionär habe die Absicht, 150 Millionen Gulden für die Wiederherstellung des palästinischen Reiches zu opfern. Der Millionär verlangt aber vorerst Beweise dafür, daß die polnischen Juden auch wirklich zur Auswanderung bereit seien. Dr. Herzl ersucht nun die Lemberger Zionisten, sie möchten im ganzen Lande Volksversammlungen einberufen und eine möglichst große Zahl von Unterschriften sammeln, welche ihm als Beweis und gleichzeitig als Mandat für die weiteren Verhandlungen mit besagtem Millionär dienen sollen. Der Brief des Dr. Herzl hat bei einer Sitzung des Zionisten-Ausschusses zu drastischen Szenen Anlaß gegeben. Ein Teil der Mitglieder äußerte Zweifel bezüglich der Wahrheitsliebe des Dr. Herzl und verlangte, derselbe möge vorerst den Originalbrief jenes englischen Krösus einsenden und auch beweisen, daß er wirklich in Audienz beim Sultan war und von ihm die Versicherung erhalten habe, daß er die Angelegenheit der Gründung eines Judenstaates in Palästina wohlwollend behandeln werde. Angeblich aus diesen Gründen wurde Dr. Herzl das verlangte Mandat nicht bewilligt; es ist immer der

Verdacht nicht ungerechtfertigt, daß die Zionisten sich einfach bewußt waren, daß es ihnen nicht gelingen werde, die notwendige Anzahl von Unterschriften aufzutreiben."

22. Oktober.

Brief an M... N... Bey:
Excellence,
permettez moi de vous remettre mes remerciements pour la décoration que Sa. Majesté m'a fait l'honneur de me conférer.

Veuillez agréer, Excellence, les expressions de ma haute considération

Dr. Théodore Herzl.

Eingeschlossener Brief an den Sultan:
Sire!
Son Excellence M... N... Bey a bien voulu me remettre le brevet de la décoration que votre Majesté m'a fait l'honneur de me conférer.

En exprimant ma profonde reconnaissance pour ce signe de faveur, je prie Votre Majesté de conserver aux Juifs Sa haute bienveillance. Le jour où il plaira à Votre Majesté d'accepter les services des Juifs, ils mettront leurs forces avec joie aux ordres d'un monarque aussi magnanime.

Je suis avec le plus profond respect,

Sire,

De Votre Majesté
Le très humble et obéissant serviteur
Dr. Théodore Herzl.

(Die Ergebenheitsfloskel zum Schluß, die vielleicht ein bißchen tief ist, kopiere ich aus den „Usages du Monde", Kapitel „lettres à des personnages", der Baronne de Staffe.)

558

Gestern nachmittags war Kozmian lange bei mir, und zwar im Auftrage Badenis. Badeni wünscht sehr, daß ich eine große Zeitung mache, und sieht es als einen mächtigen Dienst an, für den er mir dankbar sein will.

Ich wollte diplomatisieren, aber Kozmian fragte mit einer gewissen Rohheit:

„Was verlangen Sie dafür? Sagen Sie es deutlich. Was wollen Sie für sich, und was für die Juden?"

Er sprach Französisch, ich ging aber ins Deutsche über, *pour faire sentir davantage les nuances.*

Er sagte: „Le gouvernement comprend que vous lui rendrez un service inappréciable. Il vous faut une position politico-sociale qui est à créer. Que demandez-vous? Puisque ce n'est pas de l'argent? Voulez-vous une fonction, un titre, une distinction?"

Ich sagte: „Il ne peut être question d'une fonction si je dois faire un journal. Newlinski a eu l'idée d'une décoration pour moi, la couronne de fer par exemple."

„Quelle classe?" fragte er.

Ich sagte: „Troisième!" hätte aber „deuxième" sagen sollen. „Mais l'affaire principale n'est pas cela. Il s'agit de donner quelque chose aux Juifs. Par exemple un mot de l'empereur. M'ayant conféré cette distinction, il me recevrait et me dirait de bonnes choses pour les Juifs, avec l'autorisation de les publier. Quoi? On s'entendrait là-dessus."

„C'est grave!" sagte Kozmian. „On ne peut pas faire entrer l'empereur à tout propos dans le débat. L'empereur n'a rien contre les juifs; seulement il n'aime pas les agioteurs. Badeni est également plutôt philosémite. Il n'y aura certainement pas de persécutions contre les juifs."

Ich unterbrach: „Je ne crains pas des persécutions, cela n'existe plus."

Er: „Naturellement je ne peux rien vous dire de précis, dès qu'il s'agit de la personne de l'empereur. Je causerai à Badeni. Je lui dirai ce que vous m'avez dit. C'est un esprit très positif. Il veut le journal avant les élections. Il fera les élections au mois de février ou mars, s'il a le budget voté maintenant. Et il les fera tout de suite, si on le lui refuse. Donc il a besoin tout de suite d'un grand journal indépendant qui ne lui fasse pas la guerre, et qui le traite avec objectivité."

Ich sagte endlich, daß ich mit meinen Freunden beraten würde, was wir verlangen sollen.

Er meinte: im vorhinein sei es schwer, mir etwas zu gewähren. Versprechen könne man mir die Eiserne Krone, und Graf Badeni würde das auch sicher halten, selbst wenn er abdanken müßte.

Ich lud Kozmian für nächsten Montag zu Tische. Inzwischen werde ich mit mehreren Freunden gesprochen haben.

Namentlich mit Dr. Grünfeld, dem Präsidenten der Israelitischen Union, der mich unlängst zu einem Vortrag aufforderte. Ich nahm diesmal an und werde also zum erstenmal in Wien sprechen. Bei Gelegenheit seines Besuches erzählte ich Grünfeld einiges von den schwebenden Unterhandlungen mit Badeni, und wie wir jetzt eine Judenpartei gründen könnten mit Hilfe der Regierung.

Ein Blatt, ein Blatt wäre aber notwendig, und dafür braucht man Geld, Geld. Ich habe aus der Familie 400 000 Fl. zur Verfügung. Es ist aber eine volle Million erforderlich.

Gestern abends war ich beim Festkommers der Kadimah.. Eine Kette von Ovationen. Sie nannten mich vor den übrigen Ehrengästen, ich saß rechts vom Präsidium und wurde zum Ehrenburschen ernannt. Alle Redner sprachen von mir. *On ne parle que de moi là dedans.*.

Ich fürchte nur, dem Rausch der Popularität wird ein Katzenjammer folgen.

Vorläufig ist es noch sehr hübsch.

22. Oktober.

Heute steht in der N. Fr. Pr. ein sehr giftiger Leitartikel gegen Yildiz Kiosk, Izzet Bey und Lutfi Aga. Der Artikel wird mir in Konstantinopel sehr schaden, mittelbar vielleicht auch den jüdischen Kolonisten in Palästina.

Die Situation ist wirklich unhaltbar geworden. *La situation n'est pas franche.* Wenn ich nur das Geld für die Zeitung hätte, wären wir mit einem Ruck in der Höhe.

24. Oktober.

Gestern war Sidney Whitman, Freund des Fürsten Bismarck, des Malers Lenbach, des Sultans, Gordon Bennets, und Londoner Vertreter des „New York Herald" bei mir. Ein origineller Mensch. . . . . Charakteristischer Kopf — eine großangelegte Nase, die plötzlich aufhört, bevor sie an ihrem geplanten Ende angelangt ist. Kurioser, unterm Kinn dichter, viereckiger, ergrauender Vollbart. Er spricht vorzüglich Deutsch, und zwar im schnoddrigsten Ton des Absprechens. Er erzählt mit Korrespondenten-Ruhmredigkeit von seinen Abenteuern in Konstantinopel, wo er während der armenischen Massaker war. Er hatte, wenn er schrieb, immer den gespannten Revolver auf dem Tisch liegen aus Furcht vor

einem armenischen Überfall, da er Lanzen für den Sultan
stach. Der Sultan gab ihm Orden und Händedrücke.
Sidney Whitman war es, der nach Europa lancierte: die
Türken würden alle Christen, deren sie habhaft werden
könnten, ermorden, wenn die Mächte intervenierten.

Dieser „Nachricht" war offenbar die Erhaltung des
Friedens zu verdanken.

Whitman geht jetzt zu Bismarck nach Friedrichsruh
und wird trachten, ihn für meinen Plan zu interessieren.

* * *

Später brachte Dr. Grünfeld den Landesschulrat und
Advokaten Dr. G... K... zu mir. Dr. K... will das Konsortium von Geldgaranten für die zu gründende Zeitung
zusammenstellen. Als ersten nannte er B. Albert Rothschild, den ich rundweg refusierte. Der Plan ist: die
Juden gründen ein Blatt, das den Grafen Badeni unabhängig unterstützt, wogegen Badeni eine judenfreund-
lichere Haltung annimmt.

26. Oktober.

Heute speiste Kozmian bei mir. Ich konnte ihm noch
keine definitive Zusage für Badeni geben. Dieser wünscht
das Blatt sehr dringend, wegen der N. Fr. Pr., die ihm
unangenehm ist, deren faktisches Monopol in Wien er
brechen möchte, und wegen der Reichsratswahlen.

4. November.

Zur Stimmung dieser Zeit gehört, daß ich wieder von
Tag zu Tag enervierter werde. Dr. G... K... soll das Zei-
tungskonsortium zusammenstellen. Die ablehnen, schweigen vielleicht nicht, und bisher hat noch keiner seinen
Beitritt zugesagt. So bin ich der zweifelhaften Diskretion

Unbekannter ausgesetzt, und jeden Tag, wenn ich das „Chefzimmer" betrete, bin ich auf die Kriegserklärung gefaßt.

Auch Kozmian-Newlinski können etwas ausplaudern. Schon war in der Redaktion das Gerücht verbreitet, ich hätte die Wiener Allgemeine Zeitung gekauft.

8. November.

Gestern sprach ich zum erstenmal öffentlich in Wien, in der Israelitischen Union.

Das Lokal Kuhners beängstigend voll. Ich war in der schweren Hitze und bei meiner mangelhaften Redevorbereitung nicht gut disponiert, hatte auch das Gefühl von Denklücken bis ans Ende. Dennoch war der Erfolg stürmisch.

Professor Singer, den ich durch eine Anspielung auf die jetzt aufgetauchten Sozialpolitiker — ich sprach von den Marranen Spaniens als Religionspolitikern — geärgert hatte, meldete sofort einen Gegenvortrag an, und ich bat dann, über diesen eine Diskussion zu eröffnen.

Der Präsident der Union, Dr. Grünfeld, dankte in einem Speech dafür, daß ich das erklärt habe, was man bisher für eine Utopie hielt.

Ich sprach namentlich gegen das geplante russisch-französische Finanzarrangement der Türkei, weil dieses uns den Weg nach Palästina abschnitte. Diesen Teil der Rede schicke ich heute an de Haas nach London. Der Hauptsatz lautet:

„Die jüdische Hochbank, die dazu mithilft, ohne Rücksicht auf die Leiden der armen Juden, und ohne bei dieser

Gelegenheit zur Lösung der Judenfrage beizutragen, lüde schwere Verantwortung auf sich."

Ich fordere zugleich Haas auf, in England und Amerika dagegen zu agitieren. Er möge mit Rev. Gaster, Rabbinowicz, Ish Kishor ein Massenprotestmeeting im Eastend einberufen.

Zugleich rege ich Sammlung eines Nationalfonds an, der uns von der Hochbank unabhängig machen soll.

8. November.

Brief an Adolf Stand in Lemberg, der sich mir als Chef des Exekutiv-Komitees anmeldet. (In der Einleitung spreche ich den Wunsch nach Vereinigung aller österreichischen Zionsvereine im Zionsverband von Wien aus. Dann wörtlich:)

„Dem Zionismus droht jetzt eine ungeheure Gefahr. Sie wissen, daß ein russisch-französisches Arrangement der türkischen Finanzen geplant wird. Wenn das zustande kommt, ist der Sultan mediatisiert, handlungsunfähig, und jede Hoffnung, Palästina für uns zu bekommen, ist begraben.

Dazu darf also die jüdische Hochbank nicht helfen!

Ich sprach gestern dagegen in der hiesigen Union. Die Rede wird in Blochs Wochenschrift erscheinen. Ich gab meinem Komitee in England Auftrag, gegen dieses Anlehen eine große Agitation einzuleiten.

Sie in Galizien können da nichts anderes tun, als daß Sie den Massen mitteilen, was vorgeht.

Ich bitte Sie aber, vernünftig und vorsichtig vorzugehen, damit nicht wieder solche perfid-lächerliche Geschichten aufkommen, wie die des *Dziennik Polski.*

Sie erhalten jetzt die erste Gelegenheit, Ihre Tüchtigkeit als Chef eines Landesexekutivkomitees zu zeigen.

Suchen Sie Fühlung mit den einflußreichsten orthodoxen Rabbinern.

Ich gab in meiner gestrigen Rede, deren Verbreitung
wünschenswert ist, auch noch eine für die Zukunft wichtige Anregung:

Es möge an allen Orten, wo Juden wohnen, ein Nationalfonds durch Sammlungen, Spenden usw. angelegt
werden. Der Fonds bleibt überall in der Verwaltung derer, die ihn aufbrachten, resp. bedingt subskribierten. Nur die Rechnungsausweise sind
der Zentralstelle mitzuteilen. Diese weiß dadurch, auf
welche Mittel im Augenblick der Verwirklichung gerechnet werden kann. Und wir sind nicht mehr von der
Gnade der Hochbank abhängig.

Überlegen Sie alles gut und reiflich, was Sie in Erfüllung dieses Auftrages tun.

Mit Zionsgruß

Ihr

Th. Herzl.

10. November.

Ein Mann aus Jerusalem, namens Back, war bei mir.
Er reist in Europa herum, um eine Agrarbank für Palästina zu gründen — die Jewish Company in der Westentasche, offenbar in seiner Westentasche.

Er behauptet unter der Patronanz des galizischen Wunderrabbiners Friedmann zu stehen.

* * *

Dr. G... K... teilt mir mit, daß seine Geldbeschaffungsversuche gescheitert sind.

Es wird also nichts aus dem großen Blatt, die Aussichten, die sich daran schlossen, sind erloschen.

Von diesem festen Punkt aus hätte ich Enormes leisten können. Das ist jetzt alles zunichte geworden.

.

Levin-Epstein, Administrator der Kolonie Rechowoth in Palästina, war bei mir.

Er erzählte von Scheid, daß dieser die Kolonien in wirtschaftlicher Abhängigkeit zu erhalten trachte, und zwar mit allen Mitteln.

In Rischon-le-Zion komme beinahe auf jede Kolonisationsfamilie eine Beamtenfamilie. Daher Gedeihen ausgeschlossen.

Scheid dürfte nach L. Epsteins Ansicht die falschen Gerüchte ausgesprengt haben, um eine Ausrede beim Baron für die Mißerfolge der durch Bakschisch erkauften Ansiedlung im Hauran zu haben.

Als Bakschischgeber in Konstantinopel soll der Armenier Dewleth fungiert haben.

14. November.

Heute begleitete ich Benedikt von der Redaktion nach Hause und schmiedete ihn wieder. Wenn er die Sache aufgreife, sei sie gemacht.

Unterwegs begegneten wir dem alten Kohlen-Gutmann, der protzig sich auf den Wanst schlagend sagte, man habe ihm heute die Wiener Allgemeine Zeitung zum Kauf angeboten. Er habe zwar schon viel Geld in Zeitungen gesteckt, werde sie aber vielleicht doch kaufen, weil 70 Menschen brotlos werden könnten. Er erweist also noch eine Gnade, indem er diese Zeitung kauft, in der dann seine schmutzigen Interessen verteidigt werden sollen. Ein doppelter Jammer.

Nachdem wir den Lästigen losgeworden, sprachen wir weiter. Ich entwickelte Benedikt meinen „echelonierten Anleiheplan".

Er sagte: „Es fängt schon an, sich zu klären. Sie gehen nicht mehr so weit wie früher. Über die Kolonisation in großem Maßstab — ohne Zionismus — läßt sich reden. Wir werden davon noch sprechen."

Nachmittag war Wolffsohn aus Köln bei mir, ein wackerer, sympathischer Mensch, der mir schon gut gefallen hatte, als er vor Monaten zum erstenmal bei mir war.

Ich erzählte ihm alles. Er staunte über meine Leistungen in Konstantinopel, London, hier und insbesondere in Karlsruhe, weil er ja von Köln aus zum Großherzog von Baden wie in eine steile Höhe hinaufblickt.

Ich erzählte ihm von Scheids Intrigen, die er zum Teil auch kannte. Er will durch Dr. Holtzmann Material über Scheids Mißwirtschaft herbeischaffen lassen.

Ich erzählte ihm vom Verhalten Edmund Rothschilds und Zadok Kahns. Dieser hat mir ja in seinem letzten Brief mitgeteilt, die Hirschleute ständen meinem Unternehmen mehr als kühl gegenüber, und es wäre am besten, ich ließe die Sache fortab ruhen.

Aber geradezu entsetzt war der gute Wolffsohn, als ich ihm die gescheiterte Verhandlung mit Badeni-Kozmian berichtete. Welcher Jammer liegt darin, daß ich die lumpige Million Gulden nicht aufbringen kann, die zur Gründung des großen Blattes und mithin zur Erlangung der Unterstützung Badenis, der ganzen österreichischen Regierung, nötig ist.

Eine einzige Million Gulden! daß sie nicht jetzt für den Zweck zur Hand ist — dadurch wird vielleicht der historische Moment, in dem die Lösung der Judenfrage möglich war, verpaßt.

Badeni braucht mich jetzt. Selbst wenn er nach den Reichsratswahlen noch im Amte bleibt, wird er mich nicht mehr brauchen, wird mich folglich nicht in Rußland, wie in der Türkei, poussieren.

Et la chance est bien manquée.

Brief an den Großfürsten **Wladimir**, der sich gegenwärtig in Berlin aufhält.

Monseigneur!

S. A. R. le Prince Ferdinand de Bulgarie m'a dit au mois de juillet à Karlsbad: „Le seul homme en Russie qui puisse vous aider, c'est le Grandduc Wladimir!"

De quoi il s'agit?

De la solution d'une question ancienne déjà comme le christianisme, d'une cause grande et belle, et faite pour plaire aux cœurs les plus nobles. C'est le retour des Juifs en Paléstine!

J'ai développé le plan dans une brochure qui a été traduite en dix langues. J'ai l'honneur de remettre à Votre Altesse Impériale l'édition russe. Depuis cette publication j'ai fait quelques démarches à Constantinople, où j'ai vu le grandvizir, et ailleurs.

S. A. R. le Grandduc de Bade m'a fait l'honneur de me recevoir à Karlsruhe, et il a eu la bonté de s'intéresser à la cause.

Je me mets respectueusement à la disposition de Votre Altesse Impériale pour expliquer l'idée toute entière, sans les restrictions qui sont nécessaires dans un livre. Il est facile de se renseigner sur moi — je suis rédacteur de la Neue Freie Presse de Vienne — et de savoir si je suis compromettant, s'il y a à craindre la moindre indiscrétion de ma part.

S. A. R. le Grandduc de Bade peut le dire. Si Votre Altesse Impériale veut bien m'accorder la faveur de me recevoir, je viendrai à Berlin, à St. Pétersbourg, n'importe où.

La solution de la question juive est une œuvre superbe.

Le juifs peuvent venir en aide aux finances détraquées de la Turquie. Cela faciliterait les réformes indispensables au soulagement des malheureux chrétiens de l'empire ottoman. Pour les pays dans lesquels on aimerait voir s'éloigner les juifs, cela serait un soulagement non moins bienfaisant.

Les masses des juifs pauvres acceptent l'idée avec enthousiasme, j'en ai maintes preuves.

On contenterait à peu près tout le monde; c'est donc la solution!

Je suis avec le plus profond respect,
    Monseigneur,
        de Votre Altesse Impériale
            le très humble et obeissant serviteur
                Dr. Théodore Herzl.

                                15. November 96.
(Ergebenheitsformel, siehe S. [558].)
        à Son Alt. Imp.
            le Grandduc Wladimir
                                à Berlin.

                                17. November.
Im Jewish World erscheint der Auszug meiner Union-Rede unter dem Titel: *The Jewish State. Dr. Herzl throws light on his scheme.*

Diesen Ausschnitt sende ich mit folgendem Brief an den Großherzog von Baden.

Ew. Königliche Hoheit!

Obwohl ich nicht die Auszeichnung hatte, auf mein vor einigen Monaten abgeschicktes ehrfurchtsvolles Schreiben eine Antwort zu erhalten, gestatte ich mir noch einmal auf die Judenfrage zurückzukommen.

Der beiliegende Ausschnitt aus einem Londoner Blatte sagt Eurer Königl. Hoheit in Kürze den augenblicklichen Stand der Sache.

Es ist wirklich etwas Wunderbares um die Entwicklung der Judenrückkehr-Bewegung. Von den Armen und jungen Juden mit Begeisterung aufgenommen, ist dieser Gedanke jetzt schon rund um die Erde verbreitet, wie aus zahllosen Kundgebungen hervorgeht. Und zugleich kann er auch zur Behebung der gegenwärtigen türkischen Schwierigkeiten dienen.

Es ist im größten Interesse derjenigen Mächte, welche den Status quo und dabei aber auch die Gesundung der Verhältnisse in der Türkei wünschen, daß das geplante russisch-französische Finanzarrangement n i c h t zustande komme. Denn das wäre tatsächlich eine russische Beschlagnahme der Türkei, ähnlich dem Protektorate, das Rußland sich durch die Finanzintervention nach dem japanischen Kriege über China zu sichern wußte.

Dieses angebliche Arrangement liefe auf eine neue Agiotage hinaus, von der Frankreich (im evakuierten Ägypten) und Rußland alle politischen und ein paar Börsenjobber die Geldvorteile hätten, indes in der Türkei alles beim alten bliebe.

Hingegen bedeutet das nationaljüdische Arrangement — ganz abgesehen von der weltgroßen und verheißenen Erfüllung, die darin liegt — eine wirkliche Sanierung der Türkei. Die Rückkehr der Juden ist der Schutz der Christen im Orient.

Königliche Hoheit! ich habe nur arme Worte zur Verfügung, um auf den Willen der Mächtigen dieser Erde einzuwirken. Vielleicht habe ich heute den Ton getroffen, der überzeugt? Wenn sein guter, weiser Ratgeber dem Deutschen Kaiser empfiehlt, mich anzuhören, wird Se. Majestät mich zu einem geheimen Vortrage nach Berlin kommen lassen. Damit wäre unendlich viel gewonnen.

Als ich in Karlsruhe war, gestatteten mir Ew. Königl. Hoheit gnädigst, ab und zu über meine Arbeiten in der Judensache zu berichten. Aus Furcht, weiterhin lästig zu fallen, beschließe ich mit meinem heutigen Briefe den Gebrauch, den ich von dieser Erlaubnis machte, falls ich kein Zeichen der Ermutigung erhalte.

Ich verbleibe in tiefster Ehrfurcht

Eurer Königlichen Hoheit

dankbar ergebener

Dr. Theodor Herzl.

1. Dezember.

Dr. Rothfeld aus Pest erzählt mir von einem dort verbreitet gewesenen Gerücht. Man sagte, ich hätte von einer englischen Landkompagnie, die in Palästina ein Geschäft machen wolle, für die Publikation des „Judenstaates" ein großes Honorar bekommen.

So unglaublich erscheint es unseren Juden, daß jemand etwas aus Überzeugung tun könne.

1. Dezember.

Brief an Hechler für Lord Salisbury.

Verehrter Freund!

Ihre Ansicht, daß ich Lord Salisbury den Judenplan entwickeln sollte, scheint mir richtig. Nur will ich nicht direkt an ihn herantreten. Wenn Sie es für gut finden, werden Sie ihm den Inhalt dieses Briefes zur Kenntnis bringen.

Für Sie, mein sehr verehrter Freund, ist die Judensache eine theologische. Aber sie ist auch eine politische, und zwar sehr aktuelle. Sie wissen, daß religiöse Gefühle, und in jüngster Zeit der überall auftauchende Antisemitismus, in den breiten unteren Massen der Juden aller Länder eine starke Sehnsucht nach Palästina erweckt haben. Sie wissen, daß Hunderttausende zur sofortigen Wanderung bereit sind, und zu vermuten ist, daß ihnen später noch mehr Hunderttausende folgen würden.

Das ist ein Element — ein neues allerdings — womit die englische Politik im Orient rechnen könnte und sollte. Lord Salisbury könnte damit einen Meisterstreich ausführen. Bei der jetzigen, von der russisch-französischen Entente beherrschten Weltlage würde eine Teilung der Türkei England schwer benachteiligen. Für England wäre die Teilung jetzt ein Verlust, es muß also den Status quo wünschen. Dieser kann nur erhalten werden, wenn man die Finanzen der Türkei regelt. Darum hat Rußland soeben das vorgeschlagene finanzielle Arrangement verhindert. Rußland will die Abbröckelung und Selbstauflösung der Türkei.

Nun gibt es ein Mittel, die türkischen Finanzen zu regeln, somit den Status quo noch einige Zeit zu erhalten, und gleichzeitig für England einen neuen Weg nach Indien, den kürzesten, zu schaffen. Und das alles, ohne daß England einen Penny auszulegen oder sich irgendwie sichtbar zu engagieren hätte.

Das Mittel ist die Herstellung eines autonomen jüdischen Vasallenstaates in Palästina, ähnlich wie Ägypten, unter der Suzeränität des Sultans. Ich habe, wie Sie wissen, im Sommer, als ich in Konstantinopel war, die ersten Fäden hierzu angesponnen. Die Sache ist möglich, wenn wir den Rückhalt, und ich wiederhole ausdrücklich: den unsichtbaren Rückhalt, einer Großmacht haben. Da der Sultan vorläufig noch unbestrittener Souverän ist, kann keine Macht ihn hindern, die Juden zur Einwanderung in Palästina einzuladen. Hierfür würden wir ihm eine große Anleihe auf den von den Juden zu zahlenden, im vorhinein sichergestellten Tribut besorgen.

England hätte den Vorteil, daß sofort die Eisenbahn quer durch Palästina vom Mittelmeer nach dem Persischen Meerbusen gebaut würde oder im Anschluß an die vom Verkehrsbedürfnis bald erzwungene Bahn durch Persien und Belutschistan (evtl. Afghanistan) nach Indien.

England hätte diese Vorteile *sans bourse délier*, und ohne daß die Welt von seiner Beteiligung erführe. Während Rußland sich im Norden den Schienenweg nach Asien vorbereitet, hätte England im Süden einen neutralen Reserveweg nach Indien, falls am Suezkanal Schwierigkeiten entstehen sollten.

Will Lord Salisbury dem Gedanken nähertreten, so stehe ich hier seinem Botschafter und ihm selbst in London zur Verfügung, wenn er mich ruft.

Findet er die Sache zu phantastisch, so kann ich nur bedauern. Die Bewegung existiert aber in Wirklichkeit, und ein geschickter und großer Staatsmann wird sie zu benützen wissen.

Mit herzlichen Grüßen Ihr getreuer

Theodor Herzl.

11. Dezember.

Auf dem Weg ins Bureau traf ich heute mittags Newlinski. Seit dem Scheitern der Blattgründung hat er jetzt immer ein wohlwollend spitzbübisches Grinsen, wenn er mich sieht. Das will sagen: „Hast mich drangekriegt! Ich bin dir aufgesessen, nehm's aber nicht übel, weil du so geschickt warst."

Je lui remets toujours du cœur au ventre. Ich sage ihm: „Es ist eine schlechte Pause im Werk. Nur Geduld. Wir werden es übertauchen. Die Freunde erkennt man daran, daß sie in den ungünstigen Tagen nicht wankend werden."

Er versichert mir schließlich immer, daß er festhalte — und fügt ironisch hinzu: „Ich bin Ihr einziger Anhänger."

Er erzählt mir, daß Izzet Bey beim Sultan in Ungnade gefallen sei. Seit zehn Tagen wurde er nicht empfangen. Tahsim Bey scheine jetzt obenauf zu sein. Dem hat Newlinski geschrieben, er möge dem Sultan den Judenvorschlag wiederholen. Man spricht von Rhagih Bey als wahrscheinlichem Nachfolger Izzets.

Der dänische Literaturgeist Georg Brandes bestätigt mir in einem ausweichend höflichen Brief den Empfang des „Judenstaats". Er erzählt mir die alte Anekdote vom Bankier, der jüdischer Gesandter in Berlin werden möchte.

Ich antworte ihm ironisch. Ich hätte eine andere Aufnahme des schönen jüdischen Renaissancegedankens von ihm erwartet. Ich glaube nicht an die Ausführung des Gedankens, wie ich ihn in meiner Schrift entworfen. Aber ich glaube, daß der Judenstaat entstehen wird, unter teilweisem Fortbestande der Diaspora, weil in solcher Diaspora jetzt alle Völker leben.

574

Hechler war bei mir, brachte einen Zeitungsausschnitt, welcher meldet, daß der Deutsche Kaiser im nächsten Herbst nach Palästina gehen wird.

Wir kamen überein, daß ich ihm, Hechler, einen zur Vorlage an den Kaiser bestimmten Brief schreiben werde. Die Zeit ist allerdings ungünstig. Der Skandalprozeß, der sich an die Fälschung des Breslauer Zarentoasts knüpfte, dürfte den Kaiser mißmutig und mißtrauisch gegen Journalisten gemacht haben.

13. Dezember.

Im Morgenblatt lese ich, daß der frühere preußische Kriegsminister Verdy du Vernois hier angekommen ist.

Ich schreibe ihm:

Ew. Exzellenz!

Im August erfuhr ich durch einen Herrn, der mit Ew. Exzellenz in Therapia zusammengetroffen war, daß Sie sich für meinen Entwurf der Judenwanderung nach Palästina interessieren.

Soeben lese ich in der Zeitung von Ihrer Anwesenheit in Wien.

Wenn jene erste Meldung richtig war, bitte ich um die Ehre, von Eurer Exzellenz empfangen zu werden. Aus der Broschüre „Der Judenstaat" läßt sich der gegenwärtige Stand dieser großen Sache nicht erkennen. Viel ist inzwischen vorgegangen, auch viel — *malgré moi* — versäumt worden. Rund um die Erde läuft heute schon diese von Menschen unterschätzte Bewegung. Was sie an Segen birgt, und zwar nicht nur für die Juden, wird noch nicht erkannt.

Wenn es mir vergönnt wäre, mich mit Ew. Exzellenz über den Gegenstand eingehend zu unterhalten, könnte ich gewisse Aufschlüsse geben, die sich zur Veröffentlichung nicht eignen; und vor allem erhoffe ich Belehrungen von dem Orientkenner.

Ich brauche nicht zu sagen, daß eine journalistische Indiskretion in dieser mir so heiligen Sache von mir nicht zu befürchten ist. Ich stehe zu jeder Stunde, und wo es Ihnen beliebt, zur Verfügung. Das Telephon (Nummer 12 287) habe ich auch in meiner Privatwohnung IX Berggasse 6. Der Hotelportier kann mich anrufen.

Heute nachmittags bin ich bis vier Uhr jedenfalls zu Hause.

Nochmals mache ich aber den Vorbehalt der ersten Meldung; bitte, wenn sie unrichtig war, mich gütigst zu entschuldigen und diesen Brief als *non avenu* anzusehen.

Mit den Ausdrücken meiner ausgezeichnetsten Hochachtung

Ew. Exzellenz

sehr ergebener

Dr. Theodor Herzl.

Der Bote brachte diesen Brief aus dem Hotel Bristol zurück — der General war schon abgereist. Also *non avenu*. In den Papierkorb.

14. Dezember.

Hechler hat von Lord Salisbury eine leichte Nase erhalten für die Einsendung meines Briefes. *Lord S. cannot grant Dr. Herzl to interview him.*

Interessant an dem Refus nur die englisch geschäftsmäßige Art, in welcher vom „*return of the Jews*" die Rede ist.

20. Dezember.

Ich fühle mich ermüden. Ich glaube jetzt öfter als je vorher, daß meine Bewegung zu Ende ist. Ich habe die volle Überzeugung von der Ausführbarkeit, kann aber die Anfangsschwierigkeit nicht überwinden.

Eine einzige Million Gulden wäre nötig, um die Bewegung groß auf die Beine zu bringen. Dieser Bettel (für eine so große Sache) fehlt — und darum werden wir schlafen gehen müssen, obwohl der Tag da ist.

21. Dezember.

Güdemann, der mir seit Monaten auswich, in der Herrengasse getroffen. Er kam so dicht vorbei, daß wir stehenbleiben mußten.

Er tat pikiert, weil ich ihn nicht mehr aufgesucht habe; er sei doch auf meinen Ruf nach München gekommen, habe mich bei Adler in London eingeführt usw.

Ich sagte ihm grob und geradezu: „Sie sind lau und flau geworden — da habe ich Sie einfach links liegen lassen.‟

Er möchte sich wieder mit mir „aussprechen‟.

Ich werde ihn vor ein Dilemma stellen: mit oder gegen!

6. Jänner 1897.

So sind wir denn in das Jahr 97 eingerückt, das eines der „kritischen‟ Jahre meines Freundes Hechler ist.

Ich bin träge geworden in der Führung dieses Tagebuchs. Mancher Tag bringt Aufschreibenswertes, aber die allgemeine Dumpfheit der Bewegung liegt allmählich auch mir in den Gliedern. Auch schreibe ich viele Briefe, da ich jedem antworte; und in diesen Briefen emoussiert sich meine geringe Schreibelust.

Ich bekomme Besuche aus aller Welt. Der Weg von

Palästina nach Paris fängt an, durch mein Zimmer zu gehen. Interessantere Leute, die in den letzten Wochen vorüberkamen, waren: Schoub aus Palästina, ein großer, langbärtiger Mensch mit schwärmerischen Augen; Dr. H... aus Berlin, der mir etwas von der Berliner Judenkleinheit in seinen Kleidern mitbrachte; Landau aus Przemysl, ein intelligenter Halbchassid mit hinter die Ohren gestrichenen Peies, und Dr. Salz aus Tarnow, der Newlinski ähnlich sieht mit seinem rötlich falben, polnisch herabhängenden Schnurrbart, den hellen Augen und der großen Glatze.

Jedem der vier gab ich Aufträge. Schoub soll mit dem jüdischen Leibarzt des Sultans, wenn ich mich noch recht erinnere, heißt er Eliau Pascha, reden.

Dr. H... soll den Bnei Mosche in Jaffa, denen er affiliiert ist, schreiben, wie die Sache steht, und daß ohne publizistische Agitationsmittel unsere Sache gänzlich versumpfen wird.

Landau aus Przemysl hat sich erboten, mit dem Wunderrabbi Friedmann von Czortkow zu verhandeln. Ich gab ihm einen Brief mit, worin ich Friedmann einlade, seinen Sohn zu mir zu schicken.

Dr. Salz entwickelte ich den jetzigen Zustand unserer Sache, die in dem Augenblicke groß werden könnte, wo wir eine Million für publizistische Zwecke hätten.

Und so steht es wirklich. Mit der Million kann ein großes Blatt gemacht werden. Mit dem großen Blatte verhandeln die Regierungen wie von Macht zu Macht.

Ich fürchte, die beste Zeit ist versäumt. Die war in den Monaten, seit ich in Konstantinopel weilte. Als Izzet Bey noch Günstling des Sultans war, und als ich noch mit meinem ersten Prestige mit den Paschas unterhandeln konnte.

Das Finanzarrangement durch französische Bankiers hängt wie eine drohende Wolke über dem Zionismus. Unsere Chance besteht nur in dem Widerwillen der Pforte gegen die Einmischung fremder Finanziers, hinter welchen Mächte stehen, und in der Politik Rußlands, das die Türkei wie einen Aussätzigen lebend vermodern lassen möchte.

Indessen erringt sich der Zionismus, wenn ich nicht irre, allmählich in den verschiedensten Ländern die bürgerliche Achtung. Man fängt nach und nach an, uns ernster zu nehmen.

Die wohlhabenden Juden benehmen sich zwar nach wie vor miserabel. Und wie mein getreuer de Haas aus London schreibt: *„everybody is waiting to see how the cat will jump"*.

Mit Benedikt rede ich öfter von der Sache. Vor Weihnachten, als er mich fragte, ob ich nicht einen schönen Festartikelstoff für ihn wüßte, sagte ich: „O ja, schreiben Sie über die Lösung der Judenfrage durch die Kolonisation Palästinas, die auch die Regelung der Orientfrage durch Sanierung der türkischen Finanzen wäre."

Er meinte: „Das wäre wohl ein schöner Artikel, auch ein Erfolg; aber diesen Artikel darf ich heute nicht mehr schreiben, weil Ihre Broschüre daliegt, in der Sie von der jüdischen Nation sprechen."

Ich replizierte: „Gut, Sie schreiben den Artikel heuer nicht — Sie werden ihn vielleicht im nächsten Jahre zu Weihnachten schreiben. Wir können warten."

Bei Güdemann war ich vorgestern abend. Wieder das alte Geschwätz. Er tat noch gekränkt. Aber als ich ihn im Verlauf meiner Argumentation wieder begeisterte, sagte er: „Mich haben Sie ganz!"

„Gut," sagte ich, „dann reden Sie im Tempel davon!"

„Erlauben Sie," schrie er ganz entsetzt, „das geht nicht. Ich habe herumgehört, die Leute wollen davon nichts wissen."

„Sind Sie der Hirt Ihrer Gemeinde?" fragte ich ihn. „Ich gestatte Ihnen, so vorsichtig zu sein, wie Sie wollen. Bekämpfen Sie meinetwegen den Zionismus, aber verschweigen Sie ihn nicht. Man kann eine Sache zur Kenntnis der Leute bringen, indem man sie ungeschickt bekämpft, und auf vielerlei andere Weise. Das ist die Kunst der Rede."

Aber der Salbungsvolle, den ich ja jetzt schon gut kenne, rang nur die Hände und jammerte, daß es unmöglich sei.

Da sagte ich ihm: „Bleiben Sie gesund!" Und ich ging, wohl zum letzten Male, von ihm weg.

* * *

Eine neue Figur ist in meinen Kombinationen aufgetaucht: der Maler K..., den ich seit zwanzig Jahren kenne. Er hat die Kaiserin von Rußland öfters porträtiert, sowie andere gekrönte Häupter. Ich möchte ihn gern zum Agenten meiner Idee machen und will ihn mit Reklamen bezahlen. Es wird zum erstenmal geschehen, daß ich für jemanden Reklame mache; der Zweck ist es wert. Ich gehe heute zu K...

7. Jänner.

Die K...-Idee entwickelt sich komisch. Ich war gestern bei ihm. Künstleratelier *up to date*, ein bißchen aufs Glitzern hergerichtet. Der Meister ist verblüht, nämlich physisch, seit ich ihn kannte. Ist aber ein tüchtiger Künstler und, glaube ich, auch ein braver Kerl.

Die Kaiserin von Rußland hat er nicht jetzt — sondern als Prinzessin von Hessen gemalt. Es ist ein ganz gewöhnlicher Kunsthändlerkniff, der ihn als Porträtisten der Kaiserin darstellt.

Die Kaiserinnen-Bilder sind Ausführungen von Skizzen, die er ehemals in Darmstadt machte.

. Dennoch will ich K... benützen, und jetzt erst recht.

Die damalige Prinzessin hatte gelächelt, als er ihr von dem Gerücht sprach, daß sie Kaiserin von Rußland werden solle. Scherzend hatte er gesagt: „Wenn Hoheit Kaiserin werden, müssen Sie mich zum Hofmaler machen!" Und sie hatte lächelnd zugesagt.

Jetzt will ich für ihn die große Pauke schlagen, damit er Hofmaler werde; und wenn er es ist, muß er am russischen Hof der Judensache dienen.

Ich muß mir die Instrumente selbst fabrizieren, mit denen ich dann das Werk machen werde.

Ob er seine moralische Verpflichtung nicht vergessen wird, nachdem ich ihn gemacht habe?

Die Undankbarkeit will ich immerhin riskieren.

10. Jänner.

Newlinski frühstückte heute bei mir.

Er teilte mir mit, die Hohe Pforte „sei auf mich böse", weil ich die seinerzeit in Konstantinopel versprochene publizistische Unterstützung nicht leiste. Ja, man glaube sogar, daß die Angriffe der europäischen Presse auf die türkische Regierung von mir ausgingen, aus Rache dafür, daß man uns Palästina nicht verkaufen wolle.

Ich wäre mit dieser irrtümlichen Annahme der Türken nicht unzufrieden, weil sie bewiese, daß man mit mir dort als mit einer Macht rechnet. Ich glaube aber, daß Newlinski, der mir diese Mitteilung mit diplomatisch gesenkten Augen machte, nur kleine Zeitungsgefälligkeiten herausdrücken möchte, die er wahrscheinlich dann für eigene Rechnung verwertet.

Ich sagte ihm: die Zusage einer publizistischen Unterstützung war selbstverständlich nur eine bedingte. Wenn die Türkei sich mit uns auf Verhandlungen einließe, würden wir sie in den Blättern verteidigen. *Donnant, donnant.* Die *dupes* der türkischen Versprechungspolitik ohne wahre Leistung wollen wir nicht sein.

Newlinski meinte: „Wenn die Türkei in den Blättern angegriffen wird, dürfte sie antisemitisch werden."

Davor habe ich keine Angst. Wenn die Pforte antisemitisch wird, bringt sie alle Börsen gegen sich auf und kriegt überhaupt nie mehr Geld. Dann stellen sich auch alle Hochbankiers hinter mich.

18. Jänner.

„L'État juif" ist in Madame Rattazzis Nouvelle Revue Internationale vom 1. Jänner 97 erschienen.

Nachdem die Schrift ein Jahr lang in Frankreich überhaupt nicht anzubringen war, scheint sie jetzt Aufsehen zu erregen.

Heute bekomme ich von drei Pariser Freunden die Libre Parole vom 16. ds. zugeschickt, worin Drumont einen höchst schmeichelhaften Leitartikel über mich loßläßt und weitere verspricht.

Es war ein guter Gedanke, daß ich die alte Madame Rattazzi, als sie mich hier wegen Reklamen heranlockte, zur Herausgabe der Broschüre veranlaßte.

Jetzt wird auch Alphonse Rothschild, der treueste Leser der Libre Parole, die Sache zur Kenntnis nehmen. Die *haute finance* liest ja nur dieses Peitschenblatt.

Heute früh hatten wir in der N. Fr. Pr. die Nachricht, das Finanzarrangement mit der Türkei „unter der Garantie aller Mächte" sei perfekt.

Ich glaubte es zuerst nicht und telephonierte an Newlinski, der nur bestätigte: „C'est mauvais pour nous."

Dann war F. Schütz bei mir, der die Sache auch bezweifelt, weil er aus Rußland Nachrichten hat, wonach die russische Regierung es abgelehnt hätte, den Wunsch der französischen Finanziers (welche dieses Arrangement wollen) zu beachten. Ja, Schütz fügte hinzu: der neue Minister Murawiew reise jetzt nur darum zum Antrittsbesuch nach Paris, damit die Regierung Mélines gestärkt werde. Und nach einem solchen Besuch könne die Börse es nicht wagen, gegen Rußland zu demonstrieren.

Indessen kommen abends weitere Meldungen von allen Seiten: das Arrangement ist perfekt. Es sollen zunächst vier Millionen Pfund den Türken gegeben werden. Jedenfalls sind sie „aus dem Wasser". Es ist in dieser üblen Wendung doch ein Gutes. Das Arrangement bedeutet ein weiteres Anwachsen der Macht dieser *dette publique*, welche dem Sultan und allen Paschas ohnehin schon ein Dorn im Auge ist. Dadurch wird die *dette publique* noch verhaßter werden, und das Geld, das die Türken bekommen, ist ja ohnehin schon längst vorgegessen. Es wird also nicht lange vorhalten, und die *dèche* wird wieder da sein.

Mr. Charriant, der Sekretär der Madame Rattazzi, die heute von Konstantinopel hier eintraf und mich sehen wollte, war bei mir. Ich kann die Rattazzi wegen meines Schnupfens nicht besuchen. Charriant erzählt, Izzet Bey sei noch immer in Gunst beim Sultan, wie er vor sechs Tagen vom französischen Botschafter Cambon erfahren hat.

Dann waren Sidney Whitman und Newlinski bei mir. Sidney will meinen Judenstaat, den er erst jetzt gelesen hat, durch den New York Herald lancieren. (*J'allais le lui demander.*)

Newlinski sprach mit bitterer Verve über das Finanzarrangement.

Die Paschas würden es als eine rechte Beleidigung empfinden. Denn das Geld werde seiner wirklichen Bestimmung zufließen. Sie werden es als eine empörende Anleihe empfinden, die nicht für Djavid Bey und Izzet Bey usw. gemacht worden. Danusso und Take Margueritte fallen durch! Es ist unerhört.

So scherzte er großartig zynisch.

Er sagte auch: vor dem Ramazan kann man alles mit dem zehnten Teil Geldes richten. Da brauchen sie Geld für die Beamten, Soldaten und Feste. Da sind 100 000 Pfund so viel wie sonst eine Million.

Ferner erzählte Newlinski einige komische Züge von der Mißwirtschaft auf der Pforte. Der Marineminister Hassan Pascha steckt alles ein. Er verkauft die Kupferkessel von den Schiffen, läßt die pharmazeutischen Weine der Spitäler für sich in seinen eigenen Kellern einlagern. Die Maut der Brücke zwischen Stambul und Galata ist dem Marineamt überwiesen: d. i. 25 Millionen Frank.

Die Zivilliste ist auf die Zolleinnahmen fundiert; die sind aber in den letzten 20 Jahren von drei Millionen Pfund auf eine Million zurückgegangen.

Newlinski hat, wenn er diese Dinge erzählt, einen eigentümlich großen Ton. Er ist kein gewöhnlicher Mensch.

· *27. Jänner.*

Die türkische Anleihe wird von einigen Blättern dementiert. In der N. Fr. Pr. hält man die Nachricht, die übrigens nicht von Paris, sondern aus dem hiesigen auswärtigen Amt kommt, aufrecht. Es verhält sich so, daß die Botschafter in Konstantinopel sich über die Anleihe geeinigt haben. Von da bis zur Perfektionierung ist noch ein weiter Weg.

Ich hoffe, der Sultan wird sich das nicht bieten lassen, und die Paschas, die kein Bakschisch erhielten, werden ihn an seine bedrohte Kalifenwürde erinnern.

Wahr scheint nur, daß die Banque Ottomane 300 000 Pfund Vorschuß gegeben hat. Damit werden die Türken Ramazan machen und Allah einen braven Mann sein lassen.

Die Ottomanbänkler wieder werden mit dieser Anleihenachricht ein paar Monate an der Börse auf und ab spielen. Bald wird die Anleihe zustande kommen, bald wird sie scheitern. Das wird die gewünschte Hausse und Baisse liefern. Damit werden sie sich für das Aleatorische des neuen Vorschusses von 300 000 Pfund reichlich entschädigen — wenigstens die Bankhalter. Die *gogos* werden so und so gerupft. Eine schamlose Journalistik wird dieses Spiel mit Tamtamschlägen begleiten.

28. Jänner.

Sidney Whitman besucht mich jeden Tag, sitzt stundenlang bei mir. Er will die Judensache im New York Herald lancieren.

Merkwürdig ist, daß er die Sache erst jetzt kennenzulernen scheint. Ich dachte schon im Juli, er arbeite für mich.

I I I

In der N. Fr. Pr. hatten wir ein Feuilleton von Flammarion: „Ist der Mars bewohnt?" Man sprach in der

Redaktion vom Mars. Bacher sagte überlegen zu mir: „Den Judenstaat können Sie vielleicht auf dem Mars errichten."

Gelächter der Korona.

28. Jänner.

Heute war Dr. Bloch bei mir, mich „als den Parteichef" um die Unterstützung seiner Reichsratswahl in Sereth-Suczawa (glaube ich) zu bitten.

Ich hatte diesen seinen Bittbesuch schon vor einiger Zeit vorausgesagt.

29. Jänner.

Blochs Erscheinen brachte mich auf die Idee, einen zionistischen Abgeordneten ins Parlament zu schicken.

Ich berief Schnirer und Kokesch zur Beratung über Blochs Antrag. Zufällig kam auch Berkowicz. Alle drei waren darin einig, daß man Bloch nicht unterstützen dürfe. Er sei unverläßlich und habe sich immer schlecht gegen uns benommen.

Meinen Vorschlag, ein Mandat für einen Zionisten zu suchen, nahmen sie mit Beifall auf. Ich nannte Prof. Leon Kellner, der neulich auf meinen Wunsch einen Vortrag im „Zion" gehalten hatte. Sie wollten aber, daß ich kandidiere; meine Wahl wäre in Galizien gesichert, würde auch viel weniger kosten als die Kellners oder irgendeines anderen. Ich lehnte rundweg und kategorisch ab.

Darauf akzeptierten sie Kellner als Kandidaten. Ich ließ Dr. Salz aus Tarnow und Stand aus Lemberg für Dienstag zu einer Wahlbesprechung nach Wien rufen. Wir werden einen Wahlkreis suchen, unsere jungen Leute als Agitatoren hinschicken. Frage nur noch, wie die Wahlkosten beschafft werden sollen.

⊥ ⊥ ⊥

The Palestine Pilgrimage.

To the Editor of the *Jewish World.*

Sir, — The „Message" of Dr. Herzl to an East End meeting, dealing with this scheme, is so charged with that intense zeal and enthusiasm which marks all the utterances and proceedings of this remarkable man, that it seems almost a pity to have to repudiate some of the ideas which he has gathered — I know not where — about the movement.

It is due, however, to those who are taking part in the Pilgrimage to say, that they have no such far-reaching scheme on foot as Dr. Herzl's fervid imagination would attribute to them, and that they have neither political objects to serve, nor even scientific researches to make, in connection with their visit.

The Pilgrimage is what its name denotes, and not an „Expedition" nor an „Investigation Commission", as Dr. Herzl suggests; and it will have served its purpose, if it enlarges the interest of Western Jews in the land with which their history and traditions are so intimately bound up, and if it operates as an encouragement to similar pilgrimages in future years, so that the reproach that Palestine is less visited by Jews than by any other denomination may be removed from our people.

I hope you will permit me to take the opportunity to say that the success of the Pilgrimage is now assured by the adhesion of the necessary numbers; and it is hoped that our party will be completed up to its maximum limit (30) within the next few weeks. — I am, Sir, yours faithfully

Herbert Bentwich.

The Holm, Avenue Road, N. W.
27th January, 1897.

Neue Unruhen auf Kreta. Ich habe bei dieser Nachricht eine eigentümliche Vorahnung: daß es vielleicht die Liquidation der Türkei sei, die jetzt beginnt. Ich bringe mit diesen offenbar wieder diplomatisch arrangierten Kretenser Unruhen die letzte auffallende Berliner Reise unseres Ministers Goluchowski, der für einen englischen Mittelsmann gehalten wird, in Zusammenhang, sowie die Reise des russischen Ministers Murawiew nach Paris und Berlin. Ich habe ein Vorgefühl, ich weiß nicht warum.

4. Februar.

Ich schreibe an de Haas nach London, er möge trachten, den südafrikanischen Goldmilliardär Barnato durch den sephardischen Chief-Rabbi Gaster für unsere Sache gewinnen zu lassen.

5. Februar.

Aus den Wahlberatungen ist hervorgegangen, daß Kellner weniger Aussichten hätte, gewählt zu werden, als Dr. Salz. Ich wurde von allen Seiten bestürmt, zu kandidieren, meine Wahl wäre sicher. Ich lehnte aber ab. Ich glaube, wenn ich mich hätte erweichen lassen, hätten mich dieselben, die mir zuredeten, innerlich gering geschätzt.

Wir beschlossen endlich, Kellner und Salz aufzustellen. Kellner im Städtebezirk Drohobycz, Salz in der fünften (allgemeinen) Kurie von Kolomea.

* * *

Jewish Chronicle, 5. Febr.
Correspondence.
The Palestine Pilgrimage.

Sir, — The correction by Mr. Herbert Bentwich, who wishes to lead a Pilgrimage to Palestine on a much narrower programme than I believed his intention to be, compels me also to say a few words. Mr. Bentwich envelops the thorn in a rose-leaf, still I feel it. He means that in my letter to the East End meeting I put the matter upon an impossible plane. How has that come about? I was requested, from London, to write a letter on Mr. Bentwich's expedition. This letter was to be read in public, in order to make the Pilgrimage and its objects widely known. I wrote the wished-for letter on hints which I had received from London. In it I said nothing either impossible or fantastic. On the contrary, I recommended the greatest possible sobriety. Apart from this, I requested the recipient of my letter, for greater precaution, to communicate my letter to Mr. Bentwich, before giving it publicity. In this way I thought to prevent any possible misunderstanding. It, however, appears that my precautionary measures were not closely followed.

I feel bound to make this communication, as he who, as I am, is accused in any case of too lively an imagination in my scheme, can really not be sufficiently careful.

As for the rest, there is a difference of a few degrees of warmth between Mr. Bentwich's scheme and that sketched out by me. It is enough for me that he is not at freezing-point, and I can assure him that my blood does not boil. Yours obediently, Th. Herzl.

Vienna, February 1st, 1897.

* * *

Jewish World, 5. Febr.

An ex-premier on Dr. Herzls Scheme.

His Excellency Prince Demeter Stourdza, who, to within two months ago, was the Minister-President of

Rumania, has been interviewed by the Special Vienna Correspondent of the Paris edition of the New York Herald. After a talk on Continental politics, the interviewer says:

„Our conversation finally took a turn towards the affairs of Austria proper, the coming elections, the growth of anti-Semitism, and the proposal put forward in connection therewith by a Dr. Theodor Herzl, a doctor-of-law in Vienna, which has already the sympathetic approval of Zionists in all countries, for founding a Jewish State in Palestine. His Excellency expressed himself as follows: — I consider this an excellent idea; in fact, I may say the one and valuable way of solving the Jewish Question. (It must be borne in mind that Roumania has an enormous Jewish population.) The Jews are the one people who, living in foreign countries, do not assimilate with the inhabitants as others do. The causes of this are neither here nor there, but the very fact of the Jews at last forming a State of their own would completely alter the present anomalous condition of things, even if a large number were to remain behind in Europe."

20. Februar.

Wieder eine Zeit, in der ich keine Lust hatte, etwas in dieses Buch zu schreiben.

Dennoch bringt jeder Tag etwas.

In den letzten Wochen ist mir die Kandidatur für den Reichsrat wiederholt nahegerückt worden. In Galizien werden mir drei Mandate als sicher angeboten: Kolomea, Drohobycz, Stanislau. Ich bleibe bei der Ablehnung.

Unter den Besuchern der letzten Zeit war bemerkenswert Fürst Friedrich Wrede, ein junger literarischer Dilettant, der sich gern im Feuilleton der N. Fr. Pr. gedruckt sähe. Da ich in den hochadeligen Kreisen von der

Sache reden machen möchte, nahm ich mir die Mühe, ihm alles zu erzählen.

Er sagte: „Wir brauchen die Juden, weil es immer eine Unzufriedenheit geben muß. Wenn man nicht gegen die Juden loszöge, hätten wir eine Revolution."

Das Geständnis war in seiner Naivität geradezu charmant.

Gestern war Dr. D'Arbela aus Jerusalem bei mir. Er ist Direktor der Rothschildschen Spitäler. Ein interessanter Mensch, sieht aus wie ein Reiteroberst, groß, kühne Nase, Schnauzbart, energisches Kinn. Er erzählte mir wunderbare Dinge aus Palästina, das ein herrliches Land sein soll, und von unseren Juden aus Asien.

Kurdische, persische, indische Juden kommen in seine Konsultation. Merkwürdig: es gibt jüdische Neger, die aus Indien kommen. Sie sind die Nachkömmlinge der Sklaven, die bei den vertriebenen Juden dienten und den Glauben ihrer Herren annahmen.

In Palästina sieht man nicht nur jüdische Feldarbeiter und Taglöhner aller Art, sondern auch kriegerisch gefärbte Berg- und Steppenjuden.

Bei Arabern und Kurden sind wir beliebt. Streitende Araber gehen zuweilen statt zum türkischen Richter zu einem Juden, der richten soll.

Von unserem Nationalplan spricht ganz Palästina. Wir sind ja doch die angestammten Herren des Landes. Die türkische Besatzung Jerusalems ist derzeit schwach — etwa 600 Mann.

Schon jetzt bilden die Juden die Mehrheit der Einwohnerschaft in Jerusalem, wenn ich D'Arbela recht verstanden habe. Wir sprachen so schnell und von allen Dingen, daß ich den Punkt gar nicht tiefer angriff.

Das Klima ist vortrefflich, der Boden nicht verkarstet, nur die Humusschicht ist von den Bergen, wo einst Terrassen der Fruchtbarkeit waren, in Schlünde geschwemmt.

Jetzt blühen in Palästina die Orangen.

Alles ist zu machen in diesem Lande.

Diesen prächtigen Menschen wollen wir uns merken für kommende Aufgaben.

Ich sagte ihm, daß ich auf dem Zionistentag in Zürich Ende August auch die Frage der Chaluka auf die Tagesordnung setzen will. Die Chaluka soll in *assistance par le travail* umgewandelt werden. D'Arbela wird einen Bericht über die bisherigen Zustände ausarbeiten, Vorschläge machen und ein Komitee in Palästina für die reorganisierte Chaluka zusammenstellen.

21. Februar.

Gestern traf ich Newlinski im Theater.

Er hält die durch Griechenland auf Kreta geschaffene Situation, eigentlich schon das *fait accompli* der Losreißung, für sehr ernst, für den Beginn vom Ende der Türkei. Die Aussichten der Juden sind dann schlecht. Rußland ist gegen uns.

Er sagt mir — ich weiß nicht, ob ich es glauben soll — er habe mit dem hiesigen Botschafter M... N... davon gesprochen, dem Sultan, der jetzt in größter Geldverlegenheit sei, durch meine Freunde ein Darlehen von 2 bis 300000 Pfund Sterling verschaffen zu lassen. M... N... habe das nach Yildiz Kiosk telegraphiert und die Antwort erhalten, er dürfe sich mit mir nicht einlassen, weil ich die Forderung der Unabhängigkeit Palästinas aufgestellt habe.

Newlinski sagte mir auch, daß man soeben 250 Familien die Ansiedlung in Palästina verweigert habe. Die Armen mußten sich nach den Ufern des Roten Meeres wenden.

Fürst Wrede schickt mir sein Stück, das voll Talent ist. Ich tat ihm unrecht, als ich ihn nur für einen Dilettanten hielt. Um so mehr freut es mich, daß er mir schreibt, er wolle in seinem Roman „Israel" meinen ganzen Judenplan aufnehmen.

9. März.

Fürst Wrede schickte mir vor einigen Tagen aus Salzburg einen Artikel über „die Zionisten", den ich an die Münchener Allg. Ztg. oder Kölnische Ztg. senden solle. Der Artikel wird wegen des Verfassernamens vermutlich Aufsehen erregen. Ich ließ ihn durch Sidney Whitman der Kölnischen Ztg. anbieten. Resultat noch ausständig.

10. März.

Wenn nichts vorgeht, bin ich zu mißgestimmt, um in dieses Buch etwas einzuschreiben. Wenn etwas vorgeht, so finde ich keine Zeit dazu.

So gehen manche Stimmungen und Vorgänge verloren, die mich und andere in späterer Zeit interessieren könnten.

Samstag, den 6. und Sonntag, 7. März waren einige Zionisten aus Berlin hier, ferner Dr. Salz aus Tarnow und Dr. Ehrenpreis aus Diakovar.

Die Berliner kamen auf die Anregung der Gründung einer großen Verlagsgesellschaft, zu der ich in meinem Bekanntenkreise 300 000 Gulden aufbringen wolle, wenn sie 700 000 dazu aufbrächten.

Es kamen Willy Bambus aus Berlin, Dr. Thon, Dr. Birnbaum aus Berlin, Moses aus Kattowitz, Turow aus Breslau.

Turow ist ein schüchterner und verworrener Spötter, übrigens unter dem Namen Paul Dimidow Verfasser einer Broschüre: „Wo hinaus?".

Birnbaum selbstbewußter und innerlich mir feindseliger als je. Er wollte meine Geld- und moralische Unterstützung für seine in letzter Stunde geplante Kandidatur in dem auch mir angebotenen und von mir refüsierten Wahlkreise Sereth-Suczawa-Radautz. Ich verweigerte ihm im Hinblick auf die vorgerückte Zeit — es fehlen nur acht Tage zur Wahl — meine Unterstützung, weil wir durch ein mißlingendes Experiment das mystische Prestige unserer Bewegung in Galizien kompromittieren könnten. Er wird mir dieses Nein nie verzeihen. Übrigens wollte er, nur um gewählt zu werden, auch mit Sozialpolitikern, Sozialdemokraten u. a. persönliche Kompromisse schließen und als Vertreter einer (gar nicht bestehenden) jüdischen Volkspartei kandidieren.

Dr. Thon scheint ein begabter, aber noch nicht ausgereifter junger moderner Theologe zu sein.

Moses ein gemütlicher alter Mensch.

Der bedeutendste von allen ist Willy Bambus, ein stiller, klarer Organisator, der aber gern führen möchte.

Mit Bambus besprach ich Wichtiges, und ich erfuhr von ihm Interessantes.

Die Jewish Colonisation Association unterhandelt derzeit mit einer griechischen Familie (Soursouk ist der Name, glaube ich) wegen Ankaufs von 97 Dörfern in Palästina. Diese Griechen leben in Paris, haben ihr Geld verspielt, und wollen ihren Grundbesitz (3% des gesamten Bodens von Palästina, sagt Bambus) für 7 Millionen Franks verkaufen.

Die J.C.A. hat sich von Argentinien abgewendet und macht nur noch in Palästina Anlagen.

Interessant ist, was mir Bambus von der letzten Sitzung der J.C.A. erzählt. Zadok Kahn, dem ich hierin unrecht getan zu haben scheine, brachte wirklich meinen Antrag vor, man möge in London und Paris je eine Zeitung für die Judensache kaufen. Dies geschah in der offiziösen Sitzung. Da erklärten Claude Montefiore, Lousada und Alfred Cohen, die englischen Mitglieder, sie würden die Sitzung verlassen, wenn ein solcher Antrag in der offiziellen Beratung vorkäme, und Alfred Cohen drohte sogar mit der Anzeige an die englische Regierung wegen Statutenüberschreitung. Zadok Kahn zog sich hierauf verletzt zurück.

Mit Willy Bambus stellte ich ein gutes Einvernehmen her — wenn er aufrichtig ist, kann es die beste Wirkung haben.

Am Sonntag hielten wir im Zionsverein die Konferenz für den Allgemeinen Zionistenkongreß ab, den ich nach Zürich einberufen wollte.

Man beschloß aber, nach München zu gehen, weil diese Stadt für die östlichen Juden besser gelegen sei, weil die Russen in die des Nihilismus verdächtige Schweiz nicht zu kommen wagen würden, und weil es in München koschere Restaurationen gehe.

Wir werden also bei Jochsberger zusammenkommen, wo ich im August 1895 mit Güdemann und Meyer-Cohn zu reden begann.

Wie groß ist die Bewegung seither geworden.

Eine Organisations-Kommission wurde nach langem, leerem Reden eingesetzt, ich mit der Einberufung beauftragt. Der Kongreß wird ein öffentlicher und ein vertraulicher sein.

Klar ist schon, daß Bambus und ich die ganze Arbeit machen werden. Die anderen werden zusehen.

10. März.

Die gestrigen Wahlen in der neuen V. Kurie brachten in Wien und Niederösterreich den Sieg der Antisemiten auf der ganzen Linie. Die N. Fr. Pr. empfahl in ihrem gestrigen Leitartikel, die Sozialisten zu wählen. Diese Politik hatte ich vor viereinhalb Jahren von Paris aus empfohlen. Jetzt war es zu spät.

Ich erinnerte übrigens Bacher und Benedikt an meinen damaligen Rat.

Bacher sagte mir, als ich ihm vor einundeinhalb Jahren meinen Judenplan vorlas: „Wir werden ihn verschweigen. Wir haben auch die Sozialdemokratie 25 Jahre verschwiegen."

Und mit dieser verschwiegenen S. D. gingen sie gestern Arm in Arm zur Wahl.

Ist es zuviel erwartet, wenn ich glaube, daß die N. Fr. Pr. auch mit dem Zionismus Arm in Arm gehen wird — freilich vielleicht auch zu spät?

Vorige Woche hatte Bacher übrigens ein launiges Wort.

Ich erzählte ihm, die Frau unseres Kollegen Steinbach pflege Dienstag in den Zionsverein zu kommen.

Dr. Ehrlichs Frau habe sie das letztemal begleiten wollen. „Den weiblichen Teil der N. Fr. Pr. werden wir bald für uns haben", sagte ich.

Bacher lachte: „Die Männer kriegen Sie auch, sobald Sie den Erfolg haben. Wir beugen uns dem Erfolg."

10. März.

Die Juden von Wien sind heute deprimiert.

Dr. Grünfeld lud mich ein, an der heutigen Vorstandssitzung der Israelitischen Union teilzunehmen.

Man will eine große Versammlung (des Wehklagens?) abhalten.

10. März.

Die gestrige Versammlung war betrübend. Einige alte Philister, die sich „nix zu erkennen geben" wollen als Juden, und unter den Fußtritten ausharren.

11. März.

De Haas schickt einen Brief Oberst Goldsmids aus Biarritz für mich. Goldsmid beteuert, er habe in Cambridge nicht, wie der Jewish Chronicle schreibt, gegen mich gesprochen, sondern nur seine historische Fahne, auf der die zwölf Stämme symbolisiert sind, gegen meine siebensternige verteidigt.

Wir hätten also schon eine Fahnenfrage.

Übrigens ist die Wiederannäherung Oberst Goldsmids im Hinblick auf den Münchener Kongreß willkommen.

14. März.

Eine Briefkarte von Hechler. Er schreibt, bei seiner Rückkunft von Meran habe er eine Einladung des hiesigen deutschen Botschafters Eulenburg vorgefunden, der sich sehr für unsere Sache interessiere. Sieht Hechler nur Illusionen? Möglich wäre es. Als literarischer Dilettant kennt Graf Eulenburg jedenfalls meinen Namen. Er ist ein Intimus des Deutschen Kaisers. Wenn ich ihn gewinne, kann er mich endlich zum Kaiser bringen.

Das Übergehen der Juden zu den Sozialdemokraten in den Wiener Wahlen vom 9. März dürfte auf die Regierenden überall ein bißchen gewirkt haben.

Wir werden sehen.

14. März.

Newlinski frühstückte heute bei mir. Er wußte wieder allerlei von den Türken zu erzählen. Das Schnurrigste die Geschichte vom Kriegsschatz. Nach dem russisch-türkischen Kriege legte der damalige Finanzminister einen geheimen Kriegsschatz an, der merkwürdigerweise nicht gestohlen wurde. Der jetzige Finanzminister war Depositar des Geheimnisses, und als die Kretakrise ausbrach, meldete er dem Sultan, daß 14 Millionen Frank da seien. Der Sultan verlieh dem unbegreiflichen Manne den Ifrikar-Orden — und jetzt wird der Kriegsschatz gestohlen. Es werden Rückstände bezahlt, Unterschleife gemacht, die Botschafter sehen wieder Geld, auch Newlinski hat welches bekommen.

Newlinski meint aber, daß sie in allernächster Zeit wieder Geld brauchen würden. Die Juden mögen doch eine Anleihe machen. Ich sagte ihm, eine Anleihe werde für nichts und wieder nichts nicht zu haben sein. Aber (mir fiel Bambus' Mitteilung vom Landkauf ein) wenn der Sultan Ländereien in Palästina mit der Ansiedlungsbefugnis für 2000 Familien verkaufen wolle, so könnte sich vielleicht etwas machen lassen. Wir kamen überein, daß ich nach Berlin, Paris, London schreiben solle, um einen offiziösen Kaufantrag zu provozieren. Bieten die Verwalter der Jewish Colonisation Association soundsoviel per Hektar, so wird Newlinski es dem Sultan telegraphieren und sich antworten lassen, ob man den Antrag offiziell stellen dürfe.

Ich schrieb auch sofort an Bambus, Zadok Kahn (zur Mitteilung an Leven) und Dr. Gaster (für Montefiore, Lousada, Alfred Cohen) beinahe gleichlautende Briefe. Dieser Landkauf sei zwar gegen meine Ansichten über die Infiltration, aber ich betrachte ihn als Etappe zu unserem weiteren Ziel. Ich hätte auch bei meinem Gewährsmann die Frage einer eigenen Gendarmerie für diese Ansiedler angeregt. Der Gewährsmann halte es für möglich, daß man uns Mohammedaner als Gendarmen anzuwerben gestatten würde.

Die Gendarmeriefrage, die nach D'Arbelas Mitteilungen über die Wehrhaftigkeit der Juden in Palästina eigentlich gegenstandslos ist, werfe ich immer wieder auf, um daran eventuell die Verhandlungen scheitern zu lassen, wenn die Geldhalter mich im Stiche lassen.

Im Brief an Zadok Kahn deutete ich an, daß d i e s e Sache ohne den verdächtigen Bakschisch, der ja nicht immer in die rechten Hände gelangen dürfte, zu machen sei.

Im Brief an Gaster mahnte ich die englischen J. C. A.-Herren, die Notstände der armen Juden nicht zu vornehm zu behandeln.

In beiden Briefen betonte ich, daß die Ansiedler aus den bei den verschiedenen Zionsvereinen Angemeldeten zu rekrutieren wären, welche auf eigene Kosten oder mit geringer Nachhilfe nach Palästina gehen wollen.

15. März.

An de Haas nach London schrieb ich, er möge die Sache durch ein Entrefilet im Jewish World ein bißchen schüren. Montefiore und Konsorten sollen einen Wink mit dem Zaunpfahl erhalten, daß wir eventuell die Massen gegen sie aufbieten werden.

17. März.

Gestern fand hier die erste öffentliche Zionistenver-
sammlung statt. Ich ging absichtlich nicht hin, um zu
sehen, wie sich die Wiener Zionisten ohne mich behelfen.
Es war ein großer Erfolg. Der Ressource-Saal, der 400
Personen faßt, war überfüllt. Es sollen 800 bis 1000 dagewesen sein, die wie die Heringe standen. Viele mußten
weggehen, weil es zu voll war.

Professor Kellner präsidierte, wie ich höre, vorzüglich.

Das Verdienst der Einberufung, Organisation usw. ge-
bührt Dr. Landau und Rosenbaum.

Gegen den Zionismus sprachen ein paar Sozialisten mit
alten Argumenten.

Die zionistische Resolution wurde mit allen gegen 50
Stimmen angenommen. Da stimmten die Sozialisten das
Lied der Arbeit an, worauf unsere Leute mit dem Bundes-
lied, das alle sehr ergriff, antworteten.

17. März.

Heute mit Bacher über Zion gesprochen. Er sagte
mürb: *„Il ne faut jurer de rien.“*

Ich ging mit ihm nach Hause, erzählte ihm die neuesten Vorgänge. Er meinte endlich: „Ich werde es wohl
nicht erleben.“

Ich sagte: „Den König von Palästina werden Sie nicht
erleben, ich auch nicht. Aber den Anfang können wir
noch beide sehen.“

Er sagte noch, er möchte wohl einmal mit mir eine
Reise nach Palästina machen (ähnlich wie Benedikt).

Beim Abschied rief ich: „Sie werde ich noch bekehren.
Vous serez la plus noble de mes conquêtes!“

Worauf er mir gerührt die Hand drückte. Und mir
fiel erst nachher ein, daß ich ihm etwas Komisches ge-

sagt hatte, erinnernd an das Wort: *la plus noble conquête de l'homme, c'est le cheval.*

Ich halte es für möglich, daß die N. Fr. Pr. meine Idee doch noch aufgreift. Wurde mir doch heute vom Kommerzialrat Zucker das Präsidium des jüdischen Bourgeoisvereins Union angeboten. Ich lehnte es ab; doch ist der Antrag charakteristisch. Die Unionisten waren vor einem Jahr meine Spötter und Gegner.

* * *

Bambus antwortet, er habe meinen Landkauf-Vorschlag sofort nach Paris und London befördert.

18. März.

Güdemann auf der Straße getroffen. Er begleitete mich bis an mein Haustor und fing mit verzweifelten Gesten und Intonationen an: „Erklären Sie mir den Zionismus. Ich verstehe ihn nicht."

Ich sagte: „Nein, ich erkläre Ihnen nichts mehr. Es ist schade um jedes Wort."

Er hatte einige groteske Einfälle: er würde sich lieber vor dem Tempel in der Seitenstettengasse totschlagen lassen, ehe er den Antisemiten nachgäbe. Er „will nicht die Flucht ergreifen", und was der bekannten Scherze mehr sind. Er sprach auch von der „Mission des Judentums", welche darin bestehe, in aller Welt zerstreut zu lehen. Von dieser „Mission" sprechen alle, denen es am jetzigen Wohnorte gut geht — aber auch nur die.

19. März.

Wieder ein Gespräch mit Bacher. Wir gehen jetzt immer zusammen vom Bureau weg. Er möchte mit mir eine Reise nach Palästina machen, und als ich ihm den

Reiseprospekt der von Cook arrangierten Maccabean-Club-Tour zeigte, erzählte er mir eine alte Prager Sage, die er in seiner Jugend gehört hat:

Eine jüdische Frau saß einmal in ihrer Stube und sah zum Fenster hinaus. Da bemerkte sie auf dem Dache 'gegenüber eine schwarze Katze in Geburtsnöten. Sie ging hin, holte die Katze und half ihr beim Entbinden. Dann machte sie der Katze und den Kätzchen ein Lager auf Stroh über der Kohlenkiste. Nach ein paar Tagen war die genesene Katze verschwunden. Aber die Kohlen, auf denen sie geruht hatte, waren in lauter Gold verwandelt. Die Frau zeigte es ihrem Manne, und der meinte, die Katze sei von Gott geschickt worden. Darum verwandte er das Gold zum Bau eines Tempels, der Altneuschul. So ist dieses berühmte Haus entstanden. Aber dem Mann blieb ein Wunsch: er wäre als frommer Jude gern in Jerusalem gestorben. Auch die Katze hätte er wiedersehen mögen, weil er ihr für den Wohlstand danken wollte. Und wieder sah einmal die Frau zum Fenster hinaus und bemerkte an der alten Stelle die Katze. Da rief sie rasch ihren Mann: Schau, dort sitzt unsere Katze wieder. Der Mann lief hinaus, um die Katze zu holen, aber die sprang davon und in die Altneuschul hinein. Der Mann eilte hinterdrein und sah im Tempel plötzlich die Katze in den Boden sinken. Da war eine Öffnung, wie zu einem Keller. Ohne Besinnen stieg der Mann hinunter und geriet in einen langen Gang. Die Katze lockte ihn weiter und weiter, bis er endlich wieder Tageslicht vor sich sah. Als er aber hinaus kam, war er in einem fremden Ort, und die Leute sagten ihm, er sei in Jerusalem. Da starb er vor Freude.

Diese Geschichte, sagt Bacher, beweist, wie das Nationalbewußtsein überall und zu jeder Zeit sich in den

Juden erhalten hat. Eigentlich liege das unter der Schwelle des Bewußtseins — und es schimmerte durch: auch bei ihm. Und er habe mir das erzählt, weil auch er in sich einen Wunsch entdecke, nach Palästina zu gehen.

Welche Wandlung seit einem Jahr.

Ich glaube, es ist nur noch eine Frage weniger Monate, daß die N. Fr. Pr. zionistisch wird.

21. März.

Ich schicke den „Judenstaat" an Herbert Spencer mit der Bitte um seine Ansicht. Ich schließe den Brief mit den Worten:

Wir sind zur selben Zeit Gäste auf der Erde. Nach dem natürlichen Laufe werden Sie vielleicht früher abgehen als ich, der 37 jährige. So möchte ich — da ich heute schon die Überzeugung habe, daß der Judenstaat in einer oder der anderen Form, wenn auch jenseits der Grenze meines Lebens, entstehen wird — wissen und feststellen, wie sich der Beginn dieses Unternehmens im großen Geiste Herbert Spencers gespiegelt hat.

In aufrichtiger Verehrung

Th. H.

24. März.

Der ägyptische Emissär Mustafa Kamil, der schon einmal hier war, hat mich wieder besucht. Er macht wieder eine Tournee, um Stimmung zu erregen für die Sache des ägyptischen Volkes, das die englische Herrschaft los werden möchte. Dieser junge Orientale macht einen vorzüglichen Eindruck; er ist gebildet, elegant, intelligent, beredsam. Ich notiere seine Gestalt, weil er wohl noch eine Rolle in der Politik des Orients spielen wird — wo wir uns möglicherweise begegnen werden.

˙Der Nachkomme unserer einstigen Bedrücker in Mizraim seufzt jetzt selbst über Leiden der Unterjochung, und sein Weg führt ihn bei mir, dem Juden, vorüber, dessen publizistische Hilfe er sucht. Ich habe ihn, da ich für ihn jetzt nicht mehr tun kann, meiner Sympathien versichert.

Ich glaube, ohne es ihm zu sagen, daß es für unsere Sache gut wäre, wenn die Engländer gezwungen würden, Ägypten zu verlassen. Denn dann müßten sie für den verlorenen oder mindestens unsicher gewordenen Suezkanal einen anderen Weg nach Indien suchen. Da wäre das modern jüdische Palästina für sie ein Auskunftsmittel — die Bahn von Jaffa nach dem Persischen Golf.

24. März.

Gestern mit dem türkischen Botschafter bei Newlinski gespeist. M... N... schmollte anfangs mit mir, offenbar wegen der türkenfeindlichen Haltung der N. Fr. Pr. Ich benützte einen Gesprächszwischenfall, um hinzuwerfen, die Blätter könnten nie eine andere auswärtige Politik machen als die Regierung ihres Landes. Dann pries ich die Lebensfähigkeit der Türkei, die noch große Tage sehen würde, wenn sie die jüdische Einwanderung begünstigen wollte.

Der arme Botschafter sagt ganz offenherzig: „Schlechter, als es uns jetzt geht, kann es bald nicht mehr werden".

Das Milieu, in dem ich mich da befand, war kurios. Es ist diplomatische Halbwelt. Neben dem Botschafter saß Direktor Hahn von der Länderbank, finanzielle Halbwelt. An der anderen Seite der Hausfrau Fürth, derzeit Sekretär des Fürsten von Bulgarien. Fürth war in Paris nach seinem Abschied von Hirsch eben im Begriffe, Remissier an der Börse zu werden — ich erinnere mich, daß er mir im Wagen auf der Rückfahrt aus dem Bois erzählte, er vermittle jetzt Börsenaufträge in Goldminenaktien für Aristokraten — da bekam er die Anstellung beim Fürsten Ferdinand, ich glaube durch Vermittlung der Jesuiten, als Lohn für seine Taufe.

Newlinski selbst ist eine große Gestalt — ich weiß nicht, ob ich ihn in meinen Aufzeichnungen schon fixiert habe. In Konstantinopel waren meine Eintragungen beengt durch die Möglichkeit, daß er bei unserer intimen Reise irgendeinmal mein Tagebuch in die Hand bekommen könnte. Er ist ein *grand seigneur déchu.* Er hat eines Tages den äußeren Halt seines angestammten Lebenskreises verloren und ist in eine tiefere Schicht geraten, deren Tugenden und Fehler er nicht hat, wo er mißverstanden und geringgeschätzt wird.

Es gibt bei ihm kuriose Wahrnehmungen. Er hat die Technik der Diplomatie, alle feinsten und tiefsten Eigenschaften der „Karriere" — aber diese sind im bürgerlichen Leben absolut nicht am Platz. Dadurch ist er eine halbbrüchige Existenz und macht einen verdächtigen Eindruck.

Dabei hat er die große slawische Liebenswürdigkeit, und ich stehe nach wie vor unter dem Bann seiner großen geistigen Qualitäten.

Darum sehe ich aber doch deutlich, daß es diplomatische Halbwelt ist — der kümmerliche Botschafter des verkrankten Kaisers der Türkei obenan. Aber auch dieser arme Botschafter und sein armer Herr sind mir herzlich sympathische Gestalten.

24. März.

Heute mit Benedikt von der Redaktion nach Hause gegangen. Wieder wie immer das Gespräch auf die Judensache gebracht. Ich befolge jetzt die Taktik, ihn zu ängstigen, da ich bemerkte, daß er zum Erschrecken inkliniert. Ich kann natürlich nur durch die Blume — drohen.

Allerdings habe ich jetzt auch wirklich schon die Besorgnis, daß die Juden in Wien zu spät auf meinen Plan eingehen werden. Sie werden nicht mehr die politische Bewegungsfreiheit haben, vielleicht auch nicht mehr die Freizügigkeit — sowohl von Personen wie auch von Sachen — um nach Zion schauen und gehen zu können.

Ich sagte Benedikt: „Die nächste Folge des Antisemitismus, noch vor den gesetzlichen und administrativen Schikanen, wird ein Krieg der Juden gegen die Juden sein. Die schon jetzt gedrückten und bedrohten Schichten der Juden werden sich gegen die Großjuden wenden, welche sich von Regierung und Hetzern mit Geld und Diensten loskaufen."

Das begriff er und sagte: „Es soll daraus nur nicht ein Kampf gegen die Reichen überhaupt werden."

Ich erwiderte: „Wenn der Kampf begonnen hat, läßt er sich nicht mehr begrenzen. Wer die Zeichen nicht verstanden, die Notschreie überhört hat, wird es sich selbst zuschreiben müssen."

Und dann erzählte ich ihm, was mir eben einfiel, weil ich die Listen für die Kongreßeinladungen von Schnirer hatte holen lassen, daß wir die Namen und Adressen absolvierter Hochschüler, die unsere Anhänger sind, auf einer zionistischen Kundgebung gesammelt haben. (Das ist die Adresse, die für mich aus Anlaß der Publikation des „Judenstaates" vorbereitet wurde.)

Da sah ich den Ausdruck des Schreckens in seinem Gesicht.

Ich hatte einen Schlag auf seine Einbildungskraft geführt. Ich erriet, was er in seinem Schrecken plötzlich dachte: das sind die Adressen der Abonnenten für das Konkurrenzblatt der N. Fr. Pr.

* * *

Vorgestern, Montag, nach der Wahl in der Leopoldstadt, als der Antisemit gegen den „Liberalen" unterlag, gab es einen Rummel in diesem Judenviertel.

Einige Pöbelbanden zogen umher, schlugen Fensterscheiben von Kaffeehäusern ein, plünderten etliche kleine Läden. Auch wurden Juden auf der Gasse beschimpft und geprügelt. Als man das in den Morgenblättern las, gab es, glaube ich, der Judenschaft einen Schock — der aber schnell verwunden war. Es muß ärger kommen, es wird ärger kommen. Freilich, die Millionäre werden sich dem Übel leicht entziehen; und die Wiener Juden sind wie die meisten unseres Volkes Ghettonaturen, die froh sind, wenn sie nur mit einem blauen Auge davonkommen.

26. März.

Heute einen reizenden Brief von Alphonse Daudet bekommen. Er erinnert sich noch unserer Gespräche. Wenn er noch da ist, bis der Judenstaat entsteht, will er zu uns kommen, um Vorlesungen zu halten.

. . . .

4. April.

Die hiesige „Union" lud mich zu einer Vorbesprechung über den Antrag, eine große Versammlung einzuberufen, worin die Lage der Juden in Österreich erörtert werden solle.

Ich setzte es durch, daß die Abhaltung der Versammlung beschlossen wurde.. Zur Vorbereitung wurde ein

Komitee eingesetzt — und dieses Komitee beschloß, sich zu vertagen.

Ich habe zweimal drei Stunden in Argumentationen verloren, die Steine weich gemacht hätten.

In der ersten Besprechung Dienstag sagte ich, daß Graf Badeni bald einem klerikaleren Ministerpräsidenten Platz machen werde. Ein Advokat, namens Dr. Elias, lächelte überlegen: „Badeni wird den Reichsrat auflösen, wenn er keine Majorität hat.''

Vorgestern, Freitag abend, war die Komiteesitzung, die ich am Dienstag erkämpft hatte. Und Freitag mittag hatte Graf Badeni seine Demission überreicht — zur allgemeinen Überraschung.

Aus Schaulen in Rußland zwei Briefe einer Kolonistin von Rischon le-Zion erhalten. Sie heißt Helene Papiermeister und schildert in grellen Farben die Mißbräuche und Unterschleife des Rothschildschen Direktors Scheid. Ich schicke die Anklagen an Bentwich, der sie, wenn möglich, bei Gelegenheit seiner Palästina-*Pilgrimage* untersuchen soll.

Der Papiermeister schreibe ich, sie möge die Beschwerden gegen Scheid in beglaubigter Weise vor den Münchener Kongreß bringen.

Mit diesem Kongreß wird ein Forum für die armen Opfer unserer „Wohltäter'' und ihrer Beamten geschaffen.

Von de Haas aus London ein entmutigter Brief. Col. Goldsmid habe ihn kommen lassen, ihn beschworen, vom Kongreß abzustehen, damit keine „Spaltung'' unter den

608

Chovevi Zion entstehe. Ich möge lieber am Delegierten-
tag aller Zionisten in Paris im nächsten Herbst teilnehmen.

Ich schreibe Haas, er solle unverzüglich, unbekümmert, mit seinem Anhang darauflos marschieren.

Spaltung — *tant pis!*

Von all diesen Pickwickier-Clubs und *headquarters* will
ich nichts mehr wissen.

Heute auch ein Brief von Col. Goldsmid, der mir
schreibt, was er Haas sagte, mich beschwört, meine Kräfte
mit den ihrigen zu vereinigen, mich seiner aufrichtigen
Freundschaft versichert.

Ich antworte ihm:

Mein lieber Oberst!

Dank für den herzlichen Ton Ihres Briefes. Auch ich
bin Ihnen aufrichtig zugetan und bedauere nur, daß Sie
mich nicht verstehen.

Der Münchener Kongreß ist eine beschlossene Sache,
von der ich nicht mehr abgehen kann. Aber er ist auch
eine Notwendigkeit. Lassen Sie sich von Rev. Gaster den
Brief zeigen, worin ich der J. C. A. empfahl, einen jetzt
möglichen Landkauf mit Einwanderungsbefugnis vorzu-
nehmen. Mein Vorschlag wurde, wie mir Zadok Kahn
schreibt, *ad acta* gelegt. Diese Herren wollen und werden nichts tun.

Ich habe lange genug gewartet. Im August werden es
zwei Jahre, daß ich die ersten praktischen Schritte in
der Judensache unternahm. Ich wollte es ohne Aufregung der Massen, von oben herab machen, mit den Männern, die sich bisher im Zionismus hervorgetan hatten.
Man hat mich nicht verstanden, nicht unterstützt. Ich

mußte allein weitergehen. Auf dem Kongreß in München werde ich die Massen aufrufen, zur Selbsthilfe zu schreiten, da man ihnen nicht helfen will.

Ihren Vorschlag, die Teilnahme der Chovevi Zion vom Pariser Zentralkomitee abhängig zu machen, halte ich für aussichtslos. Die Pariser Antwort kenne ich im voraus. Es ist die Ablehnung. Es arbeitet da hinter den Kulissen jemand, mit dem ich mich weder auf eine Konkurrenz, noch auf einen Streit einlasse. Wer das ist, sagt Ihnen der beiliegende Brief. Ich vertraue den Brief Ihrer Diskretion als Gentleman an. Schicken Sie mir ihn zurück.

Dieser Mann hat seit Jahr und Tag gegen mich intrigiert. Ich glaubte anfangs, er fürchte für seine Stellung, und hatte darum nur Mitleid mit ihm. Seit einiger Zeit kommen mir aber solche Beschwerden von den verschiedensten Seiten über ihn zu. Jetzt verstehe ich alles.

Jedenfalls wird er alles aufbieten, um den Kongreß zu vereiteln. Er wird die nobelsten Gründe erfinden, um das Pariser Komitee von München fernzuhalten. Er wird als „Kenner des Orients" Befürchtungen erregen usw. usw. Er wird sagen, die Öffentlichkeit schädige unsere Bestrebungen. Alles unwahr. Der Sultan und seine Räte kennen den Judenplan. Ich habe mit den türkischen Staatsmännern ganz offen gesprochen, und die haben es nicht übelgenommen. Als unabhängigen Staat wollen sie uns Palästina um keinen Preis gehen; als Vasallenstaat (vielleicht wie Ägypten) könnten wir das Land unserer Väter in kürzester Zeit bekommen. Wir hätten es heute schon, wenn man im vorigen Juli auf meine Londoner und Pariser Vorschläge eingegangen wäre. Begreifen Sie meinen Zorn und meine Ungeduld?

Sie, Oberst, sollten ähnlich wie Woods, Kamphövener,

v. d. Goltz und andere fremde Offiziere als General in türkische Dienste treten, und als solcher hätten Sie in Palästina unter der Suzeränität des Sultans kommandiert. Bei dem Zerfall der Türkei würde uns oder unseren Söhnen dann Palästina unabhängig zufallen. War der Plan so unsinnig? Das finanzielle Arrangement war noch einfacher, wenn die Geldmagnaten, wie ich es vorschlug, mitgegangen wären. Montagu hat mein Anlehensprojekt gebilligt.

Da es nicht so ging, muß es anders gehen. Sie irren sich, glaube ich, wenn Sie von den Massen keine Geldkraft erwarten. Jeder hat nur ein kleines Opfer zu bringen, und die Leistung wird schon enorm. Das wird Sache der Weltpropaganda sein, die vom Münchner Kongreß ihren Ausgang nehmen soll. Darum, als um eine Geldsache, habe ich mich nicht zu kümmern. In München werden auch Geldfachleute sein, die diesen Teil der Aufgabe besorgen werden.

In München wird nach langer Zeit wieder eine jüdische Nationalversammlung stattfinden!

Ist das nicht etwas so Großes, daß jedes jüdische Herz bei diesem Gedanken höher schlagen muß? Heute noch in der Fremde, *leschonoh haboh* vielleicht in der alten Heimat?

Sie, Oberst Goldsmid, der Sie mich an jenem Abend in Cardiff so tief bewegten, als Sie mir Ihre Geschichte erzählten, und mit den Worten begannen: „*I am Daniel Deronda*" — Sie sollten an dieser jüdischen Nationalversammlung nicht teilnehmen wollen? Ich könnte es begreifen, wenn Sie Rücksichten auf Ihre dienstliche Stellung für Ihre Person nehmen müßten. Aber vom zionistischen Standpunkt aus können Sie doch nichts dagegen haben.

Daß ich keine *selfish aims* habe, müssen Sie glauben. Eben jetzt in den Parlamentswahlen wurden mir drei Mandate von Bezirken angeboten, wo Juden die Majorität haben. Ich lehnte ab. Ich habe keinerlei persönlichen Ehrgeiz in der Judensache.

Man stelle mich auf die Probe. Noch einmal proponiere ich folgendes: Stellen Sie sich mit Edm. Rothschild, Montagu, und mit wem Sie sonst noch wollen, zusammen. Gehen Sie mir Ihr Ehrenwort, daß Sie das ausführen wollen, was ich in Konstantinopel eingeleitet habe — und ich gebe Ihnen mein Ehrenwort, daß ich von der Leitung der Judensache für immer zurücktrete.

Ist Ihnen das nicht möglich, so vereinigen Sie Ihre Kraft mit meiner. Arbeiten wir zusammen!

Käme es aber zu einer Spaltung zwischen den „großen" Geldjuden und uns, so werden nicht wir übel daran sein, sondern jene. Drüben werden ein paar Geldsäcke mit ihren Schnorrern und Lakaien stehen — hüben wir mit allen edlen, mutigen, intelligenten und gebildeten Kräften unseres Volkes.

Mit Zionsgruß

Ihr aufrichtiger Freund

Th. Herzl.

Beilage: Brief der Frau Papiermeister aus Schaulen.

5. April.

Der Kaiser hat Badenis Demission nicht angenommen. Das Ministerium „will nur mit dem verfassungstreuen Großgrundbesitz regieren".

Die Juden in Österreich werden wieder einmal alles für gerettet halten. Aber die Antisemiten sind wütend. Badeni, der keine Majorität hat, wird ihnen mehr Gefälligkeiten erweisen müssen, als eine klerikale Regierung es getan hätte.

Die Juden werden bald wieder stöhnen.

12. April.

Baron Manteuffel, ein christlicher Zionsschwärmer, der in San Michele all' Adige junge Juden zu Weinbauern für Palästina heranbilden läßt, schreibt mir, er wolle nach Palästina gehen, um die Verhältnisse zu studieren.

Ich beauftrage ihn mit der vertraulichen Untersuchung der von Frau Papiermeister angezeigten Mißbräuche Scheids.

Leider ist es so, daß die Angaben eines arischen Barons die *upper Jews* stärker beeinflussen, als was immer unsereiner sagen könnte.

* * *

Haas meldet aus London seine und der Genossen Marschbereitschaft.

Sie werden Goldsmids Zelte spalten, wenn er nicht mit nach München geht.

Zugleich schickt mir Haas einen Brief des Prager Rabbiners K... gegen den Münchner Kongreß. Diesen K... muß man sich als das Muster einer Wetterfahne merken. Bald ist er für, bald gegen uns.

Seine Hauptsorge aber ist, ob „angesehene" Leute — d. h. reiche! — dabei sind.

Dieser Pfaffe verdient ein Denkmal in meinem Tagebuch.

Eine Stunde, nachdem ich dies hier eingetragen, kam ein Brief von K..., der mich „zu meiner Initiative beglückwünscht".

Also nachdem er es durch Schmähungen nicht zu vereiteln vermochte, gratuliert er dazu. Ein Typus!

Er bittet sogar um ein Referat über hebräische Sprache, denn er will unbedingt zum Kongreß kommen.

14. April.

62. Geburtstag meines teuren Vaters.

* * *

Für den Kongreß:
Die reichen Juden brauchen nur so viel jährlich herzugeben, als sie sonst für Wohltätigkeit budgetieren. Dafür setzen wir die Armen nach Palästina.

* * *

Kundmachung an Buchhändler, die das stenographische Protokoll des Kongresses verlegen wollen. Anträge an „Zion" in Wien zu richten.

* * *

Ich werde alle großen Blätter zum Kongreß einladen. Aber wer Platz reserviert haben will, muß früher anmelden. Dadurch erzwinge ich vielleicht, daß alle vom Kongreß reden — aus Konkurrenzfurcht.

Auch die N. Fr. Pr.

17. April.

Von Dr. Güdemann ist eine tückische Gegenbroschüre unter dem Titel „Nationaljudentum" erschienen. Offenbar auf Wunsch der hiesigen *upper Jews*. Er hält sich in vagen, feigen Unbestimmtheiten, hat aber die ersichtliche Absicht, Munition für kühnere Streiter zu liefern.

Ich antworte ihm. Und zwar, nach dem Machiavellischen Rezept, vernichtend.

* *

Der Verleger Breitenstein, der natürlich alles nimmt und nur sein Geschäft verfolgt, sagt mir, Rothschild habe gleich nach dem Erscheinen der Güdemannschen Schrift dreißig Exemplare holen lassen.

21. April.

Der griechisch-türkische Krieg, der in den letzten Tagen aus einem schleichenden sich in einen akuten verwandelte, wird in seinem Weiterlaufe wohl auch auf unsere Sache wirken. Wie?

Kommt es zu einem Friedenskongreß zur Ordnung der griechisch-türkischen Differenzen, so werden wir unsere Bitte dem Kongreß der Mächte vortragen.

Siegt die Türkei, was wahrscheinlich ist, und bekommt sie — was freilich unwahrscheinlich ist — vom finanziell schon jetzt zerrütteten Griechenland eine Kriegsentschädigung in Geld, so brauchen die Türken die Judenhilfe weniger.

23. April.

Bodenheimer-Köln hatte eine glänzende Idee: für die türkischen Verwundeten sammeln zu lassen, um dem Sultan die Sympathie der Juden zu zeigen.

Ich griff diese Idee sofort auf und lancierte sie unter den hiesigen Juden, auch unter Nichtzionisten.

* *

Schalit von der ‚Kadimah‘ kam und bat mich, ihn an den türkischen Botschafter zu empfehlen. Er will mit ein paar Medizinern nach dem Kriegsschauplatz abgehen, als freiwillige Ärzte.

Ich schrieb M... N... einen Brief, worin ich ihm die freiwilligen Ärzte und die Sammlung für die Verwundeten anzeigte.

Eine Perfidie von Bambus.

· Ich erhalte heute von ihm die Anzeige, daß er an einige jüdische Blätter eine Berichtigung meiner Kongreßanzeige gesendet habe.

Der Zweck ist klar: er will mich als einen *hableur* hinstellen, den Kongreß untergraben, vielleicht schon im Auftrage Scheids.

Als Vorwand gibt Bambus an, daß die Münchener Juden außer sich seien und gegen die Abhaltung des Kongresses in München protestieren.

Wie weit das wahr ist, ob nicht auch da die Intrigen des sich bedroht fühlenden Scheid dahinter sind, werden wir noch herauskriegen.

Vielleicht ist es nur platte Eifersucht der Berliner, die fürchten, daß ich die ganze Leitung in die Hand bekomme.

Ich schreibe sofort an Bambus und verlange die Revokation der Berichtigung, sonst würde ich mich von ihm trennen.

Gleichzeitig schreibe ich an Bodenheimer-Köln, verständige ihn von der Intrige und verlange die Zusicherung seiner Standhaftigkeit. Eventuell wird Köln der Hauptort des deutschen Zionismus.

* * *

Wenn man in München Miseren macht, gehe ich mit dem Kongreß nach Zürich.

Das erste große Genre der neujüdischen Kunst wird wohl das Lustspiel sein — gleichgültig in welcher Sprache. Man übersetzt ja auch die Stücke des Labiche in alle Sprachen.

Auf diesen Gedanken kam ich gestern, wo ich mich recht gut unterhielt. Es war der erste vergnügte Tag, den ich dem Zionismus verdanke — sonst hatte ich bisher nur Herzklopfen, Aufregungen, Erschütterungen davon. Auch die Zustimmungskundgebungen machen mir ja kein Vergnügen, weil ich hinter der Masse, die mir Beifall zollt, auch schon die Undankbarkeit, den kommenden Neid und den möglichen Wankelmut des morgigen Tages sehe.

Aber gestern gab es reines Ergötzen. Da ich die Sammlungen für die türkischen Verwundeten betreibe, berief ich einige Herren zu mir.

Zuerst waren nur Prediger Gelbhaus und Dr. Bloch bei mir. Gegenstand der Unterhaltung: mein Artikel gegen Güdemann in der letzten Nummer von Blochs Wochenschrift. Der Artikel soll großes Aufsehen gemacht haben. Bloch erzählte, daß er im Concordia-Klub war, um die Ansichten der Journalisten zu hören. Ein Finanznotizensammler im Dienste des Bankdirektors Taußig erklärte, daß „man einen solchen Artikel nicht bringen dürfe". Die anderen waren dafür, man bedauerte nur, daß ich Rothschild angegriffen habe. Bloch bestritt, daß ich Rothschild mit den „Hintermännern" gemeint habe. Worauf Julius Bauer sagte: „Bin ich Gott, daß Sie mich foppen wollen?"

Gelbhaus wieder erzählte vom Aufsehen, das der Artikel unter den Tempeljuden gemacht habe. Sie bildeten im Hofe „*Rädlich*", d. h. Gruppen, und sprachen nur von der Demolierung des Oberrabbiners. Sie kamen auch vor und nach der Predigt zu Gelbhaus, um ihm zu sagen, daß Güdemann „moralisch tot" sei; es sei ihm nachgewiesen, daß er ein konfuser Kopf sei, ja daß er überhaupt nicht mehr auf dem Boden des Judentums stehe. Gelbhaus sprach aber von der Hinrichtung Güdemanns ohne merkbaren Kummer.

Bloch *abondait dans le même sens*, und erklärte mir, was die in derselben Nummer seiner Wochenschrift enthaltene Verteidigung des Güdemannschen Standpunktes durch Zitieren des ungarischen Oberrabbiners Chorin bedeute. Chorin wird nämlich von den Frommen als Goi angesehen.

Und Gelbhaus sagte fröhlich:

„Sie haben ihn mit Ihrer Bekämpfung erschlagen, aber der Nachweis seiner Übereinstimmung mit Chorin hat ihn beerdigt."

Bloch erzählte nun, da der Humor der Sache in ihm erwacht war, daß er mich mit der Besprechung von Güdemanns Broschüre in der „Wochenschrift" nur zu einer Antwort habe reizen wollen.

Darum ließ er durch Feilbogen, dem er die Rezension aufgab, betonen, daß „der vierte Abschnitt heißen sollte: Dr. Güdemann contra Dr. Herzl".

Ich glaube das freilich nicht. Eher glaube ich, daß Feilbogen mir ein Bein stellen wollte, und daß Bloch bei der Wendung, welche die Sache zu meinen Gunsten zu nehmen scheint, sich auf die Seite des Stärkeren schlagen will.

Wenn ich bei einem nächsten Zwischenfall erliege, verläßt er mich.

Beiläufig erzählte er auch den Grund seines Hasses gegen Güdemann. Dieser habe ihn in der Seminarfrage treulos im Stich gelassen. Und nun ein Langes und Breites über die uninteressante Seminarfrage, welche die Herren etwa so passioniert, wie mich der Judenstaat. So kann durch die Leidenschaft auch der kleinste Gegenstand die Menschen zu Haß und Liebe treiben.

Auf die Frage, was Güdemann zu meinem Artikel sage, gestanden beide Herren naiv, sie hätten es nicht herausbekommen können, obwohl sie ihre Frauen zu Güdemann geschickt hätten, um ihm zum Franz-Josefs-Orden zu gratulieren, den er vor drei Tagen erhielt.

Dann kam der kleine, alte, gescheite Sigmund Mayer, und wir stellten die Liste des Komitees für die Sammlung fest. Das war die Krone der Unterhaltung. Dabei erlangte ich einige Personalkenntnis. Denn bei jedem Namen wurden Bedenken erhoben, und wieder zeigten sie mit einer unwillkürlichen Naivität, wie bescheiden sie von den „Notabeln" denken.

Es wurde der Name eines Millionärs genannt. Mayer meinte, mit dem würde nicht jeder beisammen sitzen wollen. Ich fragte, warum, da ich ihn nicht kannte. Keiner wollte mit der Farbe heraus.

Allmählich machten sie zögernde Bemerkungen, die wie Entschuldigungen des Mannes klangen. Er habe zwar Baukredite gewährt, aber man kann nicht eigentlich sagen, daß er gewuchert habe. Und allmählich entstand das Bild eines Wucherers, so daß ich lachend sagte:,,Jetzt weiß ich, wer der Mann ist."

Und so bei anderen. Ich erfuhr bei Zusammenstellung der Komiteeliste eine Menge Details über eine Menge Personen.

Die reine Lustspielszene. Denn nachdem man sie heruntergemacht hatte, wurden sie schließlich doch ins Komitee kooptiert, das dem Publikum eine Illusion machen soll und diese selbst nicht besitzt.

27. April.

Gestern bei mir konstituierende Sitzung des Komitees für die türkische Sammlung. Die Vertreter der türkischisraelitischen Gemeinde waren auch da. Es wurde nach langem Herumreden beschlossen, daß die hiesigen türkischen Juden sich an die Spitze der Aktion setzen und die übrigen dazu kooptieren sollen.

28. *April.*

Brief an M... N... Pascha.

konfidentiell.

Ew. Exzellenz

beehre ich mich zu den glänzenden Siegen der türkischen Waffen zu beglückwünschen.

Der Wunsch mehrerer jüdischer Studenten, die freiwillig zur Armee Sr. Majestät des Sultans abgehen wollen, ist eine kleine Stichprobe der Freundschaft und Dankbarkeit, welche wir Juden für die Türken empfinden.

Ich habe hier und an anderen Orten Komitees einberufen, welche Geldsammlungen für die türkischen Verwundeten einleiten sollen. Die Ergebnisse der Sammlungen werden in den einzelnen Ländern den Botschaftern S. M. des Sultans übergeben werden.

Hier in Wien stellt sich auf meine Anregung die türkisch-israelitische Gemeinde an die Spitze der Aktion und kooptiert verschiedene andere Personen. Dadurch soll den Verdächtigungen von antisemitischer Seite, als ob wir nicht aus Menschlichkeit, sondern gegen die Christen sammelten, jeder Vorwand genommen werden.

Immerhin hat die Sammlung einen heiklen Charakter, und viele Juden werden sich fürchten, gerade bei dieser Gelegenheit ihren aufrichtigen Sympathien für die Türken Ausdruck zu geben.

In den westlichen Ländern ist es jetzt geradezu unmöglich, weil sie nicht gegen die Politik ihrer Mitbürger demonstrieren dürfen. So ist gerade von den englischen und französischen Juden, welche finanziell am meisten in

Betracht kommen, in diesem besonderen Fall nichts zu erwarten.

Dennoch benützen wir Juden mit Freude die Gelegenheit, den Türken unsere Anhänglichkeit zu zeigen. Bei einer günstigeren Gelegenheit, wo die äußeren politischen Hemmnisse nicht existieren, würde sich die Sympathie der Juden in einem viel großartigeren Maßstabe zeigen — zum Segen für die Türkei wie für die Juden.

Wenn diese Erkenntnis in Yildiz Kiosk Platz greift, wo man mich, wie es scheint, verleumdet hat — so werde ich eine große Befriedigung empfinden.

Beifolgend Muster der Aufrufe, die wir verbreitet haben. Den Aufruf 3 habe ich für das öffentliche Komitee verfaßt. Dieses wird Samstag, den 1. Mai neuerlich zusammentreten und Ew. Exzellenz eine offizielle Verständigung zugehen lassen. Der vorliegende Brief ist eine vertrauliche Mitteilung.

Genehmigen Ew. Exzellenz die Ausdrücke meiner vorzüglichsten Hochachtung.

Ihr ergebener

Dr. Th. Herzl.

2. Mai, mein 38 ter Geburtstag.

Ich war in Brünn. Man gab mir einen Festkommers im Deutschen Hause, der an den Straßenecken plakatiert war. Ich hielt eine beinahe einstündige unvorbereitete Rede, die gut gewesen sein soll. Ich apostrophierte darin Fabrikanten und Frauen.

Heimgekehrt finde ich einen Brief von Bambus, der ein bißchen den Schweif einzieht.

Die Sammlung für die türkischen Verwundeten ist von der hiesigen sephardischen Gemeinde in die Hand genommen worden. Die Vorsteher machen einen ordenssüchtigen Eindruck, namentlich der Präsident Russo. Mir kann's recht sein, wenn sie Orden kriegen, nur sollen sie die Sache nicht denaturieren und für ihre Gemeindezwecke sequestrieren.

ⲧ ⲧ ⲧ

M... N... hat meinen Brief nicht beantwortet. Ich schrieb aber die ganze Geschichte an Sidney Whitman, der jetzt in Konstantinopel ist und täglich nach Yildiz kommt.

9. Mai.

Die Berliner „sagen sich vom Kongreß los". Ich vermute, daß dahinter eine Scheidsche Intrige steckt.

Bambus und Hildesheimer desavouieren meine Kongreßanzeige in Berliner jüdischen Blättern.

„Deutschland.

Berlin, 5. Mai. Vor einigen Wochen veröffentlichte Herr Dr. Theodor Herzl in Wien eine Vorankündigung, wonach am 25. August d. J. in einer Stadt Süddeutschlands ein „Zionisten-Kongreß" stattfinden soll. Unter den als Referenten genannten Rednern figurierte auch der Herausgeber dieses Blattes, welcher über das Thema „Die Aufgaben der jüdischen Wohltätigkeit in Palästina" sprechen sollte. Eine hiesige jüdische Zeitung druckte diese Anzeige nach, brachte aber bereits in der darauffolgenden Nummer nachstehende Zuschrift des Herrn W. Bambus, welcher selbst Mitglied der mit der Vorberatung des geplanten Kongresses betrauten Kommission ist:

„Es finden in der Tat Beratungen über die Einberufung des großen Kongresses statt, der sich mit allgemeinen jüdischen Fragen, wie die Auswanderung der russischen Juden usw., zu beschäftigen haben wird. Ob derselbe nach den von Herrn Dr. Herzl mitgeteilten Vorschlägen ein Zionisten-Kongreß sein wird, oder nach den von anderer Seite gemachten Propositionen eine Konferenz der Palästina-Vereine, oder ob er noch andere Form erhalten wird, ist heute noch nicht zu entscheiden, denn die ganze Angelegenheit befindet sich durchaus im Stadium der Vorberatung. Damit fallen auch alle an den Plan des Herrn Dr. Herzl geknüpften Folgerungen hinweg.''

Da Herr Dr. Herzl trotzdem mit der Versendung seiner Vorankündigung fortfährt, sieht sich der Herausgeber dieses Blattes zu der Erklärung gezwungen, daß er selbstverständlich nie die Absicht gehabt hat, an einem Zionisten-Kongreß teilzunehmen, sondern seine Anwesenheit und seine Mitwirkung einzig und allein für den Fall in Aussicht gestellt hat, daß die geplante Versammlung einer Besprechung der mannigfachen Aufgaben des palästinensischen Hilfswerkes, insbesondere der Kolonisation, gewidmet sein würde. Die Teilnahme an einer Versammlung, welche „zionistische'' Theorien und Zukunftspläne diskutiert, glauben wir — von unserem prinzipiell völlig abweichenden Standpunkte abgesehen — um so nachdrücklicher ablehnen zu müssen, weil dieselbe unserer Überzeugung nach anstatt des erhofften Nutzens nur schweren Schaden zu zeitigen und näherliegende, realisierbare Bestrebungen zu kompromittieren und ernsthaft zu schädigen droht. Es darf noch immer die Hoffnung gehegt werden, daß die bessere Einsicht siegen und der Aufwand an Kraft und Mitteln in den Dienst derjenigen Aufgaben gestellt werden wird, welche, wie von uns, selbst von Männern, die den Standpunkt des Herrn Dr. Herzl grundsätzlich teilen, als die nächstliegenden betrachtet werden. Nur in diesem Falle kann die zweifellos in bester Absicht geplante Veranstaltung wirklich Segen bringen."

Gleichzeitig teilt mir Landau einen Brief mit, worin Hildesheimer ihm vertraulich schreibt, er müsse mich desavouieren, um seine Autorität bei seiner Spender-Klientel nicht zu verlieren.

Meine Antwort auf Hildesheimers Bubenstreich steht im Kopierbuch, S. 16, fg.

12. Mai.

Heute kommen Nachrichten aus der Kriegsgegend, welche Waffenstillstand und Frieden zwischen Türkei und Griechenland in den nächsten Tagen erwarten lassen. Damit fällt unsere Verwundetensammlung in den Brunnen. Ich will aber versuchen, zu retten, was zu retten ist, und schreibe an Sidney Whitman in Konstantinopel, er möge in Yildiz sagen, daß wir zu sammeln begonnen hatten.

Gestern trat der wankelmütige Prager Rabbiner K... der Kongreß-Kommission bei. Ich hielt ihm vorher eine scharfe Standrede und nahm ihm vor den versammelten Aktionskomiteemitgliedern eine Art Treuegelöbnis ab.

Dr. Schnirer beantragte gestern in der vertraulichen Komiteesitzung im „Zion" plötzlich, es solle ein Exekutivkomitee eingesetzt werden. Ich glaube, daß er diesen Antrag vorher mit Prof. Kellner und Dr. Kokesch besprochen hatte, um mir die „Alleinherrschaft" abzunehmen. Ich war aber hocherfreut, weil sie mir nur die Arbeitslast erleichtern werden, wenn das mehr als Komiteemeierei ist. Schnirer, Kellner, Kokesch, Steiner, Kremenezky, Seidener sind mir Freunde, auf die ich mich gern stütze. Wenn ich bisher etwas gegen sie hatte, war es, daß sie nicht genug mithalfen. Daß sie sich nun selbst zur Arbeit melden, ist mir erwünscht. Sie erkannten mich übrigens gleichzeitig als Präsidenten der Partei an.

* * *

Ich fragte dann, ob ich Schritte machen solle zum Zweck der Entsendung eines offiziellen oder offiziösen Delegierten des Sultans zum Kongreß. Sie machten alle strahlende Gesichter und stimmten gern zu.

12. Mai.

Einige Erscheinungen: die Attacke Hildesheimers, die Akquisition eines hiesigen Montagswinkelblattes durch die Zionisten K... und Rappaport, die in demselben Augenblick sich von uns lossagten, endlich die Misere, bei jeder kleinen Notiz oder Berichtigung auf die Gnade Blochs angewiesen zu sein, machen die Gründung eines eigenen Organs zu einer nicht länger aufschiebbaren Notwendigkeit.

Ich fragte Dr. Landau, wie er die Redaktionskosten beziffere. Er machte eine Aufstellung, worin er mit 5o Fl. monatlich vorkommt. Dann ließ ich mir von Heinrich Steiner einen Überschlag der Herstellungskosten machen. Steiner berechnet sie mit 11 ooo Fl. jährlich. Darauf befragte ich noch meinen Vater, ob er einverstanden sei, und als er bejahte, entschloß ich mich, das Blatt zu machen, von dem in anderthalb Jahren so oft die Rede war, und für das die Mittel nie aufzubringen waren.

Mit allem war ich gleich im reinen, nur mit dem Titel nicht.

13. Mai.

Gestern abends Prof. Kellner und Dr. Kokesch von meinem Entschluß Mitteilung gemacht. Sie waren überrascht. Kellner sagte: „Sie verblüffen einen durch das Tempo Ihres Marsches, der reine Moltke."

Die Herren wollten zunächst eine Komiteeberatung provozieren. Ich machte Kellner den Antrag, als Herausgeber oder verantwortlicher Redakteur aufs Blatt zu gehen. Er lehnte das Wagnis im Hinblick auf seine Stellung ab. Kokesch erklärte sich bereit, als Herausgeber zu figurieren.

Über Nacht fiel mir der Titel des Blattes ein: „Die Welt" mit dem Mog'n Dovid, in das ein Globus hineinzuzeichnen wäre, mit Palästina als Mittelpunkt.

Landau kam und stellte plötzlich höhere Forderungen, als er sah, daß es mit dem Blatt, um das er mich einundeinhalb Jahre gebeten, ernst werden solle. Er müsse „seinen Zeitverlust berechnen, Entgang anderen Erwerbs usw." Worauf ich ihn einlud, seine Wünsche schriftlich zu formulieren. Er brachte nachmittags ein Dokument, worin er außer dem Fixum von 5o Fl., das ja bescheiden wäre, 20% vom Reinertrag verlangte. Steiner, dem ich eine Beteiligung am Reinertrag anbot, hatte für sich abgelehnt, und riet mir auch, Landaus Begehren abzulehnen, da es ja meine Absicht ist, den eventuellen Reinertrag zur Vergrößerung der Agitation zu verwenden.

Nachmittags waren Kellner, Steiner, Schnirer, Kokesch, Landau bei mir versammelt. Steiner brachte einen reizend entworfenen Titel: „Die ✡ Welt" mit, der allgemeinen Beifall fand.

Im übrigen schien sich merkwürdigerweise eine Gegenstimmung bei den Herren gegen das Blatt zu regen. Sie wurde zuerst nicht ausgesprochen, ich fühlte sie nur. Kellner sprach gegen die Gründung des Blattes als eine verfrühte.

Schnirer empfahl die Gründung.

Steiner meinte, man sollte vielleicht früher eine „Synagogentour" machen und zuerst Abonnenten in den verschiedenen Ländern werben.

Ich bemerkte, daß ich schon vor Monaten proponiert hatte, sich durch vorläufige Sammlung von Abonnenten einer Basis für das von allen dringend gewünschte Organ der Bewegung zu versichern. Dies war ebensowenig geschehen, wie anderes, was ich empfahl, wenn ich es nicht selbst tat. Also habe ich mich entschlossen, das Blatt einfach selbst zu schaffen, mit meinem Geld und mit meiner Arbeit.

Hierauf gingen die Herren, die soeben noch zu wenig erwartet hatten, mit einem Sprung in zu große Erwartungen über. Kellner kaute ein bißchen an dem Gedanken herum: daß ich als Unternehmer ja meine Arbeit gratis in das Blatt hineinstecken könne, daß aber andere doch auf dem Honorarstandpunkte stehen müßten.

Darauf bat ich die Herren, sich doch in das Verhältnis des Miteigentums zum Blatte zu stellen, indem sie entweder Geld oder Arbeit darin anlegen. Geld wollte keiner dazu geben; Kellner aber versprach, seine Arbeit gegen eine Gewinnbeteiligung beizusteuern, womit ich sehr zufrieden war.

15. Mai.

Kellner hat abgesagt. Er muß demnächst auf zehn Wochen nach England. Demnach kann von seiner Mitredaktion zu meinem Bedauern nicht mehr die Rede sein. Die ganze Last wird auf mir ruhen.

Wir machten gestern abends den Spiegel des Blattes. Ich entwarf den Plan, Rubrik für Rubrik; Kellner, Landau und Steiner hörten mir, glaube ich, mit Erstaunen zu. Kellner und Landau rieten dies und das. Nach Kellners Rat würde daraus eine mehr gelehrte Zeitung englisch-jüdisch-deutschen Aussehens. Nach Landaus Rat würde „Die Welt" ein polemisches Blatt mit hauptsächlich galizischem Horizont. Ich glaube, es soll ein vornehm-universaljüdisches Blatt sein.

Ich regte Kellner dazu an, eine Serie literarischer Charakterköpfe von Vertretern des Zionismus zu schreiben: Disraeli, G. Eliot, Moses Hess usw.

Er ging mit Enthusiasmus darauf ein und wird mit Disraeli in der ersten Nummer beginnen. Ich versprach ihm, die ganze Serie — für die er bei den heutigen Zeitungsverhältnissen wohl nirgends Unterkunft gefunden hätte — nachher als Buch im Verlag der „Welt" herauszugeben. Honorieren werde ich seine Artikel wie die N. Fr. Pr. Denn gerade von Zionisten darf das Blatt keine Geschenke annehmen. Wenn es gut geht, wird man mir ohnehin alles mögliche nachsagen — besonders die, die zu keinem Opfer sich entschließen konnten.

Landau verlangte gleich eine „Aufbesserung" auf 75 Fl. monatlich. Bewilligt.

16. Mai.

Die Vorarbeiten zum Blatt. Briefe, Organisation, alles von Grund auf zu schaffen.

18. Mai.

Auch wieder die Konfliktstimmung, die mein Herz nicht gesünder macht, in der Redaktion.

Von Sidney Whitman ein ausgezeichneter Brief aus Konstantinopel. Er findet, daß die Sache jetzt Hand und Fuß habe, und will dem Sultan selbst die Sache unterbreiten. Er hat ein Siegel vom Sultan; Briefe, die damit gesiegelt sind, werden dem Sultan sofort gegeben.

S. Whitman erwartet, daß wir für seine Leistungen seine Zukunft sicherstellen werden. Das verdient er, das verspreche ich ihm in einem Briefe, den die dankbaren Juden dereinst einlösen werden. Eine Summe kann ich ihm ebensowenig versprechen, wie Newlinski. Aber beiden werden die Juden ebenso großartig danken, wie das Werk ein großartiges ist.

20. Mai.

Noch ein Brief von Sidney Whitman. Er hat Ahmed Midhat Efendi, den Günstling des Sultans, für die Sache interessiert. Ahmed Midhat meint, wir sollten „*jawasch*" vorgehen, nicht zuviel verlangen, damit der Sultan nicht gleich Nein sage. Namentlich das Wort Autonomie dürfen wir nicht gebrauchen, weil dieses die Türkei schon in viele Kriege verwickelt habe. Den Brief soll ich französisch abfassen, damit er dem Sultan vorgelegt werden könne.

Ich schreibe also heute an Whitman einen Brief, der ihm Belohnung verspricht (deutsch, im Kopierbuch), und diesen französischen zum Vorzeigen:

Mon cher ami,

je vous écris aujourdhui sur le papier d'un nouveau journal, hebdomadaire, mais de grand style, que nous créons pour les besoins de la cause. „Die Welt" paraîtra le 4 juin 1897. Dans ce journal nous comptons donner à la Turquie — pour ainsi dire — des arrhes de nos profondes sympathies. Vous pouvez dire à Ahmed Midhat Effendi que nous y publierons avec plaisir et, bien entendu, d'une façon absolument désintéressée, des communications et nouvelles pouvant être utiles au gouvernement du Sultan.

C'est un commencement dans la voie de mettre en mouvement l'influence de la presse juive au profit de la Turquie. Nous continuerons, si l'on encouragera nos efforts par des sympathies accordées à la cause juive.

Une tentative faite par moi, en rapport avec vos indications, pour porter secours aux blessés est venue — je ne veux pas dire malheureusement — trop tard. Car les victoires des armes turques ont rendu bien vite inutile cette souscription commencée. La situation politique en Angleterre et en France n'ayant pas permis aux Juifs de ces pays de témoigner leurs sympathies — réellement existantes — aux Turcs dans cette circonstance, nous avons dû nous borner à établir des comités en Allemagne, en Autriche et en Hongrie, en priant nos amis des autres pays de verser leurs secours de la manière possible.

Ce n'était du reste qu'un incident de moindre importance dans l'œuvre juive que je poursuis. Je crains fort que l'on soit inexactement renseigné à Yildiz Kiosque sur le caractère et la portée du plan juif. Des malveillants, des intrigants, ont peut-être changé l'aspect des choses.

Ce que nous voulons faire est conçu — je ne m'en cache pas — dans l'intérêt du peuple juif, mais cela servira d'une façon grandiose au maintien, au renouvellement, des forces de l'Empire Ottoman.

Tout d'abord il ne faut pas prendre mon livre sur l'État juif comme la forme définitive du projet; je suis le premier à reconnaître qu'il y avait là-dedans beaucoup d'idéologie. J'avais lancé, simple écrivain, cette idée, sans savoir comment elle serait reçue par le peuple juif. La meilleure preuve en est que j'avais proposé de nous établir soit en Argentine, soit en Palestine.

Mais depuis cette publication le mouvement néo-juif a pris un tout autre caractère, et il est devenu pratique et praticable. Nous comptons avec les circonstances, nous voulons faire de la bonne politique sincère et efficace.

Voilà en deux mots la chose :

Si S. M. le Sultan nous accorde les conditions indispensables pour l'établissement de nos gens en Palestine, nous apporterons au fur et à mesure l'ordre et la prospérité dans les finances de l'Empire.

Ce principe une fois accepté, on s'entendra avec bonne volonté de part et d'autre sur les détails.

Ceux qui veulent l'affaiblissement et la disparition de l'Empire Ottoman sont les ennemis plus ou moins déclarés de notre plan, c'est facile à comprendre.

Ceux qui veulent épuiser la Turquie par des emprunts usuriers sont également les adversaires de notre projet. Car le gouvernement de S. M. recouvrerait la disposition des ressources du pays; et ce serait un pays reflorissant.

Ce ne sont pas de vaines paroles, et S. M. le Sultan aura le moyen de s'en convaincre, s'il nous fait l'honneur de nous envoyer un délégué au Congrès Sioniste qui aura lieu à Munich le 25, 26 et 27 Août 1897.

Le délégué de S. M. pourrait assister à toutes nos délibérations, et par cela déjà nous voudrions donner une preuve éclatante de soumission.

Mais — et il faut appuyer sur ce point — mais nous ne voulons pas faire immigrer nos gens en Palestine, avant d'avoir mené à fin l'arrangement avec le gouvernement turc.

Il est vrai que nos gens sont malheureux dans différents pays, mais tout de même nous ne voulons pas échanger les conditions actuelles de nos malheureux contre des incertitudes.

La situation doit être franche et nette.

Et j'arrive maintenant à vos questions:

Les juifs immigrés en Palestine deviendraient les sujets de S. M. le Sultan à la condition d'une „self-protection" absolument assurée.

Les achats nécessaires du terrain s'accompliraient d'une manière tout à fait libre. Il ne peut être question de „déposséder" qui que ce soit. La propriété est de droit privé, on ne peut pas y toucher. Les domaines privés du Sultan lui seraient payés argent comptant selon leur valeur, s'il désire les vendre.

En ce qui concerne le côté „droit des gens" de l'arrangement, l'équivalent apporté par les Juifs serait un tribut annuel, payé à Sa Majesté.

On commencerait par un tribut de cent mille livres par exemple, qui s'élèverait au fur et à mesure de l'immigration jusqu'à un million de livres par an.

Sur ce tribut nous pourrions procurer tout de suite un emprunt proportionné à l'annuité. Le tribut serait garanti par les grands fonds existants, dont je vous ai parlé à maintes reprises.

Je ne veux pas répéter encore ce que je vous ai si souvent dit, mon cher ami, que la solution de la question juive comporte aussi la consolidation de la Turquie. On connaît l'énergie et l'importance des Juifs dans le commerce et les finances. C'est un fleuve d'or, de progrès, de vitalité que le Sultan ferait entrer dans son Empire avec les Juifs qui toujours, depuis le moyen âge, ont été les amis reconnaissants des Turcs.

Et avec le règlement des finances, plus d'interventions des puissances sous des prétextes fallacieux, plus de „dette publique", plus de „gêneurs".

Comprendra-t-on la portée, l'utilité, de notre projet à Constantinople? Espérons-le.

Pour le moment je ne demande pas mieux que de prouver à S. M. le Sultan que tout cela est inspiré par les meilleures intentions.

Inutile de vous recommander le secret de cette lettre. Vous, qui êtes un ami si dévoué des Turcs, comprendrez quel intérêt il y a de ne pas donner l'éveil aux faux amis qui voudraient contrecarrer un projet salutaire à la Turquie.

Croyez moi votre cordialement dévoué

Th. Herzl.

23. Mai.

Die Bewegung beginnt in Amerika.

Michael Singer, Herausgeber einer neuen Wochenschrift „Toleranz" schickt mir Berichte über Meetings in New-York usw.

Eine Rabbinerkonferenz mit Dr. Gottheil an der Spitze hat sich für unsere Bewegung erklärt.

„New York Sun" brachte am 10. Mai Artikel über den Zionismus.

Als ich gestern die Sun-Spalte Benedikt zeigte, sagte er wohlwollend: „Die ganze Welt machen Sie verrückt. Der reine Rattenfänger von Hameln."

Ich erwiderte: „An Ihnen werde ich eine Genugtuung erleben, wenn Sie gezwungen sein werden, den Bericht über den Münchener Kongreß aus der Kölnischen Zeitung zu nehmen, nachdem Sie durch einundeinhalb Jahre Gelegenheit hatten, am besten von allen unterrichtet zu sein."

633

Worauf er entgegnete:

„Nein. Wir werden einfach am 26. August einen Bericht aus München im Blatt haben."

Und diese hingeworfenen Worte, die er eher halten wird, als seine Versprechungen — weil er muß, weil das Blatt nicht „zurückbleiben" darf — diese kurze Erklärung stellt, wenn ich nicht irre, schon meinen Sieg über die N. Fr. Pr. vor. Der Sieg kann mir bis zum August noch wiederholt entrissen werden — gestern hielt ich ihn in Händen.

.   *23. Mai.*

Heute war „Pater Paulus" Tischmann bei mir. Wunderliche Gestalt von den Grenzen der Religionen. Verwahrlost aussehendes Jüdlein mit schwerem polnisch-jüdischen Akzent, vor kurzem noch katholischer Geistlicher. Er erzählte mir, wie er im Alter von 15 Jahren eingefangen, getauft und später ordiniert wurde, wie er es auf die Dauer nicht aushielt und in Siebenbürgen auf der Kanzel eine Gotteslästerung beging. Er wurde angeklagt und freigesprochen, nachdem er zum Judentum zurückgekehrt war. Eine Romanfigur. Jetzt hospitiert er wieder bei Rabbinern. Ich glaube, er schnorrt auch ein bißchen. Ich gab ihm eine Kleinigkeit. Kurios, daß er für seine „Rückkehr" wohl keinen Dank bei den Juden findet. Früher, unterm Krummstab, ging's ihm gut.

Er sagt aber doch mit glänzenden Augen: „Ich habe aber die innere Befriedigung."

Das ist das kostspieligste aller Vergnügen, ich weiß es.

* * *

Haas schreibt, daß man in Amerika wünscht, ich möge drüben eine „Vortragstournee" machen.

Ich arbeite bis zur Erschöpfung, bis zum Zusammenbrechen, an der neuen Zeitung.

* * *

Z w e i Abonnenten haben sich gemeldet. Auf viele hundert verteilte Agitationsanzeigen der „Welt" sind überhaupt erst drei briefliche Antworten gekommen.

Meine näheren Parteifreunde glauben an den Mißerfolg.

◖ ◗ *

Privat.   Konstantinopel, 24. Mai 1897.
                    Verehrter Freund!

Meiner Gewohnheit gemäß zeige ich Ihnen umgehend den Empfang Ihrer freundl. Zuschrift vom 20. dieses an.

Ich werde den Inhalt gleich dem Ahmed Midhat vorlesen und ihn auffordern, daß er was für die „Welt" schreibe.

Übrigens mehren sich die Zeichen, daß ich den Sultan s e l b s t sehen werde und ihm von der Sache sprechen kann. Ich finde Ihre Darlegung sehr klar und überzeugend. Näheres später.

In Eile

Ihr

Sidney Whitman.

P. S.

Seitdem ich obiges geschrieben, war ich bei Midhat und habe ihm Ihren Brief vorgelesen und werde ihm eine Kopie ausfertigen. Er ist sehr günstig für die Sache gestimmt und will sich ihr m i t L e i b u n d S e e l e widmen, mit der ausdrücklichen Bedingung, daß er nie einen Pfennig für seine Dienste annehmen wird. Wir haben zu zweit

einen Schlachtplan entworfen, und werde ich möglicherweise noch vor meiner Abreise dem Sultan die ersten Eröffnungen machen. Das weitere wird sich finden. Der
Münchener Kongreß soll beschickt werden, oder Midhats
Einfluß und der meinige sind null.   S.W.

Unter uns. Rothschilds in Wien haben 5oo Fl. für
die Verwundeten beigesteuert.

Ich erzähle dem Sultan selbst von der „Welt".

Man sprach vor einiger Zeit davon, daß der Sultan
A. Midhat zum Großvezier ernennen wollte!

27. Mai.

Von Zadok Kahn 1000 Franks in einem Scheck für die
türkischen Verwundeten erhalten. Ich schicke den Scheck
dem Botschafter M... N... und Zadoks Brief an Sidney
Whitman nach Konstantinopel. Gleichzeitig schreibe ich
Sidney, er möge dem Sultan sagen, daß ich bereit sei,
nach Pfingsten nach Konstantinopel zu kommen.

30. Mai.

In den letzten Tagen habe ich zwei Schwierigkeiten miteinander kompensiert, was, glaube ich, die beste denkbare Politik ist — wenn es gelingt.

Der Fall an sich unbedeutend; aber mein Prestige bei
den Türken war doch auf dem Spiel.

Die jungen Mediziner, die sich unter Schalits Führung
angeboten hatten, als freiwillige Ärzte nach dem Kriegsschauplatz abzugehen, bekamen die Bewilligung in einem
Brief des hiesigen Botschafters M... N... Da stellte
sich heraus, daß sie zuviel versprochen hatten, denn sie
konnten nicht fahren. Sie hatten kein Geld.

Andererseits hatte das türkisch-israelitische Sammlungskomitee für die Verwundeten nur eine lächerlich kleine Summe aufgebracht — 800 Gulden — die man sich abzuliefern schämte.

Da hatte ich den Einfall, die 800 Fl. den Ärzten zu geben: „das Komitee schickt auf seine Kosten eine ärztliche Expedition ab". Das sieht etwas gleich.

Zu meiner Überraschung verstanden die Komiteeleute den Vorschlag.

31. Mai.

Ungeheure Arbeit mit der Zeitung. Dr. Landau ist zur Waffenübung einberufen; Schalit, den ich mir als Hilfsarbeiter gedrillt hatte, geht nach Elasona. So steht die Zeitung gleich ganz auf meinen zwei Augen.

* * *

Kellner, Schnirer, Kokesch richten einen gemeinschaftlichen Brief an mich, worin sie bitten, eine den Kohlen-Guttmanns unangenehme Notiz (über deren Rekurs gegen die Kultussteuer) aus der ersten Nummer wegzulassen. Sie begründen diesen Wunsch nicht näher. Ich berücksichtige ihn — aber diese Kommissions-Redaktion werde ich mir natürlich nicht gefallen lassen können.

2. Juni.

Vorgestern und gestern „Die ✡ Welt" aufgebaut. Es war gar nichts da. Heute existiert ein Blatt mit deutlicher Physiognomie.

Alle Bürstenabzüge, auch die „Inserate" gelesen, alle Spalten habe ich umbrochen. D.h. Inserate gab's nicht. Im letzten Augenblick bat ich Kremenezky telephonisch um ein Gratisinserat. Er konnte es nicht geben, weil er mit der Kommune Wien verhandelt.

Abends im Zion wurde ein Inserat eines Mariahilfer Konfektionärs gebracht.

Die Einrichtungsmühe hat mir Spaß gemacht.

Um sechs Uhr abends lief gestern das erste Exemplar der „Welt" aus der Presse. Das widme ich meinen teuren Eltern.

6. Juni, nachts.

„Die ✡ Welt" ist erschienen. Ich bin recht sehr erschöpft. Diese Pfingstwoche 1897 werde ich mir merken. Neben der „Welt"arbeit auch noch die Stimmung erzwingen für ein Pfingstfeuilleton der N. Fr. Pr. Dazu die Aufregung im Bureau, daß es jetzt und jetzt zum Krach und Bruch mit Benedikt wegen der „Welt" kommen müsse.

Mehrmals war ich daran, ihm wenigstens das *fait accompli* mitzuteilen. Er fährt mich in seinem Wagen jetzt öfters aus der Redaktion nach Hause. Dabei wäre die beste Gelegenheit, über alles zu reden. Aber ich entschloß mich endlich, ein Inserat gegen Bezahlung einfach der N. Fr. Pr. zuzuschicken. Das Inserat nahm die Administration.

8. Juni.

An dieser Stelle bin ich vorgestern nachts vor Müdigkeit eingeschlafen.

Die Administration der N. Fr. Pr. nahm das Inserat „ungern", wie telephonisch meiner Administration mitgeteilt wurde. Die Aufnahme einer Notiz in den Text der N. Fr. Pr. wurde aus „politischen Gründen" abgelehnt.

Mir war's auch gar nicht darum zu tun, daß die Notiz ins Blatt käme. Ich wollte nur Benedikt ein *faire part* vom Erscheinen der „Welt" zuschicken, auf das er mir nicht mit einem Verbot antworten könnte. Darum wählte ich den Geldweg. Die halbe Seite im Annoncenteil der

N. Fr. Pr. kostet 75 Fl. Es sprach einige Wahrscheinlichkeit dafür, daß Benedikt diesen Betrag nicht refüsieren würde.

Und so ist die „Welt" in der N. Fr. Pr. angezeigt erschienen.

Samstag vor Pfingsten, 5. Juni, sah mich Benedikt mit gar kuriosen Augen an. Wir verkehrten wie sonst in der Redaktion, aber es lagen bereits zwei Administrationen zwischen uns. Ich glaube, er hätte gern mit mir eine scharfe Auseinandersetzung gehabt, aber er hing in diesem Augenblick von mir ab: ich hatte mein Pfingstfeuilleton noch nicht abgeliefert, und er brauchte es dringend für die Pfingstnummer.

* * *

Am Pfingstsonntag, vorgestern, erschien in der offiziösen „Reichswehr" ein grimmiger zweiter Leitartikel gegen die „Welt" unter dem Titel „Benedictus I., König von Zion".

Benedikt wird darin als Zionist behandelt. Ich glaube, er wird bis an die Decke springen vor Wut.

Wenn ich heute in die Redaktion komme, muß ich wieder, vielleicht zum letzten Male, zum Gefecht klar machen. Die Auseinandersetzung ist heute fällig. Ich weiß nicht, wie sie enden wird. Vielleicht werde ich in den nächsten 24 Stunden, solange noch die Blätter dieses Buches reichen, von der N. Fr. Pr. entlassen?

* * *

Ich blicke dieser Eventualität gefaßt entgegen. Herzklopfen habe ich allerdings dabei, aber das ist nur eine Schwäche dieses Muskels, nicht meines Willens.

Sollte mich die N. Fr. Pr. wegjagen, so habe ich meine Stellung, die ich mir in zwanzig Jahren der Arbeit schwer erwarb, auf eine Weise verloren, deren ich mich auch nicht schämen muß.

・

Das englische „Hauptquartier" der Choveve Zion hat sich offiziell vom Münchener Kongreß losgesagt und das in einer trockenen bösartigen Notiz verlautbart. Jewish Chronicle brachte diese Anzeige am 4. Juni.

The Proposed Zionist Conference at Munich.

A meeting of Headquarters Tent of the Chovevi Zion Association was held on Monday last, the Chief, Colonel Goldsmid, presiding. It was resolved that the Association should take no part in, nor send any delegates to, the Congress convened by Dr. Herzl, which is to meet at Munich in August next.

*

Gleichzeitig macht Hildesheimer die amerikanische Bewegung herunter. „Es dürften sich nur wenige einflußlose Kreise aus Amerika am Kongreß beteiligen."

8. Juni.

Erster Gang des Duells mit Benedikt.

Er fragte mich heute *à brûle pourpoint,* als ich etwas beklommen ins Lesezimmer kam, um das tägliche Feuilleton zu besprechen, und während er sich wie immer nach Schluß des Abendblattes das Gesicht wusch:

„Haben Sie mit Bacher über die ,Welt' gesprochen?"
„Nein", sagte ich kampfbereit.
Er antwortete: „Das ist uns sehr unangenehm."
„Wegen des Artikels in der ,Reichswehr'?" fragte ich.
„Nein, ich habe den Artikel erst heute gelesen, er hat mich nicht geniert. Aber schon als ich das Inserat in un-

serer Pfingstnummer sah, war ich wütend. Es hätte gar nicht ins Blatt kommen dürfen. Es ist die Liste unserer Mitarbeiter."

Ich zuckte die Achseln und ging im Zimmer auf und ab.

Er wischte sich das Gesicht ab: „Sie haben uns in eine Verlegenheit gebracht."

Ich sagte mit lauter Stimme: „Der Artikel in der ‚Reichswehr' strotzt von den gemeinsten Lügen."

Dann kam Goldbaum ins Zimmer — ich glaube, er hatte gelauscht — und das Gespräch wurde abgebrochen. Wir redeten Gleichgültiges.

9. Juni.

Zweiter Gang. Benedikt fing heute mittags wieder an: „Wir müssen noch über die ‚Welt' sprechen. Bisher war es in unserem Hause Gepflogenheit, daß jeder, der an einem Unternehmen sich beteiligen wollte, der Redaktion eine Anzeige machte."

Ich sagte: „Ich habe auch für die ‚Zeit' geschrieben."

Er meinte: „Mit der ‚Zeit' standen wir auf gutem Fuß. Auch damals schon erörterte ich mit Bacher die Zulässigkeit Ihres Vorgehens. Jetzt haben Sie unsere ganze Mitarbeiterliste in die Voranzeige der ‚Welt' genommen."

Ich wendete das Gespräch: „Wissen Sie, was ein gescheiter Mensch über den Artikel der ‚Reichswehr' sagte?

‚Der Verfasser des Artikels wußte sehr gut, daß Benedikt ein Gegner des Zionismus ist. Er wollte nur Zwietracht zwischen Ihnen und mir säen.'"

Er antwortete: „Das glaube ich auch. Man wollte ein Zerwürfnis in der N. Fr. Pr. herbeiführen. Ich bitte Sie nur, wenn unser freundschaftliches Verhältnis erhalten bleiben soll, uns nicht weiter zu exponieren. Namentlich die Mitarbeiterliste dürfen Sie nicht mehr publizieren."

Ich versprach, dafür mein möglichstes zu tun — und wir schieden als Freunde. Er fuhr mich in seinem Wagen nach Hause.

10. Juni, 7ter Geburtstag meines Hans.

Hier schließe ich dieses vierte Buch meiner Geschichte des Judenstaates.

Ich will jetzt die Bücher an einem sicheren Orte hinterlegen.

Der Zeitpunkt ist ohnehin ein Abschnitt, viel geht nicht mehr in das Buch hinein, und ich mache ein Datum aus dem Geburtstag meines guten Hans, der mir gesund und glücklich, ein starker Mann und Fortsetzer meines Werkes werden möge.

Anmerkungen

S. 4. „Dührings Buch". Gemeint ist des Philosophen Eugen Karl Dühring „Die Judenfrage als Frage der Rassenschädlichkeit für Existenz, Sitten und Kultur der Völker". Vgl. L. Kellner, Theodor Herzls Lehrjahre, S. 127 ff.

S. 5. Dr. Heinrich Friedjung, der bekannte Verfasser des Werkes „Der Kampf um die Vorherrschaft in Deutschland 1859—1866", gab Mitte der achtziger Jahre die „Deutsche Wochenschrift" in Wien heraus, und dort erschien eine Jugenderzählung Herzls „Naphtalin". Friedjung war vom österreichischen Unterrichtsministerium wegen seiner großdeutschen Gesinnung gemaßregelt worden und erntete als Herausgeber der „Deutschen Zeitung" von den Nationaldeutschen Österreichs bitteren Undank. Vgl. Friedjung, Ein Stück Zeitungsgeschichte, 1887.

Über Heinrich Kana, den Busenfreund Herzls, vgl. L. Kellner, Theodor Herzls Lehrjahre, S. 95—100.

S. 6. Ludwig Speidel hatte sich in Wien als Musik- und Theaterkritiker einen großen Namen gemacht. Für die Neue Freie Presse schrieb er über die Aufführungen im Burgtheater und redigierte das Feuilleton. Als Herzl den Wunsch hatte, wieder nach Wien zu kommen, gingen die Herausgeber der Zeitung, Dr. Ed. Bacher und Moritz Benedikt, gern auf den Gedanken ein, um Herzl die Redaktion des Feuilletons zu übergeben und so Speidel zu entlasten.

S. 13. „Bildhauer Beer". Friedrich Beer (geb. 1846 zu Brünn) studierte in Wien an der Akademie, ging mit einem Stipendium nach Rom und ließ sich später dauernd in Paris nieder. Die bekannte Herzl-Büste stammt von ihm.

S. 14. „Onkel Toms Hütte": ein 1851 erschienener, seinerzeit vielgelesener Roman der Amerikanerin Harriet Beecher-Stowe, dessen Schilderung der Negerleiden zur Aufhebung der Sklaverei beitrug.

Alphonse Daudet, der bekannte französische Romancier, war mit Herzl befreundet.

S. 15. Baron Moritz Hirsch von Gereuth (1831 bis 1896), war der Gründer der Jewish Colonization Association („Jca"), der er rund zehn Millionen Pfund zwecks Rückführung der Juden zur Bearbeitung des Bodens widmete. Die Hirsch-Kolonien in Argentinien sind ein großer Erfolg.

S. 18. „Ein Peabody". George Peabody (1795—1869) war aus kleinsten Anfängen zu großem Reichtum gekommen. Berühmt wurde er durch seine großen Schenkungen an die Hochschulen seiner amerikanischen Heimat und durch die Gründung von Arbeiterwohnungen. Vor Carnegie galt er als der größte Philanthrop neuerer Zeit.

S. 20. Eugène Spüller (1835—1896), französischer Politiker, war wiederholt Minister, 1894 Unterrichtsminister im Kabinett Casimir Périèrs.

S. 24. Leopoldstadt, der von vielen Juden bewohnte zweite Bezirk der Stadt Wien.

S. 38. „Leinkauf nehmen". Moritz Leinkauf war der Begründer der Speditionsfirma Leinkauf in Wien, durch seine Frau mit Herzl verwandt.

„Bei Floquets Sekretär". Charles Ernest Floquet (1826—1896), der hervorragende Parlamentarier, war wiederholt Kammerpräsident und kam 1893 in den Senat.

S. 41. Péage = Brücken-, Wegegeld.
Surface: vgl. S. 163.

S. 42. „Daniel Deronda lesen". Der Roman dieses Namens der bedeutenden englischen Erzählerin George Eliot, der 1876 erschien, behandelte die Judenfrage im zionistischen Sinne.

Heinrich Teweles, geb. zu Prag 1856, war Dramaturg am Deutschen Landestheater daselbst. Gelegentlich der Aufführung von Herzls „Seine Hoheit" in Prag (1888) wurden die beiden miteinander bekannt und Teweles erwies sich als ein treuer Freund, auch als Herzl Wege einschlug, auf denen er ihm nicht folgen konnte. Siehe L. Kellner, Theodor Herzls Lehrjahre, S. 79.

S. 43. Camondo, eine bekannte Familie jüdischer Bankiers und Philanthropen, erst in Venedig, dann in Konstantinopel ansässig.

„Dem Familienrat": Die erste von Herzls Notizen zu der Rede, die er vor einer einzuberufenden Zusammenkunft der Familie Rothschild zu halten beabsichtigte.

Moritz Güdemann (1835—1918), Rabbiner in Wien, wo er als Seelsorger und Gelehrter großes Ansehen genoß.

Glion, nahe bei Montreux, am östlichen Ende des Genfer Sees.

S. 54. In der 1894 in Paris erschienen Erzählung „La 19e Caravane des Dominicains d'Arcueil" (A. ist eine Stadt in Nordfrankreich) wird berichtet, wie eine Reisegesellschaft von 16 Jungen mit ihren vier „Führern" (worunter der Autor) Konstantinopel, den Berg Athos und Griechenland besucht.

S. 55. „Raoul geht mit". Gemeint ist der Schriftsteller Raoul Auernheimer in Wien, den Herzl sehr schätzte. Er sagte ihm eine bedeutende Zukunft· voraus.

S. 65. Matamore (Maurentöter), Maulheld der spanischen Komödie.

S. 80. S. C. Gemeint ist Salo Cohn in Wien, ein reicher Mann, der mit dem Oberrabbiner Güdemann befreundet und als Förderer jüdischer Literaten bekannt war.

Alfred Naquet, radikaler französischer Politiker und Revolutionär, später Boulangist.

S. 82. Assistance par le travail: vgl. S. 155 f.

Johann Freiherr von Chlumecky war einer der einflußreichsten Parlamentarier des alten Österreich. 1893 wurde er Präsident des Abgeordnetenhauses.

· *S. 83.* Edward Bellamy (1850—1898) hatte mit seinem Zukunftsroman „Looking Backward" (1888) auch auf Herzl tiefen Eindruck gemacht.

Paul Jablochkow, ein russischer Elektrotechniker, Erfinder der nach ihm benannten „Kerzen" (zwei parallele Kohlenstäbe, durch eine Schicht von Kaolin voneinander isoliert), die viele Jahre lang allgemein gebraucht, aber allmählich verdrängt wurden.

Die Brüder David und Wilhelm Gutmann in Wien waren die ersten Kaufleute, denen es gelang, das Holz als Heizmaterial in den Fabriken und Wohnungen der konservativen Wiener durch die Steinkohle zu verdrängen.

S. 88. Franz-Josefs-Quai, Wiener Geschäftsstraße.

S. 91. „Wiener Concordia". Ein Verein der Journalisten und Schriftsteller Wiens.

S. 104. Julius Bauer, der witzige Herausgeber des Illustrierten Wiener Extrablatts.

647

S. 105. Cottage, engl. Landhaus, hier Villenviertel in Wien.

S. 116. Johann hieß Kants Diener, der einen festen Bestandteil seines Lebens bildete und doch seiner schlechten Führung wegen entlassen werden mußte.

S. 118. Sadagora, Ort in der Bukowina, Residenz einer berühmten Zaddikim-(,,Wunderrabbis"-)Dynastie.

S. 278. Dr. Leon Pinsker (1821—1891) in Odessa, verfaßte 1882 unter dem Eindruck der furchtbaren russischen Pogroms die Schrift ,,Auto-Emanzipation", worin die Abkehr von allen Assimilationsversuchen und die territoriale Konzentrierung empfohlen wird.

S. 279. Professor Isidor Singer gründete tatsächlich im Verein mit Dr. Kanner das Tagblatt ,,Die Zeit", in der er für eine Verständigung der Deutschösterreicher mit den Slawen eintrat.

S. 324. Henry George (1839—1897), nordamerikanischer Schriftsteller und Nationalökonom; in seinem 1879 veröffentlichten Hauptwerk ,,Fortschritt und Armut", das überall großes Aufsehen erregte und in fast alle lebenden Sprachen übersetzt wurde, hat er seine Grundanschauung niedergelegt: das gleiche Recht aller auf Nutznießung der Erde; seine Methode zur Durchsetzung dieses Satzes nannte er die Einzelsteuer (Single Tax).

S. 338. Alexander Scharf war der Gründer und Eigentümer der vielgelesenen ,,Wiener Sonn- und Montagszeitung".

RETURN TO: CIRCULATION DEPARTMENT
Main Stacks

LOAN PERIOD Home Use			

ALL BOOKS MAY BE RECALLED AFTER DAYS.

Renewals and Recharges may be made days prior to the due date.
Books may be renewed by calling 642-3405.

DUE AS STAMPED BELOW.

JAN 2003		

FORM NO. DD6   UNIVERSITY OF CALIFORNIA, BERKELEY
50M 6-00   Berkeley, California 94720–6000

SD - #0007 - 060324 - C0 - 229/152/35 - PB - 9780267589586 - Gloss Lamination